KB235403

한국 근대 고백소설 작품 선집 ①

1900~1920년대 초

# 한국 근대 고백소설 작품 선집 1

## 1900~1920년대 초

우정권 편저

도서출판 역락

# 머리말

　한국 근대문학은 서구 문학의 이입에 의해 형성되기도 하였지만, 조선 후기의 문학 양식을 계승하여 발전시킨 측면도 상당히 많으며, 특히 개화기에 들어온 서구 문명에 의해 형성된 개인적 자아의 인식에 의해 형성되기도 하였다. 현실 세계에서 사회적 자아의 원천이 있음을 자각한 근대적 인간이 생성되면서 문학의 양식 또한 변하기 시작하였다. 그와 같은 문학 양식이 서사로 되는 과정에서 개인의 역사가 사회 공동체의 역사 못지 않은 의미를 지니게 되었다. 즉, 일상적 삶이나 신변잡기 같은 일들이 그 동안 역사와 사회, 민족과 국가를 중요하게 여긴 거대 담론에 의해 홀대를 받다가 새롭게 삶의 중요 요소로 부감되게 되었다. 그와 같은 변화의 요소들이 서사 양식으로 들어왔을 때 가장 잘 나타난 것이 고백적 글쓰기이다. 서구의 문학에서 고백이 소설이라는 문학 장르가 탄생되는 데 기본적 요소로 작용하였다고 보고 있듯이, 한국 문학에서도 비슷한 양상이 벌어져 한국 근대소설의 서사적 양식의 기초를 다지는 데 큰 역할을 한 것이다.

　본 작품 선집은 한국 근대소설이 형성되는 과정에서 나타난 고백적 글쓰기를 하나로 묶어 한국 근대소설이 어떻게 형성되었는지를 텍스트로 보여주고자 하는 목적으로 기획되었다. 그런 목적을 십분 살리기 위해 원본 그대로 옮기려고 노력하였다. 맞춤법, 띄어쓰기, 철자법 등은 모두 원본 그대로이며 다만 식별하기 어려운 글자는 현대어로 되어 있는 판본을 참고하였다.

그러다 보니 젊은 세대들에게 읽기 어려운 과제를 주는 것 같아 주석을 첨부하여 이해를 쉽게 하려고 하였다.

　이 자리를 빌어 출판을 하여 주신 역락출판사 이대현 사장님께 감사드리며, 꼼꼼하게 교정을 보아 준 장은미 씨와 그 외 본 작품 선집을 만드는 데 힘써 주신 많은 분들께 감사를 드린다.

2003년 8월

편저자 우 정 권

# 차 례

# 고백소설의 구성 요건

고백소설이 되기 위해서는 다음과 같은 구성 요건에 맞아야 할 것이다. 그것을 찾아보기 위해 먼저 서사 문학 속의 고백의 정의를 내려보며, 고백의 일반적 의미를 살펴보고, 끝으로 고백소설이 되기 위해서 갖춰야 할 서술 요건과 텍스트 조건에 대해 규약을 내리도록 하겠다.

## 1. 서사 문학 속의 고백의 정의

고백(confession)은 프라이(Northrop Frye)가 산문 픽션의 하위를 분류한 소설(novel), 로망스(romance), 해부(anatomy), 고백 중의 하나로서 다른 것들과의 혼합 속에서 소설 유형으로 자리잡는다.[1] 조남현 교수는 프라이가 정

---

[1] 작가의 관심사라는 기준과 주인공의 취향이라는 기준을 섞어 보면 노벨, 로망스, 해부, 고백은 다음과 같은 차이를 갖게 된다.

"노벨 작가는 인격을 취급한다. 이 경우의 등장인물들은 페르소나, 즉 사회적인 가면을 쓰고 있다. 소설가는 안정된 사회의 틀을 필요로 하며, 그러므로 훌륭한 소설가의 대부분은 지나치게 소심하다고 말해도 좋을 만큼 인습을 존중해왔다."(p.304)

"로망스 작가는 실제의 인간을 창조하려는 것보다는 오히려 양식화된 인물, 인간 심리의 원형을 나타내는 데까지 확대되는 인물을 창조하려고 한다."(p.304), "낭만주의 시대에 고풍의 봉건주의와 영웅 숭배로 향하는 낭만주의 경향의 일부분으로서 부활하였다."(p.305), "영웅을 주제로 하는 로망스는 인간을 다루는 소설과 신들을 다루는 신화의 중간에 있다."(p.305), "역사소설의 대부분이 로망스라는 일반적인 원칙을 암시하고 있다."(306쪽), "내향적, 개인적인 경향을 갖고 있다."(p.308)

해부는 사회에 대한 관심 강하고 지적인 색채가 짙다.

고백은 "내향적이지만 그 내용은 지적이다."(p.308)

(Northrop Frye, *Anatomy of criticism*, Princeton university-press, 1971, pp.304-308.)

의 내린 고백은 자전적소설, 사소설, 성장소설, 발전소설과 같은 소설 유형으로 구체화된다고 하였다.[2] 자전적소설과 사소설은 성 아우구스티누스, 몽테뉴, 루소의 고백록과 같은 자서전을 원형으로 하여 만들어진 것이다.[3] 그리고 성장소설과 발전소설은 고백소설이 갖는 인물, 구조, 구성방법, 관심분야의 면에서 볼 수 있는 특성이 십분 발휘되어 나타난 것이다.[4]

고백은 자전적소설, 사소설, 예술가소설, 성장소설, 발전소설과 같은 소설 유형을 이루는 중요한 요소가 된다. 즉, 그것은 그 자체로서 소설 유형이 되기보다는 다른 소설 유형의 본질을 이루는 요소로 작용한다.

고백이 위와 같은 소설 유형을 형성하는 데 필요충분 조건이 되면, 그것의 본질을 주제적 측면에서 논의한 연구자는 두디(Terrence Doody)[5]이다. 두디는 프라이의 소설 유형 분류에 대해 "자아의 동일성에 대한 강조가 고백의 의미를 잘 드러냈지만, 결과적으로 고백의 의미를 자서전이 얻은 미학적

---

2) 조남현, 『한국현대소설 유형론 연구』, 집문당, 1999, p.48.

3) "루소 이후, 아니 실제로 루소에 있어서도 고백은 소설 속으로 흘러들어, 그 혼합에서 허구적 자서전, 예술가소설, 기타 이와 유사한 형식이 나오게 된다. 문학적으로 보면, 고백이 늘 작자 자신에 대한 것이 되어야 할 이유는 없는 것이며, 적어도 『Moll Flanders』(Daniel Defoe의 소설) 이래 극적 고백은 소설에서 사용되어져 왔다. '의식의 흐름'의 기법에 의해서 이 두 가지의 형식은 한층 집중적으로 융합될 수 있는 것처럼 되고 있지만, 이와 같은 경우에서조차도 고백 형식 특유의 성질이 분명하게 나타나고 있다. 고백에서는 종교, 정치, 예술 등에 대한 어떤 지적, 이론적인 관심이 거의 늘 주도적인 역할을 한다. 고백의 작가가 자신의 삶을 기록하는 데 값어치가 있다고 느끼고 있는 것은 그가 이런 주제들에 대해서 자신의 마음을 통합할 수 있는 데 성공하고 있기 때문이다. 그러나 관념과 이론적인 주장에 대한 이 같은 흥미는 소설 본래의 정신과는 이질적인 것이다. 소설에 있어서의 기법상의 과제는 모든 이론을 인간관계로 해소하는 것이다."(밑줄 - 인용자)
(N. Frye, *Anatomy of criticism*, Princeton university-press, 1971, pp.307-308)

4) 고백소설을 성장소설로 정의하면서, 피카레스크 소설과 같은 선상에서 논의될 수 있다고 허쉬는 말한다. 주인공의 면에서 고백소설 : 정신적 국외자(spiritual outsider), 구조의 면에서 고백소설 : 연대기적은 아닌 패턴을 회고조로 살펴봄, 구성방법의 면에서 고백소설 : 생각과 성찰의 부분에 역점을 둠, 관심분야의 면에서 고백소설 : 개인의 내면의식에 대한 관심.
Marianne Hirsch, "the Novel of Formation as Genre : Between Great Expectation and Lost illusions", 『*Genre*』 12(1979, 가을) 조남현, 위의 책에서 재인용, pp.62-66.

5) T. Doody, *Confession and Community in the Novel*, Louisiana State University Press, 1980.

성과로 일반화시켜 놓은 것이 고백에 적합하지 않음을 프라이는 몰랐다."6)
고 지적하였다. 그는 고백이 자서전이나 다른 소설 유형으로 환원될 수 없는
고유한 미학적 특질을 가지고 있음을 그는 강조한 것이다. 두디의 이와 같은
견해를 통해서 고백의 서사적 특질과 유사한 유형으로 자서전, 자전적 소설
을 꼽을 수 있다.

고백은 사실성(Reality)에 매달려 있기 때문에 문학의 본래 영역인 허구성
(Fiction)에서 벗어나 있는 것으로 인식될 수도 있다. 그러나 고백 자체가 문
학의 주요 영역이 될 수 있는 것은 자기 자신을 대상으로 놓고 서술하지만
완전하게 사실적으로 자신을 묘사할 수 없기 때문이다. 자기 자신을 고백하
면서 과거의 자신에 대한 기억을 재생하지만, 이미 다른 사람과의 관계를 떠
난 자신의 존재는 생각할 수 없으며, 그리고 지금 이 순간 이미 자신에 대한
관념을 가지고 있기 때문에 과거의 존재를 올바르게 규정할 수 없다. 자신의
존재를 규정할 수 있다 하여도 미래에 가서는 그때의 관념에 의해 또 변할
수 있는 가변적인 속성을 갖고 있고, 자기 자신에 대한 자기애(自己愛)가 충
만하기 때문에 자신을 사실적으로 고백하는 것은 처음부터 불가능할는지 모
른다. 그러므로 고백을 하는 것은 진실을 얻기 위한 과정이지 구현된 진실의
설명은 아니다. 이러한 이유로 고백은 의미가 확정되고 고정된 실체가 아닌
유기체로서의 허구성을 지닌다.7)

이상에서 고백은 외형적으로는 사실성을 표방하지만 그 속에 담긴 본질
적인 면에서는 허구성을 지니고 있음을 알 수 있다. 고백과 유사한 서사 양
식의 특징을 지닌 것으로 자서전을 들 수 있다.

자서전(Autobiography)은 작가의 삶을 가장 진실하게 서술하며, 형식적으
로도 진실성 전달 문제가 가장 중요한 특징으로 되어 있다. 자서전이 되기
위해서는 작가와 서술자, 주인공이 모두 동일 인물이어야 하며, 또한 내용에
있어서 텍스트 바깥에 지시 대상을 갖는 사실성을 지녀야 한다.8) 그러나 자

---

6) *Ibid*., p.18.
7) 문경자, 「루소의 자서전 글쓰기와 진실의 문제」, 서울대 불문과 박사논문, 1998, pp.7-21.
8) Philippe Lejeune, 윤진 옮김, *Le Pacte autobiographique*『자서전의 규약』, 문학과지성사,

서전도 그 장르의 본질이라 할 수 있는 사실성을 완전히 담보해 내지는 못한다. 말하는 자아와 그것의 대상이 되는 자아가 동일 인물이지만, 과거 자신의 삶을 말하는 현재의 자아는 시간의 흐름에 따라 변하는 자기 자신을 현재의 시점에서 인식하기 때문에 객관적으로 인식하기란 불가능하다. 다시 말해 변화하는 자기 자신을 고정된 실체로 파악하기란 어려운 것이다. 그런데도 마치 자기 자신을 객관적으로 사실인 것처럼 말을 할 수 있는 것은 등장인물, 서술자가 실제 저자와 같은 인물이라는 외형적 조건의 충족에 의해서만 가능할 뿐이다. 소설은 그와 같은 외형적 조건에 의해 사실성을 논하지는 않는다. 현실을 가공의 세계에서 얼마만큼 핍진성(逼眞性) 있게 드러내고 있는가 하는 점에 의해 사실성을 논의하기 때문에 소설을 정의하는 전제부터 허구성의 개념이 작용하고 있는 것이다. 그렇지만 자서전은 사실성을 드러내는 것을 목적으로 하지만 글쓴이의 존재의 문제에 있어서는 글쓰기가 계속적으로 변화할 수밖에 없는 점을 염두에 둔다면 역시 허구성이라는 개념이 개입되는 것이라 할 수 있다. 그렇다면 자서전과 소설 중 어느 것이 더 진실적으로 인간의 삶을 그려내는가 하는 문제를 생각해 볼 필요가 있다. 소설이 현실에 대한 개연성과 핍진성을 지니기 때문에 자서전보다 더 진실하다고 하나 필립 르죈은 이 점에 대해 다음과 같이 말한다.

> 그 둘 중 어느 것도 진실하지 않다. 자서전에는 복잡성·모호성 등이 부족하고 소설에는 정확성이 부족하다. 결국 그들은 하나 더하기 다른 하나의 관계가 아닐까? 좀 더 정확히 말하자면 <u>자서전과 소설은 어느 하나가 다른 것에 대하여 정의되는 관계이다.</u> 우리에게 의미 있는 것은 두 부류의 텍스트가 새겨지는 공간. 따라서 둘 중 어느 하나로 환원될 수 없는 공간이며, 이러한 방식으로 얻어지는 부각 효과가 바로 독자를 위한 '자서전의 공간'의 창조인 것이다.9) (밑줄―인용자)

자서전과 소설은 이처럼 서로를 정의하는 관계를 지니면서 어느 한쪽으

---

1998, pp.19-55.
9) *Ibid.*, p.64.

로 환원되지 않으면서 독자에게 자서전의 공간을 만들어준다. 그러면서도 자서전의 목적은 자아의 진실성을 드러내는 것에 있기 때문에 현실로 치환되지 않는다면 그 존립가치가 없어져 버린다. 자서전을 기획한 글쓴이가 자기 자신의 삶과 생각, 그리고 가치가 현실로 치환되기를 꿈꾸기 때문에 자서전의 상상적 공간은 협소해질 수밖에 없다. 오히려 현실로 바뀌어지는 그 순간 자서전의 미학적 가치는 없어져 버린다. 독자가 그 자서전을 보지 않고 실제 그 인물을 보고 말하면 되기 때문이다. 그러므로 자서전은 작가와 독자 사이에 마련되는 상상적 공간은 미약하므로 미학성을 담아내기란 부족한 것이다. 다만 자서전의 주요한 특질인 고백만이 소설의 본질을 이루는 요소 중 하나로 편입되고, 그 고백의 요소가 가장 잘 발휘될 때 자전적소설이라고 부를 수 있게 된 것이다.

자전적소설(Autobiographical Novel)은 서술된 내용에서 작가와 주인공이 유사성을 갖는 텍스트이다. 즉, "독자가 그 이야기 속에서 그것이 작가 자신의 이야기와 유사하다는 것을 알아 차리고, 그 때문에 작가와 주인공이 동일 인물이라고 생각하게 되는 그러한 허구의 텍스트들"[10]을 자전적소설이라고 부른다. 자전적소설은 일인칭이나 삼인칭으로 된 이야기를 포함한다. 결국, "자전적소설은 언술된 내용의 층위에서 정의되며, 자서전과 달리 그 내부에 몇 단계를 포함한다. 독자가 상정하는 '유사성'은 주인공과 작가가 어렴풋이 '닮은 것 같은' 단계에서부터, 그 둘이 '그대로 빼어닮은' 분명한 유사성의 단계까지 이를 수 있다."[11]고 한다. 그러면서 자전적소설은 자서전처럼 작가의 진실 전달을 본질로 한다. 진실(眞實)이란 작가의 개인적 진실, 내면의 개별적 진실, 한마디로 말해 자전적인 기도가 목표로 하는 바로 그것이다.

이처럼 자서전과 자전적소설에서 가장 중요한 요소가 진실임을 알 수 있다. 이러한 진실은 고백을 하는 화자의 발화 행위의 목적과 수단이 되기도 하기 때문에 그 고백을 주요한 서사 양식의 특징으로 한 자서전과 자전적소설 역시 화자의 진실이 무엇인가 하는 문제가 소설 미학의 중심이 된다.

---

10) *Ibid.*, p.35.
11) *Ibid.*, p.35.

고백은 자아의 본질적 본성과 진실을 의사소통으로 드러내거나 표현하고 싶어하는 개인의 역사이다. 고백을 통해 한 개인의 내면을 파악할 수 있을 뿐만 아니라 그 사람의 역사까지 파악할 수 있다. 그래서 고백은 작가의 인격 형성의 문제나 자기분석의 문제, 그리고 존재의 문제를 모두 포괄할 수 있는 소설 유형의 하위 양식이 된다. 그래서 그것을 주된 양식으로 드러내는 소설은 한 작가의 다른 텍스트들과의 관계에서 심층텍스트로서의 의미를 갖는다. 이와 같은 성격을 지닌 고백이 소설 내에서 화자의 고백으로 발화되어 나오고 서술 방식 또한 고백으로 되어 있을 때, 왜 고백을 하는지에 대해 생각해 볼 필요가 있다.


## 2. 고백의 정의


고백(Confession)은 "한 개인이 존재(being)할 필요가 있고 자신을 확정 시켜줄 수 있는 공동체(community)를 대표하는 청자(audience)에게 자신의 본성을 설명하기 위한 의도적이고 자의식(self-conscious)적인 시도"12)라고 두디(Terrence Doody)는 정의 내린다. 두디의 견해에 의하면 고백은 단순히 자기 자신에게 하는 독백이 아니라는 점이 강조되어 있다. "화자는 언제나 공동체를 향해 고백하고, 공동체 속에서 자기 자신을 깨달으려 한다."13)고 하듯이, 화자는 공동체 속의 사회 질서를 대표하는 '청자'에게 말을 하지 않고서는 고백할 수가 없다. 그러므로 화자는 '청자'가 자신의 고백에 대해 반응을 보이고 어떤 역할도 하여 주기를 기대하기 때문에 고백은 자신에게만 하는 독백이 아니라 다른 사람들과 의사를 소통하기를 바라는 발화라 할 수 있다. 두디의 고백에 관한 정의는 고백이 혼자만의 독백이라는 일반적인 생각에서 벗어나게 하여 주었다. 여기서 고백이 고립된 개인의 내면을 어떤 의도와 목

---

12) Terrence Doody, *Confession and Community in the Novel*, Louisiana State University Press, 1980, p.4.
13) *Ibid.*, pp.4-5.

적 없이 드러내는 것이 아니라, 사회적 자아가 되고 싶은 욕망을 드러내고 사회 공동체 속에서 자신의 참된 존재를 발견하기 위해 의도된 발화 행위라는 정의에 주목할 필요가 있다. 따라서 고백을 하는 화자가 의사 소통하고자 하는 공동체란 의미도 단순한 사회 집단이나 인간성의 집합체가 아닌 " '화자'와 '청자' 사이의 상호 인식의 결과이며, 더 좋은 관계성을 갖고자 하는 시도 속에서 만들어진 것"14)이다. 그러면서 자아가 고백을 할 수밖에 없는 이유를 개인사적 측면과 사회사적 측면으로 나눠 살펴보고 있다.

고백을 하는 화자는 상당히 불안정적인 심리 상태를 갖고 있으며 또한 자기 자신에 대한 환멸감을 갖고 있다.15) 그것은 '있어야 하는 자아'와 '현재 있는 자아' 사이의 불일치에서 생겨난 것으로서 화자는 이런 자아의 불연속성 내지 불일치성을 극복하기 위해 고백을 한다.

두디는 다른 논자들의 의견을 종합하여 고백할 수밖에 없는 이유를 다음과 같이 일반화시켜 놓았다.

첫째, 자기 자신에 대한 이해와 인식을 얻기 위해 고백을 한다. 자기 자신은 과거의 자신의 삶을 기준으로 하든지, 미래의 되고자 하는 삶의 모습을 기준으로 하든지, 과거와 미래를 현재의 자기 자신의 삶에 투영시켜 보았을 때 만족하지 못하거나 실망하면서 제일 먼저 자기 자신의 현 존재에 대한 이해와 인식부터 가지려 할 것이다. 그렇게 하기 위해 먼저 자기 자신에 대해 고백을 한다. 현재의 자아가 과거와 미래의 자아에게 묻고 대답하는 고백의 방법 속에서 자기 자신에 대한 이해의 폭이 넓어질 것이라고 생각한다.

둘째, 충동에 의한 욕망을 성취하기 위해 고백을 한다. 성적 도착이나 불순한 욕망과·같은 깨끗하지 못한 마음을 현실에서는 실천할 수 없으므로 양심의 자정(自淨) 작용에 의해 자신의 잘못된 마음을 회개하고 반성하기 위해 간접적으로 헛된 욕망을 고백을 한다.

셋째, 잃어버린 대상을 찾기 위해, 그 중 구애(求愛)를 위해 고백을 한다.

---

14) *Ibid.*, p.13.

15) Peter M. Axthelm, *The Modern Confessional Novel*, New Haven, Conn: Yale University Press, 1967, p.9.

고백을 하는 화자의 심리 상태가 불안정한 이유는 그 무엇에 대한 상실감을 갖고 있기 때문이다. 화자는 상실감으로 인해 현실 세계에서 사회적 존재로서 살 가치와 의미를 잃어버리게 되어 자기 내면의 세계로 침잠하게 된다. 그러면서 그는 현실 속에서 잃어버린 대상(the object)을 자아 속에서 찾으려고 한다. 그렇게 되는 가장 큰 이유는 사랑에 실패했기 때문이다. 사랑하는 대상의 상실은 곧 자아의 리비도가 자아 안으로 퇴행하는 결과를 낳고, 그러면서 현실에서 대상을 상실한 느낌을 극복하기 위해 자아 속의 대상과 '나르시시즘(Narcissim)'을 이루려고 한다. 고백은 그러한 나르시시즘을 언어로 표현한 것이다.

화자는 자기 자신의 치부(恥部), 비밀, 죄 등 남에게 알릴 수 없는 것들을 모두 언어로 털어 냄으로써 자기 정화(Catharsis)를 한다. 화자는 그런 자기 정화 작용을 여러 번 반복하면서 자신의 정체성(Identity)에 대한 믿음을 갖게 되고, 그러면서 점차적으로 안정적인 정신 상태를 갖게 된다.

그러나 이와 같은, 개인의 내면으로부터 발화되어 나온 고백이 사회와 완전히 유리된 채 발화되어 나오지는 않는다. 인간이 자신의 자아(自我)를 인식하는 것은 개인 스스로를 통해서가 아니라 집단을 이루어 살면서 타자와 구별되는 자아의 모습을 통해서인 것처럼, 자아의 인식 문제는 공동체 속에 자기 자신이 어떤 존재로 있는가에 따라 결정되어진다. 루소가 공동체 속의 다른 사람들로부터 소외감을 받고, 자신의 참된 모습이 왜곡되게 이해되는 것을 보면서 자신의 본성과 진실이 그렇지 않음을 보여 주기 위해『告白錄』을 기획하였듯이, 공동체 속의 자아는 타자들과 공동체 의식이 다르기 때문에 받게 된 소외감에서 벗어나기 위해 고백을 시도한다. 자아는 타자들과 같은 공동체 의식을 갖고 싶으나 그들과 다른 자신의 내면을 가질 수밖에 없었던 이유를 고백하고, 다시 공동체 속으로 편입되기를 갈망한다. 따라서 화자의 고백은 자기 자신 속의 청자를 공동체 속의 사람이라고 믿는 '동일성'에 의해 이뤄진다. 그리고 화자가 공동체로부터 받은 소외감이 공동체가 갖고 있는 담론과 같은 추상적 논의들에 의해서라면 자신의 사상이 공동체의 담론과 다르지 않음을 드러냄으로써 자아 동일성을 획득하고자 한다.

그와 같은 양상을 구체적으로 살펴보면 다음과 같다.

첫째, 자아가 종교나 법률 등과 같은 제도적 장치나 윤리와 같은 관습적 장치에 반한 죄를 범했을 때 그것을 고백하고 죄를 회개한다. 그리고 그 결과 공동체로 다시 되돌아가기 위해서 고백을 한다.[16] 죄를 짓고는 살 수 없으며, 죄를 지어 공동체로부터 격리되든지, 소외되든지 하는 상태에서 자신의 진실을 고백함으로써 다시 공동체로 돌아가고자 하는 욕망에 의해 고백을 하는 것이다.

둘째, 공동체에서 자신의 존재를 인정받기 위해, 즉 이해, 동정, 수락과 같은 것을 얻기 위해 고백을 한다. 죄를 짓지 않아도 공동체로부터 소외를 받을 수 있으며 그러면서 겪은 외로움과 고독을 극복하기 위해 그들에게 적극적으로 자아의 존재를 알리기 위해서 고백을 하는 것이다.[17] 그러다가 지나치게 자신을 드러내다 보면 자기 자신에 대한 변명이나 보호로 치우칠 수 있는 문제가 있기도 하다.

셋째, 화자와 청자의 상호 인식에 의해 공동체가 만들어진다.

이와 같이 화자가 고백을 하는 이유를 통해 그 서사 양식과 고백적 글쓰기가 갖는 의미가 무엇인지에 대해 생각할 수 있다.


## 3. 고백 소설 텍스트의 조건

고백은 한 개인의 자기 반성적인 성찰을 넘어 타인, 나아가 사회와의 관계에서 자신의 존재를 어떻게 인식하고 표현하는가를 보여 준다는 점에서, 또한 역으로 이러한 글쓰기가 작가의 삶에 영향을 미친다는 점에서, 삶과 글쓰기의 관계에 대해 시사하는 바가 크다.[18] 그리고 작가의 글쓰기 행위가

---

16) Francis R. Hart, "Notes an Anatomy of Modern Autobiography", *New Literary History*, 1(Spring, 1970), pp.491-92.
17) T.Doody, *Op. cit.*, p.16.
18) 문경자, 「루소의 자서전 글쓰기와 진실의 문제」, 서울대 불문과 박사논문, 1998,

갖는 의미를 예술로 성찰하고 있는 점은 한 작가의 문학적 역사를 가늠하는 데 중요한 척도가 될 수 있다.

그래서 작가의 실제 삶과 글을 쓰는 자기 자신과의 관계를 드러내며 고백의 본질적 의미를 잘 구현한 작품을 '고백적 글쓰기'라 할 수 있다. 글쓰기란 작가의 존재에 대한 인식을 담아낸 양식의 표현이다. 그러므로 고백적 글쓰기는 작가의 존재와 삶에 대한 물음을 문학적으로 형상시켜 놓은 것을 주된 문학적 특성으로 갖고 있다.

그리고 글쓰기란 언어로 되어 있으며, 그 언어는 단순한 일상적 의사소통의 수단으로서의 의미보다 고백을 하는 화자와 청자의 서사적 지위를 표상하는 매개항이라는 의미를 갖는다. 이러한 언어는 고백적 글쓰기의 서사 속에서 화자와 청자, 서사 속의 서술자, 주인공, 서사 바깥의 작가와 독자의 관계를 규정짓는 요소가 되는 것이다.

고백이 화자의 차원에서 이뤄지고 있으며 화자의 고백적 서술(narrative)로 되어 있는 작품들을 많이 볼 수 있다. 고백을 하는 화자는 자기 자신의 존재를 언어를 매개로 하여 인식한다. 화자가 과거 기억들과 미래의 이상을 경험 속의 자아를 대상으로 하여 서술한다. 그리고 화자가 말을 할 때 그것을 듣는 청자는 자기 자신이기도 하다. 자아, 화자, 청자 모두 동일인물임을 언어를 매개로 하여 확신할 수 있으며, 그것은 화자의 목소리를 자아의 목소리라고 믿는 육체의 동일성에 의해 가능하다. 그리고 어떤 기억의 내용이 구체적인 사건이 된다. 그런 기억을 언어로 서술함으로써 자아의 동일성을 이뤄낸다.

고백을 하는 화자는 사회 공동체 속의 언어를 사용함으로써 화자와 청자 사이에 보편적인 정서와 담론이 소통하고 있다고 믿는다. 화자는 사회적 언어를 사용함으로써 자신의 진실을 용이하게 전달할 수 있다. 언어를 매개로 서사가 이뤄지며 그 속에는 다양한 목소리의 관계가 펼쳐져 있다.

본 작품집의 대상 작품은 다음과 같은 조건에 의해 선별되었다.

---

pp.7-21.

첫째, 가장 으뜸 되는 조건으로 일인칭을 시점으로 한 소설을 먼저 대상으로 삼았다. 화자가 고백을 발화하는 점에 초점을 두어 내포 작가의 목소리보다는 화자 자신의 서술로 이뤄지는 고백을 대상으로 삼았다. 일인칭소설 중에서도 화자가 고백을 하는 작품만을 대상으로 삼고자 한다.

둘째, 화자의 고백적 서술로 된 일인칭소설에서 화자가 실제 작가와 유사성을 갖고 있을 때에는 그것을 자전적소설의 범주에 포함시켜 대상으로 하였다.

셋째, 화자의 고백으로 볼 수 있는 서사 양식인 서간체소설, 일기체소설 중에서 시점이 일인칭으로 되어 있는 것에 한정시켰으며, 특히 화자의 고백으로 되어 있는 것을 선별하였다.

이와 같은 연구 대상 조건에 들어오는 1920년대까지의 소설은 70여 편 되며, 그 중 고백적 서술 방법의 의미를 가장 잘 드러내는 작품을 선별하여 본 작품집을 만들게 되었다.

# 白岳春史

# 春　夢

『太極學報』 8호, 1907

　　도라왓네, 도라왓네, 陽春이도라왓네, 冬帝의凜烈ᄒᆫ威勢를, 이긔지못ᄒ
야, 悄悄ᄒᆫ景色으로, 오ᄅᆡ동안, 愁容[19]을未開ᄒ든萬物, 慈愛ᄒ신春神의, 無
量ᄒᆫ　恩寵을浴ᄒ야,　各自特殊의　眞相[20]을發顯코져,　東園西園에古梅若梅,
紅白을亂粧[21]ᄒ야,　妍美를相爭ᄒ고,　平和ᄒᆫ日輪은,　貴賤上下의頭上에,　差
別이,　업시,　平等ᄒᆫ光線으로,　下界를照覆[22]ᄒ샤……………

　　近日春期試驗에,　晝宵[23]汨沒ᄒ야,　身體도疲勞하고,　心身이不平ᄒ니,　어
디,　逍遙[24]나ᄒ여볼가!　短節[25]을,　덜덜끌며,　定處업시ᄶᅥ나가니,　건넌山頂에,
日光을反射ᄒᄂᆞᆫ,　閃閃[26]ᄒᆫ一點白은,　白玉인가　淨琉璃[27]인가,　抑殘雪인가!
田間丘頭에세,　졸졸ᄒᄂᆞᆫ종달시,　아녜-身勢和平ᄒ구나!　너-무슴싱각으로,　조

---

19) 근심스러운 빛을 띤 얼굴.
20) 사물이나 현상의 거짓 없는 모습이나 내용. '참된 모습'으로 순화.
21) 어지럽게 치장함.
22) 어떤 사람의 인적 사항 따위를 물어 온 데 대하여 답함. 또는 그런 회답.
23) 밤낮.
24) 자유롭게 이리저리 슬슬 거닐며 돌아다님.
25) 짧은 지팡이.
26) 번쩍번쩍이는 모양.
27) 유리와 같이 맑고 깨끗한 국토라는 뜻으로, 약사여래의 정토.

고마흔목이, 터질드시, 그다지부르는고? 罪惡中에奔走ᄒ야, 精神을못차리는, 우리人間社會를, 嘲笑ᄒ는가? 宇宙의大秘鑰을, 將次余의게啓示[28]코져ᄒᄂ냐? 白石上에轉鳴ᄒ는, 水晶ᄀᆺ튼 淸泉아, 晝夜를 不撤ᄒ고, 흘너가는너―, 어디로가ᄂ니? 峻嶺[29]을넘어, 層岩絶壁을攀上ᄒ야, 千辛萬苦로絶頂에올나셔니, 참됴쿠나! 西으로바라보면, 大地平野中에, 一絲川流, 銀蛇가구불구불, 寸人頭馬의來往이, 아름아름, 東으로바라보면, 茫茫ᄒ太平洋水,造花神[30]이, 一大碧琉鏡을, 雲際에거러논 듯, 저―게, 저―게, 水天이相接ᄒ곳에, 一條黑煙, 구름인지 輪仙인지, 足下를瞰下[31]ᄒ면, 千仞萬仞斷岸下에, 太平洋에셔, 밀녀오는狂濤, 압물결이쑹,뒷물결이쑹, 그다음물결쏘쑹그디암물결, 쏘그디암물결……… 如此히前後波가相續ᄒ야, 岩壁을衝擊ᄒ면, 無數ᄒ銀花를, 空除에畵出ᄒ는壯論討ᄒ며, 이 天地間의絶壯ᄒ偉觀을, 誰와ᄀᆺ치嘆賞[32]ᄒ고! 아아人生!!! 싱각ᄒ면, 有限이無限을思慕ᄒ야, 中間에渡航치못ᄒ一大洋의橫斷을發見ᄒ時에, 아아人生!!!

　人은何處[33]로從來ᄒ야, 何處로從去ᄒ는고, 來흠에夢과如ᄒ야跡이無ᄒ도다, 死生間에셔彷徨ᄒ는, 이人生!!! 生을此世에寄ᄒ는者, 此地에思到ᄒ면, 誰가煩悶이無ᄒ며, 誰가苦痛이無ᄒ며, 誰가悲哀를禁ᄒ며, 誰가憂恨을抑ᄒ리오만은, 世人의多數는, 此를富貴에忘ᄒ며, 此를聲譽[34]에忘ᄒ며, 此를酒色에忘ᄒ며, 此를浮世榮樂에忘ᄲᆫ이라, 四千載歷史上에, 誰가宇宙의絶對的眞相을闡破ᄒ며, 人生의秘關을洞開ᄒ者이有ᄒ가! 아아 人이 何物이며, 余는何物인고? 地上에 匍匐ᄒ는 一小虫인가, 宇宙의本源과聯關ᄒ一靈泉인가, 문득웃고, 문득嘆息ᄒ고, 문득울고, 머리를드러, 四面을바라보니, 至今ᄭᅥ지, 光明ᄒ든世界는, 何處엔지消去ᄒ고, 前後左右에, 雲霧가자옥ᄒ야, 天地는

---

28) 깨우쳐 보여 줌.

29) 높고 가파른 고개.

30) 조물주.

31) 내려다봄.

32) 탄복하여 몹시 칭찬함.

33) '어디'를 문어적으로 이르는 말.

34) 세상에 떨치는 이름과 칭송받는 명예.

黑暗瞑瞑, 萬象은고요-호데, 惡魔의奮鬪호는소리만, 往往耳朶打로다. 아아寂寞호구나! 나-어듸로向홀고? 一步를前進코져, 短筇으로, 前路를더듬으니, 忽然背後에셔一聲이有호되(快樂호라, 肉身의快樂을求호라, 此世의快樂을快樂홀뿐이니라)아아快樂! 快樂은내平生의期望호는바로다, 美衣美食과, 美色美酒와, 凡百世間榮樂을, 모루는거슨, 아니나, 다못此로써, 余의一片靈心을, 滿足히慰勞치못홀거슨, 엇지홀고? 도라보니, 黑洞洞杳然無跡. 又一步를前進홀時에, 쏘背後에셔聲이有호야曰(勇氣를發호라, 不然호면,惡魔의 窟에陷호리라) 아아勇氣! 勇氣는, 니平生의主張호는바이나, 源泉이有호勇氣가…………? 도라보니黑洞洞寂然無音. 又一步를前進호니, 쏘背後에셔聲이有호야曰(活動호라, 活動은네의生命이라, 世界는活動호는者의舞臺니라) 아아活動! 活動은내一生의翹望35)호는바이나, 慰藉36)가有호活動을…………? 도라보니쏘寞然無消息. 更一步둘前進호자, 背後에셔, 쏘高聲大呼曰(信仰호라, 信仰호는자는幸福이니라) 아아信仰! 信仰은내一生의所望이엇마는, 情에셔發호信仰보다내理性을滿足호는信仰이잇스면…………? 도라보니, 쏘잠잠無答,홀수업셔, 短筇으로, 唯一의벗슬숨고, 이길뎌길, 더듬어서, 光明界들추져간다. 短筇이, 빅긋호자, 左足이헌젼. 으악, 一聲에, 千길萬길되는, 斷岸深谷으로墜落호야. 펑펑펑…………, 쌈격놀나씨여보니 夜天은고요-호데, 一穗寒燈37)은, 微光을四壁에빗처잇고, 몸은東京僻추一間房寒衾裏에臥在호데, 額面에寒汗이축축호고, 兩眼에 熱淚38)가가득호야, 心臟의 鼓動소리만 쑥둑쑥, 東窓을바라보면, 窓살이, 푸릇푸릇, 上野山, 외로운뎔에, 슬피우는 曉鍾소리, 塵世界의 迷夢39)을씻치랴고, 쑹 쑹 아아, 내兇中에, 一種無量호 秘想을喚起호도다.

---

35) 발돋움하여 바라본다는 뜻으로, 몹시 기다림을 이르는 말. ≒교기
36) 위로하고 도와 줌.
37) ① 추운 밤에 비치는 등불, ② 쓸쓸히 비치는 등불.
38) 마음속 깊이 사무쳐 흐르는 뜨거운 눈물.
39) 무엇에 홀린 듯 똑똑하지 못하고 얼떨떨한 정신 상태. '꿈', '헛된 꿈'으로 순화.

# 月下의　自由

『太極學報』 13호, 1907

大地를紅爐中에둔듯萬物의生氣를惱殺[40]ᄒᆞ든酷烈ᄒᆞᆫ太陽은一陣雨西南風에그光線을次第로거두어신고西山으로드러가쟈東海上에뭉긔뭉긔峯雲을헤치면셔둥-구러케소사오는望月은慈悲ᄒᆞ신天女가浴後의新[41]으로笑顔을半開ᄒᆞ고新生命과平和의福音을一体에泰平氣象을씌여고요-히죠는데夏夜의獨舞台로露草에셔亂鳴ᄒᆞᆫ는버러지소리만喞喞喞喞宇宙의秘密ᄒᆞᆫ寂寞을씨치고茫茫ᄒᆞᆫ黃海水는浩浩萬[42]劫에無垢ᄒᆞᆫ容態로太古變遷의歷史를傳ᄒᆞᆫ드시無數ᄒᆞᆫ錦波를번든치니[43]그莊嚴의極ᄒᆞᆷ과平和의至ᄒᆞᆷ이凡夫로ᄒᆞ여금肉이解ᄒᆞ고靈이生ᄒᆞ야宇宙永遠의地에立케ᄒᆞ도다……………

썰이는[44]소리로

아아! 니世上은진실로눈물이만앗도다!! 아아! 이놈은 天地間에容立치못ᄒᆞᆯ 惡漢이로다!!

두손으로가슴을안고목이메여嗚泣[45]ᄒᆞ니斷腸ᄒᆞᆫ는더운눈물은그고싱ᄒᆞ야

---

40) 괴롭게 죽이다.
41) 새로 목욕을 한 후.
42) 넓고 큰.
43) 번득이니.
44) 울먹이는.
45) 근심하여 울다.

여위고쥬룸잡힌雙頰으로傳下ㅎ며우묵ㅎ고안기씬兩眼은敢히얼골을들어靑
天을우루러보지못ㅎ고人生無限의悲感을煩悶ㅎ는一老人은黃解岸絶壁岩頭
에抱解負月ㅎ고호을노셔서一生의淚歷史46)를自白ㅎ도다

　老人은暫時無言으로섯다가떨이는소리로다시말을繼續ㅎ되

　아아! 諸行無常ㅎ니의지나간世上이여!! 너가至今짓지世上의公眼을隱避
ㅎ고도리혀良心의荷責을不勝ㅎ야恒常自愧自憫ㅎ든許多ㅎ秘密이이거시도
리허너의心을自欺ㅎ고너의身을白滅ㅎ거시로구나!

　너가本是半島國貴族門中의獨子兒로발이흙을드듸지아니ㅎ고錦衣玉食
에生長ㅎ야激烈ㅎ量潮風浪에 未愚ㅎ고일즉히 浮世榮華에 沈醉ㅎ야 人世
의 生活ㅎ는거시다-이러ㅎ쥴로싱각ㅎ엿지!

　너가祖先傳來의閥名을씌고半島國衰敗의惡習에感染되야天賦의良心은
消失ㅎ고魔惡의本性은漸增ㅎ니富貴우에富貴를더ㅎ고榮華우에榮華를더치
랴고……………

　그러나上으로國家도모르고下으로同胞도모루며見聞ㅎ거시諂諛雜挾쑌이
오비온거시………(?)이놈이風前의燈火와갓흔權勢를濫用ㅎ야는無辜ㅎ同胞
를死地에謀陷ㅎ事와不義의財物을欺取强奪ㅎ야世人에게許多ㅎ怨恨을買積
ㅎ거시山海도不及ㅎ리로다

　아아! 나는참이世上에最不幸ㅎ迷兒로다!!

　아아! 이거시都是我가我가아니오惡魔가我이지!!

　○○年分에너가名色이牧民의職에在ㅎ야不孝이니不睦이니奸淫이니事
無事-너ㅎ는種種許担無根의罪名으로境內의富豪를網拿ㅎ야無名ㅎ數多金
錢을討案貪饗ㅎ고47)아즉도虎狼의心이不足을感ㅎ야暴陽에셔膏汗을흘이면
셔男負女戴로勤勞力盡ㅎ야艱辛히朝夕의生活을持去ㅎ는저可憐ㅎ殘民에게
다이놈의私腹을充ㅎ랴고48)再度의法外收歛을强制執行ㅎ다가畢竟衆怨의焦
點이되야民擾를當ㅎ엿지49)

---

46) 눈물 어린 슬픈 이야기.
47) 수많은 돈을 부정하게 탐하고.
48) 채우라고.

아아! 罪塊의이몸을明明ㅎ신上天이엇지ㅎ여至今까지이世上에셔生存ㅎ게두섯노?50)

니其時에暗夜에率家避身ㅎ다가不幸ㅎ야愛子福吉이十二歲를亂民의投石下에51)…………… 아아싱각ㅎ면가슴이터지도다니가權門에囑托ㅎ고其亂民의首領五人을捉得ㅎ야百般의惡刑을다ㅎ다가二人은打殺ㅎ고其餘三人은終身流役에處ㅎ야至今까지도數十年間을○○絶海孤島에셔苦楚에呻吟케흠도其原因을싱각ㅎ면元來人民에게는秋毫의罪責이無ㅎ고全혀이惡漢의狼心蛇恣이釀出흔結果에基因흔거시로다! 老人은목이맥혀嗚咽ㅎ며

그-쑨일ㄱ? 니가其後名目이濟民의位에處ㅎ야上으로國恩을背反ㅎ고下으로幾萬同胞로ㅎ여금接足의餘地가無ㅎ야哀號의怨聲이九天에撒케ㅎ엿스니

아아! 이놈아!!

네가무삼面目으로生命을끈지아니ㅎ고至今ㄱ지世上에사라잇나냐?

아아! 宇宙를主宰ㅎ시고無始無終에계신하나님이시여!! 이불상흔罪人을…………… 飢에泣ㅎ고寒에泣ㅎ는幾萬의同胞가全國에充滿ㅎ엿는데이놈은그不義로鉤聚흔幾萬同胞의膏血을花鬪場과酒色界에投盡ㅎ고오히려쪼不足ㅎ야阿片洋妾에奢侈를極ㅎ다가秋夜狂風에塵夢을忽醒ㅎ니可憐흔賢室은虐待를不堪ㅎ엿든가世事가艱苦ㅎ든가三歲의獨子를안고後園井裏에셔一夜未歸의雙魂이되엿고祖先遺傳의大厦高閣은一朝에影도업시消去ㅎ고52)纜縷에쑤린五尺의이몸이널고널흔世界上에도라갈곳이업도다

아아! 今日에야人生의眞意味를覺得ㅎ엿도다53)

이놈은國家의亂賊이오人道의公敵이오萬古에奸逆으로이天地間에容立치못흘놈이로다

아아! 全智全能ㅎ시고萬有의主人되시는하나님이시여! 이半島江山에이

---

49) 민중을 강제로 괴롭히고 구금하다 원망을 사다.
50) 죄 지은 나를 신은 왜 살려 두시나.
51) 피신하다가 12살 아들이 돌팔매를 맞다.
52) 어느 아침에 갑자기 사라지고.
53) 이제야 인생의 의미를 깨닫다.

놈과갓흔兇惡이잇스오면聖神의榮火로一網撲滅ᄒ읍시고이世上에셔正義로
ᄒ여금恒常悖理를勝케ᄒ옵소셔

　아아　이半島國中에住所를닐코도라갈곳이업셔流雜叫號ᄒᄂ幾萬의可憐
ᄒ種族이山野에遍滿ᄒ여습나이다　아아　하나님이지역져불상ᄒ種族에게鴻大
ᄒ恩惠를나리우시샤飢ᄒ者에게飮食을주시고추어ᄒᄂ者에게居處와衣服을
주옵시며悲哀하ᄂ者에게깃붐을주옵시고우ᄂ者에게慰勞를주시며渴ᄒ者에
게聖靈의水를주시고惡ᄒ者에게聖神의火를나리우소셔

　이世上에셔一切의罪惡을驅逐ᄒ시고地球上에永遠히極樂의天國을建設
ᄒ시옵소셔!!

　이놈을어서罪惡의手中에서滅ᄒ시와永遠ᄒ地獄火에投ᄒ야주시옵소셔

　老人은말을맛치고無言으로셔셔黃海를바라보니밤은五更이라海天은無窮
히廣闊ᄒ고天地ᄂ平和의神이降臨ᄒ듯四方이寂寥ᄒ데

　덤-벙ᄒ소리에岩下거을갓흔水面上에月光을ᄭ치니

　岩上에섯든老人　忽然히간곳업다

　幸인지不幸인지?

# 多情多恨

『太極學報』6～7호, 1907

## 一

時節은大韓光武午年頃인가, 흘너가는, 가을빗슨, 大地를包容ᄒ야나무가지, 풀닙마다, 누릇, 누릇峰峰54)ᄒ黑雲中에씨엿다버서졋다, 쩌러지는日輪55)은黃海水平面上에半掛ᄒ야上下天을眞紅으로물드린듯順風에돗글달고濟物浦로도라가는漁夫노린, 울굴굴, 미러오는潮水소리, 쩟다, 잠겻다, 펄-펄나드는,　白鷗소리自然의妙樂을合奏ᄒᄂᆫ듯이쩌에草草ᄒ匹騎輕裝으로一童者를隨行ᄒ야仁川港柚峴으로下來ᄒᄂᆫ一路子年56)可四十頃에容貌가秀出ᄒ고風來가非凡ᄒ나多年客地風霜에苦楚를經ᄒ인지人世風波에辛酸을嘗ᄒ인지顔色이憔悴靑白ᄒ고顎骨57)이稍高ᄒ야一種의秘憂를먹음은듯ᄒ더라

## 二

上篇所謂58)客子의蹤跡을搜探59)ᄒ니京城桂洞居ᄒᄂᆫ三醒先生이라先生

---

54) 산봉우리.
55) 불교에서, 태양을 이르는 말.
56) 太歲의 地支가 子로 된 해.
57) 턱뼈.
58) 이른바.

은元來品性이卓越ᄒ고志氣가濶達ᄒ야靑年當時에恒常自思ᄒ되何如則男子
가此世에生ᄒ야碌碌[60]흔俗夫를作치말고不世의大事業을成ᄒ야一世의耳目
을驚動ᄒ며千秋의雄名을遺傳홀고ᄒ야家業을抛棄ᄒ고神法奇術工夫次로人
情風土硏究次로人道江山遍踏[61]ᄒ야名山大川과名勝都會를歷訪[62]ᄒ며所謂
異人道僧奇士術客[63]을一一히訪問ᄒ니異人道僧이別非他人이오奇士術客
이都是虛名에不過홈을覺破ᄒ고中心이不平歸來ᄒ야以後一切濁浪[64]世界에
名利의念을斷ᄒ고今古의活學問과外國의新知識을隱然[65]自修홈으로無聊[66]
의世를渡ᄒ더니, 물, 흐르듯, 가는, 歲月頭霜이將垂로다建陽[67]元年도라와셔
天運이泰回에國運이維新[68]ᄒ샤警務局長의榮職을拜命[69]ᄒ니라


　이쩌에獨立協會로一變흔萬民共同會가貞洞에셔負商[70]軍의大打擊을受
ᄒ고再次龍山血戰에失敗를當ᄒ믹內外人心이洶湧如沸ᄒ야大小各學校學徒
ᄂ一時에同盟休學ᄒ며各商店은撒廛盟起ᄒ야萬口一唱으로民會에加勢ᄒ니
此時에民會ᄂ本陣을鍾路에두고風餐露宿[71]으로晝宵를不撤ᄒ고一邊으로派
員[72]演說ᄒ야人心을鼓動ᄒ며


　當局에셔ᄂ 百方手段으로 民會를 解散코져ᄒ되 民會에셔ᄂ 當局의 處
置를 益益憤慨ᄒ야 人民과 當局間에 軋轢이 日甚ᄒ니[73] 此時城中景光은

---

59) (남의 사정이나 비밀 따위를) 몰래 조사하여 알아 냄.
60) 하잘 것 없다, 보잘 것 없다.
61) 두루 살펴봄.
62) 여러 곳을 차례로 방문함.
63) 음양이나 복서·점술에 능통한 사람. 術客, 術士.
64) 흐린 물결.
65) 은연하다: 겉으로 드러나지 아니하다.
66) 지루하고 심심함.
67) 조선 시대에 처음 쓴 연호. 고종 33년부터 대한제국 수립 직전까지 1년 8개월 동안 씀.
68) 낡은 제도나 체제를 아주 새롭게 고침.
69) 명령·임명을 삼가 받음.
70) 등짐장수.
71) 바람과 이슬을 맞으며 한 데에서 먹고 잔다는 뜻으로, 모진 고생을 말함.
72) 파견된 사람.

怪雲이 慘憺ㅎ고 殺氣가 騰騰ㅎ야 不知瞬刻間에 腥風血雨의 活劇을 演出
홀듯ㅎ더라 一夜警務局長에게 通知가 急下ㅎ되 卽刻으로 巡撿74)幾百人을
領去75)ㅎ야 民會를 屠戮ㅎ라 ㅎ거늘 先生이 沈思拒日口來分付ᄂ 決不許
聽이라ㅎ니 畢也當局이 政府에들어가 如此히 殘虐無道의 政令은 到底執行
치못홀 綠由를 滔滔히 抗辯出來ㅎ니

　　此時에警務廳內幾百巡撿은此通知의密下를探聞ㅎ고揮淚76)相議ㅎ되民
會會員은卽吾輩各自의父兄親戚이라此를屠戮홈은吾輩의父兄親戚을屠戮
홈이니엇지天理人道의能히行치홀바리오만일局長끽셔上部의令을抗拒치못
ㅎ야如此不道의慘事를無理로遂行코져ㅎ면우리ᄂ一齊히巡撿을니여여노코
同盟退出코쟈고決議ㅎ든中에先生의抗辯出來홈을듯고幾百巡撿이先生의卓
見77)을感泣稱頌ㅎ며自後로ᄂ先生에게信服ㅎᄂ마음이더옥두텁더라先生이
警務局長을拜命ㅎ以後幾年間에如此히衆議를排ㅎ며羣誹를不顧78)ㅎ고一身
을國家에獻ㅎ며誠力을公事에盡ㅎ야一平生兜中의宿志79)를萬分一이라도斷
行ㅎᄂ機會가有코져ㅎ엿더니嗚呼라皇天이不吊ㅎ샤人事가多端ㅎ니孤掌難
鳴80)이오隻輪不行이라先生의高尙ㅎ思想과剛直公平ㅎ行事가於公於私間에
半點81)公然의非難을受홀處ᄂ無ㅎ나羣務의焦點이되고衆目82)의的이되야地
位를保有치못ㅎ고必也木浦警務官으로移職되ᄂ境에至ㅎ미先生이快然應諾
後에遊覽兼到任次로卽日束裝發程ㅎ야輪船便을기다리러仁川港으로下來홈
일네라

---

73) 날로 심하다.
74) 조선 후기에, 경무청에 딸렸던 하급 관리. 지금의 순경에 해당함.
75) 함께 데리고 돌아감.
76) 눈물을 뿌림.
77) 뛰어난 의견이나 견해. 고견, 탁식.
78) 돌보지 않음.
79) 오래 전부터 품은 뜻.
80) 혼자서는 일을 이루지 못함을 이르는 말.
81) 아주 조금.
82) 뭇사람의 눈.

三

却說先生이木浦警務官으로赴任ᄒ지幾日後에一日은一役夫의등訴[83]를 聞ᄒᆫ즉役夫[84]廳에셔役夫牌長[85]이一役夫를笞[86]六十度에處ᄒ야幾至死境 이라ᄒ거늘巡撿을卽派ᄒ야該牌長을捉致問招曰「官憲이自在ᄒ거늘네가무 슴名色으로人民을私刑[87]에處ᄒ야死境에　至ᄒ엿단말이냐?」　牌張「小人이 小人의自意로ᄒ거시아니오라役軍中에不法ᄒᆫ者가有ᄒ면隨時處罰ᄒ라고監 理使道[88]끠셔如許ᄒᆫ條文을許給ᄒ얏단말이냐?」　牌張「네-果然監理使道끠 오셔조問을許下ᄒ엿습니다」先生「그러면그條文[89]을가져오너라」牌張을拘 留[90]後에條文을가져보니該條目中에役夫中不法者가有ᄒ거든隨時處罰ᄒ 되若重罪를犯ᄒᄂ者ᄂ笞二十에處홈을得ᄒᆫ다는條件이有ᄒ더라於是에牌張 을다시問招曰「이놈들어라이條目重에重罪를犯ᄒᆫ者ᄂ笞二十에處ᄒ라ᄒ엿 지어디六十에處ᄒ라ᄂ法이잇단말이냐?」　牌張「果然該役夫軍이重大ᄒᆫ罪를 犯ᄒ엿쓰옵기次律文에의지ᄒ와二十度式세번處刑ᄒ엿습니다」　先生이此牌 張의答을問畢ᄒ고慨然嘆曰如此ᄒᆫ官憲과여此ᄒᆫ行政이都是法令을腐敗케ᄒ 며人民을苛酷케ᄒᄂ原因이라ᄒ고卽時監理와交涉ᄒ야該條文을卽日노撒破 ᄒ고先生이數多役夫를一齊招集後에諄諄[91]曉喩[92]曰今日該條文은旣爲破棄 ᄒ엿스니너희等은다시牌張等의不法ᄒᆫ苦刑을不受홀뿐만아니라만일牌張輩 中에依前頑習[93]을不改ᄒ야　不法行爲를敢行ᄒᄂ者有거든卽時余의게告訴 ᄒ라ᄒ고年來頑冥[94]俠雜[95]ᄒᆫ牌張輩의餌食을不免ᄒᄃ役夫輩을自由로解放

---

83) 법률관계의 존부에 관한 심판을 청구하는 행위.
84) 일꾼.
85) 지난날, 관아나 일터의 일꾼을 거느리던 사람.
86) 五刑의 하나로, 매로 볼기를 치던 형벌.
87) 개인이 사사로이 범죄자에게 가하는 제재. 하적 제재, 私刑罰.
88) 監理署. 조선 말에, 개항장이나 개시장의 통상 사무를 관리하던 관청.
89) (규정이나 법률 따위를) 조목조목 벌여 적은 글.
90) 잡아서 가둠.
91) 순수하다: (타이르는 태도가) 찬찬하고 곡진하다.
92) 알아듣도록 타이름.
93) 완고한 버릇.

ᄒᆞ니憐彼愚蠢ᄒᆞᆫ役夫軍의喜悅雀躍96)ᄒᆞ야萬歲를齊唱ᄒᆞ며太平을謳歌ᄒᆞᄂᆞᆫ樣子米國南北戰爭後에自由解放ᄒᆞᆫ黑奴의그것과恰似ᄒᆞ겟더라ᄯᅩ선生은慈愛心이多ᄒᆞ고同情이深홈으로自己의月銀을盡散ᄒᆞ야可憐ᄒᆞᆫ部下를救濟ᄒᆞ며其給ᄒᆞ야一次宴遊97)를賜ᄒᆞ미巡撿等의喜悅稱頌이何에此홀바有ᄒᆞ리오於是에巡撿等이慶祝宴會를設ᄒᆞ고先生의鴻恩을感謝ᄒᆞ야祝杯를獻ᄒᆞ더라此時에先生이上席에坐ᄒᆞ야窓隔으로瞥見98)ᄒᆞᆫ즉一人이烹豚을큰그릇에담아가지고南北으로巡回ᄒᆞ다가略一時間後에야酒果와兼ᄒᆞ여酒席에닉이거늘先生이心中에自思하디必是愚昧ᄒᆞᆫ人民等이ᄯᅩ귀신이나神堂等屬99)을崇拜홈이라도ᄒᆞ고宴罷100)乃歸러니其後에一巡撿을私招ᄒᆞ야隱宴問曰日前宴會時에닉一暫見101)ᄒᆞᆫ즉烹豚을가지고이곳뎌곳 巡廻ᄒᆞ니 是何曲折고?

巡撿네-이곳此山下에數百年來로爲ᄒᆞᄂᆞᆫ神堂이잇스옵ᄂᆞᆫ데大端히靈검ᄒᆞ고嚴ᄒᆞ와官民間에무슴飲食이싱기면반다시몬져此神堂에供獻ᄒᆞᄂᆞᆫ規例가有ᄒᆞ옵ᄂᆞ이다ᄒᆞ거늘先生이허허大笑曰幽明102)이地已隔ᄒᆞ고神人이位已殊어늘神人共居가甚是未便者也로다ᄒᆞ고卽時巡撿幾人을불너該神堂을處置ᄒᆞ라ᄒᆞᆫ즉巡撿等이大警戰慄曰次神堂은數百年來有名히靈검ᄒᆞᆫ神靈이라만일人間이此少ᄒᆞᆫ罪를犯ᄒᆞ면神罰이立地에至ᄒᆞ옵닉다ᄒᆞ거늘先生이大呼曰神罰은我自當ᄒᆞ리라ᄒᆞ고卽時役軍과巡撿을率103)法ᄒᆞ야該神堂을燒棄104)ᄒᆞ니人民이戰競相目曰今次警務官令監은天主敎人이아니며耶蘇敎人이라고소문이浪藉ᄒᆞ더라如此히先生이到任ᄒᆞ以來不過月餘에部下를撫服ᄒᆞ며舊習을一掃淸新ᄒᆞ고人民保護의失을益擧ᄒᆞ더니嗟홈다木浦人民의否運인지時代潮流의所襲인지

---

94) 완명하다 : 완고하고 사리에 어둡다.

95) 옳지 않은 짓으로 남을 속임.

96) 팔딱팔딱 뛰면서 기뻐함.

97) 잔치를 벌여 놓고 놂.

98) 흘끗 봄, 대강 훑어 봄.

99) 따위.

100) 연회를 파하고.

101) 잠깐 봄.

102) ① 어둠과 밝음, ② 저승과 이승.

103) 비율.

104) 소각.

인지此未前의好警務官이一朝依願免本官이되엿다고

四

　　先生이木浦警務官으로免職上京ᄒ니家勢는淸貧如洗ᄒ나賢夫人姜氏와長男유봉이八歲와次男하봉이四歲와及先生合四人間의和氣靄靄ᄒ家庭에서一切政海의蹤跡105)을斷ᄒ야世憂를忘ᄒ고專혀兒童敎育과同胞開發로써半生의天職을盡ᄒ고고져ᄒ야洞內某某有志人士와相議ᄒ야小學校를新築設立ᄒ기로決定ᄒ고小學兒童을一齊히불너礎石一個式을求來ᄒ라ᄒ니兒童輩가爭先106)歸家ᄒ야各自의柱礎를쎄여오며或不美ᄒ거슬가져오는兒는相責相促ᄒ야不日內에基地를定ᄒ고新築에着手ᄒ니此間에無窮ᄒ滋味는前日風雲界生活時의到底夢想ᄒ지못ᄒ엿든바더라先生이一日은早朝에니러나烟草를퓌여물고緩步散策으로小學校基地로올나가니南山北岳에자옥히쟘긴안기萬象의秘密을包藏107)ᄒ고네거리, 널흔길에, 물찌게장ᄉ의, 물, 깃는소리만, 짜걱짜걱

　　한골목에, 다다르니, 한사롤, 허릴람, 굽붓ᄒ며, 「안녕히, 지무셔곕시오」? 先生이不意108)中에바라보니前日警務局長으로在호時에熟知ᄒ던別巡撿이라先生「하엇더케여긔왓나?」別巡撿「아니올시다이집은누가主ᄒ야新築ᄒ는거시옵가?」先生「이집은온一動內사롬이合同ᄒ여짓는小學校다」別巡「至今警衛總管끠셔令監을좀오시라고ᄒ엿슴니다」ᄒ며帖紙109)를出示ᄒ며左右間집으로도라오니이골목에셔쏘나오면셔安寧히지무셔곕시오더골목에셔도쏘나오면셔安寧히지무셔곕시오ᄒ며이골목뎌골목에셔불닐듯나오는別巡八九名에幾至ᄒ니必是시벽브터줄을버리고先生의擧動을警戒ᄒ던模樣이더라先生이집에도라와衣冠을正着後에朝餐을먹고나아가니數多別巡이先生을左右前後로

---

105) 발자취, 행방.
106) 서로 앞서기를 다툼.
107) 물건을 겉으로 드러나지 않게 싸서 간직함.
108) 뜻밖.
109) 관아에서 이속과 노비를 고용하던 서면, 곧 사령.

擁衛ᄒ고나는드시警務廳으로모시더라先生이巡撿의게擁衛ᄒ야警務廳門內
에들어가니大罪人을捕縛ᄒ엿다고숙운숙운ᄒ는소리四面에셔들니더라先生
은엇더훈ᄭ닥을아지못ᄒ고引導ᄒ는디로獄間에드러가니一靑年이馳110)前拜
揖曰令監ᄭ셔엇지ᄒ여쏘이곳에드러오시옵ᄂᆞ잇가ᄒ고痛極飮泣ᄒ거늘仔細
히바라보니此靑年은卽四五年前에先生이局長으로잇슬時에手下에親히부리
는使喚111)이라此使喚은廳內의  大小物論112)을聞知ᄒᆞ으로先生의被捉113)됨
을듯고如此히痛惜哀呼ᄒ니此乃先生의重罪를默示114)홈일네라一邊으로착
拷115)를치우고看守를嚴히ᄒ야一朝에汚穢116)를極ᄒ고默暗暗훈牢屋中에自
由를失훈몸이되니嗚呼라黑雲이慘憺ᄒ고前路가杳117)茫118)ᄒ다先生의運命!

五

先生은至今ᄭ지도如何훈罪名으로獄中에如此이投入됨인지알길이萬無
ᄒ야가슴이답답ᄒ고心懷119)가憤鬱120)훈中에窓隙121)으로越便을바라보니건
너便獄間에도이房져房罪人이充滿훈中에某某五六人의同志團이那間122)에投
入되엿는지쏘훈先生과同一훈模樣으로苦楚를呻吟ᄒ더라彼此間一言相情도
話交치못ᄒ고눈만ᄭ벅ᄭ벅셔로바라보며一身의運命을天에任ᄒ고다못天日
의復明ᄒ기만晝霄123)기다리더니一日은重罪人問招令이秋霜갓치나리자越便

---

110) 달리다, 방자하다.
111) 관청이나 사삿집에 고용되어 잔심부름을 맡아 하는 사람.
112) 여러 사람의 논의나 세상의 평판.
113) 남에게 잡힘.
114) 말 없는 가운데 은연중에 자기의 의사를 나타내 보임.
115) 시험, 마치다.
116) 지저분하고 더러움, 또는 그런 것.
117) 어둡다, 멀다 묘.
118) 물이 아득히 이어진 모양, 망.
119) 마음속으로 느껴 품고 있는 생각, 회포.
120) 분을 삭이지 못하여 가슴이 답답하다.
121) 틈, 갈라지다.
122) 그 동안, 어느 때쯤.
123) 밤 낮.

으로一人式잡아닉여數時刻을問招後에다시獄間으로나리우니此事件이全體如何혼事件인지罪案이如何혼名目인지目前에迫來ᄒᆞᄂᆞᆫ大務獄[124]이무어신고? 先生의타는마음實노測量키難ᄒᆞ구나!!!　이윽고先生의席次가도라와셔幾多巡撿에게擁衛ᄒᆞ고祭壇에나아가는羊과갓치問招場에드러가니巡撿邏卒이左右에버려시고形具들들여라바로아려라ᄒᆞᄂᆞᆫ號令晴天의霹靂이쩌러지듯난데업는日本協會事件이며ᄯᅩ근來新築ᄒᆞᄂᆞᆫ學校를如何히推思ᄒᆞ엿던지家舍建築事件이니百方으로訊問ᄒᆞ나先生은元來半點의罪實이無혼지라싱각ᄒᆞ면우셥고도憤ᄒᆞ며憤ᄒᆞ고도可憐ᄒᆞ야바른寫實디로卽告ᄒᆞ고餘問에ᄂᆞᆫ一切口吻을緘默[125]ᄒᆞ니當日百方으로問招혼結果畢也要領을不得ᄒᆞ고다시獄으로下혼지라先生이獄에나리와六十日을지닉도록一次訊問이更無ᄒᆞ더니其後에重罪人을다-監獄署로移下ᄒᆞ라ᄂᆞᆫ嚴令이一下ᄒᆞ니此日부터ᄂᆞᆫ此重罪團이一變監獄署客이되엇다오次篇부터ᄂᆞᆫ어데生前地獄니야기를ᄒᆞ여봅시다

六

　　先生이監獄署에ᄂᆞ려오니此時ᄂᆞᆫ夏節炎天[126]이라.　도야지우리ᄀᆞᆺ혼겻은房에罪人은充滿ᄒᆞ고臭氣[127]ᄂᆞᆫ紛紛ᄒᆞ여鼻桂를觸ᄒᆞ며이곳뎌곳에셔呻吟ᄒᆞᄂᆞᆫ소리傷心嘆泣ᄒᆞᄂᆞᆫ景光人으로ᄒᆞ여곰正視키難ᄒᆞ고人으로ᄒᆞ여곰二度聞치못ᄒᆞ겟더라先生은元來軟弱혼身體에무겁고무거운착拷를이긔지못ᄒᆞ야길고긴눌에안졋다누엇다前途를沈思ᄒᆞ며길고긴밤에甘夢을不成ᄒᆞ고허리가끈어지는듯轉自嘆曰허허人이스스로經驗치못ᄒᆞ면凡事가이럿코나내前日警務局長으로在任時에幾百의不幸혼者를如此히惡刑에處ᄒᆞ엿든고許多혼怨恨을世上에싸앗도다頃刻後에思想이ᄯᅩ一變ᄒᆞ면怒氣가騰騰ᄒᆞ야痛罵[128]혼人을如此히惡刑[129]ᄒᆞ고!　한번내손에權利만도라오면

---

124) 죄 없는 사람을 무고하여 일으킨 옥사.
125) 입을 다물고 말을 하지 아니함. 緘口.
126) 타는 듯이 더운 한여름의 하늘, 또는 그런 날씨.
127) (가스에서 나는 불쾌한 냄새 따위) 좋지 않은 냄새.
128) 통렬히 꾸짖음, 또는 그런 꾸지람.

如此히一時間中에도思想이千萬으로變遷ㅎ야感極痛泣ㅎ며怒極痛罵ㅎ다가아이구허리야呻吟ㅎ며누을쩌에엇더혼一人이前便에안꼬눕눈디로착栲를드러先生의苦痛을親切히慰問ㅎ눈이有ㅎ거늘先生이놀라니러나親切혼同情과不安혼ᄆ음으로百拜感謝後에先便의姓名과쏘入獄혼罪名을무른즉先便이慨然嘆曰余눈本是平壤人으로美國갓다온罪로此處에入혼지于今三年이온데今次令監等幾人의入獄혼거슨確實히無罪혼거슬知ㅎ옵고쏘令監끠셔老體에重刑을니긔지못ㅎ야呻吟흠을目見ㅎ니兇懷가不平ㅎ고情感이간切ㅎ야令監끠셔조곰이라도安眠을得홀까ㅎ야착拷를드럿슴니다이ᄀᆺ치親密혼情愛로한둘두둘一年을지냇더니아아이美國갓다온불상혼罪人은徹天[130]의冤을씻지못ㅎ고그오눈夏節에불行流疫에罹ㅎ야黑暗獄中에셔永遠이不歸의魂이되엿소

七

如此히獄中生活로一年지닌후에此有志團은獄官의厚意로五六人을一室에會合ㅎ고身體를自由로運動케ㅎ니天釣[131]의重荷[132]를버셔놋코自由身이된듯以後로눈恒常五六人이團坐ㅎ야古談笑話와新聞等으로無聊의歲月을보니며或滋味잇눈冊子를求ㅎ면獄中의消日物이될가ㅎ엿드니一日은同時獄中에셔懲役[133]ㅎ눈某志士의因緣으로耶蘇敎冊幾百部를드려왓단말을듯고無聊之餘에小說보눈一體로或世憂를忘홀까ㅎ야親近혼付託으로天路歷程一卷을求來ㅎ니此눈英人繙然約翰이가失睛혼女息을다리고十二年間獄中에셔고싱ㅎ며著作혼者라先生이同境遇에同情의淚를不禁ㅎ야晝宵를不息ㅎ고孜孜讀來ㅎ니隱然中에一種快味를漸覺ㅎ고[134]쏘全文義를通ㅎ야半點이라도人을怨望ㅎ눈氣色이無ㅎ며恒常自己의運命을自慰自樂ㅎ눈精神이到底凡常혼人

---

129) 잔인한 형벌에 처함.
130) 하늘에 사무침.
131) 낚시질하다, 낚다.
132) 무거운 짐.
133) 자유형의 한 가지. 기결수를 교도소 안에 구치하여 일정 기간 노역을 치르게 하는 일.
134) 점점 깨닫고.

士의思及홀바-아니러라先生이疑訝默思ᄒ되彼도人이오我도人이어늘彼ᄂ
如何ᄒᆫ思想과如何ᄒᆫ精神이有ᄒ야如許히浮世의苦樂을冷視홈인고다못드른
즉彼ᄂ耶蘇敎를信ᄒ다ᄒ니實노耶蘇敎中에如許ᄒᆫ能力이有ᄒᆫ가於是에同志
幾人이마음을決斷ᄒ고新舊約幾部를求來ᄒ야自此로ᄂ晝宵餘念업시漸次로
讀去ᄒ니其中에千古難解의眞理가包藏ᄒ고一種難言의快味를感得ᄒ깃더라
幾朔135)을熱心으로攻究ᄒ야僅僅讀畢ᄒ니心眼이洞開에一種活路를新得ᄒᆫ듯
相議後에一是耶蘇밋기를確定ᄒ고一邊으로ᄂ各其本第136)에通寄137)ᄒ야耶
蘇밋기를懇勸ᄒ며一邊으로ᄂ聖經研究外에餘念이無ᄒ더라先生이一日은一
冊子를求ᄒ야一篇의記載ᄒᆫ바를보니美國東部地方에一赤138)貪ᄒᆫ家族이有
ᄒ야特別한謀策139)이無ᄒ면到底全家族의生計를維支홀餘望이無홈을見ᄒ고
家長이夫人다려謂曰내가드른則西部地方落機山140)下에黃金이多産ᄒ다ᄒ니
내彼處에往ᄒ야金을만히採集호後에通寄ᄒ거든夫人은져어린愛子를다리고
移來ᄒ면吾家의活計가아닌가ᄒ고其家長이卽日- 發程落其山에到ᄒ야千辛
萬苦를忍ᄒ고幾年間을晝宵로勞働ᄒ야果然幾許의黃金을採集後에本家에通
寄호則夫人이其家長의成功을듯고喜悅如躍ᄒ야卽時束裝후에어린愛子를다
리고輪船141)으로其家長을차자가는길에不意中輪船에셔火災가니러나민到底
全人員을다救濟치못홀境에至호지라船客들이相議ᄒ고一家族中에셔一人式
만撰出ᄒ야죵船으로救出ᄒ자ᄒ니이쯰에그夫人은到底母子兩人의生命을救
得홀길이萬無홈을보고夫人이皇天끠祈禱ᄒ며船員들에게哀願懇請ᄒ고그愛
子의손을잡고울며永別辭를주어曰, 나ᄂ, 오놀날, 이海中에셔, 不幸ᄒᆫ鬼神이,
되나니, 너ᄂ, 부딕부딕, 조심ᄒ야, 아부지끠가셔, 내말을傳ᄒ고, 아부지모시
고, 부딕잘살아라, 이말을맛치고, 죵船이쩌나쟈, 人類의罪를代贖ᄒ야, 十字

---

135) 초하루, 아침, 시작.
136) 고향에 있는 본집, 本家.
137) 통지.
138) 가물음, 한발.
139) 계책을 꾸밈, 또는 그 계책.
140) 록키산.
141) 화륜, 汽船을 이전에 이르던 말.

架上에, 이슬로消去흔, 耶蘇와갓치, 이愛子의生命을代表흔, 慈悲多情의愛母는, 熖熖無情흔猛火의捕攄가되야千길萬길깁흔龍宮속으로

先生이讀了흔後에情感이痛切142)호야潛潛無言호고熱淚가雙下러니143) 忽然門外로廳直이가들러오며二童子客이令監을訪事호얏나이다호거늘先生이許入호미二童子가門을열고들어와先生끽拜謁호니此乃先生의二愛息이라傳便에들른즉其間家勢가蕩盡無餘에柴糧을貿買홀길이無호야飢寒이莫甚호다더니이제果然二愛息이如此흔冬日寒天에纜縷흔單衣를着호고數日間飮食을굴머氣骨이枯悴144)흔形狀을接見호니人情道理에其父親의胸中이果何如홀고長男이유봉이울며호는말이「어머니끽셔이럿케말슴호셔요우리는다罪를만히지은사람이라如何흔罰을바다죽을짜에至홀지라도죠곰도怨望홀곳이無호거니와이罪업는두어린거슨엇더케호면살니우깃삽냇가호고너의아부지끽엿주어라호셔요」 유봉이가이말을마치고어린마음에도感이極호야목을놋코우는소리부親은家族의可憐흔情勢와此愛子의潔白145)흔傳言을듯고胸間이미키고悲感이湧出호야一言을發홀勇氣가다시업고더운눈물만두소미를적시며啜146)泣호니座中에셔此光景을參觀호던四五人도情感이相極호야場이兀然放聲痛哭호니獄中人이이이말을듯고슬퍼호지안는쟈업더라一場放哭後에先生이유봉의손을잡고눈물을씨처주며널너曰네가집에도라가셔어머.니끽이러케엿주어라하느님이우리사람을널씬에엇지굴머죽게호실理致가잇게삼냇가耶蘇잘밋으시고安心호야지니시면自然사난道理가잇잡니다

自後로는一團中에那蘇를信依호는마음이날노두터워獄中에서祈禱讚美호며歲月을보니더니人事가窮則必變호고苦盡甘來로다靑天白日下에無罪放免호는몸이되야三年만에獄門을辭出호고世上에나와서도此有志團은獄中誓約을不變호고上帝의쯧을밧드러社會事業과公共慈善等事業을一心으로經營호는디先生은至今도一身을救世에自委호야傳道事業에熱心從事홈내다아멘

---

142) 통절하다: 몹시 절실하다.
143) 말없이 두 눈에서 눈물이 흘러 내리니.
144) 야위어 수척할 췌.
145) 행동이나 마음 따위가 조촐하고 깨끗하여 허물이 없음.
146) 울다 철.

　　二十一人學生의斷指[147]事件은前報에記載ᄒ얏거니와更聞ᄒ즉該學生等이天道敎會及一進會에拒絶書를送ᄒ야一切關係를斷絶ᄒ고今後로ᄂ自活苦學ᄒ기로決心ᄒ얏다더라

---

147) (부모나 남편의 위중한 병에 피를 내어 먹이려고, 또는 맹세를 하거나 혈서를 쓰기 위해) 손가락을 자름.

# 진학문

쓰러져가는딥(『大韓留學生學報』 3호, 광무 11년)

요조오한(四疊半) (『大韓興學報』 8호, 1909. 12)

# 쓰러져가는집

『大韓留學生學報』 3호, 광무 11년

「젼싱차싱무슴죄로 네느니느[148]이고싱을훈단말이냐니몸이귀티안으니 주식도귀티안코아무것도귀티안타」

호면셔 다쓰러져ㄱ는초가딥, 다쌘딘마루우혜 쪼이는볏흘화로쌀숨아 남향호야안져 무릅우혜됴고만훈어린ᄋ희를누이고두렁이를둘너듀는부인은 나이는 숨십밧게못되얏는데이마에는벌셔듀름술이줍하고 얼골은족박굿티 오그라딘것을보면 천가디만가디 온굿시름을다격근듯호며 두시 그집을술펴보면 집이근슈는오륙간되는모양이는 그집 헷근훈간은반이느쓰러졋스니 디는희당마[149]그몹슬당마가 이불숭훈스람의집ᄭ디 희를입힌듯호고 안방은동으로기우러디고 거는방은셔으로물너느며 마루라고널마루가억결이다되얏는데 하남촌구셕이라 터는널덕호야 압뒤뜰이헌틸호니 그역시다힝이라. 울타리밋헤셔브터 어린ᄋ희댱난[150]쳐럼 됴고뭇케[151] 바흘[152]가랏는데 무쳥이남은것을보면 쟉년가을에 무를심어 그것으로김당쳐럼훈모양이니 그만호면 그부인의형셰를디강딥댝호 깃더라. 무릅우혜누엇는ᄋ희는 그어머니의흐는말이무슴의

---

148) 너는 나는.
149) 장마.
150) 장난.
151) 조그맣게.
152) 밭을.

미인들모르고 연ᄒ여 우러니니 그부인ᄒᄂᆫ말

「아모리 서러도그만우러라. 너의아버디가돌아ᄀᄂᆫ냐 너의어미가듁어ᄀᄂᆫ냐 도모디어이훈일이냐 에구 귀티안타 그얌전훈 어루신네 듁거ᄂᆫ말거ᄂᆫ 하루븟비듁기ᄂᆫ ᄒ면가슴이시원ᄒᄀᆺ다마는………」

홀연문븟게 엣틔ᄒᄂᆫ소리나며 딧티딧티ᄒᄂᆫ거름이 남으로쓰러디ᄂᆫ듯 북으로넘어디ᄂᆫ듯ᄒ고 쾅 쿵 쾅ᄒᄂᆫ것이 듀정군즁에상듀정군의힝츳가디ᄂᆫ듯ᄒ니 그부인이 급히ᄋ히를나려놋코 놀나이러나며

「이고 오늘은 어늬못된놈의집에ᄀᆻ셔 져듯지 슐이취히드러오노, 이팔즈가무슨팔즈」 야ᄒ면셔 ᄒ숨을 휘ㅡ쉬고딘문을열너나아가더니 동늬김선달의 듀정ᄒᄂᆫ것이오 ᄌᄀᆡ남편의도라오ᄂᆫ것이아님을알고 발길을돌티면셔

「ᄯ어티가 슐을먹고곤듁이되야 도라오ᄂᆫ듈알앗디, 이ᄶ어ᄭᄂ디드러오디아니ᄒ니 져녁살은엇디ᄂᆫᄒᆫ단말인가 ᄯ 금슌네딥노름판에ᄀᆫ모양이로고 올타 달훈다 선전153)거간154)인디 빅목전시졍인디다니면셔 티통운을당ᄒ여야 돈관이ᄂᆫ엇어 듁물을흘이ᄂᆫ것을 요것도과ᄒ다고빅동전푼이ᄂᆫ보면 보기ᄀᆫ무섭게금슌이딥으로드러ᄀᆫ-빅동전155)낫티ᄂᆫ보면………」

쳘업ᄂᆫ아드님은어머니의슈심을모르고 졋달나고「이ㅡ이이」 이안아달ᄂᆫ고「이ㅡ이이」

문븟그로셔「길동어머니, 길동어머니」브르ᄂᆫ소리나면셔 ᄶ러져가ᄂᆫ문댝을탕두ᄃ리니그부인이밧비이러나

「금슌이냐, 누구냐?」

「녜, 나애요」

「웨, ᄯ, 무슨일노왓ᄂᆫ니?」

외왓ᄂᆫ냐ᄒᄂᆫ소리를드르면심슝히156) 놀너다니ᄂᆫ아희가아님을알깃고 ᄯ 무슴일노왓ᄂᆫ냐ᄒᄂᆫ말을드르면오ᄂᆫ족족탈이잇슴을알깃더라

---

153) 서서 파는 노점.
154) 큰 상인.
155) 백통돈.
156) 대수로이.

「져 길동아버디가요 젼에가디고나가시러고벽댱에두신 모본딘[157]열필보
니시라구요」

「길동아버디 너의게[158]계시드냐」

「녜 계시요」

「또 골퓌댱[159]이버려졋드냐, 화투드냐? 모본단은웨, 남의팔아달ᄂᆞᆫ것맛
타가디고 그것ᄶᅵ디듸밀게, 숫훈푼어티못ᄉᆞ서 남의바누질ᄒᆞ여논것 더림질도
못ᄒᆞ고 풀훈푼엇티못ᄉᆞ서 너일모레혼인에쓴다ᄂᆞᆫ남의져고리를깃도못부쳐ᄂᆞᆫ
데 노름홀돈은어디셔낫다드냐………」

「………」

「져녁거리도업서서 굼게되엿다 너더러 이런말져런말ᄒᆞ여 무슴쓸터잇ᄉᆞ
랴마ᄂᆞᆫ……… 너의아버디도쏙두ᄒᆞ고 너의어머니도리덩인듯ᄒᆞ다 실ᄉᆞᆼ말이
디 너의어머니가치마져고리만남은ᄉᆞ람이길니 좁은딥안에 노름판을버려도
아무말아니ᄒᆞ디 모본단인디무엇인디벌서 졍듀부젼당국[160]에 ᄌᆞᆺ다돰피고 쏠
팔고나무ᄉᆞ왓다」

「아이구 그러면웃디힉요 셩화ᄀᆞᆺ티가져오라시든걸요」

「웃디ᄒᆞ긴웃디힉, 너도열세술이ᄂᆞ되여ᅳ오리지아니ᄒᆞ야싀딥갈쳐녀가이런
심부름만다니고」

「아니ᄀᆞᆫ다면 아버디씨셔ᄽᅮ중만ᄒᆞ시ᄂᆞ요, 몽둥이를들고나시ᄂᆞᆫ데 그ᄂᆞ그
쑨인가요 갓다오면 돈얼마듀신듯세요」

「그돈아니면 분못ᄇᆞ르고바눌못ᄉᆞ서! 이런길, 다니ᄂᆞ냐 얼ᄂᆞᆫᄀᆞ셔 업듯드
라고힉라」

ᄒᆞ고문닷고드러오니 금슌이ᄂᆞᆫ훈밋쳔이러바린듯시가고 길동어머님은안
으로드러와 길동이를팃켜안고 우ᄂᆞᆫ입에졋을물이면서

「그져 그런듈알앗다」

---

157) 모본단(비단의 종류).
158) 그곳.
159) 골패(노름기구).
160) 전당포.

ᄒᆞ고무슈히칭원161)ᄒᆞ더라

*　　*　　*　　*　　*　　*

금슌이나ᄀᆞᆫ후 얼마아니되야 별안간에디문을박ᄎᆞᆫ소리나면셔 갓두루믜기도아니ᄒᆞ고탈망162)에곰방디문ᄉᆞ람이불문곡딕ᄒᆞ고드러와서 아팀덧고남은듯ᄒᆞᆫ댱댝기비를들고 마름딜ᄒᆞᄂᆞᆫ길동어머니를두다리니 가련ᄒᆞ다길동어머ᄂᆞᆫ 머리ᄂᆞᆫ푸러디고 곳득이ᄂᆞᆫ희여딘옷시 이리져리 유혈이낭ᄌᆞᄒᆞ도록 엇어마디니다만

「어서듁여듀─, 누가슬기가원이랍듸가 듁며만듀면 뎡말이디소원셩취오」

ᄒᆞ면셔발악ᄒᆞ니 댬드럿든길동이가 쏘듯시씨여 별악곳티우러치니 ᄒᆞᆫ편에ᄂᆞᆫ어린ᄋᆞ히우름, ᄒᆞᆫ편에ᄂᆞᆫ어룬의민질, ᄒᆞᆫ참이리소요163)ᄒᆞ ᄃᆞ가 탈망에곰방디무신양반ᄒᆞᄂᆞᆫ말이

「이년, 네두고만보아라 디금은밧바 모본단만ᄀᆞ디고가거니와 잇다가보아라 어듸서계딥이 사나희ᄒᆞᄂᆞᆫ일을동줄거리드냐노름을ᄒᆞ거니 슐을먹거니」

ᄒᆞ면셔신발신은치 방으로드러가벽댱문여러지티고 빅디에쌋셔두엇든모본단뭉티를들고나아ᄀᆞ니길동어마니ᄒᆞᄂᆞᆫ말

「이다음 본듀인이ᄎᆞ디러오면 엇디홀터인고 오막스리초가딥도 딥문서ᄂᆞ잇서야디」

ᄒᆞ고울고불고원망ᄒᆞ고한탄ᄒᆞᄂᆞ 노름에몸단양반 드르ᄂᆞ마ᄆᆞ164), 아마도그양반은길동이어룬이신데노름판에셔화ᄂᆞ고분쓰ᄂᆞᆫ김에 그디로쮜여온모양

*　　*　　*　　*　　*　　*

슈일후에다쓰러져가ᄂᆞᆫ그집에ᄂᆞᆫ일본인아무긔의ᄎᆞ디라고텹을박고165)션전시졍 츅에ᄂᆞᆫ길동아버디의얼골이보이디안터라

---

161) 원통함을 들어 말함.

162) 갓을 아니 씀.

163) 왁자하고 떠들썩함, 또는 술렁거리고 소란스러움.

164) 듣는둥 마는둥.

165) 드나들지 못하게 대문을 닫고 그 위에 나무에 가로걸쳐 박다.

# 요조오한(四疊半)

『大韓興學報』 8호, 1909. 12

　　二層위南向한「요죠오한」이咸映湖의寢房, 客室, 食堂, 書齋를兼한房이라. 長方刑冊床위에는算術敎科書라修身敎科書라中等外國地誌等中學校에씨는口課冊을쯧진冊架가잇는데그녑흐로는동쩌러진大陸文士의小說이라詩集等의課本이面積좁은게恨이라고늘어싸혓고新舊刊의純文藝雜誌도두세種노혓스며, 學校에 다니는冊褓子는열十字로매인치그밋헤바렷스며, 壁에는勞役服을입으쯧오리찌와바른손으로볼을버틘투우르게네브의小照166)가걸넛더라.

　　저녁밥을갓먹은뒤라式後四十分以內에는工夫를思案함이좃치안타는攝生167)法을직히는버릇이잇슴으로名色만잇는欄干을갈오타고안잣더니한눈구진五十假量된女人이捲烟工場의制服을입고바닥만남은「께다」를다악다악끌면서멧집걸너잇는골목통이로돌아가더니이대서달아왓는지거지다된대여섯살된두아해가맨발노달녀들어「옥가,오맘마구레」하고울고부는모양을보고어려가지로생각이나는모양이라. 이쌔

　　「映湖잇소」

　　하고서슴지안코들어오는사람이잇서「洛城一別四千里에未知近況이何如」를

---

166) 조그맣게 찍은 얼굴 사진이나 그린 화상.
167) 양생(養生).

豪氣잇게질느니바야흐로이리저리어즈러워진생각에空然히혼자苦生하던映
湖가急한비ㅅ소리에익은잠을깨우듯

「이게 누구요 이거 웬 일이야」

하면서얼는일어나손붓들어歡迎하는情을表하고房으로들어와對坐하니
이는神經質에兼ᄒ야거倨慢이잔뜩찬映湖가大特別노그를待接함이라.

「그래 나는 데가 이제오 이제가 데로 그대로 지내거니와 蔡君은 웃더나
하오 무릇것 업는일이나 장 궁겁게 지내엿기로 뭇는말이오」

「그저 그럿치 우리랸 사람이 어대를 가면 別수잇나」

「그런맛업는 대답말고 오레간만에 맛난슬쑌아니라 君自故鄕來하니 應
知故鄕事라 都大體 本國形便이나 좀 들녀쥬구려 그리하다가 한가지벼개를
하야 彼此먹엇던 이약이나 다 합시다그려」

무슨일인지 모르나 前例업시 그가온것을 몹시 조와하고 또 속으로는 한
번만낫스면한지가 오린것이 거의 얼골에 낫타낫더라.

이 蔡란사람은 나으로 말하면 咸보담 한살 아래가 되나 그러나 日本건
너옷것으로 말하던지 本國도라간것으로 말하던지 激烈한 時代新潮에어린
몸이 쓰며잠기며 苦生한것으로 말하던지「호시」니「스미레」니 社會의 本狀
이니 人生의 眞意니하야 남모로는中 現實과 理想의 交涉과 寫實과 象徵別
노 新舊사굄을 일삼지아니하는 그는 內地에서나 外方에서나 長 혼자 煩惱
하고 또스스로 解決하야 妄斷[168]의 더러움을 할대로하고 孤獨의 슬홈을 맛
볼대로 맛보더니 偶然한 機會로 얼만콤 갓흔 臭味를 가진 咸을 보고서 서
로 本能이 感應하야 오래지아니한 동안에 슬그면히 我愛爾慕하는 사이가
되얏더라.

그런데 咸의 思想으로 말하면 무엇으로보던지 매우 單純하나 蔡는 그지
나온 徑路나 휘모리가진 範圍나 다 比較的 複雜할쑌아니라 그 性格에 큰
差別이 잇스되 큰 砂漠이나 넓은 海洋에서 轉輾하거나 漂流하는 외로운 사
람은 俄人이 日人을 보아도 眞心으로 반가와 서로 依支하려하고 法人이 普

---

168) 망령된 판단이나 단정.

人을 보아도 眞心으로 깃버서 彼此 安慰하는것처럼 茫茫한 理海의 怒氣騰騰한 思潮에 各各 子子[169]하게 써잇는 處地가 되는지라 이것저것 헤아릴틈 업시 둘의마음과 마음이 사랑의 실노 連하얏더라.

그리하야 함은 目黑各地에 居하고 蔡는 千佳各地에 居할째에도 一週日에 兩次以上 맛나지아니하는일이 업시 갓갑게 相從 하더니 蔡는그 性格의 唐硯히到達할 地點에 이르러 여러번 煩悶하고 여러가지로 思慮하즛헤 無限한感慨와 無限한 寃痛을 폼고 이러틋한 新舊까지 離別하야 지난해여름에 時代의 犧牲이 될양으로 匆匆히 本國으로 도라가 한구석에 숨어잇서 音信까지 왓스니 咸이 그대지 반겨함도 까닭업슴은 아니라 그러나 咸의 이째 心理的狀態로 말하면 다만 오래보지못하다가 맛난것이 조와서 그리하는것만 아니러라.

「나도 그리하자고 오기는 왓소마는 그리 急할것도 업고 本國잇슬째에는 老兄을 맛나거든 이런일도 이야기ᄒ고 저런일도 이야기ᄒ리라ᄒ야 속에싸허둔것이 쏘ᄒ 적지아니하더니 싹 對面하고 본즉 어대로 다 逃亡하얏는지 한아 생각나는것이 업소그려 그래 老兄은 今年試驗에 榮譽가 놉흡되다그려」

어늬틈 식혓든지 房門이 열니면서 粉을 더덕더덕 발은 下婢의 얼골과 作伴[170]하야 「아마모노」 牒七와 茶器[171]가들어온다.

「참 거룩ᄒ 榮譽를 엇엇는걸. 이거나 먹으며 이약이합시다. ……………… 學校에는 一週日에 二三日가고…………… 오늘도 모처럼 學校에를 갓더니 先生에게 쑤중도 잘 들은걸」

蔡는 죽은 子息이 나를먹지아니하는세음으로 그동안 一年有餘에 얼골 한번片紙ᄒ적이업슴으로 咸이 웃더케 變ᄒ것을 생각치못한다.

「그왜 어듸가 便치못하시오」

「便치못하다면 크게 便치못하고 便하다면 쏘ᄒ 便ᄒ오………… 只今도 톨쓰토이를 愛讀하오?」

---

169) ① 우뚝하게 외로이 서 있다, ② 의지할 곳이 없이 외롭다.
170) 동행자나 동지로 삼음.
171) ① 차제구, ② 가루로 된 차를 담는 사기그릇.

말이 瞥眼間 異常스러운 方面으로 빠지는것을 보고 그 얼골을 본즉 痕跡업시時代的煩惱가 가득흔듯흔지라 蔡의 생각에 흔녑흐로는 「이사람도 이 苦生곧 自取하는구나 無情흔 하나님이 이 弱흔者를 쏘 그 凶惡흔 그믈에 걸니게하셧구나」하는 同情이 무럭무럭 일어나고 한녑흐로는 「네가 바야흐로 어린아해를 免흐려흐는구나 그러나 좀쳐럼 努力흐야가지고는 疾나기쉬운걸」흐야 慢侮172)흐는듯한貢慮흐는듯한 마음이 생기는데

「觀舊란 어려워 經驗 이란 무셔워」

란 咸의 말을 듯고 비로소 果然 그런줄을 確實히알고 남다르게 自己를 마진 意味와 學校冊褓는 풀지도아니한치로 던저놋코 異常한 冊子가 冊床을 占領흐고 異常한 그림이 壁間에 걸닌 所以를 씨다라 무엇을 일은듯도하고 무엇을 엇은듯도하야 自然히 단술에 醉하얏든 自己의 過程을 도라다본다.

이약이가 暫時 쯘치다.

下弦지난 둘이 희미한 빗을 揮帳장친 琉璃窓밧그로서 들여보낸다.

닙에 들어가는 「못지」가 제精神으로 들어가는지 아닌지 몰으는듯한데 蔡의 손은 連方 牒七로 왓다갓다하기는한다.

얼마잇다가 蔡의 煩惱懷舊談173)이 나오고 咸의 思想傾向談이 나와 여러 가지 學生界에서 別노 쓰지아니하는 셧훌은 文藝上文字가 두사람의 닙살에서 쩌러지는데 얼어가는 물과 풀녀가는 어름이 한아는 올나가기 爲하야 흔아는 나려가기 爲하야 永點에서 서로 못낫스나 그러나 兩邊의 귀는各其 對手에게로 기우러졋더라.

마조막에 咸은 가장 熱心으로

「個性의 發揮는 지금나의 希望欲求의 全體인데 이 생각은 은졔까지도 變함이 업슬것갓소」

하고 蔡는 虛無主義로서 社會主義로 돌아오든 말,自然主義로서 道德主義로 돌아오든말과 밋 文藝上으로서는 寫實主義를 盲信하든일이 꿈갓다하고 로맨틱思想에도 取할것곳─理가잇는것과 主義그것이 매우 우수우나 그

---

172) 거만한 태도로 남을 업신여기는 태도.
173) 회고담.

러나 아직짜지 무엇이든지 사람이 客氣를 가져야하겟단 말을 다한뒤에

「이것저것 다 쓸대잇소 술이란 것이 長醉不醒[174]은 못하는것이고 쏘 물하면 實地를 쌀으지못하길네 理想이란물이 存在하는것이지마는 번연히이런 줄을 알고잇다가도 참으로 實世間에 接觸할째에는 限量업는 哀感이 새삼스럽게 납듸다」

하면셔 무슨 意味가 잇는듯 포켓트에 손을 집어느면셔 이러나 「時代의 犧牲」이란 소리를 여러번 노랫調로 불으더라.

열한時를 치다. 下婢가 자리를 펴고가다.

불쓰고 누은뒤에도 두사람의 이약이는 쓰니지아니하는데 本國形便에關하야는 여러번 물으나 蔡의 對答은 오직 「赤字匍匐入井」의 한마듸쑨이요 그대로 「그저 堅忍하여 見忍하여야하오 우리는 天生이 戀愛와 思想과 事爲의 自由公權을 剝奪當하얏습네다 그中思想으로 물하면 것흐로 들어나지 아니하니싼 얼만콤 自由가 잇슬가」하더라.

째째 夜巡하는 警木소리가 캄캄한속으로셔 들닌다.

*　　*　　*　　*　　*　　*

이튿날아침 늦게 일어난 蔡는 朝飯이나 먹고가라하야도 「아니 느졋서」하고 세살먹은 어린아해를 갈으치는듯한 물노

「學校에 잘 다니고 先生쑤지람 듯지 물도록하시오 무슨일이고 自然이지 不自然은 업습네다」

하면서 匆忙히 가니 咸은 새 苦悶 한아를 더하는 同時에 「自卑하는者야 希望하는者야」하는 생각이 蔡의 등을 向하야 나감을 禁치못하더라.

---

174) 늘 술에 취하여 깨어나지 아니함.

# ＫＹ生

犧牲(『學之光』 3호, 1914. 12)

# 犧　　牲

『學之光』3호, 1914. 12

불한번번쩍, 흰烟氣폴석!

절믄勇士의 왼未來, 왼現在, 왼過去는,

다만 이 瞬間이러라.

限업는 붉은피는 四方으로 소스며,

훗터진 살뎜은, 三四分이 지난이째야 비로소

最後의 두려움을 맛보는 듯,

흐드들………쩐다!

그러나 그도實로 두어秒!

뒤에는 沈默이다!!

掩襲하여오는 疲勞!

가슴치밀어오는 火氣!

으고, 쏘는 苦痛!!

그의게는 이런모든것을 經驗하기는

아즉도 넉넉한 餘生이 남아잇더라.

二十五年間 길너오든 쌧쌧한 힘쑬도,

쏘다시 닐으키기는 너무 맥이 없더라.

굼벙이175)처럼몸뷔빔(煩悶)을 지은적도만치만은

運命의손은 殘虐하게도쌔아스려만헌다!

거꾸러진 可憐한犧牲은

숨만 씨근걸일쑨!

어느덧 검은帳幕은 왼世界를뒤덥헛다,

前에업시 稀微한 八月밤달은,

겨우 흙덩이갓흔무엇을이적에나타내일쑨!

골골(谷)이 치불어오는 피엉킨바람쑨,

속깁히傳하는듯 勇士의最後의한숨!

가끔~ 울어내는 귀뚤암이소리는

어느때까지 人情을몰나보더라!!


○


그도 二三歲모를적에 울도록들여쌜든

짜뜻한어머님의 「키쓰」도 밧아본적이잇섯더라.

엇던날, 父母끠서는너무貴여워서쩌안고단니다가 那終에는 너머쩨리기까

지하여서 손가락까지 傷헌일도잇섯고.

六七歲의함참, 작난甚할때 洞內兒孩들과 竹馬타기를하다가 무릅을볏겨

트려서 瘇氣까지된것을 어머님끠서 입으로쌜어주심으로 二三日後에낫게 된

적도 잇섯더라.

엇던날 小學校體操先生님이貴愛하는말노 「너 무엇허러學校에왓늬?」하

엿더니, 말슴도맞나기전부터 「한아, 둘 허러왓소」허여서 先生님들을 크게웃

겨본적도잇섯더라.

엇던밤 그는, 中學時代단歲月四五年을 철업시다 지나보내고 卒業臨時

가迫頭하여서야 비로소 「世上맛이이럿던가」 혼자말노 衾枕[176]속에서 중얼

---

175) ① 매미의 애벌레 누에 비슷하나 몸이 짧고 뚱뚱함.
　　② 동작이 느린 사람.
176) 이부자리와 베개, 침구.

거린적도잇섯더라.

　그는, 運조케小學中學楷梯발바서 昨年이째에大學까지, 優等으로卒業을 하게됨으로 너무깃분김에 남모르게 슬근이눈물까지흘닌적도잇섯더라.

　이와갓치運도조키는조왓거니와, 그의게는 말허지못헐 悲慘한歷史도 감초여잇더라.

　─大學二年生되엿슬째에　父親은作故허엿고在學中의　어린同生도　달니고하여서, 그남아 餘裕읍는遺産을 뒤이어가지고 헐수업시自己는苦學을하여 그間實로　複雜헌人生의맛을 맛본적도잇섯더라.

　그는 나날이傳해오는新文明의利器177)를　들을째마다, 十二吋, 十四吋火砲를　엇더케하면이리이리利用하게되겟는가　헛더케하면飛行機飛行船을　이러케이러케 날니게되겟는가, 其外에도　走空鐵車는　엇지하면 나느첫길부터 目的을　그릇치안케되겟는가허는　남안히　眞誠으로煩悶헌적도 만히잇섯더라.

　쏘는 人生의目的이엇더허니, 倫理의標準이글으니, 아니, 道德의限界가 어듸까지니, 하는等 散亂스럽고複雜헌問題에對하여서도 그는資格이大學生 으로　그만한準備도가젓더라.

　그는 일즉히 톨스토이翁의「戰爭과平和」를 高聲으로大讀헌적도잇섯더라.

　그리하여　그는戰爭의悲慘한光景은　남보다 더　잘記憶하게되엿고 쏘한 戰爭이란것에關하여서도 相當한　知識을硏究하엿스며 그리해서, 自己의意見을表榜헌 째도잇섯더라.

　엇지하여 戰爭을必要로하느냐? 人口增減率의影響이엇더냐? 허는만흔統計와만흔書籍을參考하여본적도잇섯더라.

　더욱 그는近來二三年에와서는 비로소戀愛란데關하여서도 깁흔經歷을가 지게되엿스며, ─芳年열여덜살되는 獻身的愛의　對象物이기다러잇게 되엿 더라. 이것저것 벌서그는 二十五年긴동안을맛보아왓더라. 험으로人生을七十이라하면 三分의一은다經驗한터이요. 이동안에 그는벌서붓허 한가지무엇 한아에 왼精力왼努力을 다싸아온터이더라. 이것을싸을 째에는밤두時세時까

---

177) ① 썩 잘 드는 연모, 아주 날카로운 기구.
　　② 편리한 기구, 이용할 만한 기계.

지도 자지못헌적이만혀섯더라. 아아! 오늘이境遇의 그는 그래도쌜니繼續하
야다름박질헌 것이, 겨우이곳싸지다다름니다.


○


생각하면-코소리는四方에서沉默을깨치여올째에그홀로잠못들문무슨까
닭이던가!?

二十五年넘은生涯에어린가슴에올으던피는, 實로엇더한表象178)이엿더
냐!? 向하여 두주먹불끈쥐고, 댁우쓰고달음질함은 그무슨째문이더냐!?

머리에쑥이그려오든무엇한아는늘永遠한疑問을 품기려드는가?

그는 實로 全空想안엿더냐? 그는 實로 全空想이엿더냐?

空想이라면, 엇더한虛穹을 그려잡으려허엿더냐!?

理想이라면, 엇더한고흔꼿을 未來에피우려허엿더냐!? 아! 무엇이 그의
全生涯더냐!?

을 풀숩 이슬에 고기한덩어리!

그남아 아무感覺업는 썩을러드는!

億萬古에 씻친恨!

爲하여 器할이 그누구인가?

불한번 번쩍, 흰烟氣 풀석!

왼未來 왼現在 왼過去

한瞬間에다슬어가는 勇士의末路!

(甲寅八, 二九, 夜에)


---

178) ① 상징, ② 감각을 요소로 하는 심적 복합체. 또는 어떤 대상을 뜻하는 직관적 의
    식 내용. 곧, 지각 표상. 기억 표상들을 총괄하여 말함

# 양 건 식

歸去來(『佛教振興會月報』 제6호, 1915. 8)

# 歸 去 來

『佛敎振興會月報』6호, 1915. 8

## 一, 作 者

作者ᄂᆫ돗자리에비스듬이팔베기ᄒ고드러누어月報에揭載ᄒᆯ小說의末段을口授ᄒ고안히ᄂᆫ窓엽헤一脚冊床을놋코男便의口授[179]ᄒᄂᆫ것을筆記ᄒ고잇다窓으로브터니여다보면멀니南山의鬱密ᄒ古松은翠色[180]을ᄯᅴ여잇고갓가히담넘어로官舍[181]뒤에갓득이드러셔잇ᄂᆫᄶᅢ一ㅂ푸라나무ᄂᆫ靑靑ᄒ야綠陰이덧ᄂᆫ듯ᄒᆫ데夕陽의횟빗은그弱ᄒ光線을窓가에드리윗다作者ᄂᆫᄌ로그便을니여다보며져녁히에붉어가ᄂᆫ구름거림ᄌ를바라본다맛치그色彩를빌어다가自己글에文彩를닉히려ᄒᄂᆫ듯이

안히ᄂᆫ口授ᄒᆫ最後一句를임의다밧아쓰고가만히다음부를것을기다리고잇다가精神업시밧간만니여다보는男便의얼골을, 드려다보며(무어를그럿케보시우?)

「오날은져녁景致가하도됴흔걸잇다금저런것을보면心身이爽然[182]ᄒ드라 하하하」

「아이쏘그리ᄂᆫ구려나는고만두겟소」

---

179) 학문이나 지식 등을 말로써 전함, 또는 말로 가르쳐 줌.
180) 남색과 파랑의 중간색.
181) 관리가 살도록 관에서 지은 집, 公舍.
182) '상연하다'의 어근 : [형용사] 몸과 마음이 상쾌하다, 아주 시원하다.

「안이야좀써쥬워요니브롯게스리하하그런더어듸까지썻소?응마누라」

안희는原稿紙를들고

幾何[183]느道德이느두點사이에가장짜른距離는반다시直線이라그사룸은決斷코直線되는길을쩌는일이업스니그사룸은오작혼사룸이오누가보는者도업섯더라그러느眞正혼勇者는니本然혼ᄆ 음以外에는다시傍觀者를要치아니ᄒ는것이라

「여긔까지썻소」

「그리그러면, 二三十줄만더쓰면고만되겟소긋은極히쨔르게쑥쓴어암을니어讀者룰혼번놀느게ᄒ지」

그사룸은斷然히決心ᄒ고거러느아가는듸忽然캄캄혼가온더로브터나오는者가잇다

作者는눈을짝감고가만히口授ᄒ기를始作혼다作者의口授는小說이次次긋을암을니게됨을짜라漸漸急ᄒ야지며最後數句는것침업시나오니筆記者의붓은男便의말을짜라ᄌ로紙上으로왓다갓다혼다맛참니作者는마즈막結句에이르럿다

이와갓치ᄒ야그사룸은드듸여익이엿더라

그리ᄒ아報讎ᄒ는生覺을滿足케ᄒ는것은모든快樂中에가장慘酷혼快樂됨을알기를免ᄒ엿더라

生覺ᄒ야두엇든腹案[184]을結句까지다句授를ᄒ고作者는脉이풀니여네활게짝버리고누웁는다저녁의희빗은그힌얼골을빗취인다作者는그안히가이最後의一句룰筆記ᄒ는것을보고잇더니다시입을여러말을혼다

「그것이긋이오」

안희는方今筆記ᄒ야맛친(페지「頁」)에番號룰막이여다른原稿우헤올려놋는다.

作者의눈은안희의擧動을注目ᄒ며안희는이小說에對ᄒ야엇더케批評을ᄒ느궁금ᄒ야ᄒ는듯이ᄌ로그안희의얼골을치어다본다그러느안희는原稿

---

183) 얼마.

184) 마음속에 품고 있는 생각.

롤整頓ᄒ기에汨沒ᄒ야對答을안이하민作者가몬저입을여러「엇더ᄒ오아마잘못되얏지…………」

안히는얼골을들고嫣然一笑ᄒ며「이쩐것任子가지으신中에이것이닉싱각에는그中낫소」

作者의쎔은고만붉어진다-그러ᄂ이는히빗으로그러ᄒᆫ지도몰으지-그러ᄂ눈에는微笑롤씌윗다

「응그리도무엇그리잘될것은업지」

「안이지오事實은恒茶飯의이약이지만은그리도結搆가巧妙ᄒ고文辭가淸新185)ᄒ고쏘ᄒᆫ眞實ᄒᆫ이약이라世上에有志186)ᄒ고正直ᄒᆫ讀者가잇슬동안에는이러ᄒᆫ小說이有益ᄒ지오」

作者는그소리에조꼼힘을어덧던지「글세나도조곰그런줄은알지만은來日이되면쏘잘못되얏다고홀는지도몰ᄂ아모럿헌지編輯長에게ᄒ番뵈힌然後에야알지」

「그러면編輯長의게뵈히지안이ᄒ면判斷치못ᄒ신단말슴이오」

「안이그런것은안이지만은모다보는사롬마다너가지만은小說은무슨意味인지알슈가업다ᄒ닛가그리編輯長이ᄂ보고잘되얏다ᄒ면잘된줄안다ᄒᄂ말이오」

作者의안히는男便을爲ᄒ야憤然187)히말을ᄒ다「朝鮮ㅅ람程度에무슨文學을알겟소그져쓸더업는이야기ᄂ느러노흐면小說노알지」

「그러기에나도이다음브터는不得己ᄒᆫ境遇에는짓지안이홀作定이오그러ᄂ이번것은關係치안케되얏지」

「네잘되얏세오滋味잇세오」

「그것은그럿커니와이小說은敎理에當ᄒᆫ善과惡을말ᄒ얏거니와굿터여讀

---

185) '청신하다'의 어근
　　청신하다: ① 맑고 새롭다, ② 깨끗하고 산뜻하다.
186) ① 어떤 일에 관심이나 뜻이 있는 사람.
　　② 有志家.
187) '분연하다'의 어근
　　분연하다: [형용사] 벌컥 성을 내고, 분연히 자리를 박차고 일어나다.

者에게그寓意[188]롤알니게홀것은업지」

「그럿치오小說ㅣ라ᄒᆞᄂᆞᆫ것은勸善懲惡을쒸여나게ᄒᆞᄂᆞᆫ것인즉이롤暴ᄒᆞ기ᄭᆞ지ᄒᆞᄂᆞᆫ것은아조滋味[189]업지오그러ᄂᆞ이番小說에主人公은描寫가다잘되얏세오男子ᄂᆞᆫ當當ᄒᆞᆫ紳士로大丈夫다옵고女主人公은一層[190]더柔順ᄒᆞ고安靜ᄒᆞ야참婦人이라이르겟던걸이오」

作者ᄂᆞᆫᄒᆞᆫ참안히의얼골을치어다보며情다온소리로「눈압헤저와갓흔얌전ᄒᆞᆫ標本이잇ᄂᆞᆫ디왜말괄양이갓흔婦人을거린단말이오」

「아이그져런……………」

作者ᄂᆞᆫ쏘다시안히의얼골을치어다보며微笑한다

안히ᄂᆞᆫ웃ᄂᆞᆫ얼골에조곰紅潮롤쯰고그만이러서셔男便을向ᄒᆞ야「목마르시지안소? 米水ᄒᆞᆫ그릇민드리릿가」

作者ᄂᆞᆫ우스며「不敢請이ᄂᆞ固所願이오」

안히ᄂᆞᆫ男便을ᄒᆞᆫ번흘겨보ᄂᆞᆫ듯도라보고米水를민들너나아ᄀᆞᆫ다

## 二, 編輯長

二層樓上八疊室에南窓을向ᄒᆞ야四仙床[191]을놋코셔編輯長이原稿롤갓다놋코一一히閱覺을ᄒᆞ야나아가며그마즌便에안즌ᄉᆞ롬더러「그런디小說다되얏소」

「네다되얏세오보십시오」ᄒᆞ며어째그作者ᄂᆞᆫ原稿롤니여압헤놋는다

編輯長은집어들고보며우스면서「題目이異常ᄒᆞ구려그리무슨뜻이오아모럿턴지佛敎에當ᄒᆞᆫ말이지」

作者ᄂᆞᆫ어름~ᄒᆞᄂᆞᆫ 듯이「네佛敎理致에當ᄒᆞᆫ말이이오」

編輯長은內容이엇덕ᄒᆞᆫ것을보지도안코「그러면잘되얏소어셔그러며原稿

---

188) [명사] 어떤 의미를 직접 말하지 않고 다른 사물에 빗대어 넌지시 비춤.
189) '재미'의 잘못.
190) [부사] 한결, 더욱.
191) [-쌍][명사] 네 사람이 둘러앉게 만든, 네 다리가 달린 네모진 음식상.

룰整理ᄒ야오늘안으로드려보늬게ᄒ시오」

　作者ᄂ이말을듯고原稿룰蒐集ᄒ야冊을믜히면서編輯長을치어다보며 「이番月報ᄂ材料가썩豊富ᄒ오이다」

　編輯長은滿足ᄒᄒ 듯이 「月報야이만ᄒ면붓그러울것업지」

## 三, 活版職工

　八月望間이라다들더워셔못견데여ᄒᄂ이쩌에이月報룰印刷ᄒᄂ活版職工은더욱죽을地境이라活字臺가갓득싸인二層우에셔먼지를뒤집어쓰고바룸한點求景못ᄒ야全身이쏨투성이가되야가지고글字룰고르ᄂ職工도쏘ᄒ可憐ᄒ다

　搖鈴一聲에正午點心時間이다지늬고다시午后의일始作홀時刻을報ᄒ믜키큰스룸이ᄒ품을ᄒ면셔活字臺아리에셔셔揰鐵에씨엿든原稿룰내려놋ᄂ다이原稿ᄂ그作者가그안해에게筆記케ᄒ그小說이라이原稿룰보고그活字工은중얼～ᄒ다 「다른스룸들은이月報가朝鮮에ᄂ第一이라ᄒ드라만은어려온글字만키로ᄂ第一되겟지그中에다小說도이럿케어렵드라에라천천히어셔植字192)ᄂᄒ자催促193)은쓸쓸히ᄒᄂ데」

　오히려입속으로중얼거리며原稿룰다시植字臺우에거리놋코植字杖을가지고植字ᄒ기룰始作ᄒ다

## 四, 批評家

　月報룰發行ᄒᄂ날批評兼新判紹介ᄒ야달ᄂ고一卷式을먼져各新聞社로보내엿다各新聞社編輯局에셔ᄂ月報ᄂ等閒히보ᄂ지批評兼紹介ᄂ文學의素養이잇ᄂ批評家(或批評家라假定ᄒ고)의손으로넘기지안이ᄒ고거의다三面記者가走馬看山194)으로혼番보고生覺나ᄂ더로아모럿케ᄂ常坐에判斷ᄒ야셔

---

192) [-짜][명사][하다형 타동사][되다형 자동사] 활판 인쇄에서, 文選한 활자를 원고대로 짜는 일.

193) [최-/췌-][명사][하다 형 타동사] 재촉.

194) [명사][하다형 자동사] 달리는 말 위에서 산천을 구경한다는 뜻으로 '이것 저것을

놋는故로흔히紹介便으로쓸니고批評은업셔그中에絕倒[195]홀것도만컨이와모다千篇一律이라可觀의일도만흔것이라

八月十八日어느新聞紙上에五號鑄字로左와갓흔紹介批評이낫더라

---

천천히 살펴볼 틈 없이 바삐 서둘러 대강대강 보고 지나침'을 이르는 말.

195) [명사] 抱腹絕倒의 준말.

# 순　성

부르지짐(『學之光』 1917. 4)

# 부르지짐

『學之光』, 1917. 4

간 류리(磨硝子)[196]와갓흔 희미하고 한가한겨울 하늘에, 썸벅썸벅하고 조든 엷은해가 진 後에, 濕하야 위레燈과 停留場의 붉은 電燈의 빗이, 깁흔 안개를 通하야 위레히 흔들닐뿐이라. 길에는, 사람의 往來가 적고, 각금가다가 猛獸와갓흔 電車는 요란하게 警鐘을 울니면서 깁흔 안개를 뚤고 살갓이 다라난다. 혹가다 길에 가는 사람은 그 不快한 氣體를 마시는 것이 실인 듯이 숨을 참고 速步로 다라난다. 하다가 어둔 안개속에서 무슨, 흰, 물건이 넙혼한다든지, 혹은 무슨 소리가 난다든지하면, 무슨, 무서운 것이 나와 별안간 自己의 이마를 짝짜 릴듯한 겁이나서, 急히가든 거름을 멈추고, 참앗든 숨을 一時에 후후 내불고, 操心답게, 헴치는 사람과갓치, 어뚬을 헷치며 한발式 두발式거러것다.

張順範이는 낡고 더러운 下宿四疊半房에 안저, 희미한 電燈의 붉은 電線을 우두커니 처다보고 안젓다. 미닫이에 박은, 적은 琉璃를 通하야 깁흔 안개의 包圍는 힘세게 에워싸인 것이 늣것다. 順範은 그 슬인, 陰沈한 안개가 무서운 膨脹力을 가지고 房全體를 점점縮少시키고, 나종에는 그 琉璃를 뚤고 房안에까지 闖入하야, 찻든 捕虜를 잡은 듯이 自己의 弱한 몸을 굿세게, 용신[197] 못하게, 답답하야 숨이 막히게, 단단히 싸맬것갓치 生覺낫다. 이

---

196) 초자(硝子) = 유리(琉璃).

깁흔 包圍를 破하고, 각금 아래에서 애다러운 女人의 呻吟하는 소리가 들녓다. 그소리가 들닐 째마다 順範은 눈을 감고 얼골을 찡그렷다. 그는 下宿女主人의 呻吟하는 소리엿다.

그 下宿女主人은 腹膜炎에 건녀 여섯달 동안이나 病床에서 苦生하엿스나, 그의 病勢는 날로 더해갈쓴이라, 어제브터는 몃번이나 까무러첫다 쌔여낫다. 順範이는 악가 인사차로 아레칭에 나섭게 내밀어, 흡사히 白骨과갓흔, 輪廓만 남은, 흰 洋燭빗과갓흔 얼굴을한, 젊은 녀편내가 눈만 날카라운, 눈을 가리고 無意識하게 四方을 둘러보며, 上熱되야, 타는, 입살에, 얼마아니되는 씬적씬적한 진한 침을 바르고 잇다. 그 女主人은어린 쌀의 손을 잡으랴고 애를 쓰는 모양이나 팔에 쥐가 올라 마음대로 아니되엇다. 쏘 무슨 말이하고십흔 듯이 입을 우물우물하엿스나, 혀가 쎗쎗하야 쏙쏙이 말을 옴기지못했다. 그는 눈물을 줄줄흘니면서, 겨오 한마듸 두마듸式 말을 이여,

「울지 말고 잘 잇거라.」하고, 쏘 곳 까무러첫다. 그째 집안 사람들은 놀래 急히 醫師를 불러와 注射를 마첫다. 女主人은 겨오 눈을 썻다. 하나 醫師는 겻헤사람을 보고 적은 목소리로,

「오늘 밤 넘기시기가 어려우실걸이요.」하는말을 順範이가 드럿다. 順範은 實로慘酷타 生覺햇다.

順範은 지금 女主人의 呻吟하는 소리를 듯고, 악가 「오늘 밤 넘기시기가 어려우실걸이요.」하든 醫師의 말이 生覺나, 입속으로,

「아아, 마지막인게로구나!」하고 악가 본 洋燭빗의 女子의 얼골을 生覺니리커, 지금 죽어 도라가는, 사람의 쓸쓸한 生涯에 對하야 여러 가지로 生覺햇다.

안개밤(霜夜)은 묵업고 조용햇다.

層臺소리가 낫다. 누가 層臺를 다 올라왓고나 할째, 장지를 쓱 열고, 靑白色의, 키 큰, 憂蔚한 얼골을한, 사람이 드러왓다.

「야, 林君인가?」하고 順範이는 그를마젓다.

---

197) 용슬(容膝)무릎이나 겨우 넣는다는 뜻으로 방이나 장소가 몹시 비좁음을 이르는 말.

「응, 오래간만일세.」하고 그는 沈蔚한 목소리로 대답했다. 그는 順範이가 내여노은 방석우에 안저 아모 말도 아니하고 고개를 숙이고 잇섯다. 몹시 무슨 걱정잇는듯한 얼골빗이엿다. 順範이는 火爐에 숫을 너면서,

「오늘 저녁은 안개가 甚하예그려.」하엿다. 林은 얼마 잇다가,

「글세.」하고 興味업는 대답을 할쓴 두사람 사이에는 한참동안 沈默이 잇섯다. 두사람의 視線은, 갓치, 톡톡 튀는 숫불우에 모엿다.

元來 이 두 사람은 서로 만나도 別로 인사의 말이라든지 或은 한가한 雜談을하는 일이 업고, 언제든지 思想上의 이야기를 하다가 疲困함을 늣길째쯤 되면 언제 約束해둔것갓치 오랜 沈默이 잇슨後에 서로 作別하는 것이 常例이엿섯다. 하나, 오늘의沈默은 처음브터의 沈默이라, 아모 思想上의이야기도 업고 처음브터 沈默이 잇다. 웃전지 섭섭햇다.

順範은 火저짜락으로 재 우에 글시를썻다가는 짓고, 짓고는 쏘 쓰고햇다. 林은. 언제까지든지 아모말업시 고개를 숙이고 손을 쪼이면서 각금가다가 깁흔 한숨을쉬엿다. 順範은 情다운 목소리로,

「林君, 요새자네에게 무슨 걱정되는 일이 잇지나안은가?」

林은 여전히 웃더타 대답아니햇다. 이와갓흔 슬픈 沈默은 오래 繼續되엿다. 얼마잇다가 林은 슬픈 눈을 들어 우두커니 順範의 얼골을 바로 보더니, 압흔 듯이,

「나와 P의 사랑은 째어젓네.」

「그것은 웃재서?」하고 順範은 눈에 놀랜 빗을 씌웟다.

「자네도 대강 다 아는바와갓치 周君을 나와 P 두사람사이의 다리(橋)로만 알고, 全혀 그者를 맛엇섯네그려. 그것이……다리는 차치하고, 周는 나를 팔고 P와 肉交까지 하엿다네!」

林은 그以上 더 말하지 아니하더니, 한참잇다가,

「응, 그러나 나는 그들을 원망아니해……….」

처음의 沈默은 다시 두 사람을 덥허쌌다. 한참되야 林은 갓다. 順範은 그를 더 挽留하랴고도 아니햇다. 다만 혼자 안저 오래동안 꼼짝 못쩟도 아니하고, 소리도업시 발갓케 타는 숫불을 듸려다보고 잇다………

電報! 하는 날카로울 소리가 들녓다. 하더니 곳 통통통통하고 熟練한 잰 발로 올라와,

「張樣, 電報앗슴니다.」하고 쏙쏙한 下女는 동그란 눈을 햇끗헬긋하면서 電報를 順範에게 준엇다. 順範은 電報를 밧아, 놀랜 눈으로 急히 쩌엇다. 그 瞬間에 그는 웃더한 큰 恐怖가 暴風雨와갓치 음습해 올 듯이 늣겻다. 電報 에는이러케 적헛섯다.

　　(작야 십시 긔섭 사거[198]. 안.)

安箕燮이라하는 사람은 順範의 竹馬舊交요, 또 特히 다른 벗보다도 더 정답든 새이라. 順範의 安箕燮의 죽음이아모리 生覺하야로 참말갓지 아니 햇다. 해서 그 簡單한 電報文을 몃번이나 되읽고 되읽엇다. 電報文에는 틀 님업시 安箕燮의 死를 썻다. 하나 順範의 머리에는 아모래도 箕燮의 死가 참으로 밋기지 아니햇다. 順範은 그 電報를 쥐인채 물쓰머니 虛空을 凝視하 더니, 별안간 電報를 冊床우에 던지고 두손을 깍지끼여 벼개로 하고 天井을 向하야 누엇다.

安箕燮이는 죽엇다! 그의 짜르고 괴로운 生活은 二十二歲를 一期로, 맛 쳐바렷다. 아모의樂도업고 아모 빗도업는 그의 單調한, 孤寂한 生活은 거림 자도 업시 슬어젓다. 긴 沈默에서 나와, 弱한 목소리로 한마듸 부르지젓다. 하나 긴 沈默은 다시 그 부르지짐을 마서바렷다. 그는 참 어둠(眞闇)으로브 터 나와 잠간 반짝햇다.[199] 하나 참 어둠은 다시 그 반짝을 싸 감추엇다. 그 沈默은 아모리 두다려도, 沈默은 아모 反響이 업다. 沈默은 變함업시 길게 繼續된다. 한번 마신 소리를 다시 두번吐하지 아니한다. 그 어둠은 아모리 긁어판다하야도 어둠에는 아모 손잡을 데도업다. 어듸까지든지 어둔까지든 지 어둠이다. 한번싸 감춘 반짝을 決코 決코 다시 내여노치는 아니한다. 安 箕燮는 그 沈默, 그 긴 沈默에게 마서젓다! 그 참 어둠에게 쌔워 감추어젓 다! 나도 얼마 아니잇다가, 그 측량할수업는, 무서운, 캄캄한 어둠속에 빠지 겟고나! 찬, 어름과것치 찬, 限업는, 긴 沈默에게 샘켜지겟고나! 그러고 나쁜

---

198) 昨夜十時箕燮死去 어젯밤 열시 기섭 세상을 떠남.
199) 이 대목은 이 소설의 제목을 상징적으로 표현하고 있다.

아니라 모다도!! 이것이 사람의 避할수업는 運命이다.

　적은 부르지짐과, 짜른 반짝! 이것이무슨 째문인가, 무엇 하자는것인가?! 서로 속이고, 서로 싸홈하자는 부르지짐인가? 돈과 사랑-더러운돈과 거것 사랑을 세로 쌧자는 반짝인가?!

　아니, 아니! 이 貴하고, 쯧잇는 반짝과 부르지짐을⋯⋯⋯

　順範의 얼골빗은 죽은 사람과갓치 푸르희(蒼白)엿다.

　별안간 밤(夜)을 찟는, 날카라운 연장과갓흔, 게집의 소리가 낫다.

　「아이구 어머니, 도적놈이 집이 물건을 집어가지고⋯⋯⋯ 飯門橋쪽으로 다라난다!」

　이 모-지고 참혹한 소리가 잇슬後에는 놀랫든 밤(夜)은 다시 前의 묵업고 寂寂함에 도라와, 아모말업시 自己의 沈默을 직히고 섯다. 그모-진 소리는 아래 女主人의 헷소리 이엿다.

　順範은 읏슥 몸을 소르첫다.

　「아아, 이것이 그의 부르지짐인가?! 이것이 사람의 부르지짐이로구나! 그의 지금까지해 내려온 生活의 씸볼(表象)이로구나! 이것이? 이것이!!⋯⋯」

　밤 空氣는 찻다. 찬 개와에 어린 水蒸氣는 물방울이 되야 각금가다가 생각나는 듯이 한방울식두방울식 쩌러젓다. 順範의 눈에서는 쓰거운 눈물이 생솟듯 넘쳐 흘럿다.

　안개밤(霧夜)은 묵업고 적적하게 점점 집히갓다. 上野[200]의 鐘은 무엇을 쯧하는 듯이 멀니서 을엇다⋯⋯⋯⋯⋯⋯(一九一六, 二,)

　五十九

---

200) 도쿄의 우에노 지역을 말한다. 이 소설이 일본 도쿄를 공간적 배경으로 해서 쓰이지 않았을까 추정(주석자 생각).

# 현 상 윤

逼迫(『靑春』8호, 1917. 6)

# 逼　迫

『靑春』8호, 1917. 6

一

이즘은 病인가 보다. 그러나 무엇으로든지 病일 理由는 업다, 新鮮한 空氣가 맥힘 업시들어오고 玲瓏한 光線이 가림 업시 빗치고 새는 울고 꼿은 웃고 샘은 맑고 山은 아름다운데-조곰도 病일 까닭은 업다.

그러나 病은 病이로다. 나제는 먹는 밥이 달지 안이하고 밤에는 잠이 편치 못하며 얼골은 파래고 살은 싹기며 피는 旺盛치 못하고 힘줄은 伸縮이 자유롭지 못하고 반가운 친구를 맛나도 우숨이 發치 아니하고 남에게 稱譽[201]를 바다도 깃븜이 나오지 안이한다 -

그러나 아모리 생각하야도 病 理由는 업다 - 父母는 평강이 게시고 형제는 團欒[202]이 즐기며 안해는 해족이 웃고, 썩지안은 生鮮이 몃가지 床에 오르고 더럽지 안은 菜蔬가 각금 그릇에 담김애 도모지 病일 事實은 업다.

비록 病이라 할지라도 가슴을 붓안고 咯血[203]을하고 肺結核도 안이오,

---

201) 칭찬하다.
202) '단란하다'의 어근
　　단란하다 : ① 썩 원만하다.
　　　　　　　② 가족 등 가까운 사람들이 구순하고 즐겁다.
203) 객혈: (폐암이나 결핵 따위로) 피를 토하다.

머리를 집고 呻吟을 마지안는 마라리아도 안이오, 조곰하면 腦出血이 되야 두통과 眩暈204)이 되는 神經衰弱205)도 안이오, 걸핏하면 腹雷가 울고 트림이 나는 胃擴張도 안이언마는 脉이 폭 풀니고 氣運이 나른하야 도모지 견델 수가 업나니 엇잿든지 病은 病이로다.

그러나 무슨 病인지는 나도 스스로 알수가 업다— 오직 이편저편엣 쏘아오는 視線이 나로 하야곰 못살게 군다. 애 이놈아 精神 차려라 하는듯 하다, 이편에서는 휩싸고 짜리는듯하면 저편에서는 내리쓸며 달내는듯 하다.

「엑 이놈아! 용렬한 놈아……」

「애 미욱한 놈아 말 들어라……」

라고 하는듯이 생각한즉 몸이 후루룩 썰니며 쌈이 밧삭 흐름에 지릅쓰고 보든 눈은 더욱 찌르는듯 하다.

머리를 직크로 밧삭 갈나 붓친 이웃집 紳士도 나를 본다, 銀실갓흔 鬚髥을 흔드는 겻집 노인도 나를 본다, 째무든 手巾을 휘휘 둘너 감고 지게짐을 지고가든 압집 朴先達도 나를 본다, 우숨을 半쯤 씌우고 粉 바른 뒷집 林書房 댁내도 나를 본다, 목말 타고 가든 아해들도 나를 본다—

「이놈아 弱한놈아! 하기에 계르고 배호기에 계른이놈아!」

하는 한소리는 쓴치지안코 들닌다. 몸둘바를 모르겟다, 이리로 가도 이놈아 저리로 가도 이놈아 하는 소리에 목쟁이목쟁이 구석구석이 恐怖의 힘이 層層이 내려 누른다— 몸은 꼼작 할수가 업다, 가슴은 千斤萬斤이 더한듯 하고 목은 불이 갈피갈피 타는듯 하다.

아아 이것이 무슨 病이뇨? 그러나 과연 病은 病이로다 속일수 업는 病로다.

---

204) 어지러움.

205) 신경이 계속 자극을 받아서 피로가 쌓여 생기는 여러 가지 질병. 피로감, 두통, 불면증, 어깨 쑤심, 어지럼증, 이명(耳鳴), 수전증, 지각 과민, 주의 산만, 기억력 감퇴 따위의 증상을 나타낸다.

二

　　나는 新聞을 본다 或雜誌나 書籍도 본다. 아침에 變하고 저녁에 고티는 神經質의 世上도 趨移206)를 대강은 짐작하고, 우슘잇고 눈물잇고 情잇고 피잇는 詩나 小說도 넑으며, 일즉이 학교에도 좀 단이어서 공기의 온도가 크면 비나 눈이 오고, 눈이나 비가 올째면 공기의 온도가 놉하지는 理致도 적이알고, 수박은 沙質壤土207)에 適當하고 茄子는 輪作이 조치 못하다는 農事上知識도 약간잇다―

　　쏘한 나는 困窮한者를 矜測208)이 넉이고 슬픈者에게 쩌러치는 同情의 눈물도 잇다. 점은날에 짜른 막대를 집고 절눙거름을 간신이 옴기는 비렁방이를 보면 한술밥과 한分돈도 앗김이 업고, 길을 가다가도 보지 못하는 소경이 좁은 다리를 건널째에 막대를 두루면서 손발을 쩔고 거름을 멈웃거리는 것을 보면 손당기여 引導하야 줌도 쩌리지 안이 하야 犧牲의 觀念과 慈善의 貴한줄도 안다.

　　그리하고 나는 반지째른 才操(?)도 잇다 쏘한多少의 稱譽(?)도 잇노라.

「걱정 업다 잘노라라」

하고 속으로서 무슨 嘰唆가 나온다.

「아 너가트면 다시 부러울 것이 무엇이냐」

하고 녑헤 안잣던 벗이 이런마를 찌운다.

그러나 나는 쩔닌다! 四方으로 들어오는 逼迫이 刻一刻 急하야 간다.

脉이 더욱 풀니고 머리가 더욱 압흐다.

---

206) 일이나 형편이 시간의 경과에 따라 변하여 나감, 또는 그런 경향.
207) 진흙이 비교적 적게 섞인 보드라운 흙. 공기와 물의 유통이 좋고 비료의 분해가 빨라 농작물을 심기에 알맞다.
208) ‘긍측하다’의 어근
　　긍측하다 : 불쌍하고 가엾다.

三

하로는 볼일이 잇서서 定州城內에 들어가다. 南濟橋를 건너 서니 발벗
은이 구두신은이 샐족鏡쓴이 洋服닙은이 칼찬이 手巾동인이-여러사람이 좌
로 우로 가며 오고 파래고 여윈 당나귀 지축지축 가는소 통발로 통통가는
말- 여러가지 짐승이 이리 저리로 달아난다- 지날쌔마다 달아날째 마다 나
는 쑤러질듯이 본다……

五里場 거리를 지나 南門밧게를 니르니 가고오는 사람이 더욱 만타, 짜
라서 건너다 보는눈도 만타. 저편으로 긴칼 느린 補助員도 尋常치 안케 나
를 본다. 그러나 내가 일즉이 强盜나 詐欺取財가 가튼 犯科[209]가 업거니 아
모 警官에게 捕縛될 일도 업다. 그러나 그가 나를 본다 나를 쑤닛는듯 하다
나를 잡으랴는듯 하다 바를내노을째 마다 그가 밧삭밧삭 닥아 드는듯 하다.

나는 다시 거를 수가 업다. 나는 쌈이 흐른다.

「이놈아!」 소리가 完然이 들닌다. 다시 할수가 업다 도라올수 박게 別로
逃亡할 計策이 업다.

몸을 더욱 썰니고 脈은 더욱 풀닌다…… 거북고 개를 넘어서서 조곰 숨
이 쉬여진다.


四

저녁밥을 먹고 넘어 無聊하여서 農夫들의 集會한 곳을 차자가다. 긴담
배대 문 尊位님도 안잣고 우숨소리 잘하는 외돌이 아바지도 안잣고 코長短
잘하는 슈길이 兄도 안잣고 누구누구 여러사람이 안잣는데 모도다 나르 보
고는 입살이 한편으로 찌여지면서 비죽비죽 웃는 模樣이라.

아모리 생각 하야도 우슴 바들만한 일은 업다 그럼으로 무엇이 우슬만한
것이 머리에 잇나하야 머리를 쓸어 보다도 아모것도 업다, 옷에나 잇나 하야
못을 썰어 보아도 쏘한 업다 그러면 무엇이 우슬만 한것일가!?

---

209) 법을 어김.

한참이나 아모말도 업시 안잣던 座中210)의 靜寂이 째여진다 - 우슴소리 잘하는 아비가 쩌듬쩌듬한 목소리로

「임자 工夫도 잘햇다니 일 안하고 돈 모으는 법이 무엇임마?」하고 말을 낸즉 녑헤 안잣던 코長短 잘하는 슈길이 형은 거즛 외돌이 아비를, 비웃는 양으로

「여보소 그런소리 그만두게…… 저사람 德에 우리가 다 살터인데…… 아 우리야 野蠻211)이 안이기에 그럼마 흥-」하고 말을 세우니 잠작고 안자 듯던 尊位님은 담배대 든 긴활개를 한깃 펼치면서

「애 ○○야 너 내가 참말이다 그만치 工夫를 하얏스면 判任官212)이 나는 하기가 아조 쉽겟고나 거 第一이더라 저 건넌골 白先達 아들도 벌서 土地調査局 技手라든가 햇다구 저 어른도 깃버하더니 접대 暫間 단길러 왔다는 것을 보니 果然 그럴듯 하더라- 신눌한 금줄을 두르고 길죽한 劍을 느럿는데 참말 조터라- 너도 그걸 해보아라」하고 勸勉的 慇懃한 말을 준다.

座中이 씻은듯이 고요하고 밤은 캄캄하게 어두엇다. 나는 웬셈인지 아말에 몸이 내려 눌닌다, 숨이 답답하야지고 가슴이 욱어 드는듯 하다-

외돌이 아비는 웃는다 座中이 모다 웃는다 뒷山에 검하게 서잇는 나무도 웃고 空中에 金剛石가루 모양으로 쌀닌 별도 나를 웃고 복남이네 집 大門 기둥도 나를 웃는듯하다.

고개는 더욱 숙여지고 손脉은 더욱 노인다.

하도 할일 업시 되야서 집으로 돌아와 자리에 썩거구러지다.


五


나는 말압 세거리 길에 섯다. 西편 山머리에 빗진 해가 차차차차 붉은구

---

210) 여러 사람이 모인 자리, 또는 모여 앉은 여러 사람.
211) 미개하여 문화수준이 낮은 상태.
212) [명사] ① 조선 후기에, 각부의 대신이 임명하던 하위 관직. 이전 관리 등급의 참하
　　　　관 칠품에서 구품직에 해당한다. ≒판임.
　　　 ② 일제 강점기에, 장관이 마음대로 임면(任免)하던 하위 관직.

름에 싸여 넘어간다, 하늘은 淡紅色213)이 흐른다, 이집저집으로 나오는 밥 짓는 烟氣가 漸漸 洞口214)를 쇠잠아간다-

뒷고개로서 長短잇는 調子로 헛튼 가래침을 곤두루면서 째무든 冠을 버서들고 팔을 半쯤 벌니고 비틀거름을 하며 오는 醉客 한아이 잇다. 나섯 잇는 길을 거짓 다닷더니 버섯든 冠을 다시 쓰면서 헛우슴을 「하하-」 웃는다-

「人生七十이 古來稀엿다 살아生前에 먹지안코 놀지 안코 무엇하리 하 하……」

하면서 나를 빙긋이 본다. 나는 고개를 숙이고 이를 생각한다-醉客이 지나간다.

얼마잇더니 들밧그로서 農軍의 쎄가 들어온다. 가래멘이도 잇고 호믜 멘 이도 잇고 소지랑든이도 잇고 낫 든이도 잇다-얼골은 쐬약볏에 타서 감붉 엇스며 손은 갈바람에 툭툭하게 터졋다. 무에라고 單純하고 平凡한 會話를 사괴며 무리무리 지나간다.

나는 이것을 생각하엿다- 왼終日 허리를 구부리고 부은짬을 흘니면서 일하다가 이째에 黃昏을 쯰고 各各집으로 들어가면 門에서 반가이 나오는 어린아해 들과 쓸에서 慰勞하는 父母와 함끠 맛잇고 조흔저녁을 짓고잇든 안해와 함끠 들어가 모혀서 우스며 즐기고 마시며 먹는것을.

아아 이는 사랑에서와 즐거움서와 우슴에서오녀! 참으로 이는 富者도 못 쌔앗는 곳이오 貴한이도 못쌔앗는 것이로다.

나는 거름을 옴긴다 옴길째 마다 醉客과 農軍들이 눈압헤 보이면서 나를 물그럼이 보며 비웃는듯 하다.

슬프다 이것이 人生이다 안이 이것이 人生의 多數로다.

「야! 이놈아 우리는 우리니마에 흐르는 짬을 먹는다 소니 조곰이나 未安이나 苦痛이 잇슬소냐…… 어리고 철업는 놈아 무엇이 엇재- 權利니 義務니 倫理니 道德이니 平等이니 自由이니 무엇이 엇재 나는 다모른다-」를 連해連方 불은다. 빨니 걸어도 쓰게 걸어도 이소리는 쯘치지 안이한다-

---

213) 엷은 붉은색.
214) 동네어귀.

　　나는 人生과 行樂[215]이란 것을 생각하다 생각할사록에 가슴이 답답하다
목은 더욱 타고 손은 더욱단다.

## 六

　　逼迫! 逼迫!

　　도모지 견댈수가업다, 몸 避할곳이 全혀 업다— 친구를 對하여도 旅行을
하여도 말에 散步를 하여도 안자도 서도 조곰도 나를 덥허 둘곳이 업다.

　　「이놈아 弱하고 계른놈아」

　　하는말은 四方에서 들닌다. 비웃고 꾸짓고 辱하고 미워하고 誹謗한다—
이것이 곳 病된 理由로다.

　　아아 逼迫! 못살게 구는 逼迫!

　　—癸丑5月27日夜—

---

215) 재미있게 놀고 즐겁게 보냄.

# 이 광 수

# 어린 벗에게

『靑春』, 1917. 7~11

## 第 1 信

사랑하는 벗이어-

前番 平安하다는 便紙를 부친後 사흘만에 病이들엇다가 오늘이야 겨우 出入하게되엇나이다. 사람의 일이란 참 밋지못할것이로소이다. 平安하다고 便紙쓸째에야 누라서 三日後에 重病이 들줄을 알앗사오리잇가. 健康도미들수업고 富貴도 미들수 업고 人生萬事에 미들것이 하나도 업나이다. 生命인들 엇지 밋사오리잇가, 이便紙를 쓴지 三日後에 내가죽을는진들 엇지 아오릿가. 古人이 人生을 朝露[216]에 비긴것이 참 맛당한가하나이다. 이러한中에 오직 하나 미들것이 精神的으로 同胞民族에게 善影響을 끼침이니 그리하면 내몸은 죽어도 내 精神은 여러 同胞의 精神속에 살아 그 生活을 管攝[217]하고 또 그네의 子孫에게 傳하야 永遠히 生命을 保全할수가 잇는것이로소이다. 孔子가 이리하야 永生하고 耶穌와 釋迦가 이리하야 永生하고 여러 偉人과 學者가이리하야 永生하고 詩人과 道士가 이리하야 永生하는가 하나이다.

---

216) ① 아침이슬, ② 인생의 덧없음을 비유하는 말.
217) 자기가 맡고 있는 관직 이외에 다른 관직을 겸하여 관장함(=겸관).

나도 只今 病席에서닐어나 사랑하는 그대에게 이 便紙를 쓰려할제 더욱 이 感想이 깁허지나이다. 어린그대는 아직 이 쯧을 잘 理解하지 못하려니와 聰明한 그대는 近似하게 想像할수는 잇는가하나이다.

내 病은 重한 寒感218)이라하더이다. 元來 上海란 水土가 健康에 不適하야 이곳온지 一週日이못하야 消化不良症을 어덧사오며 이번 病도 消化不良에 原因한가하나이다. 첨 二三日은 身體가 倦怠하고 精神이 沉鬱하더니 하로 저녁에는 惡寒하고 頭痛이나며 全身이 떨니어 그 괴로움이 참 形言할수 업더이다. 어느덧 한잠을 자고나니 이번은 全身에 모닥불을퍼붓는듯하고 가슴은 밧작밧작 들여타고 燥渴症219)이 나고 腦도 부글부글 쓸는듯하야 각금 精神을 일코 군소리를 하게되엇나이다.

이째에 나는 더욱 懇切히 그대를 생각하엿나이다 그째에 내가 病으로 잇슬제 그대가 밤낫 내 머리맛헤 안져서 或 손으로 머리도 집허주고 多情한 말로 慰勞도하여주고-그中에도 언제 내 病이 몹시 重하던날 나는 二三時間 동안이나 精神을 일헛다가 겨오 째어날제 그대가 무릅우에 내 머리를 노코 눈물을 흘리던 생각이 더 懇切하게 나나이다. 그째에 내가 겨오 눈을 떠서 그대의 얼굴을 보며 내 여위고 찬 손으로 그대의 짜뜻한 손을 잡을제 내 感謝하는 생각이야 얼마나하엿스리잇가 只今 나는 異域 逆旅220)에 외로이 病들어 누은 몸이라 懇切히 그대를 생각함이 쏘한 當然할것이로소이다. 나는 하도 아수은 마음에 억지로 그대가 只今 내 겻헤 안잣거니 내 머리를 집고 내 손을 잡아주거니하고 想像하려하나이다. 夢寐間에 그대가 내 겻헤 잇는듯하야 반겨 째어본즉 차듸찬 電燈만 無心히 天井에 달려잇고 琉璃窓틈으로 찬바람이 획획 들여쓸쑨이로소이다. 世上에 여러가지 괴로움이 아모리 만타한들 異域逆旅에 외로이 病든것보다 더한 괴로움이야 어디 잇사오리잇가. 몸에 熱은 如前하고 頭痛과 燥渴은 漸漸甚하여가되 主人은 잠들고 冷水한잔 주는이 업나이다 그째 그대가 冷水먹는것이 害롭다하야 밤에 크다

---

218) 추운 것을 참다가 걸린 감기.
219) 입술이나 입, 목 따위가 몹시 마르는 느낌.
220) 여관.

란 무를 엇어다가 싹가주던 생각이 나나이다. 焦渴[221]한 中에 쇠언한 무-사랑하는 그대의 손으로 싹근무먹는 맛은 仙桃-만일 잇다하면-먹는 맛이라 하엿나이다.

　이러한째에는 여러가지 空想과 雜念이 만히 생기는것이라 只今 내 머리에는 過去일 未來일, 잇던일 업던일 깃브던일 섧던일, 이 連絡[222]도업고 秩序도 업시 쌀그막쌀그막 조각조각 쓸어나오나이다. 한참이나 이 雜念과 空想을 격고나서 번히 눈을쓰면 마치 그 동안에 數十年이나 지나간듯하나이다. 或「죽음」이라는 생각도 나나이다. 내 病이 漸漸 重하여져서 明日이나 再明日이나 쏘는 이밤이 새기前에라도 이 목슴이 슬어지지아니할는가 이러케 여러가지 생각을하고잇다가 非夢似夢間에 이 世上을 바리지나 아니할는가 或 只今 내가 죽어서 이런 생각을하는것이 아닌가하야 제 손으로 제 몸을 만져보기도하엿나이다.「죽음!」生命은 무엇이며 죽음은 무엇이뇨, 生命과 죽음은 한데 매어노흔 빗다른 노쓴과 가트니 붉은 노쓴과 검은 노쓴은 元來 다른것이아니라, 가튼 노쓴의 한긋을 붉게 들이고 한긋을 검게 들엿슬 쑨이니 이 빗과 저 빗의 距離는 零이로소이다. 우리는 광대모양으로 두팔을 벌이고 붉은 긋헤서 始作하야 時時 刻刻으로 검은 긋을 向하여가되 어듸까지가 붉은긋이며 어듸서부터 검은긋인지를 알지못하나니 다만 가고 가고 가는 동안에 언제 온지 모르게 검은긋헤 발을 들여놋는것이로다. 나는 只今 어듸쯤에나 왓는가, 나선곳과 검은긋과의 距離가 얼마나 되는가. 나는 只今 病이란것으로 全速力으로 검은긋을 向하야 달아나지 안는가, 할째에 알수업는 恐怖가 全身을 둘러싸는듯하더이다. 오늘날까지 工夫한것은 무엇이며 勤苦하고 일한것은 무엇이뇨, 사랑과 미움과 國家와 財産과 名望[223]은 무엇이뇨, 希望은 어대쓰며 善은 무엇 惡은 무엇이뇨, 사람이란 一生에 엇은 모든所得과 經驗과 記憶과 歷史를 앗기고 앗기며 지녀오다가 무덤에 들어가는날 무덤 海關[224]에서 말씀 쌔앗기고 世上에 나올째에 밝아벗고 온 모양

---

221) 목이 말라.
222) '연락'의 북한어.
223) 명성과 인망.

으로 世上을 쩌날째에도 밝아벳기어 쫏겨나는 것이로소이다. 다만 變한것은
고와서 온것이 미워져서 가고 괴운차게온것이 가이업게 가고 祝福바다 온것
이 咀呪바다 감이로소이다. 그럼으로 나는 생각하나이다. 이제 죽으면 엇더
코 來日 죽으면 엇더며 어제 죽엇스면 엇더랴- 아조 나지 아녓슨들 엇더랴.
아모째 한번 죽어도 죽기는 죽을 人生이오 죽은뒤면 王公이나 거지나 사람
이나 되야지나 乃至 귀쑤람이나 다 가치 슬어지기는 마치 一般이니 두려올
것이 무엇이며 앗가울것이 무엇이랴 함이 나의 死生觀이로소이다.

  그러나 人生이 生을 앗기고 死를 두려워함은 生이 잇슴으로 어들 무엇
을 일허바리기를 앗겨 함이니 或 金錢을 조하하는이가 金錢의 快樂을 앗긴
다든가, 사랑하는 父母나 妻子를 둔이가 이들과 作別하기를 앗긴다든가 或
힘써 어든 名譽와 地位를 앗긴다든가 或 사랑하는 사람과 쩌나기를 앗긴다
든가 或 宇宙萬物의 美를 앗긴다든가 함인가하나이다. 이러한생각이야말로
人生으로 하여금 生의慾望과 執着을 生하게하는것이니 이 생각에서 人世의
萬事가 發生하는것인가 하나이다. 내가 只今 死를 생각하고 恐怖함은 무엇
을 앗김이오리잇가. 나는 富貴도 업나이다, 名譽도 업나이다, 내게 무슨 앗
가울것이 잇사오리잇가,- 오직 「사랑」을 앗김이로소이다. 내가 남을 사랑하
는데서 오는 快樂과 남이 나를 사랑하여주는데서 오는 快樂을 앗김이로소
이다. 나는 그대의 손을 잡기爲하야, 그대의 多情한 말을 듯기爲하야, 그대
의 香氣로온 입김을 맛기爲하야, 차듸차고 쓰듸쓴 人世의 曠野에 내몸을 오
직 그대를 안고 그대에게 안겻거니하는 意識의 짜르르하는 妙味를 맛보기
爲하야 살코져함이로소이다. 그대가 만일 平生 내 머리를 집허주고 내 손을
잡아준다면 나는 즐겨 一生을 病으로 지나리이다. 蒼空을 바라보매 모다 차
듸차듸찬 별인中에 오직 짜뜻한것은 太陽인것가치 人事의 萬 物現象을 돌
아보매 모다 차듸차듸한中에 오직 짜뜻한것이 人類 相互의 愛情의 現象뿐
이로소이다.

  그러나 나는 저 形式的 宗敎家 道德家가 입버릇으로 말하는 그러한 愛

---

224) 항구에 설치한 관문.

情을 닐음이아니라, 生命잇는 愛情- 펄펄끌는 愛情, 쌧쌧마르고 슴슴한 愛情 말고 자릿자릿하고 달듸달듸한 愛情을 닐음이니 假令 母子의 愛情, 어린 兄弟姊妹의 愛情, 純潔한 靑年男女의 相思하는 愛情, 쏘는 그대와 나와 가튼 相思的 友情을 닐음이로소이다. 乾燥冷淡한 世上에 千年을 살지말고 이러한 愛情속에 一日을 살기를 願하나이다. 그럼으로 나의 잡을 職業은 아비, 敎師, 사랑하는 사람, 病人看護하는 사람이 될것이로소이다.

그러나 나는 只今 사랑할이도 업고 사랑하여줄이도 업는 외로운 病席에 누엇나이다.

이리하기를 三四日하엿나이다. 上海안에는 親舊도 업지아니하오매 내가 알는줄을 알면 차자오기도 하고 慰勞도하고 或 醫員도 다려오고 밤에 看護도하여줄것이로소이다. 그러나 나는 내가 알는다는말을 아모에게도 傳하지 아니하엿나이다. 그뜻은 사랑하지 안는이의 看護도 밧기실커니와 내가 저편에 請하야 저편으로하여곰 體面上 나를 慰問하게하고 體面上 나를爲하야 밤을새오게하기가 실흔까닭이로소이다. 나도 지내보니 제가 사랑하는 사람을 爲하여서는 連日 밤을 새와도困한줄도 모르고 設或 病人이 吐하거나 쏭을 누어 내 손으로 그것을 처야할境遇를 當하더라도 슬키는커녕 도로혀 내가 사랑하는이를 爲하야 服務225)하게된것을 큰 快樂으로 알거니와 제가 사랑하지안는 사람을 爲하여서는 한時間만 안자도 졸리고 허리가 아프고 그 病人의 살이 내게 다키만하여도 슬흰症이 생겨 或 억지로 體面으로 그를 안아주고 慰勞하여 주더라도 이는 한 外飾에 지나지못하며 甚至에 저것이 죽엇스면 사람죽는 구경이나하련마는 하는수도 잇더이다. 그럼으로 나는 나를 사랑하지안는이의 外飾하는 看護를 바드려하지아니함이로소이다. 그때에도 여러사람이 겻헤 둘너안자서 여러가지로 나를慰勞하고 救援하는것 보다 그대가 혼자 困하여서 안즌대로 壁에 지대어 조는것이 도로혀 내게 큰 效力이 되고 慰安이 되엇나이다. 그럼으로 나를 사랑하지안는 여러사람의 看護를 밧기보다 想像으로 실컨 사랑하는 그대의 看護를 밧는것이 千層萬層 나으

---

225) 어떤 직무나 일에 힘씀.

리라하야 아모에게도 알리지 아니한것이로소이다.

第五日夜에 가장 甚하게 苦痛하고 언제 잠이 들엇는지 모르나 精神을 못차리고 昏睡하엿나이다. 하다가 겻헤서 사람의 말소리가 들리기로 겨오 눈을 쩌본즉 엇던 淸服닙은 젊은 婦人과 男子學徒 하나이 風爐226)에 조고마한 남비를 걸어노코 무엇을 쓸히더이다. 熹微한 精神으로나마 쌈작 놀낫나이다. 꿈이나 아닌가하엿나이다. 나는 淸人女子에 아는이가 업거늘 이 엇던사람이 나를 爲하야-외롭게 病든 나를 爲하야 무엇을 쓸히는고. 나는 다시 눈을 감고 가만히 動靜을 보앗나이다.

얼마잇다가 그 少年學生이 내 寢臺겻헤 와서 가만히 내 억개를 흔들더이다. 나는 쌔엇나이다. 그 少年은 핏긔잇고 快活하고 상긋상긋 웃는 얼굴로 나의 힘업시 쓴 눈을 들여다보더니, 淸語로

「엇더시오? 좀 나아요?」

나는 無人曠野에서 동무를 만난듯하야 꽉 그 少年을 쓸어안고 십헛나이다. 나는 힘업는 목소리로

「네, 關係치안습니다」

이째에 한손에 부젓가락 든 婦人의 視線이 내 視線과 마조치더이다. 나는 얼는 보고 그네가 오누인줄을 알앗나이다. 그 婦人이 나 잠쌘것을 보고 寢臺 갓가이 와서 英語로

「藥을 다렷스니 爲先 잡수시고 朝飯을좀 잡수시오」

이째에 내가 무슨 對答을 하오리잇가 다만「感謝하올시다 하나님이어 당신네게 福을 나리시옵소서」할짜름이로소이다. 나는 억재로 몸을 닐히엇나이다 그 少年은 外套를 불에 쏘여 닙혀주고 婦人은 남비에 데인 藥을 琉璃盞에 옴겨담더이다. 나는 닐어안저 내 니불우에 보지못하던 上等담뇨가 덥힌것을 發見하엿나이다. 나는 참말 꿈인가하고 고개를 흔들어보앗나이다. 나는 참아 이 恩人을 더 고생시기지 못하야 억지로 닐어나 내손으로 藥도 먹으려하엿나이다. 그러나 이 두 恩人은 억지로 나를 붓들어 안치고 藥그릇

---

226) 흙이나 쇠붙이로 만드는데, 아래에 바람구멍을 내어 불이 잘 붙게 하였다(=양로).

을 손소 들어 먹이나이다. 나는 그 藥을 먹음보다 그네의 愛情과 精誠을 먹는줄알고 단목음에 죽 들이켯나이다. 겻혜 섯던 少年은 더운물을 들고 섯다가 곳 양치하기를 勸하더이다. 婦人은 「이제 무飯을 만들겟스니 바람쏘이시지말고 누어게십시오.」하고 물을 길러가는지 알엣層으로 나려가더이다. 나는 그제야 少年을 向하야 「누구시오?」 한대. 소년은 한참 躊躇躊躇[227]하더니,

「나는 이 이웃에 사는 사람이올시다.」하고는 내 冊床우헤 노흔 그림을 보더이다. 나는 다시 무를 勇氣가 업섯나이다.

婦人은 바켓트에 물을 길어들고 올라오더니 少年을 한번 구석에 불러 무슨 귓속말을하여 내어보내고 自己는 藥다리던 남비를 뷔쉬어 牛乳와 쌀을 두고 粥을 쑤더이다. 나는 엇던사람인지 물어보고시픈맘이 懇切하기는하나 未安하기도하고 엇더케 물을지도 알지못하야 가만히 벼개에 지대어 하는 양만 보고 잇섯나이다. 그째엣 나의 心中은 엇더케 形言할수가 업섯나이다. 婦人은 그리 燦爛하지아니한 비단옷에 머리는 流行하는 洋式머리, 粉도 바른듯만듯, 自然한 薔薇빗가튼 두보 조개가 아츰 光線을 바다 더할수업시 아름답더이다. 그뿐더러 매오 精神이 純潔하고 敎育을 잘 바든줄은 그 얼굴과 擧止[228]와 言語를 보아 얼는 알앗나이다. 나는 그가 아마 어늬文明한 耶穌敎人[229]의 家庭에서 가장 幸福하게 자라난 處子인줄을 얼는 알앗나이다. 그러고 그의 父母의 德을 사모하는 同時에 人類中에 이러한 淨潔한 處子잇슴을 자랑으로 알며 그를 보게된 내 눈과 그의 看護를 밧게된 내 몸을 無上한 幸福으로 알앗나이다. 나는 病苦도 좀 덜린듯하고 設或 덜리지는 아니하엿더라도 淸淨한 稀罕한 깃븜이 病苦를 닛게함이라 하엿나이다. 實狀 昨夜는 참 苦痛하엿나이다. 하도 괴롭고 하도 외로와 내 손으로 내 목슴을 끈허 바리랴고까지 하엿나이다. 만일 이런일이 업섯더면 오늘 아츰에 쌔어서도 쏘 그러한 凶하고 슬픈생각만 하엿슬것이로소이다. 그러나 나는 다시 맘에 깃븜을 엇고 生命의 快樂과 執着力을 어덧나이다. 나는 죽지말고 살려하나

---

227) 행동을 머뭇거리더니.
228) 행동거지.
229) '예수교인'의 음역어.

이다. 울지말고 우스려하나이다. 이러한 美가 잇고 이러한 愛情이 잇는 世
上은 바리기에는 넘어 앗갑다하나이다. 하나님은 地獄에 들랴는 어린 羊에
게 두 天使를 보내사 다시 당신의 膝下로 부른것이로소이다. 나는 風爐에
불을 불고 숫가락으로 粥을 젓는 婦人의 등을 向하야 慇懃히 고개를 수기며
속으로 天使시어 하엿나이다. 婦人은 偶然히 뒤를 돌아보더이다. 나는 붓그
러워 고개를 푹 수겻나이다.

　이윽고 층층대를 올라오는 소리가 나더니 그 少年이 蜜柑과 林檎230)담
은 광주리와 牛乳笛을 들고 들어와 그 婦人께 주더이다. 婦人은 쏘 무어라
고 속은속은하더니 그 少年이 알아들은드시 고개를 그덕그덕하고 날더러
　「칼 잇습닛가.」
　「네 저 冊床 왼편 舌盒에 잇습니다.」
　「열어도 關係치안습닛가.」「네」 하는 내 對答을 듯고 少年은 발소리도
업서 冊床舌盒을 열고 칼을 내어다가 林檎을 갈가 白紙우혜 쏘개어 내 寢
床머리에 노흐며 「잡수세요, 목마르신데」 하고 焦悴한 내얼굴을 걱정스러운
드시 보더이다. 나는 感謝하고 깃븐맘에 「참 感謝하올시다」 하고 얼는 두어
쪽집어먹엇나이다. 그 맛이어! 배배 마르던 가슴이 뚤리는듯하더이다. 그쌔
에 그대의 손에 무쪽을 바다먹던 맛이로소이다.

　알지못하는 處女가 알지못하는 異國病人을 爲하야 精誠들여 쓸힌粥을
먹고 알지못하는 少年이 손소 발가주는 蜜柑을 먹고나니 몸이 좀 부드러워
지는듯하더이다. 그제야 나는 婦人다려,

　「참 感謝들일 말슴이 업습니다, 大體 아씨는 누구시완대 外國病人에게
이처름 恩惠를 끼치십닛가」하고 나는 不知不覺231)에 눈물을 흘렷나이다.
婦人은 少年의 억개를 만지며,

　「저는 이 이웃의 사람이올시다. 先生은 저를모르시려니와 저는 여러번
先生을 뵈엇나이다. 여러날 出入이 업스시기로 主人에게 무른즉 病으로 계
시다기에 客地에 얼마나 외로오시랴하고 제 同生 (少年의 억개를 한번더 만

---

230) 능금.
231) 자신도 모르는 결에.

지며) 을 다리고 藥이나 한貼 다려 들일가하고 왓습니다.」

나는 넘어 感激하야 한참이나 말을 못하고 눈물만 흘리다가,

「未安하올시다마는 좀 안즈시지오」하야 婦人이 椅子에 안즌뒤에 나는

「참 이런 큰 恩惠가 업습니다, 平生 닛지못할  恩惠올시다.」

婦人은 고개를 수기고 얼굴을 잠간 붉히며,

「千萬外말슴이올시다」할쑌.

이말을 듯고. 나는 갑작이 精神이 아득하여지며 房안이 놀아케 되는것만 보고는 엇지된지 몰랏나이다 아마 衰弱한 몸이 過劇232)한 精神的 動搖를 견대지못하야 氣節한것이로다. 이윽고 멀리서 나는 사람의 소리를 들으며 깨어본즉 겻헤는 그 婦人과 少年이 잇고 그外에 엇던 洋服닙은 男子가 내 팔목을 집고섯더이다. 一同의 눈쎅와 얼굴에는 驚愕한 빗이 보이더이다. 나는 이 여러 恩人을 걱정시긴것이 더욱未安하야 긔써 우스며,

「暫時 昏迷하엿섯습니다. 이제는 平安하올시다. 그제야 婦人과 少年이 웃고 내 손목을 잡은 사람도 婦人을 向하야「二三日內에 낫지오」하고 알에 로 나려가더이다. 婦人은「후-」하고 한숨을 휘며,

「앗가 잡수신 早飯이 滯하셧는가요. 엇더케 놀랏는지- 두時間이나 되엇습니다.」

그後 아모리 辭讓하여도 三日을 連하야 晝夜로 藥과 飮食을 여투어 주어 부드러온 말로 慰勞도 하더이다. 그러나 알는몸이오 또 물을 勇氣도업서 姓名이 무엇인지 다만 이웃이라하나 統戶數가 얼만지도 몰랏나이다. 넘어 오래 그네를 수고시기는것이 조치아니하리라하야 不得已 婦人의 代筆로 멧 멧 親舊에게 便紙를 씌우고 이제부터 내 親舊가 올터이니 넘어 수고말으소 서 크나 큰 恩惠는 刻骨難忘하겟나이다하야 겨오 돌려보내엇나이다. 그동 안 이 두 恩人에게 바든 恩惠는 참 혜아릴수도업고 形言할수도 업나이다. 더욱이 그 치운밤에 病狀에 지켜안저 連해 저즌 手巾으로 머리를 식혀주며 자리를 덥허주고 甚至에 물을 데워 아츰마다 手巾으로 얼굴을 씨서주고 少

---

232) '과극하다'의 어근 : 몹시 분에 넘치다.

年은 冊床을 整頓하여주며 신부름을하여주고- 마츰 十二月二十四五日頃이
라 學校는 休業이나- 하로 세번 藥을 다리고 먹을것을 만들어주는等 親同
生과 조곰도 다름이 업섯나이다. 나는 이 두 恩人을 무엇이라 부르리잇가.
아오와 누이- 우리 言語中에 여긔서 더 親切한 말이 업스니 「이말에 가장
사랑하고 가장 恭敬하는」이라는 形容詞를 달아 「가장 사랑하는 누이」「가
장 사랑하는 아오」라하려하나이다 사랑하는 그대어 나는 살려하나이다. 살
아서 일하려하나이다- 그대와 저와 저와 세 사람을 爲하야 그 세사람을 가
진 福잇는 人生을 爲하야 잘 살면서 잘일하려하나이다.

　　오늘은 十二月二十七日. 부대 心身이 平安하야게으르지말고 正義의 勇
士될 工夫하소서

　　-사랑하시는 벗


## 第 2 信


　　前書는 只今 渤海를 건너갈뜻하여이다. 그러나 다시 살올 말슴 잇서 또
그적이나이다.

　　오늘아츰에 처음 밧게 나와 爲先恩人의 집을 차자보앗나이다. 그러나 姓
名도 모르고 統戶도 모르매 아모리 하여도 차즐수는업시 空然히 四隣233)을
휘휘싸매다가 마츰내 찾지못하고 말앗나이다. 찾다가 찾지못하니 더욱 마음
이 焦燥하야 뒤에 人跡만 잇서도 幸혀 그 사람인가하야 반다시 돌아보고 돌
아보면 반다시 모를사람이러이다. 幸혀 길에서나 만날가하고 아모리 注目하
여 보아도 그런사람은 업더이다. 나는 무엇을 일흔드시 惘然히 돌아왓나이
다. 돌아와서 그 보지못하던 담뇨를 만지고 三四日前에 잇던 光景을 그려
업는곳에 그를 볼양으로 철업는 애를 썼나이다. 나는 그가 섯던 자리에 서도
보고 그가 만지던바를 만져도보고 그가 걸어다니던 길을 回想하야 그 方向
으로 것기고하엿나이다. 그가 우둑하니 섯던 자리에 서서 깁히 숨을 들이쉬
엇나이다. 만일 空氣에 對流作用이 업섯던들 그의 깨끗한 肺에서 나온 입김

---

233) 사방의 이웃, 사방에 이웃하여 있는 나라들.

이 그냥 그 자리에 잇서 왼통으로 내가 들이마실수 잇섯슬것이로소다. 나는 그동안 門열어노흔 것을 恨하나이다, 門만 아니열어노핫던들 그의 입김과 살내가 아직 남앗슬것이로소이다. 그러나 나는 조곰 남은김이나 들여마시랑으로 한번 더 深呼吸을 하엿나이다. 나는 다시 생각하엿나이다. 그러한 香氣로온 입김과 깨끗한 살내는 내 房에만 잇슬것이 아니라 全宇宙에 퍼져서 全萬物로 하여곰 造物主의 大傑作의 醇美234)를 맛보게 할것이라하엿나이다. 나는 다시 한번 담뇨를 만지고 만지다가 담뇨우헤 니마를 다히고 업더겻나이다. 내가슴은 자조 쮜나이다, 머리가 홋홋 다나이다, 숨이 차지나이다. 나는 丁寧 무슨 變化를 밧는가하엿나이다. 「아아 이것이 사랑이로고나!」하엿나이다. 그는 나의 맘에 感謝를 주는 同時에 一種 不可思議한 불길을 던졋나이다. 불걸이 只今 내 속에서 抵抗치못할 勢力으로 펄펄 타나이다.

　나는 朝鮮人이로소이다, 사랑이란 말은 듯고 맛은 못본 朝鮮人이로소이다. 朝鮮에 엇지 男女가 업사오릿가마는 朝鮮男女는 아직 사랑으로 만나본 일이 업나이다. 朝鮮人의 胸中에 엇지 愛情이 업사오릿가마는 朝鮮人의 愛情은 두닙도 피기前에 社會의 習慣과 道德이라는 바위에 눌리어 그만 말라죽고 말앗나이다. 朝鮮人은 果然 사랑이라는것을 모르는 國民이로소이다. 그네가 夫婦가 될째에 얼굴도 못보고 이롬도 못듯던 남남끼리 다만 契約이라는 形式으로 婚姻을 매자 一生을 이 形式에만 束縛되어 지나는것이로소이다. 大體 이따위 契約結婚은 즘생의 雌雄을 사람의 맘대로 마조부침과 다름이 업슬것이로소이다. 옷을 지어닙을째에는 제 맘에 드는바탕과 빗갈에 제 맘에 드는 모양으로 지어 닙거늘— 담뱃대 하나를 사도 여럿中에서 고르고 골라 제 맘에 드는 것을 사거늘 하믈며 一生의 伴侶를 定하는 째를 當하야 엇지 다만 父母의 契約이라는 形式 하나으로 하오리잇가. 이러한 婚姻은 오직 두가지 意義가 잇다하나이다. 하나은 父母가 그 아들과 며느리를 노리갯감으로 압헤 노코 구경하는것과 하나는 도야지장사가 하는 모양으로 색기를 바드려함이로소이다. 이에 우리 朝鮮男女는 그 父母의 玩具와 生殖하는

---

234) 본디 그대로 지닌 순수하고 진한 맛.

機械가 되고 마는것이로소이다. 이럼으로 지아비가 그 지어미를 생각할쌔에
는 곳 肉慾의 滿足과 子女의 生産만 聯想하고 男子가 女子를 對할쌔에도
곳 劣等한 獸慾235)의 滿足만 생각하게되는것이로소이다. 男女關係의 究竟
은 毋論 肉的交接과 生殖이로소이다. 그러나 오직 이쓴이오리잇가 다른 즘
생과 조곰도 다름업시 오직 이쓴이오리잇가. 肉的交接과 生殖以外에- 쏘는
以上에는 아모것도 업슬것이리잇가. 엇지 그러리오人生은 禽獸와 달라 精
神이라는것이 잇나이다. 人生은 肉體를 重히녀기는 同時에 精神을 重히녀
기는 義務가 잇스며 肉體의 滿足을 求하는 同時에 精神의 滿足을 求하랴는
本能이 잇나이다. 그럼으로 肉體的 行爲만 이 人生行爲의 全體가 아니오
精神的 行爲가 쏘한 人生行爲의 一半을 成하나이다 그쑌더러 人類가 文明
할사록 個人이 修養이 만흘사록 精神行爲를 肉體行爲보다 더 重히녀기고
짜라서 精神的 滿足을 肉體的 滿足보다 더 貴히녀기는것이로소이다. 好衣
好食이나 滿足하기는 凡俗236)의 하는바로대 天地의 美와 善行의 快感은
오직 君子라야 能히하는바로소이다. 이와가치 男女關係도 肉交를 하여야
비로소 滿足을 어듬은 野人의 일이오 그 容貌擧止와 心情의 優美237)를 嘆
賞하며 그를 精神的으로 사랑하기를 無上한 滿足으로 알기는 文明한 修養
만흔 君子로야 能히 할것이로소이다. 아름다온 女子를 사랑한다하며 곳 野
合을 想像하고 아름다온 少年을 사랑한다하면 곳 醜行238)을 想像하는이는
精神生活이 무엇인지를 모르는 卑賤한 人格者라 할것이로소이다. 외나 호
박 쏫만 사랑할줄 알고 菊花나 薔薇를 사랑할줄 모른다면 그 얼마나 賤하오
리잇가. 그럼으로 男女의 關係는 다만 肉交에만 잇는것이아니오 精神的 愛
着과 融合에 잇다하나이다- 더구나 文明한 民族에 對하야 그러한가하나이
다. 男女가 서로 肉體美와 精神美에 호리어 서로 全心力을 傾注하야 사랑
함이 人類에 特有한 男女關係니 이는 무슨 方便으로 卽 婚姻이라는 形式

---

235) 짐승과 같은 사납고 모진 욕심.
236) 평범하고 속됨.
237) 우아하고 아름답다.
238) 더럽고 지저분한 행동.

을 이른다든가 生殖이라는 目的을 達한다든가 肉慾의 滿足을 求하랴는 目的의 方便으로 함이아니오 「사랑」 그 물건이 人生의 目的이니 마치 나고 자라고 죽음이 사람의 避치못할 天命임과 가치 男女의 사랑도 避치못할 쪼는 獨立한 天命인가하나이다. 婚姻의 形式가튼것은 社會의 便宜上 制定한 한規模에 지나지못한것- 卽 人爲的이어니와 사랑은 造物이 稟賦한 天性이라 人爲는 거슬일지언뎡 天意야 엇지 禁違239)하오리잇가. 毋論 사랑업는 婚姻은 不可하거니와 사랑이 婚姻의 方便은 안닌것이로소이다. 吾人의 忠孝의 念과 兄友弟恭의 念이 天性이라 거룩한것이라하면 男女間의 사랑도 毋論 그와가치 天性이라 거룩할것이로소이다. 그럼으로 吾人은 決코 이 本能- 사랑의 本能을 抑制하지 아니할쑨더러 이를 自然한(즉正當한) 方面으로 啓發시겨 人性의 完全한 發現을 期할것이로소이다. 忠孝의 念업는이가 罪人이라하면 사랑의 念업는이도 쪼한 罪人일지며 事實上 人類치고 萬物이 다 가진 사랑의 念을 아니가진이가 잇슬理 업슬지나 或 나는 업노라 壯談하는이가 잇다하면 그는 社會의 習慣에 잡혀 自己의 本性을 抑制하거나 쪼는 社會에 阿諂하기爲하야 本性을 欺罔240)하는것이라하나이다. 그럼으로 人生이란 男女를 勿論하고 一生一次는 사랑의 맛을보게된것이니 男女十七八歲 女子十五六歲의 肉體의 美와 心中의 苦悶은 卽 사랑을 要求하는 節期를 表하는것이로소이다. 이때를 當하야 그네가 正當한 사랑을 求得하면 그 二年三年의 사랑期에 心身의 發達이 完全이되고 男女兩性이 서로 理解하며 人情의 奧妙한 理致를 깨닷나니 孔子끠서 「學詩乎」아 하심가치 나는 「學愛乎」아 하려하나이다. 이러케 實利를 超絶241)하고 肉體를 超絶한 醇愛에 醉하엿다가 만일 境遇가 許하거든 世上의 習慣과 法律을 짤아 婚姻함도 可하고 아니하더라도 相關업슬것이로소이다. 진실로 사랑은 人生의 一生行事에 매오 重要한 하나이니 男女間 一生에 사랑을 지나보지못함은 그 不幸함이 마치 사람으로 世上에 나서 衣食의 快樂을 못보고 죽음과 가틀것이로

---

239) 고려・조선 시대에, 궁중을 지키고 임금을 호위・경비하던 친위병.
240) 기만.
241) 다른 것에 비하여 유별나게 뛰어남.

소이다.

넘어 말이 길어지나이다마는 하던걸음이라 사랑의 實際的 利益에 關하야 한마듸 더하려하나이다.

사랑의 實際的 利益에 세가지 잇스니 一, 貞操니 男女가 各各 一個異性을 全心으로 사랑하는동안 決코 다른 異性에 눈을 거는法이 업나니 男女間 貞操업슴은 다 한사람에 對한 사랑이 업는까닭이로소이다. 大抵 한사람을 熱愛하는 동안에는 晝夜로 생각하는것이 그 사람뿐이오 말을하여도 그 사람을 爲하야 일을하여도 그 사람을 爲하야 하게되며 내 몸이 그 사람의 一部分이오 그 사람이 내 몸의 一部分이라 내 몸과 그 사람과 合하야 一體가 되거니하야 그 사람업시는 내生命이 업다고 생각할째에 내 全心全身을 그 사람에게 바첫거니 어느겨를에 남을 생각하오리잇가 古來로 貞婦를 보건대 다 그 지아비에게 全心全身을 바친者라 그러치아니하고는 一生의 貞操를 지키기 不能한것이로소이다 坯 朝鮮人에 웨 淫風이 만흐뇨 더구나 男子치고 二三人 女子와 醜關係 업는이가 업슴이 專혀 이 사랑업는 까닭인가 하나이다

二, 品性의 陶冶와 事爲心의 奮發이니 나의 사랑하는 사람의 내 言行을 監視하는 威權242)은 王보다도 父師보다도 더한것이라 王이나 父師의 압헤서는 할조치못한 일도 사랑하는이 압헤서는 敢히 못하며 王이나 父師의 압헤서는 能치못할 어려운일도 사랑하는이의 압헤서는 能히하나니 이는 첫재 사랑하는이에게 나의 義氣와 美質을 보여 그의 사랑을 씃기爲하야 둘재 사랑하는者의 期望을 滿足시기기 爲하야 이러함이니 이러하는동안 自然히 品性이 高潔하여지고 여러가지 美質을 기르는것이로소이다. 古來로 英雄烈士가 그 愛人에게 獎勵되어 品性이 닥고 大事業을 成就한이가 數多하나니 愛人에게 滿足을 주기 爲하야 萬難을 排하고 所志를 貫徹하랴는 勇氣는 實로 莫大한것이로소이다. 그대도 愛人이 잇섯던들 試驗에 優等首席을 하랴고 애도 더 썻겟고 運動會 遠距離競走에 一等賞을 타랴고 競走練習도 만히하

---

242) 위세와 권력.

엿슬것이로소이다.

三, 여러가지 美質을 배홈이니 첫재 사람을 사랑하는 사랑맛을 배호고 사랑하는者를 爲하야 獻身하는 獻身맛을 배호고 易地思之한 同情맛을 배호고 精神的 要求를 爲하얀 生命과 名譽와 財産짜지라도 犧牲하는 犧牲맛을 배호고 精神的 快樂이라는 高尙한 快樂맛을 배호고……… 이밧게도 만히 잇거니와 上述한 모든 美質은 修身敎科書로도 不能하고 敎壇의 說敎로도 不能하고 오직 사랑으로야만 體得할 高貴한 美質이로소이다. 人類社會에 모든 美德이 거의 上述한 諸質에서 아니나온것이 업나니 이 意味로보아 사랑과 民族의 隆替가 地代한 關係가 잇는가하나이다.

우리半島에는 사랑이 가첫섯나이다. 사랑이 가치매 거기 附隨한 모든 貴物이 가치 가첫섯나이다. 우리는 大聲疾呼하야 가첫던 사랑을 解放하시이다. 눌리고 結縛되엇던 우리精神을 봄풀과 가치 늘이고 봄꼿과 가치 피우게 하사이다.

엇지하야 우리는 아름다온 사람(男子나女子나)을 보고 사랑하여 못쓰나 잇가, 우리는 아름다온 景致를 對할째 그것을 사랑하지아니하며 아름다온 꼿을 對할째 그것을 鑑賞하고 읍져리고 讚美하고 입마초지아니하나잇가. 草木은 사랑할지라도 사람을 사랑하지말아라 - 그런 背理243)가 어디 잇사오리잇가. 毋論 肉的으로 사람을 살아함은 社會의 秩序를 紊亂하는것이매 맛당히 排斥하려니와 精神的으로 사랑하기야 웨 못하리잇가 다만 그의 양자를 胸中에 그리고 그의 얼굴을 對하고 말소리를 듯고 손을 잡기를 엇지 禁하오리잇가 제 兄弟와 제 姉妹인들 이모양으로 사랑함이 무엇이 惡하오리잇가 이러한 사랑에 肉慾이 짝하는 境遇도 업다고못할지나 人心에는 自己가 精神上으로 사랑하는이에게 對하야 肉的 滿足을 어드려함이 罪悚한줄 아는 觀念이 잇슴으로 決코 危險이 만흐리라고 생각하지 아니하나이다.

大體 社會의 乾燥無味하기 우리나라가튼데가 다시 어대 잇사오리잇가 그러고 品性의 卑劣하고 情의 醜惡함이 우리보다 더한이가 어대 잇사오리

---

243) 사리에 어긋남.

잇가 그러고 이 原因은 敎育의 不良 社會制度의 不完全- 여러가지 잇슬지나 그中에 가장 重要한 原因은 男女의 絶緣244)인가 하나이다. 생각하소서 一家庭內에서도 男女의 親密한 交際를 不許하며 甚至夫婦間에도 肉交할째 外에 接近치못하는수가 만흐니 自然히 男女란 肉交하기 爲하야서만 接近하는줄로 더럽게 생각하는것이로다 이러케 人生和樂의 根源인 男女의 交際가 업스매 社會는 朔風불어 지나간 曠野가치되어 快樂이라든가 忘我의 우슴을 볼수업고 그저 욱적욱적 小小한 實利만 다토게되니 社會는 恒常 서리친 秋景이라 이中에 사는 人生의 情境이 참 可憐도 하거니와 이中에서 싸흔 性格이 그 얼마나 粗惡無味하리잇가. 一家族은 勿論이어니와 親히 性格을 알아 信用할만한 男女가 正堂하게 交際함은 人生을 春風花香의 快樂裏에 들쑨더러 吾人의 精神에 生氣와 强한 彈力을 줄줄을 밋나이다.

이 意味로 보아 내가 그대를 사랑하는것이나 쏘는 只今 내 새 恩人을 사랑하는것이 조곰도 非難할 餘地가 업슬쑨더러 나는 人生이 되어 人生노릇을 함인가하나이다.

나는 한참이나 담뇨에 업데엇다가 하욤업시 다시 고개를 들고 冊床을 對하야 보다노핫던 小說을 낡으려하엿나이다. 그러나 눈이 冊張에 붓지아니하야 아모리 낡으려하여도 文字만 하나씩 둘씩 보일쑨이오 다만 한줄도 連絡한 뜻을 알지못하겟나이다. 부질업시 두어페지를 벌덕벌덕 뒤다가 휙 집어내어던지고 椅子에서 닐어나 뒤숭숭한 머리를 수기고 왓다갓다하엿나이다. 아모리하여도 가슴에 무엇이 걸린듯하야 견델수업서 그대에게 이 便紙를 쓸양으로 다시 冊床을 對하엿나이다. 畫間用箋을 나이랴고 冊床舌盒을 열어본즉 엇던 書柬 한封이 눈에 띄엇나이다. 西洋封套에 다만 「林輔衡氏」라 썻슬쑨이오 住所도 업고 發信人도 업나이다. 나는 깜작 놀내엇나이다. 이 엇던 書柬일가, 뉘것일가? 그 恩人- 그 恩人도 나와가튼 생각으로 (卽 나를 사랑하는 생각으로)써 둔것-이라하는 생각이 一種 形言한수 업는 깃븜과 붓그러움 석긴 感情과 함끠 닐어나나이다. 나는 이 생각이 참일것을 미

---

244) 인연이나 관계를 완전히 끊음.

드려하엿나이다. 나는그글속에「사랑하는 내 輔衡이어 나는 그대의 病을 看護하다가 그대를 사랑하게 되엇나이다 - 사랑하여주소서」하는 쯧이 잇기를 바라고 쏘 잇다고 미드려하엿나이다. 마치 그 말이 엑스光線모양으로 封套를 쎄쭐코 내 쓰거운 머리에 直射하는듯하더이다 내 가슴은 자조치고 내 숨은 차더이다. 나는 그 書束을 두손으로 들고 惘然히 안잣섯나이다. 그러나 나는 얼는쯧기를 躊躇하엿나이다. 대개 只今 내가 想像하는바와 다를가보아 두려워함이로소이다. 만일 이것이 내 想像한바와가치 그의 書束이 아니면- 或 그의 書束이라도 나를 사랑한다는쯧이아니면 그쌔 失望이 얼마나할가 그쌔 붓그러움이 얼마나할가 찰하리 이 書束을 쯧지말고 그냥두고 내 想像 한바를 참으로 밋고 지낼가하엿나이다. 그러나 마츰내 아니쯧지못하엿나이다. 쯧은 結果는 엇더하엿사오리잇가. 내가 깃버 쮜엇사오리잇가, 落網하야 울엇사오리잇가. 아니로소이다, 이도저도아니오 나는 쏘한번 쌈작 놀내엇나이다.

무엇이 나오랴는가하는 希望도 만커니와 不安도 만흔 맘으로 皮封을 쎄니 아름다운 鐵筆글시로 하엿스되,

「나는 金一蓮이로소이다. 못뵈온지 六年에 아마 나를 니젓스리이다. 나는 그대가 이곳 계신줄을 알고 쏘 그대가 病든줄을 알고 暫時 그대를 訪問하엿나이다. 내가 淸人인드시 그대를 소긴것을 容恕하소서 그대가 熱로 昏睡하는 동안에 金一蓮은拜」라 하엿더이다. 나는 이 書束을 펴 든대로 한참이나 멍멍하니 안잣섯나이다. 金一蓮! 金一蓮! 올타 듯고보니 그얼굴이 果然 金一蓮이로다. 그 좁으레한 얼굴 눈쏘리가 잠간 처진 맑고 多情스러운 눈, 좀 숙난듯한 머리와 말할쌔에 살작 얼굴붉히는양하며 그中에도 귀밋헤 잇는 조고마한 허믈- 果然 金一蓮이러이다 萬一 그가 上海에 잇는줄만 알앗더라도 내가 보고 모르지는 아니하엿스리이다. 아아 그가 金一蓮이런가?

내가 그대에게 對하여서는 아모러한 秘密도 업섯나이다. 내 胸底 속속 집히 잇는 秘密까지도 그대에게는 말하면서도 金一蓮에 關한일만은 그대에게 알리지아니하엿나이다. 그러나 이제와서는 말아니하고 참을수업사오며 쏘 對面하야 말하기는 수접기도 하지마는 이러케 멀리 쩌나서는 말하기도

얼마큼 便하여이다.

내가 일즉 東京서 早稻田大學에 잇슬제 갓흔 學校에 다니는 親舊 하나가 잇섯나이다. 그는 나은 나보다 二年長이로대 學級도 三年이나 떨어지고 맘과 行動과 容貌가 도로혀 나보다 二三年쯤 떨어진듯. 그러나 그와 나와는 첨 만날째부터 서로 愛情이 깁헛나이다. 나는 그에게 英語도 가라치고 詩나 小說도 닑어주고 散步할째에도 반다시 손을 꼭잡고 二三日을 作別하게되더라도 서로 쩌나기를 앗겨 西洋式으로 꽉 쓸어안고 입을 마초고 하엿나이다. 그와 나와 別로 主義의 共通이라든가 特別히 親하여질 格別한 機會도 업섯건마는 다만 彼此에 까닭도 모르게 서로 兄弟가치 愛人가치 사괴게된것이로소이다.

하로는 그와 함께 어듸 놀러갓던 길에 어는 女學校門前에 다달앗나이다. 나는 前부터 그 學校에 金一鴻君의 妹氏가 留學하는줄을 알앗는故로 그가 妹氏를 訪問하기 爲하야 나는 몬저 돌아오기를 請하엿나이다. 그러나 그는 「그대도 내 누이를 알아둠이 조흘지라하야 紹介하랴는 뜻으로 나를 다리고 그 寄宿舍 應接室에 들어가더이다. 거긔서 暫間 기다린則 門이 방싯 열리며 單純한 黑色 洋服에 漆갓흔 머리를 한편 녑흘 갈라 뒤로 츠렁츠렁 짜하늘인 處女가 方今 沐浴을하엿는지 紅暈이 도는 빗나는 얼굴로 들어오더이다. 一鴻君은 닐어나 나를 가라치며 「이는 早稻田 政治科三年級에 잇는 林輔衡인데 나와는 兄弟와 갓흔 사이니 或 爾後에라도 닛지말고………」 하고 나를 紹介하더이다. 나도 닐어나 慇懃히 절하고 그도 答禮하더이다. 그러고는 限五分間 말업시 마조안잣다가 함께 宿所에 돌아왓나이다. 그後 一鴻君이 感氣로 數日辛苦할째에 그 妹氏에게서 書籍을 몟가지 사보내라는 奇別이왓더이다. 學期初이라 時日이 急한 모양인故로 一鴻君의 請대로 내가 代身 가기로 하엿나이다. 나는 이째에 아직 一蓮 아씨에게 對하야 別로 相思의 情도 업섯나이다. 다만 아름다온 깨끗한 處子오 親舊의 누이라하야 情답게녀겻슬쑨이로소이다. 그러나 나는 이러한 處子를 爲하야 힘쓰기를 매우 깃버하기는 하엿나이다. 그래 곳神保町冊肆에 가서 所請245)한 書籍을 사가지고 곳 그를 寄宿舍에 차자가 前과가치 應接室에서 그 冊을 傳하고 一鴻

君의 感氣로 辛苦하는 말과 그래서 내가 代身 왓노라는 뜻을 告하엿나이다. 그째에 나는 自然히 가슴이 설레고 말이 訥함을 째달앗나이다. 저의 얼굴이 빩아케됨을 슬적 볼째에 나의 얼굴도 저러하려니하야 참아 얼굴을 들지못하엿나이다. 그는 겨오 가느나마 快活한 목소리로,

「奔走하신데 수고하섯습니다.」할쑨이러이다. 나는 엇지할줄을 모르고 우둑하니 섯섯나이다. 그도 할말도 업고 수접기만하야 고개를 수기고 冊싸개만 凝視하더이다. 그제야 나는 어서 가야될 사람인줄을 알고 「저는 가겟습니다, 안녕히 겝시오」 하고 門밧게 나섯나이다. 그도 門을 열고 「感謝하올시다, 奔走하신데」 하더이다. 나는 速步로 四五步를 大門을向하야 나가다가 不意에 뒤를 휙 돌아보앗나이다. 幻覺인지는 모르나 琉璃窓으로 그의 얼굴이 번듯 보이는듯하더이다. 나는 다시 붓그러온 맘이 생겨 더한 速步로 大門을 나서서 冷靜한 모양으로 쏘 四五步를. 나왓나이다 그러나 自然히 몸이 뒤로 쓸리는듯하야 참아 발을 옴기지못하고 四五次나 머뭇머뭇하엿나이다. 狂瀾怒濤가 서드는듯한 가슴을 가지고 電車를 탓나이다. 宿舍에 돌아와 一鴻君에게 前後始末을 니야기할제도 아직 맘이 갈아안지못하야 一鴻君이 有心히 나를 보는듯하야 얼는 고개를 돌렷나이다. 그러고 그날 하로는 아모 생각도 업시 맘만 散亂하야지내고 그 二三日이 지나도록 이 風浪이 자지아니하더이다. 그후부터는 하로에 멧번式 그를 생각지아니한적이 업섯나이다.

　하로는 一鴻君이 어듸 가고 나 혼자 宿所에 잇슬제 如前히 그 생각으로 心緒가 定치못하여하다가 幸혀나 그의 글시나 볼양으로 一鴻君의 冊床舌盒을 열엇나이다. 그속에는 그에게서 온 書束이 잇는줄을 알앗슴으로 葉書와 封書<sup>246)</sup>를 멧장 뒤적뒤적하다가 다른舌盒을 열엇나이다. 거긔서 나는 그와 다른 두 사람이 박힌 中板寫眞 한장을 어덧나이다. 나는 가슴이 쓰씀하면서 그 寫眞을 두손으로 들엇나이다. 그 寫眞에 박힌 모양은 쏙 日前 冊 가지고 갓슬째 모양과 갓더이다. 한편을 갈라넘긴 머리하며 방그레 웃는 態度하며. 한 손을 그 동무의 억개에 언고 고개를 잠간 기울여 그 동무의 걸안즌 椅子

---

245) 남에게 청하거나 바라는 일.
246) 겉봉을 봉한 편지.

에 힘업는듯 지대고 섯는양이 참 美妙한 藝術品이러이다. 나는 그째 寄宿舍
應接室에서 그를 對하던것과 가튼 感情으로 한참이나 그 寫眞을 보앗나이
다. 그 방그레 웃는 눈이 마치 나물나물 더 우스랴는듯하며 살작 마조 부친
입술이 今時에 살작 열려 하얀 닛발이 들어나며 琅琅한 우슴소리가 나올쯧.
두 귀밋흐로 늘어진 몟 줄기 머리카락이 그 부드럽고 香氣로온 콧김에 한느
적한느적 날리는듯하더이다. 아아 이 가슴속에는 只今 무슨 생각을 품엇는
고. 내가 그를 보니 그도 나를 물쯔럼이 보는듯, 그의 그림은 只今 나를 向
하야 방그레 웃도다. 그의 가슴속에는 日光이 차고 春風이 차고 詩가 차고
美와 사랑과 溫情이 찻도다. 이에 외롭고 싸늘하게 식은 靑年은 그 흘러넘
치는 깃븜과 美와 사랑과 溫情의 一適을 엇어마시랴고 무릅흘 꿀고 두손을
들고 눈물을 흘리며 그 압헤 업더젓도다. 그가 한 방울 피를 흘린다사 무슨
자리가 아니날모양으로 그가 가슴에 가득찬 사랑의 一適을 흘린다사 무슨
자리가 나랴. 쓰거운 沙漠길에 몬지먹고 목마른 사람이 서늘한 샘을보고 一
掬水를 求할째 그 움물을 지키는이가 이를 拒絕한다하면 넘어 慘酷한일이
아니오릿가. 그러나 내가 아모리 이 寫眞을 向하야 懇請하더라도 그는 들은
체만체 如前히 방그레 웃고 나를 나려다볼쑨이로소이다. 그가 마치「내게
사랑이 잇기는 잇스나 내가 주고십허 줄것이아니라 주지아니치못하야 주는
것이니 네가 나로하여곰 네게 주지아니치 못하게할 能力이 잇고사 이 단 샘
을 마시리라」하는듯하더이다. 나는 이윽고 寫眞을 보다가 마츰내 情火를 이
긔지못하야 그 寫眞에 내 얼굴을 다히고 그 입에 熱烈하게 입을 마초고 그
동무의 어째우헤 노흔 손에 내 손을 힘쎗 대엇나이다. 나는 狂人가치 그 寫
眞을 품에 품기도하도 쌤에 다히기도하고 물쯔럼이 쳐다보기도 하고 쌤도
대고 키스도하엿나이다. 내 얼굴은 水蒸氣가 퓌어으도록 熱하고 숨소리는
마치 全速力으로 다름질한 사람 갓더이다. 나는 한時間이나 이러다가 大門
열리는 소리에 놀내어 그 寫眞을 첨잇던 곳에 집어너코 얼는 일어나 그날
新聞을 보는체하엿나이다.

　　그後 얼맛 동안을 苦悶中으로 지내다가 나는 마츰내 내 心情을 書束으
로 그에게 알리려하엿나이다. 엇던 날 밤 남들이 다 잠든 열두時에 닐어나

불닐듯하는 생각으로 이러한 書柬을 썻나이다.

　「사랑하는 누이어 내가 이 말슴 들임을 容恕하소서. 나는 외로운 사람이로소이다, 父母도 업고 同生도 업고 넓은 天下에 오직 한몸이로 이다. 나는 至今토록 일즉 누구를 사랑하여본적도 업고 누구에게 사랑함을 바든적도 업나이다. 사랑이라는 따뜻한 春風속에 자라날 나의 靈은 至今껏 朔風寒雪속에 얼어 지내엇나이다. 나는 나의 靈이 그러한 오랜 겨울에 아조 말라죽지 아니한것을 異常히 녀기나이다. 그러나 以後도 春風을 만나지못하면 可憐한 이 靈은 아조 말라죽고야 말것이로소이다. 그 동안 봄이 몃번이나 지낫스리잇가마는 쫏과 사랑을 실흔 東君의 수레는 늘 나를 찻지아니하고 말앗나이다. 아아 이 어린 靈이 한 방울 사랑의 샘물을 엇지못하야 아조 말라 죽는다하면 그도 불상한일이아니오리잇가. 나는 猥濫히 그대에게서 春風을 求함이아니나 그대의 胸中에 사모친 사랑의 一適甘泉이 能히 말라죽어가는 나의 靈을 살필것이로소이다. 그대여, 그대는 내가 그대에게 要求하는바를 誤解하지말으소서, 내가 작난으로 쏘 凶惡한 맘으로 이러한 말을 한다고 말으소서. 내가 그대에게 要求하는바는 오직 하나- 아조 쉬운 하나이니 卽「輔衡아 내 너를 사랑하노라, 누이가 올아비에게 하는 그대로」한마듸면 그만이로소이다. 만일 그대가 이 한마듸만 주시면 나는 그를 나의 護身符로 삼아 一生을 그를 依支하고 살며 活動할것이로소이다. 그 한마듸가 나의 財産도되고 精力도되고 勇氣도되고- 아니, 나의 生命이될것이로소이다. 나는 決코 그대를만나보기를 要求아니하리이다. 도로혀 만나보지아니하기를 要求하리이다. 대개 歲月이 흘러가는 동안에 그대는 늙기도하오리이다. 心身에 여러가지 變化도 생기리이다. 決코 그런일이 잇슬理도 업거니와 或 그대는 惡人이 되고 病身이 되고 罪人이 된다고하더라도 내 記憶에 남아잇는 그대는 永遠이 열닐곱살 되는 아름답고 淸淨한 處女일것이로소이다. 後日 내가 老衰한 老人이 되고 그대가 曾祖母소리르 듯게되더라도 쏘는 그대가 임의 죽어 그 아름답던 얼굴과 몸이 다 썩어진 뒤에라도 내 記憶에 남아잇는 그대는 永遠히 그 處女일것이로소이다. 그리하고 그대의 「내 너를 사랑한다」한마듸는 永遠히 希望과 歡樂과 熱情을 나에게 줄것이로소이다. 이럼으로 나는 決코 그대를 다시 對하기를 願하지아니하고 다만 그대의 그 「한마듸」
만 바라나이다. 만일 그대가 그대의 胸中에 찬 사랑의 一適을 이 배마른 목
에 썰어쩌려 죽어가는 이 靈을 살려만주시면 그 靈이 자라서 將次 무엇이
될는지 엇지 아오리잇가. 只今은 夜半이로소이다, 冬至 寒風이 萬物을 흔들
어 草木과 家屋이 괴로워하는 소리를 發하나이다. 이러한中에 밝아버슨 어
린 靈은 한줄기 싸뜻한 바람을 바라고 구름우헤 안즈신 天使에게 업데어 懇
求하는바로소이다.」

　　이 편지를 써 노코 나는 再三 생각하엿나이다. 이것이 罪가아닐가. 나는
발서 婚姻한 몸이라 다른 女子를 사랑함이 罪가 아닐가. 내 心中에서는 或
은 罪라하고 或은 罪가아니라 自然이라하나이다. 내가 婚姻한것은 내가 함
이아니오 나는 男女가 무엇이며 婚姻이 무엇인지를 알기도前에 父母가 任
意로 契約을 맺고 社會가 그를 承認하엿슬뿐이니 이 結婚行爲에는 내 自由
意思는 一分도 들지아니한것이오. 다만 나의 幼弱함을 利用하야 第三者가
强制로 行하게한것이니 法律上으로 보던지 倫理上으로 보던지 내가 이 行
爲에 對하야 아모 責任이 업슬것이라 그럼으로 내가 그 契約的行爲가 내
意思에 適合한줄로 녀기는時는 그 行爲를 是認함도 任意여니와 그認함도
自由라하엿나이다. 나와 내 안해는 조곰도 우리의 夫婦契約의 拘束을 바들
理가 업슬것이라, 다만 父母의 意思를 尊重하고 社會의 秩序를 근심하는
好意로 그 契約- 내 人格을 蹂躪[247]하고 侮辱한 그 契約을 눈물로써 默認
할짜름이어니와 내가 精神的으로 다른 異性을 사랑하야 蹂躪된 權利의 一
部를 主張하고 掠奪된 享樂의 一部를 恢復함은 堂堂한 吾人의 權利인가하
나이다. 이 理由로 나는 그를 사랑함이오- 더구나 누이와가치 사랑함이오-
또 그에게서 그와가튼 사랑을 바드려함이 決코 不義가아니라고 斷定하엿나
이다.

　　이튼날 學校에 가는길에 그 書束을 投函[248]하려하엿스나 무엇인지 모를
생각에 制御되어 하지못하고 그날에 十餘次, 그後三日間에 數十餘次를 너

---

247) 남의 권리나 인격을 짓밟음.
248) 편지, 투서, 투표용지 따위를 우체통, 투서함, 투표함 따위에 넣음.

흐랴다는말고 너흐랴다는말고하야 그 皮封이 내 폭케트속에서 달하지게되 엇다가, 한번 모든 名譽와 廉恥를 단번에 睹하는 생각으로 마츰내 어느 郵 便函에 그것을 너코 한참이나 그 郵便函을 보고섯섯나이다. 마치 무슨 絶大 한 所得을 바라고 큰 冒險을 할쎄와가튼 우슴이 내 얼굴에 쎴더이다.

기다리고 기다리던 三日만에 學校로서 돌아오니 案頭에 一封書가 노혓 더이다. 내 가슴에는 곳 風浪이 닐엇나이다. 나는 그 글시를 보앗나이다- 果然 그의 글시로소이다. 나는 그 片紙를 집어 폭케트에 너코 선자리로 발 을 돌려 大久保 벌판으로 나아갓나이다. 집에서 쓰더보기는 남이 볼 念慮도 잇고 또 이러한 글을 房안에서 보기는 不適當한듯하야-째끗하고 넓은 自然 속, 맑은 하늘과 빗나는 太陽알에서 보는것이 適當하리라하야 그러함이로소 이다. 나는 내 발이 쌍에 닷는지마는지도 모르면서 大久保벌판에 나섯나이 다. 겨울 날이 누엿누엿 넘어가고 演習갓던 騎兵들이 疲困한듯이 돌아오더 이다. 그러나 나는 혼자 맘속에 數千가지 數萬가지 想像을 그리면서 方向업 시 마른 풀판으로 向하엿나이다. 이 片紙속에 무슨 말이 잇슬는가- 나는 「사 랑하나이다, 올아비어」 하엿기를 바라고 또 그러키를 미드려하엿나이다. 나 는 그 片紙를 내어 皮封을 보앗나이다. 그리하고 그가 내 片紙를 바닷슬째 엣 그의 모양을 想像하엿나이다. 爲先 보지못하던 글씨에 놀래어 함참을 닑 어보다가 마츰내 가슴이 설레고 얼굴이 훗훗햇스려니, 그 글을 두번 세번 곱 닑엇스려니, 이 世上에 女子로 태여난后 첫 經驗을 하엿스려니, 그리고 心 緖가 散亂하야 그 片紙를 구겨쥐고 한참이나 멍멍하니 앗잣섯스려니, 그러 다가 一邊 깃브기도 붓그럽기도하야 곳 내모양을 想像하며 내가 自己를 그 리워하는 모양으로 自己도 나를 그리워하엿스려니, 그리고 곳 이 回答을 썻 스렷다. 써가지고 너흘가말가 躊躇하다가 오늘이야 부첫스렷다. 그러고 只 今도 나를 생각하며 내가 이 片紙 닑는 光景을 想像하고 잇스렷다, 어제까 지 어린아희가치 平穩하던 맘이 오늘부터는 異常하게 설레려든. 아모러나 나는 배마르던 목을 추기게되엇다, 나는 사랑의 단맛을 보고 生命의 快樂을 보게되엇다, 말라가던 나의 靈은 甘泉에 저저 닙피고 쏫피게되엇다 하면서 풀판에 펄석 주저안자 그 皮封을 쎄고도 얼는 그 속을 쓰집어내지못하고 한참이나 躊躇하며 想像하다가 마츰내 속을 뽑앗나이다. 아아 그 속에서 무엇이 나왓사오리잇가.

나는 激怒하엿나이다. 「흑」하고 소리를 치고 벌덕 일어나며 그 片紙를 조각조각 가루가 되도록 쓰져바렷나이다, 그러고도 不足하야 그것에 침을 뱃고 그것을 발로 즈르밟앗나이다. 그러고 方向업시 벌판으로 彷徨하며 그 侮辱바든 羞恥와 이에 對한 憤怒를 참지못하야 혼자 주먹을 부르쥐고 니를 갈고 발을 구루며 「흑」, 「흑」 소리를 連發하엿나이다 當場 그를 칼로 푹 찔러 죽이고도시프고 내 목슴을 끈허바리고도시프고⋯⋯⋯ 이모양으로 거의 한時間이나 돌아다니다가 어스름에야 얼마큼 맘을 鎭定하고 돌아왓나이다. 돌아와본즉 一鴻君은 벌서 저녁을 먹고 불을 쪼이며 담배를 피우다가 내가 들어오는것을 보고 有心히 내 얼굴을 쳐다보더이다. 그에게 對한 憤怒와 羞恥는 一鴻君에게까지 옮더이다.

이튿날 나는 感氣라는 핑계로 學校를 쉬엇나이다 어제는 다만 一時的으로 激怒만하엿거니와 오늘은 羞恥와 悲哀의 念만 가슴에 가득하야 그 안타까움이 비길데업더이다. 나는 벼개우에 머리를 갈며 니불을 차던지고 입술을 물어트덧나이다. 이제 무슨 面目으로 世上을 보며 무슨 希望으로 世上에 살랴. 一鴻君이 만일 이일을 알면 그 좁은 속에 그 어린 속에 얼마나 나를 嘲弄하랴. 아아 나는 마츰내 사랑의 맛을 못볼 사람인가, 언제까지 孤獨하고 冷寂한 生活을 할 사람인가. 나는 엇지하야 짜뜻한 손을 못쥐어보고 사랑의 말을 못들어보고 熱烈하고 자릿자릿한 抱擁을 못하여보는고. 사람이 원망되고 世上이 원망되고 내 生命이 원망되어 내 손으로 내 머리털을 멧번이나 쥐어트덧사오리잇가. 그러다가 오냐 내가 男子가 아니다 一個兒女子로 말믜암아 이것이 무슨 꼴인고하고 주먹으로 쌍을 치며 決心하려하나 그것은 제가 저를 소김이러이다. 그의 모양은 如前히 나의 가슴을 밟고서서 방그레하는모양으로 나를 支配하더이다. 나는 하욤업시 天井을 바라보고 누엇섯나이다.

나는 一封書를 바닷나이다. 그 글에 하엿스되,

「사랑하는이어 어제 지은 罪는 容恕하시옵소서. 그대가 그처럼 나를 사랑하시니 나도 이 몸과 맘을 그대에게 바치나이다. 暫間 엿줄 말슴잇사오니 午後四時쯤하야 一比谷公園 噴水池가에 오시기를 바라나이다.」

이 글을 바든 나는 미친듯하엿나이다. 곳 日比谷으로 달아갓나이다. 이제야 살앗고나, 十九年 겨울 世界에 봄이 왓고나하면서,

夕陽이 鶴噴水를 비치어 五色이 玲瓏한 무지개를 세울제 나는 藤棚下 걸상에 걸안자 紫煙生하는 噴水를 보면서 여러가지 未來의 空想을 그렷나이다. 이제는 혼자가아니로다, 슬픈 사람이아니오 不幸한 사람이아니로다. 宇宙의 美와 享樂은 내 一身에 集中하엿도다. 只今 내 身體를 組織한 모든 細胞는 깃븜과 滿足에 쒸며 소래하고 熱한 血液은 律呂249)마초아 循環하는도다, 내 얼굴이 夕陽에 빗남이어 天國의 樂을 맛봄이오 내 靈이 춤을 추고 노래함이어 砂漠길에 오아씨쓰를 어듬이로다, 萬物이 이제야 生命을 어덧고 人界가 이제야 우슴을 보이도다, 하엿나이다. 果然 앗가까지도 萬物이 모다 죽엇더니 저 天使의 口令 한마듸에 一齊히 蘇生하야 쒸고즐기도소이다. 잇다금 電車와 自動車 지나가는 소리가 멀리서 들릴쑨이오 公園內는 至極히 고요하여이다. 樹林속 瓦斯燈은 어느새 반작반작 熹微한 빗을 發하나이다. 이때에 噴水池 저편 가으로 쑥 나서는이가 누구리잇가. 그로소이다, 아아 그로소이다. 그는 只今 내 겻헤 섯나이다. 내 눈과 그 눈은 가치 저 噴水를 보나이다. 우리는 서로 얼굴을 붉히며 절하엿나이다. 그의 쌁안얼굴에는 夕陽이 反照하야 마치 타는듯하더이다. 내 가슴이 자조 쒸는소리는 내 귀에도 들리는듯, 나는 무슨 말을 할것인지, 엇던 行動을 할것인지 全혀 모르고 우둑하니 噴水만 보고 섯섯나이다. 하다가 겨오 精神을 차려,

「제가 그짜윗 片紙 들인것을 얼마나 괘씸히 보셧습닛가. 버릇업슨 일인줄 알면서도……」

그도 한참이나 머뭇머뭇하더니 겨오 눈을들어 暫間 나를 보며,

「저는 그 편지를 밧자 한긋 깃브면서도 한긋 무서운 생간이 나서 엇지할줄을 모르다가……… 이것이 罪인가보다하는 생각으로 돌오 보내엇습니

---

249) 국악에서 음성이나 음악의 가락을 이르는 말.

다. 그러나 돌오 보내고 다시 생각한則 엇지해 돌오 보낸것이 罪도갓고 또 알수업는 힘이 제 등을 밀어……」하고는 말이 아니나오더이다. 얼마 沈默하엿다가「제가 先生의 착하심을 미듬으로 혈마 惡에 쓸어 너치는 아니하시려니하고요.」

나는 다시 내 쯧을 말하엿나이다,- 나는 그에게 다만「올아비어 사랑하노라」한마듸면 滿足한다는 쯧과 決코 그를 다시 面對하고저아니하는쯧을 말하엿나이다. 아직 어린 그는 毋論 그 意味를 十分解得할수는 업슬지나 그 맘속에 神奇한 變動- 아직 經驗하여보지못한 사랑의 意識이 생긴것도 毋論이로소이다. 그러나 이밧게 彼此 하랴는 말이 만흔듯하면서도 나오랴는 말은 업는듯하야 한참이나 默默히 섯다가 내가,

「아모러나 그대는 나를 살려주셧습니다, 그대는 나로하여곰 참사람이 되게하엿고 내게 살 能力과 살아서 즐기며 일할 希望과 깃븜을 주셧습니다. 나는 그대를 爲하야, 그대의 滿足을 爲하야 工夫도 잘하고 큰 事業도 成就하오리다. 나는 詩人이니 그대라는 생각이 내게 無限한 詩的刺激을 줄것이외다. 그대도 부대 工夫 잘하시고 맘 잘닥그서서 朝鮮의 大恩人되는 女子가 되십시오.」나는 이런말을 하는것이 내 義務갓기도하고 또 그밧게 할말도 업서, 쏘는 이런말을 하여야 그의 내게 對한 信愛가 더 깁허질쯧하야 이말을 하엿나이다. 그러고 오래 가치 섯고시픈 맘이야 懇切하나 그럴수도업서 둘이 함끠 고불고불한 길로 公園을 나오려하엿나이다. 그는 나보다 一步쯤 비스듬이 압섯나이다. 그의 하얀 목이 異常하게 빗나더이다. 나는 가만히 그의 손을 잡앗나이다. 그는 쩔치랴고도 아니하고 웃독 서더이다. 그손을 꼭 쥐엇나이다. 그의 푹 숙인 머리는 내 가슴에 스적스적하고 그의 머리카락을 내 입김이 날리더이다. 나는 胸部에 그의 體溫이 올마옴을 쌔달앗다. 나의 꼭 잡은 손은 갑작이 확확 달믈 쌔달앗나이다. 내 몸은 痙攣한드시 쩔리고 내 눈은 朦朧하여졋나이다. 이윽고 두 얼굴은 서로 입김을 마트리만큼 갓가와지고 눈과눈은 固定한드시 마조 보나이다. 나는 그의 색맑안 눈에 눈물이 그렁그렁한것을 보앗나이다. 두 입술은 꼭 마조 부텃나이다 짜쯧한 입김이 내 입술에 感覺될째 나는 나를 니져바렷나이다. 불가치 쓰거운 그 입수가

바르르 썰리는것이 내 입술에 感覺되더이다. 이윽고 「내 사랑하는 이어」하고 우리는 速步로 公園밧게 나왓나이다. 이째에 누가 뒤로서 내 어깨를 치더이다 쌔어본즉 이는 한바탕꿈이오 겻헤는 一鴻君의 正服을 닙은대로 안자서 나를 쌔오더이다. 一鴻君은 有心히 웃더이다. 나는 쏘 羞恥한 생각이 나서 벌쩍 닐어나 水道에 가 洗手를하엿나이다. 밧게서는 바람소리와 함께 豆腐장사의 뚜뚜소리가 들리더이다. 一鴻君은 簡單히

「그게 무슨 일이오? 내가 그대를 그런줄 알앗더면 내 누이에게 紹介아니 하엿슬것이오. 만일 그대가 未婚者면 나는 깃버 그대의 願을 이루게하겟소, 그러나 記憶하시오, 兄은 旣婚男子인줄을.」

나는 고개를 숙이고 들엇슬뿐이로소이다. 果然 올흔 말이로소이다. 누구나 이말을 다 올케녀길것이로이다. 그러나 世上萬事를 다 그러케 單純하게만 判斷할수가 잇사오리잇가. 우리가 簡單히 「올타」하는일에 그 속에 엇더한 「올치안타」가 숨은줄을 모르며 우리가 簡單히 「올치안타」 하는 속에 엇더한 「올타」가 잇는지모르나잇가. 世人은 제가 當한일에는 이 眞理를 適用하면서도 第三者로 批評할째에는 이 眞理를 無視하고 다만 表面으로 얼는 보아 「올타」 「올치안타」 하나이다. 只今 내 境遇도 表面으로 보면 一鴻君의 말이 果然 올커니와 一步 집히 들어서면 그러치아니한 理由도 쌔달을것이로소이다. 그러나 나는 一鴻君에게 對하야 아모 答辯을 하려하지아니하고 다만 듯기만하엿슬뿐이로소이다. 그後에 나는 이줄을 알앗나이다— 그가 내 書束을 밧고 一鴻君을 請하야 물어보앗고 一鴻君은 내가 旣婚男子인 理由로 이를 拒絶하게한것인줄을 알앗나이다.

그後 나는 매오 失望하엿나이다. 술도 먹고 學校를 쉬기도하고 밤에 잠을 못일워 不眠症도 엇고(이 不眠症은 그後四年이나 繼續하다), 幽鬱하여지고 世上에 맘이붓지아니하며 成功이라든가 事業의 希望도 업서지고— 말하자면 나는 싸늘하게 식은 冷灰가되엇나이다. 或時 나는 鐵道自殺을 하랴다가 工夫에게 붓들리기도하고 卒業을 三四月後에 두고 退學을 하랴고도하여보며, 이리하야 여러朋友는 나의 急激한 變化를 걱정하야 여러가지고 忠告도하며 慰勞도하더이다. 그러나 元來 孤獨한 나의 靈은 다시 나을수업는 큰

傷處를 바다 모든 希望과 精力이 다슬어젓나이다. 나는 이러한 되는대로生活, 落望悲觀的生活을 一年이나 보내엇나이다, 만일 다른 무엇(아레 말하랴는) 이 나를 救援하지아니하엿던들 나는 永遠히 죽어바리고말앗슬것이로소이다. 그 「다른 무엇」은 다름아니라,「同族을爲함」이로소이다. 마치 人生에 失望한 다른 사람들이 或 削髮爲僧하고 或 慈善事業에 獻身함가치 人生에 失望한 나는 「同族의 敎化」에 내 몸을 바치기로 決心하야 이에 나는 새 希望과 새 精力을 어든것이로소이다. 그제부터 나는 飮酒와 懶惰를 廢하고 勤勉과 修養을 힘썻나이다. 가다가다 맘의 傷處가 아푸지 아니함이아니나 나는 少年의 敎育에 이 苦痛을 니즈려하엿스며 或 이 新愛人에게서 사로온 快樂을 엇기까지라도 하엿나이다. 그렁성하야 나는 至今토록 지내어온것이로소이다. 이 말슴을 듯고 보시면 내 行動이 或 解釋될것도 잇섯스리이다. 아모리나 나는 그 金一蓮을 爲하야 最大한 希望도 부처보고 最大한 打擊과 動亂도 바다보고 그때문에 내가 只今 所有한 여러가지 美点과 缺点과 한숨과 幽鬱과 悲哀가 생긴것이로소이다. 말하자면 하나님이 나를 만드신뒤에 金一蓮 그가 나를 變形한 모양이로소이다.

이金一蓮이 卽 그 金一蓮일줄을 누가 알앗사오리잇가 只今썻 째째로 奔走하신데……」 하던 容貌와 言聲이 一種 抑制할수업는 悲哀를 씌고 내 記憶에 닐어나던것이 무슨 緣分으로 六年만에 쏘 한번 번뜻 보이고 숨을것이니잇가. 내 心緖는 六年前과 가치 散亂하엿나이다. 그래서 終日 그를 차자 돌아다녓나이다. 내가 이담뇨에 얼굴을 대고 잇슬제 日比谷꿈이 歷歷히 보이나이다. 그것은 꿈이로소이다. 그러나 나는 그것은 꿈이아니라하나이다. 만일 그것이 꿈이면 世上萬事 어느것이 꿈아닌것이 잇사오릿가. 그 꿈은 참 解明하엿나이다 그뿐더러 이 一瞬間의 꿈이 내 一生涯에 가장 크고 重要한 內容이되는것이니 이것이 엇지 꿈이오릿가.

편지가 넘어 길어젓나이다, 발서 新年日月一日午前三時로소이다. 歲 잘 쇠시기 바라고 이만 그치나이다.

## 第 3 信

나는 삼일전에야 海參威에 漂着하엿나이다 -가즌 고생과 가즌 危險을 격고 멧번 죽을번하다가. 내一生이 元來 고생만흔 一生이언마는 이번가치 죽을 고생하여본적은업섯나이다. 나는 上陸한后로부터 이곳病院에 누어 이 글도 病床에서 쓰나이다. 이제 그 동안 十餘日間에 지나온 니야기를 들으소서.

나는 米國에 가는길로 지난 一月五日에 上海를 쩌낫나이다. 혼잣몸으로 數萬里 異域에 向하는 感情은 참 形言할수업더이다. 桑港으로 直航하는 배를 타랴다가 旣往 가는길이니 歐羅巴를 通過하야 저 人類世界의 주인노릇하는 民族들의 本國구경이나 할次로 露國 義勇艦隊250) 포르타와號를 타고 海參威로 향하야 쩌낫나이다. 나 탄 船室에는 나외에 露人하나이 잇슬뿐. 나는 외로이 寢牀에 누어 이런생각저런생각하다가 元來 衰弱한 몸이라 그만 잠이들엇나이다. 쌔어본즉 電燈은 반쟉반쟉하는데 機械 리만 멀리서 오느드시 들리고 자다쌘 몸이 으스스하야 外套를 뒤쳐쓰고 甲板에 나섯나이다. 陰十一月下旬달을 反射하며 팔앗케 맑은 하늘 한편에 啓明星이 燦爛한 광채를 발하더이다. 나는 외투깃으로 목을 싸고 甲板上으로 왓다갓다 그닐며 雄大한 밤바다 景致에 醉하엿나이다. 여긔는 아마 黃海일듯, 여긔서 바로 북으로 날아가면 그대게신 故鄕일것이로소이다. 四顧茫茫하야 限際가 아니보이는데 方向모르는 청년은 물결을 싸라 흘러가는것이로소이다. 「江天一色無織鹿皎皎空中孤月輪」이란 張若虛의 詩句를 읍져릴제 내 만조차 이 詩와가치된듯하야 塵世名利와 뒤숭숭한 思慮가 시슨듯 슬어지고 다만 月輪251)가튼 精神이 쑤렷하게 匈中에 坐定한듯하더이다. 山도 아름답지아님이아니로대 曲折과 凹凸이 잇서 아직 사람의 맘을 散亂케함이 잇스되 바다에 니르러서는 萬頃一面 즈즐펀한데 眼界를 막는것도 업고 心情을 刺激하는것도 업서 참말 自由로운 心境을 맛보는것이로소이다. 그러나 이러한중

---

250) 戰時에 자진하여 무장한 商船으로 편성된 함대.
251) 둥근 달, 또는 그 둘레.

에도 썰어지지안는것은 愛人이라 그대와 一蓮의 생각은 심중에서 雜念이
업서질사록에 더욱 鮮明하고 더욱 懇切하게되나이다. 만일 이 景致와 이 心
境을 저들과가치 보앗스면 엇더랴, 이 달아레 이 바람과 이 물결에 그네의
손을 잡고 逍遙하엿스면 엇더랴하는 생각이 차차 더 激烈하게 닐어나나이
다. 그러나 여긔는 萬頃海中이라, 나혼자 이 天地속에 깨어잇서 이러한 생
각을 하건마는 그네들은 只今 엇더한 꿈을 꾸는가. 아아 그립고그립은 母國
과 愛人을 뒤에 두고 數萬里外로 漂迫하여가는 정이 그 얼마나하오릿가.

　　나는 선실에 들어와 자리에 누엇나이다, 그러나 정신이 灑落하야 졸리지
는아니하고 할입업시 상해를 써날적에 사가진 신문을 쓰내어 뒤적뒤적 닑엇
나이다.

　　그러다가 다시 잠이들엇더니 더할수업는 恐怖를 가지고 그 잠을 깨엇나
이다

　　일즉 들어보지못하던 轟然252)한 爆響이 나며 船體가 空中에 깨다 나려
지드시 動搖하더이다. 나는 「水雷, 沈沒」하는 생각이 번개가치 닐어나며 문
을 차고 갑판에 쮜어나다가 소낙비가튼 물바래에 精神을 일흘번하엿나이다.
갑판상에는 寢衣대로 쮜어나온 男女船客이 몸을 썰며 부르짓고 선원들은
미친드시 左右로 馳驅253)하더이다. 우리배는 발서 三十餘度나 左舷으로
傾斜하고 汽罐소리는 죽어가는 사람의 呼吸모양으로 아직도 퉁퉁하더이다.
「水雷, 水雷」하는 소리가 絶望한 음조로 각사람의 입으로 지나가더니 上甲
板에서 누가 「船體는 水雷에 腹部가 破碎254)되어 구원할 길이 업소 只今
救助艇을 나릴터이니 각인은 文明한 男子의 最後體面을 생각하야 女子와
幼兒를 몬저 살리도록하시오.」하고 웨치는것은 船長이러이다. 이때에 敏活
한 水夫들은 船上에 配置하엿던 八個救助艇을 나리고 船客들은 悲慘한 慟
器속에 女子와 小兒를 그리로 올려태우더이다. 엇던 婦人은 그 지아비에게
매어달려 말도못하고 慟器하며 그러면 그 지아비는 無情한드시 그 안해의

---

252) 소리가 몹시 크게 울려 요란스럽다.
253) 말이나 수레를 타고 달림.
254) 깨어져 부스러짐, 또는 깨뜨려 부숨.

가슴을 쩌밀어 救助艇에 싯고 소리놉히 「하나님이시어 主께 돌아가나이다」
하고 엇던이는 미친드시 부르지지며 전후로 왓다갓다하며 엇던이는 氣力업
시 갑판에 지대어 影像모양으로 멍멍하니 것기도하더이다. 각구조정에는 水
夫가 六穴砲를 들고서서 定員以外 오르기를 不許하고 엇던 卑怯한 男子는,
억지로 救助艇에 오르랴다기 여러사람의 叱責속에 도로 本船에 쓸려올으기
도하더이다. 구조정은 하나에 이십여명式이나 싯고 定處업시 萬頃255)에 나
쓰더이다. 거긔 탄 女子와 小兒는 本船에서 時間이못하야 죽으려하는 지아
비와 아비를 향하야 두 팔을 허우적거리며 우짓고 本船上에 남아잇는 男子
船客과 船員은 도로혀 萬事太平인드시 沈着하더이다. 사람이란 피할수업는
위험을 當할쌔에는 도로혀 泰然한것이러이다. 船體의 전반부는 반이상이나
물에 들어가고 우리는 暫時나마 生命을 늘일양으로 후반부로 옮앗나이다.
本船을 쩌나는 救助艇에서는 讚頌歌가 닐어나며 이것을 듯고 우리도 각각
讚頌歌를 부르며 엇던이는 두 팔을 들고 소리를 내어, 엇던이는 고개를 숙
이고 主에게 마즈막 祈禱를 올리더이다. 나는 暫間 故鄉과 家族과 同族과
그대와 그와 朋友들과 품엇던 將來의 희망을 생각하고 아조 냉정하게 최후
의 결심을 하엿나이다. 나는 이 세상의 아름다음을 생각할쌔에 恐怖하엿나
이다, 앗겨하엿나이다, 그러나 이 세상의 冷酷하고 괴로옴을 생각할쌔에 하
로라도 밧비 이 세상을 버서남을 깃버하엿나이다. 나는 더러온 病席에서 오
좀똥을 싸뭉개다가 죽지아니하고 新鮮한 朝日光, 茫茫한 海洋中에 悲壯한
景光裏에 죽게됨을 행복으로 녀겻나이다. 實狀 집에서 죽으랴거든 功成名
遂하고 限命까지 살다가 子女와 사회의 깁히 哀悼하는 속에 하거나 그러치
아니하거든 혹은 大洋中에 혹은 砲彈下에 혹은 霜刀下에 혹 人類의 文明을
爲하야 전기나 화학의 試驗中에 죽을것인가하나이다. 나는 저 苟且하게 무
기력한 생명을 앗겨 醜한 생활을 니어가는자를 誹笑하나이다. 只今 洋洋한
바다는 우리를 바다들이량으로 늠실늠실하고 光輝한 太陽은 他界로 가는
우리를 작별하는드시 우리에게 쌰뜻한 빗을 주더이다. 배가 갈아안즘을 조

---

255) 백만 이랑이라는 뜻으로, 지면이나 수면이 아주 넓음을 이르는 말.

차 차차 후부로 옴는 船客들은 이제야 몸괌몸이 서로 마조다케되엇나이다. 그러다가 우리는 한걸음한거름 上甲板과 檣으로 긔어 오르나이다. 汽罐은 발서 죽엇나이다, 이제는 우리 차례로소이다. 그러나 우리中에는 이제는 우는이도 업고 덤베는이도 업고 다만 悲愴한 한숨소리와 祈禱소리가 여긔 저긔서 들린쑨이로소이다. 船員은 우리 生命이 이제 四十分이라하나이다. 우리 心腸은 一步一步 쒸나이다, 一分가나이다. 二分가나이다, 이쎄에 각금 불바래가 우리 熱한 얼굴을 적시더이다, 우리는 한걸음한걸음 우으로우으로 올라가나이다, 다만 一瞬間이라도 할수잇는대로는 生命을 늘이려하는 인생의 情狀은 참 可憐도하여이다. 救助艇도 어듸 갈데가 잇는것이아니오 후에 오는 배만 기다리는고로 그 周圍로 슬슬 쩌나닐쑨이러이다. 각금 女子의 울음소리가 물결소리와 함끠 울려올쑨이로소이다. 十分 지낫나이다, 남은것이 三十分. 우리는 不知不覺에 주먹을 부르쥐고 입을 꼭 담을엇나이다, 마치 우리를 향하야오는 무엇을 抵抗하라는드시. 그러나 우리는 그 運命을 抵抗할 수 잇사오리잇가. 앗가 救助艇에 오르랴든 男子는 失神할드시 甲板上에 걱구러지며 거품을 吐하고 痙攣을 生하더이다. 다른사람들은 빙그레 우스면서 그 사람의 팔해진 얼굴을 보앗나이다. 우리는 그를 救助하려할 必要가업고 다만 暫間 몬저가거라, 우리도 네가 아직 一哩을 압서기전에 짜라갈것이로다할쑨이로소이다. 이쎄 우리 심중에야 무슨 慾心이 잇스며 무슨 念慮가 잇스리잇가. 萬人이 꿈에도 노치못하던 名利이 慾이며 快樂의 慾이며– 온갖것을 다가튼 純潔한 맘으로 오랴는 죽음을 마즐짜름이로소이다. 이쎄에 우리 二百餘名 사람은 모다 聖人이오 모다 天使로소이다. 만일 누구나 葬式을 볼쎄에 暫間 이러한 생각을 하엿던들 社會의 모든 惡하고 無用한 軋轢이 업서질것이로다. 이 배에는 或 金貨도 실엇스리이다, 그러나 只今 누가 그것을 생각하며, 美人은 잇스리이다, 그러나 지금 누가 그를 생각하오리잇가. 그쑨더러 우리의 生命까지도 그리 앗가운줄을 모르게되어 沈沒하는 船體의 이상한 불쾌한 音響을 발할쎄마다 本能的으로 몸이 흠칫흠칫할쑨이로소이다. 二十分 지내엇나이다. 船體는 漸漸 물아래로 잠기엇나이다. 우리는 더 올라갈곳이 업서 그자리에 가만히 섯나이다. 이쎄에 群衆中에서 누가, 「저긔 배 보인다!」하고 웨친다. 群衆의 視線은 一齊히 서편 감안 點으로 쏠리더이다. 船長은 마스트 第二桁에 올라가 雙眼鏡으로 그 異點을 보더니, 손을 내어두루며,

　「코리아號외다. 우리 배보다 二時間後에 써난 코리아號외다. 우리 배 沈沒한다는 無線通信을 밧고 이리로 옴이외다. 그러나 저 배는 一時間後가 아니면 오지못할터이니 각각 무엇이나 하나씩 붓들고 저배 오기를 기다리시오」

　우리의 얼굴은 一時에 變하엿나이다. 沈着하던 맘이 도로혀 動亂[256]하더이다. 一條의 生道가 보이매 至今썻 죽으랴고 決心하엿던것이 다 虛事가 되고 이제는 살랴는 희망을 가지고 노력하게됨이로소이다. 우리는 선원과 함께 널쪽 뜻기에 着手하엿나이다. 나도 依接할것을 하나 어드랴으로 잠기다남은 갑판우으로 쒸어돌아가다가, 이상한 소리에 쌈작 놀내어 웃둑 섯나이다. 「사람살리오!」하는 여자이 소리(英語로)가 들리며 무엇을 두다리는 소리가 나더이다. 나는 곳 그 소리가 서너치나 이믜 물에 잠긴 主檣밋 一等室에서 나는줄을 알아차리고 얼는 쒸어가 「門을 칠터이니 물러서시오」하며 손에 들엇던 도씌로 돌저귀를 싸러부싀고 힘것 그것을 잡아젓것나이다. 그 속에는 엇던 늙은 서양부인 하나와 젊은 동양부인 하나이 잇다가 허트러진 머리 寢衣바람으로 문을 차며 마조 쒸어 나오더이다. 나는 그 門을 쎄어 생명을 依接할양으로 도씌로 잡을손 잇는데를 쌔트렷나이다. 이쌔에 뒤로서 누가 내게 매어덜리기로 돌아본즉 이것이 누구오릿가, 내 恩人 金一蓮이로소이다. 나는 다른 말 할새 업시 다만 「이 門을 일치말고 여긔매어달리시오, 只今 救助할 배가 옵니다」하엿나이다. 돌아서며 보니 船客과 船員들은 발서 널쪽을 하나씩 집어타고 물에 나 썻더이다. 갑판에 물이 발서 무릅흘 잠으고 선체는 점점 쌔르게 갈아안더이다. 게다가 굽신굽신하는 물결이 몸을 쳐한 걸음만 걸핏하면 그만 千길 海中으로 쑥 들어갈것이로소이다. 船上에는 우리 세사람쑌이로소이다, 내가 도씌로 門을 바스는 동안에 남들은 다

---

256) 폭동, 반란, 전쟁 따위가 일어나 사회가 질서를 잃고 소란해지는 일.

나려간 것이로소이다. 아아 엇지하나 이 문 한짝에 세 사람이 부틀수업고 그
러나 이제 달리 엇절수도 업서 그 危急한中에 얼마를 躊躇하엿나이다. 그러
나 나는 「이 門을 타고 나가시오, 걸핏하면 그만이오, 어서 어서」하고 다시
물속에 든 도끠를 차자 다른 門을 바스려하엿나이다. 그러나 이째에 발서
물이 허라우헤 올라오고 물속에 잠긴 돌저귀를 바스지못하야 한참이나 애를
쓰다가 뒤를 돌아본즉 두 婦人은 水上에 조곰 남겨노히 欄干을 붓들고 흑흑
늣기더이다. 나는 이를 보고 허리를 물에 잠으고 겨오하야 그 문을 쓰더내어
노코 본즉 몬저 쓰더노흔 門이 갑작이 밀어오는 물결에 밀녀다라나더이다.
나는 도끠를 집어내어던지고 그 門을 잡고 헤어나갈 準備를 하엿나이다. 그
러나 엇지하리오 門하나에 셋은 탈수업스니 우리 셋中에 하나는 죽어야할것
이라, 누가 죽고 누가살것이리잇가.

　이제 우리는 寸刻의 餘裕도 업나이다. 두 婦人다려 그 門의 한편녑에 부
트라하고 나는 다른녑헤 부터 아조 우리 몸이 쓰기만 바랫나이다. 沈沒하는
本船 周圍에는 運命에 생명을 맛긴 인생들이 혹은 널쪽에 혹은 救命帶에
혹은 구조정에 부터 물결을 짜라 오르락나리락하며 말업시 써다니나이다.
앗가 보이던 코리아號는 果然 오는지마는지.

　이윽고 우리몸은 숯혀 그 門에만 매어다리게되엇나이다. 두 부인은 기운
업시 문설주를 잡고 내 얼굴만 쳐다보더이다. 그러나 세사람의 중량에 문은
連해 갈안즈려하고 그러할째마다 弱한 婦人네는 더욱 팔에 힘을 줌으로 우
리는 멧번이나 머리까지 물속에 잠겻나이다. 가지나 겨울물에 사지는 얼어
들어오고 팔맥은 풀리고 아모리하여도 이모양으로 十分을 지날것도갓지아
니하더이다. 이제 우리가 한가지 오래갈 妙策은 門을 胸腹部에 지대고 팔과
다리로 方向을 잡음이러이다. 그러나 걸핏하면 널쪽이 뒤집히던가 랄아안던
가할모양이니 엇더하오리잇가. 그러나 우리는 數分間에 一次式 물에 잠기
어 아모리 하여도 이대로 참을수는 업더이다. 이째야말로 姑息을 不許하고
勇斷257)이 必要하더이다. 이렁그렁하는 동안에 기력은 차차 耗盡합이다. 纖

---

257) 용기있게 결단을 내림.

弱한 金娘은 벌서 훗득훗득 늦기며 졸기를 시작하더이다. 아모리하여도 셋中에 하나는 죽어야 하리라하엿나이다. 나는 얼른 「사라야할 사람은 나와 내 同胞인 金娘인가 하엿나이다. 人道上으로 보아 두婦人을 살리고 내가 죽음이 맛당하다하려니와 나는 그째 내 生命을 몬저 바리기에는 넘어 弱하엿나이다. 그러나 저 서양부인을 써밀어내기도 생명이 잇는 동안은 못할일이러이다. 쏘 한번 우리는 물속에 들엇다 나왓나이다. 숨이 막히고 精神이 앗득앗득하더이다. 나는 다시 생각하엿나이다. 아직 國家가 잇다, 國家가 잇스니 內外國의 別이 잇다. 그러닛가 다 살지못할 境遇에 내 同胞를 살림이 當然하다하엿나이다. 그러나 斷行치못하고 쏘 한번 물에 잠겻다 나왓나이다. 나는 이에 決心하엿나이다, 찰하리 이 널쪽을 뒤쳐업헛다가 둘中에 하나 사는者를 살리라라 하엿나이다. 아아 나의 사랑하는이의 생명이 엇지될는가. 「하나님이시여 容恕하소서」하고 나는 널쪽을 턱 노핫나이다. 아아 그째의 심중의 苦悶이야 무엇으로나 形容하리잇가. 널쪽이 번쩍 들리며 두 婦人은 물속에 들어갓나이다. 나는 얼른 널쪽을 잡으려하엿스나 널쪽은 물결에 밀려 數步外에 달아나더이다. 이윽고 두 婦人도 물을 푸푸 쑨으며 나쓰더이다. 나는 최후의 노력이로고나하면서 널쪽을 바리고 金娘잇는데로 헤어가서 한 손으로 그의 겨드랑을 붓들고 널쪽을 향하야 헤엇나이다. 널쪽은 잡힐듯잡힐듯하면서 우리보다 압서가더이다, 나는 死力을 다하야 헤엇나이다. 우리의 두 몸은 이제야 겨오 코以上이 물우헤 썻슬짜름이로소이다. 나는 「이제는 죽엇고나」하며 남은 힘을 다하엿나이다. 그러나 屍體나 다름업는 女子를 한 손에 들엇스니 엇지하오리잇가. 그러타고 참아 그는 노치못햇나이다. 나는 不知不覺에 「아이구」하엿나이다. 그러나 내 생명은 아직 끈키지 아니하엿슴으로 그래도 허우적허우적 널쪽을 향하에 헤엇나이다. 거의 긔운이 다하려할제 널쪽이 손에 잡혓나이다. 나는 새긔운을 내어 金娘을 널쪽에 올려싯고 나도 가슴을 널쪽에 대엇나이다. 그러고는 다리를 흔들어 널쪽의 方向을 돌렷나이다. 西洋婦人이 아직도 썻다잠겻다함을 보고 나는 그리로 向하여 저어가려하엿나이다. 그러나, 내 사지는 이믜 구덧나이다, 그러고는 精神을 일헛나이다.

째어본즉 나는 어느 船室에 누엇고 겻헤는 金娘과 다른 사람들이 昏迷하여 누엇더이다. 나는 몸을 음즈길수도 업고 말도 잘 나가지아니하더이다. 이모양으로 二十分이나 누엇다가 겨오 정신을 차려 나는 어느배의 구원을 바다 다시 살아난줄을 알앗나이다. 그러고 겨오 몸을 닐혀 겻헤 누은 金娘을 보니 아직도 昏迷한 모양이러이다. 뒤에 들은즉 이 배는 우리가 기다리던 코리아號요 그 船客들이 衣服을 내어 갈아닙히고 우리를 自己네 寢臺에 누인게라하더이다. 저녁째쯤하야 金娘도 닐어나고 다른 遭難客도 닐어나더이다. 二百餘名에 生存한者가 겨오 一百二十幾人. 나도 그 틈에 씨인것이 참 神奇하더이다. 아아 人生의 運命이란 果然 알수업더이다. 선장도 죽고 나와 가튼방에 들엇던이도 죽고 毋論 그 서양부인도 죽고ㅡ 그러나 그째 救助艇에 쮜어오르랴다가 도로끌려나린자는 살아나서 바로 내 마즌편 寢牀에 누어 알는 소리를 하더이다. 여러 船客은 여러가지로 慰問하여주며 엇던 서양부인네는 눈물을 흘리며 慰問하더이다. 나는 그네에게 對하야 나의 目睹한 自初至終을 말하엿나이다. 그네는 혹 놀나기도하고 울기도하며 그 말을 듯더이다. 그 水雷는 敷設水雷인가 獨逸水雷艇이 發射한것인가하고 議論이 百出하엿스나 毋論 歸結되지못하엿나이다. 우리도 국과 牛乳를 마시고 다시 잠이들어 翌朝 長崎에 碇泊할째까지 世上모르고 잣나이다.

長崎서 이틀을 留하야 단번 義勇艦隊배로 이곳에 到着한것이 再再昨日 午前九時로소이다. 그러나 물에서 몸이 지쳐 우리는 그냥 病院에 들어와 只今까지 누엇스나 오늘부터는 心神이 자못 輕快하야감을 늣기오니 過廬[258] 마르소서.


## 第 4 信


나는 只今 小白山中을 통과하엿나이다. 정히 오전四時. 겹琉璃窓으로 가만이 내다보면 熹微하게나마 백설을지고 인 침침한 森林이 보이나이다. 우리 열차는 零下 二十五六度되는 天地開闢以來로 일즉 人跡못들어본 대

---

258) 정도에 지나치게 염려함.

삼림의 밤 공기를 헤치고 헐럭헐럭 달아가나이다. 들리는것이 오즉 둥둥둥 둥한 車輪소리와 汽罐車의 헐덕거리는 소리뿐이로소이다. 우리 車室은 寢臺四개중에 二層二개는 부이고 나와 金娘이 下層二개를 占領하엿나이다. 蒸汽鐵管으로 실내는 우리 溫突이나 다름업시 훗웃하여나이다 나는 金娘의 자는 얼굴을 보앗나이다 담뇨를 가슴까지만 덥고 입술을반쯤 열고 부드러운 숨소리가 무슨 微妙한 音樂가치 들리더이다. 그 가는 붓으로 싹 그은듯한 눈섭하며 방그레 웃는듯한 두 눈하며 여러날 위험과 노곤으로 좀 헷슥하게 된 두 쌤하며 입술이 약간 감웃감웃하게 탄것이 도로혀 風情259)잇더이다. 나는 이사람을 사랑한지 오래거니와 아직 이 사람의 其間의 變遷과 經過를 仔細히들어볼 機會가 업섯나이다 上海서 精誠된 간호를 바들째 그의 맘이 여전히 천사갓거니하기는하엿스나 그 眞僞를 判定할 機會는 업섯나이다. 나는 이제야 그 됴흔 機會라하엿나이다. 대개 아모리 外飾에 닉숙한자라도 잘째엣 容貌와 態度는 숨기지못하는것이로소이다. 그럼으로 엇던 사람의 자는 얼굴을 보면 그 사람의 性情을 대개는 正確하게 判斷하는것이로소이다. 죽은 얼굴은 더욱 그의 性格을 잘 發表한다하나이다. 그러나 家族外에는 남의 자는 얼굴을 보기어려운것이니 이러한 研究의 最好한 기회는 車中이나 船中인가하나이다. 나는 그대의 자는 얼구를여러번 보앗나이다. 그러고 그 얼굴로 그대의 性情을 만히 判斷하엿나이다. 이제 그 손씨를 가지고 金娘의 자는 얼굴을 研究하려하엿나이다. 맨처음 그의 얼굴과 숨소리가 小兒의 그 것과가치 和平함은 그의 心情이 善하고 快暢함을 보임이오 그의 방그레한 우슴을 쯰움은 엇던 處地 엇던 事件을 當하거나 절망하고 비통하지 아니하고항상 主宰의 攝理를 依支하야 맘을 和樂하게가짐을 보임이니 만일 그러치아니하면 그러케 큰 困難을 격근뒤에는 반다시 얼굴에 苦悶不平한 빗이 보일것이로소이다. 그의 숨소리가순하고 長短가틈은 그의 육체와 심정의 완전히 조화함을 보임이니 그는 어젯밤에 누은대로 端正한 姿勢를 維持하엿스니 이는 그의 心情의 端雅하고 沈着함을 보임이로소이다. 혹 벼개를 목에

---

259) 정서와 회포를 자아내는 경치.

걸고 고개를 번적 잣긴다든가 입으로 침을 질질 흘린다든가 팔과 다리를 모
양업시 내어던지는 사람은 반다시 맘의 主대업고 亂雜함을 보임이로소이다
입을 꼭담을지아니함은 意志가 弱하다든가 남에게 依賴하라는 性情을 表함
이어니와 조곰 방싯하게 입을 연것은 도로혀 美를 더하는 点이로소이다. 只
今 우리 金娘은 마치 아기가 그 慈母의 품에 안긴듯이 맘을 푹 노코 極히
安穩하게 자는 것이로소이다. 나는 한참이나 純潔한 女性의 어룰을 疑視하
다가 눈을 감고 壁에기대어 생각하엿나이다. 果然 아름답도소이다. 이 아름
다움을 보고 嘆美하고 愛着하는 情이 아니날 사람이 잇사오릿가. 造物은 嘆
美하기 爲하야 이런美를 짓고 이런美를 鑑賞하는 힘을 人生에게 준것이로
소이다. 그 동안 여러 위험과 곤란에 餘裕업는 胸中은다시 舊에 復하야 散
亂하기 始作하엿나이다. 나는 六年前某女子學校寄宿舍에서 「奔走하신데」
하고 살작 낫츨 붉히던 그를 回想하고 一日比谷의 一場夢을 回想하고 그째
나의 憧憬과 苦悶을 생각하고 또 내가 지난 四五年間에 격근 모든精神的
變遷과 苦悶인 太半이나 只今 내 압헤누어 자는 一短軀 原因함을 생각하엿
나이다. 아마 그는 내가 自己를 爲하야 격근 모든것을모를것이로소이다. 그
래서 가치 死生間에 出入하면서도 또는 가치 無人한 車室內에 잇스면서도
彼此의 心中은 大端히 懸殊한것이로소이다. 胸壁하나를 隔한 사람과 사람
사이의 心中은 마치 此界와 가타야 其間에 교통이 생기기전에는 결코 接觸
하지못하는것이로소이다. 그 交通機關은 言語와 感情이니 이 機關으로 彼
此의 內情을 査悉한 후에야 화친도 생기고 배척도생기는것이로소이다. 그럼
으로 朋友라함은 서로 理解하야 각기 타인에게 自己과의 共通點을 발견함
으로 생기는 관계라할수잇는것이로소이다. 그러나 사랑은 이와는 짠 문제니
그의 性情이며 思想 言行이 或 사랑의 原因도 되며 或 이믜 成立된 사랑을
强하게하는효력은 잇스되 그것은 이해한后에야 비로소 사랑이 成立되는것
은 아니로소이다. 말이 넘어 겻길로 들엇나이다. 나는 내 心情을 吐說함이
金娘에게 엇더한 생각을 줄가하엿나이다. 내가 自己를 위하야 전인격의 變
動과 苦悶을 바든줄을 말하면 그의 感想이엇더할는가. 자기를 위하야 五六
年을 苦悶中으로 지낸 男子인줄을 알째에 果然 엇더한 感想이 생길는가.

毋論 그 事情을 듯는다고 업던 사랑이 생길理는 업스런마는 자기를 위한 犧牲을 可憐하게는 녀기리라하엿나이다. 設或 그가 내 陳情을 듯고 도로혀 셩내어 나를 排斥하리라하더라도 熹微한 怨罔과 함께 오래 품어오든 情을바로 그 當者를 向하야 吐露하기만하야도 훨신 속이 싀언하고 달씀한 맛이 잇슬쯧하여이다. 그래 나는 제가 잠을 깨기마나면 곳 그러한 말을 하리라하엿나이다. 그러고 다시 눈을 쩌 그의 얼굴을 보매 如前히 安穩히 자더이다. 나는다시 생각하엿나이다. 設或 저편이 나를 사랑한다한덜 내가 저를 사랑할 權利가 잇슬가. 나는己婚男子라 己婚男子가 다른 女性을 사랑함은 道德과 法律이 禁하는바라. 그러나 내아내에게는 엇지하양 사랑이 업고 도로혀 法律과 道德이 사랑하기를 禁하는 金娘에게 사랑이 가나잇가. 法律과 道德이 인생의 意志와 저을 거슬이기위하야 생겻는가 人生의 의지와 정이 소위 惡魔의 誘惑을 바다 道德과 法律을 違反하려는가. 이에 나는 道德 法律과 인생의 의지와 어느것이 원시적이며 어느것이 더욱 권위가 잇는가를 생각하여야 하겟나이다. 인생의 의지는 천성이니 天地開闢쌔부터 創造된것이오 도덕이나 법률은 人類가 사회생활을 시작함으로부털 사회의 질서를 유지하기 위하야 생긴것이라 즉 人生의 意志는 自然이오 도덕법률은 可變이오 相對的이라. 그럼으로 폼人의 意志가 항상 도덕과 법률에 대하야 優越權이 잇슬 것이니 그럼으로 내 意志가 現在 金娘을 사랑하는 이상 도덕과 법률을 違反할 權利가 잇다하나니다 내가 이를 위반하면 도덕과 법률은 반다시 나를 制裁하리이다. 或 나를 姦淫者라하고 或 重婚者라하야 사회는 나를 배척하고 법률은 나를 처벌하리이다. 그러나 내가 만일 金娘을 사랑할지니 대개 靈의 要求가 有形한 온갖것보다도-天下보다도 宇宙보다도 더 중함이로소이다. 현대인은 넘어 도덕과 법률에 靈性이 痲痺하야 靈의 권위를 認定못하나니 이는 生命잇는 人生으로서 生命업는 기계가 되어바림과 다름이 업나이다. 예수가 十字架에 박임도 當時의 도덕과 법률에 위반하엿슴이오 모든 國士와 革命家가 중죄인으로 혹은 賤役을 하며 혹은 생명을 일홈도 靈의 要求를 貴重하게 녀기어 現時의 制度를 위반함이로소이다. 대개 도덕과 법률을 위반함에도 二稱이 잇스나 一은 私慾, 物慾, 情慾을 滿足하기 위하야

위반함이니 이째에는 반다시 良心의 苛責을 兼修하는것이오 其二는 良心이 許하고 許할뿐더러 獎勵하야 現社會를 違反케하는것이니 이는 법률상으로 죄인이라할지나 他日 그의 爲하야 싸호던 理想이 實現되는 날에 그는 敎祖가 되고 國祖가 되고 先覺者가 되어 社會의 追崇을 밧는것이니 역사상에 모든 偉人傑士는 대개 이러한 人物이로소이다. 나는 불행히 凡人이 되어 정치상 또는 종교상 이러한 혁명자가 되지못하나 人道上 一革命者나 되어보려하나이다. 내가 金娘을 사랑함이 과연 이만한 고상한 意義가 잇는지업는지는 모르나 이믜 내 全靈이 그를 사랑하는 이상 나는 결코 사회를 두려내 靈의 要求를 抑制하지아니하려하나이다. 혹 사회가 나를 惡人으로 녀겨 다시 나서지못하게한다하더라도 나는 내 靈의 신성한 자유를 죽여서까지 肉體와 名譽의 安全을圖謀하려아니하나이다. 나는 일본인의 情死를 부러워하나니 대개 제가 사랑하는자를위하야 목숨을 바리기조차 辭讓치아니하는 그精神은 과연 아름답소이다. 저 혹은 名譽를 위하야 혹은 신체나 재산을 위하야 사랑하든자 버리기를식은밥 먹듯하는 種族을 나는 미워하나이다 나도 그러한 儒弱하고 冷淡한 피를 바닷스니 과연 저 외국인 모양으로 사랑하는자를 위하야 생명까지도 앗기지안케 될는지는 알수업스나 나는 이제 金娘을 對하야 이 實驗을 하여보려하나이다. 내가 日前 破船하엿슬째에 한 행동도 이 방면의 소식을 전함인가하나이다. 인생의 일생이 과연 우숩지아니하니잇가. 오래 살아야 칠십년에 구태어 사회압헤 쓸어업데어 온갓 服從과 온갓 阿諂을 하여가면서까지 奴隸的 安全과 快樂에 戀戀할것이야 무엇이니잇가. 제가 正義로 생각하는바를 짜라 勇往邁進하다가 成하면 조코 敗하면 暴風에 쩔어지는 꼿모양으로 훌적 날아가면 그만이로소이다. 나는 벌덕 닐어섯나이다. 두 주먹을 불근 부르쥐고 「올타 怯을 바려라 내사랑하는 金娘을 위하야 全心身을 바치리라」하엿나이다. 내 발소리에 쌔엇는지 金娘이 눈을 쓰며

　「치우십닛가」

　「아니올시다. 넘어 오래 잣기로 運動을 좀하노라고 그럽니다」

　「只今 멧時야요」하면서 닐어 안는다.

「다섯時 五分이올시다 좀더 줌으시지요 아직 이른데.」하고 나는 異常하게 수접은 맘이 생겨 金娘을 正面으로 보지못하고 窓도 내다보며 電燈도 보며 하엿나이다.

「여긔가 어듸닛가.」

「小白山 森林속이올시다. 아즉까지 두발달린 즘생들어보지못한 聖殿인데 只今은 鐵道가 생겨 차차 森林도 採伐하고 아담이오 말하든 새와 사슴들도 각금 두발달린 즘생의 銃소리에 놀랍니다. 地球上에는 이 두발달린 즘생이 過히 繁盛하아서 모처럼 하나님의 수십만년 품들여서 만들고 새겨노흔 地球를 말못되게 보기숭하게 만듭니다. 自然을 이러케 바려놋는 모양으로 사람의 靈性에도 붉은물도 들이고 푸른물도 들이고 싹기도하고 새기기도 하야 모양업시 만들어놋습니다. 봅시오 우리 신체도 그러합지오 모다무슨 凶物스러운 헌겁으로 뒤싸고 禮儀니 習慣이니하는 오라줄로 쏭쏭 동여매고」 나는 나오는대로 한참이나 짓거리다가 過히 冗長한듯하야 말을 쑥 끈코 金娘의 얼굴을 보앗나이다. 金娘은 빙그레 우스면서

「그래도 衣服도 업고 文明도 업스면 이 치운쌍에서야 엇더케 삽닛가.」

「못살지오. 元來로 말하면 地球가 이러케 식어서 눈이 오고 얼음이 얼게 되면 차차차차 赤道地方으로 몰려가 살터이지오. 말하자면 적도지방에 사는 사람들이 쌔정 살 權利잇는 사람이오 溫帶나 寒帶에 사는 사람들은 천명을 拒逆하여사는거이외다그려. 그러닛가 적도지방에 사는사람들은 천명대로 자연스럽게 살아가지마는 온대나 한대에 사는 사람들은 소위「自然을征服」한다하야 쪽 천명에 거슬이는 生活을 합니다그려. 그네이 所謂 文明이라는 것이 즉 천명을거역하는것이외다. 爲先 우리로 보아도 한時間에 十里式 걸어야 올케 만든것을 쐬를 부려 百餘里式이나 것지오 눈이 오면 치워야 올흘텐데 우리는 只今 짜뜻하게 안잣지오…. 그러닛가 문명속에 잇서서는 하나님을 섬길수 업서요.」

「아 그러면 先生께서는 문명을 저주하십니다그려 그러나 우리 인생치고 문명업시 살아갈가요? 톨스토이가 제아모리 문명을 저주한다하더라도 그 역시「家屋」속에서「料理」한 飮食먹고「機械」로된 의복닙고 지내다가, 마즘

내는 鐵道를 타다가 停車場에서 「醫士」의 治療를 밧다가 죽지아니하엿습닛가.」

　나는 이말에는 對答하려아니하고 單刀直入으로 金娘의 事情을 探知하려하엿나이다. 金娘의　述懷는 如左하여이다.

　내가 東京을 써난후 一年에 金娘도 某高等女學校를 졸업하고 仍하야 女子大學校英文學科에 입학하엿나이다. 원래 才質이 超越한자라 입학이후로 학업이 日進하야 교내에 朝鮮才媛의 名聲이 赫赫260)하엿나이다. 그러나 쏫과가치 날로 픠어가는 그의 아름다온 얼굴에는 醉하야 모혀드는 蝴蝶261)이 한둘이 아니런듯하여이다. 그중에 一人은 성명은 말할필욕 업스나 당시 조선 유학생계에 秀才이던 某氏러이다. 氏는 帝大文學科에 在하야 才名이 陵陵하던중 그중에도 독일문학에 精詳하고 쏘 天稟262)의 詩才가 잇서 입을 열면 노래가 흐르고 붓을 들면 詩가 소사나는 者러이다. 朝鮮學生으로 더구나 아직 청년학생으로 일본문단의 一方에 明星의 譽를 得한자는아직것 아마 氏밧게 업섯스리이다. 氏의 詩文이 엇더케 美麗하야 人을 惱殺하엿음슴은 일직 氏의 「小女에게」라하는 詩集이 출판되매 그후 一個月이못하야 無名한 靑年女子의 熱情이 橫溢하는 書翰을 無數히 受익함을보아도 알것이로소이다. 말하자면 金娘의 萬人을 惱殺하는 美貌를 某氏 그 筆端에 가진 것이라할것이로소이다. 金娘과 某氏와는 詩文의 紹介로 不識不知間相思하는愛人이되엿나이다. 그러하야 爲先 쌍방의 胸中에 火熖이 닐어나고 다음에 詩와 文이되고 다음에 熱烈한 書翰이 되고 쏘 다음에 偶然한 對面이되고 마참내 핑계잇는 訪問이되어 드대어 쎄랴도 쎌수업는 愛의 融合이된것이로소이다. 혹 新春의 佳節에 手를 携하고 郊外의 春景을 차자 爛漫한 百花의 열렬한 情熖을 도드며 朗朗한 종달의 소리에 靑春의 생명의 喜悅을 노래하고 혹 瀧川高尾에 晚秋의 색을 賞하야 飄飄하는 낙엽에 인생의 무상을 歎하고 冷冷한 秋水에 쓰거운 靑春의 紅淚를 쑤리기도하야 春去秋來 三

---

260) 매우 크고 아름다워 성하다.
261) 나비.
262) 타고난 기품.

個의 星霜을 쑬가치 달고 꿈가치 朦朧하게 지내엇나이다. 그러나 某氏는 天才의 흔히잇는 肺病이 잇서 몸은 날로 衰弱하고 詩情은 날로 淸純하야가다가 去年春三月 피는곳 우는새의 앗가운 人生을 바리고 구름우 白玉樓의 永遠한 졸음에 들엇나이다. 其後 金娘은 破鏡의 紅淚에 속절업시 羅衿을 적시다가 斷然히 志를決하고 一生을 獨身으로 文學과 音樂에 보내리라하야 엇던 獨逸宣敎師의 소개로 佰林으로 향하든길에 今次의 難을 遭한것이로소이다. 黃海中에서 不歸의 客이된 그서양부인은 즉 金娘이 의탁하랴던 독일부인인줄을 이제야 알앗나이다. 娘은 言畢에 산然히 淚를 下하고 鳴咽을 禁치못하며 나는 고개를 돌려 주먹으로 눈물을씨섯나이다.

슲흐다 某氏여 朝鮮사람은 某氏의 夭折을 위하야 痛哭할지어다. 槿花半島의 高麗한 江山을 누가 잇서 咏嘆하며 사천년묵은 민족의 胸中을 누가 잇서슲흐리잇가. 山谷의 百合을 보는이 업스니 속절업시 바람에 날림이될지오 柳間의 黃鶯을 듯는이 업스니 무심한 空谷[263]이 反響[264]할짜름이로소이다. 우리는 이러한 天才詩人을 일헛스니 이 쏘한 하날의뜻이라 恨嘆한들 미치지못하거니와 행혀나 마음잇는 누가 그의 무덤우에 한줌의 곳을 供하고 한방울 눈물이나 쑤럿기를 바라나이다.

曙色[265]이 窓에 빗최엿나이다. 하날과 쌍이 왼통 雪白한中에 永遠의 沈默 쌔터리고 우리 列車는 數百名 各種人을 싯고 헐덕헐덕달아나나이다. 이 列車는 무슨 뜻으로 다라나고 車中의 人은 무슨 뜻으로 어대를 向하고 다라나나잇가. 봄이 가고 겨울이 오니 곳이 피고 곳이 지며 밤이가고 낫이오니 해가쓰고 달이지도다. 쏫은 웨 피고지며 해와 달은 웨 쓰고 지나잇가. 쉬음업시 天軸이 돌아가니 滿天의 星辰이 永遠히맴돌이를하도다. 저 별은 웨 반작반작 蒼穹에빗나고 우리 地球는 웨 해바퀴를 싸고 빙글빙들 돌아가나잇가. 나라와 나라이 웨 적엇다 컷다가 잇다가 업서지며 인생이 어이하야 낫다가 잘아다가 알타가 죽나잇가. 나는 어이하야 낫스며 金娘은 어이하여 낫스

---

263) 인적이 드문 골짜기.
264) 어떤 사건이나 발표 따위가 세상에 영향을 미치어 일어나는 반응.
265) 새벽빛.

며 그대는 어이하야 낫스며 나는 무엇하러 小白山中으로 다라나고 그대는 무엇하러 漢江가에머무나잇가. 나는 모르나이다. 모르나이다.

그러나 하고 만흔 나라에 나와 그대와가 엇지하야 同時에 나고 하고만흔 사람에 나와 그대와가 엇지하야 사랑하게되엿나잇가. 나와 金娘이 엇지하야 六年前에 맛낫다가 헤어지고 黃海에서가치 죽다가 살어나고 이제 同一한車室에서 마조보고 談話하게 되엿나잇가. 나는 모르나이다 모르나이다. 그대를 腹中에 둔 그대의 母親과 나를 腹中에둔 나의 母親과는 서로 그대와 나와의 關係를 생각하엿스릿가. 腹中에 잇는 그대와 나와는 서로 나오 그대를 생각하엿스리잇가. 그대와 나와 初對面하기 前日 그대와 나와는 翌日의 相面을 期하얏스리잇가. 그대와 나와 初對面하는日에 그대와 나와의 翌日의 愛情을 想像하엿스리잇가. 서로 생각도못하던사람과 사람을 만나게 하는者! 그무엇이며 서로 제各各 제 境遇에 자라든 사람과 사람의 맘을 서로 交通케하는者! 그 무엇이리잇가. 나는 모르나이다. 모르나이다.

알지못케라 우리가 가장 멀게생각하는 亞弗利加의 內地나 南米의 南端에 쉬파람하는 靑年이 나의 親舊가아닐늘지. 쏭짜고 나물캐는 아릿다운 處女 나의 愛人이 아닐는지. 나는 모르나이다. 모르나이다.

이제 金娘과 나와 서로 對坐하엿스니 兩個의 靈魂이 제 맘대로 鼓動266) 하나이다. 그러나 눈에 보이지 아니하는 微妙한 줄이 萬人의 맘과 맘에 往來하니 이 줄이 明日에 甲과 乙과를 엇더한 關係로 매자노코 丙丁과 戊己와를 엇더한 관계로 매자노흐리잇가 나는 모르나이다 모르나이다. 金娘과 내가 장차 엇더한 관계로 웃을는지 울는지도 나는 모르나이다 모르나이다.

나는 이제는 明日 일을 豫想할 수 없고 瞬間 일을 豫想할 수 없나이다. 다만 萬事를 遺物의 意에 付하고 이 列車가 우리를 실어가는 데까지 우리 몸을 가져가고 이 靈魂을 끌어가는 데까지 우리는 끌려가려 하나이다.

---

266) 피의 순환을 위하여 뛰는 심장의 운동.

『青春』, 1918. 3

# 彷徨

나는 感氣로 三日前부터 누엇다. 그러나 只今은 熱도 식고 頭痛도 나지 아니한다. 오늘아츰에도 學校에 가라면 갈수도 잇섯다. 그러나 如前히 자리에 누엇다. 留學生寄宿舍의 二十四疊房은 휭하게 부엿다. 南向한 琉璃窓으로는 灰色구름이 덥힌 하날이 보인다. 그 하날이 근심잇는 사람의 눈 모양으로 자리에 누은 나를 들여다본다. 큰 눈이 부실부실 떨어지더니 그것도 얼마아니하야 그치고 그 차듸찬 하늘만 물쓰럼이 나를 들여다본다. 나는 「기모노」로 머리와 니마를 가리오고 눈만 반작반작하면서 그 차듸찬 하날을 바라본다. 이러케 한참 바라보노라면 그 차듸찬 하늘이 마치 크다른 새의 날개 모양으로 漸漸 갓가히 내려와서 琉璃窓을 뚤코 이 휭한 房에 들어와서 나를 통으로 집어 삼킬쯧하다. 나는 불현듯 무서운 생각이 나서 눈을 한번 쌈박한다. 그러나 하날은 도로 앗가 잇든 자리에 물러가서 그 차듸찬 눈으로 물쓰럼이 나를 본다.

내 몸의 짜쯧한것이 내재 感覺된다. 그러고 나는 只今 저 하날을 처다보고 쏘 只今 하날이 나를 삼키려할째에 무섭다는 感情을 가젓다. 나는 살앗다. 確實히 내게는 生命이 잇다. 只今 이 니불속에 가만히 누어잇는 이 몸쏭이에는 確實히 生命이 잇다. 이러케 생각하고 나는 니불속에 가만히 다리도 흔들어보고 손까락도 음즈겨보앗다. 음즈기리라하는 意志를 짤아 다리며 손

까락이 움즈기는것고 또 그것들이 음즈길째에「음즈기네」하는 筋肉感覺이
생길째에「아아 이것이 生命이로고나」하고 나는 빙그레 우섯다. 그러고 如
前히 저 차듸찬 灰色구름 씨인 하날이 琉璃窓을 通하야 물끄럼이 나를 보
고 잇는 것을 본다.

舍生들은 다 學校에 가고 舍內는 極히 靜寂하다. 이 크다란 寄宿舍內에
生命잇는者라고는 나 한아밧게 업다. 그러고 下層自習室 네모난 세멘트火
爐에 꺼지다남은 숫불이 아직 내몸모양으로 짜뜻한 긔운을 가지고 다 살아
진 잿속에서 반작반작할것을 생각하얏다. 나는 그 불썽어리가 보고십허서
곳 쒸어나려가랴다가 中止하얏다. 그러고 내 親舊 C君이 日前에,

「나는 밤에 火爐에 숫불을 쒸어노코 電燈을 끄고 캄캄한속에 혼자 안
져서 그 숫불을 드려다보고 안졋는것이 第一 즐거워」하던것을 생각하고
그 숫불을 우둑허니보고 안졋는 C君의 마암이 엇재 내 마암과 가튼듯하다
하엿다.

平生에 불씸을 보지못하는 寢室은 칩다. 게다가 뉘가 저편 琉璃窓을 半
쯤 열어노하서 콧마루로 찬바람이 휙휙 지나간다. 그 琉璃窓을 닷고십흐면
서도 닐어나기가 실혀서 콧마루로 찬 바람이 지나갈째마다 물끄럼이 그 琉
璃窓을 보기만한다 엇던 親舊가 아츰에,

「니불이 엷지오. 치우실듯하구려」하고 壁藏에 너흐랴든 自己의 니불을
덥허주려하는것을 나는「아니오」하고 拒絶하얏다. 내 니불이 엷기는 엷어도
決코 칩지는아니하얏다. 내 몸은 至極히 짜뜻하얏다. 그러나 내 生命은 毋
論 치웟다. 마치 只今이 大寒[267]철인것과가티 내 生命은 치웟다 그러나 니
불을 암만 만히 덥고 房을 아모리 덥게하야 내 全身에서 쌈이 흐른다하더라
도 치워하는 내 生命은 決코 짜뜻한맛을 보지못할것이라.

가만히 자리에 누어 琉璃窓으로 물끄럼이 들여다보는 灰色구름 덥힌 겨
을 하날을 보면 그 하날의 차듸찬 손이 내 조고마한 발발쎠는 生命을 주물
럭주물럭하는듯하야 몸에 소름이 쏙쏙 찌친다. 나는 참아 더 하날을 바라보

---

267) 이십사절기의 하나. 小寒과 立春 사이에 들며, 태양의 황경이 300도에 이른 때로
한 해의 가장 추운 때.

지못하야 「기모노」로 낫츨 가리웟다가 그래도 安全치못한듯하야 니러나 揮
帳으로 琉璃窓을 가리웟다.

　室內의 空氣는 참 차다. 마치 죽은 사람의 살모양으로 甚하게도 싸늘하
다. 四壁에 걸린 「기모노」의 소매로서 차듸찬 안개를 吐하는듯하고 至今쩟
나를 들여다보던 차듸찬 灰色구름 덥힌 하날이 눈가루 모양으로 가루가 되
어 琉璃窓틈과 다다미틈과 壁틈으로 훌훌 날아들어와 내 니불속으로 모혀
들어 오는듯하다. 마치 내 살과 피의 모든 細胞에 그 차듸찬하날가루가 돌
라부터서 그 細胞들을 얼게하랴는듯하다. 나는 니불을 푹 막쓰고 눈을 감앗
다. 그러고 잠이들기를 바라는 사람모양으로 가만히 잇섯다. 내 心臟의 쏙쏙
쮜는 소리가 니불에 反響하야 歷歷히 들린다. 나는 한참이나 그 소리를 듯
다가 참아 더 듯지못하야 얼굴을 내어노코 눈을 번쩍쩟다. 「그것이 내 生命
의 소리로고나」 하고 가만히 天井을 바라보앗다. 「그것이 웨 무엇하러 쏙쏙
쮜는가. 쪼는 언제까지나 쮜랴는가」하엿다. 그러나 이런 생각은 벌서부터 하
던 생각이오 생각할째마다 그 對答은 「나는 몰라」 하던것이라. 그러나 이
心臟이 언제까지나 이러케 쏙쏙 쮜랴는가 只今 내가 이러케 쏙쏙 쮜는 소리
를 듯는 이 귀로 早晩間 이 쏙쏙 쮜는 소리가 끈어지는것을 들으렷다. 그째
에 나는 「앗불사 쏙쏙하는 소리가 업서젓고나」하고 이제는 몸이 식어가는양
을 볼양으로 이 짜뜻하던 몸을 만저볼 餘裕가 잇슬가. 그러고 「무엇하려 이
心臟이 쏙쏙쏙쏙 쮜다가 웨 쏙쏙쏙쏙 쮜기를 그첫는고 하고 생각할 餘裕가
잇슬가.

　그러고 나는 이러한 생각을하엿다. 만일 내가 只今 알는 病이 次次 重하
야져서 마참내 죽게되면 엇지할고. 그러나 내게는 슬픈 생각도 업고 무서운
생각도 업다. 아모리 하야도 이 世上이 앗가운것갓지도아니하고 이 生命이
앗가운것갓지도아니하다. 이것이 보고십흐니, 쪼는 이것을 하고십흐니, 살아
야하겟다하는 아모것도 내게는 업다. 도로혀 世上은 마치 보기 역징나는 書
籍이나 演劇과 갓다. 조곰더 보앗스면 하는 생각은커녕 어서 이 역징268)나

---

268) 역정의 높임말. 불유쾌한 충동으로 왈칵 치미는 노여움.

는 境遇에서 버서낫스면 하는생각이 날쑨이다. 生命은 내게는 무서운 義務로다. 나는 生命이라는 義務를 다함으로 아모 所得이 업다. 나는 그동안 울기도하고 或 웃기도하엿다. 그러나 그것은 내게 아모 價値도 업는것이다. 그짜위 우슴과 울음은 報酬로 밧는 내 生命의 義務는 내게는 무서운 피로운 짐에 지나지 못한다. 나는 조곰도 世上이 그립지도아니하고 生命이 앗갑지도아니하다. 내 今時에 「死」를 만나더라도 무서워하기는커녕 「웨 이제야 오시오」하고 반갑게 손을 잡고십흐다. 이러한 생각을 한것은 오날이 처음이아니로다. 「에그 寂寞해라」「에그 칩기도 치워라」「에그 괴로워라」 할째마다 나는 늘 이러한 생각을하엿다. 그러고 玄海灘269)과 모르히네 鐵道線路를 생각하엿다. 그러나 오직 惰性으로-生命의惰性으로 하로이틀 讀書도하고 上學270)도하고 글도 짓고 談話도하얏다. 그러나 혼자 외짠데 잇서 反省力이 自由를 活動하야 分明히 自己를 觀照271)할째에는 늘 이 생각이 이러난다. 世上이 제 아모리 여러가지 빗과 소리로 내 눈과 귀를 眩惑하려하더라도 그것은 저 灰色구름 씨인 차듸찬 겨을 하날에 지나지 못한다. 나는 이 病이 왓삭 重하여져서 體溫이 四十五六度에나 올라가 몸이 불쎵어리와가티 달아서 살과 피의 細胞가 纖維가 활활 불씰을 내며 타다가 죽어지고십고. 全身의 細胞가 불씰이 닐도록 타노라면 내 生命도-비록 一瞬間이나마 짜씀하는 맛을 벌것갓다. 그 짜씀하는 一瞬間이 이짜위 싸늘한 生活의 千年보다 나을쑷하다. 이러케 생각하면서 나는 니불을 푹쓰고 잠이들엇다. 내몸에 熱이 놉하서 病院 寢牀우에 누헛던 꿈을쑤다가 번하게 잠을 쌔니 뉘 짜쯧한 손이 내 니마우에 잇다 학교에 갓던 K君인줄은 눈을 쩌보지 아니하야도 알앗다. 나는 치운 이 世上에 그러한 짜쯧한 손이 잇서서 내 머리를 집허주는것을 異常하게녀겻다. 感謝하게도녀겻다. 그손을 내 두손으로 쏙 잡아다가 입을 마초고 가슴에 품고십헛다. 그러고 어제아츰부터 뉘가 하로세째식 牛乳를 보내주던것을 생각하엿다. 어제 아츰에 자리에 누은대로 쌧쌧마른 麵麭272)를

---

269) 대한해협의 남쪽, 일본 복강현의 서북쪽에 있는 바다.
270) 학교에서 그날의 공부를 시작함.
271) 대상의 본질을 주관을 떠나서 냉정히 응시함.

먹을제 엇던 日人이,

　「李樣卜云フノハ貴方デスカ」 하고 室內에 내가 혼자 잇는것을 보고 疑心업는드시 牛乳두병을 내압헤 노흐며

　「식기前에 잡수시오」 하고 나가랴한다. 나는 아마 그가 사람을 잘못알앗는가 하엿다. 寄宿舍에는 나빗게도 「李樣」이 만타. 내게 牛乳를 傳할 사람이 누굴가 하엿다. 그래서 나가랴는 그 日人을 도로불러,

　「엇던 사람이 보냅딋가」. 하엿다. 그 日人은 殊常한드시 우둑허니 나를 보고 섯더니,

　「몰느겟서요. 그저 다른 말은 업시 하로 세째식 李樣께 牛乳를 가져다들이라서요」하고 門을 닷고 나가 마참내 「내가 그 누구인지를 알 必要가 업다 다만 나와가튼 人類中에 한 사람이 내가 病으로 食飮을 廢한것을 불상히녀겨 보낸것으로 알자」 하고 반갑게 깃브게 그 牛乳 두병을 마셧다 그러고 이것이 어머니의 품에 안겨 그 젓을 빠는것과 가티 생각되어 人情에 짜뜻함이 잇는것을 感激하엿다. 이러한 생각을하면서 나는 눈을 쓰고 한팔로 K君의 허리를 안앗다. K君은 내 니마를 집헛던 손을 쩨면서 걱정스러운 눈으로,

　「좀 나으서요?」

　「네 關係치아늡니다」 하고 나는 빙그시 우섯다. 病이 더쳐서 죽어지기를 바라는 놈더러 「좀 나으셔요?」하고 뭇는것이 우스워서 내가 웃는것이언마는 K君은 그런줄은 모로면서 亦是 빙그시 웃는다. K君은 나를 미워하지 아니하는줄을 내가 안다. 그가 眞情으로 나의 「좀 낫」기를 바라는줄도 내가 안다. 쏘 K君밧게도 내가 오래 世上에 살아잇기와, 世上을爲하야 일하기와, 쏘 내가 世上에서 成功하기를 바라는者가 잇는줄을 안다. 내가 만일 죽엇다는 말을 들으면 「앗갑다」하며 「불상하다」하야 或 追悼會를하며 或 嘆息도하고 或 極少數의 눈물을 흘릴者가 잇슬줄도 내가 안다. 적어도 내 안해는 슬피 눈물을 흘릴줄을 내가 안다. 나가튼것을 有望한 靑年이라고 學費를 주는 恩人도 잇고 世上에 조토록 紹介하야 주는 恩人도 잇고 面對하야 나를

---

272) 개화기 때에, '빵'을 이르던 말. 중국에서 만든 단어를 우리 한자음으로 읽은 것.

稱讚하며 激勵하는 恩人도 잇다. 그러타 그 親舊들은 다 나의 恩人이로다. 或 글갓지도 아니한 내 글을 보내라고도 두세번 連하야 電報를 놋는 新聞社도 잇다 이만하면 나는 世上에서 매오 隆崇한 對遇와 사랑을 밧는 것이다. 世上에는 나만곰도 사랑을 밧지못하는 사람이 얼마나 만흐랴. 나는 果然 福이 만흔 사람이로다.

그러나 나는 늘 寂寞하다. 늘 칩고 늘 괴롭다. 四方에서 고마운 親舊들이 내 몸을 덥게하랴고 입김을 불어주건마는 大寒에 발가벗고 선 나의 몸는 漸漸 더 치워갈뿐이다. 여러 고마운 親舊들의 훗훗한 입김이 도로혀 내 몸에 와서 이슬이 되고 서리가 되고 얼음이 되어 더욱 내 몸을 얼게할뿐이다. 찰하리 이러케 고마운 親舊들까지 업서서 나로하야곰 「世上이 칩구나」하고 怨恨의 長太息273)을하면서 곳얼어죽게하얏스면 조켓다 이러한 愛情이 잇슴으로 나로하야곰 世上에 對하야 義務의 感을 生하게하고 執着의 念을 가지게하는것이 도로혀 원망홉다. 世上이 나에게 이러한 愛情을 주는것은 마치 臨終의 病人에게 캄홀注射를 施하는것과갓다. 看護人들은 그 病人의 生命을 一瞬間이라도 더 늘이려하는 好意로함이언마는 病人當者에게는 다만 苦痛의 時間을 길게할뿐이다 나는 實로 캄홀注射의 힘으로 只今까지 살아왓다. 그러나 캄홀注射의 效力이 그 度數를 딸아 減하는모양으로 世上의 愛情이 내게 주는 效力도 漸次 減하엿다. 마참내 病人이 注射에 反應치못하도록 衰弱하는모양으로 나도 그러케 衰弱하엿다. 고마운 親舊가 匿名으로 傳하야주는 짜뜻한 牛乳와 K君의 손을 볼째에 나는 빙그시 우섯다. 그러나 그는 注射의 反應이아니오 筋肉의 微微한 痙攣에 지내지못한다. 이제는 아모러한 注射도 내게 效力이 업슬것이다. 만일 무슨 效力잇슬 方法이 잇다하면 그것이 人血注射나 될는지. 엇던 사람이 自己의 動脉을 切斷하야 그것을 내 靜脉에 接하고 生氣잇고 펄펄끌는 解血을 싸늘하게 衰弱한 나의 몸에 注入하면 或 내 몸에 붉은 빗치 나고 짜뜻한 긔운이 들는지도 모르거니와 그러하기前에는 내압헤 잇는것은 死밧게 업다. 그러나 이 人血注射! 이

---

273) 긴 한숨을 지으며 깊이 탄식하는 일.

것이 可能한 일일가. 아니! 아니! 可能할 理가 업다. 나는 죽을뿐이다.

그러나 나는 아모것도 아까운것이 업고 짤아서 슬픈것이나 무서운것도 업다. 고마운 親舊들의 따뜻한 愛情에 對한 義務의 壓迫이 未嘗不 업지아니하건마는 쏘는 나를 爲하야 눈물을 흘릴者에 對하야 각오하고 未安한 생각이 업지아니하건마는…… 그러나 그런것들은 나로하야곰 生의 執着을 感하게 하기에 넘어 薄弱하다.

K君은 말업시 우둑허니 내 얼굴을 보고 안졋더니 슬그먼이 닐어서서 밧그로 나아간다. 나는 그의 그림자가 門에서 업서지고 草履274)를 쓸고 層層臺로 나려가는 소리를 들으면서 不識不知하고 눈물을 흘렷다. 그러고 앗가 K가,

「老兄의 몸은 이믜 老兄 혼자의 몸이 아닌줄을 記憶하시오. 朝鮮人 全體가 老兄에게 期待하는바가 잇슴을 記憶하시오」하던것을 생각하엿다 이는 내가 「나는 엇재 世上의 아모 滋味가 업서지고 自殺이라도 하고십흐오」하는 내말을 反駁하는말이엇다. 果然 나는 朝鮮사람이다. 朝鮮사람은 가라치는者와 引導하는者를 要求한다. 果然 朝鮮사람은 불상하다. 나도 朝鮮사람을 爲하야 여러번 눈물을 흘렷고 朝鮮사람을 爲하야 이 조고마한 몸을 바치리라고 決心하고 祈禱하기도 여러번하엿다. 果然 至今토록 내가 努力하야온것이 조곰이라도 잇다하면 그는 朝鮮사람의 幸福을 爲하야서하엿다. 나는 지나간 六年間에 보리밥 된장찌개로 每日 六七時間式이나 朝鮮사람의 靑年을 가라치노라 하엿고 틈틈이 되지도안는 글도 지어 新聞이나 雜誌에 나이기도하엿다. 그러고 그러할째에 나는 일즉 거긔서 무슨 報酬를 바드려한 생각이 업섯고 오직 형혀나 이러하는것이 불상한 朝鮮人에게 무슨 利益을 줄가하는 衷情으로서하엿다. 毋論 나는 멧 親舊에게 「너는 글을 잘짓는다」는 稱讚도 들엇고 或 「너는 매우 朝鮮人을 사랑한다」는 致賀도 들엇다. 그러고 어린 생각에 깃버하기도하엿고 그째문에 獎勵함도 만히 바닷다. 그러나 나는 決코 이것을 바라고 每日 六七時間 粉筆가로를 먹으며 붓을 잡은

---

274) 짚신.

것은 아니엇다. 設或 내 能力과 精誠이 不足하야 내의 努力이 아모러한 큰 效力도 生하지못하엿다하더라도 나는 實로 내 眞情으로 朝鮮사람을 爲하야 한것이엇다. 그러나 나는 저 큰 愛國者들이 하는모양으로 「朝鮮과 婚姻하」 지는못하엿다. 나는 朝鮮을 唯一한 愛人으로 삼아 一生을 바치기로 作定하기에 니르지못하엿다. 「寂寞도해라」 「칩기도해라」 할적마다 「朝鮮이 내 愛人」이라고 생각하려고 에도 썻다. 그러나 나의 朝鮮에 對한 사랑은 그러케 灼熱하지도아니하고 朝鮮도 나의 사랑의 對答하는듯하지아니하엿다. 그래서 앗가도 金君께 다만

「아니 나는 오직 혼자요」하고 對答할쑨이엇다.

果然 나는 혼자로다. 이 二十四疊나되는 휑하게 뷔인 寢室, 싸늘한 空氣 中에 灰色구름 덥힌 차듸찬 겨을 하날을 바라보며 혼자 발발떨고 누어잇는 모양으로 나는 혼자로다.

나는 벌쩍 닐어나서 앗가 琉璃窓을 가리웟던 揮帳을 저첫다. 그리고 하날을 바라보앗다. 如前히 灰色구름이 덥히고 如前히 물쓰럼이 나를 나려다본다. 나는 그 차듸찬 하날이 반갑고 多情함을 깨다랏다. 나는 조곰이라도 하날을 갓가히 볼양으로 琉璃窓을 열엇다. 굵은 비쌍울이 부스럭 눈에 석겨 내 여윈 얼굴을 짜린다. 저 하날의 입김인듯한 차듸찬 바람이 내 품속으로 긔어들어오고 허틀어진 내 머리카락을 날린다. 나는 옷삭 소름이 끼치면서도 精神이 灑落하여짐을 깨달앗다. 마당에 홀로 섯는 닙 떨린 碧梧桐나무가 무슨 생각을 하는드시 우둑허니 섯다. 나는 精神일흔 사람모양으로 하날을 바라보다가 琉璃窓을 도로 닷고 니불을 푹 막썻다. 學校에 갓든 舍生들이 돌아왓는지 아렛層에서 신 끄는 소리도 나고 말소리도 들린다. 엇던 사람이 日本俗謠275)를 부르면서 食堂께로 퉁퉁 쮜어가는 소리도 들린다. 寄宿舍 속은 다시 살앗다. 쏘 사람들이 우적우적하는 世上이 되엇다. 나는 여러 舍生들의 모양을 생각하고 不快한 마암이 생겻다.

「중이 되고십다」 하엿다. 年前에 엇던 觀相者가 나를 보고 「그대는 僧

---

275) 민간에서 부르는 속된 노래.

侶의 相이 잇다」 하던것을 생각하엿다. 그째에는 우습게 듯고 지내엇거니와 只今은 그말에 무슨 깁흔 뜻이 잇는듯하다. 내 運命의 豫示가 잇는듯하다. 아아 깁흔 山谷間 瀑布잇고 淸泉잇는 조고마한 菴子에서 아츰저녁 木魚[276]를 두다리고 誦經[277]하는 長衫[278] 입은 중의 모양! 年前 어느 가을에 道峰서 밤을 지낼새 새벽에 쌍쌍 울어오는 鍾소리와 그鍾을 치든 老僧을 생각한다. 世上의 쓰고 달고 덥고 치운것을 니져바리고 一生을 深山에 조고마한 菴子에서 보내는것이 나에게 가장 適合한 生活인듯하다. 그러고 나는 저 중된 사람들이 무삼 動機로 出家하엿는가를 생각하엿다. 그러고 그네도 대개 나와가튼 動機로 그리하엿스리라하엿다. 나는 나의 엇던 姑母를 생각한다. 그는 十七歲에 出嫁하야 十八歲에 寡婦가 되엇다 그의 남편은 十三歲에 죽엇다하닛가 그는 毋論 處女일것이다. 그後에 姑母는 十年동안 守節하엿다. 그러다가 金剛山의 엇던 女僧을 만나 僧尼生活에 關한 니야기를 듯고 그 女僧을 쌀아 金剛山구경을갓다. 두달만에 姑母는 도라왓다 그러나

「그 하얀 옷을 입고 하얀 고깔을 쓰고 새벽에 念佛하는 양을 보고는 참아 이 世上에 더잇슬수가 업서요」하고 곳 金剛山楡岾寺의 T菴이란데서 중이 되엇다. 나는 그 姑母를 보지는 못하엿다. 그러나 이러한 말을 그 姑母의 堂姪[279]되는 族弟[280] K에게 들엇다. 前에도 두번 들은적이 잇스나 오날아츰에 特別히 仔細히 들엇다. 나는 그 姑母가 情다운듯도하고 나의 先覺者[281]인듯도하다. 나는 내가 머리를 박박 밀고 하얀 고깔에 츰븨 長衫을 닙고 그 姑母께 뵈는모양을 想像하엿다.

싸늘한 生活! 올치 그것은 싸늘한 生活이로다. 그러나 世上의 義務의 壓迫과 愛情의 羈絆업는 싸늘하고 외로운 生活! 올타 나는 그를 取한다.

이러케 생각하고 나는 눈을 쩌서 室內를 둘러보앗다. 휑하게 뷔인 방에

---

276) 목탁.
277) 불경을 욈.
278) 중의 웃옷. 검은 베로 길이가 길고, 품과 소매를 넓게 만든다.
279) 사촌 형제의 아들로, 오촌이 되는 관계.
280) 성과 본이 같은 사람들 가운데 유복친 안에 들지 않는 같은 항렬의 아우뻘인 남자.
281) 남보다 먼저 사물이나 세상일을 깨달은 사람.

는 찬 바람이 휙 도라간다. 나는 金剛山 어느 菴子속에 누은듯하다. 琉璃窓으로는 如前히 灰色구름 덥힌 차듸찬 하날이 물쯔럼이 나를 들여다본다.

　食堂에서 夕飯鍾이 울고 숨生들이 신을 끌며 食堂으로 쮜어가는 소리가 들린다. 五燭電燈이 혼자서 반작반작한다. (一九一七, 一七, 東京麴町에서)

# 尹 光 浩

『春秋』, 1918. 4

一

尹光浩는 東京 K大學 經濟科 二年級學生이라. 今年九月에 學校에서 주는 特待狀을 바다가지고 춤을추다십히 깃버하엿다. 各新聞에 그의 寫眞이 나고 그의 略歷과 讚辭도 낫다. 留學生間에서도 그가 留學生의 名譽를 놉게하엿다하야 眞情으로 그를 稱讚하고 사랑하엿다. 本國에 잇는 그의 母親도 特待生이 무엇인지는 모르건마는 아마 大科及第가튼것이어니하고 깃버하엿다. 尹光浩는 더욱 工夫에 熱心할생각이 나고 學校를 卒業하거든 還國하지아니하고 三四年間 東京에서 硏究하야 朝鮮人으로 最初의 博士의 學位를 取하려고한다. 그는 冬期放學中에도 暫時도 쉬지아니하고 圖書館에서 工夫하엿다. 親舊들이,

「좀 休息을하시오. 넘어 工夫를하여서 健康을 害하면 엇저오」하고 親切하게 勸告한다. 果然 光浩의 얼굴은 近來에 顯著하게 瘦瘠하엿다. 自己도 거울을 對하면 이런줄을 아나 그는 도로혀 熱心한 工夫로 햇슥하여진 容貌를 榮光으로 알고 혼자 빙그시 우섯다. 그는 全留學界에서 이러한 稱讚을 바들째에는 十三四年前의 過去를 回想치아니치못한다. 그째에 自己는 父親을 여희고 母親은 再嫁하고 子子한 獨身으로 或은 日本집에서 使喫노릇을 하며 或은 국수집에서 멈살이를하엿다. 그째에 自己의 運命은 悲慘한 無依

無家한 下級勞動者밧게 될것이업섯다. 그냥 잇섯더면 二十四歲되는 今日에
는 아마 어느 국수집 웃간에서 째무든 누덕이 저고리를 격구로 덥고 허리를
꼬부리고 치운쫌을 쑤엇슬것이라. 그러나 只今은 東京 一流大學에 學生이
되고 婢僕282)이 承命283)하는 下宿의 째끗한 房에서 富貴家의 書房님이나
다름이업는 高尙하고 安樂한 生活을하게되엇스며 兼하야 前途에는 洋洋한
希望이잇다.그는 東京留學生中에 最高級으로 進步된 學生中의 一人이라.
數年이못하야 朝鮮最高級의 人士되기는 至極히 容易한일이라. 이러케 光
浩가 自己의 少年時代와 現生活을 比較할쌔에는 喜悅의 微笑를 禁치못할
것은 勿論이라.

　그러나 光浩의 心中에는 무슨 缺陷이잇다. 補充하기어려울듯한 크고깁
흔 空洞이잇다. 光浩는 自己의 눈으로 이 空洞을보고 이것을 볼쌔마다 一種
形言할수업는 悲哀와 寂寞을 感한다. 이 空洞은 光浩 自身의 힘으로는 到
底히 塡充284)하기不能하다. 何如한 人일지는 모르거니와 이 空洞을 塡充할
者는 光浩以外의 人인것은 事實이라.

　光浩는 집에 혼자 안젓슬쌔에 或은 찬자리에 혼자 누엇슬쌔에 쏘 或은
혼자 二十餘分이나 걸리는 學校에 가는길에 形言치못할 寂寞과 悲哀를 쌔
닷는다. 그래서 그는 自己의 親舊와 路上의 行人까지라도 有心하게 보며
더구나 電車속에서 마즌편에 안즌 唐紅치마 닙은 女學生들을 볼쌔에나 或
十三四歲되는 血色조코 얌전한 少年을 對할쌔에는 自然히 心情이 陶然285)
히 醉하는듯하야 一種의 快美感을 쌔달아 精神업시 그네의 얼굴과 몸과 衣
服을 본다. 或 이러켜 恍惚하엿다가 두어 停留場을 지나서야 비로소 精神을
차리고 쌈작 놀라서 電車에서 쒸어나린다. 그러면 즐거운 쑴을쑤다가 갑작이
쌘모양으로 더욱 精神의 空洞이 分明히보이고 寂寞과 悲哀가 새로워진다.

　或時 敎室에서도 前과가티 先生의 講演에 注意할 힘이 업시 惘然히 안

---

282) 남자 종과 계집종을 통틀어 이르는 말.
283) 임금이나 어버이의 명령을 받듦.
284) 부족한 것을 채워 메움.
285) ① 술이 취하여 거나하다, ② 감흥 따위가 북받쳐 누를 길이 없다.

젓다가 下學鍾소리를 듯고야 비로소 自己가 敎室에 잇는줄을 깨닷는다.

이모양으로 二三朔을 지나는 동안에 特待生의 깃븜도 거의 消滅되고 마음속에는 그 寂寞과 悲哀만 더욱 深刻하여진다. 그는 極히 快活하고 多辨한 사람이더니 近來에는 漸漸 沈鬱하게되며 될수잇는대로 他人과의 交際와 談話를 厭避[286]하고 자리에 누어도 一二時間이 넘도록 잠을 일우지못한다. 그는 近來에 外國語學工夫도 좀 怠慢하여지고 흔히 精神업시 우둑허니 안젓다. 親舊들도 光浩의 變化하는樣을 보고 或 憂慮도하며 或 여러가지로 그 原因도 忖度한다. 或者는 光浩가 特待生이되어 驕慢하게된것이라하고 光浩를 사랑ᄒᆞ는 或者는 그가 過渡한 工夫에 神經이 衰弱한것이라고한다. 처음에는 몃사람이 光浩에게 各自의 意見으로 勸告도하더니 近來에는 訪問하는 사람도 업게되엇다. 光浩는 혼자 下宿 벗잘드는 房에서 안젓다 닐어낫다하며 한숨만 쉰다.


二


光浩의 뜻을 알아주는 사람은 오직 한사람 잇다. 그는 光浩의 上級 同窓이매 同窓은同窓이면서도 二三年級이나 썰어젓슴으로 長幼의 關係와 비슷하다. 그러나 光浩는 이 사람을 唯一한 親友로 사모하고 이 사람도 光浩를 親同生과가티 사랑한다. 그 사람의 姓名은 金俊元이니 光浩의 通學하는 K 大學의 大學院에서 生物學을 專攻硏究한다. 光浩는 心中에 不平이나 煩悶이 잇슬때에는 반다시 俊元을 訪問하야 一二時間 自己의 所懷[287]를 말한다. 그러면 俊元은 眞情으로 光浩의 생각에 同情하며 或 여러가지로 光浩를 獎勵하기도한다. 이러케 俊元과 談話를하고나면 光浩의 鬱悶[288]은 훨신 풀어지고 一種의 깃븜과 快感을 가지고 下宿에 돌아온다. 지나간 六七年間 光浩는 實로 俊元일내 살아온것이라. 俊元은 物質로도 光浩를 極力援助하

---

286) 싫어서 피함.
287) 마음에 품고 있는 회포.
288) 마음이 답답하고 괴로운.

엿거니와 더욱이 精神上으로 恒常 光浩에게 慰安과 喜悅과 希望을 주어왓
다. 그래서 光浩는 俊元만 잇스면 넉넉히 이 世上을 지내어가리라 하엿고
俊元은 생각에도 光浩는 自己의 뜻을 가장 잘 알아주고 自己를 가장 잘 사
랑하여주는 親舊로 光浩를 더욱 사랑하엿다. 近來에 俊元은 光浩가 自己보
다 精神力으로 數等의 差가 잇슴을 깨달아 光浩에게 말하더라도 理解치못
할 엇던것을 所有한줄을 意識하야 얼마큼 光浩를 後輩로 보는 傾向은 生하
엿스나 그래도 俊元은 光浩를 稀罕한 조흔 親舊로 생각하는 愛情에는 變함
이업다.

그러나 光浩의 精神의 空洞은 날로 分明하게되고 寂寞과 悲哀는 날로
深刻하게되어 이제는 아모리 俊元을 對하야 俊元에게 胸懷289)를 吐露하고
俊元의 말을 들어도 前과가티 慰安을 不得할쑨더러 도로혀 寂寞과 悲哀를
强하게할쑨이다. 光浩는 自己의 寂寞과 悲哀가 俊元과의 談話로는 到底히
慰安치못할 程度에 達한줄과 親友의 愛情과 慰安의 힘은 엇던 程度以上에
밋지못함을 쌔달앗다. 以前에는 俊元의 하는말을 마치 自己의 肺肝을 꿰뚤
어보고 하는드시 自己의 생각하는바와 符合하더니 近來에는 俊元의 말에도
首首치못할 點이 생기고 그쑨더러 俊元의 慰安과 勸獎이 皮相的인드시 들
린다. 俊元도 光浩가 前과가티 自己의말에 感服하지아니하는줄을 알고 쏘
自己의 過去의 經驗에 비최어 그 理由도 대강 斟酌하엿다. 한번은 光浩가
俊元의말에 對하야 熱烈히 反對하엿다. 아직 自己의 말에 反對하는樣을 보
지못하던 俊元은 光浩가 이처럼 激烈하게 反對하는樣을 보고 暫間 驚愕도
하고 不快도하엿스나 곳 「너도 個性이 눈쓰기 始作하엿고나」하고 웃고말앗
다. 그後부터 俊元은 光浩에게 對하야 前과가티 만히 말하지아니한다. 光浩
도 俊元이가 近來에 自己에게 對하야 前보다 冷淡한樣을 보고 俊元이가 日
前 自己의 反對에 怒하엿는가하야 얼마콤 未安한 마음도 잇섯다.

光浩는 그後부터 前가티 頻繁하게 俊元을 訪問치도 아니하고 俊元도
前과가티 光浩를 보고십흐게도 생각지아니하엿다. 俊元은 마치 사랑하던 누

---

289) 가슴 속에 품은 회포.

이나 딸을 싀집보낸뒤에 그 누이와 딸이 自己보다도 그지아비를 더욱 사랑하고 自己에게 對하야는 獨立反抗의 態度를 取하는樣을 볼쌔에 發하는듯한 一種 齟齬하고 不快한 感情을 깨닷는다. 昨日까지는 光浩가 내 품에 안겨잇섯거니와 今日부터는 光浩가 自己를 背反하고 다른 사람의 품으로 쒸어간드시 생각된다. 光浩도 不知不識間에 俊元에게 對한 愛慕의情이 稀薄하게됨을 깨닷고 더구나 俊元이가 近來에 自己에게 對하야 冷淡하게하는것이 不快하게도 생각된다. 이리하야 俊元과 光浩와의 距離는 漸漸 멀어가고 그러할사록에 光浩는 더욱더욱 寂寞을 깨닷는다.

電車속에서 아름다운 少年少女를 보고 快美의 感情을 엇는것으로 唯一의 慰安을 삼아 일부러 朝夕通學時間에는 電車를 탓다. 光浩는 다만 아름다운 少年少女의 얼굴과 몸과 옷을 바라보기만으로는 滿足하지못하게된다. 바로 少年少女가 自己의 겻헤 안저서 그 體溫이 自己의 身體에 올마올만하여야 비로소 滿足하게되고 或 滿員인째에 自己의 손이 女子의 하얏코 짜쯧한 손에 스칠째에야 비로소 滿足하게 快感을 맛보게되엇다. 그래서 光浩는 일부러 車가 휘어돌아갈째를 타서 몸을 겻헤 섯는 女子에게 기대기도하고 或 必要업시 팔을 들엇다 노핫다하야 女子의 살의 짜쯧한 맛을 보려한다.

한번 光浩가 電車를 타고 어듸를 갈째에 停電ㅎ야 電車가 서고 電燈이 써젓다. 그러고 조고마한 蓄電池電燈이 켜젓다. 光浩는 겻헤 안즌 女學生을 보고 그 조고마한 電燈을 미워하엿다. 이처럼 光浩의 心情은 動搖하엿다. 光浩의 머리에는 아츰부터 저녁까지 쏘는 잘째에 꿈에까지 보이는것이 아름다온 少年과 少女쑨이엇다. 그의 눈압헤는 본적도 업고 일홈도 모르는 아름다온 少年少女가 無數하게 왓다갓다할쑨이다. 그는 이 幻影에 對하야 無數히 「나는 너를 사랑한다」를 發하고 無數히 입을마초고 無數히 抱擁을하엿다. 그럼으로 光浩의 近日의 生活은 夢中의 生活이오 幻影中의 生活이라. 그는 工夫를하려한다. 來年에도 特待生이되려한다. 그러나 冊을 보아도 글자가 눈에 들어오지아니하고 冊張우헤는 글자마다 아름다운 少年少女로 變하야 방긋방긋 우스며 光浩를 對하야 손을 내어민다.

光浩는 漠然히 人類에 對한 사랑, 同族에 對한 사랑, 親友에 對한 사랑,

自己의 名譽와 成功에 對한 渴望만으로는 滿足지못하게되엇다. 그는 누구나 하나를 안아야하겟고 누구나 하나에게 안겨야하겟다. 그는 미지근한 抽象的 사랑으로 滿足지못하고 쓰거온 具體的 사랑을 要求한다. 그의 空洞은 이러한 사랑으로야만 慰安하겟다. 光浩도 近來에 이줄을 自覺하엿다. 東京 市街에 蠢蠢[290]하는 數百萬人類나 밤에 蒼空에 반작거리는 無數한 星辰이나 하나도 光浩의 동무는되지못한다. 마치 길에 나서면 大寒바람이 치운것과가티 室內에 들어오면 火氣업는 寢具가 산씃산씃한것과가티 光浩에게 對하야 全世界는 冰世界와가티 칩고 無人之境과가티 寂寞하다. 光浩가 半夜에 寂寞한 悲哀를 이긔지못하야 우는눈물만이 오직 더울뿐이다.

이쌔에 光浩는 P라는 한 사람을 보앗다. 光浩의 全精神은 不知不識間에 P에게로 올맛다. P의 얼굴과 그우에 눈과 코와 눈썹과 P의 몸과 옷과 P의 語聲과 P의 걸음걸이와…… 모든 P에 關한것은 하나도 光浩의 熱烈한 사랑을 쓸지아니하는바가업섯다. 光浩는 힘잇는대로 P를 볼 機會를 짓고 힘잇는대로 P와 말할 機會를 지으려한다.

P는 光浩의 下宿에서 二三十分이나 걸리는 곳에 잇섯다. 光浩는 幸혀나 P를 만날가하고 七詩半에 學校로 가던것을 六詩半이못하야 집을 쩌나서 P의 집겻흐로 빙빙 돌다가 P가 冊褓를 씨고 學校에 가는것을 보면 自己는 가장 必要한 일이 잇는드시 P와 反對方向으로 連步로 걸어가서 P가 지나가거든 잠간 뒤를 돌아보고는 一種 快感과 羞恥한생각이 석거져 나오면서 學校로 간다. 아츰마다 이러함으로 P도 잇다금 光浩를 暫間 쳐다보기도하고 或 웃기도한다. P는 아조 無心하게하는것이언마는 光浩는 終日 그 「쳐다봄」과 「우슴」의 意味를 解釋하노라고 애를쓴다. 그러다가는 每樣 自己에게 有利하도록 그 意味를 說明ᄒ야 「P도 나를 사랑하나보고나」 하고는 혼자 깃버한다. 그러나 그 깃븜에는 疑心이 半以上이나 넘엇다.

그로부터 光浩는 새로 外套를 마치고 새로 깃도 구두를 마치고 새로 毛織冊褓를 사고 새로 上等石鹼을 사고 아츰마다 香油를 발라 머리를 갈르고

---

290) ① 벌레가 꾸물거리다, ② 어리석고 미련하다.

그의 쇠잠그는 冊床舌盒에는 新聞紙로 꼭꼭싼것이 잇다. 光浩는 밤에 아모도 업슬째에 그 新聞에 싼것을 꺼집어내어 그래도 누가 보지나안는가하야 四方을 삷혀보면서 그 新聞에 싼것을 낸다. 그리고 휘하고 한숨을쉬면서 거울에 對하야 그 新聞에 쌋던 것을 바르고 얼굴로 여러가지모양을하여보아 아못조록 얼굴이 어엿버보이도록하란다. 그 新聞에 싼것은 美顔水와 클럽白粉인줄은 光浩밧게는 아는 사람이 업다.

「사랑은 歲月을 虛費한다」는 格言과 「사랑은 사람을 수접게한다」는 格言과가티 그러케 快活하던 光浩는 卒變하야 아조 內弱하고 沈鬱한 靑年이 되고말앗다. 光浩는 漸漸 學校에 缺席도하게되고 出席하여도 課業에 注意를 集中치못하게되엇다. 누구를 차자가지도아니하고 누가 차자오지도아니하고 光浩는 아주 孤獨한 煩悶者가되고말앗다. 다만 아츰마다 P의 얼굴을 暫間 보기로 唯一한 日課오 唯一한 慰安을 삼게되엇다. 아츰에 갓다가 或 P를 만나지못하면 그날 終日을 怏怏291)하게보내고 밤에 잠도 일우지못하엿다. 或 二三日을 連해서 못볼째에는 病이들엇는가하야 혼자 눈물을 흘리며 祈禱도올렷다. 그 祈禱는 참 精誠스러온 祈禱엿다. 光浩가 일즉 올린 祈禱 中에 가장 精誠스러온 기도엿다. 그가 일즉 本國에잇는 母親의 病이 重하다는 말을 듯고 祈禱한적이잇섯다. 그러나 이째처럼 눈물은 흐르지아니하엿다. 母親은 맛당히 죽을 사람이로대 P는 決코 죽어서 못될사람이엇다. 天地는 업서질지언뎡 P는 업서서 되지못하엿다. 光浩의 목슴은 P를 爲하야서 잇고 P가 잇기째문에 잇는것이엇다. P가 今時에 죽는다하면 光浩의 生命은 그 瞬間에 消滅될듯하다. 光浩로는 P를 除하고는 生命도 생각할수업고 宇宙도 생각할수업다.


四


光浩는 여러번 P에게 이말을하려하엿다. 그러나 P를 對하면 이런말을할 勇氣가 업서진다. 이튼날은 새벽에 눈을 쓸째부터 오늘은 期於코 通情292)을

---

291) 매우 마음에 차지 아니하거나 야속하다.

하리라하고 열번이나 스므번이나 決心을한다. P의 집모통이에 섯슬째에까지도 이 決心을 직히건마는 P의 그림자가 번쯧 보이기만하면 마치 쟝마버섯이 日光을 보매 슬어지는모양으로 슬어지고만다. 이러케하기를 十餘日이나 하다가 하로는 죽기를 賭하는 決心으로,

「여봅시오 P氏!」 하엿다. P氏는 획 돌아서며, 「웨그러시오?」하고 光浩를 본다. 光浩는 P의 冷淡한 말소리와 容貌를 보고 落心하엿다. 그러나, 最後의 勇氣로,

「나는 P氏에게 엿줄말삼이 잇습니다」하고 가만히 P의 손을잡앗다. 그러나 P는 슬힌드시 손을 뽑으면서,

「무슨 말삼이야요, 얼는 합시오. 學校時間이 急합니다.」 하는말을 듯고 光浩는 죽고십흐리만콤 失望하엿다. 혈마 P가 이처럼 冷淡할줄은 몰랏슴이라. 그래도 多少는 自己에게 愛情을 두엇거니하엿다. 잇다금 光浩를 돌아보며 방그시 웃는것은 얼마콤 光浩의 愛情을 깨닷고 坐 光浩에게 對하야 얼마콤 同情을하거니 하엿다. 그래서 光浩가 이런말을하면 P가 「나도 그대를 사랑하오」 하지는아니하더라도 짜뜻이 同情하는 말이라도 하려니하엿던것이 이러한 冷待를 當하니 光浩는 當場에 쌍을 파고 들어가고십다. 그래서 한참이나 고개를 숙이고 잇다가,

「나는 당신을 사랑합니다」 하엿다. P는 물쓰럼이 光浩를 보더니 빙그시 우스며,

「네? 무슨 말삼이야요」 한다. 光浩의 몸에서는 이 치운날에 쌈이 흐른다. 光浩는 다시 말할 勇氣가 업서서 「安寧히갑시오」하고 學校에 가기도 그만두고 집에 돌아왓다. 光浩는 失望도되고 붓그럽기도하야 感氣가 들엇노라하고 니불을 쓰고 누엇다. 終日을 煩悶하고 누엇다가 벌쩍 닐어나서 面刀로 左手無名指를 버허 술잔에 鮮血을 바다가지고 P에게 便紙를 썻다. 鮮血로 쓴 글씨는 참 戰慄할만콤 무서웟다. 그 뜻은 앗가 말한것과가티 自己가 P에게 全心身을 바치는것과 P에게서 사랑을 求한다함이라. 이 便紙를 부치고

---

292) 남녀가 정을 통하다.

光浩는 한잠도 일우지못하엿다. 이 便紙의 回答如何로 自己의 生命은 決定되는것인듯하엿다. P에게 對한 사랑이 自己의 生命의 全內容이거니하엿다. 그러고 P의 寫眞에 입을마초고 쏘 이것을 밤낫 품에 품으며 잇다금 못견듸게 P가 그리울적에는 그 寫眞을 압헤노코 눈물을 흘려가며 陳情을한다. 下宿에 下女도 近日에 光浩의 苦悶하는 눈치를알고 한번은 弄談삼아,

「相思하는이가 잇서요?」 하엿다.

翌日293)에 便紙答狀이 왓다. 그 속에는 光浩가 自己를 사랑하여줌을 至極히 感謝하노라하야 훨신 光浩의 비위를 독근뒤에 이러한 句節을 너헛다.

「대뎌 남에게 사랑을 求하는대는 세가지 必要한 資格이 잇나니 此三者를 具備한者는 最上이오 三者中 二者를 具한者는 下요. 三者中 一者만 有한者는 多數의 境遇에는 사랑을 어들 資格이 無하나이다. 그런데 貴下는 不幸하시나마 前者에 屬하지못하고 後者에 屬하니이다」 하고 한줄을 쩨어노코, 「그런데 그 三者格이라함은 黃金과 容貌와 才地로소이다. 貴下는 맛당히 生存競爭에 劣敗할 資格이 十分하여이다. 極히 未安하나마 貴下의 사랑을 辭退하나이다」 학 血書도 返送하엿다.

光浩는 「올타 나는 黃金과 美貌가 업다」 하고 울엇다. 울다가 行李속에서 特待狀과 優等卒業證書를 내어 쏙쏙 쓰졋다. 「才地294)는 最末이라, 才地는 사랑을 求할資格이 업다」 하고 그 쓰져진 조희조각을 발로 비비고 즛밟아 돌돌 뭉쳐서 불에 태엇다.

光浩는 下女를 命하야 麥酒一打와 淸酒一升을 가져오라하엿다. 光浩가 이 下宿에 三年채나 잇스되 아직 술먹는것을 보지못한 下女는 눈이 둥글어지며 「그것은 무엇하게요?」하고 弄談인줄만녀긴다.

光浩는 성을 내며,

「먹지, 무엇을하여, 어서 가져오너라」 한다. 下女 兩人이 命대로 술을 가져왓다. 光浩는 瓶을 입에다 대고 함부를 들이킨다. 麥酒를 半打나 마시고 日本酒 六七合을 들이켯다. 三四日 食飮을 廢하던 光浩는 눈에서 술이

---

293) 다음날.
294) 지혜와 지위.

흐르도록 醉하엿다. 그러고는 冊藏에 씨인冊을 쓰집어내어 말씀 쓰져바리고 쌀아노핫던 니불과 方席도 왼통 쓰져바렷다. 그러고 狂人모양으로 P의 일홈을 부르며「그래 나는 黃金이 업고 美貌가 업다」를 念佛하드시 부르지진다. 下宿主人인 老婆는 쌈작놀래어 光浩의 房에 쒸어올라왓다.

「이게 왼일이오닛가.」

「하하」하고 光浩는 미친드시 우스며,「당신은 얼굴이 곱구려. 나는 얼굴이 밉고 돈이 업서요」하며 쯧다가남은 冊을 쪽쪽 쯧는다. 老婆도「失戀이로고나」하고 불상한 마음이 생겻다. 그러고 警察署에 告할가말가하고 한참 躊躇하다가 前부터 아는 俊元에게 葉書를 씌어 速히 오소서하엿다.


五


「尹光浩氏에 關하야 緊急히 相談할일이 잇사오니」한 主人의 葉書를 보고 動物發生學을 보던 俊元은 놀래엇다. 그동안 二三週日에 한번 光浩를 만나지 못한것과 또 光浩가 近來에 精神上 一大動搖를 生한 모양이 보임을 綜合하매 무슨 凡常치아니한 事件이 發生한줄을 斟酌하고 卽時 宿所를 써나 찬바람을 거슬리면서 本鄕區 R舘을 訪問하엿다. 主人 老婆는 寒暄도 畢하기前에 光浩가 近來에 前에업시 沈鬱함과 昨日에 學校에 가다가 一時間이 못하야 돌아온것과 어제終日 자리에 누엇던것과 今朝에 무슨 便紙를 밧더니 술을먹고 冊과 寢具를 쯔즌것을 말하고 나종에,

「失戀이아닐가요」한다. 俊元은 혼자 고개를 쓰덕쓰덕하고「글세요」하면서 二層 光浩의 房에 들어갓다. 光浩는 朦朧한 눈으로 물쯔럼히 俊元을 보더니, 쏙쏙지아니한 말로,

「당신이 金俊元이라는 사람이오. 올치 잘 오셧소 안즈시오」하고 술甁을 들어「쟈 한잔 잡수시오. 우리가티 黃金도 업고 美貌도 업고 生存競爭에 劣敗할者는 술이나 먹어야지오」하며 쩔리는 손으로 强制하는드시 俊元에게 술을 勸한다. 俊元은 辭讓치 아니하고 두어잔을 마셧다. 그러고 말업시 光浩의 얼굴을 본다. 光浩의 얼굴에는 苦悶한 빗과 世上을 嘲弄하고 自暴自

棄하는 빗히 보인다. 光浩는 미친드시 썰썰 우스며,

「나도 近日에 西洋哲學史를 보앗습니다…… 헤, 헤 보앗서요. 탈레쓰라
는 사람이 世上은 물로되엇다고 그랫습듸다. 그런 미련한놈이 어대 잇겟소.
宇宙가 물로되엇스면 물을 무엇으로 解釋할라고 그러는가요. 하하 그짜윗놈
이 다 哲學者라고…… 하하 게다가 哲學者의 始祖라고……」하고 麥酒 한
瓶을 통으로 마시더니 손으로 입을 씨스며,

「그것이 말이되오.……아, 내가 只今 무슨말을하던가」하고 생각한다. 俊
元이가

「탈레쓰攻擊」하고 웃는다. 光浩는 이제야 생각이 나는드시 무릅을 툭 치며,

「올치, 올치, 탈레쓰, 탈레쓰. 그런 미련한놈이」하고 탈레쓰가 宇宙는 물
로되엇다는 말과 그러코보면 물을 說明할수업다는 말을 두어번 더하고 無
數히 「미련한 놈」이라고 叱辱한뒤에 一段 소리를 놉히고 고개를 번격들며,

「나는—이 尹光浩氏는 말이야요- 나는 宇宙는 「돈」으로되엇다합니다」하
고 쏘 麥酒 한瓶을 잡아당기며 「이 조흔 술도 돈만 주면 옵니다그려. 돈만
잇스면 가지지못할것이 업고 하지못홀일이업구려.」하고는 自矜²⁹⁵⁾하는드시
고개를 썰레썰레 흔들며 썰썰 웃더니, 「당신도 贊成하는드시」俊元을 보다
가 俊元의 잠잠함을 보고

「웨 말이업소. 그러치오? 내말이 올치오?」하고 몸을 흔든다. 俊元은 光
浩가 이처럼 激變한것을 보매 한끗 불상하면서 한끗 興味잇게 생각하야,

「대관절 무슨일이오? 웨 이모양이 되엇소.」하는 말소리는 썰린다.

「하하. 돈이업서서, 네 돈이업서서」하고 拇指와 食指로 環을 作하야 俊
元의 코를 찌를드시 쑥 내어밀며,

「이것이가 업서서. 네 그러고」하고 環²⁹⁶⁾을 作하엿던 食指로 검으테테
한 自己의 얼굴을 가르치면서, 「쏘 이것이 잘못생겻서요. 하나님이 이것을
만들째에는 좀 실症이 낫든지 눈과 코를 되눈대로 만들어서 되는대로 부치
고…… 글세 이러케 못되게 만들것이 무엇이오」하는 造物主를 猛責하는드

---

295) 스스로에게 긍지를 가짐.
296) 고리.

시 憤怒하는 顔色과 語聲으로「글세 이러케 못되게 醜하게 만들 法이 어대
잇서요」하고 주먹으로 두쌤을 탁탁 짜리고 엉엉 울더니 다시 하하 하고 우
스며 종 하얏케 닥가주지야 웨 못하겟소」하고 고개를 숙인다. 俊元은 光浩
의 검고 좁은 눈은 크고 코는 넙적하고 여드름 만히 도는 얼굴을 보고 쏘 光
浩의 造物의 솜씨를 攻擊하는말을 들으매 우수움을 참지못하야 하하 우섯다.
光浩도 하하 하고 웃더니 갑작이 시츰이를 쭉 짜고, 俊元의 팔을 잡아채며,

　「웨 웃소? 응 웨 우서요. 내 이 얼굴이 우숩소. 이 造物主의 실症나서 되
는대로 만들어노흔 이 얼굴이 우숩소」하더니 갑작이 주먹으로 쌍을치며 말
쯧을 돌려,

　「엇대요. 내가 탈레쓰보다 용하지오. 이놈 무엇이 엇재」 하고 탈레쓰가
自己의 압헤 안젓는드시 눈을 부르쓰며,「宇宙가 물로되엇서? 불은 무엇으
로 說明하고. 하하. 宇宙는 돈으로 되엇나니라」하고 쏘 拇指와 食指로 環을
作하여 내어 두르며,「이놈아 宇宙는 이것으로 되엇서！」하고 썰썰 웃는다.
俊元은 光浩가 미치지나아니할가하고 넘려하엿다. 그러고 사람이 이러케도
卒變하는가하고 놀래엇다. 俊元의 보기에 光浩는 다시 完人[297]이될듯하지
아니하다.

六

　겨오하야 俊元은 光浩의 이번 發狂 (俊元은 이러케 부른다) P에 對한 失
戀이 原因인줄 알앗다. 그러고 俊元은 十二三年前일을 생각하고 쪽 소름이
끼첫다. 俊元이 처음 東京에 왓슬째에 俊元을 사랑하는 엇던 日本靑年이
잇섯다. 그 靑年은 某大學의 英文科를 卒業하고 獨語와 漢語와 朝鮮語까지
能한 二十三四歲되는 名士로 社會의 囑望도 多大하엿다. 그가 偶然히 十三
四歲되는 俊元을만나 俊元을 熱愛하게되엇다. 그째에 俊元은 紅顔美少年
의라는 嘲弄을 들을만한 美少年의엇다. 그 靑年은 날마다 俊元을 아니보고
는 견대지못하고 보면 손을잡고 쓸어안고 或 입도마초려하엿다. 처음에는

---

297) 병이 다 나은 사람.

그 靑年의 親切함을 깃버하던 俊元도 이에 니르러는 그 靑年에게 對하야 厭避하는 생각이낫다. 그래서 俊元은 아못조록 그 靑年과 會見하기를 避하엿다. 그 靑年은 每日 四五次式 飮食을 차려노코 俊元의 오기를 請하는 葉書를 씌우고 나종에는 四五次式 電報도 노핫다. 그러나 俊元은 더욱 厭症이나서 가지아니하엿다. 그 靑年은 그때마다 차렷던 飮食을 방바닥에 뒤쳐 업고 되는대로 술을마섯다. 그러다가 견대다못하야 하로는 面刀를 품고 俊元의 집에 갓다. 俊元은 自己를 죽이랴는줄알고 엉엉 소리를내어 울엇다. 그 靑年은 눈물을 흘리며

「아니, 面刀를 가지고 온것을 그대를 죽이려함이 아니오 내가 죽으려함이로다. 내 生命을 끈흘지언뎡 참아 사랑하는 그대의 손짜락하나인들 傷하랴」하고 俊元에게 自己를 사랑하여주기를 懇求하엿다. 그러나 俊元은 明答치아니하엿다. 이에 그 靑年은 주먹으로 數十次나 自己의 가슴을 짜려 마츰내 多量의 吐血을하고 咯血이라는 病名으로 五週日間이나 入院治療하엿다. 入院中에는 俊元도 그 靑年이 불상하기도하고 未安하기도하야 각금 慰問하엿다. 俊元의 얼굴만보면 病牀에 누은 그 靑年은 깃븐드시 빙그레우섯다.

그러나 退院後에는 俊元은 一次도 그 靑年을 訪問하지아니하고 가만히 下宿을 옴기고 番地도 알리지아니하엿다. 그後 一年이 지나서 俊元은 그 靑年이 地方 某中學校 敎諭298)로 갓다는말을 듯고 쏘 酒妄군이되어 學校에서 排斥을 當하며 親知間에도 亡家子라는 稱呼를 듯는단말을 들엇다. 그後 七八年間 消息이 漠然하다가 再昨年 俊元이가 新義州에 旅行할째에 偶然히 그 靑年을 만낫다. 그 容貌는 憔悴하고 衣服은 襤褸하엿다. 녀름이언마는 그는 冬節中折帽를 쓰고 술이 반쯤 醉하엿스며 나막신도 다 달하진것을 제짝금 신엇다. 俊元은 그때에 몸에 소름이 쑥 끼쳐 한참이나 말이 막혓다. 住所를 물어도 그는 다만,

「天地가 내 住所요」 할뿐. 俊元은 料理店에 들어가 西洋料理와 麥酒를

---

298) ① 가르치고 타이름, ② 일제 강점기에, 정식 자격을 가진 중등학교의 교원을 이르던 말.

響應하엿다. 그 靑年은 반가운드시 鬖髿난 俊元의 얼굴을 보며 辭讓도아니
하고 주는대로 술을 마시나 彼此에 아무말이 업섯다. 車時間이되어 俊元의
탄 車가 써날째에 그 靑年(이제는 三十이 만히 넘엇다)은 車窓으로 俊元의
손을잡으며,

「내 生活을 이 方向에 너케한것은 老兄이외다. 나는 成功도 업고 希望
도 업고 一生의 行色이 이모양이외다. 俊元君! 사랑하는 俊元君! 나는 眞情
으로 그대의 成功과 幸福을 비오」 하는 그의 눈에서는 눈물이 흘럿다. 車가
써나갈째에 俊元은 車窓으로 머리를 내어밀고 悄然히 섯는 그 靑年을 向하
야 帽子를 흔들엇다. 그러나 俊元의 눈에도 눈물이 흘러 얼마아니하야 그
靑年의 모양도 아니보이게되엇다.

이것을 생각하고 只今 光浩의 處地를 보니 그 靑年의 一生이 果然 俊元
自己로 말매암아 그러케된듯하고 쏘 光浩의 一生도 그 靑年과 同樣의 軌道
를 取하는듯하야 俊元은 戰慄함을 禁하지못하엿다. 그러고 다시 光浩의 얼
굴을 보니 光浩는 웃는눈에서는 눈물이 흐른다.

俊元은 생각하엿다. 光浩는 世上에 온지 二十四年間에 짜뜻한 愛情이란
맛을 보지못하엿다. 母親의 愛情이나 姊妹의 愛情도 맛보지못하엿다. 그의
一生은 참 氷世界의 一生이엿다. 人生에서 愛情을 쩨어노흐면 참아 엇지
살랴. 만일 愛情中에서 살던사람을 잡좍히 愛情업는 世上에 잡아넛는다하
면 그는 一日이못하야서 凍死하리라. 그러나 光浩는 아직도 愛情맛을 보지
못하엿는故로 至今토록 살아왓다. 마치 極海에서 生長한 動物은 氷雪中에
서도 生存할수 잇슴과가티 그러나 光浩는 赤道의 暖流를 맛보앗다. 한번 이
暖流의 짜뜻한맛을본 光浩는 到底히 다시 氷世界에서 살수가업게되엿다.
그는 暖流를 求하고 求하다가 得하면 살고 不得하면 죽을수밧게업다. 그의
生命은 오직 P의 向背299)에 달렷다. 그런데 P는 光浩를 돌아보지아니한다.
이러케 생각할째에 光浩는 소리를 내어 울며,

「나는 죽을랍니다.」 하는 소리는 마치 敗軍한 將帥가 自刎하려할째에

---

299) 좇는 것과 등지는 것이라는 뜻으로, 어떤 일이 되어 가는 추세나 어떤 일에 대한
      사람들의 태도를 이르는 말.

부르는 노래와가티 悲愴하엿다. 俊元은 더욱 光浩를 불상히녀긴다. 만일 只今이라도 엇던 부드러운 女子의 손이 悲憤과 失望으로 破裂하려하는 光浩의 가슴을 만져주면 光浩는 蘇復300)할 餘望이 잇스리라. 그러나 俊元自身은 이믜 光浩에게 慰安을줄 힘이 업는줄을 알앗다. 「世上에 싸뜻한 女性의 손이 만키는만컨마는」 하고 俊元도 눈물이 흐른다. 俊元의 눈물은 다만 光浩를 불상히녀기는 생각쑨이아니오 同時에 自己를 불상히녀김이엇다.

七

P는 翌朝에 新聞을 보앗다. R舘止宿 K大學生 尹光浩는 昨日午後에 短刀로 自殺하엿는대 그 知己 金俊元을 訪問하건대 失戀의結果라더라 하는 말을 듯고 P는 쌈쟉 놀랏다. 그러나 혈마 自己를 爲하야 죽은것이라고는 생각지아니하엿다. 이 新聞을 본 朝鮮留學生들은 「흥, 特待生!」하고 光浩를 嘲笑하고 그 薄志弱行함을 叱辱301)하엿다.

P가 新聞을 들고 惘然히 안젓슬째에 俊元은 荒忙히 P를 訪問하엿다. 그러고 P의 얼굴을 물끄럼히보면서,

「여보, P氏. 그대는 우리 親舊 한분을 죽이셧소」 하고 눈물을 흘린다. P는 놀래엇다. 그러나 암만해도 光浩가 自己째문에 죽엇스리라고는 밋지못한다.

「혈마 저째문에 죽엇겟서요?」

「아니오. 당신째문에 죽엇지요. 당신도 살아가노라면 光浩가 죽은쯧을 알리다.」

두 사람은 잠잠하게 光浩를 생각하엿다. 光浩의 屍體는 警察醫의 檢査를 바든后에 靑山墓地의 一隅에 무첫다. 그는 一生에 오직 하나 「特待生의깃븜」을 맛볼쑨이오 氷世界의 生活을 보내다가 偶然히 赤道의 暖流를 만나서 그만 融解되고말앗다. 萬人의 嘲笑中에도 그의 墓前에 熱淚를 쑤린者 數人이 잇더라. 俊元도 無論 그中에 하나이엇다.

---

300) 원기가 회복됨.
301) 꾸짖으며 욕함.

　　겨을해는 누엿누엿 넘어가고 살을 베는 찬바람이 靑山練兵場의 몬지를 몰아다가 兀兀흔 墓碑를 싸릴제 麻布聯隊兵營에서는 夕飯 喇叭이 운다. 혼자 十餘年 시피어오던 光浩의 墓前에 섯던 俊元은 「에그 칩다」 하고 몸을 썰엇다. 光浩의 木牌에는 「氷世界에 나서 氷世界에 살다가 氷世界에 죽은 尹光浩之墓」라고 俊元이가 손소 쓰고 그것헤

　　「눈이 쑤리고

　　바람이 차고나

　　밝아버슨 너를

　　안아줄이 업서,

　　안아줄이를 차자

　　永遠한 沈默에 들도다」 하엿다.

　　P는 男子러라. (一九一七, 一, 一一夜)

# 김 동 인

마음이 여튼 者여(『創造』, 1919. 12)

# 마음이 여튼 者여

『創造』, 1919. 12

九月二十一日

兄님-

마츰내 告白할날이 왓습니다.

언제던지 兄끠서直接으로나 或은편지로「무슨번민이잇거든 내게 다 말하라」하섯지만 저는 종내못하엿서요. 제性質가운데 별한것이잇셔서 이事件을다른사람의게 알게하려면 싀기의불이 압셔서 니러나는고로 마츰내 못하엿습니다.

그럿치만 지금은 꿈질거리고 잇지못하게 되엿습니다.

마츰내 告白할날이 왓습니다.

이편지를보시고 兄끠서 助力[302]을하시던지 안하시던지 그것은問題박기의다. 아니! 인제는 엇더한힘으로助力을하셔도 效力이나타나지 안으리만큼 事件의左右는 결정되엿습니다. 다만同情만하여주시면 그것으로넉々 하의다. 저는그것뿐으로 滿足히녁이겟습니다. 지금경우에 잇는제게는 한줄기의同情이 萬金의돈 十年의목숨보다도貴하도록 同情그것이 貴하게되엿습니다.

이제 이事件을쓰기前에 몬져 제歷史를 좀쓰겟습니다. 그가운데는 兄도

---

302) 힘을 써 도와 줌.

아실것이 만켓지만 前에일을안쓰고는 到底히 이事件을쓸수가없음니다. 그
리고坵普通수사문투로 쓰게됨니다.

나는 셔울B學堂을卒業한뒤에 곳 故鄕인平壤으로, 나려왓슴니다. -째는
지난해봄-

舊都平壤은 亦是午年前에 나를셔울노보내든째와, 갓튼나츠로 나를마잣
다. 좁은거리에 가득하니 왓다갓다하는사람과 수레들은 분주한자긔네들의
일노말믜암아 뎃해 본곳을쩌나잇든나를 싱크의운듯이 피하여단닌다.

나는 집에드러가기前에 나의안해의게 많은바램을품고잇엇다. 午年이나
내가쩌나잇는사이에 그는갑々하여 심々거리로라도 工夫를많이하여슬여니-.
지금은훌륭한夫人이 되여슬여니-. 그새 내가없음으로 대단이파리하여슬여
니-. 이제내가들어셔면 너머깃비서 말도못하고 늙은어머니와함끠 물그럼이
나를되려다보고만셔슬여니-내아들도쐬커슬여니-.

그럿치만 곳 내니상은그릇된것인줄알게되엿다. 악짜내생각과갓치 어머
니는 늙은눈을부비며 「이쟈야왓구나ヽ」 하시면서 나를물그럼이 보며이섯고
다슷인가? 여슷인가? 난 내아들은 자긔할머니뒤에 숨어셔서 낫설은나를 힐
끗ヽ 쳐다보며이섯지만 나의안해는보이지도안앗다. 그는 午年동안 어린아희
를내여버리고 自己집에 가잇섯단말을들엇다. 나는 그째, 얼마나성이낫는지!
얼마나落望을하엿는지! 쓰지안으려한다. -나의압길의大部分은 이째-이슌간
에검은點이 직혓다.

二三日뒤에 나의안해는 내가왓다는말을듯고 나의집으로왓다. 색감앗케
타진얼골, 살진허리는, 그가 그새 本집의農事는 도아주면서도 마음은걱정없
이지난것을 나타내엿다.

마음이 여튼者여!

나의 헛튼 規則업는生活은 이째부터시작되엿다.

異性의슴, 거긔서男女의정은 생긴다한다. 나도 그런理由로인지는모르지
만 午年前에는 나의안해를 서로마조잇을째에는 사랑하엿다. 或은 그사랑이
肉의사랑일지도 모르거니와, 엇잿던 나는 그를사랑하엿다. 그럿치만, 지금
나와그는 다른사람以上이다. 하로에한번을 보는가? 마는가? 쯤으로되엿다.

肉의사랑은이런째는消滅된다한다.　나의사랑도消滅되엿다.　쑨만안이라,「노쟛 졀머서노자 늙어지면 못노니라」의슬푼노래를 부르는어린기생도보며　南山峴레배당特有의R學堂式머리를하고　双々이밀녀 단니는二八 或은 二九의 女學生들도보며,검은파라쏠에　冊裸를끼고　밧부게지나단니는S女中學生도보며　넓은길을좁게녁이며　즐거이단니는졀은夫婦도보며　每週日멧双式레배당에서福을일우는새夫婦들을보는째는-아!　兄이여 내마음을짐작하라.

　　그럿치만 안해는 나의번민을 덜하게하지못한다.　만약超越이란말이잇다하면 이런境遇에나 쓸말이다.　나는 안해의問題를超越하엿다.　나는다만 쏫다운새夫婦와　女學生들과 아름다운기생들 보는것만으로, 無限이속을태우면서도滿足히녁엿다. -사람이란 쉭긔도밋지못하는데 부러움이생기고 부러움도밋지못하는데는, 다만 보는것쑨으로 넉々키녁인다.　나도넉々 키그만썻은 할수가잇는데 하는째에 쉭긔가생기고　自己경우보다 좀더놉흔데잇는것에對하여　부러움이생기고자긔는생각지도못할데는　다만보는것쑨으로　넉々키녁인다.　나는 그들을 다만보는것쑨으로 넉々키녁엿다.

　　歐洲戰爭의 영향이 우리나라에는 物價高騰으로나타낫다.　나는이핑계로나의어머니와 안해와 아들은若干土地나잇는　咸從으로보내고 나는平壤서K學校普通科敎師로 드러안젓다.

　　咸從으로가기前날밤에 안해는내게와서 하엿다.

　　-저를 웨그리 슬혀하심니까?

　　-제가 무슨잘못한일이라도 잇슴니까?

　　-참 속상해서 죽겟서요!

　　-女心從夫라니………

　　-午年동안이나………獨守………

　　-참 웨그리셔요?

　　-죽겟서요!

　　그럿치만 그를 남으로보던나는 天然이 그의말을거절할수가 잇섯다.

　　그들이 咸從으로간뒤에 나는집을팔고 죠고만세ㅅ집으로 이사하엿다.

　　學生敎授 이것은 참 내게는 무거운짐이나 다름없엇다.　前에나의學生時

代에는 敎師를성화식키는것이, 우에없는 큰쾌락이더니, 내가그단련을바다보니, 前에나의先生이던그사람들까지 가련하게보인다. 그들은내가들어간四五日뒤에 벌써 나를「배쏩눈」이란別名을지엇다. 내눈이 살진계집의배쏩갓다는쯧이라 한다. 黑板에 내畵像을펜취로그린다, 교자에石灰칠을한다, 그박게 말할수없는성화를 헤아릴수없이밧앗다. 이째에나의량식은 女子들을바라보는것과 空想두가지밧게없엇다.

그空想가운데 나타난나는 엇쩐째는 우리나라에第一의理學者도 되여보왓다. 或은世界一의富者도되여보왓다. 쏘는해와달에 遠征도가보왓다. 그럿치만 그空想의大部分에는 나는美人의남편이엿다. 女學生의부러움의포스대엿다. 나는엇던王의사위엿다. 女子가석겨야만 空想의世界가 自由自在로展開되엿다.

나는 世界에일홈난戀愛小說中에 日語로번역된者는대개보왓다. 그리고 그小說가운데 戀愛에成功한者는나로치고 成功치못한者는 나의사랑의원수로 치고마럿다.

나의이러한 외롭고답々한生活을 버려두고 째는一年을뒤로물녀갓다. 그 이듬해봄이 니르럿다.

이째에-나의生活가운데 한 놀날만한일이생겻다. 나의한 검은졈이 직킨 삶에는 한밝은빗치비취엿다. 나는 다시 살아낫다. 나의삶가운데는 다시이런 빗치 안비취라 밋엇던나는 첫번에는 겁나서이를피하기까지 하엿다. 나의삶 가운데 한줄기의빗!

나의압페갑자기 니러난것은 Y라는女性이다-내가졸업한B學堂의 男妹校인R學堂을卒業하고 지금내가敎授하는K學校의 男妹校인J學校의敎師로 드러간Y!.이것쑨으로도 엇던인연이잇지안을가………

兄님!

여들시十分前이외다. 가르칠시간이 급박하여 그만封하여붓침니다. 남아지는 나제……….

K는

C兄의게-

가튼날!

(方今가르치기맞내고도라와서 쏘 쓰기시작함니다. 좀 글이 길게되겟지만 보와주소서)

Y의아부지는 평양에有名한건달이다. 평양부쟈가운데 나한테 속지안은놈은 하나도없다고 장담한사람이다. 키는中키나되고 우아랫수염이 식컴엇케나고, 눈은을농하고도 흉칙한빗치뵈이는 건달에는 마초인사람 – 이런사람이 쌀을 엇지 셔울까지 工夫를보내엿는지? 참 奇蹟이랄수밧게업다.

Y는 美人은안이다. 그는所謂세리샹이다. 三角을세워노은샹이다. 입하나 밧게는 그의샹에서 아름다운점은 藥에쓰려고해도 없엇다.

(그럼? 너는 웨 그를 사랑하엿느냐?)

그럿타? 그는異性의 사랑을 쓸만한용모는 못되엿다. 그리고 내게는 J學校의女敎師로 벗이많엇다. 그럼! 웨 나는 특별이그를사랑하엿는고? –짠敎師들은「놉혼곳에꼿이다 나는 그들을벗으로 사괴이는데까지 겁을내엿다. 그와 갓치 나와그들새에는, 간격이잇섯다. 그째에Y는 내게 사랑을要求하는 눈치를보엿다.

「너는 사나희로서 그 간샤한점과 그밧게여러가지로 오히려 性格은女子에갓갑다. 엇썬女子는 이性質을슬혀하지만 엇썬者는 도로혀 죠와한다」고엇썬나의벗이내게말한적이잇다. 다른女교사들은 나를도라보지도안을째에 Y가 내게사랑을求함은 이와갓치 性格이 서로다름으로 말믜암아슬이라.

차듸차고 외로운삶안에서 혼자부르지々며 슬퍼하고 마지막에는 世上을내여버리고 마츰내 이내몸까지내여던지려든째에 비취인사랑의빗, 사랑의다스함 – 나는사랑을맛보는것만으로는 不足하여 그를貪食하고그를째물어 삼켯다.

오! Y!

사랑의빗!

나의사랑은 차々 더워젓다.

째도째 – 다스한몸, 다스한사랑의맛을본나는 뉘알과갓처 벌거벗고 天地를 東편끗부터 西편끗가지굴어단니고십흔마음이되엿다.

굶엇던사람이 갑자기많이먹으면 中毒이되는것갓치사랑에굶엇던나는 내

몸을 사랑의굴함에잡아녓코 그속에서 팔다리를두르면서 헤매엿다.

바다에짜저서 헤매던 몬테 크리토伯爵이 겨우엇던바위우에 올나서서 「世界는 다 내해로다」라고 고함친것갓치 캄々한바다속에서 겨우사랑의언덕에 올나션나는 「世界는 다 내압폐항복하엿다」고고함쳣다.

나는 누리를 비우섯다!

「흥! 흥!」

「나도-인제는………」

「넷갯것들!」

나는 쏘캇치오의쩨카메론의詩로 왼누리에 宣戰하엿다.-

-사랑은 아름답다 드을의꼿이여

너름더운볏아래서 썩지안는꼿이여.

나는 타골-의詩로 왼女子의게 對하야 宣戰하엿다

-누리에 가득한빗치여

눈과맘을 임마추는비치여.

오! 나의愛人이여, 나는 빗의삶가운데시 춤추노라.

빗의바다에 나뷔가날고 개나리와진달네는 빗의물결가운데서 웃도다.

나는 쏠노몬의詩로 왼 젊은안해를가진남편들의게宣戰하였다-

-아름다운女子여

나는 너의게 노루와, 들사슴을두고 맹셔하면서 원하노라-

사랑이 저절노생기기前까지는 이를닐게하거나 깨우지말나」고………

나의사랑하는이의 소래들니는도다.

오! 내사랑하는이여!

나의이째의깃븜, 兄이여! 엇더하여스랴?!

바래고ㄴ쏘바래다가 그만 이런幸福이내게는안을것이라 斷念하고 드듸여運命을비방하고 누리를미워하며 人生을져주하고 마즈막에는 自己까지 죽이기시작하던나의게 이런깃븜이올줄 뉘가아라스랴- 나의사랑에취고 사랑의구덩이에 짜지고말음도 당연하다.

(兄이여-이째일을 쏙々 이긔록한日記을 함끽보낼터이니 參照하라)

이러케 이봄은 ᄯᅩ 지나갓다. 한발노地球를집고 ᄯᅩ한발노해를집고 머리로하늘天井을쓸코 宇宙의삼나만상을 굽어보는깃븐맘으로 이봄을보냇다.

녀름이 되엿다.

이녀름, 내一生에 닛지못할큰打擊을밧은 이녀름. 엇덧턴 큰問題가Y집에서 니러나리라 생각은하엿지만 이런타격이 니를줄은 ᄯᅳᆺ도안이하엿다.

엇썬날 Y는 이런니야기를 하엿다ㅡ

ㅡ나는 이말을 하려ㅅ 하면서도 종내못하엿다. 내게는 어러슬째부터 約婚한사람이잇다. 그새 두집에서 다 내가工夫함으로 니즌것갓차 감안이잇섯지만,이제工夫를쯧내고도라오니 도로말이니러낫다. 두집에서 서로決議한結果로 이제곳送幣를쯧내고 이가을노 싀집을가여야한다. ㅡ인제는 ·········· 그대와나도·········.

나는 다만

「흥!」 코우슴을 우섯다.

이 코우슴. 斷腸의우름이라던가? 하는것이 잇서서그우름을 한번울면 三年인가? 一年인가? 宿命이된단말을 들어본적이잇섯다. 그럿치만 이코우슴, 이우슴을 한번째내이는데는 斷腸의우름보다 멧픔以上宿命이 될것을 나는 保險한다.

나는 갑자기 검은世界로 드러갓다.

나의性格가운데는 참女子의性格의分子가많엇다.

좀스러운自尊心. 싀긔.

나의 이 좀스러운自尊心은 Y의게엇지하라고던지勸하는것을 허락지안엇다.

「거긔 가고십프면 가시요」

나는 다만 이러케 대답하엿다.

「가고십기야········. 아부지가 넘어가라고하니까········」

그의대답은 이것이엿다.

그가도라간뒤에 밤새도록 나는그를져주하엿다ㅡ

아부지가 가래는것이ㅡ. 제가가고십기에 그런소리를 햇지········」

그럿치만 져주는 차々 내게도 도라왓다ㅡ

「너는무얼잘했느냐? 왜Y의게 斷然이 거질하란말을, 못하엿서? ┄┄」

그뒤에도 如前하게그는흔이나를차저왓다. 그럿치만, 둘사이에는 엇쩐 알지못할벽이 막혀잇섯다. 서트른齒醫의게 맛지안는어금니를 히여보지못한사람은우리둘사이에 막킨것을 쏙々 이알지못하리라. 두리는서로 前과갓치 손도안쥐고 멀-니안자서 서로흘겨보기만한다. 間或내가 斷腸의우슴을 짜내이면 그도쌀아웃는다. 勿論서로말은안이하지만 한다하면 이래서는 안되겟다하면서도 自然히怒氣를 먹음는다. 서로이러케잇는것이 不愉快함으로 이럿치안키를 원하면서도 좀스러운自尊心으로말매암아 서로속이고엿다. 그가간다. 나는 그가좀더잇다가면 한다. 싀긔가니러난다.

「이제가면 自己새서방의衣服을 하겟거니」

니러나는싀긔의불길에 空想의기름을부어서 더猛烈하게하고 이斷腸의싀긔를 나는 맛잇게맛본다.

그후에는 그가왓다갈째마다 이런맘으로 맛고보낸다.

차듸찬生活 생각만하여도소름이끼치는 그차듸찬生活, 나는 거긔도라가지안으면 안되는가? 잠싼내게비취엿든 그빗은어듸로갓는고? 나지다! 지나가고는져녁과밤이 오지안을수없는가? 엇쩌한殘酷한일이냐! 엇쩌한殘酷한일이냐!! Y는마츰내가려는가? 가지안으면 안되는가? 무슨힘이-무슨權勢가내게서Y를쌔아서가랴는가? 나는 그만 찬生活노들수밧게없게되엿는가? 나는다시 어둠속에들어가지안을수없게되엿는가? 아-아-

나는 내일과비슷한小說을求하여 거긔서위로을엇으려고 몬져 짠눈치오의쯔란체스카를보왓다. 파오쏘의愛人쯔란체스카가 슬혀하면서도 파오쏘의兄의게싀집갓다가 마즈막에 파오쏘와情死히든것. 거긔서 내煩悶에대한解決은 손톱눈만치도 못엇엇다. 그다음에나는 쩌스터예쯔스키의불상한사람을보다마. 마-칼의愛人봐링칵가 自己가사랑하지안는 엇쩐사람의게 맘없이싀집을가고 마-칼의부르지짐으로 씃난 것. 쯔란체스카보다煩悶은좀잘그려서도 이도亦是不滿으로도라갓다. 有島武郎의宣言을보왓다. 主人公의愛人이던女子가 主人公의벗의게로 가고마른것을 그럿스나 맨긋은 참 우슴나게까지 함부로되엿다. 그밧게멋가지를보왓지만 나의煩悶은 더하여갈뿐이지 죠곰도

위로는 엇지못하엿다.

小說에서 아모것도엇지못한나는 人生의活寫實가운데내게類似點이잇는 것으로내問題를解決하려하엿다. 걸핏머리에 쩌오르는것은 나와Y밧게 다른 Y라는女性의事實이다. 그Y도 어려슬째에 엇썬집아들과約婚을하여두엇지만 그Y가S女中學校卒業할림시에 엇썬다른사람와 緣談이니러나고 自己와約婚 하엿든男子의집안에는 代々로 긴-병이傳하여나려옴으로 그Y는새로연담이 니러난집으로 가려할그째에 前에약혼하엿던사람의집에서 굿세인談判이니러 남으로 그만Y는그집으로갓지만, 지금은自己의生活에 滿足할뿐안이라. 엇썬 女子던지 自己만큼福밧는이는 없으리란말까지한다고 한다. 그Y와이Y. 그사 이의경우가 무엇이달을가? 그럿카! 나와Y도 一年만지내면은 이前에自己生 活가운데 이「나」라는사람, K라는사람이 잇섯던지도 모르게되지안을가!

-엇썬理由냐? 왜?

-찬生活을바래는사람의게는 오히려더움을주고, 다스-한맛을보려고 親 戚을犧牲히고 내몸까지 산-제사로바치고 겨우맛을보려든나의게는 잠간보 인것까지 거두어가는것은………-왜? 엇썬理由로-.

나는 누리를저주하노라, 人生을져주하노라, 그리고神을져주히노라.

落膽에落膽을싸흔나는 종내죽기로決心하고 엇썬맑은날져녁에 半月島로 건너갓다. 衣服을언덕에버서노코, 나는 여튼물에드러가누엇다. 지금생각하 여도 그째나는 참 죽을맘으로 그러하엿는지! 或은흥분된긋에압뒤를헤아리 지안코 그렛는지는모르지만 이것이 事實인것을 나는保險한다.

죽음, 이것이 모-든것의긋치라한다. 自殺하는者는큰바보라고 언젠가 나 도 밝이말한적이잇다.

그럿치만 이것도필경은 나의게葉錢한푼어치라도 바람이 잇을째에한말이 다. 世上이나를버리고 내가世上을버리고 내가親戚을버리고 마즈막에는 은 갓것을져주한뒤에 世上을뒷발노차서던진내게야 삶이무엇에쓸데가잇을까!

작은물결은 찰삭ㄴ 나의왼편쌤을와서친다. -이째에 나는 空想의世界르 드러셧다.

-내가 죽는다.

-그리고 Y는싀집간다.

그째에는? Y는엇지될고?

-Y夫婦는 나를비웃는다.

-나는죽어도 孤魂303)이된다.

안되엿다 하고 나는空想을밧고엇다.

-나는 죽는다.

그째의Y는? 「나로因히여 죽엇고나. 내가싀집을간다고 죽엇고나. K氏! 웨? 도라가셔요! 나는 싀집안갈터이니 다시 사라나주시요!」

-Y는울넛다. 그리고 내무덤에와서 자복을하고 自決을하렷다.

-悔恨의情-「아-K氏! 잘못하여서요. 용서하십시요. 제가잘못하엿서요 이러케된것도 못생긴저째문에-. 살아주셔요-. 그리고偕老하지요」

나는 혼자 슬퍼서 혼자 울엇다.

밋물이오르는지 작은물결이 코에남실ㅅ 하는고로나는 자지를밧고려고 니러낫다.

그째에-내눈에비치인것은 싹가세운듯한 淸流壁의 天國담정을련상싀키는 바위들이다. 이景致는理由없이 「살으야겟다」하는생각을 내머리에너어주엇다.

그다음瞬間 내눈에비치인것은 淸流壁아래그늘노, 작은물결들을타고 써가는 靑年男女哲學者들을 실은料理배이다.

「어화둥々 내사랑. 이리보와도내사랑. 져리보와도내사랑」

그배가운데 女哲學者가 목청을놉혀 사랑가를부른다.

「그럿라! 사랑!」

엇썬 큰哲理의번개가 번젹 머리를지나간다.

나는 언덕으로쮜여올나와서 모래우에번쯧누엇다.

「나는 살앗다」고갑자기깁버졋다.

붉은빗에서 찻빗으로,차々 黑葛色으로 靑葛色으로, 풀은빗으로, 남빗으

---

303) 의지할 곳 없이 떠돌아 다니는 외로운 넋.

로變하는하늘은 멀-니놉히걸녀서나갓튼사람은 注意도하지안는듯이 나려다 본다. 톨쓰토이의戰爭과平和에 안드레-가 戰場에서 넘어져서푸른하늘을쳐다 보면서 져하늘에비하면 나폴레온은참죠-고만사람이라는 것을 아라슬때 의맘이 나의지금과갓지안앗슬가-

개바락별이 西便하늘에서반짝거린다. 瞬間丶에차々 비치더하여오는絃月은 나와쏙마즌편하늘에 웃고잇다. 江물은 쌀々 모래우을 거러단니다.

그「쌀々」소래가차々 변하여 싸로럭丶 하다가 마그막에는 사라라丶 한다.

그러케듯고보니 江물만그러지안는다. 바람도 풀틈을께고다라나면서 사라々丶 한다. 綾羅島다리아래로 나오는바람도, 바람과싸호는물결도, 淸流壁의바위도, 牧丹峰의작은솔도, 乙密臺압헤늘근솔도, 모도내게「사라々丶」한다.

갑자기 사라々丶의오-케스트라合奏가시작되엿다. 그曲調가엇쩌하엿섯는지 못긔억하나 엇쩌턴사르라는것을 表現한장엄한메쏘디-이댓다.

허파가터져오도록 그속에깃붐을 가득채워가지고, 나는 쏘-트를저어가지고 도라왓다. 길에서 나는 사람을보는이마다 그들을불상하게녀것다.

나는 그들보다 무엇을더아는듯하여-그겻이무엇인지는 모르지만- 그들보다한층놉흔사람이라는, 自信을가지고 웃줄녁丶 집으로도라왓다.

집에는 Y의게서 편지가와이섯다.

-十月아흐렛날 가게되엿다-

-엇지하여다고-

나는 시재그깃붐이 어되로갓는지모르겟다. 편지는水尺한치짜리가 업스리만큼잘게찌저서 내여던졋다. 셩이상투쯧-아니 머리쌀쯧까지낫을때에 나는 다시악까그깃붐을 맛보고십흔생각이낫다. 그래서 악까일을 차레丶 생각하여보왓지만, 한마듸뒤에는 十月九日 생각이나서 종내 못하엿다.

나는 셩씸에 방안을들너보고 時計을壁에내여던 졋다. 時計는「데가닥丶」째여져나려졋다.

어·아·-나는그만………나는그만………다시………다시……….

이것이 어젯밤일이다.

兄님!

알외일일은 다-알외엿습니다.

兄님이 이것을보시고 비우슬넌지모르지요. 슘보실넌지도모르지요. 엇더턴 그속에 한푼어치의同情이라도잇이면, 저는, 그것으로녁々히 녁이겟습니다.

日記에서 여긔져긔뽑아서 함끽보내오니 보와주소셔.

K는

C兄의게

K의日記여긔져긔

四月六日

봄날두고도 別노갑々한날이다.

져녁을먹고 참다못해서 쮜여나갓다. 西門밧을나셔서 무슨생각을한것갓지만 생각이안난다. 무슨 대단이자미잇고도 쓸데업슨생각이엿섯다.

어느길노엇쩌케 단넛는지모르지만, 압헤석컴언것이잇기에 쳐다보니 도로西門안을드러셜째에 무슨죠흔노래가 들니기에 쳐다보니 긔흘병원三층다락門으로 내다보는두女學生이잇으니 노래는거긔서 오는것이엿다.

「일흠놉게나타난 알프쓰의

나무닙매치는 아츰이슬,

방울ㅅ西편으로 구을너서는

맑은라인江의 물이되고,

사을적부러오는 새벽바람이

東편쪽으로 나라갈째에

銀빗구슬은 찰삭ㅅ

쏘니-우시내에 쩌러지도다」

이봐노취의 「쏘나-우의줄기」를 그들은부른다.

나는 눈이멀-거니-아니, 머리가멀거니, 그들을 쳐다보고잇엇다. 나는文士가못됨으로 내속을形容할수업지만 억지로하려면 沐浴물에 石油을두어통부웃고 紅葉藍白黑의물감을 풀어느흔뒤에 그물에 立臟六腑를활々 씻는것갓다고밧게 더말할수가업다. 나는 얼마나 거긔섯댓는지 알수업지만 집에도라와서도 亦是 불을켜고 눈이멀!거니그압페안저잇섯다.

금음어두은밤, 슬타도록 밝은빗을밧그로내여보낸 窓밧게 아름다운두處
女의머리! 붉은입술에서 나오는 그노래! 이活人畫!

그럿치만 나는 갑々하다-쓸々하다. 이活人畫가 내게무슨關係가잇는고,
그들은그들 나는나. 그들이, 그노래를 내게드르라고 부른바도아니고-

아! 나는그만孤獨으로 나의삶을긋내여야는가!

## 五月二十四日

보름달은 보-한내와김-우으로 소사올낫다.

散步갓다가 學校압을지나올째에 거긔M과B두사람이 셔잇다가 나를보고
찻는다-

「아-K先生, 어듸가시오? 일업스면 니야기나좀합시다그려! 달도밝구…
……

나는 말업시그편으로갓다.

「그것이 다 무슨걱정이야」 악싸하던 對話의련속으로, M은 B의게말하엿다.

「무슨니야기요? 나도 좀 드릅시다그려」 나는 말을가로채엿다.

「아-니, 무어 쓸데업는니야기, B先生이 져고리가좀크다게말이야요, 그
쌧것 썩々 잘나서 호면될것」

「棄妻하오. 져고리도할줄모르는마누라 두어 무얼하오」 나는 우스면서
말햇다.

「아-니 B先生自己가 햇게말이지 썩잘한다오」

「응-그럼. 棄自己하엿겟군」

하々々々 셋은우섯더.

「棄自己라니 어드른것이야요? 왜 해보지!」

「죽어야지」 나는 쌜니대답하엿다.

「B先生이죽으면 先生夫人이울지」

「夫人은 울던 말던 자-B先生, 악싸약속이니 棄自己하오!」

「이거 야단낫군」

「야단낫지-자-」

「한데 K先生 눈물이란 원 무어요?」

「응? 눈물? 이번은 내가야단낫군, 그런큰問題를 대답하나?」

「아이 그러지말구」

「눈물이란 무어야 소곰물이지 짜지안타구?」

「하々々 그러지말구」

「눈물이란!」

「예-」 B는 나를성화식힐作定이다.

「어려슬째엔 매마즈면 나구, 좀 커서는 욕먹으면나구, 어른되여서는 매운것먹으면 나구」

「아니 그러케 어리구크구 區別말구」

「그럼 공통으론 온기가눈에드러………」

「그러지 말내두………」

「정말누요?」

「예」

「거긔도 男女의區別이잇다오, 男子는 억울할째야, 나는法이야! 거저슬플째는 안나구 셜글째야 나구」

「녀자는?」

「女子야 空然이쑥하면 나오지, 대개는 七情이 눈물을 쓰내이지만 空然이쑥나올째도 만하!」

「하々々々 고마운說明반가이드럿나이다」

「하々々々」

우리들은 空然이유쾌하여 허튼소리들을하며 우섯다.

이째에J校女敎師하나이 지나가다가 우리를보고인사하고간다. 우리는 갑자기 졈쟌케되엿다.

그는 Y다

Y는 이상한女子이다. 나를보면 공연이두려워하는듯한양을보이며 할수잇는대로 나와맛날긔회를 지으려하며 그러면서도 윗단데서 서르맛나면 인사

도안하고 못본체하고쒸여가니 그의性質이이런가? 하면, 다른男子들의게는 그럿치안코. 생각할사록 이상한女子이다. 아지못케라, 그는 내게………

달은짜속멋十尺까지 듸리비치이도록 밝다.


## 六月七日

Y는 나를러브한다. 오늘이야 그것을아랏다.

엇지하여선가 내손이 Y의손에잠간다앗다. 그는쌜니손을 흠츠러드리고 잠간나를 쳐다본뒤에 얼울이발개져서 도망하엿다.

종내! 내게도 이런일이………. 종내!

그럿치만-이것이 나의誤解가안일까

기다려라, 알째가 잇스리라!


## 六月十三日

나는 日記를쓰기前에 몬져 이것이 쑴이안인귓을 證明하여두겟다.

오늘 Y는 나를차자온다고 約束하엿다.

내가그의게「갑々하시면 놀너오시오」天然히말할째에 그도「가겟슴니다」고天然이 대답하엿다.

-이世上의모-든秘密한일,모-든危險한일이 모도 이「天然이」라는假面아래서 成立된다-

나는 집에도라와서 菓子를사다가 쥬인의게맛기고「내가 가져오랄째에 곳가져오라」고부탁을한뒤에 도야지우리갓치 더러운방을 멀씀이치여노앗다. 다-치운뒤에面鏡을보니 머리는몽지투겁이다. 그것을빗질을한뒤에 머리에바르려고 사다두엇든香水를 방안여긔져긔 쑤럿다. 그런뒤에 방안을거치기시작을하엿다 東西로나 南北으로나 세거름이면 끗나는방안을 왓다갓다, 나는 멧十里나 거럿는지모르겟다. 그리고 그새! 時計을 마흔번以上은 쓰내여보앗지만 時間을意識잇게보기는 다슷번以上이되엿다. 맘속에서는 죽을쑨다 부글ㅅ쓸타가는 펼적한번뒤집히고 뒤집힌뒤에는 쏘쓸코………

네시좀지나서 Y는왓다. Y가오면 必然코맘이 쓰르리라생각햇더니 오고 마르니 맘은별노나려안는다.

자리에, 서로마조아즈면서 나는 準備하엿든말을무럿다 ─

「대단이 고단하시지요?어린애덜이라니 참………」

「네! 좀 그럿킨해요!」

「한─年지내면 좀 모르게되지요!」

「그럿켓지요!」 그의대답은 모도 넘어간단하엿다.

「네! 그래요!」 나는 쥰비하엿든말이 업서진고로, 그말을 겹피하엿다.

한참 말업시안저잇섯다. 사람의침묵은 온갓장애물을 쳐물닌다한다. 한참 말업시안자서 눈의精力만, 서로 왓다갓다하는새에 우리는 좀더갓가워 젓다.

菓子가드러왓다. 나는 菓子를Y게미러노코 좀나안것다. 무릅과무릅사이에는 水尺半치가못되도록 갓갑게……….「자! 잡수시오」하고 나는먹기시작하엿다. 그도 하나집어갓다.

「오늘이 五月端午지요?」 얼니서소래가 나는것을듯고 그가말햇다. 나는 말問題가낫기에곳대답햇다.

「네, 평양서端午구경못하기 멧해재나듸십닛가?」

「六年재야요!」

「네! 오늘두 못구경하셧지요?」

「네! 할틈이 잇서야지요!」

「그러치요─. 오늘이……… 木曜………. 모래가土曜지요? 그날구경갈까요? 箕子墓에 오르는날………」

「가지요……….그리다가,學生들이보면 先生두간다구………」

「그럿킨하지요………」

말하는동안에 무릅의戰爭은 여러번니러낫다. 내가무릅을 가만이그의무를에댄다. 무엇인지모를것이쩍! 내무릅에서 약하게쩔니는그의 무릅으로가고 그의무릅에서 내게로온다. 좀잇다 그는슬젹 무릅을치운다. 좀잇으면 내가갓다대지안는데 그의무릅이가만이내무릅으로온다. 입으로는 쓩단지니야기가

왓다갓다하는두사람의 무릅은이와갓튼遠征, 退却이생긴다. 二十世紀가안이면 업슬諷刺的일이다.

닷다, 써러젓다하던무릅은 차々 변하여 단々이다앗다 가만이 다앗다하게 되엿다. 그의썰님은 내게까지전헤와서 머출수업시 다리가부루々논다. 무릅은 이와갓튼일이 잇는사이에 입으로는 이런말이交換되엿다.

「오늘이伯夷叔齊가 죽은날이래지요?」

「그럿듸다」 나는대답하엿다.

「왜 그리有名하게 되엿는가요?」

「아마 나라에對한忠節로 그럿켓지요. 웨! 우리나라여서는 伯夷叔齊의忠節과 春香이의貞節을 함끠 有名하게 말하지요?」

「春香이가 어느째 사람인가요?」

「모르지요! 小說이닛가?」

「春香이가 李도령과리별할째가 아마 열여슷살이라지요?」

「네! 열여슷!」

「나갓트면 그러지안켓습듸다」

「그럼! 엇쩌케하구요?」 나는 우스면서-속으로는 맘을쮜을니면서 무럿다.

「짜라가지요!」

「엇쩌케요?」

「그까짓걸 못짜라가요?」

「Y先生!」

「네!」

그런리별을 하서본적이 잇서요?」 나는天然한낫츠로 우스면서 무럿다.

「그런리별이라니요?」

「春香이와 갓튼경우의리별!」

「제게그 런일이 언제……… K先生님은?」

「무론 업지요!」

그뒤에는큰우슴. 말은春香傳에서梁山泊傳으로건너갓다. Y는, 自己가秋娘娙갓르면 무론庵子에서 도망도안하고 設或하엿다하더래도 梁山泊을죽게까지안한다하엿다. 나도, 내가말약梁山泊이엿더면 秋娘을쌔여가지고 도망을 말지연덩 죽지는안켓다고하엿다. 그러고 天然한나츠로 슬격쳐다보면서 말했다.

「우리서로秋娘坮, 梁山泊이라 할까요?」

그는 「弄談이시지요」하는듯한우슴을 생긋웃고도, 갑자기낫츨붉이여 짠데를向한다.

나의개획은 드러마젓다-그는붓그러워한다-, 다슷時쯤 Y는도라갓다.

그는 왜 갓는지? 父母잇는그는 가지안으면 안되겟다하면서도 이생각이 쩌나지안는다.

남은날은 거저 황공히 지냇다.

日記를쓰는지금도 무릅우에서는 電流가往復하는것갓다. 악까가 十年前 갓기도하고 꿈갓기도하다.

마츰내 이것이 내목세도라왓다. 매양 바라고쏘바바라고 親戚을犧牲하고 바라고 내몸의한部分을바치고바라고, 바라다못하여 그만落膽하고 世上을悲觀하고斷念하고마랏던것도 이것이다. 잘째나쌜째나, 먹을째나, 깁피내맘속에 쌔우고쌔우고 쏘싸운그속에죠고만무엇이슌환되는것도 이것이다. 젊은夫婦를보며아름다운處女를보며 노쟈ㄴ의기생을볼째에 내몸속에서움즈 기던 그弱하고도 强한脈膊도이것째문이다. 매양 나오던한숨도亦是이것째문이다. 마츰내…………………… 아래는디움

여외까지쯤애 흥분으로손이쩔녀서 더못쓰겟다.

져-멀-니서는 매화포소래가쾅々 난다. 열두시十五分,


## 六月十四日

東山우에 사람곳퓌엿다. -名節의 登山人들-희게, 붉게, 은향色으로…………. 근네ㅅ줄에춤추는나뷔, 소나무아레 웃는사람곳………. 一年만에 기다리고기다려서, 차리고나선 이女子들……….

나의맘에 사랑곳퓌엿다. 둥그러케 분홍빗으로 아름답게………. 머리속

에서도라가는, 이 사랑의안개가슴속에서 쮜노는이사랑의鼓動………. 멧해를기다리고바래다가 겨우엇은 이아름다움-.

清流壁아래를 헤여나려가는 그 고운배들………. 모란봉우에서 속색이는 그 어린풀들; 綾羅島에서 아래로흐르는물을재는 그늙은垂楊들, 거리우에노피쩌서, 웃는해………. 이 모든아름다움.

오! 아름답기도아름답거니와………아래는디움

六月二十三日

셔울잇던줄만아랏던C가 그特式의웅々울니는소래로,투덜거리며 차저왓다.

「웅! 우리나라文士것치 불상한놈은업서!」

「C君! 언제나려왓나? 그새살졋구먼!」

그가안저서 니야기한바는 C를爲하여쑨안이라. 우리社會를爲하야 근심한바이다.

그는 이런니야기른 하엿다-

나는 셔울잇슬동안에 論文하나와 創作하나을썻다. 나는 아직것 무엇을 쓰던지 벗들의發行하는雜誌에만, 發表하엿지만, 이모든物價빗싼째에 그리만할수가업서서 論文을 어느新聞社에가지고가니싼 죠케許諾하더니 原稿料問題가니려남애 그것은 뜻도안하엿든바라고 물니친다. 그뒤에 創作을 엇던 書店으로가지고가서 사라고하닛싼, 原稿八百장이나되는것을 百圓만주겟다는고로 도로가지고도라와버렷다. 西洋서는 原稿한장에 數百圓식이나하고, 日本서도 한장에 十餘圓을하는데 이것이무슨일이냐! 우리나라에서는 너머 文藝를낫게녁인다. 그래서, 나는 故鄕에나려가서, 벗들의補助을엇어 自費出版을하려고 나려왓다. 이쟈方今旅館을잡고 오는길이다. ………云々.

나는 다른사람의게이러말을들으면 좀弄談으로라도대답하겟지만. C를보면 아지못하는가운데 尊敬의생각이나서 별노未安하여진다. 그래서 그것고 생이겟다고 대답하엿다.

C는 現代우리文壇에對하여 내게說明하여주엇다-. 文壇이라는것이 勿

論업지만 지금이것을 文壇이라稱하면 지금잇는創作界라는것은 참 허튼것이다.  왜小說이라는 小說은모도 戀愛結婚主唱의武器에만쓰느냐!대바테竹筍과갓치 나오는小說은 모도 戀愛結婚主唱의論說뿐이니 아마우리나라에서는 文學小說이라는것을 그것으로아나보다.  그原因은 맨첫번에文學小說이란일홈으로 發表한사람-實노는通俗小說이지만-創作멧가지를 모도婚姻問題로만함으로그中毒을밧앗슴이다.  間或짠問題로 쓰는사람이잇셔도 그構想의더러움, 그背景-內容의問題-의範圍를좁게잡음, 描寫의幼稚는 참 구역난다.

이말을듯고 나도 그럿타고대답하엿다.  별노痛快하다.  내가하고십던말을그가다한것갓다.  나도, 前부터 小說들에서 缺點업는것은못보엇지만 엇썬缺點인지몰나서 모른체하고잇섯다.

그는니야기를다한뒤에 물그럼이 나를드려다보다가-「자네 맘속에서 무얼다루지안나?」 무럿다.

그럿타 참으로는 다코고잇섯다.  Y의니야기를 그의게하려하엿다.  그릴째에 맘속의엇던者는 그것을막는다.  나는다토고잇엇다.  文學者의 날카라 운눈으로그는 이를看破하엿다.  이래서 나는 C를무셔워한다.

「무얼 다토아?」 나는 天然히대답하엿다.

「그만침 놀아스면이전갈짜? 심々 하면놀너오게」

쏘 原稿보려면보게」

그는 原稿를두고갓다.  그原稿의論說은이런것이다-.  우리나라의며느리는 참 불상하다.  싀집가서는下女以上의不自由로살고, 다만, 下女보다 좀나은것은 밧게나갈째에 좀잘닙는것이다.  그집아들과함끽잇고,主人이라는名義를가 진것뿐이다.  여긔만약 혼이잇는 일과갓치 남편으로서하나밋고잇는남편을일코 下女의맛보지못하는 괴로움을맛보고 남모르는속을 혼자서믓업시태우나니………戀愛를解放하기前에 몬져 이를解放하라왼天下의며느리를解放하라 몬져 너희 의靈을解放하고-그리고 왼天天下의며느리를 解放하라-

이런니야기를 그特有의諷刺석근 날카롭고 싀고, 가립고 쏙々 쏘는痛快한글자를 나러썻다.  이를봄애, 저절노 손벽이쳐진다.  그리면서도 얼울이붉어진다.  내게도이런일이잇다.  그가 내맘을듸려다 보고쓴것갓다.

小說도보려하엿으나 너머기-ㄴ고로 틈잇는째로밀엇다. 져녁을먹고불을 켜노은뒤에 심々함으로 空想으로Y의나츨그려노코 그 너머큰눈을 좀젹게하고 三角形세워노흔듯한 에집트의스퓌어쓰와갓튼상을 닭알모양으로꼿치고, 그空想의샹에 손으로키쓰를보내면서 혼자 사랑스려워서우슬째에 Y의소래가 門밧게서난다.

나는 그를要擊하려고 門안에쏙부터섯다. 구즈소래가 바작ㄴ차々 갓가워온다.

그가드러셜째에 나는 맛바다나가면서 그를쏙껴안앗다.

그의숨챈呼吸. 그의弱하게썰니는몸, 이를 나는내팔노써感하엿다. 그는 한참이나 쑤르치려고도안이하고 숨찬숨을쉬면서 내팔안에쏙박여서쩔고잇다가-

「왜 이리셔요?」함녀서 내팔을버서나가서 방그레우스면서 나를 쳐다본다.

Y는 美人이다-원레愛嬌잇는입에서 흐르는붓그러움의愛嬌, 두 큰눈에서 쏘다져나오는 깃븜의瀑布, 그가우슬째는 三角形을세워노흔듯한낫의륜곽까지 곱게半圓形으로된다. 이런째의Y를 보지못한사람은 Y의참表情을 알수가 업다-.

「그래선 안되여요!」 그는 내 챕플닌式슈염을 듸려다보면서 말햇다. 그말투는한번더그래달나는것갓다.

나는 두번재달녀들어서 그를껴안앗다. 그는 쑤리치는체하면서- 實노는 쑤리치지안으면서 나를맛는다.

내쌤은 브드러운紬緞보다도 더보드러운 그의쌕우에서 쒸논다.

내입술은 그의붉은입술우에서 불붓는다.

얼마동안이나 이랫는지 한참뒤에-

「누가보면 엇재요!」하는 모기소리만한Y의소래에, 생각나서 그를노코 그의나츨듸려다보니 나체는피ㅅ긔운업시 하얏치만 모란峰麒麟窟만큼이나 크게보이는 식컴은그의두눈에서는 깃븜의번개가 탁々 내눈을쏜다.

「Y氏!」

「예?!」

두리는 마조보고 벌신우섯다. 이 한마듸의말과,이우슴이 우리들이 하고십던모-든말을代表한者로 나는 그의생각을알고 그는나의생각을 알은셈이다.

한참잇다가 악짜일은 다 니즌드시-

「散步나 갑십시다그려!」하고 그가請하엿다.

「그립시다」하고 둘이는 普通門으로갓다.

둥그러코크게 나추쓴 보름달은 그 붉고푸른비츨물살싸르게 흘너가는普通江우에 나려비치고잇다. 쏠々 쫠々 싸르게흐르는물은 달빗을反射하여 물결마다, 푸르게반짝거리며 黃海로ㅅ 다라난다.

한참 말업시이것을나려다보던Y는 「후-」 한숨을쉬인다.

「K先生님!」

「네!」

「도라갑시다!」

「왜요?」

別노 슬퍼져요. 저물을가만이 듸려다보닛간 저절노눈물이 옷깃에써러져요?」

그럼가자고 나는 Y를그의집까지 보내고도라왓다.

집에서 C의原稿를 보렷지만 눈만 글자우으로, 거러단니고 맘은짠데로만가서 그만 접고마렷다.

나도 웨그런지 쓰거운눈물이 옷깃을적시고 理由업는 「슬픔」이 가슴속에서 휘도는고로 이즘 Y의게서배흔 슬픈노래를 속으로을프면서 나와Y의아페 幸福많키를 하나님끠빌엇다.


九月二十四日

C와함끠잇는거슨 자미잇다. 저긔는情神上의娛樂-勿論그와함끠이슬째는 精神上壓迫도적지안치만-어잇다.

Y와함끠잇는것도 자미잇다-오히려C와보담 더즐겁달수가잇다. 그러치만 -아- 쓰기도실타.

「너는Y의게서 무어슬求하느냐! 精神上快樂보다, 오히려情慾의………」

뉘가, 내귀에속삭이는것갓다.

아-나는Y의게서  情慾의滿足을求하지안엇는가?  - 精神上즐거움보다도 오히려

내가 그와좀情답게 니야기 하게된다음에 천번무른말은?

「잉태하면?………」이아닌가!

그가,  自己는 어려서  몹시  子宮病을알어서,그만  색기집을잘나내엿다고 내게대답할째의 나의安心은, 무어슬意味함이댓는가?

아-쓰기도실코 말하기도 실치만, 내가그의게求한바는 情慾의滿足에지 나지못하엿다! Y의게對한나의사랑은  亦是그實로는肉의사랑에지나 지못하 엿다! 精神上즐거움!  肉에서活動하다가남아서,  넘쳐서흘너精神界로드러온 것밧게는, 나와Y새는精神上즐거움이란한푼어치도업섯다.

Y와맛나기前엣 그모-든로만틱한그리움, 그거슨모도어듸갓는가? 宇宙樂 觀을主唱하는그아릿다운妓生의로-만틱한노래,  女學生들을볼째엣  그로-만 틱한그리움,  젊은夫婦를볼째엣  그로-만틱한석기,  누리를둘너볼째엣  그로- 만틱한슬품, 내압길을내다볼째엣그로-만틱한근심. Y로因하여일허버린 이모 -든로만-틱한憧憬. 그립기도그립지만……….

그러치만, 나는, 그래도 前의노찬生活로도라갈수가업고, 그래도 Y와리별 할수가업다. 이제만약 Y로써나를쩌난다하면. 나는 그뒷일을想상할수도없다. 그째의나의生活은 참 0예로일거시다.

Y여 영구히나를쩌나지말라! 나를불상히녁여서라도 쩌나지말라! 한個의 人命을손하지말라! 지금肉의사랑도 언제던 참사랑으로변할째가이스리니 부 대………아레는디움


六月二十九日

Y가 닷새ㅅ재나 안온다.

그제는 너머성이나서 밤새도록 잠도못잣다. 어제는, 「오늘이나올가?」하 고 衣冠을한재로 정신나간놈가치 니러섯다 안젓다하면서 밤까지그를기다렷

다. 오늘도, 열쌔진놈가치 우둑허니문을열고 쓸만내다보고이섯다. 누가보아스면 必然코우서스리라.

Y업시는 나는못살겟다.


六月三十日

日曜日. 午後에Y가차져왓다. 나는반가움과셩남으로 말업시안져이섯다. (이째일을 좀쏙々이긔록하여두리라) Y는 이러케변해하엿다-

「六寸오라버니되는이가 차져와서 그이대접하노라고 그새못왓서요」

그는, 내대답을드르려함인지 숨을듸리쉬려함인지잠간말을쓴엇다가 내가 아모말도안하는거슬보고-或은 자긔目的을達하엿는고로 다시 말을닛는다-

「그오라버님은 참친절한이댓서요. 특별히 졔겐 더친절히-졔가지금차구잇는 이時計두 졔가R學堂을졸업할째 그오라버님이사주신거애요………」

「엥게-이쮜」내머리에 번쩍이생각이 지나갓다.

「하구, 사람두 잘낫지요. 지금 무역상으로 여긔저긔도라단니다가 近半年만에-오래간만에 집에차져와서요. 사람두 잘나구……」

「그럿켓지요. 나거튼것보다야 잘낫겟지요」 나는죵내 毒잇는말로, 그의말을쓴엇다.

그는 무슴말인지쏙 이못아러드럿는지 나를쳐다본다.

「그랜요-Y氏가 그러케까지그러는걸바두 나거튼것보담은 낫-기에……
…」

그는連하여나를물그럼-이 쳐다본다. -말을못드럿는지, 말을못아라드럿는지, 아라드러서도 무슨쯧인지를모르는지, 무슨쓰신지알고도 몰르는체하랴ㅁ인지, 或은 내참쯧을알아봄인지, 한참이나 나를쳐다보다가,

「온! K氏두………은-」하며外面을한다. 그의긴-턱과 귀를넘어서조-곰보이는 두드러진광대쪄가, 내눈에 보일째에, 나는 무한 그가뮈웟다-째려주고십기까지하엿다. 나는全力으로이마음을참엇다.

假面으로보이는그의咽頭가 올나왓다나려갓다하다가 머리가숙으러지고

異常한숨소리가들닌다. 나로써萬若 女子의우는거슬처음으로보앗다하면 놀나서그의게謝罪를하고그를위로하여 스렷만, 나는 女子의우름이란公然히나 오기를잘하는거슬앎으로 그를흘겨만보고이섯다.

「은………K氏두甚하지………절………은……….六寸오라버니와절…… …은………K氏두………」

그는 눈물을씻고니러선다. 그째에- 異常한거슨수萬斤되는텰퇴가 내머리를나려부신것갓다. 그보다더異常한거슨, 내눈에서 눈물이한방울, 쏘한방울, 쏙々々々々 참가슴에서짜내이는 쓰린눈물이방에서쩌러진다.

「曲解304)! 아니 曲解도아니다 Y의속을알면서도 公然이네心臟을썩이며 싀긔를우덩하여서 네마음을썩이며네愛人인Y의마음을썩이느냐! 잘못은 네게잇다. Y가무어슬잘못하엿느냐!」

나는 쮜여니러나서Y를 붓들고 謝罪를 하엿다. 벌것케부은눈아레서웃는 그 아름다운瞳子!

暴風雨가지난뒤의날은 別로더고지낙한거시다. 나와Y새는 참즐거움-精神的즐거움이 고지낙이왓다갓다한다. 우리들은 平壤監使부럽지안은 安樂으로, 고지낙이날을보냇다.

아-精神上즐거움! 째々로머리를드는 이참사랑으로 나와Y 는맛매우고십다. 肉을쩌나고俗을쩌나고人情을쩌나고人間的을쩌난이理想의슌간이-이 神聖한슌간이-이참의슌간이, 슌간-이련속되여時로되고日로되고年으로되여, 우리두사람으로하여금 그의우를것게하여, 肉的俗的인우리사랑으로써 神聖한理想的사랑으로변하게하면, 아-그째는………그째는………나는, 누리에대하여布告하리라-

「오-나는 너희보담」이라고……….


C는出版할비용을구하여가지고 오늘첫차로 서울노向하엿다.

---

304) 사실을 굽혀 옳지 아니하게 해석함.

## 七月四日

덥다. 日氣가쐐더워젓다. 싯벍언해가 머리우에서고추내려비친다. 쐐덥기
는덥다.

이와함믜 Y와내새도 쐐더워진모양이다. 아직까지는注意가 채밋지못하엿
지만 오늘B先生이우스면서 「K先生 좀注意하시오. 벌서 쏙피엿다오. 生徒들
도다-아는모양입듸다」이라고할째에 내몸을살펴보니果然注意할必要가잇다.

내가生徒들의게 「배쏩눈」이라는별명은이슬지언뎡 「게집버린놈」이라는
슝들은보일망정. 生徒의게대하여서는 참진실한先生이댓다. 특별히, 數學과
理科는내가敎授한아희들은 다른敎師의게배흔아희들보다 얼마優勝하던거슨
事實이증명하는바다. 나는, 이거스로生徒들의게尊敬을밧고校長의게感謝의
하례를밧더니, 지금은, 내가가르치는時間은生徒들은하품만한다. 나는 前과
가치 理論的으로쏙々이 그들을가르치지안코 「冊에이러케써스니 이러타고
아르야한다. 쑈實地上 硏究해보면亦是이러타. 그러니 卽이러타」는論法으로
그들의게臨하엿고, 萬若어려운質問을엇던生徒가내게發하면, 나는거기 대답
은커녕 오히려 그를벌하엿다前에는그들이 너머갑々 해할째는 時間을쉬여주
고함믜유희를하여스며 엇던째는 모란峯, 긔자墓로散步도단녓지만, 이즈음은
그들의게苛酷과嚴 한것만나려주엇다.

전에는下學한뒤에는 교사들과레니쓰를희롱하며 學生들과 「진싸홈」들로
놀더니 이즈음은 下學하기가 밧부게도라오고하엿다.

쌔지지안코단니던禮拜室도 禮拜堂도 자조 쌔지게되엿다.

前에는 學校를무한樂園으로알고 거긔를가면심々 하던것도쩌지며 성가시
던것도스러지더니, 지금은 學校에서는 눈쌀만찌프리고잇게되엿다. 全然쉬는
날도만케되엿다. ………

前에는, 밤에는벗들네집에가서 녯말들을하며즐기더니, 지금은-Y의벌거
버슨몸을쓰러안고, 그붉은입술에입을마추며 肉의맛을즐겁게누리게되여스니
………

고러치만 나는能히이生活을쩌나 젼生活로도라갈수가이슬가?

Y가이서서는 도져히  이젼과가튼規則的生活을하여갈수가업고  Y가업시는 당초에生活을할수가업다.  B가내게注意를하나 學生들이내게서쩌나나 누리가나를뮈워하나나는Y업시는生活하여갈수가업다.

그러치만 다만疑問인거슨 Y가영구히나를버리지아느려는지.  웬일인지모르지만 나는이즈음 작고Y가나를버릴것가치생각된다.  아니–벌서나를버린것가치도생각되고, 엇던째는  나는처음부터Y를사랑할權利가업고  나의그새行動은 남의것을橫奪305)  한것가치생각된다.  Y의 두큰눈이  내눈아레서깃븜과붓그러움으로비츨내이면서  나를바로볼때에도,  나는 그를바로나려다보면서  이거슬感하엿다.   그의붉은心臟이내가슴아레서쮜놀째도  나는이거슬感하엿다. 그의粗하고도아름다운노래가  내귀를즐겁게할째도,  그의굵고도  몽트럭한손가락이 내손속에서움즈길째도,  그의숨찬숨이  내입으로나라드러올째도,  그의 살진억개와허리가  내품속에서썰닐째도,  그가업슬째도,  그가이슬째도,  그가 보일째도,  안보일째도,  이생각은 弱하나마  내마음속에기피잠겨서  쩌나지를 안코 나를괴롭게한다.  ………

七月七日

오늘도 열한시에나러낫다.

Y도 눈두덩이붉어케부어서잇다.  Y를보니  별노蔑視하는생각과  사랑과 뮈움이함끽니러나서,  그를쩌들고키쓰를하엿다.

머리가 직근ヽ아프다.  훌쩍쏘게아프고,  좀잇다쏘훌쩍,  쏘훌쩍,  훌쩍ヽ 쏜다.

아–肉의歡樂뒤에니러나는 이 肉體의아픔,  그보다도 더甚한,  마음의아픔 ……….

七月八日

어졔日記는取消한다.

---

305) 남의 물건을 가로채어  빼앗음.

내게 마음의아픔이무어시이슬가? 나를사랑하는女子를내가사랑하는데 그 거시肉의사랑이던참사랑이던關係가무어시며 마음의아플거시무어시랴?

그러타-나의義務는다만Y를사랑할거시지, 그거시무슨사랑이던 分折器에 올녀노아서 이러타저러타할必要는없다. 「사랑」에는「理論」을허락지안는다. 사랑이란 이를解석하려할째는 벌서 그神聖한點을일코 理的俗的, 여긔더긔 뒹굴ㄴ구-는 허튼사랑이고고마른다. 사랑-男女의-은 씃까지盲目的이라야 한다. 언졔 C도이말을내게하엿다.

盲目的이라야할사랑에, 肉的이니靈的이니區別할필요는없다. 하믈며- 「靈的이야할거신데 肉的이되여서 마음이아프다」고?!

쏘, 肉의사랑이면 엇덧탄말이냐! C가 이런말을한젹이잇다. -男女의사랑 이란 그根源은 肉의歡樂에서비롯하엿다. 原始的사람을보라, 짐생들을보라, 多情한詩人을보라, 情에날카로운女子를보라; 그들이異性에서다른異性으로 쏘다른異性으로 사랑을옴기는거슨-그 무어슬意味함이냐, 情에날카로운사 람은, 참歡樂의삶을맛보는사람은, 참世情을아는사람은사랑에靈的肉的의구 별을하지안코靈的보다오히려獸的肉的으로 그들의참「純」을發揮함이아닌가 -라고. 나도이러케생각한다.

사랑은盲目的이라야한다, 論理的이면못쓴다!

C의게서, 세번째, 번민이이스면 긔별하라는글이왓다. 엇지하여얄지 나도 모르겟다.

七月九日

「氏!」

「네?」

마조보고는 서로웃는다.

좀뒤에는 이번은Y

「K氏!」

「네」

쏘 우섯다.

Y는 두팔굽으로 내무릅을집고 거긔의지하여 나를처다보면서 Y門의 로-만틱한傳說을 그傳說하고도랑々한소래로 니야기하엿다-

-이거시 한낫傳說에지나지못하는지 或은事實에加工을한거신지 쏘는참事實인지는모르지만 우리Y門에 이런니야기가이서요. 우리 四代한아부님의 누의되는이가 참人物도훌늉하게나고 재조도썩조터래요. 그래서閨中深處에이서々도 소문이 퍽 밧게까지나서 그洞里는물론이요 먼-데靑年들까지 그꼿다운얼울을보고 그꼿을한벅썩거보려고 모혀드러서 그洞里객쥬집은 늘 와글ﾞ하댓대요. 그靑年들은, 모도, 아마, 그집에도젹무리라도드러가서 그집안食口를결박하고째리면 自己가第一몬져그집에가서, 도젹을모도처물니고 그집안사람들을구원하여 이功名으로 閨中기픈곳에감초여서달비츠로나間接으로接觸할수잇던 그그립던아름다운님을 自己가차지하리라는 空想을품고이섯겟지요. 그가운데도 그바룻겻집에잇는젊은이가 그이를그中사모하엿대요. 그靑年이 달밤에는琵琶로써自己의그리운事情을날녀보내고 비나오는날은단소로思慕의情을너울ﾞ 그기픈곳으로알외일째는 女子되는이도 그정성에通한노래를듯고는 차々 보지도못한님을그리게되여, 눈물을흘니면서이것을듯고 노래가안들니는날은 혼자속을태우며지나다가, 마지막에는自己도거문고로써 自己의事情을그의게알외엿대요. 그러는동안에 엇덧켄가 서로보게되고, 그러는동안에둘새에는 連理比翼의맹셔가매쳣겟지요. 그런데好事多魔로女子되는이가 어듸먼-데로싀집을가게되엿대요. 넷젹女子의일이라 父母의 명을거절치는못하되언제던닛지안코생각하려고 그정다운거문고는가지고갓대요. 그런데 사내되는이는 불상하게도 想思병으로세상을쩌낫지요. 그이는 싀집을가서도 아모자미업시 거문고를벗삼아지나댓는데 하로는 蓮못아페서 달밤에 거문고를쓰드면서 업슨님을생각하고잇는데 그蓮못가운데서琵琶의和答이들니더래요- 그것도 分時를닛지못하던 그骨髓에백인그소래가요. 하고 은연히 蓮못우흐로나타난거슨 그이더래요. 그담-부터는 女子되는이도 탈이나서 화

타,편작도쓸데업시世上을써나게되엿는데 써나는날 異常한거슨그방안에잇던 사람이다-보앗대는데 엇던엡분童子하나이 녀페琵琶를끼고女子되는이의머 리미테나타낫다가 스러젓대요. 그래서그이는 거문과와함끽에서한三十里가 서M산이라는데무덧는데 지금도 그이업슨五月보름날, 달이나조흔 夜三更에 는 은연히거문고소래가난대요. 져도 혹간 그소래를드를째가이서요. 이번五 月보름날K先生과함끽普通門에가슬째에 달비채서반짝거리는그普通물속에 서 이거문고소래가들녀요. 뒹々동々뒹동댕동슬프게運命을져쥬하는 萬年의 怨恨을吐하는 그거문고소래가들녀요. 그소래를드르니 別로우리압길에마음 이가셔져졀로눈물이나옵듸다그려……….

나노, 거문고소래는못드러서도Y와가치別로 우리압길에 어두움이잇는것 가테서 하누님쎄 幸福만기를비른거슨事實이다.

Y가도라간다음에도 別로슬프고 萬世의원한을吐하는거문고소래가 귀에 쟁々한고로 혼자서업듸여서한참우럿다.


七月十五日

긔실턴學校도休學이되고, 일업시분쥬하던그「분쥬」도업서지게되엿다. 나의바래던-Y와한層더기피친밀케될機會를줄-夏期休學이니르럿다.

엇던結婚式이南山제례배당서擧行되는고로Y와함끽구경을갓다.

新郎과 하-얀의복을닙은 新婦가, 멘델-즈쓴의結婚行進曲에발거름을마 추면서, 하-얀옷을닙고 두손으로꼿盆을드른 아름다운어린게집애의게쓰을녀 서, 하-얀옷닙은女學生며즐뒤에달고, 牧師아페가서 하누님아페二世의緣을 맹셔하는 그모양은, 참 神聖코純淑코莊嚴코神답고아름다웟다. Y는 눈에비 츨내이고 눈감짝안하고듸리다보고잇다.

閉한뒤에, 례배당을나서면서 나와Y는 의론하엿던것가치 한숨을쉬엿다. 우리는무어시마음을바치는것가테서 말업시당찰방골로나려오다가, Y의집아 페서갑자기 Y가무슨니야기를내게하려다가「來日차져가리다」하고自己집으 로드러갓다.

집에도라오니 가슴이무겁다. 나와Y는 언제나 저러케 여러사람아페서二世의맹셔를매즐고,

「도저히 못된다」 뉘가 속색인다.

그녀의父母가허락지아늘터이요  Y는未胎性의女子가아니냐!  이것은不關하더래도, 내게는 아직法律上안해가잇다.

안해와離婚, 그거시문데이다. 리혼은 도저히할수업다. 良心에붓그럽고良心이씌려서할수없다. 一邊성도나고, 내게이런良心이아직잇댓나하면 一변붓그럽기도하지만 나는째々로 안해를위하여눈물을흘넛다.

아직까지는 안해에대한니야기는 아모게도안하고, 생각도 할수잇는대로는안하려하엿고, 물론記錄지도안엇지만, 시작한김에 좀써두지안코는 못견듸겟다.

그는 내가咸從으로보내닛가 곳어머니와아들과함끠거긔가서 어머니의게는참孝婦요 아들의게는 참 賢母로, 집안일을熱心으로돌보며 틈々이自己여간지식으로아들을敎育시키고이섯다.

(나는, 째々로平壤에오는나의벗의게서  나의本집일을쏙々이다-알고이섯다)

어머니도, 내가안해를사랑할째는 오히려그를뮈어하엿지만, 내가그의게서쩌난다음부터는, 그의孝道와슌한것과진실함과불상한거슬보아서 그를親쌀이나달지안케사랑하엿다. 안해도, 全力으로써-마지막에는 온갓自己즐거움(間或밧게없지만)을犧牲까지하여 K家를위하여도 아. 그는, 내가自己게서쩌가게된거슨 내가서울서工夫할동안自己가K家를도라보지도아는데잇다고미덧는고로 (물론이것도 그原因의큰것가운데하나이다) 행여나 이러케하면내사랑이도라오지아늘가 함으로한거시다.

그의 나에대한사랑은, 그거시義務的인지, 아닌지는쏙々이모르되, 肉的이아닌거슨分明하다. 그의 나에대한사랑은 엇더턴참사랑이다. 나는 自己를외짜른데로쏫고 都會平壤에서 가진즐거움다-누리고이슬동안그는 외짜른村구석에서  自己를도라보지도안는나의사랑을自己게向케하려고 온갓힘을다-쓰는거슬보아도, 그가얼마나나의사랑을엇고져하는지, 짜라서 얼마나나를그리

는지 알수잇다.

이런일이잇다─

昨年내生日날. 그는 이날은별로히늦게니러나서, 무슨일이던 손에잘닷지안케 서두르게하다가, 종내어머니아페폭구러졋다. 우럿다.

「어린이여긔게셧더면………오마님이 엇디깃브실지몰나슬걸……….  그이두………. 그이두………전엔 이리캐써정無情틴안으시댓것만……….  나의긴해두 客地인데………平壤두客地인데………원………平安이나……….  오늘거튼날은………좀나오세두………」

어머니도 우럿다. 母女는마조붓들고 서로위로하면서 좋일우럿다.

이튼날은 나의아들의生日이다. 그날도좋일 아들을아페노코 서로 신셰타령을하면서우럿다.

쏘그이튼날은 나의아부지의업슨六年재되는긔념日이다.

「아부님사라게신쌘………이러틴안터니………」

그날도 우럿다. 한참울다가 그는갑자기우스면서쮜여서自己방으로 가서 籠을열고, 내가처음서울가슬째에 크리스마쓰 프레젠트로보낸掌甲을쓰내여 그우에나츨대이고 울기시작하엿다. 마츰내그는 미친사람이되엿다. 가슴에싸히고싸힌슬픔을 쩌줄이업서,그는그만미치고마럿다.

精神이업서진째는 바람과희롱을하며 벌에쮜여나가서「어린」「B學堂」「午年동안」, 「한숨은쉬여서 東南風되고야」를連發로부르며, 눈! 비를헤아리지안코 휘도르며, 精神이드른째는 언제던 掌甲에나츨대이고우럿다.

「男便인나는, 平壤서 가진歡樂의꿈다─꾸며즐기고이슬째에, 그의犧牲物인나의안해는, 혼자서 외롭게부르지々며 슬피울다가, 마츰내 그찬 모─진바람을막지못하여 男便의一顧를엇지못하고 다스─한사랑도맛못보고 외로히그자리에쏙구러젓다!」

나는, 이생각을할째는, 언제던, 쓰거운눈물의몃방울을 그를위해 안써러트릴수가없다. Y가 아모리나를사랑하던, 그사랑이 이만큼強할수가이슬가?

前에, C의 며누리에대한論說을볼째에 나치붉어진것도 이째문이다. 實狀은그째도눈물을흘넛다.

그러치만 異常한거슨 Y이다-이생각이 아모리내머리에기피印像되여도 한번Y의생각을하거나 그를볼째에는 이런생각을한내가 오히려붓그러워진다. -Y의사랑이 나이안해의사랑보다는弱하더러래도………

## 七月十六日

Y가 왓댓지만, 성난것가치하고잇다가갓다.

웬일인지, 그가 자긔성난나츨 좀和平게하렬째마다더성난것가치보엿다.

그가 내日記를보려하기에, 그가운데는Y가넑엇다는안될句節도잇는고로 못보게하니, 그의성은더하여진다.

그가성난거슬보니 나도성이남으로 어제Y가할듯々 하든 고말은무어신가 무르러다가 그만두엇다.

도라갈째에 그도인사안하고 나도물론안하엿다.

래일 쏘오마 約束하엿다.

## 七月十七日

아츰에 喜色滿面히Y가차저와서 오늘일업스면江南나가쟌다. Y가깃버하는거슬보니, 왜그런지 별로未安도하고깃브기도하여 곳가쟈고承諾을하고 둘이서人力車로停車場으로갓다. 별로 수져윗다.

汽車는 江南樂水行나그내로찻다. 도마데停車場에서나려서自動車로樂水로갓다.

樂水에는 아는사람이만헛다. 그들은 나와Y의關係를아랏는지 자긔네끼리숙은거리며우리를본다.

나는 걱정이이섯다. 여긔서나의咸從이二十里안팟긴고로 눈을두룩거리며 注意하며단녓다.

江南해는 더더윗다. 훈々 달-게무르녹인다. 그가운데, 各당사들과 나그내들이 二十世紀의文明을나타내이는「소리」로와글거리며 도라단니니, 해의더움은, 「소리」의더움과, 사람의더움과, ○雜의더움과서로和하여, 더움自己를

무르녹이며 사람을무르녹이며 집을무르녹이며 쌍을무르녹이며 空氣를무르
녹이여, 온갓거슨 모도-甚至어空氣까지-입을벌니고 혀를가로물고 쌈을흘니
는모양이다.

차고쩔-한炭酸質만흔약물로 더위를태우고 목마른거슬적시고 배까지불
린뒤에 Y와함끽江南고을로 散步로쩌낫다.

훈々더 운바람은 밧틈에서 푸른내음새를모라다가우리의게보낸다. 하루
사리가 活動寫眞 實寫의軍隊가치아믈ㄴ 우리를두고도라간다. 소의 마-하는
미지근한소리, 뵤-ㄴ 더운하늘에 노피쩌서도라가는솔개, 울리워오는 農夫의
길-게썹는타령, 들에서는개구리소리.

참詩다!仙的이다!

Y는 말업시거러오다가 솜쉬이자고한다. 물기르려온女子겨트로 우물을지
나서 겻길로드러가서 茂盛한도토리나무아레가안젓다. 함끽Y와나라니하여안
즈니막지못할肉感이왼몸에쮀는다

멀-니서 나라오는, 한가한農夫의타령소래밧게는人氣가없다.

나는 바른편팔로 Y를쩌안엇다. Y는가만잇다. 그째에-Y는 입술을부들ㄴ
썰기시작하엿다.그다음瞬間 그의머리는 내무릅우에서 激烈히울기시작하엿
다. 그의쓰거운눈물은 엷은내바지를쎄고 내살을녹인다.

「왜? 쏘거문고소리가들녀요?」 나는農談으로이러케말하엿지만, 말이잇나
기젼에 엇던보이지안는텰퇴가내머리를나려친다.

「그러타!」

Y는 잠간 원망스러운듯한눈으로 나를처다보고 곳도로 머리를숙으린다.

「그러타!」 두번째텰퇴가 나려왓다.

「그러타」 뒤에 무슨생각이나올것갓지만 채나오진안고 亦是「그러타!」로
변한다.

Y가 오늘別로쾌활하든것도, 그實은 서어ㄴ한快活, 거짓지은快活이던거
슬 이재야아랏다. Y의게는무슨 번민이잇다! 어제 성난것갓든것도, 그제 무
슨말을할듯ㄴ하든것도, 그번민을내게告白하럄이대스라라. 그럼 그번민은?
「나와Y의새」에 무슨번민이생겻다! 나는直感으로 이를안다, 그러고直感으로

이를是認한다. 그럼 그번민은 - 그번민의理由는 엇던거시냐?-

여긔는「그러타!」以上으로는解釋할수가없다.

나는 Y를위로할생각도안나서 그대로두엇다. ……

前에 Y와맛나기전에 안해를겨테노코이런空想을하여본적이잇다. -안해를咸從으로보낸뒤에 엇던愛人을엇게된다. 그러는동안에 엇더케 큰財産을엇고는富者가된다. 그째에는 愛人과함씌世界一週를하면서에짚트넓은벌에서 별을보며 이탈니바다ㅅ가에서 조개껍질을주으며 世界의누구부렵지안케즐기리라고…….

지금 그空想의한部의實現으로 애인과함씌江南,도토리나무아레서 사랑을즐기려할째에 아-이「그러타!」라니……….

엇던 무서운생각이 머리를넘어간다.

「그러타란 Y와너새의破滅을뜻함이다!」 희미하니이생각이 머리에써 오른다. 한瞬間 눈이아득하여진다. ………


한참잇다가, Y는머리를들고「자긔게는 째々로 이런증세가니러나니 용셔하라」고 말햇지만, 내머리에서는「그러타!」가 종내써나지안엇다.

뫼뒤로스러지는해를보면서 우리는 汽車로平壤에도라왓다.

밤에, 음력初열흘달을바라보며안저이슬째에, Y門의멋대祖姑母되는이의, 戀愛를져주하는, 萬世의怨恨을吐하는그거문고소래가 쌍에서니러나서 하눌로스러지고 東에서니러나서西으로스러지면서「Y집쌀을사랑하는者의末路를아라보라」는것가태서, 자리를펴고누어스나 잠을못일우엇다. 두시반……….


七月十九日

사랑? 즐거움? 精神的? 肉的? 情慾의滿足? 歡樂?Y?

盲目的? 原始的?

다-글넛다. 다-틀넛다.

종내 그럿햇다.

「나는Y를사랑할권리가없다!」

「Y는 남의사람이다!」

「아직껏나의 Y의게대한行動은 橫奪에지나지못하엿다!」

「내가Y게서쌔아슨貞節은 그원들은 남의게바칠거시다!」

「나는낫븐놈이Y는奸女다淫女다!」

「Y는 나를속엿다!」

Y는 어려슬째 엇던 섬무지렁이의게 五十圓엔가팔녀서, 맛당이 겨긔가여야될몸이란다.

그럼 아직것 왜 그니야기를 내게는 안하엿느냐! 奸女!淫女!色魔!

相當한學問이라도잇는게집이 웨 이제라도五十圓을무러주고 그만둘마음을안내!

마음이여튼년이여!

그러타-前者에는 나의안해를 「마음이여튼者」라불넛지만, 實로는 네가더하다. 나의안해는 참貞女이다. 너거튼淫女와는다르다. 마음이여튼게집이여………아래는디움

쓰기도싈다.………


七月二十日

성ㅅ김에 어졔일을 못쎠두어스니 여긔쓰리라


져녁에 Y가와서, 말엽시한참안저잇다가,무어슬決心한것가치, 아직것내가드러보지못한쩔니는옙븐소래로

「엇지할가요? K氏!」하고찻는다.

오늘쯤은 무슨니야기를하리라고預期는하엿댓다. 아니, 벌셔數十日젼부터 Y의父母의게서 무슨問題가니러날줄은 預期하고이섯다, -나와Y의새는 벌셔平壤城內에쪽퍼졋다. 그래서, 나는, 避할만한根據가잇는생각을 여러가지로하여두엇댓다. 이러하닛가 大膽히그의말을기다렷다.

그러치만, 그는, 참, 意外엣말을한다.

그의말은 大略이와가탯다. -아들없는집딸은 貴히기러난대것만, Y의父母는 그러치아나서, 自己들네아들못나흔분푸리를, Y의게나려부엇다. 무슨일에던 것뜻만하면 「에-구, 게집애가………」 「엠나이두, 방정마지」로, 自己를나흔父母아레서도, 그는, 밝은해달을못보다시피기러낫다. 父母의情을못맛보고 기러나는그가, 다섯살엔가 여섯살엔가나슬째에, 아부지는 돈에急하여 그를 엇던섬사람의게, 싀무살에나면며누리로주마하고, 五十圓의돈을밧게되엿다. 이리하여, 그는 五六살쩍에, 벌서, 보지도못하고, 아지도못하는사람의約婚者가되여버렷다. 그러지만 아직 말도변々이못하는Y는自己게이런일이잇는줄은 뜻도못하엿다. 여듧살나슬째에, 그는 J女學校-지금 그가敎授하는-에入學하엿다. 壓制가甚한 小學校도自己집에比하면 無樂園임으로, 그는, 날만밝으면부억구석에서변々치못한찬밥을먹고上學하엿지만, 집에이슬째는, 겨울에는차듸찬어름방에서, 녀름은이슬오는쓸에서 어린마음에도 自己의애처로운쳐지를생각하고, 혼자 어린눈물을흘닌째가만핫다.

열세살나는해에 그는 겨우어머니의다스한맛을보앗다. 本마누라의게서 아들을못본Y의아부지는,前부터관게하여오던엇던갈보를妾으로삼엇다. 어머니는 한동안, 이로因하여 Y를더뮈워하엿지만, 죵내 쌀의게대한 어머니의다스-한사랑으로변하엿다. Y는짐생에서 사람으로 쮜여올낫다. 母女의사랑은, 情과사랑과戀과自己犧牲과以前엣未安의석긴 쓰거운사랑이엇다. 그래도, 어머니는, Y의게 約婚事件을니야기안하엿다. -어머니는 몰내 단々이破婚을힘썻다 한다-. Y는 도모지 이를모르고 컷다.

열다섯에나는해에 Y는 서울로工夫를가게되엿다. 妾宅에만잇는거시, 다 - 큰쌀의게대하여는 붓그러워서 그리함인지, 아버지는快히허락하엿다.

서울서工夫하는동안, 그는, 다른사람이되엿다. 쩩-ㄴ하던 어린목소리는, 랑々코도粗한소리로변하엿고, 쌈-아코파랫던그의몸에는, 큰응덩이와 살진 억개와젓과, 광대쎠를가리울만한 쌤의살이부텃고,性格은大槪固定되엿다. 마음이弱한거슨 어려슬째의悲慘한삶을意味함이다. 弱함을外飾하는 「거짓강함」은 母女和解뒤와서울留學할동안의自由-壓制뒤엣自由와, 짐생에서 사람으로쐬여올나옴을 뜻함이다.

성격과함씌體格과體質도固定되엿다. 굽으러진허리와, 째々로 눈과턱에서痙攣이니러나는것과, 몸의溫度가普通째도三十八度를지나는거슨, 어려슬째에, 겨울밤 찬방안차듸찬자리속에서 허리를굽으리고 입으로서리를쏨으며, 아렛묵에서쯧々시자는父母를부러히녁이던거슬뜻함이고, 어두움에눈이밝은거슨 어려슬째에 불을못보고기러남을뜻함이다.

그밧게, 그는, 그의멋代祖姑母되는이의피를바든點도적지안타. 音樂-뿐아니라 온갖「感」에싸른點과, 「붓을안드는天才詩人」이거시다.

今年봄工夫를맞내고, 무르닉은處女가되여平壤에나려와서, 그는, J校선생으로드러안졋다. 오래쩌나잇던母女는 속으로는 더하여졋지만 거츠로는 좀疏하게되엿다. ………

Y는 처음에 約婚事件을알고 그리놀나지아낫다. 엇더케던되겟지 그집에셔 니졋는지도모르겟다 쑨으로아라두엇다. 그동안 K-나를만나게되엿다.

니즌줄만아럿던그집에서는 다시니야기가나서 來日-(卽오늘)-이納채ㅅ날이다.

「전, 아부지쩨」-아부지와 그런새니쩨-아부지쎈 도져히말슴듸릴수가업서々, 어머니게나청해두, 아부지는어머니말슴드를이두아니구」

아직것은 Y의말을 눈물을흘니며同情하여듯더니,이 마지막句는 理由업서衝天의셩을나게하엿다.

「거긔가구만시프면, 가구려, 가라우. 그집서두 그리 Y氏를그리는데」

그는 원망스러운드시 나를보면서-눈물한방울안쩌러틔리며, K氏두, 온, 無情하지, 절 가라니오! 「가구시푸면」? 「가구시푸면」? 男子란………. 아부지가그리기에 그러지, 온 제가가구십겟서요? 하고머리를돌닌다.

서로맛업서서 한참말업시안져잇다가, 해져갈째그는갓다.

그가간다음에 첫번머리에 써오른생각은

「Y는淫女요마음이여튼게집」이라는거시다. 곳 日記를썻다.

참깃블째도 잠이안오거니와, 참셩날째는, 잠만안올쑨아니라, 눈도감기실헛다.

「아부지가 가라니, 가지안으면안된다는論法으로二十世紀에엇지通行해! ㅅ. 아부지도 自己親아부지, 왜 못가겟단말을못해! 이 나-K보담 촌무지렁이가 날-가! 이전에 春香이와李도령의리별을 엇더케비평햇서! 自己가春香이엇더면 李도령과리별을안하고 짜라가겟다고 햇지! 梁山泊과秋娘臺의게도그런비평을햇지, 왜 實行을못해! 自己면 하겟다던일을 왜! 왜못해! 왜!」 밤새도록 그를져쥬한말은 이거시다.

그러치만, 번-하니 동터올째는, 나는, 나自身을져쥬하지아늘수업섯다—

「Y를 그리져쥬하는너는 얼마나 잘하엿느냐, 네가Y를사랑하느냐! Y를사랑하는者가 왜 Y게, 거절하란말을못햇서! Y의아부지도건달, 그런義理를그런舊約을지킬사람은아니가아니냐! 정 가가기실타면 그만둘일, -쑨만아니라 너는Y의게, 가구시프면가라고까지햇지! 못난놈! 바보!」

Y가오면 거절하라리리라고 작뎡하엿다.

오늘고 생각난일을 좀써두럿지만 아모생곡도못하엿다.

다만, Y가뮙고사랑스럽고불상하고, 내가뮙고사랑스럽고불상하고, 둘이合하여 함끠사랑스럽고 함끠불상할쑨이다.


七月三十一日

그새는, 日記쓸만한事件도업섯고 쓰기도실허서 안썻지만, 오늘은, 그새일을統括하여 좀 써두리라.

마지막번Y가왓던 열아흐렛날이지나서 二三日된다음에는, 나는, 二三日前에Y의게서드른 그約婚事件을, 차々 의심하기시작하엿다. 그 「의심」은, 「Y가나를 놀니노라고이런니야기를햇다」하는거시아니고, 오히려, Y가 이런니야기를 참말 내게하엿는가 或은내가 이런꿈을꾸지아녓는가 하는의심이다.

이 「의심」과함끠

「그러타!」도마음을쩌나지아낫다.

「그러타!亦是그럿텟다. 내가 이전에 感하던비가역시 올텟다.」

이생각이날째마다, 「외나무다리에서 나보다强한 원수를맛난」 以上의무서움이 왼몸을 찌른다. 무서웟다. 이瞬間에는, 왜무서운지, 무서움의意義는 쏙々이몰낫다. 다만 무서웟다,떨넛다, 취웟다, 어두웟다. 쌈々한 아페 내다보엿다.

째々로 「Y는그만 가지아늘수업는가」 생각할째는, 「거절하래라!」라는생각과함끠, 「치만 할수업다!」생각이 안날째가업섯다.

Y가가면 나는엇지될가 생각할째는, 아- 다만 아- 생각밧게는안난다.

「Y가가면?」 내게 이보다더慘酷한말이어듸이슬가?

「Y가가면?」 Y는破滅이다!

「Y가가면?」 나도破滅이다!

「Y가가면?」 아- 나는 다시 찬, 그찬生活에도라가지아늘수업다- 이거시엇지 내게 무섭지아늘가! Y가 이슬째는, 전의 그 내찬生活이 쏘-만틱하게도 보이고 그럽기도하엿다. 그러치만 이것亦是 色眼鏡으로내다본의世界댓다. 色眼鏡을버슨다음에는,- 건조와無味밧게는 남을거시업다! 酒肉에겨워서된 쟝찌개를듸리다보던사람이, 酒肉을온젼히일코 된쟝찌개만먹지아늘수업는境遇가되면-아-그사람의마음이 엇더랴!

「造物主의작란도심하다! 웨 내게는, 사랑의아름다운맛을,그아름다운마슬 豐富히나려주지안는가! 나는이를求하려고 온갓거슬다-犧牲타못하여 마지막에는. 親戚을희생하고 이내몸까지 바치지아넛느냐! 나려주기는커녕무슨理由로내게서Y를쌔앗느냐! 무슨힘으로 내게서Y를쌔앗느냐! 온갓犧牲을 過하도록하여, 겨우어든 이Y를, 내의Y를!」

여긔까지생각하면, 나는, 宇宙의支配者를원망치아늘수업다- 그를 쳐쥬치아늘수가업다. 이를多福者랄지寡福者랄지모르지만, 이셰상에는 사랑에겨워서或은山가운데隱遁하는사람도잇고, 或은脫俗하여 중이되는사람도잇는데, 사랑의神은-이런사람은 우뎡쏘처단니며 그실타는「사랑」을그들의게부어주는사랑의神은, 엇지하여 그 남은부스럭이라도 내게나려주는거슬 악가워하는가! 아니! 나려주엇던것까지거두어가는거슨, 그 엇던理由냐! 엇던理由냐!

前에 (前이라고불러도可하다!) Y와함끠이슬째는그에대한 내사랑이 弱하

다고, 나自身을 책망한적이만타. 그러치만 시방에이르러서 過去를생각하여
보면결코弱하지아넛다. 안토니- 와 클네오파트라의사랑이라도, 李도령과 成
春香의사랑이라도, 결코 나와Y의사랑보다 强하지못하엿다. 슬픔-깃븜의消
滅로因하여나는슬픔은, 그깃븜에反比例한다. 지금나의슬픔을標準하여前에
얼마나깃벗는지알수가잇고, 짜라서사랑이 얼마나强하엿는지알수잇다. 사랑
에겨워서 Y와다톤일도 업지는안타, 過한즐거움에놀나서 Y를져쥬한일도 적
지는안타! 過함을째닷지못하는「사람의普通性」으로 혼자 번민한적도 잇기
는잇다. 그러치만-이것亦是 過한즐거움의反動인 적은괴로움에지나지못하엿
다. 이제萬若Y로써나를쩌난다하면-

아-생각키도무섭다. 소름이 몬져씨친다. 찬삶,어두운삶, 서리를훅々 쏨는
그 사랑을져쥬하는惡魔의크고 푸른 입!

전에 (그러타, 전에-) 이런생각을한적이잇다-

「아모래도 Y는 내게서 쩌날것갓다. 그러케되면?……… 걱정업다! Y쌘
女子가업는바도 아니고! 平壤만하여도 萬여名의의處女가잇단다! Y보담多情
하고더엡븐女子가 암만이라도 잇다」거……….

이것 역시 배부른者의말이댓다. 平壤에 萬여명의나찬處女가잇다한덜, Y
와가치내性格, 女子와가튼간샤한性格을사랑할女子가 그 며치나될가?

엇지할가?

絶望

落膽

찬삶!

어두운삶!

어둡고 큰, 惡魔의입에서나오는 그찬서리!

이는 나를둘러싼다. 둘러쌀쌘아니라 刻々이 내몸을쏠코 心臟복판가운데
로 새여드러온다. 避하려면, 그는 速力을더하여짜라온다. 이거슬 너머무섭
게생각할째는, 그럴째는………그는 좀 먼쯧 선것가치도생각되고, 이런일은
당초에업는것가치도생각되지만,이생각과함끼, 그는 더猛烈히내心臟으로드
러오는것가치 생각된다.

흔히 이거시다-거짓말 이루다 의심하여보앗다.그리하면, 一邊무섭기도
하고, 더무섭기도하되, 또한편으로는 좀安心도된다. 이런째는 언졔던, 이졔Y
가나채깃붐을넘쳐가지고오면서, K氏Y, 멋칠前에그말은거짓말이애요, 정말
룬요-, 아부지한테 K氏와婚姻할허락을 마탓다오. 자 南山재례배당으로式을
들려갑시다요! 라면서 드러올것갓다.

나는 그새열흘동안 Y오기를기다렷다. 그가오면 勿論더성도날거시다, 자
미도없을거시다. 그러치만 안기다릴수가업다. 잠간이라도 맛나보고십다. 이
졔永久히Y가못오리라 생각하면 엇더랄지 내마음을形用할수가업다. 다문 한
번이라도 더맛나보고십다. 그러치만, Y가오면죠켓다는생각가운데는 또는理
由가잇다. 싀긔, 이거시다. Y가 집에서 지금 무어슬하고잇는지 할째에 니러
나는싀긔로말믜암아 Y를 다문멋時間이라도 自己집에못잇게하고시픈생각으
로 나음이다.

나는, Y의게온禮物이不滿足하면痛快하리라는생각이나서 아라보니, 亦
是잘-못오기는하엿대지만,이말을드르니 痛快는커녕 더 성이난다.

「그짜윗놈의게 싀집을가!?」

이즈음 너머 성도나고 답々도하여서, 前에보앗던小說가운데서 이것져것
며치 다시보기시작하엿다.


八月一日

오늘Y가왓댓다.

전에는 그가와서는 무거워요? 하면서 내무릅에도덜석안고, 또는, 내뒤에
서 나를쪄안고 흔들거리고하더니 오늘은 서로 그럴마시업서々 멀니안저이
섯다.

그가온다음에 내가첫번무른말은 이거시다-

「반갑지요?례장두 잘오구, 분쥬하겟구려………」

내가毒잇는말로 이러케무른거슨, 그가 원망스러운나츠로 나를보면서 우
르라고 한거시다.

「반갑구말구요, 너머반가워서 죽겟서요」 그亦毒잇는말로 이러케 대답한다.

나는 그를 짜리고시펏다.

「원, 사람두……. 남 속상해서그리는데,………」 그는, 혼자중얼거린다.

그의게, 싀집 언제가는가 무르니, 대답도안한다. 이러케되니, 그의게「거절하라」 리라던생각도, 종내實現못되고 만다.

정 자미업시지낫다. 온전이 서로 모르는사람이나가트면 엇덜지, 아는사람끼리- 그것도, 참親密하던사람끼리 이러케잇는거슨, 엇더타 말할수업시 마음이아팟다.그러치만 이러케안하고이슬수도 쏘없다. 내가屈服안할터이고 Y쏘한 그럴터이니, 이러치아늘수는없다.

한참잇다가 내가 快活한소래로, 오늘 길,질지요? 하니까, 그는 간단히 거긔대답하엿다.

오늘 사괴인말은 이몃마듸뿐이다.

Y가도라간다음에 나는未安하엿다.「속상하여하는그를, 위로는못할망정 더셩나게하여보내스니, Y는나를 엇지생각할가? 이제 다시볼機會가이슬지모르는 Y를 나는 왜 그러케박대하엿는고!」

學校에사직請願하엿다.

大同江에 덧다.……


八月二十日

서울잇는C의게서 이런편지가왓다-


((K의日記에부친C의편지))

K君-

엇지하엿소?

君은 이즈음 神經衰弱이들럿나보. 注意하오!

君이내게한편지의질셔업슴에는 놀날수밧게없소. 어젯편지가튼거슨 참아라도볼수없소.

君은 그새 엇던戀愛에失敗치아넛소? 나는 이러케認定하고 의심치안소!

전에 한동안은, 戀愛萬能을主唱하며 女子를칭찬하며「世上이란 참 자미 잇다」「女子란 참 사랑스럽다」 이런소리하며, 또는,「엇던거시 참사랑이냐」「아-情慾을버서난사람이되고십다」「肉의사랑이라靈의사랑이라 區別할필요가이슬가」「마음이아프다」라고, 편지마다 이런소리로찻더니, 이즈음편지는, 그꼴이 엇덧소!?「죽고십다」「나는엇지하여얄지모르겟다」로, 絶望엣소리로 차스니, 이러케認定하여도 올흐다고 나는 미드오.

엇덧소? 참말이런일이 잇지요?

내게 다-니야기하오.

이C, 사내라, 힘자라는대로는 君을위하여힘을쓰겟소. 번민이이스면, 그번민보다 더큰깃븜으로, 그번민을消滅시켜봅시다.

엇더턴 注意나하오. 神經衰弱들럿단 안되오!君은夫人과別居한다니 더할말업지만, 엇더턴, 女子를접하지마오. 君은 神經質사람이라, 病이過하여젓다는안될터이나………

얼마뒤에 나도平壤좀가볼일이잇소. 그때는, 君의게直接談判으로 드러부를테요. 잘-쥰비하여두오. 꾸ㄷ바-이.

八月十九日  서울C는………

K君의게-


八月二十一日

한쇠무날前에日記를쓰고는 아직안썻다. 그새,여러번 쓰려고日記를펴노코 듸리다보고하엿지만, 쓰고십고도 쇠러서 못하엿다. 오늘 좀 쓰자.

그새Y는 너덧번 왓댓다.

나는 종내 거절하란말을 못했다. 안햇는지 못햇는지는 모르지만, 엇더턴 하지아낫다.

한번Y의게 이니야기를 하엿다-

「一前에 우리첫번맛나슬째, Y氏 春香이를 슝본적이잇지요?」

그는 대답안하고 우섯다. 엇던心理學者던 엇던表情學者던 이우슴은 못 해석하리라. 그의우슴은, 붓그러움도아니고, 어이업슴도아니고, 未安함도아니고, 쏘는 우서움도아니고, —그表情을보면, 참 알지못할우슴이다. 비운는듯도하고, 깃븐듯도한……….

쏘한번은 이런말을하엿다—

「Y門의짤은, 다—가튼運命을가젓나보구려」

이째도 쏘 그와가튼우슴을우섯다.

그가와이슬째는, 너머자미업서서, 나는, 그가안오기를바랫다. 치만, 그가 안올째는, —아—생각키도무섭다, 心臟을태우는싀긔. 나는 싀긔가니러날째는 이를 쌕이려지안코 오히려여러가지空想으로 더甚하여게하여가지고, 혼자 성이나서 팔을두르며 눈물을쑤렷다. 이, 心臟을태우다못하여 내왼몸짜지태우는斷腸의싀긔가 이째의나의 다만하나의量食이다. 주먹을쥐고 눈을감은뒤에, Y의압일을 내게不利하게만생각을돌려하여, 싀긔에싀긔를乘하여, 갓다가나 성이나는거슬 더猛烈히돗구는거슨, 참, 주게속상하고도 쏘씃업시痛快하엿다. Y가 왓다가, 갓 도라간다음에는그싀긔가 엇더타 形用할수업도록 맹렬하엿다. 이째의 싀긔가 뎨—통쾌하엿다.

째々로空想을밧고어서, Y가이졔싀집을갓다가, 몃달이못되여서 대단히不幸하게되여도라오리란생각을여러가지로하여보앗다. 이째는 참 통쾌하엿다. 그통쾌보다 더猛烈히—이상하거니와—얼토당토아는,싀긔가 니러난다. 이런째마다 내所有物이 하나식 破損된다. 나는 참지못하여 무어시던 破壞하고야만다. 이瞬間 내良心은 씃업시 呵責된다.

—너는 Y의不幸을바랜다!

—Y를싀긔하다못하여, 너는 Y의不幸짜지空想으로그려노코, 空想엣Y짜지 책망을하며, 「네 보아라!」하며 싀긔를한다!

그러타—나는 Y의不幸을바랜다! Y의不幸이 내게幸福을줄거슨업스되 나는 이를바랜다. 이것도 나의 좁으러운싀긔에서 나온바다,쭌만아니라,나는 여긔대한辨解짜지 가지고잇다.

「惡魔의 어두운입, 나는 그거시무섭다! 이젼 거긔서 기러날째는, 그무서움을 몰낫지만, 한번溫帶의맛을본나는 거긔다시 도라갈수가업다. 가면 나는 破滅된다! 나를破滅에니르게한者는Y, Y업섯더면, 나는그惡魔의입에서라도 滿足히사라슬터이다. Y업섯더면, 나는이런悲憤에니르지아나스리라. 나의破滅 (그러타-나의쟝래는밧게는없다!) 의原因은 하나에서열짜지 다-Y게잇다. 아페보이는 쌈々한 차듸찬삶, 소름이 몬져쩌치는삶, 그의原因은Y게잇다. 내가엇지 Y의不幸을바라지아늘가!」라고……….


八月二十二日

어제日記에連續하여쓴다.

「Y는 아모뎌항업시 가고마를가, 或은, 나모르게힘을 단々이쓰고잇지나 안는가?」나는 늘- 어지러운머리로 이생각을하여보앗다. 그째마다, 나의「直感」은 이러케대답한다-

「가고시픈마음은 勿論없거니와, 그래도 아모뎌항없이, 마치屠所에쓰을녀가는羊과 마츤가지로 가리라」

내가 이決解-極히, 解決치고는 不完全하게되엿지만-을엇기에는, 直感밧게, 小說과 人生의活事實가운데서도 며치의例를求하엿다-直感쑌으로는, 「가리라」 하는거슨 斷定하엿지만, 가서도 安樂이사를지 或은 늘-나를그리면서사를지를 쏙々이몰낫다.

小說에, 내事件과비슷한일은, 엇던者는 싀집을가서 平安히도살고, 또엇던者는, 자미없이도 사랏다. 그가운데, 大槪는 잘살앗다. 小說쑌으로는 아모래도

完全해보이지아나서, 사람의活事實에서 내일과비슷한거슬求할째에 곳 머리에쩌오른거슨 아레二三種이다.

첫재는 今年봄에崇義女中學校를졸업한, 나의Y밧긔다른Y라는女性의事實이다. 그Y가 이봄, 學校를졸업하는림시에 T라는 日本留學生과婚談이니러낫다. 이째에 이Y는-그의게는 어려슬째부터約婚한사람이이섯다-그T라

는사람의 半洋式家宅에정신이싸졋는지, 或은T그를情답게생각함인지, 自己의이전約婚者의집안에는代々로긴-병이傳하여오는거슬 핑게로삼아서, T의게로가려하엿지만, 여러가지避치못할事實로因하여 以前約婚者의게로가스되, 지금은, 自己싀집만한집이 朝鮮안에는없고, 自己만큼多福한女子가 世界에 드믈리라고 쟝담한단다.

둘재는, 서울W伯爵집며누리의일이다. 男便이 東京留學갈째에 눈물을흘니면서보낸그는, 그뒤며칠이못되여, 自己의싀아부지인W伯爵과간통을하여 애를나코, 男便이 녀름休學에귀국하렬째마다 한사히말녀서 못오게하엿다. 그래도 끗까지감출수업서서 男便되는사람의게 죵내들키고, 男便이이를보고 애가타서죽은다음에, W伯爵의며누리는 지금 W伯爵의妾으로 아들나코쌀나코 잘지난다한다.

그밧게 몃事實이더잇지만, 事實의증명하는바는

「女子란 바람에음지기는 갈ㅅ대와갓다. 다스-한情만나려주는사람이이스면,마음은 곳 그리로변한다」하는거시다.

아-마음이여튼者여-네일홈을 女子라하노라!

쉑스피어의女子評, 舊約聖經의女子評, 모든哲學者의女子評, 世上經歷만흔늙은이들의女子評, 모도 이말이아니냐-

마음이여튼者여-네일홈을 게집이라하노라!

그러타-나의Y도 이몃달동안을-내삶가운데는 第一즐거웟고, 데一記念할갑시잇는 이몃달동안을-이제 며칠이못되여, 自己촌무지렁이의갈구리式사랑으로, 每日조곰式Yゝ씨처버러서, 이제몃해뒤에는自己의이젼삶가운데, 한째의色彩를더한, 이 나, K라는사람이 이섯는지도 모르게되리라. 아니! 모르게는안되여도, 젼을도라볼째에, 한 쏘-만틱한쑴을볼쑌이지, 쏘는, 「나를한동안위로하여주던K라는사람이잇댓거니」쑌으로 생각할다름이지, 그以上으로는 생각안하리라.

엇더한 殘酷한일이냐! 내게서Y를쌔앗고, Y게서나를쎄는거슨 엇더한酷毒한일이냐!

天道가無心하다.

人道가無情하다.

이럴줄을아랏더면, 당초에Y를사랑치를마너슬걸…….

나는 온갓거슬져쥬하야 마-지안노라!사람을져쥬하노라, 누리를져쥬하노라, 그러고 검을져쥬하노라!

그러치만-統體로 사람은져쥬할지언뎡, 部分的으로Y만은 져쥬하고십지 안타. Y보담, 오히려罪없는Y의새서방이져쥬하여진다……….

아-온갓거슬져쥬한뒤에 내게남은거슨-죽음밧게는없다. 죽고시픈마음이 작고난다.  한번은 칼도목에대여보앗다.昇天을물에타서  맛짜지본젹도잇다! 그째마다-理由업시 씩-웃고마럿다.

그러치만 죽음도 이졔곳 내게니르리다. 그째는………Y도, 그째는……… 아라보리라!

눈물이나서 더 못쓰겟다……….


九月十九日

Y의집에서는 새서방의衣服도벌서하여보내고 이제음력 오는달初생에 댱 가오고 싀집간단다.

그새 째々로, 「Y가 가지안코마를지도 모르겟다」던그바램도 헛데로갓다. 그는 마츰내 가련다.

쑤리쌔진풀은 마르지아늘수없다.

안을것갓기도하고, 벌셔 나를둘러싼것 갓기도하던 「破滅」은 마츰내 니 르럿다. 나는 두팔을벌니고 이를 맛지아느면 안되게되엿다.

이즈음 每日 Y의멋代祖姑母되는女子의꿈을본다. 늘-그萬世에원한을吐 하는거문고소리를듯는다.

「Y門쌀을사랑하는者의末路 아라보라!」

나는 죽지아늘수업다. 살수없다.

## K의 遺書

九月二十日

죽기 몃시간 압하여, 어머님젼 간단하게 몃말슴듸리옵니다.

갑자기 죽겟단말슴을듸리면 어머님끠서는 놀나시겟지만, 불효자 며칠동안을생각하여 하는바오니, 그리아라주시옵소서.

이글월은, 어머님끠서 제가죽엇단소문을드르시고여긔오실째까지, 이책상우에서 어머님을기다릴터이며, 제가죽은리유는 이글월과함끠노혀잇는 제일긔가쪽々이말슴듸리을러이오며, 셩은나시겟지만, 그째에, 다만한마듸 제시테의게

「네 졍샹은 짐작한다」말슴하셔주시면,소자의시테의나채도 화긔가쩌오르겟사오니, 짐작하여주시옵소셔.

또 한말슴, 제자식은 K가의대를니을애오니, 어머님끠서 힘자라시는대로, 져가튼불효는안되도록 잘교흌시키셔셔, 이후 K가의일흠을빗나게할쟈가되로록하여주시옵쇼셔. 졔안해는 됴흔연분이이스면 개가하여, 됴흔남편의 다스-한졍을맛보고, 생젼사후 한길가치평안히지내라고 어머님끠셔말슴하여주시옵소셔.

이졔죽을몸이라, 알외일말슴이 만흔것갓고도 그리업사오니

세게를돌던 돌림곳불이, 우리나라에도 드러와서, 왼곳이다-흉々 한이째에 져가튼불효의생각은니즈옵시고

로테후내々 은통가운데 안령히지나시옵쇼셔

불효자K상셔

어머님 젼

(以上C의게보낸K의自白)

一

十月아흐렛날은니르럿다.

그리 그가 져쥬하며, 이날이永久히안오기를바라면서도, 쏘한편으로는, 막지못할뤼力으로말믜암아나날이 기다리고 쏘기다리던十月아흐렛날은, 突然히-K의게는이날이突然히니른것갓다-K의아페나타낫다.

K는 아츰일즉이 커-쎄-나열아문잔 먹은것가튼興奮으로 니러나서, 오늘Y의잔채구경을갈쥰비로, 대충 양치와洗面을한뒤에,갈가?열時에갈가?열한시에갈가? 벼르다가, 午後세시쯤 마츰내 집을나섯다.

平壤의거리는, 亦是, 음즉이면셔도 고지낙하엿다. 거리에, 사람들은 참 엇던都會에서도보기 어럽도록와글ㄴ하고도, 別로히 한가하고 고지낙하게 보인다.

이앗다리에서南門거리로나선K는, 泰安洋行겨트로巡羅廳골로쌔져서 당찰방골Y의집까지, 無意識이라도可하리만큼 정신업시왓다. 그가 意識的視覺을가질쌔에 처음으로눈에쯰인거슨, 紅젼, 방울, 솔다리等으로化粧한, 새서방의타고온白馬와, 가마와, 馬夫, 轎군들이다. 잔채를구경오던그는, 한번눈을 휘둘러서쑥-다-도라본뒤에, 탁 침을배앗고도라서ㅅ, 이번은 아까길과反對로西門通을나섯다.

「아- 죵내 이러케될거시댓다」 그가 첫번意識한생각은 이거시다.

그는 普通門밧그로나섯다. 무르닉은 베와 슈ㅅ 내음새는 弱한바람에풍겨서 이삭들이서로쓸니는 弱한소래와함씌K의게로나라온다. 普通의넓은벌을 기럭이는 南向하여건너간다.

「여긔두 자미없다」 그는無意識的意識으로 생각하고, 다시도라서ㅅ 普通江을끼고차ㅅ 上流로올나가다가 北星門박新作路까지와서大路로드러섯다.

길을만드노라고찍은? 틈에서는 가을바람이, 다른데보다더强하게내쏜다.

「흥! 되구시픈대로 되어라!」 그의 두번째意識한생각은이거시다. 무어시 「되는지」는, 亦是意識못하엿다.

엇젼지 좀다리가아픈것갓다 생각나서, 집으로向하다가, 그는 쯩단지 C가 나려와스리라 하는생각이나서, 쌜리맛나보야겟다고 분쥬히것기시작하엿다.

그가 自己방에드러설쌔에,K의日記를듸려다보는,낫과허리가 다-가늘고 길-게보이는C의뒤가눈에쯰엿다. C라하는 굿세인後援者를 본K는, 무한큰슬픔이가슴을터치고 방안에차는거슬째다랏다.

「언제내려왓나? C! 사람살리게!」K는 이소래만하고 맥업시 털석주져안
젓다.

「응, 갓댓나? 오늘이 잔챗날이지?」C는도라안즈면서 말한뒤에, K를서너
번흘터보더니 와서손을쥐이면서 쏘한손으로 K의니마에 熱을본다.

「쟝가 왓던가?」

「모르겟네-」K는 한숨을내여쉬엇다. K는, 몸은안썰려도 心臟이약하게
보르륵썰니는거슬째다랏다. K는, 自己마음이 슬픔으로찻는지 무서움으로찻
는지몰낫다. 그는, 그런거슬意識하리만큼 마음이한가지못하엿다. 그는, Y의
問題를온전히超越한-아니, Y의問題를온전히니즌것가튼寂々함을째다랏다.
이째에 K는, 理由는모르지만, 자긔윈목숨까지라도바칠만한 C에대한極度의
戀愛에갓가운사랑이생김을째다랏다. C의게 손을잡히고잇는거시붓그러워서
그것까지 쏩앗다.

「잔체구경햇나?」C는무럿다.

K는, 이말이 別로히고마웟다.

「C! 난 죽겟네, 죽겟서! Y는가네…」K는 고마움에넘쳐서 눈물을흘린다.

「머리아프지안나? 熱잇네」C는, K의머리에서 손을나리우면서말햇다.

「모르겟네-어드런지……. 어질ㄴ한거이, 世界가 다-펑々도-네……」

「흐흥-, 눕게 자리펴줄께, 난K위해 부러내려왓네」

K가공경하는C가, K自己를위해서 부러平壤까지서울서나려왓다 할째에,
K는깃브지아늘수업섯다.

C는니러나서 K를위하여 자리를폇다.

「자-눕게, 응, 아직인사도 안햇군, 그새잘잇댓나? 난安寧히게셧네」

自己도우스면서 남도잘웃기는, C의우서운소리에K는우스면서한숨을쉬이
며 「사람살니게 난죽겟네」하며 자리속에드러갓다. C는K의日記를볼동안에,
K는 괴로움과다토다가困하여잠 이드럿다. 검은것과힌거시 범벅된, 曠野갓
기도하고 바다갓기도하고, 쏘는하눌갓기도한거슬걸핏보고, K는펄덕째엇다.
어늬덧밤이되여서, C는불을켜고그냥K의日記를보다가후덕々 쮜여온다.

「왜그러나!」

「응?」 K는 갑자기 니러안저서, 어린애가치울기시작하엿다.

「왜?」

「응?무서워」

「무어시?」

K는 무어신지모르지만 무서웟다. 深々山谷에서범을맛난類의무서움은아니다. 世上의게져쥬를밧은뒤에 달에덩배를간다하여도 이무서움의百分의一도못된다. 넓으나넓은집을, 父母가어대나간틈에, 혼자서집을보는어린아희의게서야 처음으로볼, 그무서움을K는맛보앗다.

「K! 걱정말게 나여긔잇네!」

C의 이 어린애얼니는듯한말은 K의게는 큰安心을주엇다.

누가잇댓는가? 아, C가잇댓다. 나의兄C가잇댓다. K는安心하여C를처다보앗다.

「K, 무어이 무서워?」

「응? 머인지 식컴언거이………허-연거이………. 거져무서워………」

「엇더케?」

「응? 거져무서워」

「安心하게, 來日金剛山이나가세!」

K는 무슨말인지 쏙々이못아라드럿다. 긍강산이란무어슬意味함인가 K는의심하엿다. 벌서 아라보앗는지 C는說明을한다.-

「江原道金剛山말이야, 우뎡K데리례 平壤써정왓네, 편지만하문 안오갓게………」

「응-?」

「가지?」

「가게되문 가지」

「가게되면아라니! 가야지, 못가서 울지말구!」

「가지」

「참말?」

「응-」

「글세 안가문 태르 좀째리럿더니………」

K도C의性質이이런줄은  잘알지만,  이러케까지갑작이나온데는,  K는다만
속으로「亦是C루다」 생각밧게는 더못내엿다.

「그럼 누어 자게, 나두 여기서자겟네」 K와C는나라니하여누엇다.

二

「K! 니러나! 열두시가됫는데………」하는C의소래에 K는 눈을번쩍썻다.

「이전熱두없네, 오늘낫車에쩌나세, 날두조쿠」하며 C는門을덜컥여럿다.

C의말과가치 날은참좃타. C는 열두時가되엿다하여서도, 아직 여섯時半
쯤으로, 하늘에는 -멀건 雲河가하나 걸녀이슬뿐이요, 가을노픈하늘은, 더놉
고푸르고맑고, 東便하늘에는 샛밝안새벽놀이 다리를버치고 괴상히웃고잇다.
가을 맑고찬空氣는, 더운긔운과合하여, 한不快와爽快를준다.

어제C의게 金剛山가기를 좀희미하게대답하엿던K도, 이日氣를보고, 쏘,
自己의知識의大部分을支配하는C의熱心을보고는 가여야만될마음이생겨서,
가세! 하고 니러낫다.

「니러나서짐쑤리게, 내짐은아까가져왓네!」

「쑤리지………쑤릴거 없네, 거저가지」

「흥! 거大勇斷이루구만, 짐두안쑤리구………」

「자 가세人力車부를가?」

「그러게, 난 낫車에가겟네」

「져엉, 나제야車가잇지?」

K는 어제와오늘의 마음이다른거슬 속으로異常히녀기면서입으로만대답
하엿다.

-K의Y에대한사랑은, 마츰내肉의사랑이댓다, 陰陽이合한사랑이댓다. K
自己가, 肉의사랑이래도관치안타고 억지로마음을먹고, 그러케미드려하여서
도,여러가지C의게서어든知識으로 자기惱悶을억지로해결은하여서도, 쏘는참

사랑이되기를　대단히願하여서도,　그의사랑이肉的이던거슨　그自己도아는바이다.　肉의사랑은　肉의結合이업스면消滅된다고K自己도말한바와가치,　Y의마지막宣告를바든다음부터-K와Y의새에　肉의結合이업서진째-그瞬間부터K의사랑의寒暖計는차々나리기시작하엿다.　無論「깃븜의反動인슬픔」도弱하지는아니하엿지만　當時의K의슬픔의大部分은　싀기로因하여나온그거시다.　오늘이야K는그거슬째다랏다.　어제Y의잔채구경갓다가　보지도안코도라온K의心理는,　탁　티바치는싀기와Y와永久히쩌나는瞬間엣　한낫神秘的째다름으로말믜암아난실신에지나지못하엿다.　그리하여,　갑작이　그가崇拜하는,　그의知識의根源인,　그의唯一의　理解者인C를보는瞬間에　安心과「내게는　걱정이잇거니」하는생각의作用으로熱도낫댓다.　그러치만瞬間的熱은곳나리고　그는C의感化로以前과가튼快活한K를회복하엿다………

그들은　아침밥을먹고,　짐은　열두時쯤停車場으로보내달나고부탁한뒤에담배를하나식퓌여물고散步次로모란峯을向하엿다………

「요게　숨이차단말이야?」　아직것Y의니야기만무르면서오던C는　처음으로모란峯쑈닥이에올나와서야짠말을한다.

「자네두　씩々거리누만」

「하々々々나두?　-조-타　져乙密臺바라」

「조-치」

「져乙密臺과　언제바두　실쯩안나!」

「응」

「저乙密臺가　空中에쩟나　짱에부텃나?」

「쩟네!」　K는고함첫다.

「그래!　쩟지,　平壤市民를감독하랴구」

「왜?」

「K!　平壤서　무슨내음새가나는지　마타보앗나?」

「하々냄-새가나々?　무슨내?」

「걱정말게,　자넨　그축에안석겟네,　守錢奴내,　돈내,　物質내　虛榮내!」

「난安心햇다,　서울선무슨내가나々?」

「자네모르나? 大監내, 건달내, 비단내, 셋방내, 無識내!」

「金剛山선 무슨내가날가?」

「아마 神仙썩은내나 나겟지」

「하々々々, 쏘 중내………」

「그랜. 저저-기 져바위가쥬암이지」

「응」

「거츤 물의핍迫을바들지언뎡, 속은 亦是萬年不變이요 동해물과白頭山다-마르고다라두나는變치앗는단졍신이로구만!」

「응!」

偉然히서잇는쥬암은, 물과百萬年을다토면서도, 거츤물에잠겨슬지언뎡 속은亦是내속, 졍신은亦是내졍신이라고, 百萬年을百萬人의게百萬가지로 가르치던쥬암은, 亦是屈치안노라고 웃둑大同江우으로소사잇다. 그겨트로는 물이 더폼을가로물고, 모란峯에서까지들니도록 앎-ㄴ고함을치면서 나려온다.

「음쯕이나하겟냐!」하면서 쥬암은 그냥偉然히서잇다.

「箕子墓루가세」 C가말햇다.

「가지」 K는짜라갓다.

C는 箕子墓를께서 큰길로나섯다. 箕子墓에가자던C가 들느지안코지나감으로 K는 이상하여무럿다-.

「어듸루 가나?」

「停車場으루 가지」

「응-時干되엿나?」

「열두時반이지낫네」

그들은 七成門안까지와서 人力車를자바타고 停車場으로向하엿다.

가는길에, 瑞氣山火葬場에서는 -千九百十八年의돌림곳불로죽은사람을 타치는내가, 노피東北편하눌로, 世上사람을비웃는드-시 ○勵하는드-시 길-게비치고잇다.

三

낫車에時간이못미즌  그들은,  새벽한時車에一等室에서로對하여안젓다. 一等車를처음타보는K는, 安樂히쏘뿌아-에 픽 듸리배기면서C의게무렀다.-

「C, 一等만타고단니나?」

「응, 왜?」C는 대답兼무러본다.

「人道에違反되지안나?」

「하々々々 어늬틈에 그리人道主義者가되엿나?」

「머 人道主義者가된바-ㄴ아니지만………」 K는 입을움찔々 하엿다.

「하々 바보의소리야ㅅ. 자긔의能力으로할수잇는데까지는自己몸을平安히할거시라네! -가만, 여긘글넛서, 지나단니는사람들의게 자는상뵈구, 어듸, 내寢臺券사을쌔 안자기다리게」하고 C는니러나서 車掌室로갓다.

C가간뒤에, K는, 하-얀무명으로더핀쏘뺘-예양생스러히듸러배겨서, 턱을팔에의지하고平壤파발을내다보앗다.  驛夫들의 「평양ㅅ」하는소리는, 改札口에걸녀잇는불과함끠 조름오는드시 뷔인뎡거댱에퍼져나간다. 改札口밧게는, 객주집使喚과巡査들이 조림오는눈을부비며, 빗나는車窓들을듸리다보고잇다.

鐘소리와呼角소리가나고 汽車는한번고함친뒤에「턱」 소리와함끠 파발을쩌나서,  턱々 소리가날째마다速力을加하면서,  반짝이는등불들을뒤로보내며 양간島로드러선다.

「그러타!」K는 무어시그런지는모르지만, 소래까지내여중얼거릴째에 C가도라와서 턱 거러안는다.

「K!」 C는 셩난소리로찻는다.

「응?」

「이車두 서울까지가지?」

하하-失敗하엿구나 하면서, K는대답하엿다-.

「음 가지」

「글세! 상놈들, 寢臺車만 서울간다는法은업지! 이車도 서울아니야 釜山

싸지라두가! K, 이車루가세, 샹놈들滿員 됫대네」

K가 잘-아는C의교만한성질의産物이이거시다. K도, 다른사람의게면「쏘시작햇다」라던 좀놀릴터이지만, K가존경하는C의셩은直接으로K의셩이요, C의깃븜은 直接K의깃븜이나다름없다-K는 대답할말이업서ㅅ 가만이섯다.

「K, 담배나하나식먹구 자세」

C의주머니에서는, 조-흔葉卷이둘나와서, 하나는K가부치고, 쏘하나는C가부첫다.

一等室은 고요하엿다. 新聞記者인듯한사람하나와, 엇던軍人하나밧게는 다-寢室로가고, 간혹 車가로돌쌔에쎄그걱ㅅ 하는소리밧게는, 참고요하다.

K는 門틈으로드러오는바람에 담배내를퍼치면서, 번-하니西北편하눌로보이는, 차ㅅ 멀어져가는하눌을보면서, 마음에는, 슬픔외로움과 갑ㅅ 함을쌔다랏다.

「흥! 되구시픈대루 되어라!」 이즘그의게無時로생각나는, 쯧업시理由업시쑥나오는句를 속으로중얼거리고, 平壤의하눌을 그는 한層더자세히보앗다.

K는 슬펏다. 별로슬펏다. Y를일흔것보다도, 아픠의로운삶을내여다볼쌔 엣 神秘的豫感으로말믜암아나온슬픔 그거슬, 그는 쌔다럿다. 넓으나 넓은世界의億萬人口가 한瞬間에모도消滅하고, 물로씨츤듯한世界에 다만혼자 의로히남은슬픔 그거슬, 그는쌔다랏다. 十五六世紀式宏장한建物안에 혼자안저서, 쏘-만틕한녯젹騎士니야기라도늙은쌔의슬픔, 그거슬 그는쌔다랏다.

그의눈에는 눈물이핑-도랏다.

그는, 벌서잠이드른C의게 눈물을감초려고, 손으로 외인편쌤을지펏다.

「흥! 되구시픈대로 되어라!」 그는 소래를내여 중얼거렷다………

멀-니山미테서 반짝거리던불 며치가, 汽車뒤로다라난다. 그우로는 음력初엿새날굽으러견달이, 식컴은, 독갑이 울만한솔밧우에 푸르게나려비최이고 잇다.

K는 이거슬내여다보면서, 그의질리는쌔-토-웨의 「月光쏘나-타」를쉬파람으로불면서 발로曲調를마추고이섯다, 몃번 거퍼하고ㅅ할쌔애, 그는, 汽車의 덜, 덜, 덜컥, 덜, 덜, 덜컥하는박휘소래에서도 이音樂이울리워나오는거

슬드럿다. 그거슨, 오-케스트라合奏이다.

그는, 눈물을씻고, 이音樂을드럿다.

이音樂은, 차차, 汽車박휘에서만 나지안코, 左右편의넓은논과밧과, 그쓰테잇는 뫼와森林에서까지니러나서, 그소래는 뫼를울리울드-시宏장히K의귀로나라드러온다.

K는 구름우에올나안진것가튼 너울ㄴ하는마음으로 이를드럿다.

소리는 차々 커간다.

「잘한다!」 K는소리를내엿다.

그의 허파에는, 깃븜으로찻다. -그는, 전에 半月島에누어슬째에 처음으로 이깃븜을맛보고, 오늘이두번째이다……….

그소리는, 가채서나면서도 쏘멀-리서나는것가치, 바람의결과함씌, 좀굵어도지고 가느러도진다……….

「아-, 이거슬모르고, 스물네해를살앗다!」

K는, 무어신지는모르지만 엇던 삶에徹底한哲理를아른것가치생각되엿다. 무어신지는 모른다, 엇더턴以後에 탁 맛날째에는, 아! 이거시댓다! 씀-은 자긔의게알게된것가치생각되엿다.

그는 져-편아플내다보앗다.

거기는, 한 비치잇다. 해의빗도아니다, 달의빗도아니다, 神秘의눈에비최인神秘의비치, 거기는밝게빗나고잇다. K는, 뫼를쎄고, 더져편을내다보앗다. 거긔는, 끗업시넓은벌판이展開되여잇고 亦是아지못할비츤 밝게-赫々히빗난다.

「西方十萬億土의極樂世界-요단江져편의大樂園!」

그다음瞬間, 그는, 그넓은벌 져편쓰테 가서서 닷는汽車를보앗다. 汽車의닷는곳은, 씸々하고불상하도록볼것업고, 그안에보이는K自己는 참엇더탈지모르도록 썩고더러웟다. 그러고K自己가 서잇는곳은, 무에라고말하기어렵도록 아름다은音樂과香氣로찻스며, 거기비최이는비츤, 人間엣 그누-러코붉은 햇빗과는다르고, 참사랑의粉紅빗비치, 동그러케빗나고잇다……….

「아-, 이거슬모르고 싀물네해를사랏다!」

그音樂과그비츤, 차々 더아름다워지며 차々 더빗나며, 둘이合하여 둥그러케-圓滿하여진다.

K의깃붐은  맨쯔테達하엿다.  K는,  이와가치지나는한時間을위하여서는 十年의목숨을바쳐도 앗갑지안케생각하엿다. 이거슬 못맛보고사-는닐흔의목숨이, 이거슬맛븐 즘물의목숨보다도 얼마더불상한지, K는헤아리지를못하엿다. 이시간이 K의게는 第一갑잇는時間의하나이다.

「아-이거슬모르고, 즘물네해를사랏다!」

四

사흘뒤 아츰열時쯤K와C가탄배忠淸九은 長箭港 어구에갓갑게니르럿다.

K는, 몸을결박한듯한 C의낡은洋服을닙고 C와함끠甲板우에나섯다.

가을 찬바람은 K의洋服압자락을  휠々 뒤로휘날닌다.

K는 몸을한번쩌른뒤에 C의게向하엿다-

「에칩다-. -C, 洋服작아 글넛네」

「조흐네 조아!」

「조-타니? 결박한거가태서 글너서, 返還하세」

「그럼 멀닙구? 자네 잔득吐하지아낫나?」

「씨처닙지」 K는우섯다.

「하々々々 씨처서!? 해보게」

「C좀씨처주게!」

「성화시키지말게, 한데 이배-ㄴ 어듸루다을作定인고온?」

「뎌-긔다-ㅅ 겟지」하며 K는, 뱃머리向한편을 가르첫다.

「그런 無人地境엔 다-ㄹ理由없구」

배는 쏘머리를한번들녀서, 半島와가치나온山겨트로 도라간다. 이번은長箭港인가 할째에, 쏘아짜와가튼굿이 그들아페展開되엿다. 배는 천-천이, 소우는소리를連發르내이며 거긔를쏘지나간다.

「쏘지나간다. 요고지나면長箭港이네」

「엇재서?」

「엇더턴 長箭港이야」

「자긔두 잘-모르댓구만」

「내기라두 하세」

「아무케나, C, 무얼내겟나?」

「자네부텀 말하게」

「말하게」

「내, 洋服빌녀주지. 자넨?」

「洋服은 벌서닙엇네. 가만! 배도라선다.」

배는 또한번괴상한소리를내이고, 천-천이도라선다. 뫼겨트로 식컴은石炭배두엇과, 새로지은집몃개가 보이기시작하엿다. C는, 내기하던거슨니젓는지곳짐을가지려쒸여나려간다.

K는甲板의欄干에의지하고  차々 커져가고  만하져가는長箭港을바라보앗다.  뒤와  오른편으로는뫼를씨고압흐로는바다를안고  외인편으로는溫井里가는큰길을가지고,  져편뒤에는大金剛의偉大한경치를벌린長箭은,  깃븐드-시, 자랑하는드-시, 붓그러운드-시, 조-고마케웃고잇다. 棧橋도보엿다. 三四十의새집으로만된長箭港오른편쯔테달린棧橋에는  지게쑨과人力車쑨들과나그내마즈려나온사람들이  싸밋ヽ햇득ヽ배를  바라보며  기다린다. 그뒤에는, 개가몃머리 바람과희롱하며 날뛴다……….

배의「터르럭」닷주는소래가날째에, C는짐을들고나왓다.

배가멋고, 棧橋에서는 매상이가하나나온다.

K는 나리고십기도하고 슬키도하엿다. 그의머리에는, 문득, Y의게대한한神秘的슬픔이쩌올낫다. Y와는 인젠永久히만날수업다. 自己는 멀-니俗世를쩌난金剛뫼에잇고, Y는 俗世가운뎃俗世俗世平壤에잇다. 이와가치 自己와Y의새는 距離의새쑨아니라 境遇의距離의새까지잇다. 엇지Y와만날수이스랴! 理由당치아는 이決論도, 그의게는, 데―당연하고 데―을흔決論으로생각되엿다.

「음! 되구시픈대로 되어라!」 그는 소리를내엿다.

「무얼그러나? 자, 내리세」하는C의소리에, 그는펄썩놀나서, 잠깐C의나츨 쳐다본뒤에 말업시C의짐을하나들고 구름다리를나려서매생이에올낫다.

매생이가 사람으로가득찬뒤에, 찌그걱ㅅ젓-는소리와함끠 매생이는本船을떠나서 棧橋로간다. 배가다은다음에 棧橋에나려서 C는바다를向하야도라선다. K도 가치도라세서 그밝은바다빗과 그넓은바다ㅅ긔운을, 가슴쩟듸리마시며, 굽으러지고쏘굽으러저서 더넓은朝鮮海와接한長箭港을바라볼째에, K는, 一전京義線列車안에서 기름자의世界를쩌단닐째엣 그것과비슷-한거시라. 그는C를보앗다. C도 눈에爛々한비츨내이고, 아츰비체반짝거리는反射光에 나츨쪼이면서, 펴젓다 줄어젓다 하는 바다의해와, 萬年의秘密을감초고잇노라는 샛파란바다의속색임을듯고잇다.

「아-」 K는도라섯다.


五


「金剛山호텔써정」 좀잇다가, 人力車를불너타면서C는車夫의게命하엿다.
「호데루말슴이오닛가?」 車夫는뭇는다.
「K! 이金剛山선 호텔을 호데루래누만-응-그, 호데루써정」
「내」
「쌜리」 C가말할째는, 人力車채는 벌서들니여슬째다.

배를처음타본K는, 배에서 겨윗다. 겨우다못하여마지막에는 쓴胃液까지 겨윗다. 겨워서 옷을모도적신뒤에, 그는, C의작은낡은양복을빌녀닙엇다.작은洋服으로 배를결박한그는 배에서나려서도 겨울것가탯다. 아니, 胃熟에 겨울것만이서스면 쏘겨워슬거시다. 바다의넓은景致를바라본뒤에는, 좀낫-지만, 도야지국에친국수를먹고는 쏘겨울것가탯다. 人力車를탓다. 그는, 단뎡코 겨우리라 생각하엿다. 그는, 이를 할수잇는데까지는 막아보려고, 숨-도適度로쉬이고, 몸도 할수잇는대로 안음즉이고, 눈아페서轉換되는 景致를바라보앗다.

長箭을쩌나서 한 五十分이나 와슬째도, K는 구역을안하여슬뿐더러, 아짜구역짜지 어드로가업서지고, 외인편으로 오른편으로 건드리는양생쓴남앗다. 그는安心하엿다. 이安心과함끽 그의는 다른不安이쩌올낫다. 그새며칠동안은, 눈아페걸핏ㅅ밧괴이는景致로말믜암아, 또는, 생각하랼때마다 C의방해로말믜암아못한, 끗업는싀긔와함끽, 또끗업시痛快한, Y에대한생각이 구역의安心과함끽 니러낫다.

「Y는 지금무엇하고잇노」Y의생각을할째마다 데—몬져니러나는거슨 이거시다. 그는 눈을감앗다. 눈썹질안으로 비최이는, 샛밝안피비츨보면서, 그는 Y의기름자를보앗다.  Y의아페안진사내는-Y의男便인듯한사내는 優雅하고 사내답고, 貴族的위엄을모도가젓고, Y는그아페서熱心으로 흘닌드-시 그사내를듸리다본다. 무론 그기름자는희미하고쪽々지아낫다. 그러치만, 쪽々지안코도 그男子와Y의形容은K의게쪽々히印像된다.  이째의Y는 세리상의Y 그가아니고, 참女性美를가진, -K가잘아-는-붓그러움의우슴을웃는 그表情의Y다.

K는, 자긔가슴속 어듸, 구먹이뚤너지々안는가 의심하엿다.

그러치만, K는, 막지못할引力으로, 그空想의범위를 한層더기폇다. 한번번쩍한뒤에 아싼기림자는업서지고, 샛밝앗케비최이는 썹질만보엿다. K는, 이번나올 그무서운기름자를 생각하엿다. 샛밝아턴눈썹질은 검은膜으로 잠간더폇다가, 그검은膜뎌편쓰레 엇던알지못할사내의머리아레 머리를 하—얀베개아레헤쳐노혼 가보엿다. 검은膜은니블로하엿다.

K는 니를가랏다.

Y의 우에잇던사내는, 어느텃K自己로變한다.

K는, 一변깃브고 一변성낫다.

「그럴理가업다. 다른놈이다. 村무지렁이다. 아짜그런美男도아니다!」

기름자는 한번펄걱 또뒤집힌다. 거긔는, 눈에눈꼽이지기ㅅ씨고, 입술에서는 고름이질-질나는 보기도더러운촌무지렁이의길구리가튼팔 안에 Y가끼여안저서, 너머깃버서생긋ㅅ웃고잇다.

「에-잇! 되구시픈대로 되어라!」 그는 속으로부르지젓다.

「아-그러치만-Y는 나를亦是생각할가?」

그는, 그뒤를생각할만한 쪽々 한머리를 가지지못하엿다.

그는 눈을번쩍떳다.

이끼로둘너째워서  샛감아케보이는바위와,  인전褐色으로변한풀로된뫼가 외인편으로 오른편으로 뎌-편아프로 웃둑세서 陣과가치보이는 복판가운데, 가-느르게 한줄의길이잇고, K의아페는, 左右하는C의머리가 人力車를넘어 보인다.

K는 결셜에 C의게무럿다-

「C, Y-ㄴ지금 무얼하구이슬고?」

「하々々々 또생각나々?「自己새서방의 의복하겟지」-그따위 생각은, 틈 이슬째하구, 뎌 바위나 보게. 솔개바위라네」

「솔개바위-ㄴ 아까지내씀니다」 車夫가註를단다.

「하々々々 지냇나?」 C는웃고만다.

「世上즐거워할거시라, 悲觀치말거시라」하는C의態度가, K의게는 부럽고 도 뭅고도 首肯치아늘수업섯다.

「온 엇지하면 뎌러게, 모-든煩悶을超越하여, 모-돈근심을度外로볼수가 이슬고?」라는생각은, K의머리속에서, Y에對한번민과함끽 죽을쑤덧 북격丶 도라간다.

C와Y. C의樂觀. Y. 그의남편. 나와Y. 사랑. 나와Y의남편의사랑. 갈구리.

그의머리에는, 統一업시, 이생각이왓다갓다 하엿다. 그는 눈을감고, 理由 업시-統一업시나오는統一없는생각으로 머리를어지러히하며, 엇지되는지 自己도모르게時間을보냇다.

午前두시쯤, 그들이탄人力車는 溫井里金剛山호텔문아페닷-다.

車夫는 人力車를노으려가다 생각난드-시

「아, 여름밧게는 호데루에사람안묵임닌다」 한다.

「머? 안묵에?」 C는 셩을낸다.

「내」

「그럼 왜아까長箭선안그랫서!」

「이젓댓슴니다」

「이-젓-댓-서-? 그런걸 니저 엇재-샹놈들, 녀름나그내만 나그냐야! K, 아무데나묵세-애, 아무데나 졍한데루 가자」

그들은 새집뿐으로된溫井里를지나서, 져먼곳 엇던旅館아페니르럿다.

삭을준뒤에, 그들은主人의게끄을녀서 어늬의짜른방으로드러갓다.

「에-, 이젼 다-왓다」 K는드러안지면서 별로安心되여 말햇다.

「홍! 이旅館도죠키만하다, 호델은별한가?」하면서, C는 온졍里가운데를 一直線으로째인길노向한門을덜컥여럿다.

언졔던그러커니와 K는 C와對하면 모든煩悶이쓰러져업서지는거슬깨다랏다.

「C, 이런데두自縫針이쓸데잇나?」

「왜?」

「져마진편에 씽거會社特約店이잇기에」

「에-, 좀 누으야겟다」하며 C는벌덕잡바진다.

「나두 누웃자」하면서, K도 누엇다.

「그런데 K」 C는 누어서찻는다.

「왜」

「내말듯게」

「듯지」

「Y-ㄴ 자넬안니즈리!」

K는 무슨영문인지를몰낫다. C는 Y에대한니야기를 모란峰散步갈째  한번만무럿고, 그뒤에는, 아직껏K의게그니야기를避하여왓다. 그러든C가 갑자기Y의니야기를쓰내는데는, K는, 영문을몰낫다.

「엇재서」 K는무럿다.

「엇재서던 안 니저」

「理由가 이스야지」 K는亦是의심하엿다.

「理由야무론잇지-엇더턴 자네가몬져Y를니즈리!」

「딸하々々々々 내가몬져-?」 K는 두 번째놀낫다. 그러면서도 그는 「그럴가?」 생각지아늘수업섯다.

그의Y에대한煩悶은, 亦是「하고시퍼서하는煩悶」에지나지못하엿다, 뜻하지안코나오는 참마음의煩悶이아니다,「내게는 무슨번민이잇다. Y는간다」부러생각하여쓰내이는 他發的번민에지나지못하엿다. 그證거로는, 혼자서 갑々히 이리져리생각할째야만 그는自己의번민을째다랏다. 참煩悶이잇는사람은 K와가치 그러케까지 한가히煩悶치못한다. -K는,「그러려니」생각하엿다……….

「그럼! 무론 자네가 몬져넛지, 자네性格이, 그거슬 증명하네!」

C의게 편지로나 Y의니야기를하는거슨 관치아나도, 直接으로니야기하려면, K는, 언제던 나치훅군ㅅ다-는거슬째다랏다. 弄談으로問答은하여도 나치 다-는거슨變치안는다. K는話題를밧고엇다-

「그런데 來日은 어딀가노? 萬物肖?」

「九龍淵으루 가세, 갓가운데부텀 하야지」

「九龍淵이라니? 못?」

「瀑布」

「폭포? 죠치!」K는 곳贊成하엿다.

「K, 자 散步가세!」

六

C와K가 人力車로神溪寺에니른째는, 가을놉고흰하늘 좀南편으로북관가운데 누-런해가걸녀슬째-正午에갓가운째다.

잿빗슈염을新式으로싼근房主가나와서 그들을마잣다. 그들은 덜門안에드러섯다.

「K, 곳갓다오지」

「아무케나」

「그럼-」C는 방쥬의게向하엿다「저- 案內꾼하나 좀 불너주시우. -九龍淵이나보구 오는길에멀구경이나하게………」

「그립시다」방쥬는 공손히대답하고, 무어슬修繕하는지 일꾼들이일하는

편으로갓다.

「K!」 C는K의게向하엿다.

「음?」

「그 쥬의 벗게」

「왜?」

「더운데 버서맷기구가지. 모양사나워! 누릿ㄱ한거이」

K는 쥬의를버서들고, 덜을둘너보앗다. K는, 덜에대하여 한不滿을깨다랏다. 그래도歷史도길-고 金剛山가운데第二流의덜가운데는 든다는거시, 이러케짜지 더럽고 낫고 조-고말줄은 그는 뜻도안하엿다. 그러치만, 그가운데도, 그는 한靈氣가 차잇는거슬안感할수가업섯다. 엇더케-ㄴ지는, 어듸-ㄴ지는 모로되, 그近處의空氣에는, 酸素炭素밧게 한靈氣라부를만한긔운이包含되여잇다. 그는, 長箭가는큰길에서 이神溪寺로오는겻길로드러세서 한참드러와서, 길바룻겻뫼미테 기와집이두어개잇는거슬볼째-그瞬間부터,이靈氣를깨다랏다. 世界가넓다하여도 金剛山이아니면못感할靈氣이다. -

방쥬는, 案內꾼을불너가지고 왓다.

그들은, 그덜에서 집신을사서신고, 구두와K의쥬의는맛긴뒤에 案內者를 짜라서 덜을나섯다. 「자- 가십시다」하며 案內꾼은 快活히 팔을저으며 앞서간다.

濕氣로찬 솔밧하나을째고, 그범위밧게나세서좀더가다가 C와K는 그아페 던개된景致에놀나서 발을먼쯧머추엇다. 곳아프로도 싹거세운듯한뫼, 외인편으로도 싹거세운듯한뫼, 오른편으로도 싹거세운듯한뫼, 그 가운데-K와C의 곳발아페는, 참 屛風山水畵에서나볼 시내가, 東으로 西으로 도로東으로 소래를내이며흐른다. 색감안이끼로더핀花崗巖으로된뫼, 그가운데 흙잇는데는 색감은朝鮮솔과 「지금이내째루다」라고자랑하는丹楓이, 감아케 붉어케 쏘는 누러케點綴되여잇다. 뫼에가리운, 조금안하눌에서나려비최이는어두운비츤, 흐르는시내의물결의게 물니치워서, K와C의나체 반짝ㄱ班點을지운다.

「죠타!」 K와C는 함끠 고함첫다.

조와요? 더 드러가자 더죠씀니다. -그래두 우린 늘보니쩌 그리죠흔줄모르겟는데요」案內者는 자랑하는드-시 도라세서말한다……….

「자 가세!」하는C의소래에 K는 다시 것기시작하엿다.

「K는, 가득찬靈氣를마시며, 무르닉은男性美를나타내는左右앞뒤엣경치를보며 혹은시내를근너쒸며 혹은, 네발로거르며, 사람을취케하는景致에「죠타」소리를 連發로하며거럿다.

「이거이金剛門이올슴니다」 하는案內쑨의소리에 K는그편을보앗다. 외인편은 우들투들한바위요 그다음은시내요 正面으로는 큰바위가운데 식컴은구먹이잇다.

「이리루 드러갑시다」案內者는그구먹속으로드러간다.

「K, 독갑이잇나注意하게」하면서 C도드러섯다. K도 짜라드러갓다.

얼마나기-ㄴ 줄아랏더니 한번곱으러지고는 다시곳

「이제부텀이 참金剛이왼다」

그들은 金剛의偉大한大自然안에서 쏘아프로나아갓다.

「저것바라」 한참가다가 C가고함첫다.

팁々이 둘너싼金剛山을 한칼로내려쩍은것가치, 그들이섯는곳서一直線으로는 멋겹들너쌋던左右편의뫼가, 모도다- 사람人字쩍구러세운드시터지고, 그틈으로는, 가을말근바람이 金剛의靈氣를모라다가 그들의게보낸다.그름으로보이는 져-편멀-니 뫼밧게는,눈이싀도록 밝은비치 줄기ゝ 빗난다.

「平壤까지 뵈겟다!」K는 고함첫다.

「더 가세」

그들은 시내를찌고 쏘것기시작하엿다.

「여긔는 玉流洞이올슴니다」하는소래에 그들은 쏘면쯧섯다.

地盤全面이花崗巖으로되고 거긔는 玉流洞이라 그밧古今의遊覽客들의일흠을색여스며 져-편疊々 이둘너선 뫼의屛風새에서는 참玉流인-玉과가튼시내가東으로西으로곱을ゝ 花崗巖새로흐른다.

「에-, 다리아프다」하고K는털석주저안젓다.

「쉬여서가지」하며 C도안젓다.

「景致엇던가?」 K는못럿다.

「죠-ㅅ네, 벙어리꿀먹은맛이네」

「모르겟단말인가?」

「왜?」

「그래두 벙어리꿀먹은것갓대게………」

「하々々々」 C는 그特有의웅々울니우는소리로 웃는다 「자네 아직 벙어리꿀먹은맛이란 그런뜻으루 아라댓나? -벙어리가 꿀을먹기는먹엇는데, 맛은너머나조와두, 벙어리라 엇덧탈지形容을못한다는뜻이라네形容할만한適當한말이없단말이야. -자네 金剛山印像이 엇덧나?」

「벙어리 꿀먹은맛이네」

「자, 니야기해보게」

「자네부텀하게」 K는逆襲하엿다.

「나부터-ㅁ? 하지」하며, C는 旅行쌕에서 스켓취북을 끄내인다.

「하하々々 그림으루그릴作定인가? 것두印像인가?」 K는우섯다.

C는대답도안하고, 曲線과直線으로된 알지못할그림을그린뒤에, 한참눈을 감고잇다가 다시쓰고, 이線畵우에 물감을 칠하기시작한다.

「이거이 머야?」 K는 무럿다.

C는亦是대답업시, 머리를 이리기우럿다. 뎌리기우럿다 하면서, 물감을 다-칠한뒤에

「자, 보게」하면서K의게내대인다.

K는 보앗다. 무어신지 모를 림이다.

「한참보게」 C는注意한다.

한참볼째에, K는, 무어신지는 모론다, 어된지는모론다, 엇더턴 그 그림가운데서-그알지못할 五色으로된曲線과直線과面가운데서, 豐富한, 그金剛의 偉大한경치와情調와靈氣를發見하엿다.

「金剛山의경치 의印像은,말이나글루는 못나타내-겟네!」 C는말햇다.

「됏네! 자넨 偉大한印象畵家네-그런데 溫井里인상은 엇더턴가?」 K는무럿다. K는, 自己가溫井里에드러서는瞬間에 엇던印像을어더슴으로, 그거슬 말하고시퍼서 무른거시다.

「자네는엇더턴가?」 C는도로뭇는다.

「나? 밤껍질에 밥담은것々 세」

「좀더잘하야겟네」

「이젠  가십시다」하는案內者의소리가들린다.  案內者는  어늬덧어듸가서 튼々한지펭이를하나 까거가지고왓다.

「가세」하며C도니러선다.

「난 좀더쉬여서가것네」 K는더든々이안젓다.

「그럼 뒤루오게」

「음-」

C는 서너거름가다가 쏘도라선다.

「그래두안오나?」

「음」

「응이라니, 빨리오게」하면서C는, 이번은 뒤도안도라보고 案內者를짜라 갓다.

「굽으러진곳마닷. 表하지」하는C의소래는 벌서쮀 멀-리서들린다.

K가C를안짜라가고 그자리에멈으론데는 한理由가잇다. -花崗巖틈으로흐 르는 그푸르고맑은물에 K는 샛노란 가을쑥꼿이 물결을짜라高下하며흘너나 려가는거슬보앗다. K는, 이것을두고, 할 난空想을맛보고시펏다. 그래서 C가 몬져가기를 기다리고이섯다.

四圍는 참고지낙하다. 쫄々흐르는물소래와 째々로 나무틈을다라나는 바 람소래는, 소래는이서도-아니, 오히려 이소래로말믜암아 四圍는더고지낙하 다. 우으로터진하눌에서는, 밝은비치 줄기ㄴ 나려비최인다………

이째에K는空想의나라에드러섯다………

「-K는 어듸-ㄴ지모를곳에갓다. K의아페는 맑은시내가하나 맑게푸르게 흐론다. 그 시내에는-蓮꼿이한송이흘너나린다. 조곰뒤로 쏘한송이, 쏘한송 이, 쏘한송이, 쏭々 물결에 오르나리며 져-편下流로흘너나린다. -K는 어늬 덧 「九雲夢」의셩진이가되엿다-K는 니러서々 그시내에서蓮송이를하나들어 코에대엿다. 人間에서는 맛지못할香내가 코를쏜다. K는 귀를기우렷다. 人間

서는 도져히듯지못할 仙女의노래가 그시내줄기를쏘차 上流에서나려온다. K
는 눈을드럿다. 七色이朦朧한무지게가 그의아페서그를인도하려 기다리고잇
다. K는 다리를옴겻다. 발이 別로가브여운거시, 누가自己를들고가고 自己는
다만 다리만버둥거리는셈이다. K는 무지게를짜라 차々上流로올나갓다. 한
참을나가매, 香내는점々 만하지며, 노래소래는 점々더커지고雅하여진다. K
는춤을추면서올나갓다.  더가다가  참所謂金盤에구슬을구을니는듯한소래에
번쩍注意하니, 찬란한비단으로 몸을검쏘, 검고기-ㄴ 머리를 뒤로푸러나리운,
八人八色으로 각々女性美의最頂點을가진 八仙女가, 그를둘너싸고 아양을
부린다.  妾들은郎君을기다린데오랫는데  郎君의오심이엇지이리느지뇨 仙女
들은K를원망한다. K는 핑게를대고 謝罪를한다. 仙女들은 깃버서 K를위하
여 노래를부르며 춤을춘다.  그런뒤에  八仙女가다-K의게偕老의맹셔를원한
다. K는 좀 쏜다. 仙女들은 分時라도쩌나서살수업스니 아모턴, 玉皇上帝님
께 許諾을맛자한다. K는 마지못하는듯시 허락하고,八仙女引率하고上帝님께
夫婦되게하여주십샤고 원을한다. 죵내上帝님도허락을하셔々 그는 天上에서
八仙女를안해삼고 자미잇게잘-사른다.  하로는 K는, 大東帝Y國高麗에, 한
一年間나려가살-기를上帝님쎄비러서 許諾을맛고 平壤에宏大하게官을짓고
八仙女데리고 나려온다. Y는………」

K는 침을 탁배앗고 니러서々 C의뒤를짜라갓다.

「C-C-」

「왜애-」

소리는 이뫼에울리우고 뎌뫼에울니워서 K의게로나라온다.  K는 소리나
는方向으로 혹은네발로긔며 혹은쇠사실로째라서 C의뒤를짜라갓다.


七


「C-C-」 부르면서, 물에저저밋그러운바위들을거러서, K가겨우C잇는데
머츤째는, C는 案內꾼의說明으로飛鳳峰을보고飛峰瀑으로向하여슬째다.

望遠鏡을썩구리쥐고 멀-니서나이야가타瀑布를보면, 이것시卽飛鳳瀑이

다. 平面에갓가운斜面全石磐 감-아케보이는 더편쯔테서 하-야케비눌가치 빗나는물이, 혹은一二丈혹은三四尺의언덕을 쩌러지며 구을너서, 그들아페 서는 조-곰한개골가치되여 아레로다라난다. 瀑이라는것보다 샘물에갓갑다, 여긔는 金剛山境內에 들물도록, 하눌이넓고 밝다.

「K, 엇던가?」

「벙어리 꿀먹은맛이네」

「쏘벙어리-ㄴ가……… 물좀먹자」하면서 C는 물로갓가히간다.

남이목마르다는소리를드르니, K도 별로목이말너서, C의뒤를따랏다.

「K, 밋그러우에, 注意하게」하는C의소리를듯고, K는, 두팔을들고 춤추덧 中心을잡으면서 물잇는데로가다가, 물에서一二尺되는거리에서 모-든勞力 쓸데업시, K는 밋그러져서 물에첨벙쌔졋다.

「하々々々々종내쌔졋나?」C는웃는다.

「에 칩다」하며K는 쌜니니러세서 언덕의밋그러운바위를 손으로잡고 올 나오려고애를썻다. K의잡은바위평판하고 밋그러윗다. 물쌀은쌜낫다. K는 쏘 한번넘어졋다.

「이손잡게」하며 내여미는C의손을 K는잡고, 푸-ㄴ머리에서흐르는물을 입으로쑤리면서, 밋그러운거슬도로쌔졋다 나왓다하다가 겨우언덕우에올나 왓다. 옷에서는, 찬샘물이 줄々々 흐른다.

「에, 칩다」 K는 왼몸을부르륵쩌럿다.

「치운가? 이게 야-단이루다. 외싼데라 닙을게잇서야지」

K는, 저구리를버서々 쥐여쌋다. 물은 한사발이 넘도록 쩌러진다.

「가만K, 저구린-ㄴ이 내洋服닙고 바지나짜게, 내짜주지 벗게」

「머 내짜지」하고, K는 도라안저서 바지를짜서닙고, C의服洋저구리를 어 더닙엇다.

K는, 이째야, 아싸와가튼 그겉의치위가아니고 참心臟의치위를意識하엿 다. K는 몸을오구러틔리고, 무릅을안앗다. 치위는, 가죽을쎄고 살을쎄고 心 臟을쎄다 못하여, 도로살을쎄고 가죽을쎄고 뒤로쌔져다라난다. K의입과 등 과 무릅은 머출려야머출수업시 우르륵쩔린다 K는, 눈을감으면 좀낫지아늘

가 하여, 눈을감앗다. 아까보담 더칩다. 도로 눈을썻다. 쏘 더칩다.

「에, 칩다」 그는 氣力업시조-곰안소리로 말햇다. 말을하니, 입을벌리니, 치위가더하여진다.

「건 멀하레싸진담-엇더턴 야-단이루군. 엇잔단말인고. 가만, 조흔수가 잇다」하며 C는벌덕니러선다. K는, 힘업시 눈을가만-이쓰고 C를보앗다. C는 案內꾼을불너가지고 그近處를도라단니며, 마른풀과 나무쏘갑을줍는다. K는 이것만보아도 좀安心된다.

「하하-수가잇댓다」 K는 치위까지 좀적어지는거슬깨다랏다.

한참모아 노흔나무부시럭이는 작은데-블만큼K의아페 가려젓다.

「이젠 됏다」하면서 C는 성냥을쓰내여 거긔불을지르고-

「자 담배나먹으며 녹이게」하면 자긔바지ㅅ주머니에서 파이레-트를두고 치내여 自己도하나부치며 K의게준다.

해-ㅅ비체 희믜하니보엿다 안뵈엿다하는불은, 그래도 내를무럭ㅅ내이며 속으로붓는다. 불을넘어서 더편으로보이는景致는 모도곱을ㅅ하게보인다.

「K, 자네불붓네」 한참녹일째C가말햇다.

K는 놀나서自己몸을살펴보앗다.

「어듸?」

「응? 그래두 자네게서 내가무럭ㅅ나누만」

「하々々々々」 K는 다만우섯다.

K의바지에서는, 김-이무럭ㅅ난다.

「K, 蒸氣浴하는맛이 엇덧나?」 C는, 담뱃내로 空中에그림을기리면서 뭇는다

「조-ㅅ네」

「그럼 한번더싸제보게」

「더안싸제두 넉넉하네. 한번만으루두 곳불이들린것々다」

「그런데 K」

「왜?」 K는대답하엿다. 무슨니야기를하려는고 K는생각하엿다. C는, 언제 던 좀별한니야기를하럴째마다나타나는 그表情-머리를 좀 외인편으로기우리

고 눈으로만 조곰웃고, 입을쌧죽케한-그表情으로 K를차진고로 ……….

「자네-ㄴ 아무데구 너머 참견을잘하데」

「왜?」

「보지. 失戀이流行할째라구 거긔창견하드니, 곳불이流行한다구 쏘창견할작뎡인가?」

「쏘 싀긔가나々? 그럼이번은 자네게물레주지」하면서 K는 담배를내여던졋다 담배는 K의저구리에서쩌러진물에나려져서 풀석水蒸氣를내고죽는다. K의바지에서는 김-이나서, K의몸의 웬아렛동을적시여, K는, 바위우에안저서 蒸氣浴을하고이섯다. K는, 마음이 하눌로 너울ゝ쩌올나가는것가탯다. 아렛동이 모도 근질ゝ한거시 그는 肉感에갓가운 한刺戟的感覺을깨다랏다. 이째에 K는, 보지도못한 알지도못하는, 存在의與否도모르는 엇던異性에대한 참쓰거운사랑이 마음에니러나는거슬깨다랏다. K는 이째만큼 異性에대한쓰거운執着를經驗한격이업다.………

K의마음에는 알지못할 엇던로-만틱한거시 往來할째에

「몸다-녹엇나?」C는뭇는다.

「응-」K는 쯧은쪽々이모르는 입술엣대답을하엿다.

「녹앗서?」C는 쏘웃는다.

「응? 응, 응 녹앗네 녹앗서」

「바지두 말낫나?」

「말낫네-아니, 채 안말낫네」

「쏘가세. 가는도안 마르지」하며, C는, 아직것들고 잇던 다-죽은담배를내여던지며 벌덕니러섯다.

「가지」하며 K도짜라니러섯다.

「案內꾼어듸갓늬? -안내-, 안내-」

「안-내-」K도 길-게고함첫다.

「네- 여긔잇습니다-.」案內꾼의소리는 뎌-편마진편에서 울니워난다. K는 거긔를보앗다. 案內꾼은 무슨나무에올나가잇다가 원숭이와가치 바르륵 나무에서나려온다.

K와C는 案內꾼잇는데로갓다.

「밤-좀짜댓슴니다-.」하면서 案內꾼은 고심토치와가튼 밤송이를며치, 돌가치구든 손바닭으로 뷔벼서까면서.

「외인편으루 가십시다」 한다.………

그들이九龍淵에다은째는 새로두시반쯤 가을해는 더누런빛이만하진째이다.

물에서 한十餘間나와 서잇는 望見臺에서 K는瀑布를처다보앗다. 뫼우의 凹字모양으로된데는 하-얀무명匹느리우듯한물은 하-안안개를픠우면서 바람을내이면서 쏘다져서, 물로말믜암아뚤린 바위의못속으로 쩌러진다. 그러고 全地磐이花崗石으로된 물쩌러지는데는, 어늬틈에C가가잇는지, C가보이고, C는 그안개로말믜암아 마치 물속, 물바닭을 거러단니는것갓다.

「K-, 이-리-와-서-보-게-」 C는 소리썻고함친다. 그소리는 졃-졃하는 瀑布소리에석겨서 조-곰아케 속색이는것갓다.

「안-가-겟-네-」 K도 힘썻고함첫다. 그는 별로억개와등이 치워서 그리 음직이기가실헛다.

좀잇다가 C는도라와서-

「이물마진것바라」하면서 화일쉬-트와 바지의안개를털고, 案內꾼까지 셋이서안저서, 簡單한뎜심을맛잇게자미잇게먹엇다. 그뒤에 그들은 도로神溪寺로도라섯다.

連珠潭에서, 案內꾼은, 昨年가을 엇던日人高等官이金剛山구경을왓다가 이連珠潭에서, 바람에나라나는帽子를주으려다가 짜져죽은니야기를한다.……
……

K가 도라오는길에 놀낸거슨, 金剛山景致는 그들이 九龍淵까지갓다오는 동안에, 어늬덧, 그景致그景致대로이스되, 한번새로워져서, 新面目으로 그들아페나타난거시다. 그보다 더놀난거슨 金剛山景致는, 첫번볼째보다두번째볼째에, 더아름다워지며 더靈氣를내이며 더壯嚴하여져서 한層더金剛山味를휘날님이다.………

旅館으로人力車로도라올째에, K는, 아까거러단닐째는 그리몰낫지만,가

만이안져이스니, 억개와등에서니러나는치위가 왼몸에퍼져서　몸은無限곤하
여지고 증하여지는거슬째다랏다. 머리가 묵어워진다. 맥시난다. 四肢가옴직
이기를슬허한다. 코에서는 더운긔운이나온다.………

　　밤에는 그는 發熱三四九度로 자리에 눕지안을수가없게되엇다.………

八

　「K, 더우나 더워두 니블쏙쓰구잇게」

　K가 한잠자다가 더위에못견뎌서 니블을차던지면서　째일째에 겨테서 자
던C가注意햇다.

　K는 공손히 니블을썻다. C도 도로눗는다.

　방은 쫴더웟다. 불을엇지나째엿는지 살을대이기 힘들도록덥다. K의왼몸
에는 쌈이웃적낫다. 쌈의 싀々ー한내음새는 니블틈으로나와서 K의코로몰려
드러간다. K의코 와입에서는 단ー긔운이 훅ー훅나온다. K의이목ー特別히 팔
과다리와허리는 참을수없도록저릿ゝ하다.

　「후ー」 그는 긔운을吐한뒤에 번뜻잡바져서 외인편다리를 오른편무릅우
에올녀노앗다. 잠짠은 좀나은것가탯지만 도로곳저릿ゝ하다. 그는 空氣枕을
허리아레 고여노앗다. 저릿저릿하던거시 좀낫ー다.………

　日本ふすま (襖障子) 하나를새로둔 겻방에서는, 엇던老人둘이안저서 잠
도안자고니야기를하고잇다.　무슨니야기인지는모르되　밤空氣를振動식혀서
째々로둥々 울니우는소래가들린다.

　K는 갑자기슬퍼젓다. ー그는追憶의 달고슬픈그世界에드러섯다. K가닐여
듧에나슬째, 째々로 새벽대여섯時에째이면, 새벽비츤 흐리게 문의 漢紙를째
이고, 어두움가운데, 줄기ゝ 빗의線이되여서 K의낯과니블에던질째, 아부지
는農事하려밭에나가서 뷔인자리만남어잇고 어머니는 부엌에서 동자할째,
참새 첨하쓰테서쌕々 거릴째, 灰色빗가운데 째々로둥々 울니워오는 부엌에서
나는 그의어머니와親戚老婆의말소래를 드를째에,그의어린마음에도 이소리
가ー灰色빗가운데 둥々 째々 로울니워오는 이소리가ー슬프게 로ー만틱하게 닛

지못할印像을주엇다, 여긔 이러케깊이印像된K는, 다-成年되여슬째도, 져녁 어실할째에  마루에우그리고안져이스면,  보-얀안개로말믜아마어듸서나느지 는모르지만, 나는곳모를말소리가 둥々 안개틈으로  울니워올째는,  이거시  마 음속에푹々 듸리백이며, 로-만틱한슬픔은 그의마음에  가득차곡하엿다.-

것방의말소리는 그냥둥々 울니운다.………

「아-아」

K는  참다못하여  종내  업듸엿다.  눈에서는  쓰거운눈물이푹々 쏘다진다.

「아-아, 다문한時間이라도  그時代에도라가보고싶다!  눈물많던幼年時代 에-다문한時間이라도  그時代에도라가보고싶다!」

둥々 하는소리는 斷-續-斷-續-으로  그냥울니워온다.………

K는  흙々 늦기기시작하엿다.

「아-아, 엇지하면  다만한時間이라도  그런熱情의삶을살-수이슬가!」

것방의둥々 하는소리는 그냥斷-續-斷-續-으로  울니워온다.………

K는 엉-엉  울기시작하엿다.

「K! 왜그러나!」 C는,  우름소리에놀내여,  깨서  뭇는다.

『C!  날  咸從써정데려다주게!……… 데레다주게………來日이라두………  이졔라두……….  아부지-업슨아부지………어머니  보구시퍼……….  아들두 ………」 K는갑자기집으로도라가고시펏다.

「누어자게,  데레다주지!」 C는  도로눈을감는다.

K는  눈물을씻고  두러누엇다.

한참눈을감고잇슬째에,  그의눈에는,  붉은熱情의불꽃이  猛烈히불붓는거 시보엿다.

「아-아」

K는  한숨을쉬엿다.

「붉은잉크!」

붉은熱情의불꽃은,  씃업시넓은  붉은幕으로변한다.  그붉은幕은  바람에풍 기는지  너울ㄴ 음직인다.  한참너울ㄴ 하든붉은幕은,  차々 모혀들며  작어져서, 마지막에는  검은幕우에흐르는  조-고만  피의줄기로까지변하엿다.  그러고  그

피의根源에는, 무슨 썸-언물건이누어잇다. 그거슨사람의形容이다. 사람같던 거슨 차々 엇던무서운形容을하여-

「나를이러케한거슨, 그 누구오니까!」하는, 머리를푸러헤친女性으로變하고, 그피의根源은 그女性의 가슴에잇다.………

「누구-ㄴ가! 肺炎으루 죽어간다!」

K는 왼注意力을 꼿짜지날카롭게하엿다.

「안해다! 내안해다!」

그 누어잇는女性은 차々 쪽푸이보여서, K그의안해로된다.………

「안해는 죽어간다! 肺炎!」

그는 펄덕놀나서, 우덕々 니러나안젓다.

이튼날, 하로종일 누어서짬을내인K는, 쏘그이튼날은, 熱은다-나리고, 아직 코ㅅ 소리만조곰하는程度에니르럿다.

K의 좀 나은거슬보고, C는 K의게 하로만 더누어이스라고注意를한뒤에 自己는萬物肖구경을쩌낫다.

C의발소리가 안들니게될째에 K는니러나안젓다. 첫번에는 머리가어지러웟다. K는, 뒤로난障子문을여러노앗다. 방안의 내음새나든濕한空氣와 밧겻가을찬空氣는 서로잠싼다토다가, 방안은 새空氣로찬다. K는 爽快한새공기를 가슴썻듸리마시고 밧겨틀내여다보앗다. 거긔서한十餘間아페는 열암은步되는개골이, 우들투들秩序업시노힌바위틈을 맑게흐른다 그러고, 쌀내질하는 녀인의 댱단마추어나는 쌀내소리가, 거긔서 로-만틱한비츨씌고 나라온다.………

「나가볼가?」 K는 스서로무럿다.

K의게는, 두생각의다툼이 니러낫다. 나가고시픈생각과 그만둘생각이 다 투기시작하엿다.

K는 벌덕니러섯다.

「엇절가?」 K는 쏘스서로무럿다. 그러고 앞門밧게서 구두를뒷문밧그로옴겨토코 한짝만신엇다.

「가볼가? 온」 K는 「온」짜지부텨서 쏘한번 스서로무러보앗다.

「가만」하고 K는 신엇든구두를도로벗고 드러와서, 鉛筆을그내여쥐엿다.

「이鉛筆을 고추세윗다 노아서, 외인편으로넘어지면 나가고, 오른편으로 넘어지면 그만두자」하고 K는 鉛筆을고추제윗다가 노앗다. 鉛筆은 오른편으로넘어진다.

「이번은不公平하다 고처하자」하고 K는쏘한번하여보앗다. 쏘오른편으로 넘어진다.

「初不得三이라니 다시하자」하고 K는, 머리를 조-곰외인편으로向하고 노앗다. 이번은鉛筆은외인편으로넘어진다.

「되엿다」하고 K는鉛筆은도로너은뒤에, 타웰로 머리를질튼동이고, 門을 잠그고 나섯다.

그는, 발을디플때마다 직근ゝ 머리가아픈거슬 쌔다르면서, 아까보리라돈 그개골의돌을짚고, 어늬덧 거긔를근너서ゝ 머리를들고 둘러보앗다. 부대를 두엇든너서는, 그리높지는안흐고 金剛의靈氣도업스되 어듸인지모를 엇던威 嚴을가진뫼의줄기가 잇다.

「거긔올나가자」하고K는, 부대를근너서, 길도없는뫼를, 或은海棠의가치 를헤치며, 或은 갓난소나무를붓들며, 茂盛한풀들을발브며 올나가기시작하엿 다. 길이남는雜草는 째로 K의낫을슬친다. 발아레서는 풀들의밟히여부러지 는소리가 쏙짝ゝ 난다.

K는 다름박질하여올나갓다.

K는 유쾌하여졋다. 理由는모르지만 유쾌하여졋다. 四面은 고지낙하다. 째ゝ로바삭거리는 K가헤치는풀소리와, 쏙짝풀부러지는소리와, K자긔의헐떡 거리는숨소리밧게는, 아무소리없다. 참고지낙하다. K는 유쾌함을참지못하여, 헐떡거리며, 소래썻노래하엿다-

「華麗한강산 우리반도는

四千여년 력사국으로,

대々 손々 享樂하더니

오늘날이지경 웬일이냐!」

「아-유쾌하다-」 K는고함첫다. 그노래와소리는, 寂寞을쌔틀고, 앞뫼에

울니워서 溫井里를근너서뒷뫼로가고 도로앞뫼로오고 하며, K가그친뒤에도 한참이나소래가난다.

멋번밋그러지고 구을너서, 뫼꼭닥이에 올나와다은 K는, 등에물흐르듯하는쌈을씻고 아플내여다보앗다.

平和이다. 그의눈에 보이는 범위안에는, 모도, 한平面에노힌듯한－이봉오리에서 뎌봉오리로 근너쒸여라도 단니고시픈－뫼上峰쑨이요, 틈々이 멀－거코 허－여케 느리운 샘물들과, 이뫼에서 뎌외로 짓을펄넉거리며나라단니는 일흠모를새들은 모도 고지낙이 平和롭게 이景致를쟝식한다. 뫼中동에들걸린, 아츰햇비츨붉어케바다서 붉어케 조－곰식음직이는 구름을넘어서는, 左右로 뫼의半島를거느린, 쌀리보면, 아침하눌로밧게는볼수없는朝鮮海가 아침햇비채 샛발가케 남실ㄴ반득인다.

소리하나없다. 바람도 안분－다. 다만 平和쑨이다.………

「世界에 平和는니르럿도다!」 K는 헐덕거리며 고함첫다. 져－편아레서 좀 웅々울리울쑨이지 反향까지적다.

K는 머리에동엿든타웰을 푸러서쌀고, 담배를하나부쳐물고 안젓다. 담뱃내는 모양사납게空中에퍼지면서, 定處업시올나간다.………

K는 溫井里를向하야도라안젓다 아레서보기는 그리놉지안으되, 우에서 나려다보니 갓다나작은溫井里는, 집하나이 주먹만큼하게작아보이고 쌀내질하는녀인들은 形容이안보인대도조흐리만큼 작게흐리게보인다. 亦是溫井里도平和에잠겨잇다.

가을차고다스－한햇비츤, 쫴길－게자란K의머리에 平和롭게나려비최인다. 담뱃내는 亦是平和롭게 하눌로펴져나간다. K는, 平和속에 음쯕안하고 가만히 안져이섯다.－

한참뒤에, K는, 아싸낫던쌈이 식노라고 등과억개에 싸르륵도－는치위를 쌔다랏다.

「곳불쏘들녓단 안되겟다. 나려갈가?」 생각하엿다. 그러치만 그는 음직이지안코 그냥안저이섯다. 이「平和」를버리고 나려가기가 실헛다.

치위는 차々 더하여진다. 왼몸에, 한快感에갓가운치위가 도라단닌다. 아무래도 나려가지안으면 안되겟다고마음을먹고, 그는 무릅을짚고니러섯다. 니러서는瞬間 갑자기, 머리가아득하여지고 아피쌈々 하여진다. 아픈조곰도안보엿다. K는, 다리를 내여듸덧다 듸리듸덧다 本能的으로 中心을한참잡다가, 그만잡바젓다. K는 잡바지는거슬 쏙々이意識지못하엿다. 머리가 무엇에 탁닷ー는그瞬間, K는, 무어신지모르는, 海邊갓기도하고넓은벌갓기도하고 空中갓기도한, 흰것과검은거시범벅된 무서운물건ー그가 어려슬때, 몸이 衰弱해질째는언졔던보든 그幻像ー을걸핏보면서 벌덕니러나안젓다. 同時에 그는 정신을차렷다.

K는 무서워젓다. 무어신지는 모르지만, K는 極度로무섭고슬펏다.

K는, 너무무서워서, 重病알은사람가치 맥시푹난몸을, 겨우 가만ー이니러서々 힘썻다름박질하며 쒸여나려와서, 自己도모르는틈에, 어늬덧, 旅館자긔방에드러와서 쓀랭켓을 뒤집어쓰고 업듸엿다. 이째에, K는, 자긔가 서울공부가기젼에, 엇던째 한번 곳불로 대단히알을때에 自己켜테서親切히ー甚至於자긔寢食짜지닛고ー간호하든 안해의얼골이 생각낫다.………

十

이튼날 C가萬物肖에서도라와슬째는 K는熱은나저서도, 맥시업서서 자리에누어이슬째다. K는,어머니도보고싶고, 아직것存在도닛고잇던 안해의게도 未安하여, C의게 쌜리咸從으로데려다달나고 願하엿다. C도, 그럼來日海金剛이나 잠간구경하고, 內金剛은그만두고 마츰모레밤에 船편도이스니 도라가자고 許諾하엿다.

이튼날 그들은 人力車로海金剛으로쩌낫다.

K는, 朝鮮옷우에 C의낡은양복을닙고 쏘그우에 쓀랜켓를 둘이나써스되, 아직치워서, 몸을오구러크리고,눈온절반만큼쓰고, 다만 흐릿하니無意識으로 아페서웃줄넉거리는人力車쑨과, 근들거리는C의머리와, 뒤로물너가는 大路와뫼들을보앗다.

K는 아무것도意識지못하엿다. 佛敎의 所謂「無念無想의 無我의境」에

서, 눈을 가늘게쓰고 몸을흔들거리며 칩다ㅣ하엿다.

高城을좀지나서 海金剛앞에 그반와슬째, 솔밧거트로 모래밧하나이잇는 故로 K와C는 할수업시 나려서 좀것-지아느면 안되게되엿다. K는 나려서 것 기가실헛다.  생각하다못하야, K는人力車쑨의게업히고  人力車한채는C가쓰 을고가기로하엿다. 旅行裝을한紳士가人力車를쓰으는거슬보고, K는, 우섭다 생각하엿다. 이  한自發的意圖이動機되여  K의意圖의대개는  회복되엿다. K 는 아플내여다보앗다. 져-편아페는, 얼-거코푸런 海金剛의朝鮮海가보이고, 거긔 검잇ㅣ 우둑ㅣ 서잇는 怪物거튼거슨 바다의金剛山이다.

「쌜리가세ㅣ」 K는 人力車쑨의등에서 쮜여나렷다. 나려서 거러보니 그 리칩지도안다.

「넉々히것겟나? 그럼쌜니가세」하면서 C도人力車를車夫의게맛겻다.

海金剛어구앞 조-곰안마을까지와서, 人力車삭을주어돌녀보내고, C와K 는 뱃사공兼案內쑨을고용하여가지고 짐을들고 K는쌜랜케트를 들쓰고 배에 올낫다. 배는쩌나서 외인편으로 김 (海茸) 거두는女人들아플지내서, 뫼의半 島를하나 끼고돌아서면서  참海金剛으로드러간다.

博物標本의 亞鉛礦石을 몃百萬배되케크게하여 바다에세워노흐면 이거 시안될가 하는, 모도 異色同工으로된, 그러면서도 個々가모도個性美를發揮 하는, 「넓다, 크다, 宏壯타 흉늉타」 밧게는 到底히말할수없는 海金剛의모든 바위-鯉魚바위, 海金剛門, 五十三佛, 밋그밧-들을지나서, 三日浦로向하다 가 K가너무칩다는고로 도로 어구로도라와슬째는, 가을쌃은해는 붉-어케 西 편뫼로스러지는째-여섯時內外이다.

「여긔서 하루ㅅ밤 묵지」C는 배에서쮜여나리면서  말햇다.

「묵을데가 잇나」하며 K는 들너보앗다. 海金剛의景致에맛지안는 조-곰 안마을이다. 열집이 될가말가하는집들은 모도 K의생전에처음보는 석냥ㅅ갑 가튼집 들이다.

「그러니 高城까지-ㄴ 갈수없구」

「그럼 할수없지, 여긔서래두 묵세」 K는 대답하엿다. K의게는 참 高城 까지가는거슨 큰問題이다. K는 한時라도쌜리 쓷々 한아레묵에 드러가고시펏다.

「그럼 이리오십시오」 案內꾼은 自己아는집이잇는지 오라고한다. 모도 가티더러운집에서 이것져것 고를必要는업슴으로 그들은案內꾼을짜라가서, 더러운마을가운데도 그中더러운집 밤썹질가튼방안에 드러갓다.

「엇더턴 뜻々해서 조타」 K는 드러안저서 방바닭에손을대이면서 말햇다.

「조으네 조아, 하루ㅅ밤묵을데 아무르른 멜핫나?」

방안은 참 답々하엿다. 그러고, 불을켜노치안으면, 아피쪽々 이안보이도록어두엇다. 旅幕兼술집으로 알-콜-내음새와 이런집特有의 호라비내음새가 코를쏜다. 방 한편구석에는, 술독이 식컴어케 두개서잇다. 天井은, 흙인지 조희인지, 어두워서 쪽々 이안보이지만, 색감아케되엿고, 낡은옷뭉치가 두어개, 이제라도써러질것가치 걸녀잇다, 호라비내음새는 거긔서나는것갓다.

「C, 져것보게」 K는 C를쑥찔넛다.

C는 처다본다.

「人造海金剛이루군」

「하々々々 人造해금강인가………」

「그러치안나? 보게」

「그런데 海금강 어드래?」

「훌늉쿠아름답데」

훌늉한거슨 아름다울수업고, 아름다운거슨 훌늉할수업스되, 海金剛은 참 훌늉하고도 쏘아름다윗다. 山金剛은, 男性的威嚴에 男性的美를가져스되, 海金剛은 男性的위엄에 女性的姿態를가졋다.………

좀잇다가, 불을켜고 밥을먹은뒤에, 좀누어서 몸을더녹여가지고, K는 혼자서海邊으로나갓다. 滿圓에갓가운달은, 어둡고도 밝은비츨 나려비최여서, 바다ㅅ물의反射로말믜암아 그近處一帶는 쾌밝다. 바다ㅅ물이 모레우를것는 사르륵ㅅ하는소리와, 저-편바위에부드치는 철석ㅅ하는소리는 한音樂을이루어서 K의귀로온다. 샛파라케반짝거리는바다가운데는, 亦是海金剛의바위가 식컴어케怪物가치 팔을벌니고 서잇다. 濕氣만흔밤空氣는 K를둘너쌋다.

하눌에가로걸린 銀河의넓은벌에는, 다-늙은牽牛織女가 數萬의별들을둘너보며, 조-고마케반짝이고잇다.

　…「아-하눌에열린一萬의별，　바다에반짝이는一萬의물결，　바다ㅅ가에속색이는一萬의모레,」K는 객주ㅅ집으로 도라섯다.

<h2 style="text-align:center">十一</h2>

　사흘뒤에, K는, 咸從, K그가처음보는自己집으로 도라왓다.………

　그가咸從까지올동안은 自己意識이랄지 남의意識이랄지 쪽々이모를意識을가젓다. 그는, 그동안, 치윗는지더윗는지쪽々이 意識치는못하여스되, 칩다 생각은하엿다. 長箭서 七八十톤되는 조-고만蒸氣船에올나슬째,작은배루다 생각하엿다. 밤열시에쩌난다든배가 이튼날새벽두시에야쩌낫다. 그들의탄二等室머리편에는 機關士室이잇고, 모톨(發動機)도노라고 그들의二等室은 턱々々々울리워서 K는 한잠도못잣다. 京元線列車에올나슬째는 챗직가튼비가 나려쏘기시작하엿다. 갓다가나 뫼로둘러쌔워서 어두운데는, 비로말믜암아 海金剛그客主집보다도 더어두윗다. 이째에,K는, C의存在까지니젓다. 째々로C가걸핏々보이기는하지만 모도順序업시된거시 무어시무어신지모를 범벅天地엿다. 램프ㅅ불은 어두운가운데 벌-거케반둑인다. 째々로턴넬도잇고, 외인편으로보이는시내에 비오 는것도보이고 류리窓을째리는비ㅅ소리도 들니되, 이것亦是무어신지모를범벅天地다.………

　K의마진편쏘藑에는 旅行家인듯한西洋사람하나이 턱을팔에고이고, 精氣업는멀-건눈을 어두운日氣로말믜암아 더멀-거케쓰고, 그큰瞳子의窓으로 K를듸리다본다. K는 이거시별로무서윗다. 이瞳子를避하려 머리를돌리면, 그瞳子는쌤에와닷는지 쌤이근질々하다. 가치보면, 西洋사람은 머리를돌리리라 생각하여, 마조보면, 그는 멀-건눈을더크게쓰고 競爭을하자한다.………

　밤열두시에 서울서나려서, K는, C의主人집에 하로밤묵엇다.

　이튼날아츰, C도 平壤까지 무슨일이좀잇다고 汽車에함께타스되 K는 C의存在를니젓다. 낫닉은사람이자긔마진편에 잇기는이스되, 그가C인지누구인지는 해석하지안엇다.

비는안오지만 하눌全面이검은구름으로덥히여서 車室안은 탐々하다.

째々로 오늘밤은 咸從에드러선다 생각하면 心臟이쮜놀지만, 이것亦是한 瞬間이고 그다음瞬間은 이를닛는다.

밤에 咸從自己집에니르럿다. C도보엿다.

K는 興奮되여 잠을못잣다. 방은더웟다.

이튼날아츰에도 C가잠간보엿다.

이날도, K의잇는방은 문을다다두엇지만, 밧게서는 대단히뒤송々하다. 사람들이 와글々한다, 슬픈찬미ㅅ소리가들린다, 긔도를한다. 어머니는 째々로 늙은눈에눈물을고여가지고 드러왓다 나갓다한다.

午後에는 종용하여졋다.

종용한틈에 K는잠을드럿다. 째々로째이면, 自己를듸리다보는 어머니의 多情한얼골도보이고, 어머니의늦김소리도들린다.………

十二

이튼날正午쯤 K는정신이쌔들어서 쌔엿다.

쌔일째에 그의머리에는, 풀어도풀어도풀지못할 엇던수々썩기 (Riddle) 가 튼거시 머리에쩌올낫다. 거긔는이상한 빗이잇고 소리가잇고 내음새가잇다. 그리고 그異常한수々썩기는 다만

「안해」라하는거시다.

그러면서 그는 눈을쩟다. 어머니는, 돗보기를 코ㅅ등에걸고 聖經을닑고 잇다가K의개로向한다

「칩디안니?」

「에 덥다」 K는 혼잣말兼대답으로 말햇다.

「더워두 니블쏙쓰구잇거라」

「그런데………우리妻무얼하나요?」 K는, 수접고 붓그러운거슬, 겨우무럿다.

「응?」

「우리妻요」

「너의妻? 너의妻-ㄴ………너의妻가어드래?」 어머니는 드럿는지 못드럿는지 머밋ㅅ 한다.

「멀해요-우리妻!」

「응, 너의妻가………」

K는 대답을기다렷다.

머밋ㅅ 하든어머니는 쌴말을한다-

「배곱흐지안니? 햇쌀루 미음 쑤어노왓다」

「머 밴안고프웨다, 이淳德이놈은 어듸갓나요?」

「淳德이?」

「네………」

「아짜어듸갓다, 제에미하구」

「어듸요?」

「데-어듸 좀………」

「언제나올가요?」

「모르겟다, 저녁째나올가……… 미음먹어라」하면서 어머니는쮜여나갓다.

이순간 K의異常하던수々 썩기는, 쏘하나더하여젓다. 그리고, 그해석은 아모쯧없는「안해와아들」일쑨이다.………

수々썩기는一轉하면서 엇던무서운거시된다, -褐色의惡魔가, 입으로 샛밝안불꽃의수々썩기를吐하면서 다리를벌리고 서잇다. 그리고 그입속에는, K그의안해와아들이 치를부들ㅅ떨며 서로쏙안고 안저잇다. 그近處에는 어듸인지모를

「우리를이러케한거슨 그 뉘오닛가」하는긔운이 도라간다.………

「앗!」K는 부르지졋다. 쯧모를무서움으로말믜암아 한瞬間눈이 아득하여진다.………

이째에 어머니는 미음을짜가지고드러온다,

「미음먹얼, 가만, 너하구함께온사람 C래는디하는 사람, 아짜펴양가문성 펜지하나써두구가더라」하면서, 어머니는, 미음그릇을주고 편지를어드려갓

다. C라는소리를드를째에, K는 수々썩기의무서움은 덜어지고 빨리편지보고
시픈생각만낫다.

어머니가어더은 C의편지는 이거시다-

昨今의君의不幸에同情하오.

크게自重自愛하오.

누리를 넓게보오.

잘療養하오.

편지를보고 미음을먹은뒤에, K는 자는지 안잣는지 自己도모르게時間을
보내고, 山村에해져서 불켜노을째에 겨우펄덕정신을차렷다. 정신을차릴째
에, K의머리에는, 아까그 풀어도풀어도풀지못할수々썩기가 쏘쩌올낫다.…
……

「왓나요?」 그는어머니의게무럿다.

「………응? ………머이………」

「淳德이성」

「………상게 안왓다.」

「어듸갓나요?언제오나요?」

「모르갓다」

어머니의나체는, 대답할바를알지못하는근심과, 큰슬픔이, 쩌돈-다. 눈물
이눈에가득찻다.

「어머니!」 이째에 K의머리에는 아까그 수々썩기의惡魔가 보엿다.

「왜?」

「우리妻 죽엇지요?!」

「무얼!」

「죽엇지요?」

「응?」

「죽엇지요! 다-아라요!」

잠싼의침묵이連續되엿다. 침묵뒤에, 老婆는 목이메인소리로 겨우말한다―

「C―ㄴ디 그사람이그르든?………」

「언제죽엇나요!?」

어머니가 목이메인소리로說明한바는 이와갓다―

―八月금음째 (陰曆) K의안해는 이번世界를휘도른돌림곳불에걸려서 자리에누엇다. K의아들도 그와함께 곳불이들럿다. 九月初생째는, K의아들淳德이는 낫―지못하여서도, K의안해는 全快에갓가왓다. 곳불이낫―는것과함께 그의게는發狂증이쪼니러낫다. 九月初사흣날 K의안해는 업서젓다. 동리에서 모도나세서차즌結果, 그가뫼中동에氣絶하여잇는거슬 發見하엿다.………

―病勢는갑자기더하여젓다. 이째부터一昇一降, 母子서 서로발거름을마초어서 알앗다. K의안해가熱이날째는 K의아들도나고, K의안해가좀나릴째는 아들도싸라나리고 이러케며칠지나다가, 母子의병은 함께肺炎으로變하엿다.………

―K의안해는, 죽을줄은벌서째다르고, 죽기前에한번만 男便얼골을보고싶다, 다만한번이라도 만나보고싶다, 거져죽으면 孤魂이되겟다, 고 每日울며부르지지고, 아들도 아부지ㅅ 하며우는고로, K의어머니는 平壤까지가스되, K는金剛山을갓담으로 할수업시 그냥도라왓다. 도라와서보니, K의안해는 니러나안젓는데, 異常한거슨 그의나치K의낫과그반가티된거시다. 한참잇다가 午後한時쯤안해가죽고, 이튼날새벽 두시쯤아들이싸라죽엇다. 안해가 죽을째 마지막말도, 淳德의아부지를 다만한번이라도 보고싶다는거시다. 이날이 K가金剛山서到着한날이다. 이튼날 뒷뫼共同墓로가져갓다. 云々………

이째에, K의머리에 쩌오른거슨, 톨스토이의 戰爭과平和가운데, 안드레―의妻의죽은낫에서 안드레―가보그表情―

「나를이地境에니르게한거슨 그 누구오닛가?」하는 그表情이다.

어듸―ㄴ지는모르지만 그방안空氣가운데

「나를이러케한거슨 그뉘오닛가?」하는긔운이 쩌돈―다.………

모―든수々쩍기는 해석되엿다. 해석은되엿지만, 그해석은, 모도, K의心臟

을쎄이는 날카로운칼쯔티다. K는 울지도못하엿다.

　말을하고보니 더설은지, 어머니는 업듸여서 늙은소리로 엉-엉운-다.

　좀잇다 K는후-한숨을집고 도라누엇다.

　「아-아, 세상에이런 불상한일이 어데잇나!」

十三

　오늘갈가 來日갈가, 맛날 안해와아들의무덤에가보기를 벼르기만하면서도, 별로무섭고붓그러워서못하든K는, 죵내決心하고, 十一月보름쎄, 첫눈-얇게온이튼날 가기실타는다리를 억지로쓰을고, 뒷뫼로向하엿다. 얇게왓든눈은 그반녹아서, 우묵ㄴ한데만 희게쟝식하고 두드러진데는 샛발간흙이 나타나잇다. 뫼는 日本게집紛바른른상에 잠자고난것가치, 희쓱ㄴ불깃ㄴ하다.

　K는 스레-ㅋ를휘두르면서, 共同墓로가는길로 마음을 無限북슬이면서거럿다.

　-안해는 무처잇다. 쌍속에 어두움속에 神秘속에 무처잇다. 이젼한쎄는, 나의안해로 나의사랑도바닷고,나를爲하여 아들까지나앗고, 쏘는 나를원망도하고, -엇더턴 사라잇든그는, 지금은……… 엇지되엿는지모르겟다.………

　그는, 여러번 도로집으로도라가려하엿다. 그러치만, 마음은 그러케먹고도, 왜인지 도라서지는못하엿다. 몃번쥬져하며 그리멀지안은共同墓에니른쎄, K의心臟은쒸놀기시작하엿다.………

　K는 눈을드럿다.

　「人生한번죽어지면 萬樹長林의雲霧」라고속삭이는모-든무덤은, 一제히K의게로向하는것같다. K는, 自己안해와아들의무덤이 어듸인가 둘러보며나가다가, 그만면쯧섯다.

　곳 찾기는차젓지만, K는, 아직것오면서 이러치나안을가 걱정하든-

　「우리를이地境에니르게한거슨 그 누구오닛가? 누구야요!」하는긔운이 母子의무덤우ㅅ空氣가운데, 어림푸시, 그러코도쏙ㄴ이 나타나잇다.

　「집으루 도라가버려라!」 누가 K의귀에 속삭인다.

「에잇! 괜찬타!」 K는쑤리치고도 아프로나갈勇氣는업섯다.

「음! 되구시픈대로되여라!」 며칠동안 그의게생각안나던거시 쏘생각나서 중얼거렷다.

는, 얼싸져서 눈이멀-거니

「나를이러케한거슨, 그 누구오닛가!」하는책망을드르면서, 정신업시무덤 을바라보고 서잇섯다. 그의눈에서나오는 쓰거운눈물은, 뺨을적시고 쌍에써러진다.………

「아-아, 불상한일을 하여버렷다」 K가意識하는瞬間, K는 참지못하여 그 무덤우에가서 꼭구러졋다.

-아- 안해여-용서하라!

-그대를이러케한거슨, 지금 利己的男子들이發明한, 그, 女子의人權을蔑視한惡思潮에취하엿던, 이나 그대의남편이다!

-나를, 이와가튼나를생각하든 그대의마음, 지금은짐작하노라.

-나의罪, 헤일수없는나의죄, 지금自服하노니, 용서하라. 나도 이제부터는……….

K는 눈물을씻고 니러나안젓다.

안해의무덤과 아들의무덤우에서 써돌든긔운-「나를이러케한거슨 그 누구오닛가!」하는, 그책망은좀적어진것갓다.………

「아-아, 전에는 잘못하엿댓다!」

K는, 西편으로기우러진, 허-연 銀빗구름틈으로보이는해를 바라보앗다.………

그는얼마安心되여 다시무덤을보앗다.………

十四

며칠뒤에, K는 서울C의게하는편지가운데 이런말을쎳다-

(上略)

나는 인제부터는 참삶을사를터이다.………

(中略)

「마음이여튼者」는, 나의안해도勿論아니고, 쏘는 Y도아니고, 그實로는 이나-K이다.

(下略)


-끗-

# 전 영 택

# 惠善의 死

『創造』, 1919. 2

一

「秀德언니, 日本가면 맘들이 다 그러케 變할싸요」

「왜요?」

「글세 異常스러워요.」

「응 安靜子氏말이구려!」

「아니야……에 그 내 空然한말을햇네!」

「왜 엇전가. 그래 니애기를해요」

「기아가 그러케 될줄은 몰낫서!」

「언니가 그러니말이지 나는 처음보아도 엇재別해요. 대체 靜子라니 그건 무슨일흠이야.」

「본래는 靜子가 아니구 貞淑이라오, 고들뎡字 말글숙字. 貞淑이라고 저를 몹시 사랑하시든 저희한아버지끽서 지어주신 일흠이 잇다오.」

「貞淑이가 좀죠와!」

「그려구 하는말을 당초에 알수가없지안어요?」

벌서 한五年前녀름일이다. 셔울 S女學校 寄宿舍에, 다른學生은 放學이 되어 各各 自己쪽으로 도라간後애, 北間島서 온學生세사람과 咸興서 온學生한사람과가치 寂寂하게 남아잇는 林惠善은 方今 저녁을 해먹고 한방에

잇는 咸興學生 (金秀德) 으로 더브러이런니아기를 쓰내엿다.

惠善이 S學校에 온지는 퍽오랫다. 中間에 病으로 因해서 몃해 쉬엿다가 그해봄에 다시올나왓다. 惠善의집은 過히 멀지도 아니하다. 秀德이는 온지도 오래지안엇거니와집이너머멀고 길이不便해서 아니갓스나 惠善의집은汽車沿邊에잇고 十餘時間이면 갈수가잇다. 그집안 形勢도쾌넉넉하다. 그러고 그 시집이京城안에 잇슴으로 거긔 가이슬도이섯다. 그러나 여러가지 事情으로 집에잇는것보다 學校에잇는거시 便하다고 생각하고 부러 아니가고잇는 거시다. 惠善은 放學하기몃츨젼에 自己집에 이런편지를하엿다.

아부님젼샹서

요새일긔몹시덥사온대

아부님긔테후강령하시오며, 온댁내가태평하시온지 문안알외옵나이다. 불효식은렴려하옵심으로 별일업시지내오니 복행이올세다 아부님끠서는 과려306)치마시옵소서 이번 하긔휴학은 재명일307)부터 시작되옵는바 졔가감히 아부님압헤 말삼들이기 어렵사오나 저는放學에집에 도라가지아니하옵기로 마음에 決心하엿습내다. 저갓흔不孝의자식은 차라리 세상에 태여나지아니하엿든거시 좃사올거슬우리家運이사나와 不幸히 세상에나와서 갓다가나 근심으로 歲月을보내시는 아부님을 더욱傷心케하고 괴롭게하오니 저갓흔자식은도로혀 아부님눈압헤 보이지아니함만갓지못하다생각할쑨아니오라, 舍監끠서도 아니갈터이면남아잇는學生을좀도라보아달라하옵기로 그리하겟다고 約束을하엿싸오니 罪悚千萬이오나 기다리지마옵시기를바라나이다.

아부님 긔후308)내내강령하옵시기를바라옵나이다.

＊　　＊　　＊　　＊　　＊　　＊

數年前부터 東京가서 女子美術學校東洋畵科에 들어공부하는 安靜子는

---

306) 정도에 지나치게 염려함.
307) 모레.
308) 긔휘 : 이미 지나간 이전.

惠善이가 技藝科를 卒業할째에 本科를 卒業하엿고 두사람은旣往에(처음에는 엇드케 始作이되엿든지) 寄宿舍에서 늘한房에 잇섯기째문에 情分이매우 갓갑다. 녀름放學에 도라왓든 靜子는 惠善이가 放學에도 집아가지아니하고 學校에 그냥 잇다는말을듯고 仁川서 부러 차자보랴고 왓섯다. 終日놀고 午後네時에 갓다. 말잘하고 썩 多情한天質309)을 가진 靜子는 더위에 寄宿舍에서 젹젹하게 지내는두사람을 慰勞하노라고 여러가지로 재미잇는니애기를 만히 하엿다. 東京갓든친구들의 消息 이며, 자긔친구 몃사람과, 엇든 男子와 처음으로 帝國演劇場에가서 「하믈렛트」 演劇을 보든 니애기와 音樂學校音樂會에가서 로시아處女의 소래지르는 獨唱을 듯든니애기며 「시로도」(私主人)310)에 혼자 이슬째에 밤이면 무섭든 니애기며 電車를 잘못타서 終日고생한 니애기며 活動寫眞과 小說이 재미잇든니애기로 혼자서 終日 짓거리다가 마그막에는 이다음 보름날은 自己어머니生辰이니 놀기겸하야 仁川자긔집으로 오라그 신신부탁을하고 갓다. 꼭덜간갓흔 이寄宿舍에서 몹시 갑갑하고 괴롭게지내든두사람은, 靜子로因하야로終日時間가는줄을 모르고 지내엿다. 그러나 靜子의訪問은, 惠善이와 秀德의게는 맛치 잔잔하든湖水에 돌을들던져 물결을 니르킨셈이엿다.

「공부나 좀 햇다는 재센지 英語와 日語는 절반이나 더석거말하데!」 이거슨 秀德의 對答이다.

「참말 우리것치 無識한 사람은 당초에 아라드를수가업서! 에그 우리도어서 東京이나 갑시다.」

惠善이가 아라드를수업다는거슨 靜子의말보다도, 그말의쏙쯧이엿다. 그 思想을 利害할수업다는 거시엇다. 秀德이는 그말을 아라드를수업다는거스로 대답을하닛가 惠善이는이러케말하고 혼자 씨익우섯다.

　두사람사이에는 暫間 沈默이 이섯다. 이째에 마침 어제브터 잠시 머젓든 장마비가 가늘게 소래업시 내린다. 惠善이는 無心히 그거슬 바라보고 안저서 앗가 靜子가 말하든거슬 생각한다. 靜子가 終日짓거린니애기를 다 니

---

309) 타고난 성질.
310) 조선 시대에, 민폐를 없애기 위하여 벼슬아치가 객지에서 묵던 사삿집.

저버리드래도 惠善의게는 한가지 니즐수업고 내버려둘수업는말이 이섯다. 지금 惠善의머리에는 그말이 마치 活動寫眞貌樣으로 써나온다. ―男子들이 離婚을한다고 세상에서 몹시辱들을하지마는 辱하는사람은 제가 當해보지를 못해스닛가그래.

　나는 離婚할사람은 해째리는거시 올흔줄알아. 나더러 납븐년이라고들 할는지 모르겟지마는 좀생각을해보아! 세상에 第一어리석은물건은 朝鮮女子야! 사나히는 실타는데 엇져쟈고 부덕~살자고한단말이야? 그사나히아니면 사나히가업다고 홍. 烈女는不更二夫니무어니하는말은 멋千年前녯날에 精神째진 사나히들이졔마음대로함브로한말이야, 굿다위말째문에 우리나라에 慘酷하게 한平生을보낸사람이 얼마나만을테요. 아이구 구역나, 혼자살지 혼자살어! 그러구 大體結婚이라는 法이 몬져 생겻겟소? 男女의 사랑이 몬져 생겻겟소? 죠선사람은 모도그 아니꼬운法의 종이되어서엇절수가업서! 말하면 사람이라니 제끈으로 졔목을매는 셈이야. 以往 아모것도 모르고 泰平하게 지내는사람은 몰나도 한번눈을쓴다음에야 누가그어리석고無意味한 結婚生活을 하려고 하겟소. 男子들도 同情할만하기야 하지! 第一불상한거슨 女子야! 靜子가 이러케, 얼골이쌜개져가면서 演說처럼한말을 생각하다가

　「언니 무슨窮理를 그러케해요?」

　秀德이가 무릅을 툭치며 하는말에 비로소 머리를 돌녀 秀德을向하야

　「글세 貞淑이가 本來는 퍽얌전 햇다오. 校長끠서 늘稱讚을 하시고 누구든지 貞淑이를 본바드라고햇다오.」

　「글세! 品行에늘 甲311)을햇다지!」

　「그럼요! 저이아버지끠서도 아조 칭찬을하시고 貞淑이갓흐면 學校보내도 죠끔도남붓그럽지안타고 자랑을하셧다는데. 그르든 아이가 아이구, 東京을가드니 그러캐變햇서요. 態度든지말하는게든지. 앗가 지거리든말이그게다 무슨말이요. 하나도當치아는소리를……」

　「글세 좀 사람이교만해보여요!」

---

311) 차례나 등급을 매길 때 첫째를 이르는 말.

「前엔 그러치아넛다오.」

「自己어머니生辰날 오라는거슨 엇더케요, 가요?」

秀德은 나는아니가겟는다드시 이러케말한다.

「언닌 엇절테요?」

「나는 가기실혀」

「왜? 가보아!」

「언니가 간다면 나도가지」

「東京니애기나 좀더 듯습시다그러 가서」

「언니는 그런데 왜 집에안가고 잇서요? 이제라도가요?」

「글세 집에는 가서무얼해? 이거 좃치안소?」

「죠키는 무엇이죠와 져르닛가 저러케 身勢가되지, 언니는 꼭 金剛山으로 가는것이죠흘테야」

「쏘져른소리를 하네. 내가 중이되면 좃켓소?」

「좃코말고 언니가 중이되랴거든 언니머리는 싹가서 날주어」

「나는 언니아니면 못살겟소」하고 惠善은나오지안는 우슴을 억지로 우섯다.

이때에 景福宮大闕안 松林속에서 부헝이 우는소래가 부인 學校에 울녀서 이상스럽게 무섭게들닌다.

「그새 벌서 밤이 들엇나보여! 멧時야?」

「아홉時半이야, 그만잡시다.」

「무서워 엇더케 자나」

「무섭기는 무어이 무서워, 나는 원 當場 무어시와서 잡아간대도 무서운 거시 업서!」

「언니는 꼭 할머니것해요」

하고 秀德이는 싱겁게썰썰웃는다.

惠善이는 니러나서 잘준비를 한다. 부슬~내리는 비는어느새멋고 하날에는 별이 반작반작한다. 엿해도 鐘路서는 夜市에서 싸구려~웨치는소래가 요란하며 婦人네들 靑年들, 넙헤계집부 忘紳士들이 우물312)~ 제각금 구경거리가되면서 오고가고 할거시다. 電車는 요란하게 쌩쌩 소리를 치면서 다라날거시오, 飮食집에서는 술먹고 쩌드는소리에 지나가든 사람의발을 멈출거시다. 그러나 이제 惠善이와 秀德이가 니애기를긋치고 자리에 누으매 종용하든 寄宿舍는더한겹 무섭게 고요해졋다.

　惠善이는 자리에누으면 依例히 한時間이나 지나야 잠을드는거시 쫩慣이되엿다. 그러고 언제든지 꼭 電燈을 켜고자는 버릇이이섯다. 그와 反對로 秀德이는 불을 쩌야 잠이드는때문에 처음에 얼마동안은 衝突이되어 싸홈도 만히 하엿스나 惠善이가 神經衰弱으로 因해서 자지못하고 앨쓰는거슬 同情하야 秀德이가 讓步하야 電燈은 켜두고 秀德이는 도라누어자는거시 두사람사이에 한規例313)가 되엿다. 秀德이는 어니새옷을벗고 소매업는자리옷을 가라닙고 모기댱속으로드러가서

　「나는먼저잣게! 쏘 혼자서 冊보겟지!」 하면서 한편쩍으로도라눕는다.

　「응」하고 맛적은대답을하고 惠善이도 짜라누엇스나 오늘져녁은 冊도보기실코 마음에새로히 쳐량한생각이니러나고 몹시神經이興奮되어 卒然이 잠이들것갓지아니하야, 혼자속으로 秀德을보고 에그부러워하엿다.

　平常時갓흐면 恒用314)네사람식잇고 사람이만하지면여슷사람까지지내든 房에, 放學이되어 사람도업거니와덥다고 單두사람만 이스닛가, 房안은 별노 쓸쓸하고 고요한대, 잇다마큼 모기소리가 가늘게들니는外에는, 秀德이 숨소리가 들닐뿐이다. 惠善은 精神나간사람처럼 電燈을믈쓰름이 바라보고잇다.

　惠善은 아모리생각하여도 오늘 靜子가한말이 뎡녕 自己의게 무슨쯧이잇는것갓다. 고 약은거시 날더러 드르라고하는말이야 그야말노 저는 當하지를 아넛스닛가 쉽게도 말하지. 제가 當해보아라. 암만해도 무슨曲節315)이이시는말이다 그말이. 이제 저히집애 가거든좀 자세히 무러 보아야지-혼자서 이리져리 생각을한다.

---

312) 가장 좋은 물건.
313) 일정한 규칙과 정하여진 관계.
314) 흔히 늘.
315) 절개를 꺾음.

二

자는줄아랏든 秀德이가 무슨생각이 낫든지 도라누으면서

「언니! 인전 잡시다. 무슨생각을해요?」

「조림이와야자지……」

「나도 엇재잠이 안와요. 언니니애기나 해요」

「할니애기가 잇서야지. 글세 부듸 계집애로 태어날거이 무어시겟소. 사나히가 좀못되고」

「에그 갑작이 별소리를 다해요 어서니애기나하나해요」

「참말이야 秀德언니도 이담에 애낫커든애여 게집앨낭낫치마러요……」

「듯기실혀!」

「아니 웃는말이아니야 내 니애기를허지. 자지아늘테요?」 하는惠善의말에는 김흔슬픔이 씌었다.

「자기는!」

「나는 게집애로난거시 平生에 怨이닛간말이요. 내니애기를 하지오. 우리어머니끠서 우리오래비쥑여쩌리고 그만 심화로 좋내 도라가섯다오. 우리오래비가 엇더케튼튼하고 잘생겻섯는지 손님이오시면 안쏘는 놋키를 실혀햇지오. 그려고 어린거시 엇더케그러케말을 잘하고 쏙쏙한지 크면 總理大臣이 되거나 裁判官이되리라고늘 그랫서! 그러든거슬 내가 얼두살 먹는해가을에 親庭한아버지끠서 보고십흐시다고 더리고오라고 너머그르시고, 어머니끠서도 親庭에가신지가 近十年이되서서, 나는할머니하고 집에잇고 아홉살먹은 오래비를더리고 가섯다가그해겨울을지나고 그다음해三月에야, 오셧는대, 그럿케 잘놀고 튼튼하든 애가 거긔서 水土不服[316)이엿는지 무슨병이 올낫는지 밥도잘안먹고 기운이 업시느릿~하드니 그만 病이낫지오. 암만 藥을써도 낫지는안코 쌧쌧 말나서 쎠만 앙상하게 남아요. 그려더니쏙 病난지 한달만에 그만 죽겟지오」

「아이구-저걸엇재!」 하면서 秀德이는입을싹버거고 아물질못한다.

---

316) 물이나 풍토가 몸에 맞지 않아 위장이 나빠짐.

惠善은 말을니어 「아이구 참 그째 어머니끽서 아조 失性을하시고 애를 쓰시는거슨 참아 못보겟서요. 오래비가 살아슬째부터 나것흔거슨 우습지만 그러노라닛가 나것흔게야어듸 姓名이잇서요? 어린마음에도 모도덜(기애가 죽지말고 져게나죽지!)하는것갓해요. 게집애라니 참 賤합듸다. 어머니는 밤낫 울기만하고, 아부지는每日 藥酒만잡수시구 空然한일에도 덜싹성을내시닛가 나는 엇더케무서운지 도무지 氣運을못펴고자랏서요. 그려다가 어머니가 시골서는 갑갑해서못살겟다고해서 가을에셔울노 移舍를 하셧지오. 移舍한지 석달만에 感氣갓치 병이나시드니 죵내 도라가셧서요 그째는 몰낫서도 지금생각하닛가 쓱 鬱禍로 도라가섯서요. 어머니끽서 나히는 그리만치안어도 子宮病으로 기애난후로는 애기를 낫치못하시닛가 다시나을실 希望은업는대 그러케 잘낫든거시 죽으닛가 엇재 울화가 안나서겟소?」

秀德이는 여긔까지 잠잠이 듯다가 후-숨을내쉬고

「그러닛가 언늬하나만 불상해졋구만」

하고同情을한다.

「우리할머니는 픽八字가 사나우신이야 닐흔이넘도록 도라가시지안코 게서도 우리할머니는 원악 나히만흐시닛가 당신 잡수시는것밧긔는 아모것도 모르시고노-누어게시지오. 그려고 아버지끽서는 本來브터 말이적으시든데다가 그러케 不幸한일만 당하시닛가 하로 終日가야 말한마대를아니하시지오. 나는그새애셔간신이 자라나서 열여들살되는해봄에 出嫁라고 햇지오. ⋯⋯⋯아이구 인전구만둡시다. 예구더워!」하면서말을멈춘다.

「왜요? 어서 마자니애기해요」秀德은이러케 재촉을하면서 「그런대 참 셔방님끽서는 東京가서工夫하신다지오? 그째에야 재미들 보앗겟지오? 사랑도만히밧으시고」하고 惠善을바라본다. 惠善은 얼골에쓴우슴을씌우면서

「흥! 사랑밧엇지오. 나갓흔八字에 사랑이 다 무어시겟소. 사랑대신에 밤낫 안방구석에서 죵노릇만하고, 남편이라고 말도 별노 못해보앗는대요. 당초에만나야 말을하지오」

「왜 徽文義塾優等生이시라지오.」

「누가 압닛가 언니는 잘도압니다」

「그래!」秀德이는또 재촉을한다.

「前에는 평생 多情한말한마대 아니하시든 우리아부님이 나를 보고십흐시다다고 오라고하시겟지오. 그래그째는 엇더케 깃븐지 三年만에親庭엘 갓지오. 그째 우리집에서는 쏘 시굴누 내리갓섯서요. 가닛가 위로윗말도하시고 무얼다무러보시기 그져좃타고 햇지오. 그려고 멋츨을 지내는대 하로는 우리아부님이 불느십되다 그려! 불느시드니 瞥眼間에 공부하고십지않으냐고 무르서요. 그래 처음에는 웬셈을 몰나 실타고 햇지만 종내 공부를하게안 되엿서요? 그러닛간 그째-내가 시물한살이지. 이내 서울와서 梨花學堂에도 가보고 貞信學校에도 가보아야 結婚한사람이라고 잘밧아야지오. 그러다가 엇더케 이學校를차자왓드니 고마운兩班들이入學을식힙되다 그려. 그래 이내 짐을가지고 寄宿舍로들어왓지오. 그째 그房이 지금 李明善이랑잇든八號室이야. 그째事務室압헤 섯노라닛가 양쪽진學徒들이왓다갓다하면서 나를 힐끗힐끗 쳐다보아요. 져게-웬 시굴찍이가 무얼하러 왓나 하고. 처음에 한두어달동안은 그냥 아모썻도몰느니 어릿~하면서 歲月만보냇지요. 에그몹시도 붓그럽드니! 그려다가 이력저럭하드니 너름放學이되어서 집엘내려갓지오.

「왜 시댁에는아니가고요? 東京가셧든 어른이 귀국허셔슬텐데.」

「그런말은마러요! 나는아모도 업서요. 그냥반은 한번가고는당초에아니온다오. -집이라고가야 재미가잇서야지요. 半年이나客地에잇다가 하로終日車를타고 가서 집에들어가야 어늬누구 多情한말노반갑다고하나요.」

「왜 할머니 안게시든가요」

「벌서도라가섯지오 그니애기는쌧구만.」

「그날져녁은 밥도안먹고 그냥대-구울엇서오. 실컷울고졔풀에 머저서 엇더케 잠이들엇든지 그이튿날아참에야 째엿드니 눈이 쑹쑹부엇서요.」 잠시멋추엇다가 한숨을한번짓고다시.

「우리집이그러케 어렵지는 아나서밥걱정이나 옷걱정은 하지아넛서도 나는 참엿해썻 털끗만치도 따뜻한사랑이라고는 바다보지못햇서요. 그날져녁에는 참 별생각이 다 납되다. 도로 셔울가고십기도하고 칵물에빠져죽고십기도하고-덥기는몹시더운대 雪上加霜으로 病院에를 每日댄기게 되엿지요.」

「왜 무슨病으로?」

「病일흠도 몰나요. 머리꼴이 몹시 아프고 그러고 눈이 아프기 公立病院에 가뵈엿드니 코속에 病이낫다나요. 每日午後세시면 病院에 갓다오는거시 할일이엇지요. 시골이 되어서 양머리하고 댄기기가 엇더케 不便한지 아부지는 남붓그럽다고 걱정은하시고, 아이구-참 속상해서 죽겟서요!」

「혼자 댕겟서요?」

「엇더케 혼자댕겨 게집애하나더리고 댕겻지…… 그째마침 海州우리사촌오라버니가 東京서공부하다가 夏期休學에 歸國하면서 지내가는길에 들니섯는대 엇더캐반가운지, 나히는나보다 한살더위인대 쑈으고매슬젹에보고는 쳐음만낫는대 엇더케재미잇게지냇는지. 그러구 그이가 꼭女子갓해서 퍽 親切하고 재미잇서요. 무얼熱心으로 가라쳐주고- 日語만히 뱃지오. 그러고 그다음브터는 오라버니하고 病院엘댕겻지요. 몃츨댕기닛가 病이 깁혀들엇다고入院을하고 手術을하야되겟다나요. 그래오라버니가 入院을식히고 아조가치 와기섯지오. 入院한이튼날 手術을 한다는대 무서워서 참혼낫서요. 時間이되엇다고 해서오라버니를 짜라 아래層못통이에잇는 異狀스러운房엘들어갓지오. 지금은해각만해도 진져리가나요. 看護婦셋허구 일본醫士하나허고 죠선醫士하나허고 죄다힌옷을닙고 들어브터서 나를 手術床이라는대다 뉘이드니 手術할자리만남기고는 왼통힌거스르 덥흔다음에 죄다동여맵듸다그려. 그러고죠선의사가 와서 코에다 솜을놋트니 瓶을가지고 藥을 한방울식 쩌러터리는거슬보고는 그만 精神을 일헛서요. 그새몃시間이나지낫는지 째보닛가옷이 왼통 쌈애젓고, 本來잇든 病室인대 寢臺녑해 오라버니가 우둑허-니안져서듸려보시는거시 희미하게 보이는대 꼭 쑴결갓해! 그리고그날져녁은熱이나서 왼몸이 불덩어리가되느니 煩熱症이 몹시나서못견듸겟서요. 밤이들사록 熱은 漸漸더오르는대, 看護婦라고 어대서굿짜위를 더려왓는지 키가 커-다랏코 얼골이쑹쑹한게-, 寢臺밋헤서잠만자겟지오. 오라버니씌서 看護婦代身으로 쪽안져서 어름을 연해 가라대고, 藥을 쩌네어주시면서 밤을째째 새윗지오. 그째 나는 엇더케 고마문지 말은못하고번번쳐다만보다가 괴로운가운대로 눈물이 시르르 소사나와요. 오라버니는 왜그르느냐고 무르시는거슬겨우 머리를 흔들어서 「아니」라는쯧을 表하엿지오. 그려구는 속으로 「하나님복만히 내리소사」하고 빌엇서요. 이럭저럭해서 날이밝앗는대 오라버니말슴이 얼골이 몹시부엇다고 해요. 니틀위에 광대쎠를 쌔려내고 手術을 한모양이야요. 그때 죽엇스면안좃소?」

「아여 별말을다생요. 그어른 참親切도해라. 우리옵바는벌서七年前에 죽엇서요. 滿洲들어갓다가 淸人의 盜賊놈의게 칼에 마저 죽엇다오.」

「에구 씀직해래 몃살에그랫서요」

「수물한살에」

「앗가워라」하고혀를채고 惠善은다시니애기를 쓰낸다.

「그려구 오라버니가 아침진지도 아니잡숫고 집에잠간 댕겨온다고 허시면서 寢臺우에 (내가슴녑헤)거러안즈시드니 내손을 만지고 別하게 나를 듸려다보시겟지오. 그래 나도 엇전지 맘이異常생서 가지말나고 햇지오. 그러닛간 잠간 댄녀서 곳 오신다고 하시면서 니블을 꼭꼭덥혀주시드니 나를 注目해보시면서 문을열고 나가서오. 나가신담에는 이내 작구기달녀져요. 얼ㅡ마잇드니 집에서 게집애가 와요. 그래 日本書房님 왜아니 오시나 무르닛가 맥으 아침車에 쩌나셧다고 그리겟지오. 아이고 참 無情도해요 男子라니. 그만 눈물이 쏘다져나와서 작구울엇서요. 그러케울어보기는 처음이야요.」

「져런 속엿구만!」秀德이 놀난다.

「日本가신지四年만에 첨나오셧는대 니째문에 中間에서 보름이나 遲滯가 되엿서요. 나만흐신 우리큰오마니가 오쟉기다리겟서요? 가시긴가셔야해요.」

「그런대 申先生 (惠善의남편) 은 그째도 아니오셧든가요」

「말해무얼합닛가. 那終에 들으닛가 지나가면서 旅舘에서 묵어가고 우리집은 드려다보지도 안엇서요.」

「……………」

「自己집에 잇든 종이 그近處에 잇대도 한번 챠자보지안켓서요. 사나히는 사람아니야요………」

惠善이는 感情이極하야 여긔까지말하다가 秀德이 얼골을보닛가 어니새 두눈을감앗다. 숨소리가 간잔하고 어골의 筋肉이 잇다금 흠씻~하는거슨 벌서 무슨 단쑴을 쑤기를 始作한모양이다. 惠善이는, 그동모의 萬事太平이라는듯한 자는얼골을 잠시 드려보다가, 黃泉길을 혼자가는듯한 孤獨의悲哀와 가삼을 욱여내이는듯317)한 새로운自己身勢의서름을 깨다라 눈물은 멋춤업시 소사나서 예원두눈두덩을 너머서 이리저리마음대로흐른다.

밤은 몹시고요한대 房안은 죽은드시 沈默하엿다. 惠善은 곱게살진 왼편팔을 놉히들어 돌아누으면서 후-한숨을 짓는다.

멋시인지는몰으나 南大門停車場에서 밤車汽笛소래가쌕-하고 밤空氣를 울녀들넛다.

三

惠善은 지난밤에 舍監房時計가 두번을치는소래를듯고야 잠이 들어서 자다가 쑴에 東旭 (사춘오래비) 을보앗드니 果然 東旭이가 寄宿舍엘 차자왓다. 아참에 좀 늦게니러나서 아침을먹고 머리를빗고안젓는대 暫間도라보랴고왓든 黃先生(書記)이 名函을 가지고와서 「반가운손님오셧소, 惠善氏」하면서 드려쩌리고나가는거슬 惠善은 얼는 집어보고.

「아이구 옵바!」

하면서 머리를 급히비서 틀고 쮜여 나갓다.

惠善은 事務室노들어가서 의자에안젓다가니러나는 東旭을보고 너머반가워서 벙글~웃기만하고 말도아니나온다. 東旭은 몬져 입을열어

「잘이섯니 더운대, 갑갑하지?」

「네!」

惠善은 그냥 무슨말을할줄을모른다.

「시굴댁에서는 安寧하시드라. 하르져녁묵어왓다.」

「아부지 무어라오하세요?」

---

317) 주위에서 중심으로 밀어 넣다.

「아니」

「저리가서 學校구경하시지오」

事務室에 書記가 그냥안저잇슴으로 그거슬 避하야 從容[318]히 니야기하기兼하야 惠善은 東旭을 引導하야 上傍敎室노 올나갓다. 高等普通科와 技藝科의 뷔인 敎室을 대강 드러다보고 두사람은 東편족맨끗헤잇는技藝科한 敎室노 드러가서 유리窓을열고 그밋헤 의자를 갓다놋코마조안것다.

東旭과惠善이 사이에는 여러가지 問答이이섯다. 東旭이는 이내「그새 東京갓든 女學生들이 오지아넛섯너냐」고 물엇다. 惠善은 靜子밧긔 온이가 업는대 아조 거만하드라고 하는말과 여러가지 니애기를 만히하엿다는말과 靜子의게대하야 評判이좃치못하드란 말까지하엿다. 이말을들은 東旭은잠간 머리를기우럿다. 이러케 대강한會話가 끗난다음에 東旭은 惠善의 一身上에 대한일을 뭇기를 始作하엿다.

「그래 왜 집에아니갓니?」

「돈만업새고 나것흔거시 왓다갓다하면 무얼해요. 공부도 한것업시」

「그럼 平生 學校서 살테니?」

「그래도 좃치오」

「學校가 퍽 재미잇는게로구나!」

「재미잇구말구요」

「그래서는 못써! 그래도 放學이되면 집에가잇서야지, 남들은 다갓는대 갑갑한줄도 몰나? 그려고 아부지가 긔다리실해각도생야지.」

「나는 아모것도몰나요. 나는 無神經이야요. 나는 집도업서요」

「생각을 그러케곡하게먹어서는 못써, 이졔라도 집에가거라.」

「실혀요 옵바는 空然히 그러네.」

「정말 안갈테니? 그러면 다시는 너한대 차자오지도 아니하고 편지도아니하겟다.」

「왜요? 아부지한대 무슨부탁밧고 오셧나요?」

---

「아니」

「그럼 왜 그르셔요. 東京건너가실째 쏘오세요」

「아니온다인전. 그런대 申氏댁에서는 아모消息도업더니?」

「消息은무슨 消息이요. 이번온後에 내人事로 두어번갓섯지오」

「그래 放學에 와이스라고 아니하더니?」

「실혀요!」

「그럼 너도 마음이 變하엿구나.」

「……!」

「그럼 惠善아! 내말을드러라」

「말슴을 하세요」

「너도 그만한마음을 가졋스면 正式으로 離婚을 하지!」 東旭은嚴正한목소래로 이말을하고 惠善을보앗다.

「실혀요 離婚이다 무어시야요?」 이러케 말하는 惠善의 얼골에는 別노 不快히녁이거나 놀내는빗츤업다. 그러나 東旭을만나 반가워서 잠시밝아 졋든 얼골빗츤슬어지고 차차 컴컴해진다.

「실키는 왜실여, 굿까짓아니쩌운 民籍319)은 그집에다 왜두어, 空然히 아무개안해라는 일흠만 가지고이스면 무얼하니?」

「離婚을하면 무얼해요?」

「하면좀조와, 너는아조 자유의몸이되고 맘대로할수가잇지안니? 그러면 그사람도 마음대로할수가잇고.」

東旭은 惠善의將來를 생각해서 이말을쓰넷스나 惠善이가 아모대답도 아니하고 五臟이 타서나오는듯한한숨을 질째에 말한거슬 後悔하엿다. 잠간 만나보고가는길에, 반가운니애기나하고 慰勞나 해주고갈거슬 쓸데업쓴말을 해서 穩靜하든마음을 散亂하게하고 煩悶을니르키게하엿다고 생각은하엿스나, 惠善이가 아직 舊思想에 져저서 그냥 두엇다가는 一平生 不幸한사람이 되겟다고 다시 생각하고 말을니어

---

319) 예전에 호적을 달리 말하던 말.

「내가 편지로도 그말을 늘 한듯십다마는 自己의 運命은 自己손에 달녓더니라. 너는 아직도 나이도 過히만치아는대 이제라도………」

「그럼 엇더커란 말이야요. 改嫁한다는 말이야요?」

「할수만 이스면.」

「그게 무슨말이야요. 그런法이 어대잇서요? 짐생도 아니고! 그려고 나갓흔거세게 이제 무슨樂이 도라올나구요. 사람의 八字란 그림자갓치 압서간다는말이 올아요.」

「아니다, 그거슨 녯날말이지 지금은 그럿치안타. 어듸지금세상에 굿다위 생각만하다가는 살아보겟니. 예수敎에서는 그거슬許諾하고, 그러구 사람의 運命은勿論 제손으로 開拓하기에 달닌거시다.」

「예수敎에서는 許諾하드래도 아버지가 그거슨 죽어도 못하리리고 하십니다. 그려고 改嫁하야 또 그러치오 이전 사나히란 당초에 밋업지를 안어요. 옵바는내놋코.」

「何如間 離婚해주는거시 申에게 대해서도 죠흔일이 아니냐. 그사람은 平生혼자 살나겟니?」

「왜요, 죠흔사람하고 結婚해 잘살겟지오. 나는 나혼자살어요. 그려고 잘사는 모양을좀보겟서요.」

「그거슨 法律上許諾지안는거신데.」

「離婚해도 이담-에 해요」

「엿해도 古情을 難忘[320]인가보구나」하고 東旭은잠간 웃고 다시 慇懃한 態度로 무릅우에 노은 可憐한 惠善의손을 잡으면서 嚴正하고도 情다운목소래로

「그럼 엇절테니 將次? 그러지말고 오늘져녁에 잘생각을 해보아라」하고 잡앗든손을쏙쥐엿다.

「생각만히 해보앗서요. 별수업서요, 죽을남늬다. 졉대 新聞에 누가漢江에 싸져 죽엇다기에 동무덜 하고散步겸가보앗지오. 죽을만한데가 잇나보

---

320) 잊기 어려움.

랴고.」

「극 무슨쓸대업는말이야」 東旭은 無心이이러케 對答하고 時計를 쯔내보앗다.

「아이구 벌서 열두시야」 하고 감작놀나 니러서서, 여름동안 작난이나하고 재미잇는冊이나보고 아모죠록 잘이스라고 作別을하면서 가치내려갓다.

쟝마비가 금시에 퍼부어, 東旭은 人力車를 불너타고 旅館으로갓다.

人力車가 담정못통이를 도라가는거슬보고 惠善은 고엿든 눈물이 내리는 비와갓치 쏘다져나온다. 寄宿舍房으로 드러가지아니하고 도로 두사람이 니애기하든 敎室노 올나가서 東旭의 안젓든 의자에칵 쓰러업드러져서 서름과 눈물 나오는대로 실컷 울엇다.

실컷 울다가 窓밧글 내다보앗다. 챗직갓치 내리는 비는 어느새 가느러지고 景福宮大闕안松林에서는 흰연긔갓흔김이 무럭~올나가고 가마귀가 한머리 긔운업시 어대로 나라간다. 敎室은 자는드시 고요한대 한편담 染板[321]에는 누가 작난한거신지 「南大門」이라 「漢江」이라하고 커다랏케 씨어잇는거시 惠善이 눈에 쯰엇다. 惠善은 언제까지 그대로 이섯는지?

四

惠善은 上層敎室에서 내려와서 事務室압을 지나다가 마침 왓든 遞傳夫[322]의게 玉色洋封套편지한쟝을 바닷다. 어졔왓든 靜子의 편지다. 얼는쯔더서 보더니 별안간에 얼골이 짜매지그 입수가 파아래진다. 두손으로 들엇든 편지를 한편손에 국여쥐고 자우손과 파래진입수를 파르르썬다. 그려고는 입수를쌔물고 밧것空中을 向하야마치그압헤선사람을 칼노찌르려는듯이 노려보고섯다.

「에구 憤해!」

이러케 한마대를 부르짓고는 精神업시 마루우에 꼭구러졋다.

---

321) 널판지에 그림을 그리다.
322) 우편집배원.

秀德이는,惠善이가　自己의　오라버니가왓다고　반가히　나가는거슬보고,
自己가 열네살적에 滿洲地方에서 칼에마저죽은 오라버니를　생각하고.

「아이구-우리옵바도 살앗스면……」

이러케 혼잣말을하엿다. 그러구 희미한 記憶을 가지고 오라버니얼골을
想像하여보앗다. 키가훨신크고, 얼골이길슴하고 버얼것코, 눈이 동그런거시
파아래서 퍽무서웟다. 그래도 빙끗우슬째는 매우多情하엿다. 秀德은이런생
각을하고, 꼬리느러지고 손톱긴 淸人한쎄가왁 밀녀나와서 번쩍하고 칼을내
여 自己오라버니를 푹찌르는거슬보고 씀직놀내엿다.

그러는새 時間이 퍽지냇지만 惠善이가 엿해아니들어옴으로 갑갑해서.

「무슨니애기 들을 하노.」하엿다.

그러고 지금차자온 惠善의오라버니를 想像해본다. 키는 좀 젹고 얼골은
동구스름하고 살갓은희고 볼에 살이 좀지고 눈은가늘고 코는좀놉고 머리는
한가운데를가르고 목소래는 쑥쑥하고, 이러케 自己마음대로 그려놋코는 情
답게생각하엿다. 이거시 秀德의 理想的男子인듯십다.

「에그 니애기가 길기도하다!」하고 혼자서 점점격격한 생각이나서, 自然
집해각이나고 마음이 쳐량해젓다. 支離하게 내리는장마비에 성을내이고 惠
善이 오래잇슴을 怨妄하엿다. 그러고 自己어머니의게 편지쓰기를 始作하엿
다. 편지를맛치고보닛가 열두시가 지냇다.

「웬일이야 엇재 엿해안드러올가!」

事務室로 나가보앗다. 事務室에는 아모도업고 텡텡부엿다. 「필경 두흘
이 어대를 간게로다. 간단말도아니하고?」혼자속으로 생각을 하고 도로 드
러왓다.

秀德은 自己방으로 드러가지아니하고 北間島서온 學生들잇는房으로가
서 點心을갓치먹고 안저서 問談을하다가 문득 惠善이생각이나서 自己房으
로 와보앗스나 엿해안드러왓다. 秀德은 혼자서 슬금슬금事務室잇는 쪽으로
나가보앗다.

秀德은, 事務室압에까지가서, 惠善이가 門間마루에너머지거슬보고 깜작
놀내다. 그려구 四方을 휘휘둘너보앗다. 보아야 사람의痕跡은업다. 달녀들

어 쩔니는손으로 가슴을 딥허흔들면서.

「언니! 언니!」 불넛다.

눈은허여머얼것코 입수를 꼭물고 한편족 젓이 드러나고 아래는 치마가 좀 벳겨져 白玉갓흔 종다리를 드러내놋코, 그냥精神을 못채린다. 秀德은무어시나잇나보랴고 뒤적뒤적보다가 惠善의바른편손에 국여진 종희를 發見하엿다. 그거시 靜子의게서온 편지인줄을알고 爲先安心을 하엿다. 그리고 寄宿舍로 쮜어들어가서 동모들을 請해다가 여러이 쩌메여 房에다 갓다 누엇다.

다른사람더러 믈을쓰리라고하고 秀德이는 靜子의게서온편지를 닑어본다. 편지사연은이럿타.

밤사이 언늬끠서는 안령하시지오. 어졔는 실례만히하엿서요. 空然히 쓸대업는말을햇서요 용서하서요 얼마나 번민을하셧나요. 그러나 저는 언늬를 사랑함으로말 삼드리지안을수업서 멧자를올니나이다.

女子高等師範學校에서 공부하는 尹貞熙하고 申先生하고는 오래전부터 서로사랑하엿섯지오. 그러나언니를쩌려서 마음대로 못하다가 이번에 貞熙이가 卒業할臨時에 申先生이 언니와離婚아지아느면 交祭를 끈켓다고해서 申先生은 卽時 언늬아버지끠 離婚請求를하고 貞熙이와 아조 結婚을하엿는데 지금은日光으로 두흘이避暑를 갓지오. 이제九月에는 同夫人을하시고 歸國을하신답듸다. 나도 旣往에는 貞熙이를 퍽사랑해서 친형님가치지냇지오. 그려고 申先生한대는 英語도 배호고 先生님겸오라버님으로 섬겻서요. 그러나 이번 行使를보고는 엇더케 분한지 絶交를 하엿나이다. 어졔는 말삼드릴 機會가 업섯나이다. 총총 이만. - 七月十八日 동생 샹서-

五

鐘路에 來往하는사람이 차차젹어지고 여긔져긔서 商店門닷치는 소래가 들니게되엿다. 한時間前까지 繁雜하고 騷搖323)하든거리는 어니새 고요해지

---

323) 자유롭게 이리저리 슬슬 거닐며 돌아다님.

고 비ㅅ물고인대 長明燈과 電燈불이 빗쳐서 얼는얼는하고 하늘은 못통이~ 퍼럿케 구름새로 틈이 가고, 별이 한개 두개 무슨意味가 잇는드시 이상하게 반작거린다. 鐘路쪽에서 電車가 새문안을向하야 쌩쌩소래를 요란하게내이며 虎狼이눈갓흔 불빗츨내쏘아 압길을빗치고 「레-일」(鐵路) 에고인물을 지익 직 左右로헷치면서 부살갓치 다라온다.

惠善은 磚洞밧것-洋靴店잇는대까지 無事이나와, 大元商店압을도라서 鐘路큰거리로나섯다. 뒤를한번 슬젹도라보고 鐘路네거리를向하야 수깃수깃 가다가 왼편작氷水店에서 중얼중얼하는소리를듯고 흠쯧놀나고, 발거름을 쌜니옴겨 압만向하고간다. 쌜간등단自轉車탄電報配達夫갓흔사람이 방울을 짜르르울니고 지나간다.

典洞골목에서 술취한사람두흘이 하나은 파나마에 두루매기닙고 하나은 麥藁에힌洋服닙고 비츨비츨하면서 日語로 무어라고 쥐절거리고 나온다. 惠善은 무서워서얼는 쮜어 普信閣압흐로가서 南大門가는 電車를 집어탓다.

惠善은 대체 무엇하러 어대로 가려는고.

앗가 事務室압헤서 靜子의편지를 바다보고 어제져녁에 밤새도록잠을못 자고 苦悶하고, 낫에 東旭을만나니애기할째에도 몹시精神이 興奮하엿거니 와 作別한뒤에 혼자서 (點心도니저버리고)거의 세時間이나 울고 焦悶[324]을 한곳이라, 너머 憤한김에 上血이되어 卒倒를하엿스나 한三十分 지나 겨우 쌔여나 精神을차렷다.

그러나 쌔여난 惠善은 임의 以前惠善이가 안이엇다. 그는 벌서 거문옷 닙은 使者의 捕虜가되엿다. 秀德이가 쯔려다주는 미음을 勸에못익여서 억 지로몃술 쩌먹고 가만히 누엇다가, 밤이 이윽해서 머얼니서 汽車소래가 푹 푹하고 쌕소리를 길게울니는거슬드를째에 「漢江!」이라는생각이 번쩍나서 本能的으로 머리를 번젹드럿다. 그려고 속으로

「죽어!」 하엿다. 그려고 털석 누엇다.

누엇다가 (다른방사람들은 벌서가고) 秀德이가 잠시나간틈을 타서 얼는

---



324) 속이 타도록 몹시 고민함, 또는 그런 고민.

니러나서 學校모퉁이를 도라서 거러둔 學校大門을 가만이열고 살작나섯다.
그리고大門을한번 헬긋 도라볼째에갑작이 우름이 자이쳐나는거슬 억지로삼
켯다. 그리고 큰거리까지 단숨에나온거시다.

엿해까지는 아모精神업시 나왓스나 電車를타고 안즈닛가 여러가지생각
이 次序업시 쩌나온다.

秀德이가 둥그런눈이 더둥그래져서 걱정할 생각, 東旭이 自己손목을잡
고 잘생각하라고하고, 잘이스라고하고 니러서든 模樣, 나종에는 申元根이와
貞熙가 日光인가 하는데서 엇든旅館에 잡바져서 별지랄을 다하고 죠와할생
각을하고, 자긔갓흔거슨 바람에 날니는 검불이나 길에 구으는 돌짜개만큼도
녁이지아니하는거시 너머慣해서 몸을한번 파르르 쩌럿다.

電車는 어늬새 南大門停車場을 지냇다. 자긔녑헤두문두문안젓든사람들
이 다내리고 日本女人두흘이 남어서 有心이드려다본다. 龍山와서 하나이내
리고 술내나는사람들이 서너사람오른다. 惠善은 그놈들의게 辱을볼가 걱정
을 하엿스나 多幸이 몃停車場지내서 내리고마랏다. 그려고 혼자남은女人이
연해 쳐다보고 車掌이도 잇다금 이상스럽게 들여다본다. 惠善은어서 電車
가 쌜니다라나기만 바랏다.

終點에왓다. 내렷다. 마침 길에사람이 업슴으로 惠善은無事히 漢江다리
까지왓다.

惠善은 컴컴한 「아짜시아」 나무녑헤 발을멈추고 우둑허니섯다. 머리를
들어 하날을 쳐다보앗다. 暫時터졋든 하날은 다시 거문구름으로 왼통덥혀서
별하나 보이지아니한다. 압헤는 쩌어만江물이 소리업시 흘너간다. 물위에서
이보지 안는물구신이 철석철석하는것갓다. 惠善은 今時에 무서운생각이 나
서 소름이 쏙씻치고 치를쩌럿다.

그려고 컴컴한가운대 元根의얼골이보인다. 슬퍼하지도아니하고비웃지도
아니하고 그냥 번번 바라본다. 惠善은 죽을惡을다써서 平時에내보지못한 무
서운목소리로.

「이놈아!」 불넛다.

元根은 싱긋웃고 어두운대로 스러지고 만다. 惠善은비슬비슬두어거름

나아가서 펄석 주저안젓다.

얼마잇다가 薰薰한 강바람이 얼골을 슷쳐 갈째에 눈을쩟다. 덥혓든 구름이 조금터지고 明朗한달빗치 내려빗친다. 컴컴하든 江물에 달이 빗쳐서 버얼건거시흐늑흐늑한다. 여긔져기 훠언한거시 얼닌얼닌한다. 惠善의게는 그거시 퍽아름답게 보인다. 「좃타!」 하엿다. 마치져속에 龍宮이잇고 珊瑚와 眞珠로 단장한 仙女들이춤을 추며 반기는듯하다. 그려고 精神이 깨끗해진다.

惠善은 느믈느믈 흘너가는 江물을 버언번바라보고섯다. 아부지 얼골이 휙지나 간다. 東旭이 얼골이 보인다. 「아부지! 옵바! 옵바 저는갑니다 갑니다. 용서하세요 옵바」 붓잡으려고 손질을하엿다. 그림자는 업서지고 茂盛한 雜草가 기운업시 머리를 숙이고 잇다. 惠善은 깜작놀내니러섯다. 한번 左右를둘너보앗다. 그리고 다리위로 힘잇게 거러올나갓다. 잠간 섯다가 신을벗고 입을싹물고 몸을 소사쮜엇다.

惠善을 바다먹은 漢江물은 부글부글더품을 니르키고 惠善은 물속으로 쑥-드러갓다. 숨이탁탁막히는 同時에生存의本能의作用으로 팔다리를허우적거리고 다시쩌올나온다. 물위는 커엄컴하다. 하날은 거문 구름에왼통덥혓는대 구름터진사이로 月光이 좃곰빗쳐나온다. 惠善은 衝動的으로 빙긋우섯다.

地獄에서타는 불김갓흔 훗훗한바람이 지나가고 거문구름이 죠곰빗쳣든 달을 가린다. 쟝마비에 漲溢[325]한 센 물결이 내리밀째에 惠善은 아래로 밀녀가다가 다시쑥-잠겻다. 얼-마잇다가 세상을向하 야 마그막 一瞥[326]을주고 마그막 인사를 하려함인지 惠善의몸은 다시물위에 나타낫다.

惠善은 물위에 사람의 그림자를보앗다. 그거슨 分明히어머니다. 깨끗한 素服을닙고 벙긋벙긋 우스면서 多情하고仁慈한목소리로

「이애! 이애! 큰아가 이리오너라」

불느고 손을내민다. 惠善은 무슨든든한거슬듸뒨것도갓고, 몸이평안해지드니 우흐로 쑥-쩌올나간다. 말도업시어머니 손을잡앗다.

---

325) 물이 불어 넘침.
326) 한번 흘끗 봄.

가렷든달이 다시 나와서 惠善이얼골을 빗친다. 밀녀오든 큰물결이 내려 덥헛다. 져근 더품이 부글부글니러낫다. 漢江의江面은다시잔잔해지고아모것도업서지고엠타! (虛無) 로 도라갓다.

헛되다! 헛되다! 헛되다!

(一九一九・一・九 靑山에서習作畢)

# 天痴? 天才?

『創造』, 1919. 3

一

나는 成年도 되기前브터 못해본것업시 별거슬 다하엿나이다. 어려서는 學校도 댕겻나이다. 그려고는 主事327)노릇(官吏)도하엿나이다. 예수밋고 傳導도 하엿나이다. 엇든 會社에가서 月給쟁이 노릇도 하엿나이다. 엇든 親舊와 作伴328)해서 「외입쟁이노릇」도 하엿나이다. 써러져서 엿쟝사도 하엿나이다. 밥客主도 하엿나이다. 敎師노릇도 하엿나이다. 電車車掌노릇도 하엿나이다. 쒸여서 日本留學生노릇도 하엿나이다. 村에가서 農軍노릇도 하엿나이다, 네-한쎄는 熱烈한 愛國者노릇도 하엿지오. 엇든쎄는 鑛329)客노릇도 하엿나이다.

그러다가 엇더케되여 나는 세번재 小學校敎師노릇을 하게되엿나이다.

나는 平生에 敎師노릇은 씀직이 실여하엿나이다. 더군아 小學校敎師노릇은 (어려서브터) 죽어도 아니하려고 하엿나이다. 初學訓長의 쏭은 개도 안먹는 다는 俗談도 잇거니와 實狀 小學校敎師노릇이야 말노 사람은 못할노릇이외다. 더군아 血氣잇는 靑年은 참말 못할노릇이외다. 내가 旣往에 별노

---

327) 사무를 책임지고 맡아보는 사람.
328) 길동무로 삼음.
329) 쇳돌광으로 문맥상 鑛夫의 의미로 봄.

릇을 다해 보앗스나 小學校敎師가치 못할노릇은 업더이다. 그럼으로 나는
「세상에 노릇이 만흔가운대 訓長노릇이 가쟝 어렵다」 하는 定義를 내리고
저혼자 늘 그생각을 하고 잇나이다.

내가 세번재 갓든 學校는 中和郡 西面 에잇는, 得英學校이엇나이다. 그
러케 실혀하고 그러케 못할 小學校敎師노릇을 다만 十二圓月給에팔녀서 세
번재나 다시 하게된거슨 事勢 엇지할수업슴이엇나이다.

得英學校는 中和近邑에서 有勢力한 朴氏一門이 사는 村中에서 세운거
시엇나이다. 敎室은 本來 書堂으로쓰든 기와집인대 동내뒷山등에 들석하게
지은거신고로 그近處 한數十里안에서는 어듸서보든지 웃둑소슨 得英學校
가 언는 눈에 씌이나이다.

내가 맨처음에 敎師로 顧聘330)되어, 봇짐을지고 得英學校를 차자오다가
멀니서 뵈이는 회칠한 기와집을 보고 벌서 져거시 學校로구나 짐작이될쌔에
여러가지로 想像을 하엿나이다. 저學校에는 學生이 며치나 될가, 져 學校에
는 나가치 헐수할수331) 업시되어 마그막 手段으로 멋푼月給에 팔녀서 왓든,
속썩어진 訓長이 멋놈이나 될가, 그래도 그가운대도 졔법 敎育에 使命을 깨
닷고 왓든사람이 이슬가, 무얼 이서………. 訓長노릇! 에그 쏘해? 이젼에 씩
식하든 생각이 나서 니마를 쩝프럿습니다.

그러고, 저學校生徒가 젹어도 열다숫名은 되겟지, 그가운데는 꽤 재
간332)잇는 「天才」도 이스렷다. 못나지못난 「天痴」도 이스렷다. 쏘는 凶惡한
不良兒도 이스렷다. 손을 부칠333)수가업시 몹슨아희가 이서서 내 말을 안듯
고 속을태우면 엇더커나-걱정도 해보앗습니다-아니다, 내가 잘못하면 不良
兒를 만드러놋키도하고 잘하면 天才를 養成할수도 잇고, 不良兒를 인도하
야 優良兒를 만들수도 잇다. 녯날보터 農村에서 詩人 文士가 만히나고 偉

---

330) 학술이나 기술이 높은 이를 예를 갖추어 모셔옴.
331) 어떻게 할 수가 없다.
332) 일을 적절하게 잘 처리하는 능력.
333) 부치다 : 힘이 미치지 못하다.

人 傑士가 만히 낫다더라, 져村이 어듸 콕커마우드나 우랭크룔트가 되지말
며 캔터키나 아이슬네벤이 되지말나는 法이 이스랴 이런생각을 하닛가 責任
의感으로 갑작이 짐이 무거워짐을 째다랏습니다. 그려고 자긔를 도라보앗습
니다. 나는 문득 얼골이 홧홧 다라짐을 째다럿습니다. 나는 平時에 敎育學
은 한페이지도 공부해보지못햇습니다. 勿論 兒童心理學가튼거슨 구경도 못
햇습니다. 아해들의 性格, 個性을 가려볼만한 聰明한 눈도가지지못하엿습니
다. 나는 다만 일즉 우리아버지 德에 쉬운 日語와 算術을 좀(겨우分數까지)
배화슬짜름이외다. 이거슬 本錢잡고 남의貴한 子弟를 맛하가라칠냐고[334],
아니 돈十二圓을 거저먹으려고, 남어 짬흘녀 農事한 穀食을 평안히 안자 먹
으려 간다고 생각을 하닛간 붓그럽기가 쓰지업는거슬 렴치업시 그날 져녁여
들時에 敎監宅을 차자드러갓습니다.

　「朴敎監」의 引導로 學校로 올나갓습니다. 저녁은 敎監의집에서 어더 먹
엇습니다. 밥은 敎監의 집에서 먹고 居處는 學校에서 하기로 하엿습니다.

　敎監이, 八十圓이나 들여 修理를 해서 이저는 훌늉한 學校가 되엿다고
자랑을하는敎室은, 밤이면 敎師가 居處하는 房까지 合하야 두間半이오 째
여진 유리창한개가 달닌거시 가쟝 新式이더이다.

　敎監이 내려간후에 혼자서 잘나닛간 미상불[335] 좀 무서운 생각이 나더
이다. 나보다 몬져 왓든 先生이 혼자 자다가 승냉이한데 물녀가지나아니하
엿나, 혹은 이 半間房에서 밤에 대들보에 목을매고 죽지나 아니하엿나 목매
죽은 귀신이 퍽무섭다는대. 敎監이라는령감이 벌서 얼는 보기에 天下싹쟁이
갓더라, 고 괭이수염가치 노오란거시 멋오래기가 싸브러진 매부리코 밋헤,
밧듸바튼 입수우에 쌧쌧 쎗치고, 눈은 련해 핼금핼금[336]하고 공연히 헛깃츰
을 자조 하는거슨 아모가 보아도 싹쟁이라고 아니할수업다………. 나는 처
음보고 이내 「네가 아젼노릇으로 늘거서 털이 늘애졋고나」하엿습니다. 이洞
內량반? 들은 모도다 몹시 교만하다는 말과, 敎師를 가지가치 녁여 괄시한

---

334) 맛아 가르치려고.
335) 아닌게 아니라, 未嘗不.
336) 경망스럽게 살짝 곁눈질하여 쳐다보는 모양.

다는말을 들엇습니다. 아희들까지도 그감화를 바다서 敎師짜위는 우섭게 알고 제법 업수히 녁인다337)는말과 學校가 겨울에는 至毒히 춥다는 말도 듯고 왓습니다. 그래 나는, 分明히 목매죽거나 어러죽은 놈이 이스리라고생각하엿습니다. 어러죽은놈은반다시 이스리라고 하엿나이다. 當場 숭굴숭굴터진 담틈으로는 하날에 별이보히고 산산한가울바람이 솔솔 부러 들어오더이다. 목매죽은 귀신이 오면 엇더커나! 今年겨울에 어러죽지나 아늘가 별생각을 다하고, 나가치 못난놈을 하날처럼 밋고 잇는 우리오마님과 동생들생각을 하다가 모르는새에 잠이 드럿섯습니다.

다음날午後에 나는 컴컴한 房안에 잇기가 실혀서 혼자 뒷山으로 올나갓습니다. 가을하날이 마치 잔잔한 湖水가치 맑고 넘어가는 夕陽빗츤 먼山 갓가운村을 紫紅色으로 물들여 노앗더이다. 나는 山꼭댁이까지 올나가서 下界를 내려보다가 저-건너편 邑內에, 大門은찌우러지고, 담이 문어지고 개와가 쩌러진 한편족을 져문햇비체 목욕식히는 鄕校338)를 보고 感慨한 늣김을 못익여하는대 내발밋헤서 「先産님」 하는 소래가 들니더이다. 나는 쌈작 놀나서 쳐다본즉 어듸서 잠간 본듯한 아희가 숨이 헐덕헐덕하면서 나를 쳐다보고 잇더이다. 얼골은 둥그럿고 머얼건대 눈에 흰자우가만코 빙글빙글 웃는거시 엇재 殊常339)하게보이더이다. 그우슴은 分明히 나를 반기는거시 아니오 알수업는 異常한 우슴이더이다.

「밥먹으래-」하는 말에 우슴을 참지못하엿스나 기애가 朴敎監집아희인 줄은 얼는 짐작햇습니다. 나는 「오냐 가쟈」하고, 「네일흠이 무어냐」하고 무럿습니다. 「七星이」 이것이 그對答이엇습니다. 그래나는 「그럼朴七星이냐」고 다시무럿습니다. 머리를 한번 씃덕하더니 다시흔들고는 입을 벌니고 나를 쳐다보더이다. 나는 속으로 짐작되는거시 이서서 다시더 뭇지아니하고 그손을 잡고 슬금슬금 내려갓습니다.

내려가면서 「나히는 멧살이냐?」 물은즉 얼골이 갑작이 別해지면서 對答

---

337) 업신여기다: 젠체하며 남을 보잘 것 없게 여기다.
338) 시골에 두었던 사립 학교.
339) 보통과 달리 이상함.

을 아니하기에 다시하번 무럿습니다. 그때에야 입수을 쫑긋쫑긋하더니 겨우
입을 열어.

「응-열세나서」하고 소리를 치더이다.

나는 多情하게 말을니어 무럿습니다.

「너 學校에 댕기니?」

「응」

「멋年級340)이냐」

이말에는 대답을 아니하고 히히 웃드니 내손을 쑤르치고 갑작이 큰소래
를 내여서

「學徒야 學徒야 靑年學徒야」하고 노래를 부르고 몬저 다라나 드니 보이
지아니하더이다.

내가 쟝차 가라칠 得英學校學生으로 처음 맛난거시 이 異常한 아희 七
星이엇습니다. 나는 하도 우섭기도하고 이상해서 이리져리 생각을 하면서
천천히 朴敎監집으로 내려가 져녁을 먹엇습니다.

二

내려가서 아라보닛가 七星은 朴敎監의 누이되는 과부의 아들이라 하더
이다.

잇흔날 아참에 밥을 먹는대 지난져녁에 나를 부르러가서 맛낫든「七星」
이 房門밧게서 나를보고 반가운드시 벌죽벌죽 우스면서 門지방을 손톱으로
쯧고 서잇더이다. 나도 반가워서.

「七星이냐 밥먹엇니?」물어도 대답을 아니하고 그냥웃기만 하더이다.

나는 이리져리 注意도 하고 말을듯기도 해서, 하로이틀 지내는새에 七星
의 事情을 차차 알게되엿습니다.

그아희의 姓은 鄭氏인대 어려서 부터 天痴로 낫다합니다. 그母親은 靑
春에 그남편을 일코, 本家로 도라와서, 七星과 그위로 十六歲된 쌀하나와

---

340) 학령이나 학력에 따라 학년별로 갈라놓은 등급.

두아해를 더리고 그오라버니 朴教監을 依支하고 한집에 가치사는 거시더이다.

朴教監도 처음에는 天痴란거슬 감추고잇더니 하로는 종래 그甥姪[341]이 天痴인거슬 말하고 가라쳐야 쓸대업서 斷念을 하엿다고 하더이다.

朴教監의 말을 드른즉 그妹夫되는사람이, 本來는그집이 邑內에 甲富로, 열두살에 婚姻을하엿는대 그쌔부터몹시 雜技를 죠와하야 멋츨식 밤을 새와가면서 투전을 하는거시 常事이오, 그母親은 마음이弱해서 돈을당해주는거슬, 그父親이알면 霹靂가치 怒하야 야단을 함으로 자긔누이는 出嫁한後로 하로도옷벗고 평안이잠자븐일이 업다합니다. 그러다가 妹夫는 차차 술먹기를 배화서 나죵에는 아조 大酒家가되어, 술을 잔득 먹고 들어와서는 돈내라고 야단하여 無罪한 그안해를 함부르 쏘집고 째리어, 그누이는 靑春時節을 쟝 눈물노 보낸다합니다. 나죵에는 게집질까지하고 돌아댄니다가 종내酒色의 餘毒[342]으로 무서운 病이들어 生命까지 일엇다합니다. 그父親도 술을 몹시 먹엇는대 졀머서 죽은후에 七星의 父親이 이리하야 家産은蕩盡하엿다합니다.

朴教監의게 이런말을 들은후에한週日지난 主日날인대, 나는 갑갑해서 朴教監하고 니애기나 하랴고 午後에, 져녁째는 아직 일느나 슬금슬금 내려갓습니다. 朴教監은 업고, 나히나 한三十될낙말낙한 아직 절문 婦人이 안으로 向한 門을 열드니 밥床을 들고 들어오더이다. 나는 얼는 七星의 母親인줄을 아랏습니다.

나는 절문婦人이 밥床을 가지고 들어오는거시 惶悚하기도하려니와 수졉은 생각에 그얼골을 바로보지는 못하엿습니다. 그는 무슨 말을할쑷할쑷하다가 머리를 숙이고 그냥 나가더이다.

내가 밥을 다먹고나닛가 七星의 母親이 다시 들어오더니 이번에는 門안에 안더이다. 머리를 숙이고 한참이나 잇드니 말을 쓰내더이다.

「션산님」

---

341) 누이의 아들.
342) 채 가시지 않고 남아 있는 독기.

「녜」하고 나는 공순히 대답을하엿습니다.

*婦人*은 그아래를니어

「이러케 말삼들이기는 어려워도」하고 쏘 끗치드니 좀잇다가.

「져거슬 하나 밋고 사는대 암만 닐너도[343] 하라는 *工夫*는 아니하고 작난만 합니다가레. 공부를 할내두 배화주는거슬 암만해도 ㅆ ㅐ ㅂ 드지를 못해요. 그래서 션산님들이 내종엔 화가 나서 내던지국합네다[344]가레. 져걸 엇듸합네까」 두눈에 눈물이 핑돌고 목이 메어 「선산님이 져걸 엇더케 좀 가라쳐서 사람을 맨들어주⋯⋯」 말을맛치지못하더이다. 나는 그만 가치 눈물을 흘니고 안잣다가.

「녜-걱정마십시오 내 뎡녕 가라쳐노치오」하고 대답하엿습니다.

「기애가」하고 부인이 다시 말을 끄냄니다.

「작난을해도 별하게 해요. 무어시던지 눈에 보이는대로 깨트리고 쯧고 쓰더노와요. 그래서 졔의 ㅆ三寸한데 늘 매를 맛국합네다가레. 쏘 엇던째는 무어슬 제법만들어노아요. 한번은 칼을 가지고 무어슬 작고 싹더니 총을 맨들엇는대 모양은 제법되엇서요. 쏘한번은 무자위[345]래는거슬 맨드누라고, 눈만 쓰면 부슬부슬[346] 애를 쓥데다가레. 남들은 *工夫*하는대 공부는 아니하고작난만하는거시 너머 송화가 나서[347] 하로는 밤에 그거슬 감초앗듸오. 그랫더니 아츰에 그거슬 찻다가 업스닛가 밥도 아니먹고 작구 울어요. 하는수 업시 도로 내주엇지요. 그로구 쏘 별한[348] 버릇이 이서요. 무어시든지 네모난 함이나 곽이 이스면 그거슨 한사하고[349] 모아들여다가 *房*에 그드륵하게 싸아노아요」

나는 이말을 듯고 비로소 *七星*의 머리 뒷덜미가 쑥나온거슬 생각하고

---

343) 이르다, 타이르다.
344) 내던지고 가다, 포기하고 가다.
345) 물을 높은 데로 자아올리는 데 쓰는 농기구. 양수기.
346) 부스대다. 가만히 있지 못하고 자꾸 군짓을 하다.
347) 마음대로 되지 않아 몹시 애가타서.
348) 별나다. 보통 것과 매우 다르다.
349) 한사코, 기어코, 몹시 고집을 세워.

平凡한 아희는 아닌줄을아랏습니다. 그려고 엇더카든지 잘 가라쳐보기로 決心하엿습니다. 부인은 절문사나희혼자 잇는대 들어와서 길게 니애기 한거시 붓그러운생각이 낫든지 얼골이 버얼개서 니러서 밥상을들고 나가는대 多年가즌 風霜을격근痕跡이 얼골에 分明이 들어나보이더이다. 그러나 귀스밋혜 죠끔나온 그웃칠한듯한350) 머리털하며 그 말근 눈과 불근입수는 오히려靑春을 못니저하는 비치 보히며, 處女쌔 아씨쌔에 동내절문이의 속을 태우든, 한쌔는 富者집며누리이엇다는 모양이 넉넉히 들어나더이다.

三

나는 그母親이 눈물을 흘니면서 부탁하는말을 들은후에는 特別히 힘을 써서 七星을 가라칠냐고 하엿습니다. 내게 잇는 왼갓 知識을 쥐여짜고 할수 잇는대까지 時間을 바쳐서 얼녀가면서351) 가라쳣습니다.

나는 제가 갑갑하기도 하려니와 너머 불상해서 每日散步할적마다 늘 손목을잡고 댕기면서 情다운말노 니애기를 해주고 한번도 책망을 하지아니하닛가 다른사람은 다 무서워 흠칠흠칠352)하건마는 나를보면 늘 싱글싱글웃고 제의 동모가치 알게되엇습니다. 그래서 내말은 매우 잘듯게 되엿습니다.

그런대 한번은 내가 어대 갓다가 學校로 올나가서 내 房에들어가닛가 七星이가 내방에 혼자 잇더이다. 내가 오는거슬보고 무어슬 얼는~ 감초드니 쏘 싱글싱글 웃더이다.

「너 무어슬 감추니 나좀보쟈쑨」

우스면서 이러케 달냇습니다. 七星은 자리밋헤 감초앗든거슬 쯔내면서.

「이거야 누수筆353)이야」

내가 만일 財産이 잇다하면 오직하나의 財産되는, 내가 끔직이 貴해하

---

350) 거친듯한. 결이 성기고 굵다.

351) 얼러가면서 아이를 달래거나 즐겁게 해주려고 몸을 추슬러 주거나 또는 물건을 보여 주거나 들려주다.

352) 흠칫 놀라거나 겁이 나서 목이나 몸을 움츠리는 모양.

353) 물이 새는 붓 = 만연필.

는 萬年筆- 내가 東京가서 ○○學校 ××科를 卒業할째에 내 義동생누이가 永遠히 닛지말쟈고 사보낸 뉴욕製 오노트萬年筆은 벌서原形을 일허버리고 다시 所用못되게 조박조박354)이 解剖를하고 동강동강 썩거졋더이다. 나는 하도 기가 맥혀서 입맛만 다시고 아모말도 아니하엿습니다. 속으로는몹시 분하고 성이 나는거슬 억지로 참앗습니다.

그다음날 나는 우스면서

「너누수필 왜 쓰더서 썩것니?」 무럿습니다.

「걱거볼나구 물쌈이 왜쟉구나오나」

이러케 대답하고 이상스럽게 나를 쳐다보더이다.

그래 나는 할수업시, 이러케말햇습니다.

「이담에는 무어시든지 나하고 가치 쓰더보쟈」

나는 아모의게도 이말을 하지아니하엿습니다.

그려구 午後에 아희들을 보내고 冊을 좀 보다가 동내로 내려가서 七星을 차즈닛가 벌서 어대 나가고 업더이다. 혼자서 천천이 동내밧갓흐로 나갓습니다. 거긔는 조고만 개골물이 흘너가는대 늘근버들나무가 하나서잇습니다.

느즌가을 夕陽이라. 하날은말고 새소리하나 아니들니고 四方이 고요한대 누가 고흔 목소리로 챵가355)를 부르는소래가 들니더이다. 그소래는 쏙 내가 열닐급살된해 녀름에 평양 사랑고을이라는데 가슬째 녑햇방에서들니든 엇든 어린 女學生의 찬미소래356)갓더이다. 그야말노 玉을 玉판에 굴니는 소래갓더이다. 놀냇습니다. 그소래의 主人이七星인줄을 엇지아랏스릿가. 七星의 목소래가 그러케 죠흔줄은 몰낫습니다.

하날빗, 夕陽볏, 말근개골, 늘근버들나무, 거긔에少年, 여등357) 그림이외다. 少年은 天使358)외다.

---

354) 조각조각.

355) 개화기에 잠시 유행했던 문학장르의 한가지. 대개 7·5조 등의 애국 독립정신을 담아 서양식 곡을 붙여 노래하던 것.

356) 아름다운 덕을 기리는 노랫소리.

357) 그것들.

나는 가만가만히 垂楊버들넙흐로 갓가이 가보앗나이다. 七星은 모래밧혜 펄적 쥐저안젓는대 맛침 쪠를 지어 나라가는 기럭이를 바라보고 혼자서 興이 나서 노래를 부르부르든 거시더이다. 내눈에는 아모리하여도 七星이가 天痴가치는 보이지아니하더이다. 나는 속으로 「아-너도 自然의아희로구나 네가詩人이로구나」 하엿습니다.

나는 두번재 놀낸일이 잇습니다.

七星이 나를 보드니 벌덕 니러나면서.

「先産359)님!」 불느더이다.

나는 웬일인가 하고 七星에 녑으로.

「무얼하고잇니?」 물으면서 갓습니다.

「젓지안코 저혼자 가는 배를 만들엇는대, 가요! 가요」 입을 벌니고 손펵을 치면서 쮜놀더이다.

나는 가쟝 반갑고 깁븐드시(실샹 한好奇心으로)무어슬 가지고 그러는지 보앗습니다. 과연 七星의 녑혜360)작난감갓흔 죠고만 배가 노여잇더이다. 그래 나는 그內容을 살펴볼냐고도 아니하고 한번 다시 實驗해보기를 請하엿습니다. 七星은 자긔배를 가지고.

「썩 잘가는데」하면서 물가으로 가더이다. 도라서서 잠간 쑤물쑤물 하더니 어니새 물에 씌윗는지 벌서 찌르르하면서 다라나더이다.

나는 七星이와갓치 손펵을 치고 깁버햇습니다. 나종에 보닛가 젓지안코 가는배의 藏置361)는 洋鐵과 쇠줄갓흔거스로 만든모양인대 보쟈고 하여도 보이지는아니하더이다. 그래 억지로 볼냐고도 아니하고 내버려두엇습니다.

---

358) 하느님의 심부름을 하는 靈的 존재.
359) 선생님의 사투리 표현.
360) 옆에.
361) 장치 : 어떤 목적에 따라서 기능을 발휘할 수 있도록 기계나 도구를 그 장소에 정착시키는 것, 또는 기계, 도구, 설비.

四

　　나는 불상한 七星을 爲하야 힘도 만히 써보고 여러가지로 硏究도 만히 해보앗스나, 별노 結果가 생기지아니하고, 七星은 依然³⁶²⁾히 한 알수업는 아해이엇나이다.

　　그러나 七星의 母親은 째째로 나를 보고 아들을위하야 付托을 하고 衣服과 飮食을 아조 집안사람가치 親切히 해주더이다. 母親의 말을 드른즉 朴敎監은 分明히 自己아들과 누이의 아들을 무어시나 差等이 잇게한다하며, 七星이가 하로에 한번식은 依例³⁶³⁾히 매를 맞는다 하더이다.

　　그럭 져럭 하는새에 겨울이 되고 눈이 오게 되엿습니다.

　　나는 엇든날 져녁에, 책을 보기에 재미가 나서, 時間이좀느저서 朴敎監 집으로 갓습니다. 갓드니 七星이가 아참브터 업서젓다고 왼동내를 왼통차자보며 야단이 낫더이다.

　　그래 나는 朴敎監집 머슴을 하나더리고 그母親과가치 燈불을가지고 개골노 나가보앗습니다 그母親은 엇절줄을 모르고, 눈물을 흘니면서.

　　「七星아! 七星아!」 부르짓더이다.

　　개골에는 아모리 차자보아야 업더이다. 七星이 배를 씌우든 개골물은 如前히 말업시 흘너가지마는 七星의 간곳은 망연이³⁶⁴⁾ 알수업나이다. 나는, 지난가을에 七星이가 모래우에안져서 노래 브르든 생각을하고 그母親이 「七星아 七星아」 아들 찾는소래가 學校뒷산에 울니는 처량한 소래를 듯고 눈물을 아니흘니지못햇습니다.


　　그이튿날 午後에야 七星을 차잣습니다. 찾기는차잣스나 말못하고 차듸찬 七星을 차잣습니다.

　　이튿날새벽에 洞內사람이 平壤으로 가다가 길까 버들나무 밋헤서 안자

---

362) 전과 다름 없다. 의연히.
363) 으레: 틀림없이 언제나.
364) 아무 생각 없이 멍하다.

죽은 死體를 發見하엿다합니다. 그거시 朴敎監의 족하 七星인줄을 알고 도로 와서 알녀쥬어서 사람을 보내 시테를 차자왓다 하더이다.

내가 學校에서 내려가닛가 七星의 母親은 그시테녑헤업드려서 아모 精神을 못채리고 흙흙 늣기기만365) 하다가 잇다만큼 하는말은 죽은 七星을 흔들면서,

「七星아 七星아 니러나 밥먹어라」

그母親은 거이다 밋첫더이다. 과연 못볼거슨 외아들 쥑여쎠린 과부의 설어함이더이다.

五.

마그막에 내가 말아니할수업는거시 잇습니다 不可不366) 내가 自白하여야 될일이 잇습니다.

七星이가 업서지기前날에, 學校에서 엇든 學生의 時計가 업서졋습니다. 그래서 나는 學生을 하나식불너서 몸을 뒤져 보앗습니다. 그時計가 마참내 七星의 몸에서 나왓습니다. 時計는 벌서 다 傷하여 버렷더이다. 나는 七星의 버릇을 알면서도 前에 내 萬年筆버린생각도 다시 나고 내가 엿햇것 애쓴거시 虛地에도라간거시367) 너머 憤368)해서 前後를 생각하지아니하고 채찍으로 함부루 쌔리기를 몹시하엿습니다. 그러나 七星은, 남이 가진 時計에 慾心을 내여서 훔친거슨 아니외다. 쏙싹쏙싹 가는거시 異常해서 쌔뜰여 볼냐고 훔친거신줄아나이다. 七星의게는 네것 내거시 업섯나이다. 동모가 가진 時計나 길가에 잇는 나무ㅼㅐㅂ이나 다름이 업섯나이다. 그는 무어시나 異常한거시 이스면 끗까지 보고야마는 熱心369)을 가졋섯나이다. 내 萬年筆을 썩근것도 그것이어이다. 나는 그거슬 妨害하엿나이다. 나쑨아니라 자긔

---

365) 흐느끼다.
366) 부득불, 아니할 수 없이.
367) 허지에 도라간거시 : 헛일이 되어버린 것이.
368) 분하다 : 될 듯한 일이 되지 않아 섭섭하고 아깝다.
369) 어떤 일에 정신을 집중하다.

周圍에 잇는 사람은 모도 七星의 하는일을 妨害하엿습니다. 그런동내를 七星은 쩌낫습니다.

　그러고 七星은 平時에 늘 平壤간다는말을 하엿나이다. 한번은 혼자서 平壤을 갓다가 왓다고 하더이다. 돈한푼안가지고 길도 모르고 平壤을 간다고 가다가 날이 져물너서 그만 나무아래서 돌을 벼고 잣다는 말을 드럿나이다. 이번에도 두번재 平壤을 가다가 추어서 가지못하고 안잣다가 길가에서 얼어죽은거시더이다.

　쏘한가지 말할거슨 自己오머니의 衣服 속에서 七星의 글시를 發見한거시외다.

　「내맘대루 째틸너보고 내맘대루 맨들고 그러카구 쏘 고흔곽 만히 어들나고 폐양간다」

　이런말을 쓴거슬 나도 보앗습니다.


　七星이, 찬바람 몹시 부는 겨울에 버들나무밋헤서 눈우에 쪼그리고 안자서 두손을 모읍고 호호 불면서 바들바들 쩔다가죽은거슨, 오직 밤새도록 자지안코 반짝이든 하날의 별들이 내려보아슬줄아나이다.

　가련한 七星은 지금, 자긔하는일을 방해하는 오마니도 업고 자기를 째리는 외삼촌이나 훈쟝도 업고자긔를 놀녀먹는 동모도 업는 곳으로-져- 구름위로 별위로 올나가서 마음대로, 하고 십흔것하고 평안이 이슬가 하나이다.


　나는 다시 더 得英學校에 잇기가 실혀서 겨우 사흘을지나서 七星의 墓를 한번 차자보고 봇짐을 쑤려지고 定處업시 쩌낫섯나이다-

　一九一九, 二, 一三.

　(山村에 寂寂히게신 舍兄의게 변변치못한 作品을 바치나이다.)

# 運　命

『創造』, 1919. 12

一

　吳東俊은 京城監獄에 드러간지 벌서거의 三箇月이 되엿다. 남들은 형이라 아오라 아버지라 부인이라 그 家族들이 천리를 멀다아니하고 차자와서 私食差入을 한다, 옷을 드린다 面會를한다 하는데, 드러온지 석달이 되도록 東俊은 차자오는사람은하나도업섯다. 무명옷한벌 드러주는사람이 업섯다. 그옷에는 흰쌀알가튼니가 쯔렷다[370]. 그가 바래기는 엇든친구한데서 「葉書편지라도 하나 바다보앗스면」 함이엇다. 그러나 그의 바램은 헛되엿다. 녑헷사람의게는 편지도오고 冊도 드러오고 옷도 한週日에 한번식 드러오지마는 東俊의게는 올듯～하면서죵내 아모것도 아니왓다.

　東俊은 매일 수수밥에 토쟝국으로 사라가고, 監房안에 단내와 구린내로 얼골이누으래지고 부둥부둥살이져서 아조몰나 보게되엇다. 그러나그의게는 이거시 過한고통이아니엿섯다. 하로 죵일 우둑커니 안저서 눈을감고 限이업는 공상으로 시간을 보낸는거시 唯一의 方針이엇다. 그공상가온대는 H로더부러 結婚式을 하고 滿洲地方으로 西佰利亞로 톨스토이가 農事하고 지내든 「야스야나폴니야나」까지 가보리라는 經營도 잇섯다. 그래서 엇든 親

---

370) 끓었다.

舊만 드러오면「로시아」말 배울만한 冊을 하나 어더드려 달나고하리라 생각하엿다.

몸과 마음이 몹시 괴로울째에는 그는 짐즛371) 재미잇는 공상을 하고잇섯다.

「내가 언제든지 나가는나리 이스렷다. 나가면, 그째는 東京갓흔H가 나를 보려도라오렷다. 아홉時멋분車가 잇지. 차에서 내리거든내가 멋해전에 동경서 처음사랑하며지낼째쳐럼 막 쓰러안고 키스를 하리라 그러면 저는 너머 반갑기도하고 이젼생각이 나서 울며 내가삼에 얼골을 대고 쓰러지리라.

그째에 나는 한팔로 그왼손을 쥐고 한팔노 그등을 쓸면서 쓰거운 눈물을 그부더러운등에 쑥쑥쩌러치리라 그려고 한참섯다가 人力車를불너타고 어느 여관으로 드러가서 나는 정신과 몸이피곤하야 나가너머지리라 그째에 H는 얼는 내엽해와서 펄석주져안고 내머리를 드러서 자긔의 무릅우에다 올녀노흐리라.

나는 긔운업시 눈을쩌서 그의 얼골을 슬적 처다보리라. 그째에 불편이불것코 두눈이 큼직한 그얼굴에 근심빗치 가득해서 나를드러다보는거시 내눈에쯰이리라.

그리고 나는천천히 업을 열어 지난 니애기를 하리라 H는 니맛살을 잇다금 지프리고 가만히 안져서 드르렷다. 나는 갑작이 니러나서 밧그로 나가기를 請하리라. 그러면「어려우신데 어데를 나가세요?」

「아니 오라간만에 맛낫는대 가치가 봅시다 그려」

하고 진고개로 나가서 西洋料理집에를드러가리라.……

이런공상을 하고안졋다가 看守가 누구를 부르는 소리에 쌈작놀냇다. 三十餘名囚人372)의注意373)와視線은 一時에 한곳으로모혓다. 그런데 分明히 二千五百얼마라고 부른듯십다 부르기는 두사람을 불넛는대 그中하나는 二千五百인거시 確實하다.

---

371) 짐짓, 부러.
372) 옥에 갖힌 사람.
373) 경고나 훈계의 뜻으로 일깨움.

「나를 부르지아넛나? 웨불넛나!」 처음에는반갑더니 이내 「아이쿠 또 웨 부르노」가삼이 두근거린다. 다시 부르면 드로리라고 看手를 자세이 보며 귀를 기우렷다. 看手는 얼골이, 黑人種과黃人種의 半鍾인지 새까맛고 쌔쌔말나서 광대쎠만 두두러지고 쌧드락 쎠친수엽하며옷둑한 눈하며 참 무섭게 생겻다. 머리는 힛득~ 세엿는대 看手도 여러해를해서 늘근 모양이다. 그는늘 세상에 가장장한거슨官吏요 데일귀중한거슨法律이라 생각하고, 사람이 罪를犯하면 맛당히 벌을밧을거시오 감옥에 드러온사람은모다 罪人이라고단정하는 사람이다. 그럼으로 그는간수노릇을 이심년이나 하엿스나 죄소의실수한거슬한번도 용셔한일이 업다.

이러한 간수쟝이 생긋~우스면서 한손애는 칼을쥐고 한손에는 무슨죵히 조각을쥐고그거슬 힐금~되려다보면서 다시 두사람의일홈을 부르고 不起訴가 되엿스니 나갈준비를 하라고 한다. 그런대 두사람즁 하나는 番號가 自己 와거이갓다. 그러나 東俊은 아니다.

그는 젼브터 잇는 神經症과 기츰증이 니러나서 한참동안이나 苦痛을밧앗다.

기츰을한참 깃고[374]난뒤에는, 안즌두무릅우에, 두팔을ㄱ字로썩거서뒤겨올녀놋코그우에얼골을숙여언진채로 한참이나 정신을못차렷다. 한십오분이나 잇다가 겨우 머리를들어 監房안을한번둘너보앗다. 얼골은 모도도肺結核제3기가 다된사람들처름 누으럿고, 입은혜적하니벌니고 눈은 아모기운업시 머얼것케 쓰고 나는 죽지못해산다하는듯이 안젓다. 져 만흔사람들이 모도다 제각기 무슨생각을 하고이스렷다. 각각 자긔 생각이 가쟝 가치 가쟝 한줄노 알고자기의 問題가 가장 難問題라고 생각하렷다. 그리고 각각 자기의 문제만 바로 해결되면 그만이라고 생각하렷다. 또 제각금 제가 데일 甚한 고통을 맛보는줄노 알넛다. ― 東俊은 이런생각을 하다가 니마를 지프리고 머리를 흔들면서, 가늘고도 힘잇는 소리로,

「그러치만 저희들의 문제가 무어시 그리대스러울고? 저이들가온대도 나

---

374) 기침하다.

만콤 애타는 사람이 이슬까!」 이러케 중얼거리다가 목이 썩거져 내려지는것 처럼 머리를 털석 팔우에쩌러트렷다.

　두사람이 불녀나간뒤애는 고진악하든 감방안의 공기가 죠곰식음직여 냄 사나고 쯧쯧한바람이 두어번 니러낫다[375]. 東俊은, 그바람이나마 좀더 부러 오기를 축수[376]하면서 긔다리고 안젓다. 차차차차 좀 시언한 바람이 올가하 고 요행을바라면서. 그러나 글ㄴ 바람도 다시는 오지아니하고 감방안공기는 結氷이된드시 다시고진악하고 공기가 다 업서저 眞空이 된드시 견딀수업시 답답하다. 東俊은 말도 못하고 무슨생각도 못하고 송장처럼 안잣다.

　방바닥에서 단김[377]이 물큰~ 올나온다. 東俊은숨이탁맥혀서 다시 머리 를 기운업시 가만히 들엇다.

　재미잇고 즐거운 공상을 지어가면서 스서로 勞慰를 바드려고 努力하든 東俊은, 마치 樹木과 雜草가 무성한 험한산에서 옙분나뷔를 짜라가든 아해 가 갑작이 벼랑에쩌러져서 혜매는것처럼 이제 몹슨 焦悶[378]과 고통에 드러 가기를 始作하엿다.

　東俊은 머리를 잿기고 눈을 감앗다. 무릅벼고 처다보든 H의얼골– 큼직 한 두눈에서 쓰거운 사랑이 흐르든 얼골을 다시 보랴고, 앗가 하든 공상을 繼續하랴고 만히 애를썻지만 죵내 엇지 못하고 마랏다. 한번 깨여진 그릇은 다시 부칠수가 업섯다. 지금 東俊의 머리에는 참을수업는고통 밧끠 아모것 도 업다.

　한참 잇다가 東俊은 머리를 한번 흔들고 전신에 무어시 찔니는드시 몸 을 흠칫 쩌럿다.

　–「엇더케 되엿다」 東俊은가만히 소리쳣다. 이거슨 석달동안이나 생각 하고 다시 생각하고 앨쓰며 다시 앨쓰면서「웬일인고? 웬일인고?」하여오든 大疑問의 解答으로 쮜여 나온말이다.

---

375) 일어났다.
376) 두 손을 모아 빎.
377) 달아올라 뜨거운 김.
378) 초민 : 속이 타도록 고민함, 또는 그런 고민.

東俊은 다시 한번 머리를 끗덕하면서 「엇더케 되엇다!」 하엿다.

그는 다시 한번 중얼거렷다.

「分明히 엇더케 되엿다」 세번재는 分明히를 너허서 자기의 판단을 올타고 단단히 긍정하엿다.

「그럼 엇더케 되엇나?」 그는 새로운 疑問을發하엿다. 이疑問의 해답은 얼닌 어덧다.

「마음이 變하엿지 나를 니저버렷지 그리고……」

東俊은 차마 그다음에는 더생각할수업섯다. 아모리 생각아니하려고 하엿지만 마음대로 하지못하엿다

「다른사람을 사랑한다」 그는 입수를 깨물고 속으로마자 말햇다.

이 瞬間에, 몹시 밉고, 그리고 무섭고, 그리고 더러온 H의 畵像이 나타낫다. 그것은 꼭 女性的사탄이다. 사탄을 그리기에 가장 第一의 모델이다. 그畵像은 어쩟타고 形容할수업스나 손과 목에서 黃金빗치 찬란한거슨 쏙쏙이 보엿다. 그얼골은 몹시 엡브기도하면서도 쏘한 凶惡하게 미윗다.

「아! 사탄!」

그는 소리를 질넛다. 그러나 그畵像은 더 쏙쏙해가면서 암찍아니하고 섯다. H는 아모말도업시 한참이나 자긔를 반반 쳐다보더니 생긋웃고 손을 들어 번적하는 손가락을 본다.

東俊은 안타가워서 엇지할줄을 몰낫다. 그래서 감은눈을 다시한번 스러져감앗다. 그러나 보기실흔 畵像은 죠곰 흐러져슬쑨이오 업서지지는 아니하엿다 그냥 서서 자긔를 바라보고잇다. 흐러졋다간 도로 앗가잇든 자리에 와서선다. 이번에는 희미하지마는 分明히 엇든 사람과 가치섯다.

그거슨 꼭 男子인듯 십펏다.

「올타 다른 男子를 사랑한다!」

이러케 소래치면서 無心中 눈을 썻다. 그압헤는 아모것도 업섯다. 마즌편에 널쪽으로한 살챵이보일쑨이다. 눈을 쓰는 同時에 한숨을 길게 내수엇다. 몹시 흉한꿈을쑤다가 깨인것가치 시 언하엿다. 그리고 입을 죠금 방긋하면서 머리를 한번 흔드럿다.

「아니다 내가 잘못생각이다. 疑心하는거슨 가쟝 큰 罪이다. 의心하여서는 안되겟다」

이러케 생각할째에 쏘 니러나는 疑問은 역시「그럼 엇더케되엇나」이거시다.

「올타 병낫다 대단한 병이낫다. 入院하엿다 아니 退院하여서 村으로 갓다. 그리고 외짜른곳에서 고젹한방에 혼자누워서 눈물을 흘니면서 울고잇다.」그러타! 그러타! 分明히 그러타 벌서 생각을 왜못햇는고?

「미쓰H 오! 용서하오 내罪를 용서하오. 내가 여태껏 당신을 의심하엿소. 제발 용서하오..」

이러케 혼자말노 중얼거리고, 자기가 의심하는거슬 H가 알면-病席에서 呻吟하는 愛人이-그마음이 엇더할까 하는생각이 나서 東俊은 새로운 고통을 째다랏다. 그고통은 자기의 사랑이 不徹底하고 弱한거슬 생각하야 스사로 부쓰러운 생각이 合한거시다.

어서 나가서 어서東京을 가서, 알는거슬 보아주어야겟다. -이제는 이거시 唯一의 懇切한 소원이오, 유일의 急한일이다. 東俊이 이제 감옥에서나가기만하면 곳 東京을 향해 쩌날거시다. -나는 그래도 행복스러운 사람이다. 내가 지금은비록 옥중에서 고생을 할지라도, 나는 내 애인이 잇다. 잇다. 나를 爲하야 몸과 마음을 다 바친사람이 잇다. 그의 사랑은 온전히 내거시다. 그의 몸도 내거시려니와 그의 靈魂은 쏙내거시다. 아니 그의全生命이 내거시다. 그는 이러케 생각하다가

「오! 나는 과연 행복한 사람이다.」중얼거렷다! 나는 한 생명을 가졋다. 한 사람의 生命을 眞正으로 온전히 所有한거슨 如干379) 全世界를 所有한 것보다 훨신 나을거시다. 돈도 부럽지안타 名譽도 부럽지안타 學問도 부럽지안타. 세샹애는 부러울거시 아모것도 업다. 나는 가장 貴하고 가장 아름다운것슬 가졋다. 다른사람들이 卒然380)히가지지못하는거슬, 저마다 가지기어려운거슬 내가 가졋다. 그럼으로 내가 장한사람이다.」이런 생각은 東俊이

---

379) 그 상태가 보통으로 보아 넘길 만한 것임을 나타내는 말.
380) 갑작스럽게.

처음으로 H의 사랑을 밧고, 처음으로 자긔를 사랑한다는 證據를 어더슬째
에 가삼에서 울어나온거시다.

　－사람의 生命을 어든거슨 전세계를 어든것보다 낫다하는말을, 前無後無
한 格言을 자기의 경험으로 어든것처럼 말할 機會도 아닌 거슬 K라는 친구
의게 말한일이 이섯다. 東俊은 그생각이 나서 씨익 우섯다. 이째에 東俊은
五年前일을 回憶하엇다.


二


　　東俊이 M大學法科를 졸업하고－本國나가야 별노 할일도 업시 실업생
이 노릇을하면서 남의게우슴을 사는것보다 무슨공부든지더하리라고 하엿다.
東俊은 父母가 잇기는 이스나 업스나 다름업섯다. 東俊의 姓이 참말 吳氏인
지 東俊자신도 알지못한다. 그럼으로 그는 그부모를 참부모로 알지아니한
다. 알수가 업섯다. 東俊은 어려서 안해가 잇섯다. 그러나 그거슨 참말 안해
가 아니라 妻라하는 奴隸이다. 왜그러냐하면 東俊은 아직 兩性을 가릴만한
지혜도 나기前에, 勿論 結婚의 최대목적이오 要素인－져거도 지금 東俊이
주장하는－「性慾」을아직알지못할째에, 다시말하면 生殖機能이 아직 발달되
지못하여슬째에, 異性에대한 애정이 생기기전에, 보지도못하고 듯지도못하
든 處女아히를하나 未來의 東俊이 안해라는일홈으로 돈 三拾圓(?)주고 사왓
든것이다. 마그막[381] 十一字로 쓴 理由로 만해서도 東俊은 아모리자기가
안하여도 할수가업섯다. 그런즉 東俊은 쏘한 안해가 이서도 업스나 다름이
업섯다. 이리하야 東俊은집이 업는 사람이다. 東京온지 八年이 되엿지만 한
번도 書信往復도 업섯고 집에 가본 일도 업섯다. 그래서 七八年동안이나 外
地에나와서 苦生을 가초가초 하면서 공부하야 졸업을 하여슬지라도 그를위
하야 깁버해줄사람이 업섯다. 그러닛가 東俊은 졸업을 하여슬지라도 별노깃
분마음도 업고 나라에 도라가고십흔생각도 업섯다.

　　M大學졸업증서을 바다가지고 도라온져녁애 神田區 松岡館 二層한방에

---

381) 마지막(북한어).

서 혼자서밤새도록 울엇다. 그는 울면서 생각하엿다.

　-나를위하야 깃버할쟈도나요 나를 위하야 슬피할쟈도 나다. 아-나는 나 밧게업다. 나는나를 살어야겟다.-

　제손으로 눈물을 싯고 압혜할일을 생각하엿다.

　이리하야 東俊은 極端의 개인주의자가 되엿다. 東俊은 아모도 도라볼사람업는 제몸을 위하야 부주런이 공부하엿다. 그는 거의 독학으로 영어를공부하야, 當地[382] 유학생계에하나람도 英語하는 사람이업는가운데서 웬만한 書冊도보게되고 會話도하게되엿다. 그는 별노 通情할만한 친구가 업섯다. 집에 이슬째에도 혼자 이섯고 散步를 하여도 언제든지 혼자 댕겻다.

　그리하다가 東俊은 우연이 H를 만낫다. 처음만난거슨 분명히 오년전 사월십오일저녁이다.

　세번재 만난날이다. 東俊이 一心으로 영어를 설명하는데 H는 설명하는 말은 듯지아니하고 東俊의 얼골만쳐다보다가.

　「先生님! 저는 一平生 先生님으로 섬기겟습니다.」 하엿다. 東俊은 눈이 둥그래져서

　「왜요?」

　H는 두쌤이 샛발개졋다. 그눈에는 애원하는듯한 빗치보엇다. 그리고 대답할말을 몰나서 맘속에 야단이낫섯다.

　「영어가 퍽 어렵다는데요!」

　이거슨 한참잇다가 겨우 나온말이다. 그리고는 머리를 숙으리고 책만 듸려다 보앗다. 東俊은 설명을그치고 H의머리와 한편쌤과 방바닥 딥흔한편손을 쌘가라, 無意識的으로 구경하고 이섯다.

　H의머리는 가온대를갈나서 뒤에다가 쪽찌듯하엿는대 니마에 두어오래 가느러져서 눈을가리는거슬 H는連해 치우고이섯다. 죽은째가 두문~잇는쌤은쌤아툭툭한데 불근빗치도는거시 몹시 엡벗다. 길고도 가늘고 살이보둥~한 손가락은 透明해서 째보일듯한데 쟝손가락을 암짓 암짓하고 이섯다.

---

382) 일이 있는 바로 그곳.

　　東俊은 자기의대답이 너머 無味하고 無禮하게된거슬 後悔하엿다. 그리고 몹시不安하게 생각하엿다.

　　「어렵기는 어렵지만 부즈런이 공부만하시면되지오 저는 지금 좀아는거시 혼자배운거신데요? 先生업서도할수잇서요」

　　이러케 말하여노코는 처음에한말 대답까지되여슬까 생각하엿다. ―되긴 되엇다만 쏘 숨겁게383)되엿꾼― 속으로 말하고 붓그러워하엿다.

　　東俊은 설명하든거슬 마자 마첫다. 그리고 갈냐고 니러섯다. H는 쌈작 놀낸드시

　　「왜가세요?」하고 東俊을 쳐다보앗다.

　　「네」―東俊도 H를 보앗다.

　　「죠곰만 더안젓다가세요」

　　「가야지오」

　　「안자 말슴이나 하다가 가시지오」

　　東俊은 게우한 三十分 안잣다가 도라왓다. 이째알기어려운 H의나이도 아랏다. 더알기어려운H의마음도 대강은 짐작하엿다.

　　이튼날 東俊은 쏘갓다.

　　비가부슬~오고 四方이 고요하엿다.

　　東俊은 그동안 자기의 공부한 니야기를 하엿다. 남의 돈으로 공부하면서 온갓고생을 가초~ 맛본니야기며, 한번은 思想上 (人生問題에) 몹시 煩悶한 니야기며 자기는 집이 업다는 마를 하고 소년시대의 단편적 기억을 니야기 하다가 그의 語調는 차차차차 感傷的이되여, 그는 감작이 말을 그치고 두사 람은 暫時間 깁흔 沈默에 빠젓다. 그째에 다다미우에 극히 저근거시 쩌러지 는 둔한소래가 들넛다.

　　그거슨 東俊의말을 듯다가 감격해서흘니는 H의눈물이엇다.

　　―先生님은 혹못생각하섯는지 모르지마는 그째부터 저는 先生님을 사랑 하기를시작하엿습니다. 용서하십시오. ― 이런句節이 二後에 바든 편지가온

---

383) 싱겁게.

데이섯다.

이리하야 東俊은 H라는 애인을 어덧다. H는 東俊의 거시되고 東俊은 H의물건이 되엇다.

그다음해녀름에 大久保에 엇든집에서 한달동안 가치잇든 생각도하엿다.

그리고 한번은 저녁에 H와그친구 M이 가치이슬째에 차자갓다. 東俊이 몹시 激動해서 다라나올째에 H가 짜라나와서 大久保 풀밧에업드러져서 東俊을쓰러안고 흙흙 늣기면서울엇다. 東俊은 그거슬 쑤르치고 가다가 우둑커니 서서기다럿다. H는 쏘 짜라왓다 두사람은 컴컴한 樹林 속에서만낫다. 두사람의 그림자가 合하야 한참이나 하나이되여이섯다. H와 자기의몹시 쒸는 心臟소리만들녓다.

먼데서 부터 구즈소래가 쑤걱~나다가멋고, 덜ᄭᅥ어 덜ᄭᅥ어 獄門 여는소래가 들녓다. 東俊의머리에 그침업시 나타나는 필음 갑작이 끈어지고 쌈쌈하여젓다. 네사람이 看守뒤를 짜라나갓다. 面會하러 나가는모양이다.


夕陽이되엇다. 그러나찌는듯한더위는 죠곰도 減해지지아니하고 도로혀 한층더 몹시 덥다. 하로終日살와노은 공기가 음울하고게다가 날이 음침해서 안타가워 견딜수업게물컷다. 東俊의등에서는 아니왼몸에서 쌈이철철 흐른다.

오늘하로 해가 쏘 다아 갓지마는 東俊을 面會하려오는사람은 업다. 그러나 東俊은 이거슬별노 슬프게도 생각지아니하고 그다지원통하게도 알지아니 한다. 獄中의하로가 그시간이 몹시길기도 하려니와 一年中第一해가 길다고 하는七八月의 하로終日 우둑커니안자서, 더위와困苦와 싸와가면서 지내는거시 果然 어렵지아니하다고 할수는업다. 未嘗不[384] 어렵기는 쌔어렵다. 그리고 看守의 拘束과 수모도어지간이 고통이 되여견대기 어렵지만 그것들은다 東俊의 眞生命에 抵觸되는거시아니다. 「H가 엇더케 되엇나?」 이거시다. 東俊의마음을 第一괴롭게하는거슨.

---

384) 아닌 게 아니라 과연.

　　R敎師가 면회하러갓다드러 오는거슬보고 東俊은 차라리 면회하려오는
가족이 업는 자기를 다행으로 생각하엿다. R牧師는 서북지방에 일홈난 牧師
인데 역시 이번 ○○事件으로 드러와서 自己와한방 한자리애 안게된 사람
이다. 면회하려나갈째에는 깁븐빗쳐 얼골에 가득하엿더니 드러올째는 눈이
벌개젓다. 東俊은 못본체하고 무러보앗다.

　「누가 오셧는가요?」

　「…………」

　「부인쯰서 오셧든가요」

　「네」 얼골을 돌니면서 겨우 대답한다.

　「宅에서는 다 安寧하시대요?」

　牧師는 손수건으로 눈물을 시츠면서 대답하지 못다.

　「왜 그리십닛가 무슨일이 잇서요?」

　「아닙니다 별일이 잇는거시 아니외다. 내 안해가어린것슬 더리고 왓는데
아바지 아바지 하면서 손을 내미는거슬 보고 마음이 죠치아나서 두사람이다
말을 못하고 멍-하니 섯다가 드러왓습니다그런대 안해가 몹시 상해서 모양
이 말이아니야요!」

　「아마 너머밧게서 心慮385)를 하시고 고생을 하서서 그런가보봄니그려!」

　「글셰요!」

　「어린애가 몃살이 오닛가」

　「이쟈 세살입니다」

　「세살난거지……」

　두사람의 대화는 이만하고 꼿낫다. 東俊은 눈물흘니는 목사를 비우섯다.
그러나 東俊의 눈에도 눈물이 고여이섯다. 그리고 東俊은 속으로 우섭게생
각하엿다. 자기도 나히만하지면 져릴까 하고 생각하여보앗다.

　　東俊은 전브터 H의게 말한거시 이섯다. 사람이結婚을 하여가지고 집을
마련하고 궤짝을사고 사발을 사고 밥해먹고 잠자고 아희낫코 所謂산다는거

---

385) 가슴이 두근거리고 아프며 숨결이 밭고 건망중이 심하며 불안해 하고 잘 놀라는
　　증상.

슬 자기는 절대적 못하겟노라고 하엿다. 東俊은 가정이라는거슬 몹시 실여하엿다. 自由로 써도라댄니고 맘대로 놀지못하는거시 그의게는 第一 苦痛이다. 그런고로 그는 結婚하기를 실혀하엿다. 結婚하지아니하고 그냥사랑하긴를 바랫다. 「사랑」이라는거슨神聖한거시지만「結婚」은 인공적이오 虛僞的이라고 그는 늘 말하엿다.

지난여름에 東京서 가치 나오면서 H가結婚합시다할째에 東俊은 우스면서 「結婚을 해무얼합닛가꼭결혼을 해야되겟소? 太古적시대에는 結婚이라는 거시업시도 잘만 지냇다오」

「그럼 婚姻하지아니하고 언제든지 그냥 지내쟌말이지오? 그러면 나도 좃켓서요」

H는 장한드시 이러케 말하엿다 그러나 東俊을의심하면서한말이다.

「그러치만…… 엇더케요!」

「무얼 엇더케요 말을채하구려 쎄이비가생기면 말이지오? 乳母를 주거나 엇더케 기르거나 그게 걱정이야요?」

「아-니」 H는 씨익 우섯다.

「아-니는무슨아니 죠흔수가 잇소이다. 피임법을 잘研究합시다.」

「피임법은 왜연구해요?」

「압닛가? 어데서 드럿소? 피임法이란 말을?」

「그걸 몰나요?」

「경험이 잇는가붐니다그려!」

「몰나요 몰나요」

「몰나요가 아니라. 그거시 問題외다.」

이런말한일이이섯다.


東俊은 쏘 우둑커-니 안잣다가 한가지 게교를 생각하엿다. 손수건자우슷흘 저가락으로 마라서 부채대신부처 보앗다. 녑헤 잇든 R牧師도 그대로 하엿다. 왼 監房에 잇는 사람들이 부슬부슬만든다.

三

東俊은 監獄에 드러간지 꼭 百日만에 光明天地에나와서 시언한 공기를 마시게되엇다.

밤아홉시에 감옥문밧게 나왓다. 이째에 가치나온 사람이 四五人 되는째문에 마주나온사람이 門밧긔 數十人이와서 기다리고 이섯다. 東俊은 줏키는 죠치만 얼쩔쩔해서 한참이나 어릿~하엿다.

나를위하야 온사람은 업겟지 하고 東俊은 그 사람들을 보지도 아니하고 가랴고 하는데 「미스터 吳」하고 등을 툭 치는이가 이섯다. 그는 東俊이나오기 한 二週日前브터 差入386)을부쳐준 친구이엇다.

Y는 昨年에 H로더브러 約婚을 完定387)할째에 東俊이 旣爲離婚된서슬 證據하고 끗까지 盡力388)하엿다. Y로더브러 하로져녁을 지내고 이튼날 새벽에 鐘路○○會 上層으로갓다.

東俊은 자기가 쓰는 레이불의 셜합을 열고 뒤적뒤적하여 보앗다. 아모리 차자보아야 H의 편지는 업섯다. 東京잇는 K한데서 이제7월초순에는 나가겟다는 편지와 平壤잇는 C라는 친구한데서 結婚式 한다는 葉書와 請狀이 와잇고 그外에 葉書 몇쟝이 이슬뿐이다. 그거슨보지도아니하엿다.

다시 한번 차자보다가 H한데서 온 葉書한쟝을 어덧다. 그거슨 住所를 옴겻다는 簡單한 사연이엇다. 日付印을보고 자기가 監獄에 드러간 다음날쯤 온거신줄을 아랏다.

그는 답다배서 견딀수가 업섯다.

전에 바다본 묵은편지를 가방속에서 끄냇다. 아모거시나 하나 집어서 닑어보앗다.

－사랑하는 량군의게밧드러올니나이다.

---

386) 교도소나 구치소에 갇힌 사람에게 음식, 의복, 돈 따위를 들여보냄. 또는 물건을 넣어줌.
387) 완전히 결정함.
388) 있는 힘을 다함. 또는 낼 수 있는 모든 힘.

　　이사이도 旅中氣候安寧하시오닛가 무슨病이나 아니나셧느니오. 너미오
래 消息 업사오니 궁금하고 답답하기쯔지 엄삽내다. 不肖[389]한 小妾은 괴로
운세월을 헛도히 보내고 잇사오나 下念하시는 德澤으로 몸이 無故하와 아
직거슨 모진목숨을 여전히 보존하여가오니 過慮[390]마옵소서 웬일이신가요.
편지주신지 벌서 달포가 넘으려하옵니다. 아모리 공부에밧브신들 엇지 葉書
한 쟝 겨를이 업겟습닛가.

　　웬일이신가요. 이제는 저를 버리신ㄴ가요. 저가튼거슨 先生님의 配偶가
될만한 자격이업다고 버리실남닛가.

　　저는 벌서 한주일동안 잠을 못잣습니다. 어졔밤에는 꿈자리도 너머사나
와서 몹시답답하기에 學校도 구만 두고 M兄님하고 가치 졈치는 사람을 차
자갓섯습니다.

　　당신의 안부도 무러보고 우리의 將來도 무러보앗습니다. 우섭기도하고
붓그럽기도하외다. 자세한 니야기는 만가뵈옵고 말삼 드리갓습니다. 저를살
니시랴거든 速히 편지하여주시옵소서 저를죽이시랴거든 구만두시옵소서 졸
업하실날도 갑갑고 뵈옵고 시픈 생각도 간절하와 일간 그곳으로 가랴고 하
옵나이다. 만일 내일도소식업스면, 괴로운 몸를 끌면서 게신데를 차자가겟
습니다. 저는 죽어도 당신계신녑헤서 죽겟습니다. 엇더케되면 저를 못보실
는지도모르겟습니다. 身熱은 四十度가 거이다 되엇습니다. M兄님은 저를붓
들고 울고잇습니다. 이거서 마그막 편지인지도 모르겟습니다.

　　손이 쩔녀서 더쓸수 업습니다 눈무리 쩌러져 죵히를 적시나이다.

　　부대～쳔금 옥테보중하시와 내내강건하시기를하나님끠간절이 축수 하옵
나이다.

　　三月十日夜 小妾 H샹서


　　東俊은 이편지를 끗짜지보고 方今바든것처럼마음이 몹시 感激이 되엇
다. 잠시동안은 精神이 混亂狀態에 이섯다. 보든편지는 테불우에 가만이 놋

---

389) 못나고.
390) 정도에 지나치게 염려함.

코 올려 창열닌데로 南山에 아참 구름을 바라보고 우둑커니섯다.

엇더커나. 罪悚. 報應391). 거짓. 꿈.

돈. 곰 사람. 女人. 運命. 사탄. 원수.

東俊의 머리에는 이런거시 뒤석겨서왓다갓다 하엿다.

「H는 죽엇다」 이러케 중얼거렷다.

「죽은H라도 가보아야겟다」


東京가기로 作定하엿다 Y한데서도 H의 생각을몰낫다. 何如間 東京가기로 作定하고 西洋館층층이를 내려왓다.


四


東俊은 한 一年만에 東京驛에 내렷다. 그째도 만히 變한것 갓햇다. 十年이나 살고갓지마는 겨우 一年쩌나잇다가 다시 와서도 벌져村사람이 된듯십다. 電車에 탄사람들이 모도 자기만 주목해 보는것 가테서 붓그러웟다.

H의 주소를 알기만하면 곳그리로 차자갈거시지만 東俊은 친구 K와 가치드러갓다. 옴겻다는 番地로차자갈냐고도 하엿지만 K의 「만일 업스면 엇더칼레요? 어서 나하고 갑시다」하고 極盡히 권하는데 못견대서 A町 五丁目 Y館에 드러갓다.

東俊은 그간 여러달 감옥에서 고생해서 몸이 대단히 弱해진데다가 사흘이나 잘 자지 못하고 興奮가온데서 旅行을 繼續한고로 몹시 疲勞해서 當日은 H를 차자볼 氣運도업시 일즉브터 자고마랏다.


사흘후에, 東俊은 平壤잇는 C의게 이런 편지를 하게되엇다.


-사랑하는 C兄이여

먼겻번에 드린 글월은 보셧슬듯하외다. 요새는 ○○보시기에 얼마나 골

---

391) 착한 일과 악한 일이 그 원인과 결과에 따라 대갚음을 받음.

몰 하십닛가. 아오는 三日前에 이곳와서 K君의게 괴롬을 기치고 잇나이다.

이번에 온거슨 H를 만나려고 함이외다. 監獄에서 나와서 同時 H의消息을 몃사람 알만한 사람의게 물엇스나 좋내 알수업섯나이다. 東京잇다는것外에는. 마츰 K君과 同行이되여 이곳을왓습니다.

가튼 市內에 이스면서도 그住所를 알수업섯나이다. K와가치 만히 도라댄넛나이다. 그러나 좋내찾지 못하엿나이다. 나는 견딀수업서 나종에는 警察署에까지 아라보앗습니다.

그러다가 사흘만에 아랏나이다.

이거슨 事實이외다. H는 그새 다른사람 慶尙道사람 某를만나서 同居하더이다. 그뿐아니라 受胎한지 四個月이나 된줄을 아랏나이다.

알수업는거슨 세상일이오 미들수업는것은 사람의 마음이더이다.

C兄이여, 나는 果然 너머 꿈을 오래 쑤엇나이다.

나는 明日노卽時 도라가서 如前히 春園君의所謂곰이 되겟나이다. 부즈런이 내가하든 事務를보겟나이다. 三層쏙대기 집웅밋 내방에 도라가서.

그럴거서외다. 서울가서 다시 글을 올니려하나이다.

東京A町에서 東俊은

-두번재 C의게 부친편지,

兄의 주신글은 고맙다고밧게 다시말할길이업소이다. 卒地에 그편지를보고 놀내섯지오? 놀내게할냐고 한거시아니라 그거시 참말이엇소. 그러면 점점 더 놀랠는지 모르지만 거긔서브터는내가 알바가 아니오. 암만이라도 놀래시오.

쉑스피어는 Frailty! thy name is woman. 이라고 부르지젓지만 나는 Infidelity! thy name is woman. 이라고 부르오.

아- 兄의 境遇도 一驚의 價値가 잇소이다. 女人의게는 心臟이 두홀이 잇습듸다. 女人은 언제브터 몰몬敎를 崇奉하게 되엇는지오! 나를支配하는 運命도 고약한운명이어니와, 나도 쫴 못난사나의희이엇소. 이런 안타갑게 괴롭고, 아픈經驗 하지아니하고도 여인이나알냐면 너머 만흐리만큼 書冊이 잇지아니하오? 쏘세상에 Living books가 每日얼마든지 出版되지 아니합닛가.

新聞의 三面記事도 그 一部이지오. 그런거슬, 의례히 左右前後로 女人을接
해보고 비로소 안다고야 엇지 神經이 鈍하고 머리가 납브고 感覺이 쯴놈이
아니오닛가.

하나님이 잘못하신거시 꼭 하나 잇습닌다. ……

女人아아니면 人類의生殖이 되지못하게 한거슨.

이졔 누구든지 큰 化學者가나서 사람製造機械를發明하엿스면, 그러치아
느면 용한 生物學者가 나서 다른 방법으로 생식을하게하엿스면. 그러면 女
人은 아조 所用업는 거시될거십니다. 언제나 그런時代가 올는지오? 「大海
의물」도 한바울노 그짠맛을 알수잇지아나요? 女人 하나로 能히 뎌들의全體
을알수잇서오. 그야, 그中에는 天女와가치貞操가 곳은 烈婦도 잇기야잇겟지
오만은 썩 好運兒가아니면 一生涯에 한번도 만날수업는 難事겟지오. 대쳐
우리사람이 뎌른거슬가지고 이러고 져러고 하는거지 무엇하기는 함니다 마
는, 요새 學者들은 아모거 시라도 硏究하닛간. 甚至於 풀이라 벌네라 쌕테
리아 아미바 갓흔거시라도 硏究하닛가 兄과내가 편지로뎌들의말을 하는것
도 한學者로써는 怪異392)치아는일이겟지오.

아-괴롭소이다 마음 괴로워 이제는 고만둡시다.

「女人」을하나 어더주세요? 兄도 쐐 弄談을 하는 사람이로구려! 일생애
에 한번이면 그만이지오. 그만이오! 더구나내게는 「女人」은 全然히 不必要
해요. 나는 지금 밧는月給으로 衣服 飮食을 넉넉히 살수잇소. 거처는 나일
보는집 四層, 그만하면 사람의 生活는 다되엿지오. 「女人」이 所用393)이 된
다하면 그것슨 쌔쌔로 안고자는거시겟지오. 무얼, 그싸위를 안고자지아니하
여도 밤만이라도 잘수잇서요. 百年乃至二百年이라도 참을수가 잇서요. 오직
한가지 女人이 所用되는 것은 하나님이 「女人」이아니면 生殖을 할수업게
잘못맨드러 노으섯스니 그저生殖이나 하기위하야 生殖하는 器具로 所用이
되ㄴ다할수이스나, 그러나 나가튼 사람은 자식을나아도 養育科가 업스니 거
긔에도 틀녓소 그러면 女人이 아조 일이 업소.

---

392) 이상하다.
393) 쓸 곳, 쓰이는 바.

그러나 그도 兄이기그러지, 何如間 가맙소이다. 세상놈들은 내의 失戀을 보고「망한놈! 왼갓奸巧한手段을쓰며 눈짓을해서 남의쌀을 흠쳐가더니 종내 失敗를 하엿구만. 네 보아라.」터에, 兄인緣故로「女人」을 어더주겟다고……

제발구만 두어주시오. 실어요, 실어요.

百年만에 한번 밧긔 나오지아니하는 天女가, 나가치몹쓴 運命兒의게 飜弄되는놈의게, 태울수가 잇습닛가. 나는當初394)에 바래지도아니하오.


여보 사람거치 못생긴 거슨업슬걸이오. 그만하면 넉넉한거슬 그래도 쏘 생각할째가 이스니. 그거슨 내가 못난는지도 모르겟소.

이제는 정말구만둡시다 말하기도 실쏘이다.

째째로 글월이나 주시오. 사람님들끼리야 悚遠하게 지낼것무엇잇소?

부듸안녕이 게십시요.

苦痛으로沈默한서울 한못퉁이에서

九월二十五일 弟 東俊은 拜


五.


東俊은 東京갓다온지 한一個月만에 H의게서 기인 사연으로 쓴 自白의 편지를 바닷다.


上略.

先生님은 저를 마음썻 呪詛하소서. 女子를 찾까지 呪詛하소서. 올소이다. 呪詛하소서. 呪詛할물건이로소이다.

마음의 괴로우신거시야 얼마나 하여사오릿가만은 죽은 사람의 소리로알고 부듸 제의 自白을한번 드러주소서.

제가 지난봄에 先生님을 H驛찾에서 奉別395)하고 드러와서는 꼭 ○週日

---

394) 일이 생기기 시작한 처음.

동안은 每日 잠을 자지못하엿습니다. 저는 暫時도 당신을 쩌나서는 살수가
업섯나이다. 등불에 불나뷔 이엇나이다. 前과달니, 멀노히 당신을 쩌나기 십
흔 생각이 이섯나이다. 붓그러운말이올시다만은 그째에 제마음에는 性의慾
望이 가쟝 힘잇게 깨여서, 혼자서는 到底히 견딀수업는 젹막과 슬픔과 괴롬
을 깁히~ 맛보기 시작하엿습니다. 밤마다 空然히 우럿나이다. 당신이 전에
결혼하지아니 하겟다고 한말을 오히려 원망하고 의심하엿나이다. 約婚이
되기는 하엿스나 그거슨 당신의本心이 아닌거시아닌가 까지 생각 하엿나이
다.- 대쳐 웬일인지 저도 알수업스나 저는 갑쟉이 놉흔벼랑에서 깁흔골쟉이
에 쩌러진것처럼 마음이 어둡고 나자넛나이다. 처음에는 저도혼자서 몹시
부그럽고 괴로워하엿나이다. 그래서 울면서 하나님끽, 전과가튼사람이 되게
하여달나고 간절히 긔도도 하엿나이다. 하나님도 벌서 저가튼개집은 도라보
지아니하시기로 작뎡을하섯는지 저는 죵내 두마음품은 사람이되고마랏습니
다. 당신이 아시고 생각하시든거와는아죠 짠사람이되고 마랏습니다.

　　지난봄에 작별할째에 저는 벌서 거의 狂人가치되고 悲觀的이 된거슬 몹
시 넘녀하시고 여러가지로 慰勞도하시고 딩게도 하시면서 애만히 쓰신생각
이 나실줄 압니다. 그후에 얼마지나서는 당신과는 그만 永久히 쩌나야 되겟
다는 생각이 空然히 째째로 낫섯나이다. 그거시 대쳐 웬일인지 사람은모를
노릇이외다. 당신과저사이에 어데 그릴 理由나 原因이 털끗만치나 이섯습닛
가. 참말 생각할사록 이상해서 견딀수 업지오.

　　如何間저는 졈졈 더 神經質이되고 悲觀的이되고, 차차차차 感情이되고
마음이 膽大해 져서, 사회의도덕과법률, 짜라서 세상의 習慣가튼거슬 아죠
니저버리기 까지되엇습니다.

　　그리고 一便으로 참을수업는 孤獨과 寂寞의 悲哀와 苦痛을째다랏습
니다.

　　그러닛가 저는 엇지하야 時間을보낼가 엇지하야 하로해를 지낼까! 그보
다도 엇지하야 하로밤을지낼가함이가쟝이 가장 큰 苦痛이오 難事이엿나이

---

395) 윗사람과 헤어짐.

다. 그래서저는 「時間」이라는거시 몹시 무서웟나이다.

이째에 오직 한가지 재게 도움이 된거슨 A로 더브러 니야기하고 먹고 散步함이엿나이다.

A는 저와가치 音樂學校 단닌줄은 아실듯 하외다. 사람이매우 闊活하고 너글~해서 니애기를 매우 잘하엿나이다. 그는밤마다 저를차자와서 웃고 니야기를 하다가 가굿하엿나이다. 째째로洋食집에도 가나이다. 제가 오기를 請하엿나이다. 어물~ 해서 時間보내기가 爲主닛가요.

그러닛가 自然 당신이게 편지 할 精神도 업섯지오 한번은 제가 우연히 毒感을 어더서 連해 사흘 이나 熱이 오른채로 내리지아니하야, 아모 정신을 못차리고 아랏나이다. 이째에 A는 每日 와서 極盡히 看護를 해주셧나이다. 그가 제肉體에 接하기 始作한거슨 제가 처음에 身熱이 몹시 올나슬째에 제 손을쥐고 脈搏을본거시외다. 그리고 머리도 집허 주엇지오. 그는 밤을새여서 불덩이가치 더운제머리를 찬물노 수건찜을 해주엇나이다. 저는 아모리 남의게 許諾한몸이오 이믜約婚한사람이라도 그의 看護를 拒絶할수는 업섯나이다.

첫재는 제가너머 괴로워서 둘재는 너머 고마워서.

실상 拒絶할 精神도업섯나이다.

나흘만에는 제病이 快差하엿나이다. 그거슨쪽

A의 恩功으로, 사랑으로. 그런데 나흘재 되는날이외다. 그가午後에와서 니야기하다가 머리가몹시압흐다고해서 좀눕게 하엿습니다. 夕陽에는 身熱이 만히 나서 아모것도 먹지도 못하고 아랏습니다. 저는제가 바톤품갑흠으로라도 그를 看護해 주지아늘수업섯나이다. 더구나 그의 病째이 나를 看護해주다가 내病이 傳染이되고 쏘한 너머 여러날 곤하게지내서 난거시니. 木石이나 미물이아니면 정성으로 看護해주지 아늘수잇습닛가. 과연 져도 정성으로 간호하여주엇나이다. 밤에는 熱이 四十度가 너머서 精神을못채리고 알는거슬 엇더케 차마 그의宿所로 가라고할수가잇서요 차마보낼수도 업거니와 事實上 보낼수가업섯나이다. 밤이 十二時가지냇스니업고감닛가. 人力車를 타워보냄닛가. 그날저녁은 할수업시 自然히 한房에서 자게 되엿습니

다. 그날저녁애저는 그의알는거시너머애처러워서 너머답답해서알는이의 가삼에 칵 쓰러졌습니다. 女子의本能, 아니 사람의 本能이 發動하엿든거시겟지오.

그러한 가운데 사랑이 생기고, 짜라서 셰상에 낫츨들 지못할몸이되엇슴니. 엇지하오릿가.
下略 (完) (1919, 2, 5日夜十二時)

# 生命의 봄

『創造』5~7호, 1920. 3~7

나의 사랑하는이의 목소래 들니도다
오- 보아라.
산을 넘고 언덕을 쮜어넘어 오도다.
나의 사랑하는이는 노루와 갓고
어린 사슴이 갓도다
오- 보아라
그는 우리 담뒤에 서고서
들챵으로 엿보고
짝문으로 반만씀 보이도다
나의 사랑하는이가 내게 말하기를,
오- 니러나오
나의사랑, 나의 아름다온이어
오- 나오시오,
겨울은 임의 지나가고
비도 벌서 그치고 쩌낫도소이다
백가지 쏫이 쌍우에 나타나고,
새가 노래할쌔가 도라와

알낙비둘기의 말근소리가

우리짱에 들니도소이다.

無花果나무는 그 푸른 열매를

가지가지 불키엇고,

葡萄나무는 꼿이 피어

그 香그러운 내암새를 내이나이다.

나의 사랑 나의 아름다온이어

오- 니러나

오- 나오소서,


바위틈에 백혀잇는

絶壁밋 깁흔곳에 숨어잇는,

나의 비둘기어 네얼골을 내게 보여라

너의 아름다온 목소래를 내게들녀라,

아- 어엽븐거슨 너의 목소래

아- 너의얼골이 아름답도다.

- 솔노몬의 노래 2 : 8~14


一


　유리가치 말근 어름이 大同江의 長靑流를 하로져넉에 덥허노앗다. 어름
밋헤는 고기들이 기운업시 잠겨잇고, 어름우에는 말, 소, 사람들, 쌜간 衣籠
짝실은 移舍짐 달구지가 분쥬히 건너오고 건너가고 한다. 練光亭밋헤는 漁
夫들이 대여슷사람이 쑹쑹한 솜옷을 닙고, 발달닌 널족우에 안저서 어름밋
헤 잠겨잇는 주린고기가 물니기를 기다리고 잇다.

　白雪로 素服을 곱게 닙은 건너편 文秀峯우에는 淡灰色구름이 쎄를 지어
閒暇이 쩌잇더니 龍岳山으로부터 모란봉을 넘어 부러오는 노한듯 미친듯한
무서운 北風에 조각 조각이 쩌러져서 쏜살가치 半空으로 나라간다.

아츰 거리에는 아직 來往하는 사람이 만치아니하다. 큰구골 국수집문밧게는 머리싹근 미친女人이 바람을 피해 햇볏비치는 담못통이에서서 덜덜썰면서도, 빙글빙글 우스면서 무어라고 혼잣소리를 중얼거리고 잇다. 털노한 防寒帽를 푹 내려쓴 中老人이 팔쌍을찌르고 「에- 추워」하면서 국수집으로 쑥드러간다.(어북장국을 먹으러가는듯)

羅英淳은 어제밤새도록 (새로 세시까지) 지은 吊文을 洋服안폭케트에 넛고 밧비, 구즈에 솔질을 두 어번 쓸쓸 해써리고, 玉골 모통이로 올나간다. 팔에 뵈험급으로 둘는이들이 만히 말도 업시 黃海旅舘압흐로 올나간다. 英淳은 盲學校압흐로 「아직 늣지는 아낫다」하면서 비타리 길을 터벅터벅 지나서 南山嵎禮拜堂 大門으로 드러갓다.

英淳은 禮拜堂大門안에 드러서서 꼿으로 단장하고 白布로 싼 棺을 보고, 그 녑헤 놉히 단

「故牧師P,O,O氏靈棺」

이라쓴 만장을보고, 豫期하지못하엿든 무슨 무서운光景을 갑작이 본째처럼 가삼이 두근거리고 精神이 앗득하엿다.

會堂안에는, 흰옷닙은 男女老少數千名이 쌈작소리업시 갓득이 드러안젓다. 英淳은 가만가만이 드러가다가, 出入門쪽에서 웅성웅성하는 氣色이 이슴으로 뒤를도라보앗다.

압헤 불근 (비단으로싼) 十字架를 노은 靈棺을, 흰옷에 뵈건을 쓴 靑年敎友들이 밧드러메고 嚴肅한 態度로 한거름 한거름 드러온다. 一同은 종용이 起立하야 敬意를 表한다.

英淳은 이거슬 보는 瞬間에 울음이 가삼에 북바쳐 올나와서 모르는새에 눈물이 흘넛다. 講壇녑헤잇는椅子에 업드려 긔도할째에는 더욱 슬픈마음을 억제하지못하야 아모말도 하지못하고 잇다가 그냥 니러낫다. 모든 사람의 얼골에 우름이 가득하고 눈에는 눈물이 고여잇다. 英淳은 禮式執行者中한 사람으로 講壇우에 올나안젓다. 靈棺이 거의 聖壇압헤까지 오는데, 左右쪽에 갈나선 素服하고 흰당긔 되린 어린女學生들이 슬프고 낫고가는목소래로 靈棺을 맛는 찬숑가를 브른다.

아름다온 내본향을 목덕삼고,
한찬미를 불너보세,
거긔무궁한 셰월이 흘너갈째
고난 풍파가 닐지안네

슬픈노래가 끗나자 主禮者 M牧師가 니러나 簡單한말노 이졔부터 式을 擧行하겟다고 宣言하고, 안즌후에 S牧師가 울음석긴 목소리로 설은긔도를 올니고, 다음에 S傳道師가 죵용이 셩경이사야十四章三節로二十三節까지 朗讀하엿다. (讀者는천컨대 이聖經을펴보라)

英淳은 예비하고 잇든 吊文을 바른편손에 들고講道床넙흐로 나아갓다. 숙이고 잇든 會衆의 머리는 들니고, 모든 視線이 英淳의 손으로 모혓다. 마랏든 종이를 펴가지고 잠간 섯다가, 가삼속으로부터 우러나오는 슬픈 목소리로 닑기를 始作하엿다.

嗚呼哀哉痛哉라

惟時一千九百十九年十二月十五日午前九時에  故牧師P,O,O氏奄然別世하시니 이어이한일인고 이꿈이 아닌가 꿈이라면이어니와 참이라면 이일을 엇지하리오,

아— 슬프고압흐다, 先生은果然가셧도다.

先生은果然가셧도다, 안으로는 年老하야衰弱하신兩親을하직하고 사랑하는부인과 사랑하는동생과 어린子女들을내버리고, 밧그로는一千有餘名의 羊가튼敎友를도라보지아니하고 可憐한 조선동포를내버리고 先生은다시도라오지 못할길을가셧도다. 아— 가셧도다.

先生은어려서브터 救主예수의 가라침을 진실히 밋고 行하야, 우호로 하나님을 끚가지사랑하고 아래로………

英淳은 손이쩔니고 발이쩔니고— 아니 왼몸이 쩔니고 짜라서 목소래가 쩔니엇다. 쩔니는거슬 힘써 이겨가면서 連해 닑엇다. 쩔니는 가온대도 슬프고 원통한 빗치 석기고 굿셰고 쏙쏙한 音聲이 宏傑한 堂內를 혼자서 울니

고, 會衆은 잠든드시 고요하다.

리웃을 자긔몸보다더 사랑하엿도다. 天國建設事業을爲하야 奉仕하기에나 正義를爲하야는 자긔몸을 조곰도 도라보지아니하고 즐겁게 犧牲하는精神을가지셧도다. 先生이 救世濟民의 大志를 成就하기爲 하야는, 後日에 萬難을除하고 海外에 遊學하야 더욱 學問을배호고 人格을修養하랴고 하엿스나, 아—이壯志를일우기前에, 이번○○○○○○事件에 逮捕되야 入監하셧드니, 그鐵窓의 몹슨 苦楚로 因함인지 千萬不幸히 病魔의 侵襲을 밧아서 마참내 自己의生命을 일엇스니, 이런 切切히 원통하고, 한업시 압흔일이 어대잇스리요.— 이句節을 다마치기前에 앗가브러 흙흙 늣기며 참고 잇든 울음이 一時에 터져서,

아이고— 아이고—

堂內에 가득한 數千名 會衆은 모도 목을 노아 큰소래로 痛哭한다. 이못통이 져못이에서 엉엉 우는소래 흙흙 늣기는 소리는 卒然이 그치지아니한다.

아— 이울음을 엇지 참으며 언제나 머추리오!

아— 이 울음을 누가 말니며 누가 머추리오!

吊文을 닑든 英淳이나 主禮者나 其他 主式人들이나 다가치 울 짜름이다. 요란한 울음소리가운데 쮜어나는 故人의늘근 아부지의 압흔 울음소리와 절통한 부르지짐의말은 듯는이의 肝腸을 녹이더라.

一同은 한참이나 울엇다.

式을 主해보는A傳道師가가만이 니러나서 말한다.

「울지안늘수도업고 울나면 쯔치엄스나 禮式을 進行해가기 爲하야 그만 울음을 그칩시다」

이말을 듯는 會衆은 더한層 설음이 니러나서 더욱 痛哭을한다.

이윽코 울음이 차차 머저간다. 그러나 棺左右에선 어린女學生들과 엇든 婦人先生은 그냥 흙흙 늣기며 울고 棺뒤에 잇는 그家族들은 그냥 慟哭 한다.

英淳은 다시 그아래를 닑는다.

그러나 先生은 救主예수를 밋으신후에 거룩한生活을하시고 사랑의生涯을보내엿스니, 惡하고 괴로운 세상을쩌나매 쥬끠서보내신天使는 영광의면

루관을 先生의게드리고 主의 寶座압헤까지 인도하여 지금은 사랑의쥬로더브터 永遠한나라에 安息하시리니 엇지하야 눈물을흘녀 슬퍼하리오. 생각컨대 평시에 우리를 사랑하시든 先生은 天國에가서서도 오히려 우리를 닛지 아니하시고 우리事情을 하나님끠 告하셧스리로다. 그리하야 先生의 肉身은 썩을지나 先生의 精神은 기리기리 살니로다.

先生이어 기리기리 安息하소서.

아ー 슬프고 슬프다.

一千九百十九年十二月十八日

羅　英　淳　再拜


英淳은 朗讀을 마치고 안고 잠시 沈默이 이슨후에 講壇밋헤서, 머얼니 他界에서 들녀오는듯한 哀歌가 가늘고 길게 울녀 올나 온다. 앗가 靈棺을 맛는 슬픈노래를 브르든 主日學校 어린女學生의 어리고 압흔가삼에서 울어나오는거시다.


一

후일에 생명 끈칠째
여전히 찬숑못하나
성부의집에 쌜째에
내깃븜 한량 업겟네

Chorus
내쥬예수뵈울째에
그은헤찬숑하겟네
내쥬예수뵈울째에
그은헤찬숑하겟네

二

후일에 쟝막갓흔몸
문어질째는 모르나
뎡녕이 내가알기는
쥬예비하신집잇네

三

후일에 셕양갓가와
셔산에 해가걸닐째
쥬씌서 쉬라하리니
영원한안식엇겟네

　다음에는 A傳道師가 故人의 略歷을 朗讀하엿다. 끗헤 니르러 「여러븐 安寧이 게십쇼. 나는 아바지한데로 감니다」한 故人의 最後의 一言을 傳할 째에 A氏는 목이 메여 끗까지 마치지못하엿다. 눈을 감고종용이 듯는 사람들의게, P牧師가 면루관을 쓰고 雪白色 웃옷닙은 美麗한 天使의게 左右편을 붓들니어 구름사이로 올나가는 光景이 보이는듯 하엿다. 젹어도 英淳의게는 그러케들녓다.

　M宣敎師의 禮文朗讀과 K校長과 B牧師의 追悼演說노 禮式은 끗낫다. 堂內에 갓득찻든 會衆은 죵용죵용이 밧갓흐로나갓다. 會衆은 大路 三千名은 될듯한데, 城內의 웬만한 敎人이 거이다 온모양이오, 敎人아닌 紳士도 만히왓다. 英淳은 뒤로 천천히 나가서 靈柩잇는뒤에 섯다.

　故人의靈柩은, 生前에, 二十年동안을 긔도하며 찬미하며 울며 우스며, 자라난 이會堂, 일하든 이會堂을 向하야 永訣式을 行하고 男女學生들의게 둘니어서 大門을 나가 永遠히 永遠히 써나나갓다.

　눈포래하는 찬바람은 사람의 귀를버히는듯하다.

　靈柩을 써라가는 男女老少三千名은 西門거리로 鐘路로 新作路로 七星門까지 連다아나아간다. 市街의商人들은 賣買를 그치고, 行人은 거름을머

추고 P牧師의 靈의게 敬意를表한다.

二

「산사람을 救하야되겟다.」

「지난 여름에는 P牧師를 여긔서 만나서 니애기를 하엿것만」혼자서 이런 생각을 하면서 슬금슬금 行列을 따라내려가든 英淳은 大察里에서 西門거리를 나서자 번개 가치 니러나는 생각에 발길을 돌녀서 西門으로 向햇다.

「英善을 救하여야 되겟다. 불상한 英善을 누가 救하랴」

英淳은 이런생각을하면서 발거름을 急히 해서 西門밧그로, 光成學校녑흐로 日本中學校녑흘지나서, 差入집만은거리를지나서 義州行 鎭南浦行 新作路를건너서, 단숨에 平壤監獄 큰문밧게 니르럿다.

門직히 看守보고 禮를 하고 드러가서 바로 接受室로 가서 李英善을 面會하겟다고 하엿다. 英淳은 監獄에를 자조 단녀서 接受하는 官吏 林氏를 잘 안다. 時間이 좀 느저서 다른사람 가트면 接受도 아니해줄거슬 林氏는「나가긔다리시오」하고 웃는다.

英淳은 스토브잇는 待合室에 드러가랴고도 아니하고 監獄뜰에서, 外套 포케트에 손을넛코 왓다갓다 한다.

─監獄에도 쫴 왓다. 그만 이거시 마지막이면죠켓다. 무얼 오늘인들 될수가잇나. 마음대로? 엇재든지 面會를 해보고 와서, 病이 過해서 보기에도 몸이몹시 상햇스니, 그대로 내버려두면 살수가 업슬터이니 부듸 내보내달나고 졸나보쟈. 어듸 일본말노한번해보쟈……………… 오냐 그만하면 되엿다. 그러면 져편쟉에서는 무어라고 對答할가. 에그 모르겟다 생각도아니하겟다. 아이고 안되어안되어 안되기가 쉽지(니마살을 집프리고 한숨을지엇다) 무슨 일이든지 밋음이 이서야 된다는데 되리라고 밋쟈. 모르겟다 오늘안되면 인전 모르겟다.

─오늘도 되지아나, 卒然이나오지를못해, 그만 獄中에서 어려운 病이 生겨, 病이 아조危重해진다음에야 내가라고 通寄가나와, 人力車에 태여다가

紀笏病院에 入院을 식켜, 하로잇흘을지나서 그만죽어.-

　英淳은 생각이 막다른 골목으로 드러가서, 英善의 죽음을 想像한다. 그러나 아모苦痛도업시, 도로혀 재미로, 재미라는것보다는한 유-모아 이엇다. 英淳은 참아 眞正으로는 英善의 죽음을 想像도 할수업섯다. 英淳의 이想像은 마치 사랑하는 英善을 向하야 直接으로 (네가 죽으면 엇더케 될가) (내가 엇더케할가) 하고, 戲弄으로 말하는셈으로 하는것이오, 쏘 P牧師도 獄에 가쳣다가 죽엇스니 英善이도 더구나 軟弱한 英善이도 獄에서 苦生하다가 죽을는지도 모르지-이러한 가벼운 論理的 想像에 지나지 못한다.

　-죽는다. 죽으면 나는 生命업고 溫氣업는 屍體를붓들고 한밧탕 실컷우러주리라. 그어머니, 아이구 그할마니 거의 氣絶을 하렷다 失性을 하렷다. 나는 집으로 가서, 어늬 외짜른 죵용한 房에서 房門을 거러매고 쏘吊文을지으리라, 어려서 밥도잘못먹고 옷도 잘못닙고 몰내 숨어가면서 몹시고생스럽게 學校에 댕기든 니애기로브터, 서울가서 공부할째에, 몹시 무섭타는 사람이 밤을새여가면서 채플에 혼자가서祈禱하다가 異常한 Vision을보든말과 傳道事業을 爲하야 損報할째에 그兄님이 해주엇다는 파란올닌 銀반지와 가쟝 貴重한 衣服을 밧치든 니애기며 엇든 村에가서 敎師노릇할째에 學生을 罰하는代身에 自己몸을 째려서 흘니든 니애기며, 처음 南山峴에서 만나서 (한 週日동안이나 매일 夕陽이면) 죵용이 니애기 하다가 마참내 彼此에 첫사랑이 生긴것과 그러다가 結婚하게된것과 監獄에 잡혀드러가는 前後事情을 小說的으로 써놋코, 씃헤가서, (오- 쥬여, 쥬의 사랑하는, 信實한딸의 靈魂을 바드소서 쥬의 寶座녑헤 편안이 잇게 하소서 그리하다가 后日에 제가 가거든 다시만나게 하소서. 사랑하는 英善氏 괴롭업는 아부지집에 몬저 가서 기다리소서. 거긔서, 쟝 봄만잇는거긔서 다시맛나지이다 그대를 사랑하는 英淳은 哀哭再拜-이러케 씃을 막으리라.

　그리고, 열달前에 結婚式한-英善이 어려서브터 기러난-○○○敎會에서 그가 나와 가즈런이 서서 M牧師의 祝福을 밧고 내게 金반지를 밧든 그 자리에서 가튼牧師의게 永訣式을 行하리라. 나는 親이 지은 吊文을 닑어서 쏘 모든 사람을 울니리라, 그째에 우리동생 銀淳이는 그맑은목소리로 죠상

하는 哀歌를 부르게 하리라. 葬式을 지나고 三日만에 무덤을 한번도라보고,
나는 平時에 英善이 勸告하든 말을 짜라, 子子 單身으로 멀니, 未來의 運命
알수업는 길을 쩌나리라.-

여긔까지 생각하다가 英淳은 죽음의 哲學的考察을 할 餘裕도 업시, 처
음에는 재미로 始作하엿든거시 眞情이되고, 괴로운 마음이 生겨서 획 발길
을 도리켜서 接受室門압흐로 갓다.

接受室門을 열고, 나이나 한 五十나마 먹어보이는 婦人이 무슨 처음당
하는 어굴한 일을 보앗는지, 請하든 일이 튤녀서 긔가맥히는지, 얼골이 쌜개
서 입만 쫑긋쫑긋 하면서 터덕터덕 섬돌을내려온다. 보매 村婦人이다.

「여보 누구를 찻소. 원 좀 쏙쏙히 던하소고레, 저만 接受하고는 쏩슬하
니 나오면 엇드카쟌말이오? 남 지금 속이타서 죽갓는데 거누구 좀 거개서서
부르는대로 좀 말해주문 도캇군.」

亦是 村에서온 婦人이지만 벌서 만히 댄녀서 監獄出入에 卒業을 한듯
한, 한 三十이나 되염즉한데 명주手巾쓰고 무명치마 닙고 목테둘는 婦人이
이러케同情업는 나무렴을한다. 다른婦人들은 쳐다보고 웃기만한다.

여긔의臨時慣例가 이러타. 나무렴하는 말도올타. 面會하려온사람이 몬
저「初接受」를 하면 얼마잇다가 타시 불녀서 佳所, 姓名, 年齡과 在監人과
의 關係와 面會事件을 뭇는法이다. 이거시「再接受」라는거시다. 그런데 한
사람이 再接受를 한다음에는 그사람을 식혀서 그다음 再接受할 사람을, -
恒常在監人의일흠으로 찻는거시다. 그런데 앗가 그婦人은 반다시 다음사람
의 일흠을 드러슬터인데 傳하지아니하닛가 나무렴을드른거시다.

그러나 그는 도라도 보지아니하고 한모퉁이애가서 도라서고 잇다.

한편에서는, 義州서 왓다는 키가 자그마한老人이 白雪가튼 수염을 내려
쓸면서 웃는낫츠로, 그녑헤 二十이 겨우 넘어보이는 아이업은 절문婦人과
무슨니애기를 하고잇다. 英淳은 귀를 기우려 드럿다.

절문이「바루 제돌 지나서요」

老人「조음보고 풀가?」

婦人「………」

老人「나는 우리아넌석덜이 세놈이 다 여긔 와가쳣수다 그래도 나는 아모 걱정도 안할두다.」

婦人「面會하려오섯소?」

老人「요-」

婦人「저는 이거 오늘도 面會를 못할가부웨다. 발세 한쥬일이나 되엿는데」

老人「初接受는 햇소?」

婦人「못해서요」

老人「이제라도 해보구레 왜 못햇소?」

婦人「이제 해두 될가요」

老人「허 해보구 말이지, 밋듸야 本錢입듸」

婦人「………」

老人「어서가보오」

英淳은 기다리기에 갑갑중이 니러낫다. 개다가 발이 잘나지는드시 실인거슬 깨달랏다. 시리다고 하는것보다도 아리고 압흐다고 하야 올켓다. 좁은 뜰가온데 좁은 限界에서 왓다 갓다 한참 거러 보앗다. 발실인것은 좀 낫지만 웃몸이 춥다. 그째는 짜쯧함즉한 담모통이 陽地겻흐로 가서섯다. 거긔는 양저울이 하나잇는데 절문이들이 한번식 제몸을 달나본다. 英淳도 처음에는 물그름이 바라보기만하고잇다가 그사람들이 다 간 다음에 한번 달나보앗다.

「李英善-」하고 엇든 靑年이 傳해주는 소릴르 듯고 얼는가서 英淳은 再接受를 식히고 나왓다. 이제도 한時間이나 두時間이나 기다릴 모양이다. 英淳은무슨小說冊이나 하나못가지고 온거슬 恨하면서 우둑커니 서잇다가 「올치 사안小說을 닑으리라」 이런생각이 니러낫다. 곳 산小說을 차자보앗다. 그째에는 그의 周圍에 보이는 (잇는) 모든거시 죄다 小說노 보엿다. -져 각쳐에서 모혀온 할머니, 아쥬머니, 老人, 靑年, 져 壯한테하고 왓다갓다하는 看手를 죄다小說이다. 이監獄이라는거시 벌서 小說쥬머니 다. 올타, 이監獄안에 멋千名잇는 罪囚가 다-아이구-그거시 하나식 하나식 죄다 小說이로구나.

「죠타!」

英淳은 속으로 이러케 부르지젓다. 마치 彫刻家가, 筋肉의 發達이 圓滿하야 카아브의 屈曲이 絶妙하고, 體格의 調和가 完全한거시며 顔面의 表情이 非常한거시며 統틀어 理想的인모델을 만난 째의 그感情, 畵家가 죠흔 自然界의 背景을 차즌째에 니러나는 愉快한 感情, 그러한 感情에서 나온부르지짐이다.

英淳은 彫刻家가 마치와꿀을 잡기 前에 몬저 얼마동안 모델을 바라보는 것처럼 눈을감고, 앗가 落心하고 나오든 할마니, 나무럼하든 婦人, 樂觀하든 老人, 할째를 몰나 애를쓰든 절문婦人으로브더 監獄안에 有罪無罪之間에 가쳐잇는 사람들의 形形色色한 處地와 悲絶慘絶한 事情을 가만-이 想像하다가 이러케 중얼거렷다.

「英善이도 小說이다. 나도小說이다.」

「사람은 小說이다. 人生과世界가 小說이다.」

「人生은 藝術이다. 왼누리는 藝術이다.」

英淳은直覺的으로 이러한 斷案을내렷다. 그리고생각하엿다. 英善이 監獄에 가친것도 한小說을 짓고잇는거시오, 내가 이러케 추은데 英善을 救하려고 온것도 한小說을 짓고잇는거시다. 그러면 내가 여긔서 기다리는 것도 苦痛이 아니오 無意味한일이 아니오, 英善이 가쳐서 발을 벗고 찬자리에 자면서 고생하는것도 쏘한 그러하다. 그도 사람인째문에 아름다은 藝術을 짓고 잇는거시다. 그러니 그다지 근심할거시아니다.

-올타. P牧師가 죽은것도 한藝術이다. 아니, 偉大하고도 玄妙한 한詩다. 오냐 千萬代에 기리기리 썩지안코 더욱더욱빗나갈 詩로다. 그의 즉음그것은 無限이 高貴한 詩이지만 그의죽음을 哀悼한 내吊文은 도로혀 그산詩를 더럽힐지언덩 빗나게는못할 가장 拙劣한거시다. 생각하다가 「그오리지날 詩를 쏙크대로 體現한 참詩를 못짓나」하고 恨歎하엿다.

-P牧師의 죽음이 高貴한 詩인 모양으로, 이제 英善이 죽드래도 쏘한 아름다은 詩로다.

오오 至純至美한 英善의 죽음! 이거시 얼마나 貴하고 아름다은 詩이냐.

이러한 意味로 나는 나의 사랑하는 사람을 내손에서, 내가삼에서 일허도 그 거슬恨하지 아니하겟다. 英淳은 생각이 여기까지 니르러 自己가 當場에 偉大한 藝術家 된듯십헛다.

英淳은 다시 산小說을 찻기 爲하야 슬금슬금 待合室편으로 가보앗다. 待合室에 스토왁불은 다 꺼져서 도로혀 찬긔운을 내이는듯한데 左右쪽 걸상에는 근심빗치 갓득갓득한 婦人네들이 쑥으리고 쩔고잇다. 英淳은 여긔서 果然 아름다은 小說을 보앗다.

待合室 出入門에 한 五十이나 되여슴즉한 婦人이 두눈에 눈물이 넘실넘실하다가 쑤르르 흘니면서 혼잣말노 「엇더카노 엇더카노. 데거 죽갓 는데! 우리아들이 죽갓소고레」 중얼거리더니 손에쥐고 잇든, 어름보다더찬 牛乳병을 그 젓가슴을 헤치고 쑥쓰러넛는다.

英淳은 그 참小說를 보고 無心中 두눈에 눈물이고임을 깨다랏다. 그婦人을 向하야 恭順히 拜禮를 하고십헛다. 한번 쳐다보앗다. 눈물을흘리면서도 얼골에, 徵徵하지만 빙그레 웃는빗치 보엿다. 그리고 英淳은分明이 그얼골에 이상한 光彩를 보앗다.

아- 이 울음이 神의 울음이 아니고 무어시오, 이우슴이 愛의神의 우슴이 아니고 무어시냐, 그婦人이 以前에 그아들이 어러슬째에 한참 엡불째에 빙글빙글 웃는거슬 무릅우에 올 녀놋코, 밧갓헤서 어려서 찬손을, 하나는 젓가슴에 넛고 하나는 손으로 꼭쥐고 입에다 대고 호-호 부러주면서 젓을쌜닐째, 그째의 사랑의 깃븜이 잠간 回想이 되여서, 그사랑의 깃븜을늣겨서, 슬푼가운데 無意識的으로 우슴이발한거시아닌가.

이째에 英淳은 小說, 藝術이라는것보다도 오마니를생각하고, 宗敎, 하나님, 그리스도의十字架를 생각하엿다.

「오- 오마니의 사랑, 그리스도의 사랑」

-사랑이다, 사랑이다. 누리에가장 아름답고 尊貴한거슨 사랑이다, 사랑 밧긔업다 사랑은 누리를 支配한다. 왼누리에 오직 사랑이 이슬쓴이다.

올타 사랑은 藝術의本質이다. 藝術은 사랑이다. 올타 사랑과 藝術은 하나이다. 그의 생각은 이러케 歸結하엿다.

그는 다시 「사랑의 오마니」를 보앗다. 그냥가삼에 牛乳를 데이고 서잇다.

「아- 내가 英善의게 對한사랑이 져만할갸?」

英淳은 갑작이 이런생각이 낫다.

「英善이 내게 對하야 져런 사랑을가저슬까?」

-이것슨 내가 스사로 判斷할수가 업는 것이라고 생각하고 속으로이러케 긔도를 하엿다.

「쥬여 사랑을 쥬소서 사랑을 豊盛이주소서」


그러는 동안에, 看手長이 나와서 面會許可한 사람의 일흠을 부른다. 英淳은 大興部 女監에가지고갈 票○종이를 어더가지고 네時間만에 監獄門을 나섯다.


英善이, 赤土를드린 후리매 가튼거슬 닙고 머리는 골업시 뒤로빗겨넘겨서 쪽을 찌고, 기운이업서 그 비츨비츨하면서, 머리털 곱실곱실한 늘근이 女看手녑헤, 나와섯다. 그얼골빗츤 白月촉과 쪽 가탓다.

英淳은 아모말도 못하엿다. 한참 잇다가 겨우 이러케 무럿다.

「무어이나 좀 잡수시오」

「죽이라고 좀식 먹다가 요새는 그것도 구만 드엇 서요」

「醫士가 와서 診察합뒷가」

「네」

잠간 沈默이 이섯다.

「집에서는 다 安寧 하신가요」

「네, 그런데 요새는 엇대요 대단이 더한 가보외다그려 바로말하오」

「너머 걱정마셰요 관게치 아녀요.」

「典獄더러 잘말해서 나가서 治療하도록 할러이니 좀 기다려주………」

「너머 애쓰지마셰요 저는 관게치아녀요 그새 알치 아느섯서요」

「아니오」

「그만가셰………」

英善은 이말 한마듸를 채못마치고 얼골을 돌니고, 발길을 돌녀 드러간
다. 自己의 우는얼골을 보이지아니하랴고, 사랑하는 사람의 마음을傷하게
하지아니하랴고, 칼노가삼을 욱이는듯하고 五臟이 녹아오는듯한 怨恨과서
룸을 머금고 도라서 드러가는 英善의뒷모양을 英淳은 잠간 바라보고, 입술
을 깨물면서 監獄 널족문을 나왓다.

英淳은 門밧게 나와서, 울면서 드러가는 英善의 눈물흘니는 수척한얼
골을 번쩍 보앗다. 그얼골을 보고 그 마음을생각하고 참앗든 눈물이 쑥쑥
흘넛다.

至今은 생각할 餘裕도 업다. 곳 거름을 急히하야 다시 高等普通學校압
흐로 올나가서 오든길노 도로 本監獄으로 向햇다.


本監獄으로 가서 典獄을 面會하고 預備하엿든대로 말하여보앗다. 남은
全心全靈을 부어 사람의生死에 關한 問題로 請하는데, 키쟉고 압니마털 싸
진 典獄은 아조 冷冷한말노 對答한다.

「監獄에도 醫士가 이서서 相當히 治療를 해주니 念慮하지말고 도라가
시오」 이거시 典獄의 대답의 大旨이엇다.

英淳이, 기운업고 脈업시 監獄門을나서서 怨妄스러운드시 한번 뒤를도
라보고, 光成學校正門을 지나 南山峴禮拜堂뒤로, M의宣敎師住宅 압흐로
외짜른 골목을지나서 正進女學校압흐로 도라 내려올때에는 벌서 겨울해가
너머가고 어슬어슬 黃昏이되엇다.


三


英淳은 自己房으로 드러가서 져녁먹을 생각도 업시 자리를 하나내려깔
고 나가너머졋다.

아모 생각도 아니하고, 손발하나 달싹하지 아니하고 반쓰시누어서 天井
을 바라보고잇다. 반자를하다가 한편못통이는 채발느지아니해서 속에 新聞
紙로발는것이 드러나서 모양이 매우 凶하다.

「져거슬, 나오기前에 발너야되겟다 담도 한번 발너야지」 속으로 이러케 중얼거렷다.

每日申報紙의 「호-카液」 廣告가 쑤려시 보인다.

「올치 니저버리지말쟈. 나오건든 져거슬 한댓병 사다주겟다. 英善은 도모지 化粧 할줄을몰나서………」 쏘 중얼거렷다.

호-카液을 바르면 이러케 얌전한 美人이된다고 본채를 보이기爲하야 그려잇는 日本現代式美人이 희미한 가운데도 눈이 말똥말똥해서 내려다본다.

「왜 나를 작구 보노. 너는실타야. 美人은실여」

이러케 중얼거렷는지 생각 햇는지 하고는 차차쌈쌈해서 보이지도 아니하거니와 눈을 쓰고볼기운도 업서서 스르르 눈을감앗다.


英淳은 그새에 잠이 드럿섯다. 꿈을 만히 쑤엇지만 다 니저버렷다. 그러나 英善을 본거슨 分明하다. 눈을 쓰닛가 녑헤 누이동생 銀淳이가 얌전하게 안젓다. 잠든 자긔의 괴로운듯한 얼골을 근심스러운드시 드려다 보고 잇든 거슬 아랏다.

「언졔 오셧서요」

「方今 왓다」

「그런데 왜 그러케 느즈섯서요? 수태 곤하신게구만」

「………」

「葬禮式보고 監獄에 가셧지오?」

「응」

「그래 엇더케 되엇서요?」

「트짜에 니을 햇다」

「져런! 엇더카노」

「너는 어대 갓섯늬? 共同墓地까지 갓섯니?」

「아니오 추워서 거길 엇더케요?」

英淳은 빙그레 웃기만 하고 아모말도 아니하엿다.

「아이구 오라버니 시당하시갓그만. 저는 監獄에 가실 줄은 아랏지오. 그래 S하고, S아시지요 접대 저하고 왓든이 말이야요 그이하고 어델좀 갓섯지오. 갓다가 오라버니 오시기 前에 일즉 오랴고 하든 거시 그만 느젓시요. 용서하세요」

「너도 우럿니 앗가」

「아이구 오라버니도 누가 안울어요? 그른데 엇더케 그러케 슬프게 넑엇서요」

「너도 울엇단말이가?」

「처음엔 오라버니, 이상한목소리 내는거시 우섭기만 하더니 나죵에 (철창의 몹슨 고초)라고 내쌜째는 각눈물이 나오겟지오」

「너도 눈물이 잇너」(우스면서)

「전사람 아니야요?」

「올치 너도 사람이닛가 感情이 잇고 感情이이스닛가 눈물을 흘니는구나」

「오라버니 노하섯구만 그런말도 한 히니쑤지오 나가서 늣게왓다구」

「너도 P牧師가치 이제 죽는단다 그런줄아라라」

「아이구 죽긴 왜 죽어 나는 안죽어. 참 형님 面會하섯서요?」

「그래」

「보시닛가 엇대요 더상하섯서요? 病이 더해요?」

「그래 며츨 이스면 죽겟더라」

「오라버니 는 그게 무슨소리야요 죽기는, 밤낫 왜 죽는소리만 해요.」

「우리가 사는거시 事實이면 죽을것도 事實이지」

「그야 그럿치요. 어서 드러가 저녁잡세요」

「실타 실어」

「왜요」

「아- 죽음! 죽음!」英淳은 길게 한숨을집고 이러케 중얼거리면서 은순의 손을 잡앗다.

「아이구 차서 못살겟다. 괴로워 못살겟다. 이 차고 괴로운 겨울을, 모든 물건을 잡아매고 모든 生命을 죽이는 겨울을! 아- 죽음 죽음!」

「왜 그래요? 실여요 무서워요」하면서 銀순은 손을쌘다.

「내눈압해 즉음이 왓다 갓다 하누나. 아- 죽음의 겨울 The winter of death!」

「오라버니 그러케 悲觀하시지마셰요. 오라버니 오늘은 왜 그리 悲觀을 하셰요, 늘 樂觀을 하시드니, 늘은 퍽 落心을 하셧서요!」

銀순은 異常한드시 쏘 걱정스러운드시 英淳의 얼골을 듸려다본다. 英순은 쏘 중얼거린다.

「오- 죽음! 죽음! 죽음의 겨울이다」

「오라버니 제 찬미하나 할쎄 드르셰요」

「오냐 해라」

「애이 붓그러워!」

「무어시야 쏘 쏘」

「보지는 마셰요. 자 합니다. 問題는 Light after darkness라는 겁니다.」

　　　어둔것 후에 빗치오며
　　　바람분후에잔잔하고
　　　소낙이후에해빗나며
　　　로곤한후에쉬움잇네


　　　잔약한후에강해지며
　　　해로운후에복이잇고
　　　눈물난후에찬숑하며
　　　씨뿌린후에츄슈하네

英淳은 눈을감고 가늘고도맑은 曲調만 듯다가 無心中「좃타」하엿다. 그리고 銀순의 얼골을 바라 보앗다. 銀淳은 니어 三節을보른다.

　　　괴로운후에 평안하며
　　　슯허한후에 깁븜오고
　　　쩌낫다가도 만나지고
　　　고독한후에사랑잇네

한줌이 병을만한 옷칠한듯한 머리는 짜아서 테두머리를 하고, 죠곰 나온듯한 니마밋헤 붓으로 그은듯한 눈섭, 그아래 맑고도 精氣잇고 光彩잇는 짜만눈, 낫지도 안코 놉지도 안코 알마즌 코, 광대뼈가 좀놉고 살이이서 보둥보둥하고 늘紅月桂빗치 도오는 左右뺨, 그사이에 좀 도툼하고 늘 생긋생긋 웃고 잇는 그 입술이 달삭달삭 하면서 깨-나오는 그 玉소리갓고 淸雅한 노래는, 몹시 괴롭든 英淳의 마음을 朦朧히 꿈나라로 引導하엿다. 그는 어느새 다시 눈을 감앗다. 은순은 목소리를 약간 놉혀서 마그막 節을 부른다.

   십자가 후에승리잇고

   죽음이가고부활이오며

   죽음의겨울지나가면

   生命의봄이도라오네

「오- 生命의봄이 도라와! 오- 銀순아 그거 네가 지엇니?……… 오- 生命의 봄이 도라와!」

英淳은 다시 은순의 두손을 쥐여 잡아 다리면서 얼골에 갑작이 無限한 깃븜이 充滿해서 빙글빙글 우스면서 이러케 말 한다.

「오- 은순아 지금 네노래의 마그막 한句節은 네 노래가 아니오 天使의 노래다. 내가 지금 分明히 天使를 보앗다. 天使를 나는 보앗다. 죽음의 겨울이 지나가면 生命의 봄이 도라오네 오- 天使야!」

은순은 매오 滿足한낫으로, 고맙고 깁븐드시 英淳을 바라보다가 깜박 니젓든드시 말한다.

「인전 정말 드러가 져녁 잡스세요 내올까요?」

「은순아 너공부 잘해라 確實이 너는詩人이 될 天分이 잇다. 수양 잘 해라. 아- 네의詩的 天分과 그音樂의天才! 너야말노 쟝차 큰 藝術家가 되겟다. 네가 詩人이 못되면 참 앗갑다. 은순아!」

「아이구 오라버니두, 왜 짠소리만 작구해요. 공연이 남 일부러 찬미한번 한거슬 놀니기만 하구. 실여요, 인전찬미 안해요」

「아니다 은순아 참말이다. 너는 詩人이다. 오냐 生命의봄이 도라온다. 살쟈 살쟈. 너의 兄님도 산다 나도 살겟다. 너도살어라. 기운잇게 힘잇게 살아서 生命의 봄을 마자서 아름다온 봄동산을 짓코 生命의福樂을 누리며 生命의 主를 至誠으로 찬숑하쟈. 生命의 봄이 온 후에는 平和의世界가 도라올 거시다. 希望을 굿게 가지고 生命의 봄을 기다리쟈.………」

「은순아 긔도하쟈」

英淳은 은순의 등우에 왼손을 올녀노으면서 이러케말하엿다.

「네」 -두사람은 一時에 머리를 숙엿다.

-「쥬여 이자식이 오늘날까지 당신의 품에서 써나서, 부질업시 어둔데서 헤매고 추운데서 썰고 죽음의 종이 되여이섯습니다. 쥬여 이 莫大한罪를 용서 하소서 쥬끠서 이자식의게도 임이 生命을 주섯스매 이제부터 生命을 가진사람 이 되겟습니다. 제게 사랑을 주시옵소서 사랑으로 누리를 支配하게 합소서 쥬여 제게 힘을 줍소서 새로운 힘을 줍소서 굿게서서 生命의 봄을 마즐 큰힘을 줍소서 제게 生命의 봄이 온다는 默示를 주신 쥬여 고맙습니다 生命의 봄이 어서 오게 합소서 오- 쥬여 영선을 구해주소서」

英淳은 안으로 드러갓 저녁을 잘 먹엇다. 먹은후에 할마니 오마니와 우슨니애기도하고 어린아히들다리고 작난도 하다가 밤十一時가 가지나서 자긔房으로 나왓다.

은순이 쌀고드러간 자리에 드러가서 日記을 폇다. 가운데 白紙와 한편에 잇는 聖句와 밋헤잇는 歷史의 記事를 잠간 듸려다보고 팬을 잡앗다.

十二月十八日火曜 陰, 寒.

(대개 하나님이 해를 惡人의게 빗치게 하시며 비를 義로운쟈와 不義한 쟈의게 쥬시나리라. 마태六, 四五)

(米國議會에서 奴隷解放을可決하다- 一八六二)

-오늘은 今年치고 추위로 클나이막스가 될가보다. 겨울의 中心이라할가. 이날에 P牧師는 추은세상을 避해서 따쯧한 쌍속으로 드러갓다. 그의 靈魂은 벌서 사흘전에 邪惡하고 괴로운 現世를 써나서 和平하고 즐거운 天國으로 올나가셧다. 그거시 무어시 설은지 여러사람들이 소리를 내여 울더라. 나도 좀 울기는 하엿다마는. 그는 몬져갓슬쑨이아니냐. 나도 이제 갈거시다.

英善을 救하려고 監獄에 갓섯다. 사안小說을만히 닑엇다. 英善의얼골을

한 二週日 만에 보앗다. 그수척하고 기운업는 모양만 보고, 나는 헛도히 도
라왓다. 英善은 지금도 울는지 모르겟다. 은순의 노래로 새로운希望과 깃븜
과 能力을 어덧다. 이제는 生命의 봄이 오기를 기다리쟈. 저야 다른 男性을
더 사랑할는지 모르지만 나는 저를 씀직이 사랑하고 저로 인하야 위로를 만
히 밧는다. 은순아 오래 오래 내 깃븜과 위로가 되여다고.

<blockquote>

오늘도 나는 孤獨의 한밤을 지내쟈

英善은 언제나 올내는지

아- 오늘도 오늘도 못오고

아- 오늘 져녁도 오늘 져녁도 옥중에서

찬자리에 찬바람에,

아- 저 찬달을 보고!

오- 내 사랑하는 英善이여.

</blockquote>

英淳은 日記冊을 밀어버리고 불을 쓰고 자리로 쑥드러가서 눈을 감앗다.
눈을 감고 아모리 자기를 힘쓰지만 當日의 아참부터 밤까지 지난일이
몃번이나 되푸리로 왓다갓다 쑴가치 생각이나고 지난일, 將來엇지할 걱정이
뒤석겨 쩌나와 精神이 錯亂해지고 뇌가 몹시 복잡해져서 잘수가 업다. 그中
에도 감옥에서 본 英善의 예위고 광대쎠만두드러진쌤에 눈물이 줄줄 흐르는
거시 작고 보여서 잘수가 업다. 그래 英淳은 도로 니러나서 불을켜고 東京
엇든 雜誌社에서 보내준 原稿用紙를 쓰내노코 펜을 잡앗다.
　獄中의안해의게
　나의 至極히사랑하는안해여. 나는오늘 당신을 겨우 三分동안, 獄卒이警
戒하는압헤서, 쑴결가치 만나보고, 마음에 울울하고 간절한회포를 참지못하
야 지금 붓을 드러쓰나이다. 그러나 용서하소서 나는쯧쯧한 내집아룻묵에
평안이누어서 이글을쓰기에 罪悚스럽기 限이업스나, 엇지하리잇가 그대는
그대의 넓은사랑으로 용서하소서.
　아- 그대는 엇지하야 한번가고 도라올줄을 모르나잇가. 그대가 집을 쩌

난지벌서 三箇月이지낫나이다. 사람이 죽음의그림자를 눈압헤 보면서도 못 본체하고, 生의樂을 좀더 누리려고 汲汲히 애를쓰는 것처럼, 우리도 압헤 당할일을 환하게 알기는알면서도 니저버린드시 (니저버리고) 新婚의 남은樂 을 마음것耽하고 이섯나이다. 그려다가 하로아참에 그대가 獄中에 드러가매 나와 우리원집안은 그얼마나 놀내엿스리잇가. 아— 그러나 그대는 엇지하야 지금도 오히려 도라오지아니하나잇가. 내가 그대의 뒤를짜라 監獄門밧짜지 餞送할째에는, 瑞氣山기슬카리의 아까시아나무닙히, 간혹 누른닙이 잇지만, 그 파릿파릿 한거시, 오히려 綠陰芳草時節에, 푸르러 욱어지고 퍼젓든 자최 가 만히 이섯나이다. 그거시 그후에 누른닙히 차차 만하지고 푸른닙히 젹어 지드니, 그다음에는 된서리를마저서 왼통 시들시들 말느드니, 어느날밤에 北으로부터 부러오는 一陣狂風에 우수수수수 다— 써러지고 지금은 여긔 져 긔 마른닙히 하나식 둘식 한드젹한드젹 억지로 달녀잇더이다.

그대는 엇지하야 지금도 아니도라오나잇가.

그대가 드러가기 前에는 아직 서늘한 가을이엇나이다. 그대는 모시다린 젹삼에 모시치마를 닙고 갓나이다. 그런대 그대가 드러간후에 찬바람이 불 고, 大同江이 어러붓고 눈이 멋번을왓는지 알수업나이다. 지금은 우리 錦繡 江山이왼통 곱다랏게 素服을 하엿나이다. 天地가 銀世界가 되엇나이다.

우리는 불쌘 房안에서도 침다고 하나이다. 그런대 아— 그대는 드른즉 종희도 발느지안은 살창대로 잇는데서 龍岳山으로 萬壽臺로 모라오는 찬바 람이 마음 대로 드러오는 房에서 자리도업시 그氷板가치 차디찬 바닥에서 새우가치 옴크리고 오돌오돌 썰기만하고 無心한 찬달을, 바람드러오는 살창 새로 바라보고, 잠을 못드러 앨쓰는 양이 눈에 보엿, 아— 나도 잠을일우지못 하겟나이다 아— 애닲다. 이 일을 엇지하리요


英淳은 여긔까지스고 펜을 던지고 불을쯔고 니불을 막썻다.(一九二〇, 三五) —아래는다음—

## 四

　　英淳은 이튼날아츰 아홉時에야 깨엿다.

　　어제밤에는 두번재누어서도 잠을 들지못하고 곤한몸을 이리뒤척 져리뒤척 하면서 몹시 애를 쓰다가, 마즌편담에 걸닌 自鳴鐘이 쎙--쎙-- 두번을 치는소리가 고요한 깁흔밤의 죽은듯한 沈默을깨틀여 요란하게 울니는거슬 듯고,

　　「지금 잠드러슬가? 여태 깨여슬가?」

　　이런생각을 하다가 닭우는소리를꿈결가치 듯고는 잠이드럿다.

　　눈은 떳지만 추워서 니러나기가 실여서 그냥자리에 누어잇다. 거리로 向한 窓에는 허엿게 성에가도닷다. 입김을 허- 하고 내부러보앗다. 허- 연김이 나온다. 방안이 이런데 감옥에야 오죽하랴. 더운기운이라고는 죠곰도 업겟지, 뜻뜻한맛이라고는 도모지 못보겟지, 이런생각이 나는同時에 자긔가 누은자리가 벌노 더운거슬 깨다랏다. 實狀 새벽에 英淳을 사랑하는 모친이 불을 째여주어서 등밋과 궁둥이밋히 뜻뜻 하다. 그는 손을 자리밋헤 너어서 바닥을 딥허보앗다. 손을 넛코 오래견댈수가 업슬이만큼 쓰끈쓰끈하다. 자리밋히 뜻뜻한 맛헤 손을 째지아니하고 그냥 눈을 감고 가만이 이서보앗다. 漸漸 뜻뜻한맛이 올나온다. 니불을 잡아다려서 억개를 꼭꼭 덥고 두손은 자리속에 너엇다. 英淳은 어느새 감옥의 잇는 안해를 깜바니저버린드시 자리가 더운맛에퍽 快感을 깨다랏다. 몸이 둥-둥 우흐로 써올나가는것가튼 말할수업는 瞬間의幸福을 깨다랏다. 「아- 죠다」하면서 얼골에 微笑를 씌엿다.

　　「오늘은 엇더카노-할일이 무어신가.」

　　이런생각이 번격지나가서 잠간 마음을 刺戟하엿지만 「에그 모르갓다 모르갓다」하고 그생각을 부러 흐려 쩌리고 다시 겨울아참 자리속에 뜻뜻한 樂을 繼續하여 누리려고 아모생각도 아니하기를 힘쓰면서 등과 엉덩이를 한번 다시 음짓음짓 하엿다. 새로이더운기운이 생기는것갓고 새로이 뜻뜻한 맛을 깨다랏다. 눈을 껌먹껌먹하면서 가만히 누어잇다가 안에서 아이들 쩌드는

소리를 꿈결가치 드르면서 쏘잠이 드럿다.

「대문………열어………」

英淳은 문밧갓흐로브터 희미한 사람의 소리를 드럿다. 그러나 처음에는 잠이채 깨지못해서 꿈결가치 드럿드니 니어서 죠곰 큰 목소래로

「大門 열어주세요」하고 소래지른다.

英淳은 벌쩍 니러낫다. 分明히 안해의 목소리다. 그러나 이게- 精神作用으로 이런거시아닌가 의심하면서가만히 귀를 기우려 드러보앗다.

「오마니-………은순아-」

英淳은 자리옷(일본옷)만 닙은채로 房門을 벌쩍 열고 맨발노 나가서 大門을 열녀고 하엿다. 덕우가 잘째지지를 안아서 한참이나 애를 쓰다가 平時에못내는 힘을 다해서 대문을열어젓겟다. 英淳은 싼婦人이 아닌가 하리만콤 意外로 생각해서 멍하고 서잇기 前에 마즌편에 섯든婦人은 어느새門안에 드러서면서 英淳의게 달녀 드럿다. 그째에 英淳은

「오-」

하면서, 婦人을 쩌안고, 얼어서 볼그레하고 싼득싼득한 쌤에 쓰거운 키스를하엿다.

英淳의 가삼에 안긴이가 그누구랴. 그의 사랑하는 안해英善이다. 남편의 가슴에 파무친 英善의 눈에서는 더운눈물이 소사나와서 헤쳐진 英淳의 가삼속으로 흘너드러간다.

두사람은 소래업는말을, 각각 心臟으로 맛잡은손으로만 하다가, 英淳은, 그냥말못하고 기운업시 쓰러져안겨잇는 안해를 잇끌고 房안으로 드러가서 자든자리우에 펄적 주저안젓다. 英善은 英淳의 내버친 무릅우에 스러져 업드려서 흙흙 늣기면서 운다. 英淳도 한손을 그의 등우에 올녀놋코 안손은 그의 얼골을 밧치고 엇전지 알수업는 눈물을 안해의 머리우에 목우에 쩌러터린다.

英淳이 안해의 허리를 붓잡아 니르칼째에는 英善의 눈물잇는 얼골에 우슴이 갓득찻다. 빙그래웃는 英善의 입에 다시 한번 스윗트키스를 하고 비로소 말을 쓰냇다.

「웬일이오?」

「……………」 英善은 웃기만한다.

「죽지안코 사라왓구려!」

「네………저째문에 얼마나 고생하섯서요?」

「……………」 英淳도 웃기만 한다.

두사람의 몸은 발노부터 다리 허리 억개 머리의 側面이 서로 싹 부터서 안젓다. 英淳의 왼편팔은 英善의 등으로 겻으락밋흐로 도라가 그의손은 그의옷자락속으로 드러가서 부드럽고 싸쏫한것을 만지고, 英善의 바른편팔은 英淳의 억개우에 올녀노이고 손은 목을 만지고 잇고, 그의 왼편손은 英淳의 손목을 꼭잡앗다. 英淳의 쌤과 英善의쌤은서로 부터서 아모말도 업시 숨소리만 들니고 心臟의 鼓動만 쑥쑥한다.

英善은 英淳의 손몬을 다시 힘을 주어 꼭잡으면서, 목을 각 씨면서

「저를 싹 껴안아주세요!」

이말을 채 마치기 前에 英淳은 「다시는 노치지안이 하리라, 요거슬 놋코 엇더케 사랏든고」하는드시 두팔노 英淳의 젹은몸을 힘썻 껴안앗다. 英善의 몸은 어느새 압으로 도라와 가삼과 가삼이 서로 合햇다. 英善의 두팔도 英淳의 몸을 꼭쎳다. 英淳은 다시 쓰거운 키스를 쥬랴고 하는데,

거리로 向한 窓밧갓흐로 지나가는사람들의 요란하게 지거리는소리는 英淳의 단잠을 째윗다.

품안에 껴안엇든 英善은 간곳이 업다. 자리에는 자긔가삼을 두팔노 씨고 반쓰시 누은 英淳自身 하나밧긔 업고 압窓에는 아참 해볏이 쌜갓케 듸려빗첫다. 그는 머리를들어 방안을 한번휘둘너보앗다. 單簡房안에 흣허진 冊들과 大阪每日新聞, 東京朝日新聞쟝들밧긔업다. 그는 그래도 의심스러워서 저혼자 불눅한 니북을 눌너도 보고 페쳐진데를 들쳐도 보앗다. 그래도 英善은 못차잣다. 자리에서 못차진 英淳은 눈을 틱쏏다가 머리맛담에 흰옷닙고 서잇는 英善을 차젓다. 손을 내밀어 잡으랴고 하닛가, 흰옷닙고 서잇든 英善은, 자긔가 英善이 監獄에 드러간다음에 틀에 너어서 걸어노은 英善의 寫眞과合하고 마랏다. 머리맛에서 못차진 그는 아룻묵담을쳐다보앗다. 거긔에서

英淳은 두번ㅅ재 英善을 차젓다. 그는 쏘 손을 내밀어 英善을 꼭 붓잡앗다. 그러나 이번의 英善은 그가 監獄에 드러갈째에 버서걸고간 그의속치마가되고 마랏다. 그의 붓잡은거슨 치마자락이엇다.

「응- 꿈이로군」하면서 모-루 도라눕고 지난밤에 온 新聞한장을 잡아다린다.

이째에 밧갓헤서 房門두다리는 소리가 들넛다.

「드러오-」하는소리에 문을 슬며시 열고 드러와서 안는사람은 銀淳이엇다.

「인전 니러나 세수하세요」

아모대답도 못하고 銀淳을 물쓰레- 바라만보는 英淳의 얼골에는 붓그러운빗치 버-ㄹ것게 도은다. 지애가 문틈으로내쏠을 듸려다보지나 아너슬까, 니불을 들쳐보고 치마를만져보고하는거슬 보앗스면 엇더카나 야단낫다. 속으로중얼거리면서 문에 구멍쑬너진데나 업나하고머리를 들어쳐다보앗다 요행구멍은 업다.

「무얼 그르세요. 인전니러나세요, 니러나 진지잡수세요. 지금이 어느째기 그냥 짐으세요 엇져녁에 늣게짐으섯서요?」

「멧時니?」

「열심니다 열時야요.」

「거짓말.」

「아이구 긔맥혀라, 제가 언제 오리버니더러 거짓한일이 잇서요?」

「잘못했다.」

하면서 그는 冊床설합을 쌔고, 英善의가젓든죠고만 金손목時計를 쓰내보앗다. 아홉時半이 지낫스닛가 열時라는것도 그다지 엉털이업는 거짓말은 아니라고하엿다.

「그래도 졔말이 못밋어운가바요. 져게 큰時計가 잇는데 그거슨 쓰내무얼해요?」

銀淳의 말에 그는 웃기만하고 누엇다가 노앗든 時計를 다시집어 줌안에 꼭 쥐면서 말한다.

「時計라도 좀 보고 십허서 쓰냇다.」

銀淳은 무어라고 대답햇스면 죠흘는지 몰나서 웃기만하고 잇다가, 얼는 생각이 난드시 말한다.

「참말오늘은 學校에 가셔야지오. 그러지아너도 요새 오라버니 쉬기 잘하신다고 學生들이 不平이만타는 데요.」

「누가 그르던?」

「그건 아라무얼하세요.」

「어졔 正植이 왓섯니?」

「참말 正植氏가 어제-午后네시쯤 와서 한참기다리다가 갓대요.」

「내가 光成學校 敎師노릇하는지가 오래지는 아닛지만 그런사람은 처음 보앗다. 긔어히 英語를 하고야 말겟더라 그사람은. 그사람이 그르더니?」

「아니요. 그런데 英語를 가라쳐 주시겟다고 햇스면 좀 쏙쏙이 부지런이 가라쳐주시지 그게 무어야요.」

「왜.」

「그적게도 왓다가 그냥 가는데, 엇더케 不安한지」

「同情하는고나. 말이나 잘 해보냇니?」

「同情은, 것이나요. 그저 안게시다고 햇지오.」

「너도 英語나 좀 배와야지.」 英淳은 혀를채면서 이러케 햇다.

「저가튼게 英語는 배와 무얼 합닛가?」

「또 그런소리를 하니?」

「배우고는 십허도 붓그러워 못배와요.」

「너는 거저 붓그럼대지 그것 좀 곳처라.」

「그럼 오늘도 學校에 안가세요?」

「오늘은 정말 갈 기운이 업다.」

英淳은 한숨을 한번 지-면서 이러케말한다.

「에그 나도 몰나요.」

「너좀가서 나 몸압해서 못간다고 말 좀 해 주려무나.」

「아이구- 處女가 어델가서 무어라고 해요.」

「너두 여태 멀엇고나, 處女는 사람아니가?」

「저는 그런 구접스러운데는 안갑니다.」

「무서워서 못가지. 男學生들이 욱 달녀 들어 너를 쓰더 먹을나」

「그짜위 아이들은 우서요」

「그게 무슨소리냐? ………어졔 찬미하든 銀淳이는 어데갓니?」

「여긔 잇지오.」

「참말?」

「그럼.」

銀淳은 손과 머리를 한들한들 놀니면서, 싸만눈을 깜박깜박하면서 임속으로 어졔 져녁 찬미를 부른다. 英淳은 어졔밤 듯든 그노래 그印象이 생각나서 빙그레 우스면서 은순의얼골을 바라본다.

「쏘 한번 하렴.」

「무얼요?」

「어졔 그것말이다.」

「실어요.」

「애 銀淳아」

「왜요.」

「나는 참 너아니면 못살겟다.」

「왜요?」

「銀淳아 너 오늘 할께 잇다. 나위해서.」

「무어요?」

「내 구즈보선하고 손수건하고 좀 쌔라다고, 너의 형님 대신에.」

「에그 망칙 헤라. 그게- 뮌님의 職分인가요? 아이구 형님도 불상해라 그런일은 나는실어요.」

「그럼누가 해주겟니? 엇져녁에 詩人이라구 稱讚을 해주엇드니 하로져녁에새에 교만해젓니?」

「글세 女子는 그런거시나 하나요. 그게 女子의職分인가요.」

「그럼 職分이 무어시냐. 職分論은 그만두고. -너날 사랑하지?」

「오라버니 사랑하지오.」

「나도 너를 사랑 하지?」

「그건 오라버니가 말슴하지오.」

「나는 참 너아니면 모살겟다. ………그런터이닛가 그것 좀 하문 엇더니? 너아니하면 누가 하겟니.」

「형님이 안게시닛간 그리시지요. 형님만 나오시면 밤낫 형님하고만 가치 게시고 저는 아조 니저버리실썰 무얼요. 저와는 니애기할틈도 업는걸, 臨時代理는 실어요.」

「허는 소리가 쏘!」

「事實이지오.」

「왜?」

「아이구 내가 精神업시 안젓섯네. 저는 드러감니다. 드러갈게 곳니러나세요.」

「그래 너의 형님이슬째에 무슨나무렵고 섭섭한일이 이섯니?」

「그야 물논 형님게실째야 형님하고 가치 지내시는거시 재미잇겟지오. 저는 방해몰이나 되지오.」

「왜?」

「아모래도 저보다 더형님을 더사랑하시지 아녀요? 쏘 그거시 올켓지오. 그러시야지오.」

「너의형님도 사랑하지만 그만큼 너도 사랑하지 그야 種類가 다를 쑌이지.」

「참말이야요? 거짓말.」

「내가 너더러 왜 거짓말을하겟니.」

「벌서 열時가 지나서 열한시나 될남니다.」

하면서 銀淳은 니러나서 문을 열고 나간다. 벌서 나가고 문을 다친거슬
「銀淳아 銀淳아-」불넛다.

은순은 문을 방싯 열고 드려다보고 우스면서

「왜 그리세요?」

「너는 이담에 시집가면 너의 H.B.하고 나하고 누구를 더사랑하겟니?」
「몰나요 물나요.」
銀淳은 문을 덜걱 닷고 안으로 드러가고 마랏다.

## 五.

　英淳의게는 하로해를 엇더케 지낼거시 한 難問題이엇다. 말하면 그는 生活의中心을 일어버렷다. 그럼으로 그는 무어시든지 일다치는대로 하고 생각나느대로 한다. 하로終日이라도, 나가고 십지아니하면 집안에서 누어굴거나 어린애들을 더리고 작난을 하면서 셰월을 보내고, 밧게 나갓다라도 드러가기가 실흐면 벌노 일도업시 이리져리 도라단니다가 늦게야 드러와서 집안 사람의게 걱정을 식히는 일도 잇다. 이러케 衝動的生活을하면서도, 얼는보면 無心하고 泰平한것갓해도-銀淳이「늘 樂觀을 하시드니」하리만콤 거츠로는 樂觀을 하면서도 마음으로는 늘 무슨 보이지아니하는 날카로운거시 그의 靈魂을 찌르는것처럼지근지근 압핫다.

　그가 生活의 中心을 일허버린 原因은 勿論 新婚한 안해를 일허버린것이 그 한가지다. 안해의 사랑은 그個人의 生活을 支配할쑨안이라 社會的 生活까지 支配하엿다. 그러나 그는 안해를 쩌나서 肉的愛情을 쩌나서 사랑의 幸福을 가지지못하고, 마음으로 慰安을 밧고 쟝려함을 밧는다하드래도, 시언한 書信의 交通을 할수업는 監獄에 잇는 안해의게서 밧는힘은 그의 生活을 붓잡아 나아가기에는 너머도 微弱하엿다. 다시 말하면 몹시 感情的이오 肉情的인 그는, 쩌나이서서 所謂精神的 사랑으로는 滿足할수업슬쑨아니라, 서로 쩌나게되면 두사람의 愛情關係는 거의 空이라고 할만콤, 直接愛情의, 肉情의 즐김이 업시는 견댈수업섯다. 그거슨 그의天性도 얼마콤 그러하거니와 그의過去 十餘年의 기럼업고 快樂업고 말으고 썩은 나무 가튼 生活노 因하야 말으고 썩엇든 그의 靈魂이 아직 完全하게 回春할 餘裕가 업슬이엇다.

　다음에 그가 요새 生活의 中心을 일허버린거슨이거시다. 사랑이라는것

外의 內部生活의 中心을 일어버린거시다. 그가 셰상에서 사라나아갈길이 희미해진거시다. 그의 個性의 發展-人格의發揮, 나아가서는 社會的奉仕의 方向을일어버린거시다.

그의 現在의職業이 傳道者요 敎會學校의 敎師인거슬보면 그의生活의 中心은 「하나님」「그리스도」일거시오 그가 社會的奉仕의 方向은 예수敎人, 學生일거시다. 그러나 事實上 그의 內部的生活을보면, 旣往에는 何如하엿든지 멧달以來로는 宗敎的 熱情이업고, 敎人이나 學生에 對한 사랑이 젹고, 비록 그거시 弱하엿스나 그의오늘날까지의 生活의中心에 대한 憧憬과意識 이 차차차차 엷어진다. 어느새 엷버져서 매우 희머해 졋다. 다시말하면 그의 宗敎的生活은 매우 不完全한거시엇다.

그러면 다른方面으로 그의 마음을 支配하고 生活을 占領하는 무엇이잇너냐 하면 그것조차 잇다고 할수업다. ………억지로 차즈면 그거슨 藝術이다. 藝術的天分은 그가 어려슬째브터, 自己 스사로 쏘는 그의 父兄과 친구가 웬만콤 認定하는거시엇다. 그는 틈잇는째에 붓을 잡으면 詩도 좀 지어보고, 感想文도좀 지어보고 短篇小說도 지어본다. 그의作品이 藝術的 價値가 잇너냐 업너냐는 둘재 問題요, 그는 詩를 써보고십허서 쓰고, 小說을 쓰고 십허 견댈수업서서 쓴다. 그는 무슨 詩集이나 小說冊을 손에쥐면 미친드시 빙글빙글웃고 冊에다키스를하고ㅆㅓㅇ충 ㅆㅓㅇ충 쮠다. 敎會에서도 葬禮式이 잇스면 吊文을지으라고하고, 크리스 머스째면 아희들의 遊戱 (쓰라마에갓가운)를 식히라고 하게되면 웬만콤 成功을 한다. 敎會 靑年會에서 雜誌를 發行하게되면 그의게 編輯人을 맷긴다.

그러치만 아직은 藝術이 그의生活의中心이라고 할만 콤 藝術에 對한熱情과 忠實한 態度가 업다. 그의 過去半年동안에(아니 一年동안의)-勿論 그의 안해가 監獄에 드러갓다는 事情도 잇지마는-文學書라고 닑은거슨 알츠이쌔-세쯔의 「싸닌」의 멧패-지와 日本有島武郎의 「宣言」 밧게 업고, 그의 作品이라고는 南山峴敎會 靑年會 機關雜誌 「大同江」에 내인 「平壤城을 바라보면서」라는 小說과, 그가 同人으로잇는 조선에 하나밧긔업는 (서울서하는) 純文藝雜誌 「創作」에 「吳東俊」이라는 短篇小說한개를 보내여슬분이

다. 그거슨 寂寞하든文壇에패 注意쌈, 말거리가되엇고, 一部社會에 말성을
니르켯다.

創作社에서도 原稿보내라는 電報가 오고 그밧긔멧곳에서 原稿써달나는
付託이왓지만 그는 沈着해안저서붓을잡을수가 업서서 新聞장이나 듸려다보
고, 갑갑하면 안에드러가서 허튼소리나 지거리고 銀淳이 더리고 散步나하고
或은 그의게 文藝에대한 講演도 해주고 작난으로 男女問題의 討論도 하고,
다시 갑갑하면 쮜어나아가서 혼자서 大同江邊으로 淸流壁으로 모란峰으로
乙密臺로 도라오기도 하고, 사람만히 모히는 K書店에도가서 잠간 안자보고,
몃사람친구도 차자가본다. 밤이면 光成學校에 가서 英語를 아홉時까지 가
라치고 도라오면 자게된다.
　　이날은 水曜日날이라, 英語夜學은 업다. 會堂에가면 自己가 指導者가
되는터인데, 會堂에 가랴고 하는 銀淳을 붓잡고 니애기하다가 時間이지나
서 그만두고 마랏다. 이러하는가온대도 마음은 편안치못하엿다. 말하면 그
는 敎會에도 忠實치못하고 藝術(文藝)에도 忠實치못하엿다. 그런고로 그는
요새 거의 無意識的으로 習慣的으로 이러케 중얼거린다.
　　「엇더카노………무어시될고」
　　이리하는 가운데 그는머리속에 늘 무서움과 不安이 이섯다. 하나님을 써
난것갓고 그의버림을 밧은갓해서. 一편으로는 文藝에忠實한 態度를가지고
나아가는 친구를보면 속으로 붓그러운 생각이 늘어섯다. 그러나 거츠로 그
는敎界에가면 가쟝 眞實한-市內屈指의-宗敎家가되고, 文藝를 일삼는 친
구새에가면 쏘한 有數한 文士에 참예하엿다. 말하면 그는 남을 속이고 쏘
스사로 속여왓다.

英淳은 낫이면 學校에가서 몃時間가라치기도 하고, 도라오면 이럭져럭
時間을 보내고, 밤이면 英語를 가라치고 와서는, 안으로드러가서 原始的맛
이 잇는 婦人네들과 單純한니애기를 지거려서 時間을보내고 十一時나十
二時가 되면 自己房에나서 자곡 하엿다. 한 사흘동안은 監獄에도 가지아니

하엿다.

　사흘을지나서 監獄에서 英善이 假出獄으로 午後에 出獄한다는 通知가 왓다.

　英淳은 몹시깃버서 안해의 닙고나올옷을 자긔가 親히들고 人力車를 더리고 監獄에가서 기다리다가 져녁여슷時에 監獄문을 나오는 안해를 마자왓다. 蒼白한얼골에 찬바람을 쏘여서 버얼건얼골을 볼째에 그는 깃브기도 슬프기도 하고 거저 가삼이 두근거린느거시 어드른지 몰낫다.

　그날져녁에는 나이八十이넘은 할마니로 브터 젓먹는 어린애까지 왼집안이 통쩌러나가서 발이짱에 닷는듯 마는듯 깃븜으로 英善을 마자왓다.

　그날밤에는 그는 배곱흔줄도 모르고, 英善이 보러오는 손님도 접대하고 거리에나가서 英善이 머글 滋養品으로, 藥用葡萄酒, 牛乳, 鷄卵갓흔것도 사오고 하노라고 정신 업시 지냇다.

　英善이도 나와서 처음에는 그리든 남편과 왼家族을 만나 반갑고 깃버서 緊張된 精神의 힘으로, 안자서 차자온 사람들과 監獄에서 지낸 니애기도 하고 무어슬 좀 먹어도 보앗지만, 그날밤부터는 監獄에서 들닌 流行性感氣로 기츰이나고 呼吸이 困難하고 頭痛이나서 알키를 始作하엿다.

　이째의 流行性感氣는 그形勢가자못 猛烈하엿다. 敎會는 알는사롬으로 出席이 半이나 減해지고 이집져집서 그치지아니하고 죽어나간다. 하로에 共同墓地로 나가는 數가 平均 五十人이넘는다한다. 그거시 쪽 절문이오 그中에도 절문婦人이라한다.

　석달동안이나 먹지못하고 감옥에서 누어잇든 英善이 그病에 걸녓스니 엇지 危殆하지아니하며 걱정 되지아니하랴.

　이튼날 記笏病院 C醫士를請해다가 診察하닛가, 벌서肺炎이되엇다한다. 그래곳 同病院에 入院을 식혓다. 그리고 英淳은 하로에 두번식 (病院이 許하는 대로, 午前十時로 十二時까지 午後一時로 四時까지) 그를 訪問해서 看護한다.

　벌서 잇흘이 지나도 差度가 업다.

# 六

英淳은 아츰에 일즉 깨어서 파인애풀한통과 콘덴스밀코한통과 배세알을 사들고 다름박질노 記笏病院까지 단숨에 올나갓다.

院長室에 분홍옷닙은 쏭쏭한 看護長를 힐끗 보면서 바로 층층대로 올나가서 三層 一號病室노 드러갓다. 寢臺에 누어서 英淳의 드러오는거슬 보고 蒼白色얼골에 빙그레 우슴을 씌는 英善의녑헤가서 힘업시노인손을 잡으면서 지어서 우슴을씌고 이러케 무럿다.

「좀 엇덧소?」

英善은 얼는 대답을 못하고, 지즐지즐 터져서 허-엿케 헤여진 입수를 움질움질 하다가 가늘고 힘업는 목소래로 겨우 對答한다.

「거저 그래요.」

「밤에 좀 잣서요?」

「자지못햇서요.」

英淳은 혜를 채면서 아모말도 못하고 英善의예위고 하-얀얼골을 듸려다보앗다. 英善의 두눈에는 눈물이 핑돈다.

「그러지마러요.」

하면서 얼골에 덥힌 머리카락을 치우고 머리를 딥허본다. 두눈이 버얼개지면서 눈물이 술-술 흘너서 귀녑흐로 쩌리진다. 그는 벼개 우에 노혓든 손수건을 쥐여서 흐르는 눈물을 싯처준다.

「다시 못뵐줄 아랏서요?」

「그게 무슨 소리요? 왜요?」

「어제 져녁에 熱이 붓적 올나서 혼낫서요. 아조 精神 돌낫서요. 쏙 죽는줄 아랏서요. 그리고 밤에는 熱은 좀 나잣지만 숨이차고 기츰이 몹시 나서 한잠도 못자고 밤새껏 애를 썼서요. 에그- 밧도 길기도 해요.」

「지금도 머리가 수태 덥구만.」

그는 긔가 맥혀서 멍하고 서서 듯다가 이러케 말하고 도라서서 病床日記를 갓다보고 쌈작 놀낸다.

「아이구 熱이 四十度! 脈搏이 九十五! 呼吸이 八十!」

「지금은 만이 나앗서요.」

「응 오늘 아참은 쫴 나잣구만. 그런데 웬일 이오?」 病床日記를 갓다노코, 英善을보고 말한다.

「어제 져녁에 밥을 죠-곰 한수가락 먹엇드니 그랫는가바요.」

「져런! 그게 무슨일이요?」

「看護員이 죠곰먹어도 괜치안타고 하기먹엇더니………」

「看護員의 말을 드를 쌔-요? 自己가 조심하야지.」

「암래도 살지못할것갓해요」

「왜요?」

「든든하든사람도 작고 죽어나가는데 나가치 弱한 사람이 엇더케살아요? 그리고 胎中에 이病이 걸니면 살지못한대요.」

「그건 누가 그릅뒷가. 죽는 사람이 죽지 아모나 죽는답뒷가. 나듯는데는 그런소리 하지 마루우. 내가 이러케 看護를 하는데.」

「용서하세요, 인전 안그르지오. 空然히………」 눈을 감고 가벼운 한숨을 내쉰다.

英淳이 가지고 온 배를 싹고잇는데 금니하고 생긋생긋 웃기잘하는 黃看護員이 藥을 가지고드러와 쏘 생끗우스면서 인사한다.

「오섯습닛가」

「신세만히 짐니다, 特別히잘보아주어서.」

「아이구 千萬의 말슴이올시다. 밧바서 당초에 마음대로 되야지오. 그래도 오늘은 퍽나아섯서요.」

「잘보아준德이외다.」

英淳은 속으로 우스면서-너쌔문에 혼낫다- 하면서 이러케 말햇다. 看護員이 藥을먹이고 곳 나가라고 하는거슬 불너서 콘덴스밀크를 내 주면서 쓰더서 더운물에 타다주기를 부탁햇다. 그리고 배를 쏙여서 連해 英善의 입에다 너허준다.

「하나 잡수시지오. 저는 實果하나 싹가서 대접은 못하고 밧낫 알는다 監

獄에 드러간다 해서 이러케 걱정만 식히고 苦生만 식혀서 엇더케요?」

　「쏘 별걱정을 다합니다 어서낫기나 하오.」

　「당신의 정성으로 낫겟지오.」

　「낫겟지오가아니라 낫지오. ………춥지아나요?」

　「아니오.」

　「추으면 더 덥지오.」 英淳은 요를 만져보면서 이러케 말한다.

　「쾌치아너요 밤에는 더덥허주어요」

　손을 자리속에 너어보고

　「다식엇구만. 더운물을 너어 오라지오.」

　「춥지아나요. 그만쓰내주세요」

　「그럼 쓰냅시다.」하고 더운통을 쓰내서 마루바닥에 노앗다.

　「날이 흐리지오?」 英善은 머리를 쳐들엇다 노으면서 이러케 뭇는다.

　「에그 눈이 오기 始作하는걸.」 英淳은 밧간흘 내다보고 대답한다.

　「오실째에 몹시 추윗지오.」

　「응- 좀 춥지만」

　「내일은 그다지 일즉 오시지 마세요. ……… 지금 몟時야요?」

　「열한時半.」

　「참 時間도 쌔르기도 하다.」

　「時間이 가누라면 나아서 退院하게되겟지오.」

　「時間이 가누라면 죽을는지도 모르지오.」

　「그런소리는 하지말나는데 그래.」

　「그러케 怒 하시지는 마세요」

　「누가 怒 합닛가」 -두사람사이애는 잠간 沈默이 이섯다.

　「이거 보세요.」

　「왜요.」

　「앗가 오서서 院長 만나 보셧서요?」

　「만나보지 못햇서요. 바로 드러왓지오.」

　「바루말슴하세요. 무어라고 해요?」

「내가 언제 당신더러 거짓말합뒷가?」

「글세, 흑 의사를 몬저 만나보셧슬까해서………」

「당신을 먼저 보지, 의사를 먼져 보고잇서요? 의사의게 무러보는것보다도 내눈으로 당신을 보는게 낫지오.」

「………」

英善은 속으로 「내가 잘못말을 햇군!」하고 대답할 말이 업서 빙그레 우스면서 英淳의 언골을 물끈럼-이 바라보다가 갑짝이 가삼이 답답해지고 숨이차서, 힌얼골이 빨개지면서 몹시 기츰을 긋는다. 한참이나 그치지못하고 괴로워하는거슨 참아볼수업섯다.

英淳은 처음에는 엇절줄을 몰나 우둑허니 서고 잇다가 나종에는 한손으로 그억개를 붓들고, 한손으로 바른팔을 붓들고 잇다가 겨우 생각이 난드시

「좀 니러나봅시다.」

하면서 붓드러 니르켯다. 니러나안즌후에 잠간은 그치더니 이내 쏘깃는다. 그는 겁이나서 넵흘 도라보면서 가삼을 딥고 잇다. 한참잇다가 겨우 기츰을 진덩하는거슬 보고 붓드러 누엿다.

누여놋코 보닛가 어골은 더 몹시 히여졋는데 빗방울 가튼 쌈이 니마에 귓밋헤 눈밋헤 턱에 흠박 도닷고, 눈은 기운업시 감고 잇는데, 숨소리 조차 나자 것다. 英淳은 겁이 덜컥나서, 쌈을 시처주면서 門잇는 편을 련해 바라본다. 행여나 看護婦가 드러 올까하고. 看護婦가 졸연이 드러오지안이하닛가 自己가 親히 診察하기를 始作한다. 눈을 듸려다보고 혀를보고 脈搏을 보앗다.

英善은 煩熱症이 니러나서 덥헛든 요를 차써리고 팔을 드러내놋는다. 看護婦가 드러와서 病床日記를 들고 나가려고한다. 英淳은 젓겨진요를 덥흐면서, 낫고도 힘잇고 근심스러운 목소래로 看護婦더러 말한다.

「여보 웬일인지 지금 갑재기 몹시괴로워하고, 그려고 모양이 이상스러우니 밧비 院長을 좀 오시라고 해주시오.」

看護員은 英淳과 病人을 한번 힐끗 처다보고 아조 맛업는 例套의 대답을 한다.

「네, 그病은 그래요. 기츰기초면 숨 차고 기로워해요, 괜치아너요.」

만일 채마치지도안코 나가는 看護員의 뒤를 英淳은 눈을 흘겨 보앗다.

「괜치아너요 걱정마세요.」 英善은 겨우 눈을 쓰고 입을 열어 말 한다.

「아나는 혼낫소.」 英淳은 겨우 安心을 한드시 이러케 말햇다. 이쌔에 아래층에서 鐘소리가 요란스럽게 들닌다. 그거슨 訪問時間이 다 지낫다는거시다.

「인전 가세요, 괜치아너요. 밧부시면 午后에는 구만두시지오.」

英淳은 이말에는 對答도 아니하고 버서노앗든 外套와 帽子를 들고 눈으로만 말을 하고 나왓다. 나오면서 속으로, 내가 몬져가려고 하면 내손을 잡으면서 「죠곰만 더잇다 가세요, 五分만 더잇다가세요……… 午後에 이내오세요 늣지말고.」 차라리 이러케 말하면 좃켓고만, 너머 正直해서……… 이런 생각을 하다가, 나 보지아니하든동안에 혼자서 죽으랴나, 이런怨妄까지 하엿다. 사람이라니 정말 죽게 되면 靈覺的으로 스사로 알게되는거시닛가 모양이 달늘터인데, 나를 붓들고 못가게할 터인데, 그담다음는 이런 생각이 나서 좀 安心을 하면서 층층대를 내려왓다.

院長室넙헤서 看護員을 만나서, 院長니애기는 그만두고 앗가 付托한 牛乳를 곳 더운물에 타다가 주어 달나고 닐느고 아래層 診察室에가서 K醫士를 만낫다. 만나서 英善의 모양을 니애기하고 한번 보아주기를 請햇다. 니마에 反射鏡을 쓰고 무어슬 쓰고 잇든 K醫士는 얼는니러나서, 잠간 안자 기다리라고 하고 院長室노 올나갓다. 英淳은 한十五分이나 기다렷다. 엇젼지 가삼이 활낭거렷다. 메츨전에 監獄쯜에서 하든 空想이 정말노 그대로 되는것갓해서, 「야단낫군 엇더카노」하엿다. ―사흘만에 무덤을 한번가보고 먼데로, 밧그로 나가리라까지 쏘생각하엿다. 四方으로 도다댄니다가 얼마만에 다시 平壤으로 도라오리라. 그쌔는 무어슬보든지 英善의 生前의 일이 생각이나리라. 무덤에도 몟번 가보리라. 그려다가 차차 그생각이 젹어지고 엷어지다가 나죵에는 거의 니저버리리라―하다가 머리를 흔들면서, 아! 그럴수가 잇나 그러케 니저 하엿다.

―엇재든지 다시 혼인말이나리라, 그러면 누구? 아―니, 업서 업서 英善이

가튼 사람은 업서-쏘 머리를흔드럿다.

醫士의 冊床을 의지하고 머엉하니안잣는데 누가 와서 손을 가만히 잡앗다. 그거슨 K醫士이엇다.

「말슴하기는 어렵지마는 病이 매우 危殆하심니다. 宅에가셔셔도 말슴하시고 할수이스면 오늘밤에는 가시지말고 病院에서 좀 지내시면 죠켓슴니다.」

「네」

英淳은 簡單한말노 對答을 하고 집으로 내려와서 病이 좀 더 하다는말과 밤부터는 自己도 入院을 해서 病院에서 자겟다는 말을하엿다. 왼집안이, 點心먹을 생각도업시, 病院으로 쒸어올나갓다. 모도 우둑커니 들섯다가 午後네時가된다음에 다른 사람은 다 나간후에 英淳만 남앗다. 英善은 씀직이 사랑하는 母親은 아니가려고 하는거슬 病院의 規則이라고 여러말노 懇勸을 해서 三十分만 더잇다가 나갓다.

七

겨울해는 차차 저므러가고, 終日 내려싸인눈위로 부러오는 찬바람은 점점 세여진다. 유리챵으로 내다보이는 城밧길까에는 人跡이 쓴어지고 人家의 燈불이 하나식 둘식 반작 거리기를 始作한다. 어슬어슬한 黃昏에 싸여잇는, 파랏코 힌눈덥힌 普通벌에는 數萬의 귀신 들이 웅성거리고 쑤군거리고 훌적훌적 울고 잇는것갓다.

普通벌져-편 끚헤서 쌔-알간 불이 하나 차차차차 갓가히 오다가 監獄잇는 뒤에까지 와서 갑작이 업서진다. 한참잇다가 다시 나타나더니 이번에는 分裂作用을 하엿는지 여러개가 되어서 왓다 갓다 한다. 좌-악 널니 혜여젓다가 合햇다가 혜여 젓다가 한다. 英淳은 그거슬 재미잇게 보고잇다가,

「져게 독갭이 불인가.」

「무얼 그리세요. 날이 흐려요?」英善이 머리를 약간 들석하면서 말한다.

「흐린 모양이외다.」

「눈이 그냥 와요?」

「눈은머젓는데 바람이 붐니다.」

「그런데 敎會일과 學校일을 구만두셰요?」

「누가 그룹뒷가」

「엇져면 한마듸 議論도업시 辭免을하셔요?」

「누가 고래요?」

英善은 갑작이 이와가튼 새삼스러운 問題를 쓰내가지고 두마대를 겨우 하고는 쏘 숨이차고 기츰이 나서 말을 못하고 마랏다. 기츰이 鎭定된 다음에도 두눈에 눈물이 고이고 말은 아니한다. 한참잇다가 한숨을 한번 길게 쉬고 원망스러운드시 英淳의 얼골을 쳐다보면서,

「나가튼사람한데 말하야 쓸데는업겟지오 마는 그래도 何如間에 말은 해 주서야지오. 그러치만 저야 그와가튼 思想問題 精神上問題에 대한 解決에 도음이 될힘이 잇서야지오. ………그래두 제개는 議論아니하시드래도 하나님의게는 잘 議論하시지오. 敎會일이나 學校일을 구만 두시는거슨 相關업서도 敎會를 쩌나는同時에 하나님과 예수를 쩌나시게될가 걱정스러워 그럼니다. 婚姻헐째에 무어라고 하셧서요. 우리 一平生에 쥬를 背反하지말도록 彼此에도읍고 힘쓰쟈고 하시지 아넛서요. 그리고 우리 家庭의 主人은 예수쯰서 되시도록 하쟈고 안그리셧서요? 그리고 두홀이 가치祈禱한것 생각나시지아너요? 저와가치 不足한 사람은 당신을 쩌나서 업서져도 상관업지마는, 하나님과 예수는 당신을 쩌나서는 안되겟습니다. 제가 혹 죽은 다음에라도 부듸………」

英善은 死力을 다하야, 두간두간 쉬어가면서 여긔까지말하다가 말을 채 못마치고 힘업시 눈을감는다. 그리고는 쌈을 흠씬내엿다.

英淳은 아모말도 아니하고 듯다가 英善의얼골의 쌈을 싯쳐주면서,

「몸 괴로운데 너머 말을 길게해서 더괴로운가뵈의다 그려. 용서하시오. 그새는 精神업시지냇스니 언제 그런말할 틈이 이섯소? 그런생각은 햇지만 아직 作定한거슨 아니오. 그러치오 敎會는 或 쩌나드래도 하나님이나 예수야 쩌나겟소? 내가 예수를 쩌나면 짜라서 당신을 쩌나게되고, 당신을 쩌나게 되면 하나님, 예수님를 쩌나게 됩니다. 렴려할것업소. 그리고 당신은 그런弱

한 소리를 하지마고 병이날생각만해주시오. 나아서 나의 精神生活의 도음이
되어 주시오 生命水가 되어주시오.」

「네 용서하셰요 용서하셰요. 그른데 엇더케 깨다르섯서요?」

「나는 몬저 사람이되여야 되겟소. 무엇보다도 몬저 眞實하고 生命잇는
사람이되어야 하겟소. 牧使가 되는것보다 敎師가 되는 것보다도 몬저 거짓
이 업는 사람이 되여야 하겟소. 生命잇는 사람이 되어야 하겟소. 우리압헤도
이졔 봄이 도라오겟지오. 生命의 봄이 도라오지오. 우리도 生命잇는 사람이
되어서 生命의 봄을 마저서 참 新生活노 드러갑셰다.」

英善의 얼골에는 차차 우슴이 쩌오르드니 힘업고 가는목소래로 말한다.

「고맙습니다. 하나님의은혜감사합니다. 아-멘」

눈을쩌서 英淳을 바라고 다시말을니어

「生命잇는 새사람이 되어서 부듸 죠선사람을 爲하야 무어시든지 有益한
일을 만히 하시고 오셰요. 졔대신 까지 해주셰오」

「하지오, 일하지오. 할수잇스면 왼人類를爲해서 무어시나 하지오.」

「인저는 저는 죽어도 恨이 업겟서요?」


이쌔에 看護婦가 미음을 가지고 드러온다. 英善의 억개녑헤 놋코 스푼
으로 쩌널냐 하는거슬 英淳이 갓가히 달녀들면서

「두어두고 나가시오 내멕일터이니.」 하엿다.

「그러면 體溫이나 보고 가겟습니다.」

看護婦가 體溫을 보고 쌈작 놀나면서

「熱이 퍽 올낫는데요. 患者와 길게 말슴하시면 안되어요!」

看護婦는 畢竟 드러오면서 英善의 마지막말을 드른 모양이다. 英淳은 속
으로 後悔는 하면서도 看護婦가 그런말 하는거시 아니쩌운드시 짠말을한다.

「미음은 잘먹지를 아느니 牛乳를 좀 타다주시오..」

「네.」

看護婦는 나갓다. 英淳은 얼는 생각이 난드시 英善의게 뭇는다.

「참 앗가 牛乳가져 옵딋가?」

「아니오.」

「허는수가 업군.」

하면서 英淳이 미음을 두어번 쩌너으닛가 英善은 머리를 흔든다. 그는 스푼을 놋코

「그럼 인전 가만이누어서 잠을 좀 들시오.」

「精神이 쏙쏙한거시 잠이들것갓지가 아녀요. 무슨 재미잇는니애기나 해주세오.」

「이저는 너머니애기를 다해서 할니애기가 잇서야지오. 처음 婚姻해슬때에 밤마다 니애기하라구야단해서, 유-고의 「미제라불」을 하로밤에 쑷내고 쉑스피어의 「하믈넷」 「머챈트 오쁘 베니스」 톨스토이의 「復活」 「산죽엄」을 每日밤 하나식 하노라닛가 열흘도 못되어 바닥이 드러나고 마럿지오.」

「그쌔는 참 재미이섯서요. 그쌔는 마음이 쑥쑥 자라나는것가태요.」

「지낸니애기나 하리다. 우리가 처음 婚姻을 한뒤에 여러날 잠을잘못자서 조림이 몹시 왓든 모양이야오. 하로져녁은 누어서 니야기를하다가 그냥 잠이 듭듸다그러. 그래 나는 가만히 나와서 沐浴을 가면서, 지금잠이 드럿스니 아히들 드러가지못하게 하고 깨우지 말나고 어머니 보고 부탁하고 갓다오닛가 쌈쌈한데 불도아니 켜고 그냥자다가 내가 드러와 쪄안으닛가 쌈작놀내는 생각나요.」

「정마! 그쌔는엇더케 붓그러운지오」

看護婦가 김나는 牛乳를 가져다놋코 나간다. 英淳은 자긔가 한번 쩌먹어보고 죠곰식 죠곰식 英善의입에 쩌넛는다. 英善은 한참 바다먹다가 손을 드러 구만두라는 쯧을 表한다. 그리고 英淳을 바라보면서 말한다.

「인전 주무시지오.」

「내 걱정은 말고 당신이나 잠을 좀 들시오」

「실여요 쥼으서야 저도 자요.」

「에-그 그럼 자지오.」

하면서 넙헤잇는 白寢臺우에 올나가 누엇다. 누어서도 英善의 얼골만 바라보고잇다. 英善은 니마를 집프리고 눈을감더니 잠을 좀드는 모양이다.

英淳은 外城으로 부터 고요한 밤空氣에 올녀오는 汽笛소리를 드르면서 가만이 누어잇다가 英善의숨소리가 한참식 間隙이 잇다가 나면서, 차차 놉하지는거슬 보고 도로 내려가서 英善의 寢臺녑헤잇는 椅子에 안자서 그의 예윈손목을 한손으로잡고 한손으로 脈搏을 보앗다. 脈搏이 한참식 잇다가 놉시 뛴다.

이째에 주린이리쎄가 울면서 다라나는것처럼 무서운소리를 내면서 눈포래하는된바람이 갑재기 부러와서 유리창을 덜거덕 덜거덕 몹시 흔든다. 英淳은 쌈작 놀내서 몸을 쩌럿다. 英善도 그 소래에 놀내엿는지 쌈작 눈을 쓰더니 후- 하면서 니불을 젓긴다. 그리고 홋더진 머리를 흔들면서 아이구-하고 괴로운 부르지짐을 發한다.

「멧時야요?」

英淳은 英善의 벼개밋헤 노혓든時計를 집어보닛가 도라가지를 아니한다. 그래 無心中「時計가 죽엇네!」하엿다.

「아- 主人이 죽게되닛간 時計도………. 아- 쑴도 이상도 해라.」

「그런 迷信의 소리는 하지마루. 쑴은 쏘무슨 쑴?」

「아니 세상에는 뜻업는일이업지오. 다 하나님의………」

「무슨쑴이오?」 英淳은 속이타고 화가 나서 뭇는다.

「아- 아- 아버지가! 아버지가! 업슨아버지가! 작구 나를 잡아 쓸어요!」

「………」

沈默이 이슬쑨.

英善의 숨소리만 점점 놉하간다. 英善은 英淳의 두손을 꼭잡고 잇다.

「이러케 당신이 녑헤 게시면 맘이 편안해요, 죽어도 恨이 업서요.」

英淳은 머리만 쩌득쩌득하고 아모말도 못한다.

「이제 새벽에는 낫지오.」

「새벽! --- 새벽!. ………오- 쥬여! 주여!」

沈默.

이째에 어느새 날이 개엿는지 달빗치 환-하게 유리창으로 드러비쳐서 英善의얼골에비친다. 英善은 衝動的으로빙그려 웃고 얼골에 환한 光彩가난다.

-四月十五日夜十二時-(이래는다음호에)

## 八

英善은 그後닷새를 지나서 退院하엿다.

英善이 나와서 退院하게된거슨 꼭 天運이엇다. 英善自身의 말을 빌어말하면「온전이 하나님의 뜻이엇다.」「하나님의 恩惠이엇다.」英淳도 그럿케 생각한다. 英善이 退院할째에, 英淳는 看護婦들의게, 傳道婦人의게「福만히 밧앗습니다.」「特別한 恩惠를 밧으섯습니다.」하는 인사를 만히 밧앗다.

이러케 생각하는거시 果然맛당하다. 流行性減氣로 入院하는 사람이 너머 만하서 英善은 一等室에를드러가지못하고 普通室에 드러가기짜문에 나종에는 한房에 다른사람도 가튼病으로 入院한 사람이 만헛다. 처음에는 엇든 傳道師의 夫人이 그쌀의 病으로 入院하엿다가 사흘만에 죽은아해를 더리고 나갓다. 그다음에 엇든 母女두사람이 病은 다 나은거슬 한 양생거리로 드러와잇다가 무사히 나가고, 그後에 엇든결문婦人이 여들살난 아들을 더리고 두흘이 인쏠유엔자로 入院하엿다가 이틀만에 아들을 두어두고 죽어나갓다. 그는바로 英善의 누은 寢臺엽헤 이섯다. 英善은 그가 마지막에「아이 죽겟소.아니 죽겟소.」야단하는것과 군소리하고 헛손질하는것과, 벌거버슨 몸으로 쒸어나가는것을 보앗다. 숨이 차차차차 놉하가다가 最後의 괴로운브르지짐을 發하고 차차 숨소리가 나자지다가 쫑내 목숨이 쓴어지는거슬 바로 두어자사이두고 보앗다. 아니보랴고힘썻지만 아니볼수가 업섯다.

죽은다음에도 병풍을 둘너막고 한바間이나 잇다가 내갓다. 英淳이 올나가기는 그죽엄을 내간다음이엇다. 죽엄을 드러내간다음에도 그자리는 그냥 졀반을 텹어서 그대로 寢臺우에 노아두엇다. 英淳은 그것조차 보기가 실혀서어서내가라고 여러번 看護婦더러 재촉하엿지만 분쥬한 看護婦는 그거슬 내갈틈이 업고 웃기만 하면서 왓다갓다한다.

英淳은 그거시 너머 異常스러워서 몃날전에 갓드러온張看護員의게, 사람죽는거슬 그러케 보아도 무섭지 아니하냐고 무러보앗다.

「늘 보닛간 아모러치도 안아요. 앗가 그이도 제가 눈감기고 옷닙혓서요. 요새 하로에 세사람식은 흔이 죽어나가는데요.」 張은 이러케 가볍게 대답하엿다.

看護婦도 다나가고 사람죽은뒤의 수선거림도 그치고, 죽어나간 女人의 아달애는 잠들러잇고, 누은 英善과 그넙헤 션 英淳두사람밧게 업는 病室은 도로 고요해졋다.

英善은 病이 다나아서 매우 기운이 낫다. 사흘전부터 熱은 다나자지고 지난밤부터 죽을 먹게되고 呼吸困難도 거이 나앗다. 醫士의 말이 엇잿든 사라낫다고 한다.

英淳은 안해의 짜쯧한 손을잡고 우스면서말하엿다.

「고맙소이다. 사라나주니.」

「참말 꼭 하나님이 살녀주섯서요. 그리고 당신의 정성으로 나앗서요.」 이러케말하면서 英善은 남편의 얼골을 바라보고, 한손으로 그의 손등을 스을슬 쓰럿다. 두사람은 깃분얼골노 서로 바라보고 이섯다.

英淳은 果然 정성을 다해서 看護하엿다. 다른모든일을 다 젓겨노코 꼭 病院에 가이서서 한편으로 飮食을 極히 嚴密히 注意하고 그리고 醫士들의게 자조자조 무러보아서 藥을 쓰게하고, 한편으로 늘 우슨니애기만 해서 그의 마음을 위로하고 집안사람이 와서 안해의 病에관한말이나 집안걱정을 니애기하게되면 질색을 하엿다. 밤에 집에가서 혼자이슬째애는 안해를 위하야 지성으로 긔도하엿다. 그리고 언제든지 病院에 올나갈째는 안해의 머리를 딥혀주기위하야 손을 폭켓트에 넛치아니하고, 잠나지는드시 실이고 알인거슬 참으면서 드러내노코 얼쿠어가지고 가굿하엿다.

入院한지 사흘째되는 밤에 몹시 위태해서 英淳은 속으로퍽 걱정을 하엿지만, 결단코 죽지아니하리라는 自信을 가지고, 泰然이 看護하엿다. 英淳의 말과 가치 이튼날 새벽부터는 차차 熱이 내리고 呼吸도 順해져서 격이 安心을 하엿다. 그후로는 나날이 熱이 내리고 (죠곰식 올나간일은잇지만) 기즘도 차차 나잣다.

英淳은 안해의 손에서 싸뜻한 溫氣가 자긔손으로 건너와서 왼몸으로 퍼지고, 쮜노는 脈搏의 波動이 건너와서 자긔의 心臟으로 드러가 부듸처 感應이 되는거슬 깨다랏다. 그리고 兩편 血脈이 連絡이되어 全身을 돌고 兩편 心臟이 서로 調律을 마처서 쉬지아니하고 쮤째에, 새로운生命을 노래하는 듯한 엇든 머스티칼한 曲調의 合奏를 드럿다. 英善과 눈만 서로 마주보고, 無我夢中의狀態로 서이슬째에 그는 靈의交通을 깨다랏다 靈의融合! 生命의合體! 그는 이거슬 確實히經驗하엿다.

–사랑의 흐름이다. 사랑의 結晶이다. 사랑의 神秘性이 이거시다. –英淳은혼자 속으로 중얼거렷다. 두사람은 그냥 아모말업시 사랑의 沈默가운데 잠겨서 서로 바라만 보고잇다.

英淳에게서는 모든거시 다–스러젓다. 세상도 스러지고 自己自身도 니저버리고, 오직 련해 흘너도라가는 맑은 사랑의흐름과 그밋헤 玲琊한 사랑의 結晶을 意識할쑨이오, 한개 새로운 生命이 노래하며 춤추는거슬볼쑨이다. 그는 어데서 나오는지 알수업는 水晶보다 더맑은 물이 쫠 쫠 흐르는 압헤서, 白玉樓의 仙女가치 끗업시 입븐 쳐녀가 분홍쟁미꼿가튼몸이 비처보이는 잔자리지치가튼 옷을 닙고 춤을 추는거슬 한참 보앗다. 그 少女는 혹 英善갓기도 해여보이고 자긔갓기도하엿엿다.

이윽코 英善이 빙긋이 웃는다. 英淳도 빙긋이 우섯다. 英善의 손목의 脈搏이 훌쩍훌쩍 쮢다.

「사랏다.」 그는 속으로 중얼거 렷다.

「죽을번햇다가 사라낫다.」 쏘 이러케 중얼거렷다.

「죽엇다!」 이런말이 들녓다. 자긔 입에서 나왓는지 어데서 왓는지 모르지만 엇잿든지 몹시 날카롭고 가늘고 무섭고 슬픈 소리이엇다. 어느새 아릿다은 少女의 춤추는 舞臺는 깜깜해지고 마랏다.

「한사람은 죽엇다.」 분명이 자긔뒤에서 들녓다.

「한사람은 사랏다.」 이거슨 압헤서 들녓다.

「죽엇다!」 뒤에서 들녓다.

「사랏다!」 압헤서 들녓다.

「남은- 죽엇다-」 뒤에서 쏘 들넛다.

「안해는- 사랏다-」 압헤서 쏘 들넛다.

잠간 잇다가

「죽는사람은 죽엇고 사는사람은 사랏다.」 이거슨 머리 우에서 들니는듯
하엿다.

「한사람은 살고 한사람은 죽엇다.」 어데서 쏘 들넛다.

말근 사랑의 흐름, 아름다은 새묵슴의 춤춤은 다시 보이지아니하고 쌈쌈
한 가온데서 이런소리만 들닌다. 돌부체처럼 얼싸쥐인드시 서잇든 英淳은 가
만이머리를 돌녀 뒤를 도라보앗다. 덥어노은 자리밧게 아모것도 업다. 자리
의한편쯧에, 죽은사람이 토한듯한 얼너지가 보인다. 英淳은 니마살을 찝프
리면서 얼골을 돌녓다.

「무섭지 아너요?」 英淳은 얼는 웃는낫츠로안해의게 말햇다.

「무섭긴요. 무섭지아너요」 英善은 無心이 대답한다.

「오늘져녁에 혼자 지나겟소?」

「글세요………」

「오늘노 退院하지오, 그만.」

「괜치 아늘까요.」

「그-럼.」 英淳은 우스면서 이러케 대답햇다. 英善도 우섯다. 잠간 沈默
이 이섯다.

九

「죽엇다!」 쏘 들넛다.

英淳은 쌈작 놀냇다. -英善도 놀내는듯햇다. -몃時間前에, 바로녑 침대
에서, 씀직이 사랑밧든 남편과 씀직이 사랑하는 외아들을 내놋코 죽어나간
女人의 怨魂이아직도 참아 가지못하고 자긔가 누엇든 침대우에, 자긔 아들
이 잠들어 잇는 침대녑헤 쩌돌고 잇지아니한가-하고 英淳은 마참내 생각하
엿다. 져-편에 누어잇는 어머니일흔 어린애의 놉흔숨소리가 들린다. 英淳은

안해의 침대넙헤잇는 궤짝속에서 쌍쌍 어-ㄴ 귤을………

「참 이상합니다. ………」

「………」英善은 그다음말을 기다리고잇다.

「엇든사람은 살고 엇든 사람은 죽고! 한방에서, 갓흔병으로, 자리를 가즈런이 하고 누엇다가?」

「그러시니 말이오, 참 이상해요. 암만해도 하나님의 攝理가 잇는거시 분명해요. 英語로 푸로버덴스라나? 우리야 알수업지오. 세상사람은 거저 運命이라고 하지만 저는 푸로버덴스라고 생각합니다」英淳은 맑지못한 얼골노 머리만 쓰덕쓰덕하엿다. 「그러치만 당신은 사라야하고 그사람은 죽어야 할 무슨까닭이 이슬까요?」

「그러기 하나님의 쯧이닛가 우리야 알수잇서요? 아모러나, 저는 하나님의 은혜로, 당신의 사랑으로 사라낫서요. 저는 당신을 위해서 사라나야해요.」英善은 마그막 말을 힘잇게 했다.

「나를 위해서……… 고맙소이다」이러케말하고 英善의 속목을 꼭쥐엿다.

「그런데 원 사람이 그러케 쉽게 죽을까요! 물거픔슬어지드시, 바람에 촉불꺼지드시? 알수업는거슨 사람의 죽음이야오」

「그러기 이상하단 말이오, 알수업단 말이오.」

「글세 앗가 열시쯤 看護婦가 牛乳를 갓다멕여주닛가, 멧숫가락 바다먹더니 자긔는 이전 안먹겟노라고 대구 저의 아들를 멕여달나고 그른든이가 고새 죽엇서요. 그우유를 마지막 먹고, 아들 생각도 마직막 했서요.」

「죽으면서도 그러케 아들생각을 햇구만.」 (머리를 쓰덕쓰덕하면서) 「흥 아조 죽을줄이야 몰낫지. 사람이란 그러케 살랴고하는 욕심이 두텁구려. 그러케 쉽게 죽는거슬………」英淳은 이러케말했다.

「그런데 져어린애가 참 불상해요. 제몸이 아파서 그런지 엇전일인지 가만잇서요, 저이어머니 죽을째에도, 죽어서 내갈째에도 번번 바라만 보고울지도 아너요. 엇더케 불상한지 몰느겟서요.」

英善은 同情의 눈물이 스르르 돌면서 말한다.

「흥 모르닛간 그러치오 철업서서 죽엄이 무어신지 모르닛가. 그애가 죽

엄이란 영원이 쩌나는거신줄을 아랏드면 조음 설어해겟소? 아- 우리도 언
제죽을지 모르지, 누가 먼저 죽을는지도 모르고.」

英淳은 늣김이 극하야 이러케 悄然이 말햇다.

「그런말슴은 하시지마세요. 엇잿든 저는 인젠 사랏스니 이목숨을 당신을
위해 밧치겟서요. 그리고 우리가 하나님의 은혜를 이만큼 바닷스니, 잠간가
는세상에 우리도 언제죽을지 모르는데, 그새에 우리 불상한 동포를위해 우
리조국을위해 무어시든지 힘써 일하십시다. 저는 아모것도 모르고 不足하지
만 이몸에 피가 돌동안, 이몸에 온기가이슬동안은 당신의 쯧을 짜라 당신을
도으랴고 합니다.」 英善의 이말은 그生命을 쥐여짜서하는듯한 간절한 진정
의 말이엇다. 그목소리에는 이상한 우름이 석겻다.

「녜 고맙소 고맙소. 나는 세상에 나서 평생 이런말을 처음 드럿소. 넘려
마시오, 일하지오, 일합시다. 나라는 인물이 할수잇는거시면 무어시든지 하
지오. 당신은 부듸부듸 오래 사라주시오 세상이 아모리 괴롭더라도 인생이
아모리 밋을수업드래도 당신이 내길동모가 되엿스니 나는 아모걱정업소 마
음이 든든합니다. 오-당신은 과연 새 生命이오.」

「당신이 제 生命이지오.」

英淳은 문득 안해의 등뒤로 손을 너어 그러안쏘 키스를하고 애위고 햇
슥한 쌤에 쟈긔쌤을 갓다대엿다. 두사람은 그러고 아모말도 업시 한참 이
섯다.

「짜뜻해요 죠와요 참말 밤인지 나진지, 겨울인지 녀름인지 모르겟서요.」
英善은 남편의 등에 한팔을 올녀노으면서 이러케말햇다.

눈을 감고 잇는 英淳의 압헤는 앗가 어두어젓든 舞臺가 어느새 다시 화-
ㄴ하게 열니고, 스러젓든 아릿다은 少女가 다시 나타나서 춤을 춘다. 춤을
출쑨아니라 꿈에 들니는한, 깁흔 森林속에서 가늘고 희미하게 들니는 듯한
노래를 드럿다. 앗가는 少女혼자만 잇는것갓드니 자세이 보닛가 어엽분 紅
衣少年으로 더브러가치 춤을 춘다. 붓잡앗다 쩌러젓다, 슴햇다 헤여젓다, 멀
니갓다가는 다라와서 서로엉기어 빙글빙글 돌면서 련해 춤을 춘다. 少年은
굴쏘나즌목소래로, 少女는 가늘고 놉흔 목소래로 슴唱을 한다.

어지려운 셰상에서        아름다은 두목숨의
맑은사랑 소사나서        生命샘이 넘치노나
쯔치업시 흘너간다        쥬의은혜 기리면서
不老草는 꼿이피고        기리기리 살고지고

英淳은 참지못하야 안해의 억개를 툭치면서 말한다.

「여보 뎌노래듯소? 뎌쌘스를 보오?」

「쑴꾸셧서요, 그새? 저도 가—만 잇노리닛간 무슨죠흔 노래가 흐미하게 들니는것 갓해요.」 英善은 우스면서 이러케 말햇다.

「두사람의 心靈이 사랑으로 合할째에 노래가 생겻나보외다.」

「엇든노래가 들녓서요.」

「당신도 드럿다면서, 무슨노래를 드럿서요?」

「드르신 노래를 몬져 말슴하세요」

「어지러은 세상에서 소사나은 두목숨의 맑은 사랑소사나서 쯔치 업시 흘너간다. —그담엔— 不老草는 꼿치피고 生命샘이 넘치 노나. 쥬의은혜 기리면서 기리기리 노래하세,」

「썩죠흔데요」

문두다리는 소리에 두사람의말은 그첫다. 看護婦가 드러와서 가온데잇든 사람죽은 寢臺를 고치고새자리를 꾸민다. 그리고 새患者를 갓다가 뉘인다. 새로온 사람도 절믄婦人이다. 그야 몃時間前에 사람이 죽아나간 줄을 엇지알냐. 갓흔 寢臺의 몬져오고 다음에 온 두사람의 運命은 神外에는 모를거시다. 그사람도 가치죽을는지 그사람은 살는지 英淳이나 英善은 알바도 아니오관계할바도 아니다. 그러나 英善이 院長의 말대로 다음날 退院할나면 하로밤을 지나야할터인대, 혼자 지날나면 좀 재미업슬거슬 사람이 드러왓스니 그것만이다행이라고 생각하엿다.

그러는 동안에 英善의 형님과, 母親과 은순이가 올나왓다. 英淳은 몬져 내려왓다. 그는 病院出入門을 나서나서 層層臺를 내려오면서, 病院담정을 도라가면서, 안해의 蘇生한거시 神妙하고 多幸스러운 깃븜을 늣기면서도, 「죽음」이란 더욱 神奇하고 알수업는 問題를 아니생각할수업섯다.

　　－사람의 生命이 果然, 蒼茫한 바다가의 져근물거품이 지극히 져근소리
를 내면서 터져서 술어지듯하는 거신가. 아-, 끗업는 空間과 한업는 時間사
이의 사람의 生命이! 바람에 흔들니는 져근불꼿이 점점 엷어지다가 그만 깜
박 꺼져버리고 마는셈이로고나! 사람의 生命이 이러케 넉시업시 스러진다하
면 사람이야말노 참 可憐한거시 아닌가.

　　－ 그런데 사람이 죽으면 엇더케되는고. 살과뼈는 변해서 도로 물과 흙이
되겟지. 靑年男女가 사랑에 취하고 미쳐서 서로안꼬 쓰거운키스를 하든 그
입술도, 몹시 쮜놀든 그 心臟도, 반가움에 반자기고 설음에 불거지며 눈물내
며 남모르게 정깁고 뜻만은 말을 하든 그눈도 마참내는 스러져서 물이 되고
흙이되겟지! 주먹으로 講道床을 두다리며 발노 강단을 구르며 罪惡을 咀呪
하고 正義人道를 브르지지든 P牧師도 이제는 共同墓地에서 슬금슬금 썩기
를 始作하겟지 멋十年지나면 痕跡도 업서지겟지, 나도 언제든져 쟝차는 그
러케썩어지겟지. 사랑하는 英善도, 銀淳도………. 아아 그거시 人生의 最
終일까? 그러면 사람의 精神은, 그아름다은 마음은, 울고웃고 성내며반기
든마음은, 靈魂은 엇더케 될까 烟氣거치 四方으로흐터지나. 하날空中으로
둥둥 떠올라가서 어데 한곳에가서 평안이 쉬는가. 罪를 만히 지은놈은 地
獄이라는데로 가나? 地獄이란데는 「神曲」에 잇는거갓치 왼갓 무서운 怪物
이 橫行하고 불비가 내리고 비린내나는 피의 강물이 흘너가는 델까………
－모르것다.

　　－엇던사람은 살고 엇덧사람은 죽는고. 그졀문 女人은 엇더케 먼져 죽엇
는고, 그거시 「運命」인가 잘못헤 죽엇나 엇잿든지 그사람은 죽엇다. 아들을
두고,

　　그는 문둑 靑年루터를 생각하엿다. 엇든날 자긔친구와 그칠줄모르는 니
애기를 재미잇게 하면서 드올노 그닐여가다가, 별안간에 요란한 벽력소래
가 나자마자, 당쟝 억개를 겻고 니애기하며 가치가든 그친구가 금시에 너머
져 죽는거슬 자긔눈으로 보고- 아- 이케 웬일이냐, 사람이 이러케 종회쌍
살나지드시 죽는단 말이냐-하고 몹시 놀내고, 이 캄캄하고 무저운 「죽엄」이
란 問題, 알수업는 神秘的 大問題로 限업시 煩悶하다가 곳 修道院으로 드러

간거슬 생각하엿다. 그리고 自己도 그만 修道院으로 드러가고 십흔 생각도 낫다.

그리고 루터가 修道院에 드러간다음에도 가즌고생을 다 지내면서 오래 앨쓰다가 엇든 先生의 도음으로 마창내 果然 霽月光風이랄만하게 所謂大悟徹底하야 리됨순을 經驗하고, 萬人의게 그經驗을 전하고 그眞理를 더가라친거슬 생각하엿다. 그리고 그의 偉大한 人格과, 偉大한 혁명뎍 事業을 聯想하엿다. 그는 그러한 敬虔宗敎的經驗의 沈奧하고 崇高하고 귀한거슬 새삼스럽게 집히 늣것다. 그리고 루터를 놉히울어러 보앗다. 그리고 자긔가 몹시 보잘것없고 젹은거슬 불상히 녁엿다.

그는 西洋寅敎師住宅의 담정사이를 도라서 南山峴禮拜堂大門압헤 나섯다. 멀니 눈압헤, 다한빛으로 덥혀노은구비구비 버처잇는 大同江과, 그건너 茫茫한 벌판과, 파랏코히고 强하고도 細徹한 曲線을 나타내인 玫繡峯의 봉어리봉어리는 牛乳빗가치 쏘-얀 夕陽의 치운 아지랑이에 싸혓는데, 구름 사이로 사여서 쏘아내려오는 불근볏을 反射하야, 무어라고 形容할수업는 眞實노 아름다은 色彩를 일우엇다. 이 至極히 壯嚴하고 至極히美麗한 夕陽의 雪景을 내다볼째에 그는 문득 가삼이 시언-하고 정신이 째씃함을 째다랏다. 그는 발을멈추고웃둑서서 한참이나 얼싸진드시 바라보고 잇다가 숨을 후-내쉬면서 혼자 중얼거렷다.

「아-죠타. 언제 보든지 죠타.」

그는 「果然, 언계보든지 몹시도 아름다은 그自然美에 결댈수업는 憧憬과 愛着을 늣기여 한참이나 엑스타시-(煌惚狀態)가운데 드러갓섯다. 그리고 그 瞬間의 굉닝을 그自然을 엇더케든지 自己손으로 表現하고 십흔 極히 强한 무턱무턱니러나는 藝術的衝動을 째닷고 짜라서 全身의 피가 한번 새로 뒤끌어도라가는 듯한 힘과, 참藝術家가 홀노 맛볼것갓흔 깃븜과 滿足을 늣겻다.

이윽코 그는 쏘한 空然이 알수업는 집흔 한숨을 지우면서 천천히 것기를 始作하엿다. 城中의 이곳져곳에서는 져녁짓는 연기가 가늘게 올나간다.

十

이튿날 午後.

「이번에는 정말 사라오누나.!」

英善이 病院에서 내려와서, 人力車에서 내려서 羊皮갓져고리를 닙고 목테를 두루고 수건을 푹 쓰고 우스면서 大門안으로 드러설째에, 누가 안에서 이려케 소래지르면서 문을 열쳣다. 아이들이, 언니! 자근어머니! 하면서 달녀드럿다. 英善은 그중 어린 족하의 손을잡고 큰房으로 드려갓다. 病院으로 갓다가 뒤로 짜라온 英淳과 銀淳도 드러왓다.

英善은 아룻목에 눗고 英淳은 그넙헤안꼬, 왼집안이 둘너 안젓다. 英善의친구도 몃사람오고 傳道婦人과 쏘내노친네들도 왓다. 傳道婦人의 인도로 感謝의 귀도가 꿋낫다. 꿋난뒤에는 雜談으로드러갓다. 쟝국밥이 드러왓다. 손님도 대접하고 主人들도 먹고 英善도 니러나서 쌈을 흘니면서 좀 먹엇다.

「아직도 단단히 조심하야됨니다」

이러케 注意해주고 나가는 傳道婦人의 뒤를 짜라서 손님들은 다갓다.

「참 이댁에서 은혜만히 밧으섯슴니다.」

傳道婦人은 니저버럿든드시 쏘한번 이러케 말하면서 大門을 나선다.


英淳은 안해와 銀淳과 남아잇든그의 친구 S와 가치건는房으로 갓다. 오늘은 英善이 退院하겟다고 特別히 불을 만히 째고 방을 깨끗이 치이고 잘 단장을 하여노앗다.

英善은 짜라두엇든 자리에 눕고 세사람은 들너안잣다. 銀淳과 S는 冊床우에 노엿든 귤을 까면서 英善을 勸하다가 한편못퉁이 잠잠하고 안잣는 英淳을 바라보앗다. 빙글빙글 웃는거슬 보고, S가 말한다.

「깃브시지오?」

「글세요」 英淳은 우스면서 이러케 대답하엿다.

「글세요가 무엇십닛가. 잔채나 한번 굉쟝히 하서야 됨니다. (英善을보고) 네! 형님 그러치아너요?」 S는 다시 말헛다.

「그러치아너도 이번에 형님이 退院하시면 잔채를 하신다고 그리섯는데.」 銀淳은 녑헤서 응원을 햇다.

「너짜지 그러니? 너희들이 그러지 아는들 아니 하겟니?」 英淳은 이러케 말하고 안해를 보앗다.

英善은 세사람의 니야기를 듯고 재미잇는듯이 깁븐 드시 웃기만 하고누엇다가, 실과그릇을 내노으면서 말한다.

「S도 귤 먹지. 銀淳이도 먹고.」

「실어요 그짜진거슨 안먹어요. 형님도 참 흉칙하신데 先生님 經濟식힐냐고, 그거스로 째일냐고요?」하면서 우섯다. 세사람은 다 하하하하 우섯다.

「그러지말고 S 찬미나 하나 해. 銀淳이하고 두홀이. 오라간만에 죠흔 목소래를 한번 드러봅시다.」 英善이 졈쟌케 말햇다.

「슬그먼이 飛行機를 태우면서 흥! 찬미할줄 몰나요! 銀淳이 有名한 獨唱이나 하나 하렴.」 S는 녑헤안즌 銀淳을 쑥 질느면서 이러케 말햇다.

「두홀이 하나 하지.」 英淳이 命令비슷이 懇調 비슷이 이러케 말햇다.

「그목소래 듯기가 참어렵구만.」 英善이 비양가치 말햇다.

「자- 그럼 하나 하쟈.」 우리형님 환영 하는 쯧으로 하나하자.」 S의 무릅에 팔을 느으면서 銀淳은 이러캐말햇다.

「그래, (책상위 찬미책을 집으면서) 무얼할쬬. 이번엔 환영가 안지으셧서요. 지난녀름에 이형님 保釋으로 나오서슬째에 환영가 지어서 銀淳이와 두홀이 불넛다지오.」 하면서 S는 英淳을보고 말햇다.

「이번에는 밧버서 못지어 두엇지만, 응……… 졉대 그 봄노래 그거나 하지.」

英淳은 두處女를 쳐다보앗다.

「봄노래가 무어야 나모르는게구만 한번해요.」 英善은 갑갑해서 이러케 무럿다.

「졉대 오라버니가 지으셧다오. S가 그걸노 獨唱햇다오.」

「죠-타. 졔가 하고는, 져런 앙큼 스럽게.」

「이야너도 너머한다.」

　S와 銀淳은 나이가 갓고 學校年級이 갓흔 의죠흔 동모다. 두사람의 論爭은 곳 끗나고, 英善을 환영하는 츙정을, 靑春을 자랑하는 듯한 기운잇고 淸邪한 목소리로 부르는 「봄노래」는 幽谷의 맑은 시내물쳐럼 련해 흘넛다.

「시베리아 찬바람에
깁히깁히 뭇치니
보기는 죽은듯하나 실상은 살앗도다
버러지는 짱에서
들석들석 하면서
양춘가절 기다리면서
나오기를 힘쓰네.

눈을쓰네 눈을쓰네
무서운잠 쌔여서
죽음의겨울 지나서
生命의눈을 썻네
굿은짱을 쑤르고
무거운돌 들치고
쌩긋웃고 나오는엄은
어엽브기 싯업네

춤을 추네춤을추네
나풀나풀 춤추네
百花가피어 욱어진
봄동산려봉뎝들
부화노래부르며
향기를맛흐랴고
깃븜의춤을추면서
쏫으로나라든다.」

英淳은눈을 시르르 감고 안해의손을 가만이 잡고 두사람의 合唱을 드르면서 다시 「生命의봄」을 늣겻다. 잇다금 「죠타, 죠타」할뿐이엇다.

英善은 숨을 주이고, 두處女를 부러워 하는드시 벌신벌신 웃고 노래하는 이의얼골을 바라보면서 드럿다.

「英淳氏 게시오?」

大門밧에서 찻는소리가 들넛다. 英淳은 얼는 나가보앗다, 손님은, 平壤에 오직 한사람의 文士친구 갓티 창작社同人 T이엇다.

「좀 느젓지만 나갑시다.」 키크고 얼골희고, 커다란 무테안경쓴 T는 테모업시 이러케 말한다.

「나갑시다. 왜요?」

「오늘 夫人끠서 退院하섯다지오. 祝宴을 베풀겟소. 夫人의 無事出獄과 無事退院을 兼해서.」

「얼는 나오, 잔말말고.」 T의마치 英淳을 잡으러온 刑事처럼 야단하는 통에 英淳은 두루막고름도 못매고 짜라나섯다.

「아이 참 야단일세.」 두사람이 간뒤에 S는 혼난드시말한다.

「그이는늘 그래, 퍽 재미잇서.」 銀淳은 눈을 깜박거리면서말한다.

「어데들올가노. 文學家들끼리………」 英善은 혼잣말쳐럼 우스면서말했다.

英淳이 나간다음에는 興이 업서져서 S도 니러섯다. 銀淳과 英善은 좀더놀다가라고 勸햇지만 「어머니한데 걱정드러요」하면서 도라갓다. 銀淳은 어두운골목나가는데까지 더려다 줄냐고 S를 짜라 나갓다. 나갓다가 곳 드러옴줄 아랏든 銀淳이도 아모리 기다려야 드러오지아니한다.

十一

英善은 큰방으로 드러가랴고도 아니하고. 혼자 누어잇섯다. 여러사람가치 이슬째에는 自己병이 나아서 나온거슬 여러사람이 깁버해주는것도 좃 커니와자긔가 스사로 생각해도 몹시 고맙고 깁버서 미래의 단쑴을 상상하고이섯지만, 혼자 가만이 잇노라닛가, 감감한쯧헤 이것져것 생각하기를 시작하엿다.

「암만해도 요새 몹시 煩悶을 하는 모양인데………」

그는 혼잣소리로 이러케 중얼거럿다.

英善은 짐작하엿다. 여러가지를 미루어서 近日에 그남편의 思想이 만히 變해서 엇든 危險性까지 씌인것을 짐작하엿다. 얼마젼에 病院에 이슬째에도 울면서 남편의게 권고를 하엿다. 말노 하는것보다 속으로, 긔도로 더 간절히 빌엇다. 남편이 예수를 써나지말고 교회를 써나지말기를 늘간절이 간절이긔도하엿다. 그러나 그째는참사람이 되어야 하겟다는 말에 더말하지를 못하고 마랏다. 그려고 적어도 英淳自身으로서는 모든問題가 解決되어서 압흐로 勇進할 길을 차즌줄 알고安心하엿섯다. 아니 억지로 安心하엿다. 그러나 近日에 그의 말과 態度를 보매 아직 煩悶이 거치지아니한듯하엿다.

英善은 긔왕에는 文學이라면 찬미를짓고 죠흔노래를 짓고 高尙한 思想으로 論說을 짓고, 社會를 感化하야 善導할만한小說도 짓고 하는것인줄노만 아랏섯다. 그런, 남편의 感化와, 가라침으로, Life is short, art is long이란 말도 듯고, 씸볼니즘이니 로만러시즘이니 自然主義니 實寫主義니 하는 거시나, Art is for art's sake니 하는 생각은 다 宗敎에 違反되는 危險한 생각인줄을 아랏다. 엇잿든지 文學에 너머 치우치면 危險한줄을 分明히 아랏다 그는 그런 前例를 본까닭이다.

英善은 남편이 차차 宗敎의 熱이 식어가고 文學에 치우치는거슬 알고 몹시 걱정한다.

그는 눈을 감고 가만이 누엇다가 꿈결가치 幻夢을 보앗다.

그英淳을 애를써차자댄니다가 마참내 演劇場까지 갓다. 舞臺에서 어엽분少女와 손목을 맛잡고 그등에다 손을놋코 미친듯이 열심으로 니애기하는 靑年畵家라는 사람이 자긔 남편인줄을 알고는 곳 나왓다. 그날은, 前갓흐면 그가 講臺에 올나가서 성경말노 강도할 주일날이엇다. 英善은 집으로 도라와서는 쏙구라져서 작고울엇다.—

「아이고 내가 별생각을 다햇네」하면서 도라누엇다. 잠을 드럿다가 밤에서 大門여는 소래에 깜작놀나 깨엿다.

「용서하시오. 너머 느젓소. S는 이내갓소 銀淳이는 어데갓소?」하면서 英淳은 房문을 열고 드러온다.

「어데가셧서요? 이리내려오세요」英善은 우스면서 니러나 안고 자리를 내인다.

「왜 얼골빗치 언쩌ㅑㄴ우? 내가 날내 오지아너서 그랫소? 아 그사람이 祝賀을 한다나, 당신을 위해서, 그래져- 우에 支那料理집에를 가서 실컷잘 먹고 왓소, 나혼자. 당신은 아조 나은담에 자긔 부인과 가치 자긔집에 청해 간답듸다.」

英善이 니러나안즌 녑헤, 요우에 펄석 안저서 英善의 두손을 잡으면서 英淳은 이러케 말한다.

「고마워. 무얼 그러케 잘 잡수섯서요.」

「무어 별거 다먹엇지오. 그런데 그사람은 참 快活하고 재미잇서서 그사람 만나서 니애기를 하면 속이 시언해, 나는 참 그사람이부러워. 그사람은 아므 걱정이 업는것갓해」

「당신도 그러케 되시지오」

「글세!」하면서 冊床에서 日記冊을 쓰내서 편다.

「오늘이 二十九日이구려 쏙. 참 이상하오. 二十九日이란날은 우리하고 무슨 인연이 잇는가 보구려」英善을 도라보면서 말한다.

「참 지난봄에 혼인하든날!」

「참 歲月도 빠르외다 그새가 벌서 여들달이 되엿구만」(손을 곱아보고)

「그새 지난생각을 하닛가 쏙 쑴갓해요」

「쑴도 무서운 쑴이오 참 수고만히 햇소.」

(안해의 등을 쑥쑥 두다리면서)

「그날 선챵집에서 잔채하노라고 사람들이 만히 모혀서 욱격북격하는거 시든지, 自働車타고 會堂에가서 講壇압헤 섯든거시 다 눈에 서언해요!」

「그리고 豫習하노라고 午前에 會堂에 갓든 생각하오? 그리고 그灰칠은 왜그러케 허엿케헛서요.」

「아이 붓그러워 혼낫서요.」

「그리고 잔채뒤끗헤 색시손님들과 양복쟁이 며치하고 작난하든것생각나요. 神이 통한다나 그려구 海關에 갈째에 무얼가지고 가겟소 하는작난참 재미이섯서, 그리고 데일 우서운거슨, (당신 아부지일홈 무어요)하면 바루 시치미 쑥쪠고 (돼지꼬랭이)-하는거시 데일 우서워」

「참잘덜노라요.」

두 사람은 한참 우섯다.

「그리고 確實이 달낙에서 쩌러져서 까무라친것, 그리고 할머니 자리 까라줄이 업다고 소리치든일 생각나요? 그날은 참 곤햇서요」, 英淳은 쏘시작하엿다.

「참말!」

「아- 그이튼날, 그이튼날 아츰에 김전도사랑 C랑 銀淳이랑 다가치 밥먹다가, 당신은 얼골이 까매져서 입에 무럿든 밥을 비아다버리고, 新婚의복을 버서놋코 반지를 쌔놋코, 그쟈의 뒤를 羊가치 짜라갓지오. 왼집안은 먹든밥 숫가락을 놋코 모도 치를 부들부들 쩔고 이섯지오 그리고 우리둘이 巡査휴게室에 잠간 안잣섯지오. 그리고 당신은 불니어드러 가고 나는 잠간 변소에 갓다가 당신은 벌서 구루짠에 드러간거슬 보앗지오. 집에 와보닛가 할머니는 흔이 다나가서서 하날만 바라보고 아니잡숫든 毒한 담배만 작고 피우시든 거시 눈에 서언합니다.」

「아- 그리고 그이튼날, 당신의 손목을 거륵하고 깨끗한 손목을 그더럽고 고약한줄노, 放火罪女人과 가치 매여가지고 검사국으로 갓지오. 그째에 나는 긔가막혀서 그만 집으로왓지오. 할머니는 벌서 누어셔 아르십디다. 그날져녁에당신은 처음으로 감옥구경을햇구려. 그날밤, 아니새벽에 혼자서 엇더케쌔여서 작고울엇지오. 그다음에도 혹 감옥에 갓다가는 둘이지나든 그방에 당신이 잡히여가고업스니 드러가기가실어서 무엇을 쓰내려면 구쥬신은 채로 기여드러가서 집어내왓지오. 모든물건은 산산이흐터지고 책상에, 방바닥에몬지가 케케싸히엿섯지오. 감옥에갓다가 곤한몸을쓰을고 방안에 드러가기만하면 곳-니불을쓰고 눕지오. 눕기만하면 아니울수가업서요. 그냥 눈물이 술술 나와요.」

英善은 感情이극하여 英淳의 무릅우에 쓰러젓다. 영순은 다시 니애기를 쯔낸다.

「그째에 銀淳이와 S와 K가 저녁마다 나려와셔 나를위로하노라고 (사랑하는 나의凡님 언제나도라오려나………) 하는 노래를 쳐량하게부를째에 왼집안이 다-눈물을흘넛지요. 난들엇더케 참엇겟소. 하로는 감옥에갓다와셔 房門을닷아걸고 먹지도안코 누어이스니짜 왼집안이너무 야단을하며 화-들을 내기에 억지로 써나가는 배의 힌돗을 바라보는것은 나의惟一의벗이엿소. 大同江우에 한가히 써나가는 배의 힌돗을 바라보는것은 나의惟一한 慰勞이엿소. 그리고 한번을 午後에 감옥에가셔 面會하고 도라와서 大同江을 精神업시 바라보고안졋다가 그만 내가업서젓지요. 왼집안이 밥을 못먹고 써러나셔 차즈려단니엿다오. 여돌시바인가 도라온째에는 왼집안이 슲흔가운데도 깃버하엿지요. 내가 그러케지낫거던 감옥에셔당신이고생한것이야 말할것이나 무엇잇소.」

「아-이구- 저째문에 고생도 퍽-하섯지요.」

「참말 지난여름에 보석하노라구 감옥에, 재판소에 매일 단닐째에는 지독하게도 더워셔 혼낫지오. 밧쯰잇는 사람이그리케더우니짜 갓쳐잇든 사람이야 오죽햇겟소.」

「안에선 마음이나 편안햇지오. 박게잇는이가 더고생이야요」

「엇잿든 이전 사나온쑴을 쌔엿소」

「에그참 생각만해도 진저리가 남니다, 그래도 여태도 고생하는이들이 만흔데」

「이담에 小說이나 하나씁시다」

英淳은 한숨을 지우면서 이러케 말한다.

밧긔서 밤엿쟝사의 길게 쑵아 웨치는 소리가 깁흔 밤의 격막을 개트렷다.

## 十二

　사흘후에 英淳이 어데갓다 오후에 드려와서 아조 沈着한목소래로

　「여보 나는 아모래도 써나야겟소. 問題는 解決된것갓해도 아직안되엇소. 사람 이된다고 햇스니 무어시 解決이되엿소? 이 地境에서 버서나야겟소. 무어시나 하나 되어야 하겟소 이러케 지나가지고는 안되겟소. 세상에 낫든 보람을 하야겟소 참 不宴하지만 나는 내일 곳 써나겟소이다.」 감정이 극해서 이러케 말햇다.

　「괜치아너요 써나시지오」

　英善은 얼는대답하엿다. 그리고 써날 준비를 급히급히 하엿다. 그러나 그날밤에 잘째에는 말도 아니하고 눈물노 벼개를 펑펑 적셧다.

　이튼날 午后車에 英淳은 어대로 가랴는지 平壤停車場으로 나갓다. 英善은 웃는나츠로 남편을 보냇다.

　「몸 조심하세요. 항상 긔도하세요.」

　이거슨 英善의 마지막 인사이엇다.

　英淳은 百마대 말보다 더힘잇는, 인자한 눈으로 안해를 바라보앗다. 그의 눈이 좀 벌건거슬 째다랏다.

　「꿋바이 마이쪠어」 할째에는 벌서 英淳의탄 人力車채는도라섯다.

　英善이 우둑허-니 서서 바라보는 人力車는 어느새 큰구골골목을 나서서 보이지 아넛다.

　그날밤에 英善은 잠을 이루으지못하고 英淳의 장래를 위하야, 그의 信仰生活을 爲하야 눈물노 긔도하엿다. 혼자 남은 英善은 눈물아니 흘니는 날이 젹엇다. 더구나 英淳의 편지를 바다보고 늘울엇다.

　銀淳이 停車場까지가서 英淳을 전송하고 드러오닛가 英善은 자긔房에 니불을 뒤집어쓰고 도라누엇더라.

# K와 그 어머니의 죽음

『創造』, 1921. 6

一

　나는 크리스머스를 지난지 이틀후에, S와 S의 형님으로 더브러 鎭南浦를 향ᄒᆞ여 쩌낫다.

　우리 (나와S) 머리에는 「K와그의어머니의죽음」으로 갓득차셔, 엉성ᄒᆞᆫ 객차안에 드러안저서 차쩌나기를기다리고이섯다.

　S는 커다란 무테안경을ᄭᅵ고 황갈색락타목테를 휘휘둘너 감은채로, 외투에다 손을 찌르고 유리챵에 기대여 안젓다. 무슨 그가 흔이ᄒᆞ는 괴상ᄒᆞ고별한 생각을 ᄒᆞ고잇는지 아모말업시 눈을감고 이섯다.

　나는, S의 형님의 YMCA設立의必要와 西洋人排斥不可論을 「녜녜」「그래요 그레요」로 열심엄시, 나의　네푸류－도푸帽子를 슬슬 쓸면서듯고이섯다. 차는 이십분이나 느저서, 막힘업시 내다보이는 허－연 普通벌과 城박끠 웃둑웃둑 서잇는 불근벽돌집들과 멀니 싯커먼 箕子墓으 늘 프르려만잇는 소나무수풀을 뒤로 바라보면서 외성벌을 가로건너 다라난다.

　車가 너머 오래 지체해서 그런지 오라간만에 타서 그런지 나는 몹시 머리가 아파서, 어름돗은 유리챵으로 밧갓 경치만 내다보고이섯다. 車는벌서 萬頃臺를 지낫다. 鐵路沿邊에는 군데군데 쩌먼말둑과 ᄶᅧ만남은 아까시아나무가 잇다금 얼는얼는 ᄒᆞ는외에는 四方에 흰눈만보이는데, 나뷔가튼 함박눈이 펄펄 내린다. 벌서먼산 갓가운들은 흰옷을닙엇다. 太平停車場에서, 외투 뒤집어쓴 일본사롬들과 흰옷닙고 보ㅅ짐진 촌량반들이 웃둑웃둑 거러가는 거슨 멋해전에 동경서 데국극장에서보든 부활극에, 시베리아로 잡혀가는 가쥬-샤와 그뒤를싸라가든 네푸류도푸를 련상케ㅎ엿다.

이럭저럭ㅎ는새에 車는 岐陽덩거장에 니르러서 승객은 만히 내렷다. 나와S는 니러나서 스토브잇는데로 가서섯다. 車에서 우연이 만난 李長老의게 K가 데일 몹시 설어한다는 말을 듯도, 물론그럴줄 알랏지만, 더욱 同情의 슬픔이 가삼에 쩌올으면서 K의 컴컴해지는 얼골을 숙으리고, 흙흙 늣기면서 눈물을흘니는 슬픈얼골이 얼는보엿다. S는 안경속의 눈을쎔벅쎔벅ㅎ면서 그의 독특한 소리업는 것우슴을 우스면서 말한다.

「야단낫네, K를 엇더케 위로할까.」

「글세 K는 슬퍼해도 맹렬이 슬퍼ㅎ닛가 무어라고 말을 부치기가 어려워.」 나는 이러케 걱정ㅎ는 대답을 ㅎ엿다.

「무얼! K자긔의 격언으로 위로ㅎ지(과거는 과거로 쟝사해버리고) 슬퍼ㅎ지 말나고 ㅎ지.」

「올치 올치, 그보다도 더 유명한 K의 금언이 잇구만「운명에 맛겨라」「운명은 헐수가업다」 그런데 무얼 그리 슬퍼ㅎ너냐ㅎ고 막쩌드러내지」

「오리 돼서 돼서! 그리구 샹이나 한턱 낸다고ㅎ지. 그려면 입이 벌녀지면서 죠와할터이지.」하고 S는 머리를굿덕 ㅎ면서 한번 썰 쩌-얼 우섯다.

「초상상제가 설마한들!」 나는 K를 변호ㅎ야 이러케 말ㅎ엿다.

「무얼!」 S는 앗가 말한거시 좀과한드시 대답ㅎ기가 좀 어려운드시 얼는 이말을 해치웠다.

「아니 수가잇구만, S의 득남례396)를 K의위로연겸 ㅎ구말지. 일거양득으로 썩죳켓케구만」

「아모케나! 한턱ㅎ구올싸」

우리는 이런말을 ㅎ다가 그치고 각각 제막금 싼 생각을 ㅎ면서 이섯다.

---

396) 아들을 낳고 한턱 내는 일.

나는 그러케 튼튼ᄒ든 K의 어머니가 세상을 쩌낫다는거시 헛말도 갓고, 쑴결갓기도 ᄒ면서도 K가 너머 설어할거시 몹시 걱정스러웠다. 「지금 K가 엇더케ᄒ고 이슬까? 어더케 지낼까」 나는 미리 알고십흔 마음으로 이리저리 상상을 해보앗다.

지금 날근옷을 닙고 「아이구 --- 아이구 ---」ᄒ고 통곡을 ᄒ며 정신업시 안저이슬까. 혹은 머리가 보기실케 구실구실 니러서고 컴컴한 얼골에 눈만 벌-개서 것득것득 졸고 이슬지도 모르겟다. 혹은 너머ᄂ 애타고 긔맥히는 나마에 인사를 도라보지아니ᄒ고 자리에 누어이슬지도 모르지.

아니 여러가지 슬픔이 겹겹히 싸이고 오매[397]오매 밀녀오는 K는, 감정이 극한 그는, 인정이 깁흔 그는, 어머니의 사랑을 특별이 만히 밧고 어머니를 몹시 사랑ᄒ는 그는 이즈음에 신경과민증에 결녀잇는 그는, 필경 실성을 해서,

「어머니- 어머니-」ᄒ면서 무시로[398] 울고이스리라, 아니, 차듸찬 어머니의 시톄에 달녀 들어서 산사롭의게 ᄒ는드시 니애기를 ᄒ기도 ᄒ며, 잇다금 공동거리를ᄒ고 쌍을 두다리면서 소래를 질너울며 몹시 애타ᄒ렷다.

아- 져려한 K를 위로할말이 무어시며, 져러케슬퍼ᄒ는 K를 평안이 쉬이게할길이 어데 잇슬까. 그는 오직 슬퍼ᄒ고 압파할수밧게업고, 소래를 질너 통곡할수밧게 엄슬거시다.

이쌔에, K의 어머니의 죽음은, 겨울해ㅅ빛가치 스러져가고, 여러십년 묵은 날근집가치 기우려져가는 K의 한집에는 썩메로 부시는듯한 큰 타격이 되려니와, 오늘날까지 여-러번 그정신상의 쌔치못할 상처와 견댈수업는 탁겨을 바다오고, 不滿한 家庭과 마음맛지안는 샤회가 다 몹시 실은즁 미운맘이 나서, 현실을 업수히 넉이고 생활을 등지고 벼랑가튼 내리바디길을 고독으로 울면서 거러가든- 익지의 삶을 사라가든 K를 닷는 말의 채ㅅ직가치 붓는 불에 바람과석유갓흔 힘을 가지고 더욱더욱 캄캄한데로 졈졈 깁고 험한데로 모라넛는거시다. - 나는 이러케까지 K의 정성을 생각하고, 내가 당

---

397) 자나 깨나.
398) 때의 정함이 없이.

한듯한 속절업시 슬픔을 니르켓다399).

오- 어서 가서 K를 위로해주고, 도아주어야 ᄒ겟다. 어서! 어서! 가보아야 ᄒ겟다. 어서 가보지안으면 그새 죽을지도 모르겟다. 어서가보야겟다. 긔차가 왜 이리 느린고? 왜 비행기를 막 타고 댕기게 까지 文明이 발달되지 안엇나. -이리ᄒ야 내마음에서는 불이 붓는듯ᄒ엿다.

K와 나와는 참의미의 친우이다. 아니 동성이다. 어려서부터! 꼭가치 코 흘니며 울고 숫대말타며 범잡기ᄒ든 째브터 피차 三十이된 오늘까지 진정과 사랑과 의리로 한결가치 사괴여 왔다.

두집은 자우에 서로 리웃ᄒ야 이섯스나 대문이련ᄒ야 한집갓핫고, 어려서는, 갓흔 글방에서 가치 배ᄒ고 갓흔산 갓흔들에서 손목을 맛잡고 놀앗고, 커서는 갓흔 곳 한학교에서 공부ᄒ면서 갓흔집 한자리에서 가치 잣고, 세상의 철이 드러서는 더브러 울고가치 웃고 서로 위로ᄒ고 붓들고 도아주면서 지금까지에 니르럿다. 짜라서 K의 父母동생은 내부모동생과 갓핫고 내 부모동생은 K의 그것과 갓핫다.

그럼으로 K의 슬픔은 곳 내 슬픔이오, K의 슬픔을 위로할쟈도 세상에 나밧긔는 업섯다.

올타, 내가 가기만ᄒ면 K는 슬픈가운데도 씀직이 반가워할거시다. 자긔의 과거와 자긔의 슬픔을 가쟝깁히 알아주는 나를 맛날째에, 나의 위로를 밧을째에 그는 어두운밤에 등불을 어든드시 황천길에 동모를 어든드시 크게 힘이 되고, 위안이 될거시다. - 나는 걱정맞헤도 얼마큼 안심과 깃븜을 늣겻다.

내가 가면 되겟다. 나만 가면 K를슬픔의 무서운 구렁텅이에서 구ᄒ겟다. 오- K를 구ᄒ겟다. 설은가운데라도웃게할쟈도 오직 나로다. 어서 가서 울든 얼골에, 눈물 흘닌 눈에 우슴씌는양을 보겟다. - 나는 이러케생각ᄒ매 엇지

---

399) 일으켰다.

ㅎ야 더 속히 쩌나오지못ㅎ엿는가를 누이치게 되고, 긔차의 더진거슬 더욱
원망ㅎ엿다.

자우간 처음에 가서 엇더카노, 무어라고 말을 할쏘? K의 아부지보고, Y
군(K의 아오) 보고는 무에라고 됴상의 말을 ㅎ야 올흔고? – 마그막에는 이런
생각을 ㅎ다가, 나는 갑갑ㅎ기도 ㅎ고 자리도 편치안코, 춥기도해서 벌쩍니
러나 란노잇는편으로 가서 S의 녑헤 안젓다.

S는 끗헤 은마구리⁴⁰⁰⁾한 집팡이를 가지고 슬슬 글니기도ㅎ고 칼포를 퍽
퍽 피우면서 버얼건 스토브를 드려다보고 무슨생각을 ㅎ고잇다. 그의 단골
의 괴상한 예술관, 자연관, 인생관을 지어내는지, 엇던小說의 복안을 꾸미는
지 알수업거니와 자우간 무슨생각을ㅎ고 이섯다. 나는 S의 억개를 툭치면서
말햇다.

「S, 처음에 가서 엇더칼테야?」

「엇더카노?」

「내 가라쳐줄까.」

「그래.」

「상제보고 절ㅎ고 아이고 아이고 ㅎ지!」

「절할줄을 아러야지.」

「그걸 몰나? 무릅을 쓸고 니마를 쌍에 대고 업드리지.」

「모범으로 한번 나보고 절을 해주어!」ㅎ고 S는 쏘 썰썰 우섯다.

「실여!」 나는 빙그시 우스면서 이러케 대답ㅎ엿다. 그리고 나는 압헤서
서잇는 힌두루막닙고 짜문 방한모 쓰고 우단⁴⁰¹⁾편리화⁴⁰²⁾ 신은 李長老의게
말을 부첫다.

「쟝식은 엇더케 ㅎ는지오? 교회법으로 ㅎ는지?」

「물론 교회법디로 ㅎ구말구요.」

「글세, 도라가신당신이야 말할것도 업스시지만 맛상제되는 K나 그아버

---

400) 길쭉한 물건의 두 끝에 끼우는 쇠붙이 따위.
401) 겉에 고운 털을 돋게 짠 비단.
402) 부드럽고 가벼워서 신기 편리하게 만든 신.

지가 밋지를 안으닛가, 엇더케 흐려는지오.」

「어제밤에 우리가 가서, 그가족과 작뎡일 햇지오.」

「의례이 그럴거시지오. 간단흐고 죠치오. 아모러나 그어른을 위해서 힘 썻 잘해드리는거시 오레슴니다.」

「그렇카말구요. 그어른은 참 남포교회의 어머니오, 쥬인일고 할수잇슴니다. 남포교회가 여태썻 거의 그이의 열심으로 지탱해왓다고 해도 가흐지오.」

「참 쉽지안은 부인이엇지오. 그러케 완고흐고 험한 시아버지와 남편아래서 그심한 핍박과 방책을 내내 견대가면서 거이 이십년동안이나 한결가치 밋음과 쥬의를 직혀왓스니……」

「사람의 힘이라고 할수업지오. 하느님의 능령이지오.」흐고 李는 눈을감고, 속으로, 오-쥬여 면서 긔도흐려는듯한 태도를 가진다.


「내가 어려슬째에 드르닛가, 암만 회당에 가지말내도 그냥 간다고, K의 한아버지가 몹시노하셔서- 너이들 예수 밋을나면 날 죽어구밋어라. 엇더칼터이가, 또 댕길테가-안댕길테가. 흐고 야단을 쳐도아모 대답이 업시 가만이섯다고요. 그래 나종에는, 자리에 누어서 나는 죽는다고 흐면서 로인이 기절하는거슬 보고, 왼집안이 제발 빌어서, 겨우 딘뎡이 되엿지만, 큰변이 낫섯담니다.」

「그쭌이겟슴닛가? 그런 변이 긋칠날이 업고, 하로도 풍파가 안니러나는 날이 업섯지오. 그어른이 도라가신후에도 문례와 쟝애가 여간 어렵지를 아니흐엿지오. 그래도 그것을 다-이긴거슨 참 이젹이야요.」

「그런집안에셔 당초에 엇더케 예수를 밋게되엿나?」

S가 말을 집어넛는다.

「자셰히는 모르지만, K의 고모부되는 洪氏가 일즉브터 개회를 해서, 다른사롬들이 모도 잠이 깁히 들어서 꿈만 쑬째에, 외국유람도 댕기고 예수를 열심으로 밋다가, 청년시대에, 아달 하나를 두고 불귀의객403)이 되엿는대,

---

403) 죽은 사람.

그래 그분인 즉 K의 고모되는이도 그를 짜라서 쏘한 열심으로 밋음으로 K
의 어머니도 그뎐도를 받아서 자연 밋게된모양이어.……」 나는이러케 니애
기햇다.

「K의 고모님은 여태 사라잇나?」

「그아달ㅎ나 더리고 K의 집에셔 한집식구가치 지내지.」

「자우간 죠션녀자로 시아바지와 남편이 그만큼 반대ㅎ는거슬 이겨서 그
밋음을 내내 버쳐나간거슨 쟝ㅎ군! 그아달되는 K의게 그만큼 굿센맘이잇
나?」

「K도 쫴 고집이 센걸, 그거슨 분명이 어머니의 유뎐이야. 한아버지의 유
뎐도 돌는지 모르지만, 하여간 고집쟁이야.」

이런니애기를 ㅎ다가 그치고 우리는 쏘 각각 유리창으로 희눈덥힌 밧갓
경치만 내다보고 이섯다. S가 갑갑증이 나서 뭇는다.

「아직도 남포 머럿나? 그 반 왓나?」

「이런 다-왓서!」

나는 남포서 한오리나 십리밧게 안되는데라고 짐작되는 일본사람의 엇
든 과원을 보고 이러케 말ㅎ엿다. 그러나 그과원이 지나간 다음에도 졸연이
남포가 되지안는다. 나는 그과원을 보고 작년에 K의 과원에가서 놀든생각을
ㅎ고, 재작년에 그과원에서 쑹쑹한 K의 모친을 보든 생각을 ㅎ다가, 머리를
들어, 내다보아도 그냥 눈덥힌 벌판과 먼산과 고요한 촌등네만 보이고, 남포
항구는 보이지안는다. 나는 어서 K를 보고, 위로ㅎ고 십허서 긔차의 더짐을
다시금 원망ㅎ면서 벌덕 니러낫다.

진남포 제련소굴둑이 보인다.


二


우리가 진남포에 다은때는, 비발도와 산머리에 쌜간 겨울햇빗이 죠곰 비
치인 석양이엇다.

나는, 진남포에 올격마다 나의 소년시대를 회상ㅎ게ㅎ는 언제든지 한모

양인 연대봉과 江건너 九月山을 열는 얼는바라보면서 덩거덩에서, 새로된 죠선거리를 지나서 K의집을 향ᄒᆞ야 거러드러갓다.

K의 집문밧기 다다랏다.

나는 공연이 가삼이 두근거리는거슬 진뎡ᄒᆞ면서 K가 잇다는 방의 방문을 가만이 열엇다. 맛기역한 향내가칵 맛바다 나오면서 코를 찔넛다. 그냄새는 벌서 내게 이상스럽게 죽음이라는 무서운 기별을해주엇다.

방문안에 발을 드려노은 내의 눈에는 먼저, 굴근 뵈로 만든 자루가튼거슬 쓰고, 웃간 문턱안에 병풍둘너친 압헤 쑥으리고 안즌 K의 모양이 얼는 띄엿다.

K는 우리―行이 온줄을 알고 어두운 얼골을 들고 기운업시 가만이 니러난다. 나는 달녀들어 그의 큼직ᄒᆞ고 싯싯한 손을 잡고, 말업시 한번 서로 바라보앗다. 나는 그 얼골을 보는 순간에 울음이 가삼에서 붓밧쳐올나왓다. 두 사롬은 의론하든시 주저안즈면서 한참 늣겨 울엇다.

K의 갓난아해째부터 K의 집에서 일을 보면서 한집식구처럼 지내여, 머리털이 히여진 키작은 로인(리쟝의)이 「구만두시! 구만두시」ᄒᆞ고 간절이 말니어, 나는 울기를 그첫다. K도 쑥쑥 흘니는 눈물을씻고, 울음을 멋추고 얼골을 들엇다.

나는 K와 문턱ᄒᆞ나 격해잇는, 바루 아랫방에, 안저서 방안을 한번 둘너보앗다.

웃방에는, 맛아달되는 K만 그어머님을 모시고잇고는 아모도 업고, 아랫방에는 나와 S외에 됴상ᄒᆞ러온 사롬들과 일보는사롬들이 대여숫사롬 우둑커니 안저잇다. 가온데는 종히조각, 담배갑, 석냥갑 담배ㅅ재가 함부르 흐터져잇고, 한편못퉁이에는 양촉갑과 백지툭이 잔득 싸여잇고, 그넙헤는 受恩錄이라쓴 백지책이 노혀잇다. 아랫목에 안젓든 절문이가 受恩錄과 갓흔책에 무얼쓰고잇다. (나중에 보닛가, 그책은 弔賓錄인데 나와 S와 S의 형님의 일홈을 썻더라.)

죽음의 향내가 써돌다가 쏘 내코를 찔은다. 나는 웃방을 처다보고 다시

K의 얼골을 바라보앗다. 그리고 나는 그의 손을 꽉 잡은대로 말을 쓰내엿다.

「이게 웬일인가?」

「참말! 뜻밧긔야.」 K는 잠시 대답이 업다가 참지못하는 드시 입을 열어 말한다.

「한동안은 좀 차도가 이서서, 얼마큼 마음을 노앗섯네그려. 나혼자만 병원에가서 모시고 이섯는데, 아부님보고랑 Y보고랑 좀 차도가 잇다고만 햇고만. 그랫더니 흣로저녁은 갑색이 변흐는데…… 참 사람의 목슴이란…….」 한숨을 짓고,

「암만 주사를 노아야 쥬사가 듯지를 안는다고, 의사가 인전 틀녓다고 하데그려! 그래, 나는 모시고 집으로 가겟다 흣닛가 그러라고 흐기에, 도라가셔도 집에서나 도라가시게 흐라고, 재밤중에 인력거도 업고 해서, 나혼자 등에 업고 오다십히햇네그려. 집에 와보닛가 벌서 운명하셧는데 필경 오는 길에서……」

이 말을 채 못마치고 잠시 멈추엇다가 다시 말을 닛는다.

「단이 전신에 퍼져서 싯커머코 누-런 약을 왼퉁 발은째문에 도라가실째는 모양이 참 흉측해서, 도라가신 다음에도 엇더케 보기가 어려운지! 그려구 데일 한되는거슨 아부님이든지 Y든지 림종시에 보지못한거시야. 그거시 늘 한이 되여서 못견대겟서.」

나는 그가 우름석긴 목소래로 말흐는거슬 가만이 듯기만하고, 아무대답도 못흐엿다.

그러케 혈색죠코 기운잇든 그얼골에는 컴컴하고 아모기운이 업고, 십뻘건 눈에는 눈곱이 찌고, 쐐 모양늘내이든 그의 머리는 잔득 도아서 귀를덥고, 닙은지 오-랜 회색쥬의 더러워 번득번득 해지고, 동정이 샛카매졋다.

나는 그의 말을 듯고, 그의 얼골을볼째에, 다만 「불상흐다」 생각밧게 업섯다.

「너는 그만 어머님업는 불상한아해가 되엇구나」 이런생각이 날카롭게 나의 가삼을 찔넛다.

밀녀 오는 돌가치 쎠치고 내미는 기운으로, 엇더한일에나 내뜻을 다흐고,

내目的을 다ㅎ고야마는 그가, 어머니를 살리려ㅎ는 욕심이 오작 굿세고, 애를 얼마나 썻스랴마는, 그도 죽음이란 악마는 엇지할수업섯든지, 사랑ㅎ는 그어머니를 좀내 구ㅎ지 못ㅎ엿고나. 「아- 운명이라구나. 엇지ㅎ리오」ㅎ고 가려ㅎ게 단렴을 해버렷고나. 이러케 생각을 ㅎ매 더욱 불상ㅎ여 보인다.

아랫방에 안젓든 사람들이 희롱ㅎ기를 시작햇다. 지난밤에 화투ㅎ든 시건으로 희롱겸 쌈겸 지거린다. 됴상ㅎ는 사람이 해두러왓다 나간다. 쉬염이 느러진 사람도 K를 향ㅎ야 업드려 절을ㅎ다.

부인손임이 드러온다. K의 고모님과 K의 안해? (Y의 안해인지?) K의 누이동생이 짜라 드러왓다. 손님은 바루 병풍압헤 업드러서 소래를 노아 울기를 시작ㅎ매, K의 가족은 모도 몹시 통곡ㅎ다. K도짜라운다. 밧긔서, K의 자근누이동생-(닐곱살먹은) 順卿의 우눈소리가 들닌다.

어머니를 일흔 철업는 어리나희의 「옴마- 옴마-」 우는소리도, 속이 자릿자릿ㅎ고 몸이 옷삭옷삭 ㅎ야 참아 들을수업거니와, 나이는 겨우수물을 약간 넘엇스나, 벌서 사람의 삶의 쓰고괴로운 맛을 가초가초[404] 맛보고 지내이고, 친뎡에 도라와서 오직 그어머니를 밋고의지ㅎ고 지내든 K의동생日卿이 머리를 푸러헤치고 눈이 쑹쑹부어서, 슬피울며 긋칠줄을 모르는 정경을 보고는 아모도 가치 슬픔을 늣기지안을수업고, 눈물을 참을수업다. 그울음소리가 퍼지는 곳에는 무선운 악마가, 보기실은 너슬너슬ㅎ 황토ㅅ빗 머리털을 설설 흔들고 가삼이 선득ㅎ는 허-연니를 내놋코 비웃는드시 빙글빙글 웃는다.

잠시 그첫다가 다시 자아쳐 울며 늣기군ㅎ는 日卿의 애곡하는 소리가 소사올을째마다 황토ㅅ빗 머리털악마는 더 흔들거리면서 소래업는 불근우슴을 토ㅎ다.

아랫방에 안젓든 사람들은 모다 한겁에 황토ㅅ빗머리털악마를 몹시 흘겨보앗다. 악마는 슬금슬금 들녀가다가 힐끗도라서서 한사람 한사람식 차례

---

404) 골고루 다.

차례 번번 바라보고는 분홍우슴을 토해서 방안에 갓득채와놋는다.

李쟝의와 그밧긔 여러사람의 말남이로 부인손님과 K의 가족의 우름은 그첫다. 좀잇다가 日卿의 울음소래도 그첫다.

죽음의 향내가 쏘한번 방은을 쩌돌앗다.

부인손님과 짜라드러왓든 식구들이 문을열고 나갈째에 죽음의향내는 그들을 슬금슬금 짜라나갓다.

방안은 고요해젓다.

弔電두쟝을, 리쟝의가 말업시 K의게 갓다주고 나간다. K는 그것을 바다서 한쟝식 쓰더본다. 보기를 마친후에 내게로 돌닌다. 하나는 興水院李의게서 온거시오, 하나는 永登浦金의게서 온거시엇다.

리쟝의가 빅지륙하나와 봉투편지 하나를 가지고 들어온다. K는 봉투편지를 밧아보고, 모퉁이에 잇는 명함갑에서 커다란 명함두쟝을 쯔내여서 리쟝의에게 내준다.

나는 그명함을 보앗다. 일홈은 三호활자로ᄒ고, 일홈에는 「○○주간」이라ᄒ고 한녑헤는 △△××듀식회사와 그번지와 전화번호를 세줄에 五호활자로 빅인거슬 먹으로 흐린거시 흐미ᄒ게보인다. K는 그거슬 廢物物利用이라고 혼다.

리쟝의도 나간다음에는 얼마동안은 다시 아니들어오고, 됴상군도 한참은 아니왓다. 아랫방에 안자서 지거리고 잇든 절믄이들도 거이 나가고, 방안은 몹시 고요ᄒ고 적적해젓다.

三

K는 슬금언이 니러나 병풍못퉁이로 가서, 그어머니의 시테녑헤 일본 향을 피우고 온다.

자긔의 자리에 도로와 안저서 니애기를 쓰낸다.

「참 잘왓네.」

한마듸를 ᄒ고는 그만둘나는줄알앗더니 한참 머뭇머뭇ᄒ다가 니어말혼다.

「다시 못볼걸! 쌌닥ㅎ면.」

나는 K의게 이런말을 듯는거시 처음이 안이다. 긔왕에 서로 멀니 작별홀 째에 「이졔 헤여지면 다시 못볼는지도 모르겟네.」ㅎ면서 눈물을 머금고 악수훈일도이섯고 서로 쩌나이슬째의 편지에 「이편지가 마그막이 되는지 모르겟네. 아- 나는 그만 가겟네.」 이런 구절이 쓰여 이슬적도 한두번이 안이엇다. 깁흔병이 엄는 졀문이가 이 말을 하는거슨 물론 「나는 자살 ㅎ겟다」ㅎ는 말이다.

나는 이런말을 드를째나 볼째에, 몹시 놀내고, 마음으로 깁히동정을 ㅎ고, 매우 걱정을 ㅎ엿다, 그래 뎐보도 놋코, 불원천리ㅎ고 가보랴고도 ㅎ얏다. 이는 내가 그의 샤정과 성정을 알미다. 그러나 나는 이-내 마음을 놋쿤ㅎ엿다. 이것도 그의 성격을 내가 알미다. 과연 며츨후에는 안심ㅎ라는 편지가 오국ㅎ엿다.

그럼으로 나는 K의 이말을 과이 놀납고 대스럽게 듯지아니홀거시다. 그러나 이번에는, 이번에한ㅎ야는 나는 이말이 총알가치 내 령혼속에 디려빅힘을 째다랏다. 비롯 쏘아오는 총알아리도 드러오기젼에 잠간 검멸은 ㅎ엿지만, 진ㅅ자인지, 가ㅅ인지ㅎ고.

「그게 무슨말인가?」 나는 무럿다.

K는 그말의 설명겸 그어머니의 죽음에 대훈 감상겸 아래와갓흔 의미의 니애기를 ㅎ엿다.

*　　*　　*　　*　　*　　*

처음에는 아모생각도 업고 그저 어머니를 짜라서 죽고만 십헛다. 내가 이러케 사라서 자네들을 만나서 니애기ㅎ기는 도모지 생각지도 못ㅎ엿든 뜻 밧긔일이다.

나는 그동안 거이 열흘동안이나 잠을 잘 못자고 먹지도 못ㅎ엿다. 처음에 며츨은 조림도 오고 곤ㅎ기도해서, 쫴 견대기가 어렵더니 다시 며츨을 지나닛가, 정신이 쏙쏙ㅎ고 째-씃해졋다. 그리고 내몸이 괴로운 생각은 도모지 업고, 그저 어머니를 간호ᄒᆞ는거시 재미만이섯다.

실상, 그동안에 내가 간호ᄒᆞᆫ 정성의 힘인지, 의사의 치료의 효험인지 모르거니와, 어머님의 병셰가 약간 덜니고, 컴컴ᄒᆞ든 병실에도 차차 봄기운이 돌앗다. 그러니 나는 깃브지안을수업고, 간호ᄒᆞ기가 재미나지 안을수업섯다. 그래서 나는 어머님이 곳 나아서 퇴원을 ᄒᆞ게되면 좀 섭섭ᄒᆞ겟다 생각까지 ᄒᆞ엿다. 홀수이스면 좀더 오래 입원해게시면 좃켓다 생각까지ᄒᆞ엿다.

이러케 말ᄒᆞ면 욕먹겟지만, 그거슨 어머님이 병환이 쓰러가기를 원ᄒᆞᆫ거시안이다.

내몸을 희생ᄒᆞ야 도라보지아니ᄒᆞ고, 어머니를 간호ᄒᆞ야, 몹시 위즁ᄒᆞ시든 어머님의 병환이 나날이 조곰식 차감이 되여가는거시, 엇더케 재미잇는지 그 快樂의 늣김이 늘-오래 계속ᄒᆞ기를 바란거시다.「生이란거슨 이름쑨이오 아모樂이 업는거시니 死가 도로혀 樂이될거시다. 나는 어서 死의 길을 써나야 ᄒᆞ겟다」나는 이런 단정을 내리고 지내기 째문에, 마지못해먹고 홀수업시 사라오는-억지의 삶을 사라오는 나의게는, 쾌락의 時間이라고는 업고, 슬픔과 괴롬과 번뇌쑨인 나의게는, 그 쾌락이 매우 드물고 귀ᄒᆞᆫ거시엇다.

나의게 쾌락이 잇다ᄒᆞ면, 그거슨 참말 순간덕이오, 고통과 번뇌는 게속덕이다. 그럼으로 나의 게속덕 번뇌와 고통을 니저버리고, 쾌락의 늣김을 가지게ᄒᆞ는거시 며츨을 게속ᄒᆞ는 그만ᄒᆞᆫ 항복의 생활이 나의게는 몹시귀ᄒᆞᆫ거시다. 그럼으로 그항복을 일어버리기가 앗가워함이엇다.


나는 의심업시 밋엇다. 다른 셰게녀자가 다 죽어도, 아니 셰게의 사람이 다 죽어도 내어머니는 도라가실 일이 만무ᄒᆞ리라. 나의 모든 친구들의 어머니가 다 죽어도 내 어머니는 아니 도라가실리라. 결단코, 내 오마님이 도라가실리가 업다.

내 어머니가 도라가시는거슨 쳔만 당치안은일이다. 텬리의 어그러짐이오 宇宙의 公道405)의 잘못됨이다. 사람의 생명을 주재ᄒᆞ는쟈가 잇다ᄒᆞ면 그쟈

---

405) 공평하고 바른 도리.

의 큰실수다.

왜?

내의 어머님이닛가.

세상에서 날 사랑ᄒᆞ는 오직 한사람되는 내어머님이닛가.

그리고 나는, 얼마전에 집에서 암탉한머리와 숫탉한머리를 잡아먹은 생각을 ᄒᆞ엿다.

나는 새벽에 쏙고- 쏙고- 우는소리를 듯고, 나제 마당에서 암컷과 숫커시 씨더씨더ᄒᆞ면서 즐겁게 도라가며 노는거슬 보앗다.

나는 그생각을 ᄒᆞ고 닭의 목숨은 값업고 천ᄒᆞᆫ거시다생각ᄒᆞ엿다. 작난군 아히들이 쓰더가고, 말과 소가 쓰더먹는 풀ㅅ대와 다름이 업다 생각ᄒᆞ엿다.

그러나 사람의 목숨은, 오늘보나 내일보나, 아해격에 보나 빅발이 되어서  보나, 늘 한질못ᄒᆞᆫ, 웃득ᄒᆞᆫ 산것이다고 생각ᄒᆞ엿다.

격어도 내목숨이나 어머니의 목숨을 그러ᄒᆞ다고 깁히 밋엇다.


마그막날 밤이 왓다.

만쟝벼랑에서 쩌러진드시 내생활 내세게는 변ᄒᆞ엿다.

밤이 깁히 들어서 萬象이 잠자고 天地가 沈默ᄒᆞ엿다. 어머니의 「오-오-」 알는소리가 들닐뿐이다.

밧갓해서는 수도에서 물방울이 쩌러지는 소리가 쏙 쏙, 쏙 쏙 울녀온다.

어머님의 병세는 일각 일각에 틀녀간다. 놉핫든숨소리는 점점 나자간다. 수도물ㅅ방울은 그냥 쏙쏙 쩌러진다.

나는 생각ᄒᆞ엿다. 아-져소리가, 져 물방울소리가 어머님의 령혼이 캄캄ᄒᆞᆫ 죽음의 나라를 향ᄒᆞ야, 한거름 한거름 나아가는 마-취로고나.

나는 그 쏙쏙, 쏙쏙 ᄒᆞ는 進行曲을 정신업시 듯다가 어머님의 괴로운 신음소리에 깜작 놀나서, 어머님을 듸려다보앗다.

니불으 죠곰 벗겨져서 웃가삼이 약간 드러낫는데, 그러케 부대ᄒᆞ시든 어머님이, 몹시도 파리해졋다. 鎖骨이 소사올나 알는알는ᄒᆞ고, 목이 행금ᄒᆞ고, 내지테라도 건사홀 힘이 업는드시 내던져버치고 잇는 팔목과 손가락이 짝가

낸드시 씀직ㅎ게 가아늘어젓다. 광대쎠가 놉히 드러나고 자우쌤은 쓰러낸드시 젹젹ㅎ게도 뷔이고, 기름ㅅ끼쌰지고 윤택업는 머리털 몃오리가 흐터져서 니마에 칵 드러부튼거슬 볼쌔에, 내 어머니라도 몰나보리만큼, 무섭게도 변ㅎ엿다.

나는 얼골을 돌니고 솟는 눈물을 시첫다.


이리ㅎ지 셰시간이 못되어서 어머님은 종내운명ㅎ셧다. 차디찬 시톄가 되고마랏다. 몸은 비록, 세시간젼과가치 고대로 누어게실지라도, 그거슨 임의 나의 어머니는 아니엇다.

그러치만 나는 참아 나의 어머니의 목숨이 쩌나스리라고는 생각지못ㅎ엿다. 「어머니-」ㅎ고 차즈면서 「왜」ㅎ던지 「응?」ㅎ면서 대답을 ㅎ실것만갓핫다. 나는 과연 소래를 질너서 「어머니- 어머니」ㅎ고 불너보앗다. 그러나 아모 대답이 업다. 한번 먼길을 쩌나신 어마님은 대답홀리가 업다. 나의 어머님은 영원이 가셧다. 이러케 생각을 ㅎ엿다가라도 나는 쏘, 별 생각을 다 ㅎ엿다.

정말 도라가섯나? 잠간 잠이 든거시아닌가? 잇라도 엇더케ㅎ면 째여나지 아니홀짜- 이런생각도 나고 혹은 사람이 죽엇다가 도로 사라나는 수는업나? 이제라도 도로 사라나시면! 이런생각도 ㅎ다가 나종에는 나는 부르지젓다.

「아- 하필 왜 나의 어머니가 도라가섯나? 남의 어머니는 다 살고. 이거시 무슨변이냐?」

그리ㅎ야 자긔를 스사로 도라볼쌔에, 나혼자만 심히 불상해보엿다. 겨울에 벌벌 쩌는 거지 길가에서 죽어가는 문둥병쟁이 그보다도 내가 더 불상해보엿다.

나는 쏘 소래르 질넛다.

「우리 어머니의 목숨도 닭이 한머리의 목숨과 갓고나! 풀한대와 갓고나.」

나의 목숨을 도라볼쌔에, 참새, 파리, 좀ㅅ벌네나 다름업시 생각이되엇다. 제목숨이 지극키 쳔ㅎ고 더러워보엿다.

「사람은 울면서 낫다가 울고알는소리ㅎ면서 살다가 알는소리ㅎ다가 죽는다」ᄒ는 속담이 과연 올타.

적어도 나의게는 인생이란 그것밧게는 업다. 가뎡이 나를 배척ᄒ고 내가 가뎡을 등지고, 사회가 나를배척ᄒ고 내가 사회를 등지고, 모든 사람이 나를 배척ᄒ고 내가 모든 사람을 ᄶ여나서, 나혼자 삶의 격만ᄒᆫ길을 갈쌔에, 오직 나를 도아주고 곤ᄒᆫ몸에 쉬움과 위로를 주든 나의 어머님이 임이 업스매. 나혼자 구태여 사라서 무엇ᄒ랴? 사라이서야 사라이슬사록 괴로움이 더ᄒᆯ 쑨이다.

(以下十五行은原稿檢閱中當局의忌諱로因ᄒ야削除되엿싸오니그리알고 닐거주시기외다.)

「자네들은 어머님이 사라게시니, 사랑이 잇스니, 참 향복스러운 사랑일 세. 나혼자만 불상ᄒ고 불힝ᄒᆫ 사람일세. 내게는 아모것도 업네. 나는 늘 예 비ᄒ고 잇네. 긔회만 잇스면 이제라도……」

K는 내가 사괴인지 이십년에, 가쟝 열심으로 가쟝 진심으로 간쟝이 녹아 나는, 아니 령혼이 쓰러나는 기인 니야기를 이말노, 씃츨채막지 못ᄒ는 이말 노 마쳣다.

죽음의 향내는 쏘한번 방안을 쩌도랏다.

독쟈는 K가 그의 친구되는 나의게 말ᄒᆫ거스로 만ᄒᆫ 그의말을 쌔다를수 업고, K가 죽기로 결심ᄒ게 짜지 될 연유를 분명이 알수업슬거시다. 그런고 로 나는 독쟈를 위ᄒ야 이제 K의 過去와 가의 思想을대강 말ᄒ고져ᄒ다.

3月12日밤

# 김 명 순

七面鳥(『開闢』, 1921. 8)

# 七 面 鳥

『開闢』, 1921. 8

一

나-나 슐츠先生

선생쎄서 只今이째는 古國에돌아가시느라고 大西洋가운대서 배멀미로 呻吟하실터인데 저는그동안에 벌서부터 古國에돌아와서 第二故鄕인京城의 어썬旅館 온돌房안에서 당신의 安候하심을비나이다.

先生을모시고 K府에잇슬째는 그가티日服이 어울린다고 당신과밋敎會안 사람들이 日女갓다고 말씀을하시더니 이곳에와서 朝鮮옷을입으매 쏘한어울린다고말합니다 그러나어서速히 당신을짤아가서 獨逸의옷을입고 그熱烈한 敗者의努力을배우느라고 晝夜汲汲하다가. 어스름저녁째가되면 마치 K府에 잇슬째와가티 先生님을모시고 라인河畔을散步하면 얼마나愉快한일이며 얼마나幸福된일이리까 저는 그런째가오면 낫잠을자지안하도 疲勞도 깨닷지안흘것이오 울지도안흘것입니다.

先生이어

京城에돌아오매 예적보다 通行人民의 힌옷에째가 들무덧슴을보앗나이다 그리고 甘美로운碧玉의 淨朗한空中을貪하듯이 치어다보나이다 그러는 동안에 天佑神助하심인지 저는적이 穩靜한氣分을 차젓나이다. 그리고 동모들은만히차저와서 저를慰勞하여주옵니다 그러나저는 미리怯을집어먹고 얼마後에는散散히헤질것이아닌가하고 두려워하나이다.

그緣故를무르시면 다름이아니오며 아즉朝鮮안에는  男女交際가 드문일 가트며 쏘하더래도 分明히 外面에는나타내지안는 傾向이잇고쌀아서 누구나 자못自己의行動을 맑게비추어볼 거울을가슴에 품지안핫는가합이올시다.

先生이시어 그런이들가운대 싸힌 져야말로 그中洗練치못한標本이올시 다 그러하나 저는 于今 社交術을等閑히여긴탓으로 얼마큼 失策은하더래도 罪를짓는失敗를하지안키까지는 社交法을배울겸 저의 平和한周園를지을兼 努力하려하나이다.

先生이시어 저는참으로 近日가티 힘이不足한 것을 울어본째는 업습니다 당신의말슴과가티  제가日本에서배운年數로獨逸가서배윗슬진대  只今쯤은 前記한煩惱를 말슴하을必要는 업슬쑨만아니라 저의힘은 自己自身을支配하 고도 넉넉히남아질것가틉니다.

先生이시어 이것은 社交界에서랴는 한處女가 失敗한所經歷 말슴함이오 니 얼마나쓴經驗인가 쏘 얼마나큼失策인가 批評하여주시고 맛당하시면 채 찍도내리어주소서.

今年一月七日 겨울날치고는 甚히눅을어운날이엇습니다.  저는飄然히 N 郡에서汽車를탓습니다 그것이最初에 K府를向하고 出發함이엇습니다 呼角 소리가날째 餞別나왓던 N郡醫大에서工夫하는男동생이 제왼손 가운대손가 락에 十字의指環을쎄어주고 徐徐히자기始作하는 汽車에서나려서 褪色한帽 子를 둘렷습니다.

K府를向하고 汽車를타기는탓으나 K府에이르러서는 旅館에들려면 돈주 머니가 가볍고 동모를차저가려면 어두운밤일것이라 길을잘모르겟는故로 근심이적지안흔데 문득생각난 것이 K府臼井村에 S寄宿舍에  有名한基督教 人D氏가 계시다던일이엇습니다 그째저는不得已D氏를  차저가서 唐突한罪 를容恕ㅎ라고 길을좀가르쳐 달라리라고 決心하엿습니다 그리고거리끼음이 업는듯한 表情을 구태어지으며 車窓밧게지나치고 지나오는 風景을바라보 앗습니다.

눈압헤 一瞬一瞬에 새롭게展開되는 모든景色은 冬節인故로 山峰오리와

山골작이에 눈이녹지안코 間或보이는 蕪菁밧들도 추위에시들려서 쓸쓸히보
엿습니다 그러나 朝鮮의冬節을생각하는 제눈에는 겨울에靑靑한 나무닙들을
바라보는愉快한心地를어찌할수업섯습니다. ㄹ님의 色色은 초라한 메기스을
지나 내물우의다리를지나 絶壁압흘지나서 蜜柑밧이 보일째 朱黃의無數한
열매들은 그리움과반가움의 情懷를 限量업시흔들어서 저는쉬지안코 汽車의
노래를불럿습니다.

間或눈이疲困하면 三等車室안에 煙草피우는客의 밉살스런模樣과 몸을
依支할대도 업는대서 괴롭게조는狀態와 蜜柑껍덱이 벗기는 어린아이들과
女人들과 老人들을두루 삷혀 보다가 저편에서 三十가까운 靑年이 저들寫生
하는듯 하던故로 얼굴을다시들킥고는 窓박을보앗습니다.

先生이시어N郡에서 멋停車場을 지나느라니짜한停車場에서 六十가까운
村늙은이와 二十四五歲의靑年이前後하야 車안으로들어오며 휘휘눈을굴려
서안즐자리를찻다가 老人은제압헤와서 陣을치고 靑年은 老人과등을지고안
젓게되엇스나 두사람은 고개가老人이고개를돌리며 저에게

「젊은이 어대까지가십니짜」하고 무럿습니다.

보매老人은 相當한 財産을가지고 쏘人情을아는이갓습디다. 그째저는 幸
혀나 하는생각으로

「K府白井村짜지갑니다 그러나 거긔 S寄宿舍라고 잇는지오」하엿습
니다.

老人이 머리를기울여털엿는데

「저 K府에삽니다 S寄宿舍라니 基督敎의것입니짜」하고 老人뒤넘어서
靑年이 말하엿습니다.

「네,」하엿더니 그靑年은 서슴지안코 自己의얼굴만 바라보고 나의무름
을 解答하랴는 늙은이에게

「아저씨 아저씨宅압헤 큰洋屋잇지오?」

老人은 서리마즌 머리를 쓰덱쓰덱하며

「그우리집압헤 그것일가?」하고 不分明하게對答하엿습니다.

靑年은 어글어글한눈에 우슴을쯰이고,

「네 그것이저이가 차즈시는 S寄宿舍야요 그러치만 우리一行은 K府까지 가지안코 이다음停車場에서 내릴터이니깐 길을그려들일가요?」하고 親切을 보엿습니다 저는아주깃겁게,

「그러케해주시면 고맙겟습니다」하엿 니 靑年은 죽으만 저의手帖에 쓱쓱 그립디다. 熊野神社압停車場을그리고 그압골목을그리고 그길로들어가서 사이ㅅ골목을그려 電柱를그려 商店을그려 여러가지로 目標를 그리더니 갈길은 ㄱ字反對로 그윽히들어가서라고 그린대로 分明히說明하여줍디다 저는 그說明을듯고 熊野神社압만가면 能히차저갈것갓기도하며 興味까지깨달앗습니다.

그들은 길을가르쳐주고나서 車가進行을멈추엇을째길을그린 手帖章을 찌저주고는老人이

「젊으이 보아하니 혼자길가는데 精神차리오 어대 가던지作亂軍들이잇슬터이니………」하고 靑年은「그럼精神차러서 모르시면 派出所에서 무러가십쇼」하고 「사요나라」, 「오다이지니」하면서 젊고 늙은알지도 못하는 벗들은 通姓名도하지안코 그들이나릴停車章에서 총총히나려갓습니다.

先生아시어

그째제가 K府驛에서 다렷슬째는 거진다어두은밤이엇습니다. 一月의寒氣는 제살을 그야말로 찌르는것갓습디다 저는으슬으슬썰리는全身으로 人力車랄 돈을 아씨노라고 電車우에올라안즈면서 車掌더러

「受苦롭겟지만 나를熊野神社압 停留場에서 나리도록 가리켜주오」하고 付託하엿습니다.

車掌이 가리키는대로 여긔저긔서 허둥지둥하며 電車를바꾸어타고는 及其也에 態也神社압헤서 나리어서 길을그린조히조각을 손에 내들기는 들엇섯스나 그래도安心치못하겟는故로 人力車병문에가서무럿습니다. 人力車軍은

「아주외짠곳이니 타고가셔야합니다」하고 不快한 눈치를보엿습니다. 그래도저는 혼자차저가보일 根氣를일치안코 디립다 그엽골목으로 들어가면서 맛나는사람마다보고 길을무럿습니다.

이골목저골목 사이ㅅ골목을쑬러나가는데 四面에서 맑게흐르는 물소리

가 人跡이잇스면 애닯음을시켜주는것갓기도하고  人跡이끈허지면 무시무시하기도합니다.

艱辛히 S寄宿舍를찻기는 차젓스나 D氏를차즈니까 키훨시크고 眉目이淸秀한 靑年이 굵은목소리로 D氏를부르며 들어가더니 고기ㅅ덩어리가 흐늘흐늘하는四十된女人이나와서 異常하게게웃스며

「只今막外出하셧습니다  어쩌케오셧는지 事故를말하시면  잇다들어오시건 말슴하지오」 합디다

저는참그째 가슴속이타는듯한생각이 이런것인가하엿습니다.

「네 저N軍에서왓는데 길을모르고 집番地도 仔細치안흔제둥모의집을차저줍시사고 왓섯습니다」 마츰안계시다니어쩌할가하고 우둑허니섯섯습니다.

「그럼 안되엇습니다그려」하고 들어가더니 한참잇다가, 키작고 얼굴히고 어댄지 溫柔스러워보이는 同國人가튼靑年이 朝鮮말로

「어쩌케되서서 D氏를차저 오섯습니까」하고 무럿습니다 저는그째 今時로 活氣를내이고

「저여긔X女學校에단이는 M氏宅이 어댑니까」하고무럿습니다. 溫柔스러운靑年은 如前히 溫恭한 音聲으로

「그럼 길을 무르러 오섯습니다그려」하고

「저도마츰D君을  보러왓섯는데 업습니다 그러나 저도 M女史계신宅을 잘아니同行하여들이지오」하고 문을나섯습니다 저는 살길을차즌 듯이 뒤쪼차나갓습니다.

二

마츰 길을引導한 靑年의居宅은 M女史의압히엇고 그는 Y氏라고합디다.

M女史宅에 차저가매 그날은 M女史의 良君의學校에서野球에 勝利를엇고 길목마다 돌아 단이노라고 안계시고 M女史와 Y女史만 저녁을 막먹고난 뒤갓습디다.

서로반갑게 이약이를 하고 안젓더니 M氏가 술이취해서 精神을차리지못

하시면서도 들어오서서인사를하십디다.

그날밤에 저는그엽헤 두어집걸러잇는 Y女史宅에가서 자고 아츰에는돌우 M氏계신處所로와서 朝餐을먹고 안젓는데 그前夜에 차저갓던 D氏가日服을입고 東京서 오신H氏와가티 오섯습디다.

先生이시어 여긔서부터 저의失策은 始作하엿나이다. 인사를 마츠고나서 이악이를하다가 H先生이 (제가 그더러 先生이람은 限업시그를 尊敬함에서 쏘그가멀지안하서 半島全體에게 先生이라는尊稱을바들터인故로 미리尊稱하여둠이올시다)

「順一氏 아주K府에오섯습니까?」하고 저에게向하야 무러주섯습니다.

저는 그때 M女史와 소근소근하다가 웃스며 D氏의 하오리소매가기다라케 짜저서힌솜이비죽이보이는것을 보고 꿰매어들이거니 主意를하여 들이거나 해야하겟다고 이악이를하던故로 싱글싱글웃스며

「네, 인제다시東京안가겟습니다」고 對答하엿습니다. D氏는 그말뒤를 이어

「三月에오신다더니 只今오섯습니까?」하고 무르셧습니다 그때도 亦是웃스며

「N君에좀오래 잇스려고하엿더니 아모래도 男同生하고 가러잇스며 女子는損을하겟는故로 學校에들려면 準備도해야하겟고해서 벌서왓서요」 햇습니다 족음잇다가 H氏가 좀동쩔어진 말슴으로

「웨 피아노안치섯서요」 하섯습니다.

그때저는 크리쓰마쓰에는 피아노를치고 忘年會에는 치라는것을 안첫지만 H氏는 그때이미 東京에안계실째인故로 아실일이업슬터이라 생각하면서

「언제요」하고 좀唐突問音聲으로 무럿습니다.

H先生은 크리쓰마쓰에奔走하서서 제피아노를듯지못하섯던지

「크리쓰마쓰에요, 片紙까지하여들엇더니……」 하시는것을듯자마자 저는고개를숙이엇다가, 어쩐緣故인지 急作히 고개를 들고

「몃번이나 처야 다처요?」하고 發射的 날카러운 音聲을吐햇습니다 H先生은 고만머리를숙이고 낫을 붉히섯습니다. 한참이나 아모도이악이하는이가

업섯습니다 그러나 H先生은 쏘족음잇다가

　「어떤學校에드셔요」 무르시는故로 저는

　「TS校에요」 하고

　「무슨科에요?」 하시는것을 우물쑤물해버리고 무료하게 안젓섯더니 H先生은

　「哲學과에드십니까」하고 再次무르섯습니다.

　그리고는 男學生되시는이들은 짜로모여서 이악이를하시다가 前夜에 길을引導하여주신 Y氏와 M氏두분 從兄弟와 率先하여 밧그로 나가시고 追後로 D氏와 H先生이 나오시려할째, 저는 쏘發射的으로 툭튀어나오며「웨 가셔요 女子들만잇스니까 가셔요」하고 「M氏Y氏 우리女子들은 고만우리집으로 갑시다」하고 그이들을가로막아서며 먼저밧그로나왓습니다. 그뒤로누구의音聲 인지 房안으로 들어오라고하엿스나 저는 다시들어가지안코 쓸에 섯섯습니다. 뒤로천천히 D氏와H先生이 나오시는데 저는한편 쓸귀에 비슬비슬避하여섯섯더니 D氏가

　「Y氏계신宅에 그대로게시렵니까」하고 무르섯습니다 저는

　「네, Y氏가 좀잇스면 寄宿舍로들어가신대요」하고 念慮업시 對答하엿습니다. 그다음에 H先生이

　「그럼安寧히계시오」하고 大門밧그로 나가버리섯습니다 들으매 그날 저녁에 H先生은 東京으로돌아가신다는故로, 저는 속으로「아이고 나가티못난것은업다 어찌하여 平時에 尊敬하는 先生에게 그와가티 失禮의言行을 하엿슬가 내가男子가되엇더라면 늘H先生과가티 分明해뵈고 學究的態度를 일치안는 先生을 노치안코 쌀아단일터인데 不幸히 女子가되어서……… 그러나 나는아까 H先生이인사를하실쌔인사도여쭙지못하지안핫나 어찌그가티하엿슬가? 아아 쌉쌉한일이다 쏘마음에도업는 失策을하엿고나 男子이어쩌면 停車章에나가서 餞別이라도 하여들이게지만……… 그러나 누가나가지안나……… 만일 누가나갈진대 쌀아나가지?! 쌀아나가선들……… 내쏠에 무슨인사를 分明히할고 쏘 우물쑤물 해버리겟지……… 그러나 누가나갓스면 나도곳 쌀아나가지………」하고 焦燥히생각하다가,

M女史와 Y女史와가티 구경을하려고 밧그로 나갓습니다 그래서 東本願寺구경을하고 돌아오는길에 Y女寺가本宅에 電報를 노흐실터인데 잔돈이 업다고합디다 그래서 저는제주머니를열고쯔내들엿더니…郵便局에들어갓다 나오셔서는 菓子집으로 들어가더니 돈을바꾸어가지고 나오섯는지 急히四十錢을돌려보내기에

「집에돌아가서 주시지오」 하엿습니다 그러나 Y女寺는 무슨 안빌려썻슬 돈을 빌려썻던듯이

「어서바다두어요」하고 좀투명스럽게 催促하십디다

그길로 돌아와서 저는 M女寺에게

「H先生가시는데 停車章에 안가셔요」하고무럿습니다, M女史는 좀 不快한듯이

「무얼 놀라왓다 가는데 停車章에를나가 줄고」하고 말해버립디다. 저는 그째感傷的羞恥를 깨달앗습니다. M女史와 Y女史는 왼종일 두분이 이악이도하고 다시外出도 하시는모양가탓습니다. 저는그날寂寂히 Y女史의 빈房에서 京都에서지날方針을 생각하다가 저녁째 M女史가계신宅으로 가는길에 어스저녁에 길을引導한 Y靑年을 맛낫습니다. 靑年에게저는 허리를 굽히고 그와 同行하시는이를 「누구입니까?」하고 무럿습니다 저는

「우리兄님이외다」 하엿습니다. 저는 그째 좀부끄러워지는것을 참으며

「저는H先生인줄 알앗습니다 어찌그리가르신지오 그런데 H先生은 오늘 쩌나신다지오?」 하엿습니다.

「네, 족음잇다가 쩌나셔요」 하시는 Y靑年은 좀 주저하는빗이 보엿습니다 그래도저는 어름어름하며 어서인사를마츠고 가시도록하여들이라고 생각을하지도못하엿습니다. Y靑年은 참다못하여 한발을 압흐로내노흐시며 압흘 向하고 몸을 돌이키십디다 저는그째야

「失體햇습니다」 하고

「아니도 그럼쏘뵙겟습니다」 하시는인사를 바드며 M女史宅門으로 들어갓습니다.

그날저녁에 저는 잠들지못하고 커다란 지렁이가 우물우물기어가다가 무

엇의발낏에 밟히어서 굼을굼을애쓰는것을 自身의우에 깨다르며 煩悶하엿습니다.

그이튼날잠을깨서 거울을보매 티가안즌얼굴에더군다나 陰影이나타나 보입니다. 저는 그아츰에 漱洗를하며

「내自身아 얼마나울엇느냐 얼마나알앗느냐 쏘얼마나 힘써싸윗느냐 얼마나傷處를바닷느냐 네몸이 훌훌다벗고 나서는날 누가너에게 더럽다는말을하랴?」하고 自愛의맘을일으키며 쓰거운눈물석거낫을셋고 방으로들어와서 粉을발랏더니 엽헤서 Y女史가「粉도만히는바른다」 하면서 自己도 두손바닥에 粉물을짜르더니 박박기-다란얼굴에다 문지릅니다.

저는 不快한 것을 지어참으며 무엇이라고 M女史와 Y女史에게 이악이를 하엿더니 Y女史가 쏘,

「부끄러운줄을 몰라-」하고 동썰어진반말을내노핫습니다 저는그때 Y女史를 寒心한無知 女子라고 생각은하면서도 그말을 탄하지안흘수도 업는 故로 말은하지안흐려고 입을꼭다물엇스나 漸漸더不快하여지는 것을 깨달앗습니다.

不快히朝飯을먹은저는 홀로 TS學校에를차저갓습니다 今出川停留章에서 御所에衝天할形勢인老木들을 壯하다고 치어다보며 亦是壯하여보이는 TS校의建築과 敎場을바라보면서도 지나가던 女學生에게 무러서야차저들어갓습니다. 事務室에 들어가매 二十넘은 얼굴히고 눈둥글한女事務員과 좀스러워보이는 男子事務員이 안저서, 절을하며 들어서는 저를보고, 女事務員이

「누구를차저오섯습니까?」하고 무릇습니다 거긔서 저는 「規則書를어드러왓는데, 朝鮮서왓는데 今年三月에 이學校專門部家庭科에 入學할터인데 어썬程度의入學試驗을보이시는지, 무르러왓습니다」 하엿더니 寺務언들은 「족음기다리십시오」 하고自己들끼리쳐다보며

「敎長先生에게뭇지안흐며 알수가업지?」

「그러치오 새規則은 아즉 發表가되지안핫스니까」하고 서로이악이를할 때 五十歲假量되어보이고 어댄지嚴格스러워보이는 夫人이 事務室안으로들

어왓습니다 젊은事務員들은 그에게

「山下상 이이가 朝鮮서 온이라는데 우리學校에 斜月부터 드신다고 規則을무르러오셧습니다, 敎長先生에게무러야 하겟지오」하고뭇습니다.

그때마츰 鍾소리가나자 키작고怜悧스러워보이는 늙은紳士가 事務室안으로 들어오매 山下상은 곳

「敎長先生 저이가 朝鮮女學生인데 學校規則을무르러왓는데 어쩌케 가르처야할지오」 합디다.

「하하 그럿습니까? 죡음도朝鮮사람갓지는 안흔데요 내압으로 좀오라고 하여주십소」

이말에 물그럼이쳐다들보던 事務員들은 저보고 朝鮮사람갓지 안타는 題目을두고 議論이紛紛합디다,

敎長은 자상히 저하고 問答하엿습니다

「언제 K部에오셧습니까」

「再昨日에왓습니다」

「朝鮮緒餘學校를 마츠셧습니까」

「東京서마첫습니다」

「그럼 入學試驗을안치르………셔도 專門部에드십니다 무엇하면 明日부터라도 入學手續을하시고 于先傍聽을하시지오」

「네 그랫스면 저도空然히三個月을 노는것보다는 有益할줄 밋습니다」이째敎長은 무엇을생각하다가,

「學費는 누가보내십니까」

저는좀머뭇머뭇하다가

「네」 하고 只今것 苦學한事實을 말할必要가업다고 생각하면서 입을 감처 물엇습니다. 敎長은 저의 表情에留意하지안핫던지 門으로 들어오는 西洋先生들에게 紹介하며 英語로 朝鮮女子갓지안타고 합디다. 西洋先生들도 제둥을두들기며 入學手續도아니한저에게 그學校學生待遇를하여줍디다.

저는 그翌日手續을하여가지고가서 그後에 TS校生徒가되어서 每日通學

하엿습니다. 그러나 아즉正式手續을 마친것은 아니엇습니다.

三

저는 假入學手續일망정 해노코 保證人도 세우지안코 學校에通學은하지만 月謝를못낸것보다도 保證人을세우지 못한것보다도 本家에서돈을안보내는것보다도 煩悶되는 것은 그째H先生에게 失禮의 言行을함이엇습니다. 저는 매우苦痛이 甚함으로 M女史에게

「형님나는괴로워요, 어찌할까요, 내, 그째H先生에게 멧번이나 처야 다처요하고 心術부린것이아모리생각해도 失策이니 어찌할까요 謝罪의片紙를할가요」하엿더니 M女史는 생글생글웃으며

「아이고 별근심을다한다 저러니까 神經衰弱이어찌나흘고」 하엿습니다.

「그래도 저는 平時에H先生을尊敬하니까 그러치요 以後로 社會에나서보랴는 저에게야 큰失策이아닐까요 저는 이러케 煩悶을하는것보다도 차라리얼른 謝罪를하여버릴터이야요 그러면 答狀은 안주시더래도 저할일은 다햇스니까 속이시원하지오」 하엿습니다 그리고

「H선생

어제오늘 쓰음은 東京에돌아가셔서 每日硏究하시면서 계실줄압니다.

先生님쎄서 東京에가실째 저는인사도 여쭙지못하고 또

先生쎄서 제게「웨 피아노안치셧서요」하고 무르실째 저는 무엇이라 失體의말슴을 여쭈엇겟습니까, 그야 제가平時에 東京에멈으는朝鮮留學生들에게 하고십흔 말이엇습니다. 東京에는 저보다 오래 피아노工夫하시고 또自由로 學費를 어더쓰면서 저를보면 外面을하는이들이 만흔데 웨무슨째가오면 쏙저더러 피아노를 치라는지 그것이참으로 不快해서 怏怏하다가

先生에게 그런 失體를함이올시다 거듭거듭 容恕하여주소서……………餘不備禮

一月十四日

H先生 前에 올리나이다」하고 글을들엿습니다. 그後에 Y女史는 寄宿舍

로 들어가고 M女史는 東京으로갓는데, 저는 次次로 學費問題와 保證人을 누구를 세워야할지 큰근심이되어 눈물을 흘리기始作하엿습니다.………(쏘 잇습니다)…………

# 暗 淚 生

病中에서(『學之光』22호, 1921)

# 病中에서

『學之光』 22호, 1921

벗이여!

나는 지금 病으로 객지에서 오늘날까지 經驗하여 보지못한 다른 경험을 쏘 맛봄나이다. 그러나 經驗을 한다는것이, 그것이 적어도 逆境에處한者의 不可避할일이라 하면, 결코 滋味롭게 생각지못할바올시다 -우리는 現實이라는 날카라로운칼밋혜서 피가 쑥쑥흘으도록 살을 베이고 잇슴니다. 우리의 全身은 社會의苛酷한 챗직밋혜서 퍼릇~하게 傷處가 낫음니다. 우리는 苦痛으로 大陽을 맛고 苦痛으로 大陽을 보냄니다. 예수끠는 來日일을 걱정하지말나 하셧스나 우리는 거의 本能的으로 오늘의고통을 밧으면서 來日의괴롬도 생각함니다. 얼마나 불행한몸이오닛가!

벗이여!

나는 勞働하야 먹고 삶니다. 病이 들면來日이라도 밥먹기를 中止하여야지요. 그러나 먹는다는것처럼 우리 人類에게 對하야 큰 問題는 업슴니다. 먹지안으면 곳 죽는다, 누가 이를 卑賤한 勞働者나 할말이다고 비웃을 사람이 잇겟슴닛가, 잇스면 그사람은 행복한사라이지요. 그러나先賢[406]도 「衣食이足한後에 禮儀를안다」고 말하엿읍니다. 못릇 우리는 먹기위하야 일함니다. 세상의 道學者들이 사람은 일하기위하야 먹는다는 쉽고도 어려운말句를

---

406) 선철.

지어가지고 만흔 사람의머리를 渾沌식히는것을 보면 참 憤이 이러나서 죽
겟서요-웨 그들은 현실이라는것을 無視할가요 사실을 사실대로 웨 아니 볼
가요. 何如間 나는 來日부터 이 病身을 끌고 밥을 위하야 勞働하여야 하겟
나이다.

벗이여!

얼마나 쓴 경험이요! 나의 肉身은 지금 절망의굴압혜셔 부들~쩔고 잇나
이다. 나는 밝은날을보지못하고 暗黑한人類社會의半面에셔 남모르는 눈물
을 그지업시 흘니고 잇나이다. 모든것을 宿命論者의말대로 信仰할것이면
이것도 運命의行하는일이라하고 斷念하고 말것이어니와 그러나 나에게는
그러한행복을 소유할만한 天性도 업슴니다.

벗이여!

나는 自己로도 아지못할 怪物이되고 말앗슴니다-나의 머리는 각 渾沌
하여지여 맘이라던가, 생각이라던가, 쯧이라던가의 精神的作用은 아조 不規
則한活動을 하고 잇슴니다. 나에게 무슨主義가 잇나? 내가 지금 무엇을 생
각하고 잇노? 이런생각은 어대서 쮜여나왓노? 어런모양으로 난느 구름잣흔
생각을 하다가는 머리를 집고 이러섯슴니다. 그러나 그것은 實로 一瞬間이올
시다. 나의 머리는 쏘 다른 생각에 그 다음瞬間부터 기름을 쎄고 잇슴니다.
밤낫 이 모양으로 지내니 病이 나을 까닭이 잇슴닛가?

벗이여!

그러나 나는 自己의病을 낫게하기위하야 空想과 煩悶을 쎄여버릴수 업
슴니다. 方今죽음이 나늘 威脅한다하더라도 나는 그 命令에 順從할 天性을
가지지 못하엿슴니다. 내가 쓸데업는 생각을 하는것이 도리여 나의病을 더
重하게 하는줄 分明이 알면서도 나는 그 조흔길을 잡지못함니다. 나는 얼마
나 不幸한몸이오닛가?

벗이여!

나는 엇던신문가온데셔엇은知識으로 自己가 한 病的人物인것을 깨다랏
슴니다. 참 나는 完全한사람이 아니요. 그 緣故를 알냐면 나의過去, 現在를
거짓업시 告白하야 말할필요가 잇지마는 그러나아직 째가 우리갓흔 어린아

희들이 懺悔錄이라던가 回顧錄이라는것을 써가지고 돌고도라단닐것이 아니올시다. - 대개 나는 境遇의밋헤서 큰 소리도 못지르고 바드득~니를갈고잇는, 세상사람으로 말하면, 意志堅固치못한 사람이올시다.

벗이여!

나는 自己를 呪詛하고십쇼!「靈魂을 滿足케하는 것은 自己自身쑨이라」고 휘트맨은 말하엿지마는 自己의魂肉을 다가치 滅亡의窟노 쓸고가는것도 亦是 自己라고 생각합니다. 왜? 나의過去가 거짓업시 나의귀밋헤서 말합니다. 過去의일을 생각하면 나는 憤한 가슴이 터지도록 나옵니다. …… 그러나 …… 그러나, 그러면서도 현재 역시 나는 내가 오고 다시는 아니가리라고 呪詛한길을 쏘 힘업시 쓸고가녀가옵니다. 아아! 얼마나 나는 弱한者오닛가!

벗이여!

나는 자신에대한信用이라고는 하나도 엄슴니다. 瞬間的生命가온데서 나는 瞬間的生活을하옵니다. 統一이 업서요. 그저 浮萍407)이지요. 나의말은 모다 虛僞올시다. 이瞬間에는 이러케 하리라다가도 다음瞬間은 쏘 變합니다. 한시간에라도 멧번을 변하는지 모르지요. 조곰이라도 나의사상이 安定함을 엇는다하면 나는 얼마나 幸福스러운몸이 되오릿가.

벗이여!

머리가 압하서 맘대로 잘써지지 안는것을 억지로 씁니다. 쏘 내이야기로 도라감니다. -이것저것할것업시 나는 고약한 性格의소유자인까닭에 不幸이 언제나 나를 써나지안는것이올시다. 누하고 修人事한마듸 쏙쏙히 못하는 나요, 堂堂히할말도 못하고 그러면서도 體面은 무슨體面인지 밤낫體面만 차리고 단니랴는 나요. 부쓰러움맘 만코늘 躊躇하는태도로 잇는나요. 그리고 게을너지기 잘하는 나올시다. 쏘 이런것도 나의한조치못한 성질이올시다, 서로 밋고 참으로 사랑하는 벗사이면서도 書信上怠慢으로 말매암아 드대여 벗도 일허버리는 일이올시다. 참말노 오늘날 나는 依支할곳업시 되엿음니다. 이러케 몸이 압하잇는데도 누구하나 엇더냐하고 머리집허 주는사람엄스

---

407) 개구리밥.

니 孤獨한마음이야 엇더하오릿가. 그러나 나는 그것을 因果라하고 斷念할수
업시ㅅ肉의불행과 靈의불행은 어데까지던지 힘을 合하야 나를 괴롭히나이다.
  벗이여!
  나는 藝術을 위하야 獻身하겟다는생각이 요사이 매오强하야젓습니다.
현재 자기가 밧는 이 卑近한경험이라도 나는 거긔에 예술의 가치를붓치고
쓰다 괴롭다하는생각中에서 자기의그괴로워하는狀態와 쏘는 心理의變態作
用을 觀察하라는생각이 쏫겨가며 나올듯~ 하다가는 그만 쏫겨드러감니다.
자기를 쩌나셔 자기의일을 자기가 觀察하기는 매오 어려운일이올시다. 김동
인氏의「마음이여튼者여」는 作者가 자기를 쩌나 사실을 사실대로 관찰한데
참 生命이 흐르는 藝術品이되엿습니다. 勿論 사실가온데는 作者自身도 包
含한것이올시다. 美的觀念을 쩌나小說을 쓰라는말을 요사이 누구나 다 하
는듯하나 그 卽 美的觀念을 쩌나서, 하는것이 作者 自身을 쩌나라는말인줄
생각함니다.왜 그런고하니 多少라도 作者가 自己를 쩌나지못한곳이 잇다하
면 그만큼 作者는 자기의利害를 헤아리는 일이 잇는까닭이올시다. 더욱이
자기를「모델」로 삼고 小說을 쓰는사람만흔 우리文壇에셔야이 弊害가 만켓
지요. 누구던지 자기를 밉게 세상에 보이기는다 실허함니다. 그것이 人情이
지요. 그러한 경험이 잇다하면서도 그것이 醜惡한사실인까닭에 쓰지못하고
맘가운데서 썩어버리는 일이 작자들가온데 얼마나 만흐리잇가. 쏘 그것이
別로 醜惡한事實이 아니라도 對人關係上作者自身에게 損害가 잇는일이면
中止하는일도 잇겟지요. 이 모든것이 作者가 自己를 쩌나지못한까닭이올시
다. 同時에 자기를 쩌나지못한작자의손으로 된 作品은 아모 藝術的 價値가
업다고 단정할수 잇습니다. 대개 오늘날은 九雲夢, 水滸誌갓흔것을 읽을시
대가 아니고 水通구멍안 썩은 감탕속에 고개를 박고 쩌러진 부스럭이라도
잇나하고 손을고 긁고잇는, 生에 대하야 저갓치도 執着心이 만흔, 인생을
읽는시대올시다. 진흙속에다가 코를 박고 살던지 세상의온갓 더러운것을 보
던지 우리는 다만 거긔서 人生이라하는것을 참으로 理解하게되면 그것으로
滿足하지요. 그러나 凡事에 자기를 쩌나지못하는것 무엇보다 第一不幸이올
시다!

　　예스끠서 죄인을 위하야 世上에 온것갓치 小說도 불완전한사회에서 참된 예술의가치를 엇을 수가 잇는것이올시다. 사회가 完全無缺하다하면다만 져들은 예술을 娛樂的으로 생각하고 맙니다. 살인, 강도, 등의범죄가 날로 쓴치안코 남을 미워하고 남을 猜忌하고 남을 속이고 남을 괴롭게하고 남을 울니고 하는사회에서 그 불완전한사회를 거짓업시 보는소설이 참 예술적가치를 가지게되고 사회 그 物件도 生命力이 豊富하여지는것이올시다.

　　벗이여!

　　나는 아직 어린아해올시다. 붓을 들고 創作이라도 쓰기에는 아직 너무 經驗이 엄슴니다. 그래 자신의 熱烈한藝術慾으로 늘 무엇을 쓰노라고는하되 하나토 맘대로 되는것이 엄슴니다. 半쯤 쓰다가는 그만 던져버리고는 함니다. 우리는 아직 더 배호야하겟서요. 경험도 더 만히하여야하겟서요. 그러나 時時刻刻으로 나를 呪詛아래서 생명까지 쌔앗스랴는 현재생활은 나에게 無自覺한 苦痛을 비갓치 주나이다. 나는 무엇보다도 몬져이 苦痛으로 벗어나기를 바람니다.

　　(끗)

# 염 상 섭

闇夜(『開闢』, 1922. 1)

# 闇　夜

『開闢』, 1922. 1

－어젯밤 편지를 밧고 S・K氏에게 바치나이다

「오늘은 부듸 낮잠자지말고, 둘재집 좀 가보렴으나」

아츰을먹고 어슬렁어슬렁 뜰로 내려오는 그의뒷貌樣을, 근심슬어운눈으로 물그럼히 내려다보든 그의母親은, 쪼한번 注意를 시켯다.

「이 番이, 벌서 세 번째로군……」 속으로 좀 不결한듯이 생각하며, 그는 무엇이라고 對答을하랴다가 잠잣고 自己房으로 소리업시 몸둥아리를 숨겻다.

別로 춥지는안흐나 미다지를 쪽닷고, 그는 무슨 窮理나하는 사람처럼 뒷짐을쥐은채, 눈을 내리쌀고 十分동안쯤이나, 房안을 빙빙돌아단이다가, 冊床압헤 털석주저 안컷다. 그는 日前에 昌慶苑에 놀러갓다가, 動物園에서 본, 鐵窓안의 검은곰(黑熊)이 생각나서 不快한듯이 눈쌀을쩝흐리다가, 氣가 막힌듯이 「아-아」 선하품가튼한숨을쉬고 두발을 내던지며 壁에 기대엇다. 그 瞬間에 그는 무엇을 생각하얏는지 辛辣[408]한 冷笑가입가에 살짝지나갓다. 누가 겻해서 보는사람이잇더면, 그는 只今 깁흔 思索에 히염치거나, 或은 쎠에매친 러-브・씩이나 알는사람이라고 생각하얏슬지모르나, 實相은 그의머리속에는, 아모 그림자도 비추이지안엇다. 무엇을생각하는것도안이요,

---

408) 수단이 매우 가혹함, 모지락스러움.

생각하랴는 것도안인 完全한 失神狀態에 捕虜가된것이다. 얼빠진사람처럼,
왼팔을 몬지안즌冊床에 던저노코 半時間동안이나, 멀거-니안졋다가, 그래
도 무엇을하여야하겟다는듯이, 몸을소스라처 精神을차리고, 冊床에正面하
야 도사리고안젓다. 그러나 쏘化石가티 두팔쑥지를 冊床우에집고 머리를 훔
켜싸고안젓다. 그는 大關節무엇을해야 조흘지몰랏다. 다만 머리ㅅ속이 불난
터貌樣으로 와글와글하며, 空然히 마음이 조비비듯할409)뿐이엇다. 그러면서
도 무엇이던지하여야하겟다는생각은 한 時를쩌나지안엇다. 어느째까지 머리
를 에워싸고 눈만쌈벅어리며안젓던그는, 겨오 決心한듯이 原稿紙를 쓰내노
코, 잉크甁막애에서 손에 무든몬지를씨슨後에 펜을들엇다. 그가原稿에 펜을
든것은 거의 三四朔만이엇다.

　　펜에 잉크를 찍어가지고나서도 한참 쑤물쑤물하다가,

　　<眞理의 探究者여>라고 그리듯이 한字式 쏙쏙하게 박아써노코, 쏘한
참드려다보고안젓다가, 눈쌀을 쩝흐리며 박박글거버렷다. 넘어 淺薄하고
도 誇張한句調410)라고 생각함이다. 석줄넉줄 북북글근뒤를, 처음에는 楕圓
形으로 쌈아케 잉크漆을하다가, 乃終411)에는 별(星)貌樣을그려보더니, 鐵
筆412)대를던지고, 足其413)호주먼이에서 卷煙414)을 쓰내피어무럿다. 볼이메
이도록 힘껏쌔라 내쏨는煙氣가 꿈을꿈을흘러오르는貌樣을 말똥말똥치어다
보다가, 그래도 못니진듯이 다시 펜을들엇다. 이番에는,

　　「所謂眞理의探究者여」라고 써노앗다. 「所謂」二字를 노핫다고, 別다른
意味가생긴 것은아니나, 何如間 붓대를 繼續하얏다.

　　「所謂眞理의 探究者여! 그대의이름은 얼마나 壯美415)하고, 그대의事業
은 얼마나 嚴肅한가. 生命을賭416)하야도 아즉 足함을 쌔닷지못하는 그대의

---

409) 마음을 몹시 졸이거나 조바심을 내다.
410) 시가나 노래의 음수에 의한 리듬을 나타내는 단위.
411) 나중.
412) 펜.
413) 조끼.
414) '궐련'의 원말.
415) 숭고하다, 외경하다의 느낌을 불러일으키는 美.
416) 내기, '생명을 내놓아도'의 뜻.

氣槪, 그대의努力은, 얼마나 勇敢하고 얼마나 感激한일인가.

　그러나 무엇을 爲한探究인고? 探究함이 有意義하다함과카티, 探究치안음도 亦是有意義하다고는못할가. 또探究치안음이 無意義함과가티探究함이 또한無意義하다고는못할가……

　그慾求 조차업는者, 衝動의酵母[417]가 枯死된者-愛의 尊影[418]을 燒失[419]한者, 一切의 情火[420]가 燼灰[421]의殘骸만을 남겨준者에게, 그무엇이 意義잇고힘잇스리요, 그무엇이 壯美하고 嚴肅히보이리요……」

　그는 겨오 의긔까지써노코, 조희에 구멍이쑤러질만티 붓을든채, 드려다보고 안젓다가, 또卷煙을 끄내물고 부산히 무엇을 찾기始作하얏다. 書類가 亂雜히 허트러진 冊床우를 이리저리 휘저어보앗다. 今方쓰고난 성냥桶을 찾는것이엇다. 안즌자리를 휘돌아보아도 亦是업다. 또다시 燥急히 冊床우를 휘저어차젓다. 그사룸에 原稿紙와 소매ㅅ자락에 걸니운 잉크瓶은 붓잡을새도업시 걱굴어젓다. 靑黑色의 고름가튼 濃汁[422]은 方今 붓을쪠운原稿紙우에 쓸걱吐하야나왓다.

　겨오담배를 피어 문 그는 紙面에 번저나가는 잉크를 暫間노려보고안젓다가, 處置하기始作하얏다. ……잉크를 훔치든 손을 멈추고, 그는 저진原稿를들어 한번默讀하야본뒤에, 그대로 두손으로 쏠쏠부벼서 재털이에던지고, 벌쩍닐어나서 길로난 들창에기대어 밧글 내어다보며, 담배를 쩍쩍쌀고섯섯다.

　秋夕을 지낸지 며칠안되는 놉흔한울은 구름한點업시 푸르고맑앗다. 호젓한골작이이에는 건너便비인터에 긴장苦草[423]말리는것을 지키는兒孩가, 苦草멍석곳혜 無聊히 안젓슬분이엇다. 뒤집절쑥바리兒孩다. 내얼골을본 그

<hr>

417) 엽록소가 없는 단세포로 이루어진 원형 혹은 타원형의 일군의 균류.
418) 남의 화상이나 사진에 대한 경칭.
419) 불에 타서 없어짐.
420) 불같이 타오르는 욕정.
421) 재와 불탄 끄트머리.
422) 걸쭉한 즙.
423) 김장고추.

兒孩는, 艱辛히 닐어나서, 반기우며 人事를한다. 그도 빙긋웃으며 人事對答을하고, 그兒孩안젓든자리에 얼네424)가노힌것을 물그럼히건너다보다가,

「너 벌서 연날리니?」하며 무럿다.

「그럼요! 秋夕이 지낫는데요」하고 그兒孩는 호젓한웃음을 씌우고섯다가, 얼네를들어서 이귀저귀 만적이며잇다. 그는 「저兒孩가 엇더케날리우누」하는 好奇心이나서, 좀날려보라고하랴다가,

「연은 同伴가잇서야날리지, 노혼자 날리겟니?」하고, 意味업시 빙긋웃엇다. 그少年은 무슨侮辱이나 當한듯이,

「웨요, 滋味잇어요」하며 호젓한낫빗으로 冷冷히對句를하고, 平地로 절늠절늠나려와 두어間통 쩨어서 연을올리고 얼네를 솔솔돌리우며절쑥절쑥 뒤 거름질을처서 언덕으로 올라가다가, 다시 실을 急히감기始作하얏다. 손바닥만한 방패연은 速히감어들이는 引力에끌리어서, 二三尺쯤 쓰다가, 다시 빙그르를돌아서, 地面에 화닥닥하며 부듸첫다. 절쑥바리少年은 눈쌀을쩹흐리고, 쏘다시 절늠절늠 뒤 거름을치며 한間쯤 물너서서 힘업는짜른팔을 획획돌렷다. 이番에는 앗가보다는 좀놉히올랏스나, 亦是 팽팽돌아 쏘리를쳐들고, 쌍바닥에 걱구로박혓다. 可憐하고孤寂한病身少年은, 좀어색한듯이 如前히 호젓한微笑를 씌우며 우득헌히 내려다보면섯는 그를 힐끈 치어다보고 줄을감아서, 연을 발밋까지 쓸어다노코 이番에는 位置를變하야 그가 서잇는窓 밋흐로 오더니 亦是 안짜님425)을 써ㅐㅇ써ㅐㅇ쓰며 急速히실을감앗다. 그러나 元來 바람이업는穩靜한 天氣에, 족으만 방패연쯤 올을理가업다. 불상한절늠뱅이少年은, 더욱 더욱焦悶症426)이생긴듯이 오른손에 얼네를추켜들고 힐끈힐끈돌아보며, 절늠절늠 절늠절늠하고 골작이속으로 기어들어갓다. 不知中에 연은 自己 키만큼 올랏스나, 쏘다시 획획돌아서 펄펄나러안젓다. 그는 어느째까지 無心한듯이, 그兒孩의발꿈치와 연쏘리를 쏘차보며섯다가, 긴한숨을 휘-쉬이며 窓압흘쩌나, 다시冊床머리로와서 안젓다.

---

424) 실을 감는 기구.
425) 안간힘.
426) 애처롭고 민망하게 여김.

그는 왼손으로 뺨을괴이고, 冊床에비스듬히 기대어안젓다가,

「……大體 사람과사람사이에는, 얼만한距離가잇는가?……」

속으로 이러케생각하며 재털이에 노힌잉크가뒤발린原稿수셉이에視線을 던젓다.

「한자, 두자 오르다가 썰어지는연과, 한字두字 그리다가 찌저버리는原稿, 다리를 절며 오르지안는연이라도 올리지안으면, 심심해못견듸겟다는 절늠바리少年과 ……그러나 나에게는 그런幸福도업지안은가. 그런努力조차 ……. 오르지안는연을 올리랴는데에, -안이, 容易히오르지안키째문에, 無限한苦悶과 幸福을늣기지안는가……. 안이 이것은理論이다. 理致를따지면 아모말이라도할수잇지. 그러나……. 나에게저兒孩를 불상하다고할權利가잇다고생각하는것이, 벌서 틀린수작이다」

그는 생각하든것을 더繼續할힘도업는것가티, 門지방을배이고 반듯이들어누엇다. 그러나 웬세음인지 沈靜[427]할수가업다. 머리속이 썩는것갓다. 間或 매ㅅ돌갓튼 것으로 머리를 짓눌으는것갓기도하다. 찟부듯하야 잠이 올것갓다. 「쏘 자나!」 혼자 뭇듯이생각하다가, 벌쩍니러나서 주섬주섬洋服을 주서입고나서, 卷煙匣을 포케트에집어너흐랴다가, 저고리주먼이에서 갸름한寫眞틀을 쓰내들고, 한참드려다본後, 冊床한구석에버틔어노코, 房안으로 빙빙 도라단엿다. 寫眞틀에는 어쩌한處女가 샐쭉한눈을 말둥말둥쓰고, 그의擧動을 치어다보듯이 마조보며, 조고마한匣속에 끼어잇다. 그것은 그가늘紙匣속에 너어가지고단이던 그의約婚者인 N의寫眞을, 어쩌한異姓의 親舊가, 自己의寫眞틀에끼어준것을 그대로 너코단이던것이엇다.

「러-브, 엥케이지멘트, ……흐흥, 나가튼놈에겐 過分한일이다……」

洋服저고리압흘 헤치고, 바지포케트에다가 두손을찔은채, 두세番빙빙돌며 속으로 이가티부르지진뒤에, 寫眞압헤와서 물그럼히 나려다보다가, 「가엽게! ……너도 내一生의연밧게안되겟고나…… 大體 내가 너를 사랑하는가. ……사랑한다면 무슨 理由로? ……응! 理由업는것이眞正한사랑이래!

----

427) 마음이 차분히 가라앉을 수 있을 만큼 조용함, 또는 그런 상태.

……그러나 아즉 사랑할能力과 權利가 남앗다할수잇슬까? 異性압헤서 부르를쩌는, 어머니 젓꼭지에서 쩌러진채 그대로잇는純潔한 處女에對한 精神的賣春婦와가튼 情熱의放射者! 奔焰428)과가튼 初戀의가슴에, 理智의눈이 푸르게쓴 찬돌이 암길際, ……아아, 울 것이다. ……아아詐欺다! 最高道德으로 罪惡이다!」

그는 定處업는 이런생각을 꿈속가티 머리ㅅ속에 니어가다가, 急作시리天眞한N이 불상한症이나서, 寫眞을들어 한참드려다보다가, 키쓰를하고, 다시 노핫다. 요사이 그의또한가지苦痛은, 意識的이아니고는 사람을 사랑할수업는것이다. 불상한女子다. 自己의不純으로 相對者의 純潔을 더럽히는罪惡의代償으로라도, 그를사랑하여야하겟다는意識이나, 條件이업고는, 사람을 사랑할수업는것이, 그에게는 一種의 苦痛인同時에 悲哀이엇다. 藝術이냐? 戀愛냐? 그에게對하야는 이두가지를 全然히 否定할수도업고, 全然히肯定할수도업다. 그一을取하고그一을버릴수도업다. 여긔에 그의 쯰일렌마429)가 잇는것이다.—그에게도 연, 절쑥바리少年의 연以外에는 아모것도업다.

구쓰를신으라 안으로들어가는, 그의머리ㅅ속에는 문득 N의寫眞을끼어준 그의親舊, Y女史의일이 생각낫다—

「大體 나와Y間의距離가 얼마나되나? 結局은 연을어덧다는것과 어드랴한다는 差異밧게업지안은가. 무슨까닭에 Y의將來를 念慮하는가……」언젠지Y더러 「情熱의不斷의濫用的放射는 放從이라는結果밧게가저오지안는다. 眞正한새로운戀人을擇하야가지고 인제는靜沈한生活을하여야하지안느냐」고 忠告비젓한 말을한것을 생각하고, 혼자苦笑하얏다.

「와일드는 賢明한者이다.—專擅430)이란것은 사람의 生活에 干涉한다는 것이안니라, 他人에게 自己와가티하라고强要하는것이라하얏다. 適切한말이다 …… Y가 所謂眞正한戀人을 엇드래도, 亦是 연以上은못된것이다. ……

---

428) 분염 : 분주한 불꽃.

429) 선택해야 할 길은 두 가지 중 하나로 정해져 있는데, 그 어느 쪽을 선택해도 바람직하지 못한 결과가 나오게 되는 곤란한 상황, '궁지'로 순화.

430) 오로지 혼자서 결단하여 행함.

忠告인지 무엇인지, 주저넘은되지못한생각이다」

　그는 구두쓴을매면서도 얼싸진사람처럼 이생각저생각, 쑈리를니어나갓다.

　마루끗에서 부스럭부스럭하는소리에, 그의母親은 半開하얏던미다지를활작열고,

　「只今 가니?」하며, 또 둘재집 訪問件을 提議하얏다. 「人間大事를當하얏는데, 咫尺에잇스면서 안가뵈면, 是非난다」

　「가뵙죠」 그는 힘업는對答을하고나서, 四寸兄婚姻의부조일을하느라고, 무色헌겁조각을 벌려 노코안진 누의동생을 힐끗돌녀다보며,

　「너는 언제나 人間大事를 치르란?」 半씀冷笑를씌우고 嘲弄한마듸를하고,

　「只今 나가서, 한아골라오마. 업바보다 잘나고 돈만코, 人物조흔, …… 그리고 말잘하는…… 핫핫핫, 으-ㅇ, 거긔 帽子 좀쩨다오」

　「하하하 너희들노래에잇는것처럼 반벙어리 새書房을 주서오란! 하하하」 하며 어머니는 우섯다. 얼굴이 쌜개진 十七八歲세의 헤씀으래한處女는, 나오는웃음을 참고外面을하며, 니러나서, 欌안의ㅅ帽子를쯔내주엇다. 그는 帽子를바드며,

　「웨? 실흐냐? 흐흥」

　「듯기실혀요. 누가 시집간답늬가? ……업바나, 어서, ……空然히 남의집 게집애를 잔득붓들어노코…….」

　「응! 仲媒行勢를 톡톡히하랴는구나…… 쓸데업는걱정말고, 어서 졸라라. 하하하」

　N은 그의누의의學校同侔이엇다. 그는 안房에서 흘러나오는 母女의웃음소리를 뒤에두고, 多少和氣를띄우며 길에나왓다.


二


　若干明快한氣分으로 집을나선그는, 夜照峴市場附近에 들쓸는사람 틈박우니를 뚤코나오느라고, 또다시 눈ㅅ살을 찝흐리게되엇다.

　오른便압흐로 고개를 빗드름히숙이고, 한손은 바지포케트에찌른채, 비슷

이 左便으로씨우러진억개우에, 무엇이나 올려노흔듯이, 緩慢<sup>431)</sup>한步調로 와
글와글하는속을 가만가만히기어서 큰길로나와, 겨오 고개를들고, 숨을휘-쉬
엇다. 그는 只今 雜遝<sup>432)</sup>한길에나와서도, 自己가 사람사는 人間界에잇는것
가튼 생각은 족음도업섯다. 가장醜惡한今時로 격구러질듯한魍魎<sup>433)</sup>놀이, 움
질움질하는 싸연구름속을 휘저면서, 定處업시흘러가는것가타얏다. 生活이란
烙印이 狡猾과貪婪<sup>434)</sup>이라는이름으로 찍힌얼굴들을 볼째마다, 그는 손에들
엇던短杖으로, 대번에 모다째려누이고십다고생각하얏다.

「大體 너희들은 무슨까닭에 이다지奔走히 왓다갓다하느냐? 어느째까지
이것을 繼續하다가 썩구러지랴느냐?」고 소리를 버럭지르고십헛다. 그는 大
漢門<sup>435)</sup>으로向하야情神업시 一二町<sup>436)</sup>가다가 무슨생각이낫던지光化門을바
라보고 돌쳐서며, 「무덤이다」라고, 혼자속으로부르지졋다. 電車線路를건너
서 遞信局압까지온그는, 工曹<sup>437)</sup>뒤골로들어서려다가,

「무엇이 人間大事냐! 吊喪<sup>438)</sup>이나하랴가랴면가지!」 목에걸린痰이나吐
하듯이, 배속으로 한마듸吐하고, 둘재집 들어가는골목을 지나첫다.

「……彼此에 코쌕이도못본, 어쩐개쌕다귄지 말쌕다귄지도모르는 男女
가, 一生의 運命에 姦淫的最後決斷을 宣告하는것이 무에그리慶事란말인가.
仁川米豆<sup>439)</sup>以上의 더럽은賭博을하면서도 질거우니반가우니……」

그는 속으로 이가티생각하며, 忿怒를 못이기는듯이, 입술을 쌜리퉁내밀
고, 미친사람처럼 혼자 리를내며 것다가, 右便어느官舍틈박우니에, 司僕開
川<sup>440)</sup>으로通한, 호젓한길이잇는것을생각하고 큰길을 건너서, 左右壁을 검은

---

431) 느리다.
432) 뒤섞임.
433) 도깨비.
434) 재물을 탐함.
435) 덕수궁의 정문.
436) 거리의 단위, 1정은 1間의 60배로 약 109미터이다.
437) 조선 시대에, 六曹 가운데 산택・동장・영선・도야를 맡아 보던 정이품 아문. 태
　　조 1년(1932)에 설치하여 고종 31년(1894)에 공무아문으로 이름을 바꾸었다.
438) 남의 상사에 대하여 조의를 표함.
439) 우리나라 최초의 조직적 시장.
440) 사복시의 개천이 말똥 따위로 매우 더러웠던 데서, 몹시 더러운 물이 흐르는 개천

板墙441)으로 둘러막은 으슥한골목으로 차져드러섯다. 勿論어대를가랴는向方이잇서 그런것은안이엇다. 사람그림자업는길을 單獨히거러보랴는것이엇다. 이길이 永遠히 連續되엇스면하며 생각할새도업시 벌서川邊이되었다. 그는 어대로向할까 暫間 멈웃멈웃망서리다가 도로집으로向하기로 실흔症이나서, A를차저가보기로 決心을하고 다리를 건너섯다.……

　A는 마츰 畫室에서나와서, 해빗이 쨍쨍히비치는 마루끗헤섯다가, 자최업시 감안감안기어들어오는그를보고, 暫間寂寞한째 마츰잘왓다는듯이, 반기우며 自己房으로 引導하얏다. 그는 A를짜라들어가는길에, 自己房속에門을닷고들어안젓는 B와, 두어마듸人事를하고나서, B의房門을열어보앗다. B와 冊床을 하야안저서 업드려 무엇을쓰고잇던鉛筆을쉬이고 도라다보며, 目禮를하는 妙齡의두女子를본그는, 그대로房門을닷고 A의房으로 돌처섯다.

　「그동안에 무엇햇소? 웨 한번도안왓서……」 A는 그의 沈鬱한얼굴을 드려다보며 무럿다.

　「하긴 뭘해.……아! 아」 그는 선하품을쉬이며, 「가튼얼굴을 每日 처다보는것도구치안어서……」

　「一葉落而天下知秋가안이라, 一葉落而人生知醜인가. 하하하. 안이, 友容知醜로군」하며 A는 웃엇다.

　繪具442)箱子쑥게에는 寫生板에 그리다가둔肖像畫가 찌어잇섯다.

　「이거야말로 醜面이로군. ……B君이안인가. 그러나 그는 엇전셈이야?」 그는 B가 귀를알는것을 생각하며, 귀를 그릴데가, 餘白대로남아잇는것을, 손가락으로문대보면서 무럿다.

　「응, 요사이 先生, 귀먹어리가되어서」 A는 빙긋우스면서,

　「지금 보앗지? 先生, 그적게부터 弟子가 생기어서, 벌서, (아이, 라이크, 유, 쓰유, 라이크, 미?)를 가르치기에 알는귀가 漸漸더머러가는 貌樣이야, 아하하……, 벌서 軟化443)하야가는 貌樣이니까, 只今쯤은, 이만츰은되엇겟지」

---

　　을 이르는 말.
441) 널판장.
442) 그림물감.

A는 쏘다시 破顔大笑하며, 冊床곳에써러털인그의 손등을붓잡으며, 흉내를 내엇다. 그도 짜라서 쎌쎌우스며,

「秋色이方蘭이라, 마음이 싱숭생숭하는데 그런滋味라도 잇서야지.…… 結局 사람은 自己가 自身을 속여야만 살수잇는動物이야!」이가티한마듸하고나서 그는 절쑥발이 兒孩를생각하고「B君의연은 妓生弟子로군」하며, 속으로 悶笑하얏다. 弟子가 돌아간後, B도 A의房으로와서, 弟子들을中心으로한쓸데업는雜談을 二三十分間이나하다가, 그는 집으로向하얏다. 途中에서 C, D兩人을맛낫다. C는 그를맛나는길로 「색시求햇서?」하고 무럿다. 요사이 C에게는 장가를가겟다고 뭇사람더러 求婚해야달나고 付託을하는 一種의버릇이생기엇다. 그러나 本人도 實업슨弄談이려니와, 듯는사람도 귀ㅅ가로들엇다. 그는 「E에게 칼침을맛게!」하며 弄談의對答을하고나서, D에게向하야,

「요사이 셈펑444)이좃소?」하고무럿다.

「셈펑? 셈펑이조코언짠흔것이 問題가안이라, 죽겟느냐 살겟느냐問題. ……X君, 요사이 조금도보이지안키예, 죽엇나 살앗나하얏더니그래도 살아잇섯구면 하하하……」D의웃음에는 空虛하면서도 沈痛한深刻味가잇고 京取에失敗한 D의얼굴에는, 表現할수업는陰影이가리워잇섯다. A의집으로 向하는 兩人과作別하고도라선, 그는 短杖을득득쓸면서, 고개를숙이고司僕開川川邊으로나왓다.-

「……오늘날의 우리가티 淺薄한것들이쏘잇슬가…… 自己自身까지 愚弄하지안으면 滿足할수업다는 怜悧한듯한 愚物의무리다.……」 그는 不快하야못견듸겟다는 듯이 입을악물엇다가, 헷하며 혀를한번차고 쏘다시 속으로생각을繼續하얏다.-

「……遊戲的氣分을 쎼노으면, 그들에게 무엇이 남는다! 生活을遊戲하고, 戀愛를 遊戲하고, 交情을愚弄하고, 結婚問題에도 遊戲的態度…… 所謂藝術에까지 遊戲的氣分으로對는 末種들이안인가. 眞摯, 眞劍, 誠實, 努力이란形容詞는, 모조리否定하고덤비는 似而非쎼카댄쓰445)다. ……苦惱? 人間

---

443) 단단한 것이 부드럽고 무르게 됨.
444) 생활의 형편.

苦? ……그런게 잇슬理가잇나! A두, B두, C두, D두, E두……모다한씨다. ……엣! ……그러나 大體 그들이란누구다? 그들이라하며 罵倒[446]하는自己自身이, 벌서 그한分子가 안인가? 안인가가안이다. 그 首魁다. ……아- 아人-」

그는 어느틈에 숙주감다리까지왓다. 東十字角을돌처서려다가 좀더호젓한길을거러보랴고, 三淸洞을向하고 큰길로 발을쩨어노앗다. 宗親府다리까지와서 潺潺히흘으는開川속을드려다보다가, 宗親府大門압 잔듸밧에 무릅을세우고 안젓다. 夕陽을재촉하는해쌀은, 아즉도쓰거웟다. 낫잠을못잔 그는 눈이암울암울하야오고, 눈찌가 간지럽게꼿꼿하고압핫다. 漸漸朦朧하야오는 머리속에, 그는 쏘다시생각을繼續하얏다.

「……藝術이니 무엇이니하야도, 結局은 物質生活의奴隷밧게는안된다. 所謂 <苦惱>라는것도 結局밥이不足하야서나오는것이안인가. 깁흔데根底를둔 內部에서 타는人間苦라는것은藥에쓰랴도업다. ……그들이 괴로워괴로워하며 個性의自由룹은發顯이 無理하게抑壓되는것을恨歎하며人生問題니, 厭世主義니써드는 것은, 밥이不足하다는哀訴[447]에분칠하는것에不過한것이다. 주면이가묵직하면 書齋에서쮜어나오는 似而非의藝術家가안인가. …….君의 그沈鬱하고悲痛한陰影도 株券만 暴騰면 夏日의朝露다.……흥生死의問題다! 뒤주밋이 글키니까, 生死의問題가안인것은안이지만 우리가한번이라도 一生涯의事業을爲하야, 自己의藝術의宮殿을爲하야, 人生의아름답고 純潔한情緖를發露하는戀愛를爲하야, 深刻하고 永遠한苦惱를爲하야, 生死의問題다! 라고 부르지즌일이잇섯나? ……모든것이연이다 절쭉발이兒孩의연에서 넘치지안는다. ……自己欺瞞, 自己愚弄…… 以外에 무엇이잇섯는가?」

조름은 어느덧스러젓스나 四肢가찟부드듯하야진다. 그는 벌쩍니러나서 다리를다시건너, 큰길로 나오며,

「그러나 取할點은 한아잇다. 俗되지안타는것! 俗衆과는 同化치안는다는

---

445) 데카당스 : 퇴폐주의.
446) 심하게 욕을 하며 나무람.
447) 슬프게 하소연함.

것! 이것쑨이다.……」

그는 이가티 속으로 부르지즈며, 집으로向하얏다.

집에 들어온그는 감안감안히 구쓰를벗고 自己房으로 바로들어가서, 옷을버서던지고 들어누엇다. 눈을감고누어서 잠을請하야보다가 다시니러나서, 不規則하게싸아논 冊덤이에서, 有島武郎[448]의 「出生의苦惱」라는 斷篇輯을 쌔서들고 다시누엇다.

三

五六페-지쯤한숨에낡은그의눈에는, 싸닭업는 눈물이 글성ㅅ하엿다. 그는 일부러써서버리랴고도안이하고, 그대로 壁을向하야 누은채, 다시 첫페-지부터再讀을하얏다. 그의눈물은 아즉도마르지안엇다. 十페-지, 二十페-지쯤가서, 그는 손에들엇던冊을 편채, 가만히 겻에노코, 눈물이말는눈을 쏙감고누엇다. 그의一生에 처음經驗하는 눈물이엇다. 人情美에感激한눈물은 旅行中車間에서도 흘녀본쪅이잇섯다. 義憤이나 熱憤에못이겨서, 몸을쩔며 운 일도잇섯다. 그와反對로 月下에 離別을哀惜하야 눈물짓는處女의손을붓들고도, 冷然히도라설만큼淚腺[449]이涸渴한째도잇섯다. 그러나 이눈물은 自己自身도 알수업는눈물이엇다. ……그는 그대로 잠이들엇다.

-상바드라고 흔들려쌔인째는, 房안이어둑어둑하얏다. 선잠을쌔인그는, 四肢의疲勞는 풀린모양이나, 氣力이 더한層묵업엇다. 눈을쓰며 쌈짝놀라서 벌쩍니러안는그의머리속에는, 「이가티 苟苟히 무슨싸닭에 사느냐?」는 朦朧한意識이, 가장敏速하게 宇宙와가티 반작하다가, 스러졋다. 담배에疲勞한머리속은, 납뎡어리가목에걸닌듯이묵업고괴로웠다. 그는  얼업시가만히안젓다가 불이번적켜지는데에精神을소스라처 房안을휘도라보앗다. 冊床에 노힌寫眞은, 如前히 눈을말쫑말쫑쓰고, 그의一擧一動을 冷然히마조보고안젓다. 그는寫眞과視線이마조칠째, 쌈작놀랏다. -「이사람이 全生涯를, 全運命을, 나

---

448) 아리시마다케오: 일본의 소설가.
449) 눈물샘.

에게걸고잇고나! ……이, 나에게! 나를 이世上에서 한울450)가티 치어다보는 사람도이사람밧게는업다.……」寫眞을 마조보며, 이런생각을할째 그의등에서는식은쌈이흐르는것가타얏다. 同時에 羞恥와侮辱을 當한것가타얏다.

그는 안으로 끌려들어가 저녁상을바닷다. 오늘은 무슨생각이낫던지얼마동안쯤흔 飯酒를차젓다. 食事를마치고 확근확근달는얼골에 바람을쏘이려고 길ㅅ거리로定處업시 나왓다. 솔솔쌤을 할고가는 가을저녁바람은 愉快하얏다. 西十字角을돌처서서, 景福宮을바라보고 느럭느럭나려왓다. 終點에와서 닷는電車마다吐하야내이는 饑渴451)과疲勞에허덕이며 빗슬빗슬하는 허연그림자가, 하나 둘式 물너저감을짜라, 六曹大路의 긴무덤에는 次次밤이들어가고 듬은듬은놉히달린 電燈불빗은, 墓前의독개비불가티 엷은저녁안개에 어룽어룽452)번적어리엇다. 그는 短杖을힘썻휘저흐며, 먼한울의별을치어다보고 것다가, 몸부림을하며 울고십흔症이나서, 캄々한길 한中턱에 웃득섯다…… 空想은 쏘그의머리를 占領하얏다.―그는 속으로 부르지젓다.

「……아―, 大地에업들어져, 이눈에서 흘러쩌러지는, 쓰고짠눈물을이붉은입슐로 쪽쪽쌜며, 大地와抱擁하고 쌤을문즈를가! ……머리우에기리나리운 夜光珠가튼 뭇별의 永遠히 끈어지지안는 金銀의굿센실(糸)로, 이全身을에위매우고, ＜永遠＞의압헤 무릅을쑬코 ＜永遠＞이시여! 이可憐한 작은生命에게 힘을내리소서. 그러치안으면 이 작고 弱하고醜한그림자가, 永遠히 비추이지마소서. 하며祈禱를바치고십다」하고그는 혼자 생각하얏다.

그의눈에는 눈물이 그렁그렁괴이고, 그의心臟에는 懇切하고 哀痛한부터 始作되랴합니다. 그러나 그生命을救할全責任이, 나에게잇습니다…… 두生命은 救하야젓습니다.

……貞義를, 崔哥의피에서, 救하야주시옵소서. 이것이 마즈막부탁입니다. (1922년 1월)

---

450) 천도교에서 우주의 본체를 이르는 말. '한'은 '큰', '울'은 '우리'의 준말로, '큰 나' 또는 '온 세상'이라는 뜻을 갖는다.
451) 배고픔과 목마름을 아울러 이르는 말.
452) 뚜렷하지 아니하고 흐리게 어른거리는 모양.

# 이 광 수

# 血　書

『朝鮮文壇』, 1924. 10

一

　내가 동경T대학에 잇슬째ㅅ 일이다. 분명히삼년급쩍에 생긴일이라고 긔억한다.

　하로는 학교를 마초고 집에 돌아온즉 주인로파가 부억에 저녁준비를 하다가 행주치마에 손을 씨스면서 마조나와 내뒤를 짜라서 이층으로 올라왓다. 나는 웨 이 로파가 이상하게 웃는 얼굴로 나를짜라 올라오는고하고 속으로 일종의 호긔심을 가지면서도 조곰도 그런 눈치는 보이지아니하고 책상압헤 다리를쎗고 안저서 책보퉁이를 글러 오늘 학교에서 배호고온 물리학 긔하 이짜위 책을 책상머리에 내어짜핫다. 로파는 그 옴팍눈으로 내가 하는양을 이윽히보고 섯더니 내가 버서 내어버린 양복 저고리를 옷거리에걸고 책상 모퉁이에 꿀어안즈며,

　「아노네 오메상(여보 도령님)」하고 무슨 큰일이나 말하랴는드시 부른다. 이 로파는 나가노현(長野縣)사람이 되어서 순박한 싀골 말을 쓴다. 그러고 날더러는 늘 「오메상」이라고 부르니 이것은 자긔짠에는 존경하는 말임으로 나는 탄하지도 아니하고 도로혀 구수하게 정답게 들렸다.

　「웨 그러오?」하고 나도 그제야 로파가 겻헤잇는것을 알아차린드시 정당하게 물엇다.

「여보 오메상. 이상한 일이 잇당이 오메상이 잘낫스닛가데 그럿소고마」
하고 로파는 참을수업는드시 소리를 내어 웃는다. (나는 함경도 사투리로 이
일본로파의 나가노현 사투리를 표하랴고한다.)

열여덟살된 나에게는 「잘낫다」는 말이 심히 간지럽게 들럿다. 이 로파는
하로에도 멧번식 나를 분째마다 「오메상은 잘낫스니까데 게집을 조심해야
한당이」하고 경계겸 비우슴겸 말하엿고 그런말을 들을 째에는 나도 노여지
아니하고 도로혀 우슴으로 대답하엿슴으로 로파는 더욱이 맘을노코 그 소리
를 하게된것이다.

「웨요? 무슨 큰일이 낫서요? 웨 그 녀편네가 죽엇나요?」하고 나는 로파
의 말을 대수롭지안케 너기는드시 우섯다. 그녀편네라하는것은 그로파의 시
앗이다. 이로파는 고향에서 편지가 올째마다 날더러 보아달라고하고는 의례
히 「그년」이 죽엇느냐고 물엇다.

로파는 붓그러운드시 웃고 고개를 흔들며,

「앙이랑이 내일이 앙이라 오메상 일이요. 원 이말을 해도 괜찬을가. 오메
상은 나이는 젊어도 넘어 어른스러워서 이런말하기가 어렵당이. 그 색시가
하도 나를 졸으니 말이닛가데 오메상노여지말아요」하고 내눈치를 본다.

처음부터 일종의 흐긔심을 가젓던 나는 「그색시가」라는 말과 「하도 조
른다」는 말에 더욱 호긔심을 아니가질수가업섯다. 진정을말하면 나는 그째
에 가슴이 울렁거림을 금하지못하엿고 혹 얼굴에 그 빗이 나타나지나안는가
하야 얼는 닐어나서 양복바지를 벗고 일복을갈아닙노라고 한참 고개를 돌려
맘을 진정하엿다.

가슴이 진정되기를 기다려 나는,

「오바상(그 로파를 나는 이러케 불럿다. 아주머니라는뜻이다)이 무슨 말
을하면 내가 노엽겟소? 아모런말이나 해보시우」하고 도로혀 맘이 흔들리지
아니하고 태연한 태도로 대답하엿다.

이말에 긔운을 어든드시 그 로파는 꿀어안즌대로 한거름 내게로 다가안
즈며,

「그러면 말화가-노여지말아요-쏘 오메상 내가 늘 말하는바여니와 게집

을 조심해요-함부로 홀리다가는 큰일나오-오메상은 일년ㅅ동안이나 두고보
닛가데 아주 맘이 단단하고 얌전하닛가데 그럴리는 업겟지마는 게집을 조심
해요」하고 한바탕 게집을 조심하라는 훈계를 한뒤에

「아주시 지난 공일날이랑이. 웬 녀학생 하나라서 대문압으로 왓다갓다라
길레 웬 아가씬고, 퍽도 얌전도한 아가씨다하고 내다보고잇노랑이 하참이나
머뭇-하다가 문을 방싯열고 들어오겟지. 그래 내가 아가씨 누구를 차즈슈?
하닛가데 그 아가씨 얼굴이 빨개지며 긴상(김서방이라는뜻)이라는이가 댁에
기셔요? 하고 아주 연연한 서울말로 뭇더랑이. 그래 그러라고 항이짜데 돌어
오고십허하는 모양이길래 아가시 들어오시지오 긴상은 오늘끙일이라서 어
듸 놀러나갓다고 그러닛가데 그러면용셔하셔요하고 들어와요. 들어오길래
차도 주고 안저서 니야기를 햇지요. 자긔는 이 동네에 사노라고, 자긔 옵바
가 오메상과 한학교에 다닌다고, 그래서 자긔 옵바헌테서 오메상 니야기를
만히 듯고 쏘 사진도 보앗다고 자긔 옵바가 하도 오메상을 칭찬하고 부러워
하고 오메상은 인제 죠선에 돌아가면 콘사람이될 사람이라고 그러길래 엇
던 사람인고? 한번 보앗스면 하고 녀학교에갓다 올째마다 M학교문과 우리
집문을 지키다가 여러번 오메상을 보앗노라고, 그래서 한번 니야기나해보
러 왓노라고, 그러고 뷘손으로 오기가안되어서 변변치못한것이나 이것을
가지고 왓노라고 내노켓지요」하고 녑헤 노핫던 조고마한보통이를내어 내압
해 놋는다.

나는 그 보통이를 글르려고도아니하고 물끄럼이 그것을 보고만 잇섯다.
「에그 모처름 가저온것이니 글라나보우다」하고, 자긔 손으로 보통이를
그료니 백지로 싼것이나오고 그봉지우에는 가냘핀 먹글시로
「긴상쎄」
라고 쓰고 한줄건너 밋해,
「그대를 사모하는 엇던 녀자는 드리나이다」하고 썻다.
글을 볼줄모르는 오바상은 물끄럼이 내 눈치만 보고잇더니 그 종의 봉지
를 들어 내게 주며,
「엇소,퍼보우다」 한다.

나는 그 종의ㅅ봉지를 쓰덧다. 두겹세겹싼 백지를 뜻는 내손은 쩔럿슬것이다, 무슨 심히이상하고 무서운 운명의 선고문을 쎄는듯하엿다. 그속에서 나온것은 비단실로 짠 손수건 양말한켜레와 하부다에 손ㅅ수건 두감이엇다. 나는 양말과 손ㅅ수건을 들고 이리 뒤적 저리 뒤적 하엿다. 손ㅅ수건한편ㅅ긋 헤는 다홍실로 수노흔것이잇다. 자세히 본즉 영서로 K자와 M자를 합한것이다. K자는 내 성ㅅ자인 김ㅅ자의 머리ㅅ자여니와 M자는 그녀자의 성ㅅ자인것이 분명하다. M! M! M이 누군고? 그의옵바가 나와한학교에 다니는 사람이라하면 M이 누군고? 하고 생각하여보앗스나 알수가 업섯다.

아모러나 이것을 대할째에 나는 지금까지 가졋던 호긔심가 달쏨한 깃븜도 다슬어지고 숨이 막힐뜻한 슬픔이 가슴에 찻다. 엇던모르는녀자가 나를 위하야 양말을짜고 손ㅅ수건에 실을쌔ㅡㅂ고 또 K자와 M자를 합하야 수노흔 그 애처러은 심리를 생가할째에 내눈에는 눈물이 아니흐를수가업섯다.

오바상은 내가 피로워하는빗을 보더니 그런것을 내게 보인것이 심히 미안한드시 그 순박한얼굴에수심ㅅ긔운이 나타나며,

「그래서 오메상 나는 이것을 지난 공일에 바다노코도 오륙일이 지나도록 오메상에게 전하지안코 잇섯당이. 엇재 이것을 전하는것이 오메상에게 무슨 죄나 짓는것갓하서 안전하랴고햇지오. 그랫더니 그 동안에도 그 아가씨가 두차례나 와서 그것을 들엿서요? 그어른이 바드셧서요? 하고 뭇는구만. 그러고 점점 니야기를 들을수록 여간 오메상을 사모하는것이아니랑이. 저바앗가는 와서 아직도 내가 그것을 오메상에게 안보엿다고햇더니 그만 그슬가튼 눈물이 쑥쑥떨어지겟지. 그래서나도 갑작이설어저서 그 아가씨의 등을만 저주며 오늘은 오메상이 돌아오는길로 곳 들인다고, 그러고 잘 말을해주마고 약속을 햇다우. 아이참 가이업서요 오메상이 보앗드라면 울엇슬것이오⋯⋯⋯ 또 그 아가씨가 사람이 퍽얌전해!」하고 오바상은 앗가서름이 다시 나는드시 행주치마로 눈물을 씻는다.

二

　　내일은 그 M이라는 녀자가 반드시 오리라고 미덧스나 소식이업섯고 그
이튼날도 아니왓다고한다 아마 내게서 들을 대답이 무섭기도하고 붓그럽기
도하야 아니온 모양이다.

　　「오메상 무에라도 대답을 해요?」하고 내가 책보통이를찌고 학교에 가노
라고 나설째마다 로파가 물엇다. 그러나 나는 분명한 대답을 주지못하고 그
저 어름어름하엿다.

　　그째에 내뜻에는 굿게 뎡함이 잇섯지마는 참아 그말을 입밧게 내기가 어
려윗던 까닭이다.

　　그째는 청년간에(十五字는削除)뎡돈되기까지는 장가도 안들고 시집도안
가기로 혹은 혼자 맹세도하고 혹은 여럿이 동맹도하는일이 만히 잇섯다. 우
리는 가정을일러서는 아니된다-일신의 행복을 생각하여서는아니된다(二十
五字削除) 일생을 독신으로보내기를 작뎡하는것이 그째 청년의 자랑이엇섯
고 더욱이 그중에 예수교의 영향을바든 엇던일부의 청년은 오직 혼인만 아
니할것이아니라 일체로 이성과 접하는것을 죄악으로알아서 오직 나라에 몸
을바치는 중과가튼 생활을하기로 맹세를하엿다. 나도 그맹세중에 든 한사
람이엇슴으로 비록 엇더한 녀자가 오더라도 거절하리라는 결심을 가지고잇
섯다.

　　그러면 M이라는 녀자에게 할 대답은 분명하다-

　　「사랑하여주시는뜻은 감사하거니와 나는 맘에굿게 작뎡한바가 잇슴으로
응하여들이지못하니 미안합니다」하면 그만일것이다.

　　그러나 일은 그러케 단순하지아니하엿다. 나도젊은 남자라 아름다운 젊
은 녀자가 나를사모하여을째에 단마듸로 쓴허버리기는 심히 어려윗다. 진정
을 말하면 그 양말과 손ㅅ수건을 본날밤에 나는 한잠도 일우지못하고 괴로
워하엿다. 하늘이 주시는 사랑의 단꿀을 바들가 물리칠가. 길지못할 인생의
일생 더구나 길지못할꼿다온쳥춘에 마실수잇는대로 사랑의 단술ㅅ잔을마실
것이아닌가. 봄은 한번 가고 다시 오건마는 인생의 봄은 한번 가버리면 다시

못올것이아닌가. 지금까지에도 나는 두번이나 오는사랑을 물리첫고 쏘 가는 사랑을 꺽거버렷다. 그러는 동안에나의 청춘은 다 지나가버리지아니할가.

이러한 생각이 날째에 나는 누를수업은 굿센유혹을 깨달앗다. 그래서 학교에 가 잇는 동안에도 「지금그가와잇지나 아니할가, 왓다가 내 회답이 업는것을보고 슬퍼 돌아가지나아니하엿슬가」하는생각이 불현듯 나서는 필긔하던 선생의 강의가 어대로 갓는지도 한참 니저버리는일이잇섯다. 그리고 학교를 마초고 집에 돌아올째에는 혹 아직 안가고 잇지아니할가, 얼는가서 한번얼굴이나 직접으로 보고 눈물고인 그를힘껏 쎠안으면 「나는 그대를 사랑하노라」고 하여줄가하기도하엿다. 그러나 마츰 메출동안 그는 오지아니하엿다.

이튼날학교에서 다녀온즉 오바상이 마조나오면 구두끈도 다 그르기도 전에

「오메상. 오늘 그 아가씨가 왓다갓당이. 그리고오늘은 꼭 뵙고야간다고 오메상 방에 올라와서 책상도 다 치어노코 한시간이나 가만히 안젓더니 무슨생각이 낫는지, 나는 가요, 내일이 공일이니 내일와 뵈어요, 긴상 돌아오시거든 내가 왓다갓다고 그러셰요, 하고는 가버렷서요. 엇더케 사람이 심하게 생겻는지 오메상이 무에라고 한마듸만하면 곳죽을것가타요」한다.

나는 얼는 방으로 쒸어올라왓다. 방안에는 아직 녀자의 향긔가 남아잇는 것갓다. 과연 책상은몬지 하나업시 치어노핫고 책고 가지런히 쏘자노핫다. 그리고 책상머리는 화병에 보지못하던 꼿한송이가 쏘치고 책상압헤 노힌 방석우헤는 분명히 그녀자가 꿀어안겻던 무릅자리가 남앗다. 그리고 내가 되는대로 버서내어던지고간 기모노와 오비(일본허리쯰)는 채국채국 개켜서 방한편 구석에 잠을 재와노앗다. 마치 안해나누이 동생이 하는듯한 일을 이모르는 일본녀자가 모르는 조선ㅅ사람에게 하여노흔것이다. 이모든것을 볼째에 나는 일번 무섭기도하고 반갑기도하고 끔갓기도하야 엇지할바를 몰나 양복도벗지안코 그녀자의 무릅자리 난 방석우헤 꿀허안저서 점점 녀름빗이 무르녹아오는 백산(白山)의 수풀을바라보앗다.

「내일 쏘 온대요?」하고 나는 문안에 우둑허니 서잇는 오바상에게 물

엇다.

「응」하고 오바상은 내말에 긔운을 어든드시 내겻헤 안즈며 「내일은 와서 꼭뵙고야간다는데 오메상 엇더케 대답하실라오?」한다.

나는 고개를 숙이고 이윽히 생각하다가 하염업는 우슴을 빙그레 우스며

「오바상 생각에는 내가 엇지햇스면 조켓소?」

한즉 오바상은

「글세말이야. 나도 노 오메상더러 게집조심하라 고 말을 해왓거니와 이 아가씨는 오메상과 텬뎡배필인것갓하요. 처음에는 웬 녀자가 그따위로 구는고하고 의심도하엿지마는 두고볼수록 얌전하고 쏙쏙하구 매치구, 쏘 한번 맘에 먹은일은 죽어도 쏫을 내고야말사람가태요……… 오메상도 명년에는 대학교도 졸업을하고 그러니 아가씨한테 장가를 드시지. 사람은 아주 더할라위업서요」하고 입에 침이업시 그녀자 칭찬을한다. 그러케 내게다 「게집조심」하라고 쩌들던 오바상이 그러케 이녀쟈에게 미친것을 보니 우습기도하거니와 쏘진정을말하면 그녀자에게 대한 애착심도 더욱굿어짐을 깨닷는다.

아모러나 내일은 그녀자가 온다. 그런즉 이녀자를 만나볼것인가, 아닌가. 쏘 이녀자의 사랑을바들것인가아닌가. 오늘 밤안으로 이 두문데를 결뎡해야만되게되엿다.

이날ㅅ밤의 고민은 실로비할데가업섯다 그것을 엇지 니로 긔록하랴. 밧게서는 밤새도록 비가오는모양인데 나는 거의 그것도 모르고 이리생각 저리생각 생각에 잠겨잇섯다. 그러나 오늘저녁에는 좌우간 결정하여야만한다.

나는 책상에 니마를 대고 잇다가잠깐 잠이 들엇다. 무엇에 놀난듯이 쌈짝잠을 쌜째에 나는 졸기전에 하던 생각이 모도 꿈인것갓치 생각되엿다. 나는 벌쩍 닐어나 두주먹을 불끈쥐어 체조하는모양으로 두어번 흔들고 책상압헤안저 붓을 들엇다.

주저할것이 잇느냐(十三字削除)나는 일신의 락과 가정의 락을 다내여버린 사람이다. 내가 련애에 쌔지는것은(二十四字削除)아아생각도못할이이다!」하고 조희우헤 서슴지안코 이러케 썻다-

「M씨!

뜻은 감사하옵니다. 그러나 나는 아모 녀자도사랑할수업는사람입니다. 나는 사랑보다 큰일에 몸을 바친 사람입니다.

주쉰 물건은 감사하게 밧거니와 만일 도로 차즈시거든 들이겟습니다.」

이러케 써노코 나눈 두어번 닑어보앗다. 「나는사랑보다 큰일에 몸을 바친 사람입니다」하는 구절이 심히깃벗다. 그러나 다른 구절은 넘어 다정한듯도하고 넘어 무정한듯도하야 고처쓰랴고 도하엿스나 역시 처음에 쓴대로 두는것이 조흔것갓서서 얼는 봉투에 집어너헛다.

그리고 시게를 보니 오전 네시. 다섯시차를타랴면 지금 나가야된다. 나는 얼는교복을 집어닙고 책을 한권 들고 아레층으로 뛰여나려왓다. 오바상은 벌서 닐어나서담배를 피우다가,

「오메상 웬일이오?」하고 놀나는드시 닐어난다. 나는 그 편지를 오바상에게 주며

「오바상 그녀자가 오거든 이 편지를 주어주오. 나는 어듸 놀러갓다가 저녁까지 먹고 오겟소.」하고는 오바상이 다른말을뭇기도도전에 뛰여나와서 뎐차를 잡어타고 심바시정거장에 나왓다 (그째에는 아즉 동경정거장은 업던째다.)

가마쿠라(鎌倉)에 나려서 나는 아츰을 사먹고 모든것을 다 니저버린드시 활발히 활개를치며 에노시마(江島)를향하고 바다ㅅ가로 걸어갓다. 망망한바다 푸른 물ㅅ결 그리로서 불어오는 바다ㅅ냄새 나는 바람을 들여마실째에 상긔되엿던것이 나리는듯하엿다.

길다란 다리를 건너 에노시마에 들어가니 아직 손님은 만치안컨마는 그래도 차ㅅ집은 열렷따. 나는 과자와 차한잔을마시고는 바위ㅅ돌에 부듸치는 물ㅅ결을 바라보다가 그만 걸상에누은대로 잠이 들어버렷다. 째여본즉 어느새에새로 한시, 두시간이나 잔심이다. 잠을 깨니 마치 동경을 쩌난것이 삼사일이나 된것갓고 어제ㅅ밤M의일로 고민한것은 그보다도 여러날 지낸 것갓다.

나는 차ㅅ집 로파에게 점심을 식혀노코는 혼자 가만히 안저서 어제ㅅ밤 지낸일을한번 되푸리해보앗스나 그째와갓치 흥분된 감정은 다시닐어나지아

니하고 무슨 제미잇는 녯경험을 회상하는것만큼밧게는 더하지아니하엿다.
그래서 한참동안 되푸리를 하랴고 애를쓰다가 집어내어던지고말앗다. 그리
고는 파란 바다와 그리로 떠다니는 배와 바다ㅅ새와 벌서녀름ㅅ구름모양으
로 피어오르는 흰 구름을 무심히 바라보고안젓다.

　　오후가 되어서부터 하나식 둘식 사람들이 에노시마에 들어오기시작하고
따라서차ㅅ집도 흥성흥성하게되엇다. 웬 누이와 오라비갓기도하고 사랑하는
사람들갓기도한 젊은남녀가 내가안젓는 마즌편에 들어와 점심을 식힌다. 쏘
웬 가족갓흔 사오인도 들어오고 학생도 들어오고 차ㅅ집에는 손님이 반이나
찻다. 나는 그 사람들을 보는중에 더욱이 흐렷던 맘이 맑아젓다.

　　점심을 먹고나서는 새긔운을 어더 에노시마의굴구경을하고 소라따는 사
람들 구경을 하고돌아다녓다. 앗가 차ㅅ집에 들어왓던 사람들도 나모양으로
세상ㅅ근심을 다 니저버린드시 돌아다닌다.


三


　　나는 볼것도 다보고 엊던 솔나무그늘 바위ㅅ등에 안저서 바다를 바라보
앗다.

　　불현듯 적막한 생각이 나고, 사람 그리운생각이 난다. 본래 나는혼자 잇
기를 질겨하는 사람이면서도 오늘따라 몹시 외로운 생각이 난다. 누구와 니
야기를 좀 하고도십고 사람의 살냄새를 맛고도십고 그냥 사람의 얼골을바라
보고도십헛다. 그래 바위ㅅ등에서 나려와서 사람들이 만히 잇는 차ㅅ집으로
나려왓다. 거긔는 사람의 말ㅅ소리도 잇고 얼굴도 잇고 살 냄새도잇섯다. 그
러나 나는 만족할수가 업서서 여전히 외로운 생각이 난다. 남들이 정다이 서
로갓가히하고 니야기하는것을 볼사록 더욱 외로워 못견딜지경이다.

　　나는, 앗가 찻집에서 보던 청년 남녀를 차젓다. 그들을보면 이 외로움이
좀 하릴것갓탓슴이다. 나는빠른거름으로 그를 차잣스나 그들이 보이지아니
할때에 그만 실망하여버렷다. 다시차ㅅ집으로 돌아오려할때에 그들이 벌서
륙지로가는 다리를반이나 넘어 건너가서 녀자의 옷자락이 바람에 펄펄 날리

는것이보인다. 그두사람은 내가 엿보지도못하고 추측도 못할깃븜속에 깁히 취한것갓치 생각되엿다.

나는 차ㅅ집에 들어가 안즈랴는것을 그만두고 급한일이나 잇는드시 그 두사람의 뒤를짜라 다리를 건너왓다. 다리를 다 건너와서 두 사람이 어부들이 그물을 깁고섯는것을 보고잇는것을보고 나도 그것헤 서서 얼마를 보다가 내행색이 하도 쑥스러운듯하기로 뒤도 안돌아보고 가마쿠라를 향하고 돌아왓다.

「어서 동경으로 가자! 벌서M이 왓다갓슬가, 아직도 기다리고 잇슬가, 어서 동경으로 가자!」 이러한 생각이 날쌔에 나는 혼자 썰엇다. 그리고 얼는

「나는 사랑보다도 더큰일에 몸을바친 사람이다!」하고 덩거장 벤취에서 기지게를 켜고 다시는 그런 생각을 아니하리라하는드시 대합실벽에 걸린 광고와 시간표를 돌라보앗다.

긔차가 실바시에 다차말자 나는 다름질로 뎐차를 잡어타고 홍고四정목이라는 정류장에서 나려서 데국대학압흘지나 백산밋흐로 나려왓다. 사람들은 벌서 저녁을 먹고 전등불밋헤 저녁산보들을 나온다.

거의 구보로하다십히 집골목에 들어설째에 우리집 문이 열리며 웬 녀자 하나히 고개를 숙이고 나온다. 나는 「M이로고나!」하고 더욱 빨리 갓다. 그 녀자는 내발소리에 잠감 멈츳하고 뒤를 돌아보더니 조오리(일본집세기)를 쌀쌀끌며 저쪽 골목으로 들어가 업서지고만다. 나는우리집 문을지나 멧거름 올며짜라가다가 발을 돌려대문을열엇다.

「지금 오시우?」하고 로파가 마조 나오며,

「그 아가씨 여태쩟 기다리다가 시방 나갓당이 에그, 못보셧소?」한다.

나는 신을벗고 올라서며,

「응, 지금 여긔서 나가던이가 그요?」하고 대수롭지안은드시 물엇다.

로파는 이층으로 짜라 올라와서,

「아츰 열시쯤해서 그 아가씨가 왓당이. 그래내가 그편지를 주닛가데 한 참이나 그편지를 물쓰럼이 들여다보고 방금 눈물이 쏘다질드시 얼굴이 씰룩씰룩하겟지 그래 넘어도 가엽서서 들어오라고, 들어와서 오메상이 돌아오기

를 기다리라고 그랫지요, 그래서 이층에 올나와 안더니마는 오메상의 책상을 말장 치어노터니마는, 슬퍼하는 긔색도업시 여러가지말을 뭇는구만…… 오메상이 멧시에 자고 멧시에 닐어나는둥, 친구가만히 차자오며 녀자친구도 오는둥, 술을먹는둥, 별말을다물어요. 그래 나도 인제는 그 아가씨헌테 정이들어서 잇는대로 오메상일을죄다 말햇당이. 그리고는 점심을먹고, 쏘 이야기를하다가 저녁을먹고 그리구는 시방 갓당이-어머니가 무서워서 가야한다고.」

나는 멍멍하니 안저서 로파의 하는 말을들엇다. 그러고 물어보고십흔말도 만흐면서 쑥 참고 앗가대문을 열고나오다가 멈츳서서슬적 돌아보던 M의 얼굴을생각하엿다. 갸름하고좀 여횐듯한흰얼굴, 놉흔듯한 코, 호리호리한몸 약간 허리를 굽히고 재게것는 거름, 모통이를돌아설째에 반짝보이든 흰버선 신은 발-이런것을 생각하엿다. 밤이라 눈도 보지못하엿스나 그래도 이 재료만 가지고도 M이라는 녀자를 그릴수는 잇섯다. 그는 심히 감정적이요 폐병질이라할만하게 맑은 녀자일것이다-이러케 나는판단하엿다. 그러고 내가 웨 좀더 짜라가서, 「M씨!」하고 불러보지를 아니하엿던고 거절하는 편지를 밧고안저서 그래도 종일토록, 밤이 깁도록 나를 기다리다가 마츰 보지도못하고 가는 그의 심정을 생각할째에 한업시 가엽고 그리운생각이나서 지금이라도 곳 짜라가보고십헛다.

그는 전에도 여러번 나를 보앗다하니 반다시 앗가도 낸줄을알앗슬것이다, 말일 알앗다하면 엇지해서 슬적 보기만하고 가버렷슬가, 혹내위치가 그늘진데가 되여서 내 모양이 분명히 뵤이지를 아니하엿던가.

내가 이러한 생각을 하는 동안에는 로파가 멧마듸 말을한모양이나 그말이 내귀에는 잘 들어오지아니하엿다. 로파의말은 주려말하면 그 녀자는 심히 맘이 굿고 정이 쓰거운 녀자니 만일 내가 씃까지 이러케 거절하면 녀자의편심에 반다시 큰일이 나리라 그리닛가 사랑해주어라 하는쯧이다.

미상불 그날저녁도 늦도록 잠을 못이루고 M생각을 하엿다. 그러고는 견딜수업시 M의 사랑이 고맙고 그리울째마다 긔계적으로,

「나는 사랑보다도 큰일에 몸을바친 사람이다」 하는것을 후렴모양으로

오이고 억지로 그일을니저버리랴고하엿다.

## 四

그후 열흘이못되야 나는 고향으로 돌아오지아니치못하게되엇다. 방학까지에는 아직 삼주일이나 남앗으나 우리 단테(그것은 그째에T씨가 주장해하던 결사엿다)의 명령으로녀름동안경긔황해 량도로 순희할일이엿기째문이다.

그열흘동안 나는 학교에 가서M자성가진 사람을할수잇는대로탐문 해보앗스나 내반에만하여도 수십명이 잇스니 M이란 엇던 M인지를알도리가 업서서 그대로 고향에도라왓다.

내가 다시 동경에돌아온것은 그해 구월초여드래ㅅ날이다. 내 주인에는 편지 멧장이 와잇는중에 「마쓰다」라는 사람에게서온 편지가잇다. 마쓰다(松田)라면 M자 가진 성이다. 그 편지내용은 간단하다-좀 할말이잇스니 동경에 오는대로 곳 통지해달나는뜻이다. 그 사람은 엇던 사람인지 무론 알수업스나 M과 관계잇는 사람인것은 분명한듯하엿다. 그래 로파에게 무른즉 한사오일전에 웬 대학생하나가 차자왓다고할쑨이다. 그러고 그녀자는 한번도 아니왓다고한다. 무슨일인지는 알수업스나 나는 그마쓰다라는 사람에게 엽서를하엿다. 그 주소를 보건댄 나잇는집에서 얼마 멀지아니한곳이다. 그래서 그 엽서를보내고는 그집을 차자가보앗다. 중류이상은되는, 마당에 나무까지심고, 인력거가 안마당에까지 들어갈만집인데 문패에는 마쓰다○○라고 썻는데 내가 편지한일홈은 아닌즉 아마 그의 아버진듯하다. 저녁이라 알에웃층에 전등ㅅ빗은 흐르나 인적은 료료하다. 나는 두어번 그집압흐로 왓다갓다하다가 오래잇는것도 협의쩍을듯하기로 얼는집으로 돌아왓다.

그잇흔날 아츰 일즉이 마쓰다(松田)라는 사람이차자왓다. 만나본즉 과연 학교에서보던 사람이다. 그와나와 가튼 법과지마는 그는 나보다 한해 압서서 금년에 졸업한 사람이다 일즉 인사한일은 업스나 학생들끼리하는 무슨일에 가치위원이 되엿던일이 잇서서함께 사진을 박은일도 잇던 사람이다. 그래서,

「야 마쓰다쿤」

「야 긴쿤」

하고 본래부터 친한 사람모양으로 손을잡고 인사를하엿다.

방에 올라오자 그는 유여할 여유가 업는드시

「여보, 내가 좀 어려운 청을하려고 왓소. 대단히 미안한일이지마는 내청을꼭들어주어야만하겟소이다」하고　내　맘을엿보랴는드시　이윽히　내얼골을 바라보더니,

「무슨 청이야?」하는 호의를가진 나의 대답을듯고 안심한드시

「여러말슴 다 아니하더라도 내가 차자온것만보아도 무슨 일인지 아실듯 하오-그 M이라는아이가 내누이동생이오. 아마로형쎄서는 게집애가 아모의 소개도업시 그런즛을 하는것을보고 퍽 괘씸하게 생각하시겟지오. 그러나 내 집안 사정과 그애의 성격을 아시면 그러케 허물되게는 생각지아니하시리라 고 밋습니다. 그애가세살적에 어머니가 돌아가시고 그리고는 곳게모가 들어 오섯느데 아마 로형은 우리 일본내지의 가정ㅅ사정을잘 모르시겟지마는 엇 잿스나 우리남매는 지나간　십오년간을　하로도　맘펴고　지낸 날이업섯지 오…… 그런말을 다할필요가 업지마는-엇잿스나, 더구나 게집애된 내 동생 은 그만가정에서 아모말이 업고 의논도업고, 학교에 들어가고 나오는것까지 저혼자 제 맘대로하는 버릇이 되엿서요. 저와 나와 동복동생이오 저도 날 짜 르고 나도 절 귀애 해주건마는 내게도 별로 무슨일을 의론하는일이 업지 오……… 이만콤만 말하더라도 로형쎄서는 그애의 한일을 용서하실줄 밋습 니다.」

그는 말을 끈코 내게 동의를 구하는드시 나를 바라본다. 나는 고개를 쯔 덕쯔덕하야 동의하는뜻을표하엿다.

그는 또 안심하는드시 다시 말을 니어,

「그런데 하로는 내가친이 저를 불너서 아마혼인말을 햇던가바요- 어느 나라나 그럿켓지마는 우리일본에서는 소위 의리의 혼인이란것이잇서서 체 면상, 의리상 엇던 집과 혼인을하여야만하는 경우가잇지오, 이쌔문에 가정 에 만흔 풍파도 닐어나고 청년 남녀간 비극도 쌔만히 생기지오 쉽게말하자

면 내가친께서는 그애더러 의리의 혼인을하라고 졸으신모양이야요. 그런데
앗가도 말한바와가치 그애가 제맘대로 무슨일이나하지 뉘말을들을 아이가
아니닛가 아마 거절을한 모양인데 그째문에 원악아버지와 게모님의 눈밧게
낫던 아이가 더욱 미움을 밧게된심이지오. 그래서 가친한테 톡톡이 쑤중을
듯고서는 울면서나한테 와서 내친구중에 누구나 자긔남편될만한 사람이 업
느냐고 뭇겟지오. 그래 나는무심코 로형말슴을 햇구려. 그러구는 그째 웅변
회쩍에 박힌 사진을 내어서 로형을 가르처보엿더니 당장에는 아모 말도업시
어듸로 획나갓다가 들어오더니마는 그이튼날부터 서너번이나 로형에 관한
말을 뭇기로 내가 아는대로는 대답을해주엇지오. 그리고는 다시 어무말도
업길래나도 이럭저럭 밧바서 물어보지도 아니하고 잇섯더니마는 한 이십일
전에 내가 볼일이잇서서 오오사까(大阪)에 가잇는데 그애가 내가 급한일이
잇스니 곳 올나오라는전보를 노앗서요. 원악성미가 이상한 애닛가 무슨일인
지 몰라 걱정이되기로 불이야불이야올나왓지오. 햇더니 그애가 로형ㅅ댁에
여러번차자 왓던말과 로형께거절을 당하엿단 말과, 그러치마는 로형이 아니
고는 다른데는 죽어도 시집을 가지아니할텐데 가친은자긔의 동의여부를 물
론하고 당신이 원하는곳에 약혼을하엿다는말을하면서 날더러 한번 로형께
교섭을하여달라고 울고불고 야단을하는구려. 나는여러말로 부모께서 아니허
하실말과, 쏘 로형께서도 원치아니하리란말을 타일럿지마는 그 성미가듯나
요-만일제뜻대로 안디면 저는 죽어버릴테니 그리 알라고 하는구려. 다른게
집애가트면 그러케 말을하더라도 심상하게 듯겟지마는 이애는 죽는다면 죽
을애야요. 내게도 그것이 유일한동긔요 쏘 어려서부터 불상하게 자라난것을
생각하니 엇지해 눈물이 안나겟서요? 그래 나는 그러면 내힘썻은 말해보마,
아직 경솔한짓은 말라고 일르고서는 곳 로형을 차자왓더니 벌서귀국을하섯
지오. 그러면 새학긔까지 기다릴수밧게업다고 콩튀듯 팟튀듯하는것을 각가
스로 눌너노코 기다렷지오 그러니 원악 성미가 급하고 맘이 심하게 생긴에
인데다가 집에서는 날마다복기고 제맘은 괴롭고-근본이 그리 건강치못한것
이 불과 사오일에 아주 변상을해버렷서요. 얼굴은 쪽쌔지고 신경은 과민해
저서 그대로 내어버려두면 히스테리가되거나 죽을것만 가타요. 그러니 저를

위해서 슬퍼해주는 사람인들나하나밧게 어듸 잇서요?」

　그는 급하지안코 서슴지도안코 점잔코도 진실하고도 하소연하는듯한 어조로 련해 내 눈치를살퍼던서여긔까지 말하더니 최후에담판할재료를 준비하는드시 말을 쑥 끈코 소매에서 시씨시마를 내여 근심만흔사람모양으로 푸푸연긔를 쏾는다. 나도 이말을 들어째에 것잡을수업시맘이 비감하여저서 수구러지는줄모르게 고개를수구렷다. 건너편 공지에서는 아이들이 공치며 쩌드는 소리가 들린다.

　그러나 끌어오르는 나의 가슴 속ㅅ에는 구든결심이 잇섯다.

　「내게는 사랑보다도 더욱 큰일이 잇다!」

　(一百二十字削除)방어할 방패를 준비하고 기다렷다.

　그사람은 담배 한대를 거진 다태우더니,

　「김군! 그만하면 내 누이의 사정과 쏘 내 사정까지도 알으셧겟지오. 나는 단도직입으로 말을하겟소 자 내동생을 안해를 삼아 주시려오 엇더시려오?」 하는 그의 얼굴에는 비통하다할만하게 엄숙한 빗이 나타난다.

　나는 친구들에게 쯧이 굿다 매몰하다하리만큼 잡아쩔데는 비평을밧는 사람 이지마는 내속에도 정의 불꼿은 남지지안케타오르고, 더욱이남에게 실인소리 한마듸 못하는 내약한 반면을 가진 사람이다. 만일 내가 T선생의불가티 쓰거우면서도 털석갓치 구든 성격의 훌련을밧지아니하엿던들 정에만 쓸려울고웃고하는사람이 되여버렷슬것이다.

　이째에 M이 그처름 나를위하야 목숨을 태이고 그의 오래비가 이처름 간절하게 내게 애원하는 이째에 나는 진실로 그것을 거절하기가 목을 짜기보다도 어려웟다. 만일 그가 나를 사랑하여주는 M을 위하야 내 팔하나를 끈허달라하엿다하면 나는 두말업시 깃부게 끈허주엇슬것이오, 쏘 만일 죽어서 디옥속에서 억만겹의 류황ㅅ불의 괴로움을 바다달나하면 나는 깃부게M을 위하야,

　「그러마!」하고 나섯슬것이다.

　그러나 그째에 나의 맘에는 「나는 사랑보다 큰일에 몸을바친 사람이다」 「아니 내젼생, 금생, 래생의 생명보다도 중한일에 몸을 바친사람이다」 하는

무겁고도 깁흔 맹세를 째트릴 아모것도 업섯다. 그러면서 나는 M을 미워할 수도업섯다.

나는 얼마나 시간이 지냇는지 모르게 고개를수기고 말업시 안저잇섯다. 그동안에 나의 가슴ㅅ속에는 피와 눈물과 사랑과 의리와 청춘의 유혹과 구든 맹서와 이런것들이 업치락 뒤치락 뒤범벅이 되여 끌허올랏다. 내 얼골은 붉엇슬것이다. 내 숨ㅅ소리는 놉핫슬것이다. 마츰내 나는피가 모도 머리로 끌허올라와 압히 앗독함을 째달앗다. 「위태한째다!」하고 나는 속으로 소리를 지르며 눈을 번쩍 쓰고 고개를들엇다.

「다 알아들엇소이다. 나는 로형과 면대하야 말하기는 처음이지마는 평소에도 로형을 존경하엿고 쪼 오늘 하시는 말슴을 들을째에 로형의 인격에 감복합니다. 쪼 매씨는 아직 뵈온일은 업지마는 그처럼 나를 사랑해주시는줄을알째에 엇더케 내게 감사한 맘이 업겟서요, 반가운 깃븐 맘인들 업겟서요. 나도 사람이야요 게다가 젊은사람이야요, 네겐들 웨 사랑의 불ㅅ길이 업겟서요. 매씨가 나에게 선물을주시고 쪼 차자오신다할째에 내 맘이 웨 끌허오지를 아니하겟서요. 매씨께서 오신다던날 내가 새벽차로 가마쑤라로 다라난 것이 얼마나 괴로운일이겟서요. 바른대로 말하면 나는 매씨를 사랑합니다. 못견듸게 사랑합니다. 붓그러은 말이나 나도 그후에 여러날ㅅ밤을 매씨를 생각하고 새웟습니다. 지금로형께서 하시는 말슴을 들을째에도 나의 속은끌어오르는듯하엿서요………그러나 나는 사랑하면서 사랑을 누루지아니하면 안될사람입니다―나는 벌서 이 몸을 바친데 잇스닛가요, 이몸은벌서 내몸이 아니닛가요」

나는 무엇을랑독이나 하는듯이 여긔까지 단숨에 나려왓다. 스스로 자긔가 넘어 흥분한것을 째달을째에 미상블 붓그러웟다 그러면 아모리 침착한 사람이라도 이런 경우에 흥분아니할수는 업섯슬것이다.

그사람도 역시 나와 가티 흥분한 태도로 내말을 듯고잇더니,

「말슴하시는쯧은 알아들엇소이다―로형의 사상은 로형의 연설에서도 들어알앗고 로형의 친구들에게서도 들엇지오. 그러치마는 사업에몸을바치신다고해서 혼인까지못하실것이야 무엇인가요. 혹 일본ㅅ사람과 혼인한다는것을

쩌리심이아니면………」하고 나를 바라본다.

나는 그의 말을 막으며,

「아니야요… 그러키도하지오, 례사ㅅ때가트면 그것도 쩌리기는 쩌리겟지오 그러나 사람이 목숨을 바치고 사랑하는마당에 국경이 무슨 상관이야요? 그런것이아니라 나는 일생에 혼인을하지아니할 무거운 맹세를 한 사람입니다. 만일 매씨를위하야 무간지옥의 벌을 바듬으로 매씨가 깃버하리라하면 나는 깃브게 그리하겟소이다. 내 몸쑹이 한부분을 쩨어라하면 그것은 매씨를 위하야 깃브게 쩨겟소이다. 그러나 이 중한 맹세는 쌔트릴수가업서요. 아마 로형쎄서는 우리네의 심리를 잘 모르시겟지오 마는 다만 내목숨은 이믜 무엇에 바쳐버린것만알고 미더주서요」

나는 애원하는드시 간절히 말하엿다. 나는 일즉 누구에게 애원하여본일이 업스리라만콤 심히 자존심이 강한 사람이언마는 이째에 나는 마치애원하는 태도를 취하지아니할수가업섯다.

그는 탁망한드시 전신에 맥시 풀려서 한참이나 말업시 안젓더니 모자를 집어들며,

「로형의 인격과 구든 맹세를 존경합니다, 그러나 동생을 생각하는 형의 정으로는 퍽 야속하외다」하고 닐어나 가버리고 말앗다.

五.

개학이되어 나는 여전히 학교에를 다넛다. 그러나 맘이 편안할수는 업섯다. 진정을 말하면 쓰라린 사랑의 압흠이 밤낫으로 나를 괴롭게하엿다. 학교에를 가거나 집에를 돌아오거나 시장한듯, 졸리는듯 무엇을 일허버린듯한 적막한 긔분이 련일 게속하엿다. 아모ㅅ조록 M의 생각과 이 긔분을 니저버리량으로 여러가지로 애를써보앗스나 속으로서 소사나는 괴로움은 것조건을 변함으로 엇지할수업섯다.

오바상도 여러번 나를 위하야 근심하엿다.

「오메상 조심해요, 신색이 아주 조치못하당이」하며 밥을 아니먹는다하

야 반찬도 여러가지로 갈아보고 잠을잘못이룬다하야 무슨 알수업는 소리를
중얼거리면서 긔도도하여주엇다. 나도 일생에 처음 경험하는 이 아픔과 외
로움에 오바상과 니야기를 만히하게되엇다. 저녁도 알에층에나려와서 오바
상과 겸상을 하여먹고 저녁을 먹고난뒤에도 오바상과 늣도록 니야기를 하엿
다. 오바상은 거의 밤마다,

「참 오메상가튼 사람은 천에 하나 만에 하나도 드믈당이… 엇져면 그러
케 매몰스럽게 맘이굿담 - 오메상은 인제 큰 사람이 되어요」하고 칭찬겸 위
로겸 말하엿다. 그러면 나는

「맘이 매몰하고 구두면 이러케 괴로워하겟서요」하고 빙그레 우섯다.

진실로 나는 매몰한 사람도아니오 맘이 구든사람도아니엿다. 밤에 자리
에 누어서 멧번이나 그날ㅅ밤에 번쯧 본 M의 모양을 그렷스랴. 미상블 M은
쐐 미인이엇섯다. 더욱이 고부슴하고 길거러가는그의 몸맵시가 몹시 내 맘
을 쓸엇고 그의오라비를 보고서는 더욱 M이 그리워졋다. 그의오라비는 참
훌늉한 사람이다, 엇져면 그러케 외모와 맘이 씩씩하고도 진실한고. 얼는 보
아도 정들만한 사람이다. 아마 이 오라비만 보고도 그의 누이되는 M을 사랑
할것이다.

소길수업는것은 꿈이다. 나는 서너번이나 M을만나는 꿈을 꾸엇다. 한번
은 그가 내 책상머리에 안져서 우는 꿈을 꾸엇다 - 나는

「용서하시오. 나는 당신을 사랑하오」하며M를 쩌안으려할째에 그는 한
팔로 얼굴을 가리우고 쮜어나갓다.

쏘한번 M을 차즈려고 M의집으로 가다가 길에서 M을만나 그의 손을잡
앗스나 그는 웬일인지 손을 뿌리치고 집으로 쮜어들어가는 꿈을 꾸엇다. 엇
잿스나 한번 단둘이 종용히 만나서 실컨 니야기라도해보는 꿈은 아모리하여
도 쑤어지지를아니하엿다. 그래서 그러한 꿈을 계속하랴고 다시 잠이 드나
역시 시언한 꿈은쑤어지지아니하엿다.

이리하는 동안에 쏘 한달남아 지나갓다. 동경에도 서늘한 바람이 불고
나무ㅅ닙히 펄펄날리는째가 되엇다. 그러치안아도 사람의 심사를슬프게하는
가을날이 나에게는 더할수업시 적막하고 슬펏다. 나는 일생에 이러케 슬픈

가을을 경험한일이 업섯다.

　밤낮 구질구질 비가 오는 동경도 가을 멧달동안에는 맑은 바람과 맑은 하늘을 볼수가잇다. 나는 화교만 끗나면 공원으로 들로 쏘다니다가 해가 저물어서야 피곤한 다리를 끌고 집으로 돌아왓다. 그러케 몸이 곤하면 좀 잠이 잘드는 까닭이다.

　하로는 다마가와(玉川)벌판으로 종일 나가 돌아다니다가 소낙비를만나 몸이 식엇던 탓인지 그날 밤에는 신열이 낫다. 오바상은 아모리 말류하여도 듯지아니하고 밤새도록 내 머리맛헤 직혀안저서 나를 간호하엿다. 어렴푸시 잠이 들엇다가 번쩍 눈을쓰면 오바상은 여전이 그 가는 눈을 쌈작쌈작하며 머리맛헤 안젓다가 시게를 들어보이며,

　「오메상 두시간은 잣당이」하고 깃븐드시 빙그레 웃는다. 그 순박한 인정이 엇더케 고마운지몰랏다 자긔는 돈을밧고 밥을 지어주고 나는 돈을주고 밥을사먹을쑨이다. 그러하건마는 사람과 사람이 오래 접하면 금전관게나 리해문데로 설명할수업는 인정이라는것이 생기는것이다 이 인정이야말로 천국의씨다. 만리 타향에서와잇는 외로온 손이된 나는 선조대대로 서로알지도 못하는 사람들에게 이러케 극진한 사랑을 밧는다 할째에 눈물이 아니흐를수가업섯다. 국가와 국가와의 관계, 그것은 껍데기ㅅ것이다. 사람과 사람은 언제나 인정이라는 향긔롭고도 아름다운 다홍실로 마조멜수가 잇는것이다 이러케 생각할째에 나는 평소에 항상조치못한감정을품고 잇던 일본사람들이 다 사랑스러워짐을 깨달앗다 비록 우리를 쳐들어오는 병정과 정치가라도 그 울긋불긋한 가면을 볏겨버리고 벌거버슨 한낫사람이될째에 우리는 서로껴안으며,

　「사랑하는 형제어! 자매어!」 할수가 잇는것이라고 생각하엿다. 이째에 이러케 어든 생각은 오늘날까지도 내 생각의 긔조(基調)[453]가 되어잇다.

　그이튼날도 나는 닐어나지못하엿다. 아츰부터 구즌비가 나리는속에 나는 제 손으로 만져보아도 짤짤 끌는 몸을안고 자리에 누어잇섯다.

---

453) ① 사상, 작품, 학설 따위에 일관해서 흐르는 기본적인 경향이나 방향, ② 시세나
　　경제 정세의 기본적 동향.

잠이 들엇다가는 깨고 깨엇다가는 쏘 들어 시간이 얼마나 지낫는지도 알수업고 신열이잇는 째문인지 꿈갓기도하고 샹시갓기도한 여러가지 생각이 어즈럽게 닐어나서 견딀수가업섯다.

이러할째에 오바상이 나를 위하야 먹을준비하다가 쮜어올라와,

「인력거가 왓당이」하고 편지를준다.

마쓰다의 편지다. 나는 쓰더보기도전에 가슴이두군거렷다. 그 편지는 이러하엿다―

「김형!

노브꼬(信子)는 한이십일전부터 병석에 누어 인제는 소복할 가망이 업소이다. 형이 곳 쮜어오시면죽기전에 그 얼굴을 대하여볼가. 죽기전에 한번 형을 대하기를 심히 원하엿스나 부모가 허락지아니하야 형을 청하지못하엿스나 지금 가친도 허락을하엿스니 이 인력거로 곳 와주시기를 바랍니다. 내가 형께 말하기도 어려운일이오 쏘 형께서 오시기도 어려운일이지마는 죽어가는 불상한 노브꼬를 위하야 곳 오시기를 바랍니다      신일(信一)」

이라하고 마치 친척에게 하는편지 구조와 갓다. 노브꼬가 M의 일흠인것은 지금에야 비로소알앗다. 마즈막에 성을안쓰고 「신일」이라고 일흠만 쓴것은 심히 친절한 쯧을 표한것이다.

편지를보고 나는 놀납고 슬퍼하엿다. 그래서벌쩍닐어나 허둥지둥 옷을 주서닙엇다. 나는 배탄 사람모양으로 비칠비칠하엿다. 오바상은 자리우에 넘어질쯧한 나를 붓들면서,

「오메상 못나가요. 이러케 신열이 잇는데 어듸를 나가요― 날이 치운데」한다.

나는 그말도 듯지아니하고 알에층으로 나려가서 문ㅅ간에 나섯다. 음침한 찬바람이 옷사이로 들어갈째에 몸ㅅ서리가 치고 자채기가 난다.

인력거가 마쓰다집 문ㅅ간에 다차 신일(信一)이가 나와서 인력거에서 나리는 내손을 쓸어내리면서

「신열이 잇구려」하고 근심스럽게 나를 본다.

나는 그말에는 대답할새도업시

「엇디서요?」하고 물엇다. 그 뭇는 소리는 몹시 황망하고 떨렷다.

신일은 나를 병실로 인도하엿다. M은나무잇는마당으로 향한 방 한가온데 두터운 니불을 덥고 누엇는데 그얼굴은 침침한 방에 대조되어 대리석으로 싹근드시 희엇다.

「애 노부썅(사랑하야 부르는 노부쬬라는말) 김군이 오섯다- 김군이 오섯서」하고 신일이가 병인의 겻헤 씰어안저 부르니 그제야 얼굴의 근육이 경련적으로 씰룩씰룩 움지기며 그 눈ㅅ섭길고 커다란 검은 눈을 힘업시뜬다. 나는 그것을 볼째에 숨이 막히는드시 슬펏다.

눈을 쓰고도 멀거니 어듸를 보는지모르게 잇는것을보고 신일은 한손으로 내 팔을 씰어 병인의 겻헤안치며,

「애, 김군이 너를 보러 오섯다, 정신을 차려라」하엿다.

「그런즉M은 쌈작 놀라는드시 몸을한번 흠칫하며 심히 힘드는드시 눈알을 내게로 돌린다. 마츰내 눈과 눈이 마조첫다. 그 힘업는 두눈이 이윽히 나를 바라보더니 눈이 부신드시 스르르감겨지며 두눈추리로 눈물이 주루루흘러나린다. 나도 고개를 돌리고 눈물을 씻고 신일은 흑흑늣기면서 문을열고 나가버리고말앗다.

나는 언제까지나 M의겻헤 씰어안저서 다시그가 눈을 쓰기만 기다렷다. 이윽고 문이 열리더니 신일이가 고개만 방안으로 들여밀면서,

「김군 저애에게 무슨말이나 깃븐 소리를 한마듸 해주시오. 김군도 몸이 압흐신모양이지마는 단 삼분이라도 그애겻헤 잇서주시오. 아마그것이 저애에게 대한 우리의 마즈막 호의겟지오」하고는문을닷고 스립퍼 쓰는 소리를 내면서 가버리고 만다.

그래도 나는 M이 눈을 쓰기를 기다릴수밧게업섯다. 맘가타서는 와락 달겨들여서 한번이라도 쎠안아주고도 십지마는 그러케할수도 업섯다.

M의 얼골은 물론 햇슥하지마는 근본이 살이적은 얼굴이라 비교적 병틔가 업고 모든 속된생각을 다쎄여버린 깨끗한 수녀의 얼굴과가티보이며 웬일인지 그의 하얀니마와 웃입설에맑은 쌈방울이 매첫다.

나는 손ㅅ수건을 내어서 잠든 어린아기의 쌈을 씻는 모양으로 그쌈과

눈물ㅅ자국을 가만히 씨서주엇다.

그때에 M은 또 한번 눈을 떳다. 차차 눈을크게 떠서 나를본다. 나는 그의 얼골겻흐로 갓가히 가서 한손을 그가 베고 남긴 벼개우헤노핫다.

M은 입을방싯방싯하더니, 약하나 분명하게

「편치안으서요?」 한다.

나는 깜작놀낫다. M이 조선말을한까닭이다. 내가 놀라는양을보고 M은 빙그레 우스면서,

「놀라서요? 나는 당신의 안해가 되랴고 조선ㅅ말ㅅ공부를 하엿서요……… 그러나 그 말도 다 배호기전에 나는 죽어요」하고 입을 빗죽빗죽하며 썸벅썸벅눈물을흘린다.

이말을 들을때에 나는천지가 팽팽 돌아가는것을깨달앗다. 그래서 나는 거의 정신업시 한손으로 그의 머리를만지고 한손을 그의니불우흐로그의 가슴우헤 언즈면서

「노부꼬상!」하고 불럿다. 일본서는 이러케 녀자의 일흠만을부르는것은 극히 친애한 사이가 아니면아니하는법이다.

나는 복바쳐오르는 슬픔과 감격을 각가스로누르면서,

「노부꼬상. 어서 병이 나시오. 다 당신의 뜻대로 될터이니 어서병만 나시오!」 하엿다. 그러는 내목소리는 떨리고 컷다.

M은 거북한드시 얼골을 두어번 찡기더니 일본말로

「그래도 당신께서는 중한 맹세가 잇스시지오.」하고 나를본다.

「아모러한 맹세라도 노부꼬상을 위해서는 깨트리겟스니 어서 병만 나시오 네」 하고 니물밧게나온 그의 싸늘한 손을 꼭 쥐엇다.

「그래두 인제는 다 느짓서요. 인제는 마즈막이야요」하고 흑흑 늣기다가 자긔의 손으로 내손을 도로쥐이면서,

「그래두 나는 깃버요. 당신이 와주시고 또 그런말슴을 헤주시니 깃버요……… 나는 인제는 죽어요. 죽지마는 죽지마는 당신께서는……… 나를……… 닛지마시고……… 닛지마시고……… 불상한……… 불상한 안……… 안……… 안해로 알아주시오」하고는 슬픔과 붓그러움이 함께 자아치

는드시 얼굴에 붉은빗이돌며 숨ㅅ소리가 놉하진다.

나는 정신일흔 사람모양으로 흥분하엿다. 갓득이나 신열이 놉흔데다가 이러케 감정의 격동을바드니 자긔의 몸이 어듸 잇는지도 알수업고 다만 가엽고도 사랑스러운 M의 얼골이 왼세게에 찻슬쓘이다.

나는 몸을 압흐로 굽혀 M의 얼골을 나려다보며 감격에 찬 목소리로

「결코 안닛지오, 가슴에 색이고 안닛지오……… 내일생에 당신을 사랑하는 안해로 악게요……… 자어서 병이 나시어오!」 하엿다.

이밧게도 할말이 심히 만흔듯하건마는 나는 다만 숨ㅅ결만 놉흘쓘이오 말의 두서를 차즐수가 업서서 그대로 입을 다물엇다.

M은 눈을 오래동안 쓰고잇는것이 괴로은드시 다시스르르 감고 다만 자긔의 손으로 내손을 맥이 쒸는모양으로 쏙, 쏙 쥔다.

얼마를 이러케 말업시 잇스면서 그는 나의손만 쥐고 나는 그의 니마와 입설우에 쌈을씻고하는 동안에 갑작이 M은 자즌 기츔을 시작하며 내손을 턱 놋는다.

기츔에 멋번이나 거퍼나더니 입설로 불근것이 내비최인다 나는 「피를토하는고나」 하고 얼는손ㅅ수건을 대어고,

「자 배트오」 하엿다.

M은 첨에는 고개를 흔들며 손으로 날더러 비키라는 시늉을 하더니 마츰내 내 손ㅅ수건에 입에물엇던것을 뱃는다―그것은 혈담이라기보다도 전혀 새빨간 피다.

기츔소래에 놀랏던지 문밧게서 밧비오는 발ㅅ자최ㅅ소리가 나더니 신일이가문을열고 들어오고 뒤를짜라 수염만코 건장하고도 혐긔잇서보이는 아마 예전 군인인듯한 로인과 좀 암상스러워보이나 아직도 퍽 어엽분 중년의 부인이 들어온다. 나는 얼는 자리를 피하야 닐어낫다.

그 로인은 선대로 짤을 굽어보며, 점잔은 목소리로 호령하는 모양으로

「괴로우냐……… 맘을 굿게먹어야해!」 하고는 그압헤 위엄잇게 쑬어안저서 나를 본다. 나는 얼는 안저서 로인 내외에게 절을하엿다.

「응, 로형이 김군이오? 로형말은 신일이한테 다 들엇지오……… 허, 허,

불초한 딸자식을 두어서로형께 페를 끼치는구려. 허, 허, 다 전생의 인연이
로구려……… 나도 한십년전에 조선에 갑앗소, 허, 허」하고 로일은 딸을 위
한슬픔을 억지로 누르랴는드시 썰썰우스면서도 련해 딸을돌아본다.

M의 게모도 내게 대하야「불초한」딸자식째문에 페를 끼처서 미안하다
는 말을한다.

나는 로인내외의 말을듯는 동안 몹시 흥분되엇던것이 좀 진정되니 오솔
솔솔하고 오한과혀한454)이 나며 니ㅅ발이 쩌쩍 마조친다. 사람들도나의 괴
로움을 알아차리고 다른방에 가서 좀누으라하엿스나 나는 고맙다는 뜻만 표
하고 곳집으로 돌아와버렷다.

집에 돌아와서 십여일동안을 거의 정신 못차리고 알앗다. 감긔가 더치어
서 폐염이 되엇던것이다. 나는 생래에 심장이 약함으로 열에 대한 저항력이
심히 박약하야 체온이 삼십구도에만 올라가도 의식이 흐러지는 약점을 가지
엇다. 아츰에는 좀 정신이드나 오정째부터는 벌서의식이 몽롱하여지엇다하
며 혼수상태에 잇기를 일주야가 넘은적도 두어번 된다고한다. 오바상의 말
을 듯건대 내가 헷소리로「노부꾜」라는 일흠을 여러번 부르더라는데 만일
문병왓던 동지들이 그말을들엇스면 퍽 이상하게알앗슬것이다. 누은지 일주
일이 지나서부터 조곰 체온이 나리고 정신도 분명하여지엇스나 그래도 그동
안에무슨일이 생겻는지는 알수가 업고 다만 멧멧 친구가 차자왓던것 날마다
의사가 오던것을 희미하게 긔억할뿐이며 꿈인지 생시인지 알수업스나 신일
(信一)이가 와서 내겻해 안졋던듯한것을긔억한다.

열흘재 되던날에 나는 뒤ㅅ간에를 나려갓다.

오바상이 쮜어나와 나를붓들면서,

「아이구 오메상 웨 나러왓소. 실섭하면 엇지하게……… 그래도 인제는
살아나섯소. 엇더케나 무섭게 알앗는지 나는 오메상이 죽는줄 알앗당이」하
고 늙은 눈에 눈물이 글성글성한다.

그날 점심에 쓸힌 밥을 좀 먹고난뒤에야 오바상이 그동안에 와싸힌 편지

---

454) 虛汗, 몸이 허약해서 나는 땀.

와 명함을 내게 주엇다. 그중에는 본국에서 온것도 잇섯고 동경안에 잇는 친구들이 위문으로 준 엽서도 잇섯다 죽을번하다가 살아난 사람이 세상에 살아잇는 사람들의 긔별을 듯는것이 아주 신통하고도 유쾌하엿다.

오바상은 맨나종에 웬 큰 보퉁이 하나를 내왓다. 나는 그것이 무슨뜻인지를 얼는 째닷는드시 가슴이 쓰씀하엿다. 보지아니하여도 이것은 마쓰다집에서 온것이 분명하다. 이것이 무엇인고 노부꼬는 엇지되엿는고.

나는 떨리는 손으로 그 보를 글럿다. 겻헤잇던 오바상이,

「그 아가씨가 돌아가섯다오. 그째 왓던이가 이보퉁이를 가지고왓다가 오메상이 알는것을 보고한참이나 몸을 만지어주고 갓당이. 오메샹이 다녀온지 사흘만에 그 아가씨가 죽엇다고 그러고는 나를보고 울더랑이」 한다.

나는 벌서 알아차린드시 별로 놀라는양도 아니보엿다. 가슴이 나려안는 듯함을 째달은것은 사실이나 도로혀 당연한일갓치 들럿다.

그보를 글느는 내 손ㅅ가락은 심히 떨럿다. 마츰내 보는 글러지엇다―그 속에서는 먼주로 만든 일본녀자의 옷한벌과 가죽썹더기한 일본말성경 한권과 당용일긔(當用日記)라고 제목박은 일긔 한권이 잇고 그 일긔책름에 파라우레한 봉투하나가 보인다. 나는 얼는 그 봉투를 쩌내엇다. 아모것도 쓴것이 업다. 그것을 쓰더본즉 그속에서는 리본ㅅ쏫가튼 비단 헌겁 하나가 나오고 그 비단 헌겁에는 쌀간피로

「わがとこしふへの背の君よ

先き立ち行く妻　信子」

라고어엽분초서로 썻다. 번역하면 이러하다―

「나의 영원의 지아비여

압서가는 안해 노부꼬」

라는뜻이다.

멧칠전에 썻는지는 모르거니와 피ㅅ빗이 아직도 새롭다. 엇던 부분이약간 주ㅅ빗으로 변하엿슬쑨이다.

나는 그 헌겁을 물쓰럼이 들여보다가 떨리는손으로 다시 봉투ㅅ속에 집어너허앗가모양으로 일긔책름에찌엇다 아직은 긔억이 넘어도 새롭고 가슴

이 넘어도 쓰려참아 볼수가업는까닭이다. 일긔도 아니보랴고 애를 썻건마는
첫장 백지에 「信子」라는 일흠쓴것이 눈에 씌엿다.

가죽썹더기 성경겻장에도

「願はくは主よ，め が夫の君を御手もて導かせ玉ハ 父の國へかへます信子」

(원하옵나니 주여 나의 지아비를 당신의 손으로 인도하시옵소서 아버지
의 나라에 돌아가는 노부꼬)

라고 썻다.

나는 그것도 얼는 덥혀버리고 무서운 물건을 눈에서 숨기랴는드시 꽁꽁
싸버리고말엇다. 그러고 信一이가 두고간 커단 서양 봉투를 쪠엇다. 그 편지
는 이러하다―

「행일(行一)군」이라고 서두부터 친척에게 하는 모양으로 「노부꼬는 형'
쎄서왓다간지 사흘만에 죽어버렷소, 자긔는 아버지의 집으로 도라가노라하
야 슬퍼하는 빗도업시 아주 평화롭게 죽엇소. 곳 형쎄 달려왓스나 형은 신열
로 정신을 못차립듸다.

죽는날까지 나혼자만 잇슬째 항상 형의 말을하고는 울엇소. 그애의 평생
에한되는것이 형더러 남편이라고 불러보지못함인듯하고. 「나의 남편에게」하
고 쓴것이 퍽만소이다.

죽는날 아츰에 나를 불러 자긔가 병들기전에 입던옷(형을 차자갈적에도
그옷을 닙엇섯다하오)과 성경과 봉투를 형쎄 보내고 또 자긔의 무덤잇는곳
을 형쎄 알리라하기에 이것을 내가 몸소가지고왓스나 형은 아직도 의식이
분명치못하시오 그애의 무덤은 조시가야(雜司谷)공동묘지에 잇소, 가시면
차즈리다. 만일 그애의 무덤에 가시거든 무덤을 향해서라도 「내안해」라고
한마듸 불너주시오. 그것이 다헛된일인줄은 알지마는 하도 불상해서 부탁하
는말이오.

노부꼬가 형이 알는다는말을 내게 듯고 퍽놀라워하엿소. 흑 자긔를 차자
왓던것이 빌미가되지나아니하엿는가하야 제병은 니저버리고 걱정하는것을
보앗소. 그래서 나는그이튼날 형의 병세가 좀 낫더라고 거즛말을하엿더니

그말을 듯고는 가만히 긔도를하는모양입되다. 나는 형의 병이 곳쾌복될줄밋소. 설마 죄업는 게집애의 마즈막소원을만일 신이나 불이 잇다하면 안들어줄리가 잇겟소?

아모러나 모도 이상한 인연이오, 모도 알수업는 운명이오. 형이 노부쯔를 닛지나말면 그것도 낫던 보람을한것이겟지오.

나는 내일 요쏘하마(橫濱)를 쩌나서 미국으로가오. 대사관 서긔관으로 가게되엿소. 천하에 오직 하나이던 동생하나를 죽여버리고 혼자 쩌나는 나의 맘도 살펴주시오 총총이만 신일」 이라하엿다.

나는 이틀동안을 갓가스로 참고 들어누엇다가 사흘재 되는날에는 오바상이 말류함도듯지아니하고 동복을 쩌내여입고 목도리를 두루고 조시가야 공동묘지를 차지갓다. 마츰 청명한 느진 가을날이라 묘지압 쏫집에는 성묘하려오는 사람들이 만핫다. 그들은 다 수심만흔 얼굴을 가지고 무덤ㅅ속에 누어잇는 사람이 조와할쯧한 쏫을 골나잡고 갑슬 다로지도아니하고 돈을 내여주고 그리고는 무거운 거름을 축축한 묘지안으로 고개를 숙이고 걸어들어간다, 오늘이 특별히 성묘하는날이아님으로 오늘 여긔온사람들은 대개는 죽어서 여긔 와 뭇친지 얼마아니되는 사랑하는이의 무덤을 차자온것이다. 저 두 어린애를 다리고 검소하게 머리를 단장한 젊은부인은 아마 남편의 무덤을 차자왓슬것이오, 하안인듯한 엇던 사내에게 쓸려오는 저로파는 아마 아들이나 쌀의 무덤을 차자온것이다. 그리고 별로슬픈빗도 업시, 도로혀 유쾌한드시 빙글빙글 웃는 학생이삼인은 아마 엇던일홈잇는 문사의 무덤을 차자온것인가.

나는 다른 사람들이 쏫을 다 골르기를 기다려서 희고갸날피보이는 쏫을 골낫다. 웨그런지모르나 그런 쏫이 우리 노부쯔에게 합당할쯧한까닭이다 그래서 흰국화쏫 – 그중에도 극히 가냘편것 멧 가시와힌 「나데시쏘」와, 으악이(일본말로 스스끼)와 이런것을 멧가지 골나서 두 묵금에 묵거 한손에 들고, 묘지직이 한테는 물어보지도아니하고 묘지로 들어섯다.

길은 축축하나 느즌가을의 열본 볏히 놉고나즌 돌비(일본 무덤에는 봉분이업고 돌비가 잇슬쑨이다)를 비최여 심히 광명하다. 나는 돌비에 색인 죽은

사람들의 일흠을 눈에 씌우는대로 슬적슬적 보면서 맷천인지 알수업는 무덤
ㅅ사이로 이리 쓰불 저리 쓰불 새무덤만 차잣다. 새무덤도 쐐만타. 어저쌔나
그저쌔 쌕가세운듯한 생나무내나ㅅ는 목패도 드문드문 섯다.

이모양으로 얼마를 헤매다가 마츰내 엇던 새로 세운 목패가 내눈에 씌엿
다. 웬일인지 그것이 노부쏘의 무덤이다 하는 생각이 번개갓치닐어난다. 나
는 쌔른 거름으로 그압흐로갓다. 압헤는 조고마한 철문이잇다. 그것을열고
들어가면 네모반듯하게 목착을 두루고 한가은데「松田家代之墓」라고 큰 글
ㅅ자로 새긴 몰비가잇고 그 좌우로 대여섯개 무덤이잇고 저편북족 구석늙은
동백나무밋헤

「松田信子之墓」

라고 먹으로 쓴 네모난 새목패가 잇다. 나는 그압흐로갓다.

세로 판던 흙이 아직 잠이 안자고 아마 노부쏘의 동창친구들이 가져온듯
한 생쏫화환조차 아직 반이나 싱싱하다.

나는 손에쏫을 든대로 한참ㅅ동안이나 말업시 목패를 바라보고 섯섯
다. 그러다가 손에 들엇던 쏫을 목패밋죽통(대로만든통)에 쏘잣다. 흰 국화
가 하느적하느적 흔들리더니 그것도얼마아니하야 무덤과가치 고요하게되
고 말앗다.

아모것도 업다-노부쏘의 얼굴도 볼수업고 소리도 들을수업다. 내가 무
엇하러 여긔 왓던고. 저 흙을보러 쏘는 저 목패를 보러 왓던가. 흙이나 목패
는 나에게 아모러한 감동도 주지못하엿다.

노부쏘의 몸은 여긔잇다-이 목패밋헤 잇다 그것은 한번 보고십다, 그러
나 볼수업는것이다. 나는 그 몸을 보랴드시 쌍이 쑤러지도록 이윽히 들여다
보다가 혼자 부르지지엇다-

「사랑하는 노부쏘. 너는 이곳에 잇는것이아니다. 네가 잇는곳은 내가슴
ㅅ속이다. 너는 내 가슴ㅅ속에 들어와 살고십허서 네몸을 버서바린것이다
이것은 네 죽은무덤이나 내 가슴은 네가 살아잇는 집이다. 네 가냘핀몸이 그
립기는 그립다마는 임의 버서바린것은 다시 엇지할수가업는것이다. 오오 내
안해여. 그러케도 나에게서 안해라고 불녀지기를 원하엿던가. 아직 아모도

들어오지아니한 내가슴의 새집에 영원히 살라, 그리고 하로에 천번이나 만번이나 원대로 나를남편이어 하고 부르라, 네가 한번부를째마다 나는 두번식 오오 사랑하고 불상한 안해여하고 대답하마.」

그것이 십오년전일이다. 나는 그동안에하나도 일어노흔것은 업거니와(三十七字削除)류리표박하노라고 다시는 사랑할새도 업섯고 사랑할 생각도업시 사십이갓가워지고말앗다. 그러터라도 혹은 시베리아벌판에 혹은 양자강어구에, 혹은 감옥의 철창ㅅ속에, 혹은 몰래넘는 국경의 겨울ㅅ밤에 일즉 노부쬬를니즌일은업섯다.

　　(一九二四, 八, 一九, 釋王寺)

# 사랑에 주렷던 이들

『朝鮮文壇』, 1925. 1

一


　형과 서로 쩌난지가 벌서 팔년이로구려. 그 금요일밤에 Y목사집에서 내가 그처름 수치스러운 심문을 밧을째에 나를 가장 사랑하고 가장 미더주던 형은 동정이 그득한 눈으로 내게서 「아니오!」하는 힘잇는 대답을 기다리신 줄을 내가 잘 알앗소. 아마 그자리에 모혀 안젓던 사람들중에는 형 한사람을 제하고는 모도 내가 죄가잇기를 원하엿겟지오. 그 김씨야 말할것도업거니와 그러케 순후한 Y목사싸지도 쑥 내게 잇기를 바랏고 「죽일놈!」하고 속으로 나를미워하엿슬것이외다.

　그러나 내가 마츰내,

　「여러분 나는 죄인이외다. 모든 허물이 다 내게 잇소이다!」하고 내 죄를 자백할째에 지금까지 내가 애매한[455]줄만 밋고잇던 형이,

　「엑이-네가 그런 추한놈인줄은 몰랏다」하고 발ㅅ길로 나를 거덕찬 형의 심사를 나는 잘알고 쏘 눈물이 흐르도록 고맙게 생각하오. 만일나를 그처럼 깁히 사랑해주지아니하엿던들 형이 그처름 괴로워하고 성을 내엇슬리가 업

---

455) [형용사][여불규칙 활용] (아무 잘못도 없이) 누명을 쓰거나 책망을 듣게 되어 억울하다.

슬것이오.

그째에 목사는 가장 동정이 만흔 낫츠로 내손목을 잡으며,

「박군-회개하시오, 회개하시오」하고 나를 위하야 긔도까지하여주엇지마는 그보다도 형의 발ㅅ길로 어더채인것이 더욱 고마웠소이다.

나는 그길로 그 누명을 뒤처쓰고 동경을 써낫소이다. 써나는길에 한번만 형을 보고 가량으로 멧번이나 형의집압헤서 오락가락하엿슬가. 그러다가도 문ㅅ소리가 나면 혹 형이 나오지나 아니하는가하야 멧번이나 몸을 숨겻슬가. 느즌 가을 동경에 유명한 구즌비가 부슬거리는 그 침침한 골목에서 살아서 영원히 이세상을 하직하는 나의 행색이 얼마나 가련하엿슬가, 더욱이 사랑하는 형네 남매와 이주년이나 친동긔와 다름업시 지나다가 마츰내 내가 형과밋 형의 매씨456)에게 대하야 감히 못할 더러운 지를 지엇다는 루명을 쓰고 제가 잇던 집에 다시 발도 들여노치 못하고 어슬넝~써나가는 내심사가 얼마나 하엿슬가-형아 아마 형은 상상하리라고 밋는다. 쏘 만일 그째에 내가 정말 죄인이아니오 진실로 애매한 사람이엇다하면 더욱 나의 심사가 얼마나하엿슬가. 형아 이말에 놀내지말라.

二

내가 써날째에도 형의 얼굴도 보지아니하고 쏘 써난뒤에도 팔년ㅅ동안 형에게 아모 소식도 아니보내다가 지금에 새삼스럽게 이편지를 쓰는것은 결코 팔년전 묵은 일을 끄집어내어 구태 내가 애매햇던 것을 변명하고 쏘 내가 한 조고마한 선(?)을자랑하고저함은 아니오. 내게는 그러한 생각은 털끝만치도 업섯고 나 혼자도 아모죠록, 그런 생각은말하버리리라하야 거운다457) 니저버리고잇섯소이다.

그런데 이상한 사건이 하나 내게 생겨서 사건이 나로하여곰 나의 지난 일을 새롭게 생각하게하고 쏘 나로하여곰 형에게 이 편지를 쓰게하는것이

---

456) [명사] 상대편을 높이어 그의 '손아래 누이'를 일컫는 말.
457) [부사] 어느 한도에 매우 가깝게.

외다.

그러나 이 니야기를 하자면 자연 내게 관한니야기도 아니나올숙업스닛가 그때 그사람과 나와의 관계가 엇더하엿스며 쏘 사건이 잇슨이래로 내가 지금까지에 엇더한 경로를 밟고 살아왓는지 이런것도 지금 이 사건을 니야기하는데 필요한 한도에서 될수잇는대로 그 사건에 관계하엿던 여러사람들의명예에 관계하지아니하리만큼 말하지아니할수업소이다. 만일 이말이형에게 새로온 괴로움이 된다하면 심히 미안한일이니 용서하시기를 바라오.

三

내가 형의 매씨를 사랑하엿던것은 사실이지오. 그것은 형과 한집에 잇게 된때부터라하기보담 기실 서울서 중학교에 다닐때부터지요. 형과 형의매씨가 동경으로 쩌난뒤에 나는 마치 어름 세계에 혼자만 내버림이된 사람과가타서 메칠ㅅ동안은 먹지도못하고 자지도못하고 엇지할줄을 몰랏소이다. 형도 아시는바에 내가 좀처럼 눈물을흘린다든가 남에게 약한 모양을 보이는일이 업는 사람이지마는 그때에는 참으로 마치 졋쩌러진 어린 아해와가튼 약하고 의자할데업고 가엽슴을 쌔달앗소이다.

진정으로 말하면이째에야 내가 비로소 매씨를 사랑한다함을 쌔달앗고 매씨가 업시는 내가 살아갈것갓지안이함을 쌔달앗소이다. 내가 갑자기법률을 배혼다는 목뎍을 변하야 신학을 배호기로한것도 그째문이외다.

「신학? 엇지해서?」하고 형은 의심하시겟지요. 그것도 다 짜닭이 잇다오. 형과 매씨가 동경으로 쩌나시노라고 나를 불너서 저녁을 먹을째에 매씨가 나를 향하야,

「엇재 목사가 디실것갓타서요-아참, 목사가 되시지오」하고 우슨일이 잇는것을 아마 형께서는 니즈셧겟지마는느 나는 그말을 니즐수가업섯소이다. 아마 그말을 한 당자인 매씨도 별로 깁흔 생각이 업시 롱담삼아 한말이겟지요, 아마 내가 나이에 비겨서는 좀 묵직해보이고 말이 적고 쑥하고 그래서 청년의 쾌활함이 업는 나의 긔질458)을 비우슨 뜻인지도 모르지오- 아마 그

러켓지오. 마는 그쌔의 나로는 매씨의 그말 한마듸로 일생의 목뎍을 정하지
아니치못하엿소이다. 그래서 그자리에서 나는

「네, 나의 사랑하는이여! 나는 신학을 배호아일생에 당신이 사랑하시는
하나님의 복음을 전하는 목사가 되리다하고 속으로 결심하면서 가만히 매씨
를 바라보앗더니 매씨도 나를마조보아주시기로 나는 「응 내 결심이 감응이
되어 아마 그것에 찬성하는쯧을 표하는 것이다」 이러케만 작정하엿소이다.

내가 퍽 어리석은 녀석이지요-무척 못난 녀석이지요. 그러치마는 지금와
서 그런소리를 하면 무엇하오?

아모리나459) 이모양으로 신학을 공부하기로하고 동경으로 갈 결심을 한
것이오. 그리고나서 내가학비주시는 은인을 움지기는일이며 교회 여러 직분
들의 추천을 엇노라고 얼마나 고심을하엿는지 그것도 형쎄서는 짐작하시겟
지오. 엇잿스나 이모양으로 고시맘담하게 경영한 결과로 동경에도 가게되고
C학원 신학부에도 입학을하게되고 그보다도 더욱 행복되게 형네와 함께 잇
게도 되엇소이다. 아아 그러케 된쌔-내가 학교에 입학까지하여노코 형의 집
으로 막 이사ㅅ짐을 다 날르고 처음 형의 집에서 형가 매씨와 가티 식탁을
대할쌔에-아아 그쌔에 내가 얼마나 깃벗겟소? 얼마나행복되엇겟소? 이쌔로
부터 나는 더운날이나 치운날이나 눈이 오거나 비가 오거나 거진 십리나 되
는 학교에 터덜~걸어다니는 것도 힘드는줄을 몰랏고 쏘밤을 새어 공부하는
것도 고생되는줄을 몰랏소이다. 그리고 엇지하면 내가 눈과가티 희고 깨끗
한 사람이되고 복음을 위하야 불ㅅ덩어리와가티 쓰거운 사람이 될가, 엇지
하면 내가 복음을 위하야 구주예수와가티 십자가에 달려 죄만흥 세상을 위
하야 샤죄와 축복을 구하는 긔도를 들이고 피를흘리는 사람이될가. 그쌔에
매씨가 먼빗에서라도-극히 먼빗에서라도 내가 십자가에 달린 것을 보아만
주면 나의 일생의 소원은달한것일고 생각하엿지요.

나는 일즉 매씨를 내것을 만들자-내 안해를 삼자-이러한 생각을 한일

---

458) [명사] ① 개인이나 집단 특유의 성질, ② 심리학에서 이르는 일반적인 감정의 경
향으로 본 개인의 성질.
459) [부사] 어떻든지/ [준말] 아무러하든지.

은 업섯소. 이런말을 한대야 미더줄 사람이 업겟지오.

「엑기 너가티 더러운놈이!」하고 내 낫바닥에 춤을 탁 배틀터이지오. 형은 안그러시겟지오-아마 형쌔서는 내 말을 미드시겟지오. 그러나 안밋기거든 안미드셔도 좃소.

나는 오직 매씨가 이세상에 잇다하는 그의존재의 인식만으로 깃벗고, 쏘 그가 나와 갓가운곳에 잇다하면 더욱 깃벗고 만일 그의 가슴ㅅ속에 나라는 긔억이 한자리를 차지하리라하면 더할수업시 깃벗지오. 그러나 나는 하나님 압헤서 장담하거니와 일즉 털끗만한 육욕을 가지고 매씨를 대하여본일이업 셧소이다.

나는 그쌔에는 벌서 스믈넷이나된 사람이안이엇소? 나는 부모업시 자라난 불상한아희라 일즉이 혼인도할새가 업섯고 서울서 중학교에 다닐쌔에도 남들은 게집애들은 싸라도다닉 쌀려도다녓지마는 나가티 돈도업고 녀자들의 맘을 쓸만한 풍채도업고 쏘 슨적~하게 녀학생들의 발뒤꿈치를 싸라다닐만한 배씸도 업섯고 쏘 매씨를 만나기싸지는 녀자라는것이 그러케 내 호긔심을 쓸지도아니하엿섯지마는 동경에가서 한두해를 지난뒤에는 점점 가슴ㅅ속에 무엇이 비인듯한 생각을 쌔달앗고 길ㅅ가에서나 전차ㅅ속에서 젊은 녀자를 대할쌔에는 말하기도 붓글운 엇던 충동이 닐어나는일도 잇섯지마는 매씨에게 대하여서는 털끗만치도 그러한 생각을가저본일이 업섯소이다.

나는 성경ㅅ구절을 고대로 실행하노라고 녀자를 볼쌔에 음욕이 나면 나는 당장에 내손으로 내 몸을 쏘집기도하고 내 입설과 내 혀끗을 피가 나도록 물기도하엿소이다. 자긔전 랭수욕이 정욕을 막는다는 말을 듯고 나는 곳 압마당 움물에서 형이 다 잠든째에 랭수욕을 시작한것을 형도 모르시지는 아니하리다. 엇던날에는 그것으로도 부족하야 나는 그 치운 방에서 불을 쯔고 혼자 쓸어안저서 밤을 새어 긔도한일도 멧번인지모르며 그러다가 내가 독한 감긔를 들어 형에게 폐를 씨친것도 여러번이엇지오.

## 四

　그째에 내 생활에 쩌어든것이 김씨안이오? 긔숙사에서 위ㅅ병이 생기고 신경쇠약이 생기고입맛이 쩌러졋다하야 형의 집에 두어주기를 간절히 구하는듯한 말을 주일날 례배당에서 돌아오는길에는 반다시 하엿고 그러다가는 우리와 함께 저녁을 먹으면서 「김치만 먹어도 살것가타요」 「국맛조차 다른걸요」 「이러케 한달만 먹으면 살것가튼데요」 이러한 말을 수업시 하고는 흔이느즌뒤에야 「아이구 가야겟는걸」 「쏘 가야지」 이러한 소리를 하며 시게를 이분에 한번씩 삼분에 한번씩이나 보고는 너코 너코는 보다가 열시가 쌍친뒤에야 가기실흔길을 억지로 가는사람모양으로 긔숙사로 들어가지를 안이하엿소?

　그째에 형도 그에게 심히 동정을 하는드시 그러나 내가 미안한드시

　「글세 그거 안되엇구려-허지만 우리집에야 방이 잇서야지」 하지아니하엿소?

　나는 애초부터 김씨가 맘에 안들엇소. 엇재 고 젠체하고 착한체하고 교회를 위하여 세상을 위하야 밤낫 근심이나하는체하고 게다가 남헌테학비 어더서 공부하는 쳐지에 양복이나 일복이나 쏙 쌔지게 차리고 다니고 례배당에서는 목사보다도 자긔가 교회의 주인인드시 쌉죽거리고 게다가 얼굴에는 한상 기름이 짜르르 흐르고 손ㅅ가락끗이 톡톡 불어터지도록 혈색이 조흐면서도 신경쇠약이니 소화불량이니 불매ㅅ증이니 하고 금시에 죽을 사람갓치 쩌드는것이 내 맘에 들지아니하엿고 더구나 그가 나이로 말하면나와 어상반한460) 쳐지면서 나보다 학급이 두엇 우이라하야 가장 선배인체하는것이 내 비위를 몹시 거슬렷소. 형쎄세도 그 사람을 그러케 조와하지안이하신줄은 내가 잘 아지오.

　그럴쑨안이라-이것은 지금도 말하기가 붓그러운 일이지마는-김씨가 온다는것이 내게는 심히 불쾌하엿소. 엇재 김씨가 자조 놀러오는것이나 쏘 동정을 구하는듯하는 말을 자조 하는것이나 쏘 가티 와잇고십허하는것이나 모

_______________

460) [형용사] 서로 비슷하다.

도 김씨가 매씨에게 무슨 뜻을 둔것만가티 보여서 그것이 내게는 더할수업시 불쾌하엿소? 우스운일이지오, 내가 매씨께 무슨 상관이야요? 하지마는 김씨가 매씨를 갓가히하는것이마치 거룩한 무엇을 더럽히는듯하야 억제할수업는 불쾌감을 가지엇소.

그러나 나는 혼자 뉘우첫지오-밤새도록 회개하는 긔도를 들엿지오. 아아 웨 내가 김시를 미워할가. 웨 나혼자라도 그의 흠담을하엿슬가. 나는 성경ㅅ구절을 폇다.

「녯사람에게 하신 말슴을 너희가 드럿나니

살인치말라 누구든지 살인하면 심판을 밧게도리라하엿스나 오직 나는 너희게 닐으노니 형뎨에게 노여워하는자는 지옥불에 드러가게되리라(마태복음四〇二一-二二)」

이것을 생각하고 나는 가슴을 두다리고 뉘우첫지오. 「아아 내가 죄를 짓는것이다-내가 김씨를 미워하고 미련한놈이라하고 미친놈이라 하는것이다-나의 이 죄를 하나님도 용서하시지안이할것이오 내가 사랑하는이도 용서하시지안이할것이다.」

이모양으로 나는 정성으로 긔도를 들여 마츰내 김씨를 미워하고 질투하는 맘이 업서지도록긔도를하엿소. 그러다가 식전에 형이 닐어나기를기다려

「내가 김씨하고 가티잇기를 원하오」 하고 그와가티잇기를 허락하엿지오.

그리고는 그날 종일 나는 깃븐 맘으로 지냇고 쏘 차풀ㅅ시간에 김씨를 만나서 전에업시 반갑게 손을 잡앗소. 그랫더니 김씨도 진정으로 반가운드시 손을 잡아주엇고 그가 서양ㅅ사람식으로 내억개에 손을 올너놋는것도 이날에는 아니쉽지를 아니하고 도로혀 반가윗소이다. 그래서 나는 마치 그날 하로ㅅ동안에 갑작이 내 인격이놉하지는듯하고 내 령혼이 아주 깨끗하여지는듯하야 그날ㅅ밤(그것이 내가 그방에 혼자 잇기로는 마즈막이엇소, 바로 그이튼날 김씨가 그만흔 트렁크를 가지고 올마오지안앗소)에 나는 일생에 처음 경험하고 만족을 가지고 감사의 긔도를 들엿소이다. 그리고 극히 화평하게 잠이 들엇소이다.

김씨와 한방에 잇게된째에 나는 선배에게 대한 례로 남창461)을 향한 자

리를 그에게 주고 나는 나제도 침침한 동벽을 향하야 책상을 노핫소이다. 나
는 맘 한편ㅅ구석에서 닐어나는 그에게 대한 반항심을 누르고 누르며 내힘
썻 그에게 공손하게햇지오. 그러치마는 형도아는대로 내가 원악 말이 잇소?
게다가 얼골조차 텬생으로 이모양으로 쑹하게 생겨먹엇스니 어듸 남의 맘을
흡족하도록 해 줄줄이야 알아요?

　김씨가 나와 가티 잇게된뒤로 얼마ㅅ동안은 별자미도업시 그러타고 별
고통도 업시 지내왓지마는 한달 지나 두달 지나 하는 동안에 나는 김씨의
행동이 심히 수상함을 깨달앗소이다. 그것이 다름이아니로 자다가 깨어본즉
겻헤 잇서야할 김씨가 어듸를 나가버리고만것이외다. 나는 얼는 무엇을 직
각하엿지마는 「앗불사 내가 웨 남에게 조치못한 생각을 하나?」하고 쑥눌러
바렷지오. 그러나 잠은 들지안하야 이윽히기다리노하면 그가 가만히 문을열
고 들어와서는 자리우헤 한참 안저서 무슨심란한일이 잇는드시 한참ㅅ동안
한숨을 쉬이다가는 가만히 니불을 들고 사르르 들어가서는 곳 잠이 들기나
한드시 코를 골지오.

　이런일이 두번세번 될사록 나는 도저히 내 맘ㅅ속에 닐어나는 의심을
누를길이 업서서 하로ㅅ저녁은 가만히 잠이 아니들고 기다리고 잇노라니 김
씨가,

　「여보시우, 여보시우」 두어번 불러보더니 그래도 대답업는것을 보고는
고개를 들먹하고 내 얼골을 들여다보며,

　「미스터박, 미스터박」하고 쏘 두어번 쌘사람이면 듯고 자는 사람이면 안
쌔리만한 목소리로 부르지오.

　나는 그 소리를 다 들으면서도 자는체하는것이 죄스러윗스나, 이사람이
밤마다 내게대 이런 수단을 썻겟고나할째에는 김씨가 밉기도하고 더럽기도
하고 가증스럽기도하야 못들은체하고잇섯소. 그랫더니 아니나 다를가 김씨
가 슬며시 닐어나더니 책상우를 더듬어서 빗을 내어 머리를 빗는모양이지
오. 그리고는 가마히 닐어나서 다시 한번 내편을 바라보고는 살그면히 문을

---

461) [명사] 남쪽으로 난 창. ↔ 북창

열고 삽분삽분 부억족으로 걸어가는 소리가 들리오. 나의 귀는 그 삽분~걸어가는 발ㅅ자최를 짜라가다가 그 소리가 쭉 끈키고는 미다지가 열리는 소리가 나는것을 들엇소. 그것은 분명히 매씨의방이오.

아아 나의 의심은 마츰내 참이되오말앗구려. 그가 밤나다 살그면히 자리에서 빠저나간것이 매씨의 방으로 간것이라고 생각할때에 나의 코에서는 불ㅅ길이 확확 내뿜엇소. 나는 기둥에다 내 머리를 부듸치어 부서버리고도십고 닛발로 혀ㅅ바닥을 물어끈코도십고 방ㅅ바닥에서 발버둥을 치며 데굴~굴고도십헛소이다.

나는 전후를 니저버리고 벌쩍닐어나 김씨가하는모양으로 가만히 문을 열고 삽분~걸어서 부억켯헤 부튼 매씨의 방으로갓소. 가서 창에다 귀를 대고 가만히 엿들을때에 나는 나의 불ㅅ길가튼 숨에 창이 펄렁거리지나아니할가하고 고개를 뒤로 돌렷소이다. 그러나 나는 점점 정신을 일허버리고 나의 다리가 벌벌 썰림을 깨달으면서 열병들린사람모양으로 미다지를 직 열고 매씨의 방으로 쮜어들어가서 어두운중에 이것이 김씨로고나하는데를 어림하고 꽉 타눌럿더니 그것은 김씨가아니오 매씨외다. 나는 긔겁을 하고 벌쩍 닐어나 방 한편구석으로 비켜서는 판에 전등이 번적 켜지며 김씨가 쮜어들어와,

「이 사람! 이게 무슨일이오?」하고 네 팔을쏵 붓들고 매씨는 크게 놀랜드시 방 한편구석에 쏘구리고안저서 나를바라보며 웁니다. 그째에 나는 매씨에게 대한 모든 존경과 사랑이 다 부서지어 버리고 마치 나의 심히 소중한 물건을 훔치어다가 업새버린 행실 낫븐 고양이처럼 보엿서요. 그러기째문에 내가 미친드시 달겨들면서 매씨를 발길로 차서 굴린것이외다.

이리하야 형이 잠을 째어 나오고 김씨가 형을 향하야 극히 침착하고도 심히 근심되는 태도로 내가 먼저 매씨의 방에 들어간것과 매씨의 소리를 듯고 자기가 쮜어나와 나를 붓든것과 그러치아니아혓더면 매씨가 봉변을하엿슬것과 메칠전부터도 나의 매씨에게 대한 행동이 수상하더란말을 아주참스럽게 고하엿소.

나는 김씨의 거줏말을 들을때에 하도 어이가업서서 다만 그자리에서 쮜

여나와 내방에 업더지어 울엇슬뿐이오 김씨의말을 반박하랴고도아니하고 나의 행동을 변명하랴고도 아니하엿소이다.

그이튿날 김씨가 교회직분의 한사람으로 검사ㅅ격이되고 형과 기타 멧사람이 증인과 배석이되고 목사가 판사ㅅ격이되어서 나를 심판할째에도 나는 「변명아니하는」 태도를 취하엿소.

목사가,

「당신이 ○○씨 방에 들어갓섯소?」 하길래 나는 사실대로

「네 글어갓섯소」 하엿고 쏘 목사가,

「조치못한 맘을 품고 들어갓섯소?」 하길래 나는 내가 음욕을품지아니하엿던것만 생각하고 처음에는 「아니오!」하고 부인하엿스나 다시 생각해본즉 내가 그방에 들어갈째에 김씨를 미워하는 맘과 매씨에게 대하야 일종의 질투를 가진것이 사실이오 쏘 그것이 「조치못한 맘」인것이 분명하길래 나는 다시,

「네 나는 좃치못한맘을 품고 들어갓소」 하엿고 쏘 목사가

「그러면 당신은 당신의 죄를 자복하시오?」 하길래 나는 김을 미워한것이나, 매씨를 놀래게한것이나 쏘 발ㅅ길로 찬것이나 모도 나의 죄인것을 알므로,

「네 나는 나의 죄를 자복하오」 하엿고 쏘 목사가,

「죄를 지은것이 오직 당신뿐이오 쏘는 다른 사람도 가티 지엇소?」 하길래 처음에 그뜻을 잘 알아듯지못하엿스나 마츰내 이것이 매씨와김씨에게 관한 말인줄을 째닷고 나는

「여러분 나는죄인이외다-모든 허물이 다 내게 잇소이다!」하고 소리를 찌른것이외다.

물론 모든 죄는 다 내게 잇섯다. 내가 웨 이 더러운 일흠을 매씨와 김씨에게 씨우랴. 나는 내게 책임잇는 죄나 자복하고 거긔 상당한벌만 바닷스면 그만이다. 내가 매씨와 김씨의 공이나 죄를 간섭할 권리를 어듸서 어덧슬가. 만일 그네게는 무슨 죄가 잇다하면 그것을 자복하는것이나 그것에 상당한 벌을 당하는것이나 모두 그들의 자유일것이지오. 비록 자긔네의 죄가 잇고

그죄를 아는 다른 사람이 발설 아니하는것을 고맙게녀겨 가장 깨끗한 사람인체하고 고개를 들고 교회에서 명예로운 직분의 명의를가지는것도 다 그들의 자유이지오. 이러케 생각한 까닭에 나는 모든 허물을 젊어지고 일생의 희망도 목적도 다 집어던지고 산 송장이되어 동경을 쩌낫소이다.

그로부터 팔년간 내가 엇더케 지내엇는가, 그니야기를 엇더케 나로 다 하며 쏘 한들 무슨소용이 잇소? 다만 나는 나의 바른 교육도 다 내어버리고 오직 빨가버슨 몸쑹이 하나로 온갓 로동을 다하여가며 내쌈을 흘려 벌어먹고 살아왓다는것과 그러하는 동안에 일생에 오직 하나인 친구인 형의 소식을 알아보고 형의 일홈과 사업이 점점 놉하가는것을보고 깃버하엿다는것과 매씨가 마츰내 김씨일래 일생을 그르친것과 김씨가 교묘하게도 아직까지「선인」노릇을하고잇는것을 슬퍼하고 놀랄쑌이지오.

그러나 사랑하는 형아 나를 위하야 결코 슬허하지462)말기를 바라오. 나는 인제는 결코 불행한사람이아니오. 지금 내가 이 편지를 쓰고 잇는겻해 나를 사랑해주는 안해가 내가 쓰는 이편지를 보고 눈물로써 동정하여주오. 비록 족고마하지마는 나는 지금 내 집에서 내 안해로 더불어 사오. 내가 온종일 나의 조고마한 가정을 위하야 로역을 하고 돌아오면 나의 안해는 밥을 지어놋코 찌개ㅅ그릇을 하로ㅅ가에 노흔채로 나를 기다리고 잇서주오. 나는 가난하외다. 그러나 나의 정직한 로동이 나에게 밥을 주고 나의 사랑하고 불상한 안해에게 질거움을 주기에는 넉넉하외다. 그러닛가 형이어 결코 나를 불상하다고말으시오. 나는 인제는 행복된 사람이외다. 내가 웨 팔년만에 사랑하는 형에게 이 편지를 쓰나─그것은 내가행복되게되엇다하는 깃븜을 형에게 알리려함이오. 그러닛가 형은 이편지를 보고 깃버해주시오.

그러나 형이어! 처음에 약속한바와가티 이편지를 쓰는것은 결코 내말을 쓰랸것이아니오 내말을 쓴것은 내가 인제 하랴는 다른 말의 예비가되는까닭이오.

아아 내말을 쓰기에도 나의 가슴이 아팟소. 닑는 형의 가슴도 맛당히 아

---

462) [타동사] 슬프게 느끼다. 슬프게 여기다.

프려든 하믈며 내가슴이야 얼마나 아프겟소? 그러나 장차 말하랴는 아픈 니
야기에 비하면 내 이야기가튼것은 한 우슴ㅅ거리에지나지못하오. 아아 세상
에는 이러케 슬픈일도 잇슬가요?

　나는 죄나 잇서서 바든벌이오-나는 김씨를미워하엿고 쏘 매씨에게 대하
야 비록 잠시ㅅ동안이라도 질투와 증오의 감정을 품엇섯소. 예수의 눈으로
보면 이것이 얼마나 큰죄요? 그러한 큰죄를 짓고 팔년ㅅ동안 지옥의 고생을
다하엿다하더라도 나는 조곰도 원망할것도업고 부족해할것도업소이다. 그러
할쑨더러 이러한 큰죄를짓고도 팔년의 별로 용서함을 밧고 오늘날과가튼 행
복을 어드니 도로혀[463] 감사와 깃븜이 잇슬쑨이외다. 그러하건마는 아모죄
도 업는-정말 털긋만한 죄도업는 연약하고 불상한 령혼이 내가 바든것보다
도멧십배더되는 고난을 바닷다하면 그것이 얼마나 슬픈일이겟소? 지금 내가
하랴는 말이 바로 그러한일이오, 쏘 여태껏 지리하게 내 니야기를 쓴것도 기
실은 이말을 쓰고저함이외다.

五

　나는 어듸를 가든지 무슨일을하든지 주의 가르침을 지어버리지아니하랴
고 전력을 다하엿건마는 칠년째 잠자던째부터 점점 맘ㅅ속에 일종의 적막과
슬픔을 늣기게되엇소. 그 적막과 슬픔은 하나님께 긔도를 들이는것만으로는
위로할수업슴을 째달을째에 나는 일변 놀라기도하고 슬프기도하엿소. 나는
나의 미듬이 흔들리는것이아닌가, 내가 올치못한 유혹을 밧는것이아닌가하
야 한번은 사흘ㅅ동안을 정하고 마니산ㅅ꼭댁이에 올라가 금식긔도를 들엿
소. 나는 예수쎄서 사십일 사십야를 광야에서 금식긔도 하시다가 마츰내 모
든 유혹을 이긔어버리신것을 본바다 언제까지든지 내가 모든 유혹을 이긔어
버릴째까지 결코 산에서 나려오지아니하기를 결심하엿섯소. 그째는 마츰 음
력 구월 보름째라 산에 나무ㅅ닙과 풀조차 다 말라버리고 버레소래까지 쓴
허지고 마니산 재천단에 갈바람이 획획 소리를 내고지나갈째요. 나제는 긋

_____________________________

463) <옛말> 도리어.

업는 바다를 바라고 밤에는 별이반짝이는 하늘을 바라고 긔도를 하엿소이
다. 피곤하여지어서잠깐ㅅ동안 잠이 들엇다가 깨어나면 동천에는 붉은 새벽
ㅅ빗이오 내 몸에는 하얀 서리어섯소.

그러나 형아! 하나님쎄서는 잠깐ㅅ동안 나를 버리시엇소. 나의 몸의 치
움과 맘의 치움은 하나님의 손으로는 더워짓아니할쯧하엿소. 하님은 넘어도
놉히 게신것갓고 넘어도 멀리 게신것갓고 넘어도 내가 갓가히하기에는 엄하
고 완전하신것가타서 나와가티 죄만코 불완전한 「사람의 살」이 그리워지엇
소. 「사람의 살!」 사람의 살이 짜쯧함이 내 몸에다흐면 이 찬 바람과 찬 서
리에 꽁꽁 언 내몸은 금시에 풀려질것가탓소. 만일 그째에 마니산머리에
엇던 사람이 잇섯던들-그사람이 아모리 변변치못한 사람이라도-비록 그
사람이반쯤 썩어진 문둥ㅅ병장이라도 만일 사람만 잇섯던들 나는 「아 사
람이여!」하고 달겨들어 쪄안고 흑흑 늑녀울엇슬것이오.

생각해보시오-내가 칠년의 긴세월을 누구를 사랑햇스며 누구의 사랑을
바닷겟소. 혈혈한 단신으로 오직 하나님의 손에 달려 걸어온것이오. 그러다
가 나는 마츰내 아주 사람을 쪄나 산ㅅ곡댁이에 올라 사흘을 지나니 내가
사람을 그리워하는것도 맛당한일이안이오.

그래서 나는 사흘ㅅ동안 굶은 배를 안고 긔운업는 팔다리로 간신히 긔
어 산을 나려왓소. 산을 나려오니 골목골목이 사람의집이로구려. 저녁연긔
가 나는 사람의 집이로구려. 사람의 소리가 나고 아희들의 짓거리는 소리가
나는 사람의 집이로구려. 비록 오막사리 단간ㅅ집이라도 저속에는 짜쯧한
알웃목도잇고 김오로는 숫도 잇고 짜쯧한 사람도 잇겟지오.

「저긔다. 저긔다! 내가 찾는곳이 저 알웃목이오 저 사랑이다!」 나는 이러
케 웨치고 촌가으로 쮜어들어갓소이다. 그러나 그 집들에는 모두주인이잇다.
그 알웃목은 주인이 안고남지못하고 그 사랑은 주인이 안기고남지못한다.
그만흔 저녁연긔나는 집에 내몸이 들어갈곳은 하나도업구려.

이래서 내가 짜쯧한 사람의 품을 찾노라는것이 창기464)에 집이엇소. 「창

---

464) [명사] 지난날, 몸을 팔던 천한 기생.

기의 집!」 내가 엇더케나 미워하던곳이오? 엇더케나 저주하던 곳이오? 그러나 형아! 나가튼 사람이 짜뜻한 사람의 품을 차즐째에 거긔밧게 갈곳이 어듸요?

일원ㅅ자리 지전 두장이 젊은 녀자 하나를 나에게 주엇소. 그 녀자도 사람이오. 다른 모든녀자와가티 피도 잇고 눈물도 잇고 령혼도 잇고 짜뜻한 사랑도잇는 쏙가튼 사람이오-나는그들도 나와 쏙가튼 사람인것을 발견하엿소. 내가 그날ㅅ밤에 만난 그녀자가 내게 이러한 진리를 가르처준것이오-사람은 다 쏙가튼 사람이라는.

그녀자는 나를 위하야 자리를 쌀아주엇고 째무든 내 의복을 차국~ 개켜주엇고 내몸에 신열이 잇다하야 수건에 랭수를 무처 머리도 식혀주엇소. 이것이 내가 세상에 나온뒤로 처음 당하는 남의 사랑이오.

이리하야 나는 마치 첫 사랑에 취한 사람모양으로 그녀자를 사랑하엿소. 이모양으로 두달은 쑬가튼 쑴가치 지나버렷소.

그러나 사랑에는 돈이 드오. 조흔집 처녀를 사랑하기에나 창기를 사랑하기에나 돈이 들기는 마창가지오. 나갓흔 로동자는 이 사랑하는 창기를 자조 만날 힘도 업섯소.

하로는 나는 저금통장을 마즈막으로 쩔어 나의 애인을 차자갓소. 나는 이날을 마즈막으로 나의 회포를 다 말해볼량으로 소주한병을 사서 으슥한곳에서 병ㅅ재로 들이키고 먹을줄 모르는 술이 반이나 취하야서 비틀거름으로 그집에를 찾자간것이오.

「아이, 웨 약주를 잡수서엇서?」하고 그는 나를 나와 마잣소.

「이 신산465)한 세상을 취하지도안코야 엇더케야 지나오-아아 하나님이시어 나를 영원히 취하여 깨지말게하소서」하고 방ㅅ바닥에 쓸어지엇소.

얼마를 정신업시 졸다가 눈을 쩌본즉 그는 자긔의 무릅위헤 나의 머리를 올려노코 련방 찬수건으로 내 니마를 식혀주오. 나는 그의 손을 잡으며,

「고맙소이다! 나는 금시 죽어도 한이업소이다. 나도 인제는 세상에 와서

---

465) [명사] ① (맛이)맵고 심, ② 세상살이의 고됨.

사람의 사랑까지도 맛보앗스나 더바랄것이 무엇이겟소? 나는 인제는 이세상
에 남아잇서서 더 볼일도 업고 또 세상이 나가튼 사람을 만류할까닭도 업스
니 나는 훨훨 다라나고말겟소」하고 금할수업시 눈물을 흘렷소. 진정 나는
죽을길 밧게 업섯소이다. 나는 이믜 하나님의 신용을 일허버렷고 인생으로
사업을 일운다는 리상조차 일허버렷고 나의마즈막의 복인 이 창기라는 녀자
까지도 다시 만날길이 어렵게되엇소. 겨울이 될사록 일ㅅ자리는 줄고 용은
늘고 또 칠년남은 고생스러운 로동생활에 나의 청춘의 정력도 다 소모되고
말앗소.

　나는 마즈막으로 그를 만나 그와 작별의 인사를 하고는 그길로 나가 축
항의 어름구덩이에나 어듸나 닥치는대로 죽어버릴 작정이엇소. 그랫던것이
먹은 술이 넘어 힘을 내어서 그만여태까지 잠이 들엇던 것이오.

　잠을 깨어보니 마치 자긔가 마탓던 중대한 임무를 니저버린듯하야 벌쩍
닐어낫소.

　「여보세요, 웬 약주를 그리 잡수세요? 줌으시면서도 우시든데」하고 그는
차 한잔을 짜라 나에게주오. 창은 찬 바람에 소리를 내고 쩌는데 화로에는
숫불이 이글~하오. 그는 말을 니어,

　「웨 그런 슝한 말슴을 하셔요? 세상을 버리고 가기는 어듸를가요? 어듸
갈데가 잇나요? 이 세상말고 다른데 갈데가잇섯스면 나갓흔 사람은벌서 가
버리고 말앗게요. 나가튼 사람도 할수가 업서서 이 세상에 살고잇는데 당신
거트신 사내량반이야 웨 그런 생각을 하셔요? 세상이 괴롭기도하지마는 또
그러저럭살아가노라면 그래도 산 보람이 잇는것가타요.」

　그는 이러케 말하고 모든것을 다 깨달앗다하는눈으로 나를 물끄러미 바
라보오. 내가 여태썻이녀자와 만난것이 수십차가되지마는 오늘모양으로 이
러케 길게 니야기를 한것은 서너번밧게 못되오, 그것은 사원을 내어야 하로
ㅅ밤을 그와나와 단둘이만 가치 지나루가잇스되 이원만으로는 한시간밧게
갓치 잇슬수슬업섯던까닭이오. 그는 하로ㅅ밤에도 나와갓흔 이원ㅅ자리 남
자를 둘이나 셋 맛흐면 사오인까지도맛지안이하면 안되기때문이오.

　나는 점점 그녀자가 결코 범상한 창기가아닌것을 깨달앗소. 그래서 두어

번이나 그의 래력을 물엇스나 그는 우슬뿐이오 대답이 업섯소. 그도 나를 보통 로동자와는 다르게 보앗든지 한두번 나의 과거를 물엇스나 나역시 나의 쓰라린 과거를 그에게 말하기를 원치안이하엿섯소. 그랫더니 지금 그의 눈을보니 그 눈ㅅ속에는 말할수업는 무엇이숨어잇는듯하오. 원래 유순하게 생긴 녀자지마는 그눈이 더욱 유순하오나는 불현듯 이녀자의 과거에 누를수업는 흥미를 가지게되엇소. 이녀자의 래력을 듯고 또 이녀자의 지금 품고잇는 생가글 들어 그가 나의 저생ㅅ길의 동무가 될만하거든 가치 정사를 하리라 하는 생각이낫소. 「정사!」 이 생각이 내가슴ㅅ속에 따쯧한 빗을 던지는듯하엿소.

그래서 나는 담배를 피어물고 그더러 그 래력을 말하기를 청하엿소. 그런즉 그는 여전히 우스며,

「당신부터 먼저 말슴하셔요!」 하오.

그래서 나는

「내 과거? 말하지오. 나는 여태썻 아모에게도 내 과거를 말한데가 업소. 그러나 나는 세상을 버리기전에 세상에 남아잇는 당신에게는 말을하고십헛소. 고러면 말하지오. 내가 말을하면 꼭 당신말도 하지오?」하고 다즘을 바든즉 그는

「그러지오」하고 지금까지의 랭랭한 태도가 변하야 깁흔 흥미를 가진듯한 태도를 취하오.

나는 나의 과거를 말하엿소. 부모업시 자라나던 니야기, 서울서 공부하던 니야기, 동경으로 가던 니야기, 엇던 녀자의 말을짜라 목사가될목적으로 신학교에 입학하던 니야기짜는 그히 평범하엿거니와 매씨와 나와의 관계 김씨와 매씨와 나와의 관계, 형과 나와의 관계와 그날ㅅ밤일이며 목사압헤서 재판을 당하던 니야기와 내가 느즌 가을 구즌비 오는 밤에 형의 집을 바라만보고 동경을 쩌나던 니야기를 할째에는 아직도 술이채 깨지안이하고 자기전 흥분이 채 식지안이한 나는 심히 흥분하엿소. 내가 칠년ㅅ동안 대판으로 구주탄광으로 부산으로 목포로 군산으로 마츰내 이곳 인천으로 도라다니며 부랑하는 로동자의 생활을 하던것과 나중에 두달전에 마니산쏙대기에서 금

식긔도를 하다가 짜뜻한 사람의 살이 그리워 도로 세상으로 나려오던 니야기를 할째에는 그의 눈이 차차 이슬이 매치고 마츰내 그것이 눈물방울이 되어 흐르다가 내가 인제는 죽어버릴길밧게업다하고 말이 끗날째에는 그는 방ㅅ바닥에 업더저 흑흑 늑겨가며 울기를 시작하오. 그가 엇더케나 슬피 우는지 나는 도로혀 「공연한 니야기를 하엿다」하는 미안한 맘이 생겨서 그의 들먹거리는 등을 어르만지며,

「울지마오, 내가 쓸데업는 말을 햇구려」 하엿소. 그러나 그런말을 하는 나도 아니울지는못하엿소. 둘이 한바탕 울다가 눈물에 붉게된 얼굴을 마조 볼째에는 그는 나의 수십년 동안 갓치 살아온 지극히 사랑하고 친한 사람갓치 보엿소. 그에게도 내가 그러케 보이는지 그는 눈도 쌈박 아니하고 맘을 내게 허한다 하는 눈으로 나를 바라보고 안졋더니,

「나도 당신께서 무슨 까닭이 잇는 어른으로 알앗서요. 암만해도 녜사ㅅ사람은 아니다, 무슨 깁흔비밀이 잇는 어른이다 그러케 생각햇서요. 그러치만 엇저면 그러케도 나와 정지가 꼭 가트십닛가-엊저면 그럿케도 가틀가요?」하고 감개 무량한드시 그의 니야기를 시작한다.

(未完)

# 日　記

『朝鮮文壇』, 1925. 3

(十六年前에 東京의 某中學에 幼學하던 十八歲少年의 告白)

## 隆熙[466]三年十一月七一 (日曜)

陰, 晴, 寒

釜山驛에서 半年間의 悲劇을 긔록한 日記를 일허버림으로 부터 日記를 廢한지가 벌서 三個月이나되엇다. 그동안에 닐어난 事件도 만타. 인제는 내 生涯도 더욱 재미잇게 되엇스나 쏘 日記를시작해볼가.

　내가 日記를 쓰는데 主眼[467]으로 삼는것은 나의 心中에 닐어난 쏘는 나를 깁히 感動식힌 여러가지 事件을 가장 確實하게 가장 率直하게 記入하는 것이다. 나는 日記를 쓰는 目的을 모른다. 다만 쓸짜름이다. 쏘 世上에 有爲[468]한 靑年들이 하는 모양으로 改過遷善을 目的으로 하는것은 아니다. 모르괘라 自今以後로 엇더한 變幻이 나의 匈中에 닐어나랴는가. 或은 이日記가 將來 世人의 愛聽物이될는지도모르고 쏘는 嘲弄物이 될는지도모르고 쏘는 永永篋中에서 마를는지도 모르는것이다.

---

466) 조선 말기 순종 때의 연호(1907～1910). 대한제국의 마지막이 됨.
467) 주되는 목표, 중요한 점, 요점.
468) 능력이 있음. 쓸모가 있음. 반대말은 無爲.

昨夜에는 H兄에게 쌔이론469)의 傳記를 닑어들니로라고 늣게야 자리에 들엇스나 새벽 한시頃에 寒氣의 깨움이되어 激烈하게 性慾으로 고생을하엿다. 아아 나는 惡魔化하엿는가. 이러케 性慾의 衝動을 밧는 것은 惡魔의 捕虜가됨인가. 나는 몰라 나는 몰라.

아직 밝지도 아니하엿는데 나는 「奴隸」를 쓰기를 繼續하엿다. 이것은 二週年前부터 시작한것이나 나의 處女作이다.

나는 쌔이론에게서 배흔것이만타. 그러나 나는 그를 본바드려고는 아니한다.

나는 어던 少女를 사랑한다. 그를 사랑하는지벌서 오래다. 이것이 내 외싹사랑인줄을 잘안다. 그러나 그도 或是나를 생각할는지모른다. 人生이란 그럴것이닛가. 나는 그에게 편지를 보내랸다. 社會는 반드시 攻擊하리라, 이것은 冒險이다. 나는 社會의 攻擊을 안두려워하랸다. 그래도 두려우니엇지랴.

나의 오늘까지의 日記는 基督敎的인 얌전한 日記일러니 오늘부터의 日記는 惡魔的인 우락부락한 日記로고나.

<h3 align="center">十一月八一 (月曜)</h3>

雨. 寒.

午後에 演伎座에서 「不如歸」470)를 보앗다. 新舊道德의 衝突, 軍人의 義氣, 小兒의 天眞. 서로 소기고 속는것이 사람의 길인가.

靑山墓地에 초라한 戰死大尉의 무덤을 보다. 未亡人이 그 어린 아들을 다리고 省墓를 왓다가 그 幼兒다려 「아버지는 名譽의 戰死를 하섯스니 너도 자라거든 아버지의 뒤를 니으라」고 訓戒한다. 아버지가 名譽로운가. 그

---

469) 바이런, 영국의 낭만파 시인(1791~1824).

470) 조류의 하나인 두견이를 말함. 두견이는 생김새가 뻐꾸기와 비슷하며, 숲속에서 단독으로 살고 둥지를 짓지 않음. 익조로 여겨짐. 여름에 밤낮으로 처량하게 우는데 중국 촉나라 망제의 죽은 넋이 붙어 되었다는 전설이 있으며 고래로 많은 시인들이 읊어왔음. 그래서 두견이를 '귀촉도', '망제혼', '촉혼' 등으로 불러왔음. 여기에서는 어떤 연극의 이름으로 생각됨.

가 彈丸을 맛고 鮮血을 흘리면서 呻吟하는 瞬間에 그의 感想이 果然 엇더
하엿슬가. 아마 그 아들이 軍人되기를 두려워하지아니하엿슬가.

　나는 工夫가 실혀젓다. 그만두어버릴가. 에라 五個月만 참아라.

　나는 돈을 要한다. 그런데 그것이업고나. 아모리하여서라도 나는 돈을
벌어야한다.

　나는 旅行을 조와한다. 全地球上을 밟고십다. 이생각이 난것은 三年級
地理時間인데 그로부터 漸漸 强해진것이다.

　實로 朝鮮人은 걱정이이로다. 大人物이 업고나. 어제부터 感氣ㅅ긔운이
잇다. 不快하다. 꿈자리 사납다.

　H君은 다소 朝鮮人臭를 脫[471]하엿다. 그러나 멀엇다.

<h2 style="text-align:center">十一月九日(火曜)</h2>

陰. 小溫.

오늘은 참 單調하고나

보아오던 湖上美人을 보다.

　午後에 C君이 왓다. 무엇을 생각하는 얼굴이다. 沈着한 그의 검은 얼굴
에는 一種의 煩悶의 빗이 浮動하거니와 그속에도 장차 나타나랴는 잇던 힘
이 잠긴것갓다. 그는 우리 年輩中에 가장 高尙하 靑年이다. 나는 甚히 그를
조와한다. 그러나 그가 본래 沈默을 조와함으로 나도 만히 말치아니거니와
것던 힘이 잇서서 彼我[472]의 心情을 通하는듯하다.

　나는 그와 맘을가티하야 무엇을 할는지도 모른다.

　「失樂園」[473]을 닑다. 조타. 魔王의 不屈의 勇氣는 나의 가장 사랑하는
바다. 恨홉건댄[474] 엇지하야 一擧에 上帝의 寶座를 衝[475]하지아니하고 못

---

471) 조선 사람이 가지는 모습이나 성향에서 벗어났다는 뜻.

472) 너와 나.

473) 영국의 밀턴이 지은 敍事詩, 1667년 간행. 아담과 이브의 낙원 추방의 설화를 성
　　서에서 인용하여 청교도적 세계관을 전개하면서, 처제와 마왕과의 싸움을 묘사
　　하였음.

생기게 에덴의 兒女子를 속엿던고.

나는 天才인가. 나는 모르노라. 다만 하여볼짜르이로다.

東洋의 偉人은 모도 奴隷다!


## 十一月十日(水曜)

風. 微雨. 陰. 寒.

가지 썩은듯한 더러운 구름이 하늘을 덥고 惡魔의 입김가튼 바람이 미
처날쒸니 金色으로 늙은 銀杏닙히 펄렁펄렁 떨어지어 굴른다. 사람의 발에
밟혀서 찟겨서 흙투성이가 되어서 땅에 무치어버린다. 이것이 造物主의 일
이다. 지어서는 바스고 바스고는 쏘 지어 아아 能力도 만흔지고.


## 十一月十一日(木曜)

晴. 寒.

어졔ㅅ밤 꿈이 우수엇다. 나는 朝鮮人을 煽動하엿다는 罪로 死刑의 宣
告를 바닷다. 째는 午前인데 刑의 執行은 午後란다. 나는 생각하기를 죽는
것은 두렵지아니하나 오직 兇中에 품어두엇던 엇던 힘을 써보지못하고 이
世上을 쩌나는것이 슬프다고. 이째문에 나는 괴로워하엿다. 執行當時의 모
양을 想像하는중에 喜報가 왓다, -死刑은 中止한다고.


## 十一月十二日

溫. 寒.

校庭의 銀杏樹는 쪄만 남고 路傍의 丹楓은 피에 저젓다. 밤에 C君오다.
그는 剛勇한 男子인저. 그는 主義[476]를 爲하야 父親에게서 學費를 拒絶하

---

474) 안타깝건데.
475) 치솟다. 위로 거슬러 올라가다.
476) 사상이나 학설, 또는 사물의 처리 방법 따위에서 굳게 지켜 변하지 않는 일정한 이

고 父子의 倫紀477)를 끈헛다고. 이는 朝鮮人中에 稀罕한일이다. 깃버라. 그
는 世界無錢旅行을 한다고. 壯해라. 朝鮮아 너는 幸福되고녀, 이러한 男兒
를 나핫도다. 나도 이일을 憧憬한지 오랜지라 同行할 쯧이 타는듯하도다.
明春478)을 期하야 하어볼가나.

十一月十三日(土曜)

晴. 寒. 陰. 寒.

둘재時間에 누이의 편지를 밧다. 아마 그의 最初의 書인것이다. 나는 그
天眞爛漫한 愛情이 깃벗다. 그는 天才다. 外國에 낫섯더면 詩人이 되엇슬것
을 아아 앗가워라.

「湖上美人」을 픗내다.

十一月十四日(日曜)

晴. 風.

R君을 보다. 別로 늣긴바 업다. 밧븐까닭이다.

十一月十五日(月曜)

陰. 寒.

禮拜時間은 참으로 실타(註曰敎會學校인까닭에 每日 祈禱會가 잇다.)
그 祈禱는 모도 하나님을 붓그러우시게하는것쑌이다. 「大日本帝國을 愛護
하시옵소서. 伊藤公가튼 人物을 보내어주시옵소서.」 滑稽滑稽479). 그리고도
그들은 基督信者라고한다. 서ㅅ바닥은 아모러케나 도는것이다.

---

　　론이나 태도, 또는 방침이나 주장.
477) 윤리와 기강.
478) 내년 봄.
479) 滑稽는 익살이라는 뜻으로 여기에서는 하는 행동거지가 매우 우습다는 뜻으로
　　쓰임.

밤에 M君을 차잣다. 업다. 들어가 기다려도 아니온다. 管絃의 소리를 마
초아 女聲의 노래가 들린다. 엇던 사람이 잘노는고. 맘이 웃슥하다. 그러나
곳 가라안젓다.

歸路에 「奴隷」에 關하야 생각하다. 이것은 長篇되기에는 不適當하다.
至今까지 쓴것을 끈혀서 短篇 여러개를 만들자.

아아 나도 게으른者로다.

## 十一月十六日(火曜)

晴. 寒.

野球로 네時間이나 보내다. 밤에 「戀 인가」를 쓰다. 아름다운 少女를 사
랑하야 그를 안고 키스하는 꿈을꾸다. 하하.

## 十一月十七日(水曜)

晴. 寒.

心緒 極히 散亂.

밤의 「戀か」를 繼續해 쓰다. 나는 이것을 ○○學報에 내란다. 그러나
내줄는지말는지.

## 十一月十八日(木曜)

晴. 寒.

밤에 「戀か」를 完結하다. 日文으로 쓴 短篇小說. 내가 作品을 完結한것
은 이것이 처음이다.

## 十一月十九日(金曜)

晴. 寒陰.

近來에 드믄 치위[480]다. 모도 목을 옴추리고 하얀 입김을 吐한다. 工場

의 少女들의 입설이 검푸르게 떨린다.

島崎藤村481)의 破戒를 닑다. 平凡한듯하다.

요새에는 空想이 주는듯하다.

十一月二十日(土曜)

晴. 寒.

品川海에 씌워노흔 로셋다호텔(註曰日露戰爭째에 아라사482)에게서 쌔아슨 破軍艦을 바다에 씌어노코 料理店兼旅館을 만든것)에서 五年級의 親睦會가 열리다. 壯觀이러다. 余도 偶感이란 題로 演說하다.

나는 亦是 言論은 拙하다.483)

나는 호텔 體鏡484)에 비초인 내얼굴의 아름다움에 暫時 恍惚하엿다. 내얼굴은 멀리고 바라보아야지 갓가히 보아서는 안된다.

十一月二十一日(日曜)

晴. 溫.

正히 春日과 갓다. 말른 百草도 今時에 엄도들쯧485). 웬 아츰 안갠고.

P君오다. 그는 나의 사랑하는벗 그를 볼째마다 나는 깃브다. 그는 나의 눈물을 씨서주는 벗이다. 漢城樓에서 술을 마시다. 진실로 술은 달고나. 나

---

480) 추위.

481) 시마자키 도손. 본명은 하루키. 나가노현 출생. 1891년 메이지학원 보통학부를 졸업하고 이듬해 메이지 여학교 교사가 되었다. 1893년 기타무라 도고쿠 등과 공동으로《文學界》를 창간, 극시·수상 등을 발표하였다. 1897년 간행된 처녀시집《와카나슈》가 간행되면서 신체 시인으로서의 명성을 얻었고, 이어 1901년까지《一葉舟》,《여름 풀》,《落梅集》을 간행함으로써 일본 근대 시사상 불멸의 이름을 새겼다. 그 후 산문으로 전향, 1905년 최초의 장편《破戒》를 발표하여 크게 성공을 거두어 자연주의 문학의 선구자적 지위를 확립하였다.

482) 러시아의 옛 표기.

483) 말하는 것에 어리숙하다고 자신의 언변에 대해 겸손하게 표현한 말.

484) 온몸이 비치는 큰 거울.

485) 움이 돋을 듯하다.

는 前日의 내글을 보고 반가웟다. 아아 어느새 追憶인가.

二本〇町에서 一刀로 五人을 慘殺한 事件이낫다. 卽死만햇더면 그들은 幸福되리로다. 一瞬間에 人生의 모든 苦惱를 니즌것을.

웨 사나. 무엇하러? 그러치만 사는재미도 업지는안타. 이것저것 보기도 하고 듯기도하고 하기도하니 재미가아니라하라. 나는 이 재미를 爲하야 病나거든 藥먹으랴네. 나는 남에게 親愛바들 卦라고 易者486)의 말.

자는것이 앗가워라. 想像이나하고 누엇자.

<h3 style="text-align:center">十一月二十二日(月曜)</h3>

晴. 溫.

다째상의 送別會가 열리다. 그는 우리 下人으로 잇던 시골 老婆다. 진실로 그는 貴寶이다. 國家의 大使 大勳보다도 그는 貴寶이라고 나는 熱誠으로 말하엿다.

十時를 지나서 술을먹다. 머리가 핑핑 돌고 神經은 鈍하여진다. 實로 醉觀醒觀487)은 다르고나.

同席諸友488)가 무어라고 짓거리는모양이나 나는 한마듸 못알아들을러라.

<h3 style="text-align:center">十一月二十四日(水曜)</h3>

陰. 溫. 雨. 寒.

早朝에 〇慾으로 고생하다.

셋재時間後에 몸은 아프고 學課는 실혀서 집에 돌아와 자다.

「虎」를 完成하다. 이것이 第二의 完成이다. 나는 이것을 完成할째에 큰 抱負와 喜悅과 滿足을 늣겻다.

---

486) 점쟁이, 점술가.
487) 술 취했을 때 본 것과 깨었을 때 본 것.
488) 같이 술자리에 앉아있던 여러 친구들.

## 十一月二十五日(木曜)

陰. 溫.

昨夜 K君을 보다. 나는 그를 볼째에 無限히 깃벗다. 그도 그런듯하다.
彼我 手를 握하며[489) 歡笑[490)넘칠듯하다. K는 大人物이다. 깁흔 人物이다.
親할수잇서도 狎할수업는[491) 人物이다. 그는 歡笑戲謔中에도 一種의 威嚴
을 가초앗다. 나도 그를 敬愛한다. 그가 불에 데엇다는 소문을 들을째에 나
는 여간 슬퍼하지아니하엿다.

## 十一月二十八日(日曜)

晴. 溫.

早稻田[492)에서 東, 稻의 野球戰을 보다.

歸途洪君을 찻다. 그는 나와 臭味를 가티하다. 나는 그를 즐기다.

崔君의 文과 詩를 보다. 確實히 그는 天才다. 現代우리文壇에서 第一指
를 屈할만하다.[493)

---

489) 서로 악수하며.
490) 반기면서 웃는 웃음.
491) 가까이 함.
492) 일본 사립대학의 하나인 와세다 대학을 말함.
493) 엄지손가락을 세울 만하다. 최고의 사람이다.

**우정권**(禹政權)

홍익대 국문과 졸업
서울대 국문과 석사·박사과정 수료(문학박사)
현재, 서울대·홍익대 강사

■ 저서 및 논문

「한국 현대문학의 글쓰기 양상」(2002, 월인)
"1920年代 한국 근대 소설의 고백적 서술 방법 연구"(2002) 외 다수



### 한국 근대 고백소설 작품 선집 1
#### - 1900~1920년대 초 -

인  쇄  2003년 8월 25일
발  행  2003년 9월 1일
편저자  우 정 권
펴낸이  이 대 현
편  집  안현진·장은미·박윤정·오희복
펴낸곳  도서출판 **역락** / 서울 성동구 성수2가 3동 301-80
         (주)지시코 별관 3층(우133-835)
Tel 대표·영업 3409-2058 편집부 3409-2060 FAX 3409-2059
E-mail  yk3888@kornet.net / youkrack@hanmail.net
등  록  1999년 4월 19일 제2-2803호

정가  20,000원
ISBN  89-5556-237-3-93810
      89-5556-236-5 (셋트)

*잘못된 책은 교환해 드립니다.